Horst Mundt
Haifischjagd
Roman

Horst Mundt

Haifischjagd

Roman

Haag + Herchen

CIP-Titelaufnahme der Deutschen Bibliothek

Mundt, Horst:
Haifischjagd : Roman / Horst Mundt. –
Frankfurt am Main : Haag und Herchen, 1991
  ISBN 3-89228-527-6

ISBN 3-89228-527-6
© 1991 by HAAG + HERCHEN Verlag GmbH,
Fichardstraße 30, 6000 Frankfurt am Main 1
Alle Rechte vorbehalten
Produktion: R. G. Fischer Verlagsbüro,
Frankfurt am Main
Umschlagillustration: Horst Mundt
Satz: U. Helmer, Frankfurt am Main
Herstellung: Druckerei Ernst Grässer, Karlsruhe
Printed in Germany

Verlagsnummer 1527

Wer auch immer den kleinsten Wind säet,
wird den berühmten Sturm ernten.

Frei nach Hosea 8,7

Umzugstag ...

Es ist schwül ... mehr als schwül, eigentlich stickig heiß ... hier in diesem ausgedienten Monstrum von Charter-Clipper. Nicht mal eine altersschwache Druckausgleichsanlage oder eine Klimaanlage gibt es hier. Und dabei waren die Dinger in dem Prospekt so wunderbar beschrieben und angepriesen. ›Fliegen Sie mit uns‹ – – – ›Nur wir vermitteln Ihnen das, was ein Flug über den grenzenlosen Wolken ...‹
Jedenfalls ist das Klo eine echte Plumpsanlage. Aber die war nicht erwähnt. Wer plumpst da auch schon gerne? ...
Wenn nur nicht mein Plumpsallerwertester wäre, denn die wenigen für die Dauer der Reise gemieteten Quadratzentimeter Sitzfläche quietschen und knarren, als ob diese unanständige Lautmalerei die einzige Möglichkeit sei, die Umwelt auf die unzumutbaren Zustände in diesem fliegenden Unikum aufmerksam zu machen. Peinlich ...
Jetzt wird's noch schlimmer. Scheinbar ist den Quadratzentimetern unter mir das Öl ausgegangen ... aber, Kinder, das ist doch kein Grund ... habt ihr denn keine anderen Geräusche auf Lager? Sicher, da unten liegt irgendwo ölträchtiges Land, aber das ist doch noch lange kein Grund ...
Was soll ich machen? Die künstlichen Blähungen unter mir werden immer resoluter. Bestimmt wird niemand außer mir in der Lage sein, solch lautstarke Atmosphäre auf natürliche Weise zu produzieren.
Ein unauffälliger Blick in die unmittelbare Nachbarschaft ... überall Schlafen, Schnarchen – und – nein, Rülpsen.
Habe ich ja schon immer gesagt: kaum fühlt sich das menschliche Individuum unbeobachtet inmitten einer Herde, dann ...
Nun gut, alter Sitz, fahre fort mit deinen ölsuchenden Tönen als Bestandteil eines fliegenden Wracks mit vier wuchtigen Motoren draußen dran. Einer von ihnen spuckte gestern übermütig lauter regenbogenfarbene Flammen aus.
Und mein Sitz quietscht, knatscht und pupst, daß es nur so kracht. Zwar hatte ich gestern anstandshalber die Stewardess informiert ... »Junger Mann, deswegen ist noch nie einer abge-

stürzt.« – – Einer! – Was soll denn das? Schließlich bin ich da mitten drin.

Aber was ist schon ein armer Charterpassagier gegen einen Charterkönig am grünen Tisch? Der sagt bestimmt: »Geld stinkt nicht!« – Und ich sage: »Mein pupsender Sitz zwar auch nicht, aber wo, meine Herren, bleibt die Ethik?«

Grün und reich wollen sie werden, die Typen an den – ich meine – grünen Tischen. Doch die Farbe unserer Sitze ist grau. Und grau ist auch das kleine Plastiktablett vor mir. Neuester Nachbar meines Magens, der in der großzügig angebotenen ›Friß-oder-stirb-Manier‹ mit Hähnchenembryokeule und grauem Salat, wahrscheinlich aus Plastik, aufgefüllt werden soll. Ich dachte immer, Orangenstücke sind nicht grau? So auch die Kartoffeln, als Salat, und die schön gekräuselte Petersilie. Dicht daneben ein Becher mit bitterem Grapefruitsaft als grauer Wächter. Etwa Graue Eminenz? Himmel, warum ist denn alles grau!!?

Schnell mal eine graue Zigarette qualmen ... ob dann die Farben intensiver werden? Ich hasse Eintönigkeit ... hallo, Stewardess, könnten Sie vielleicht, ich meine ...

»Yes, Mister, Sie wünschen?« – Mann, ist die grau ... wie alles. Graue Wolken, graue Gesichter.

Wenn nur die verdammten Luftlöcher nicht wären ...

... schlimmer als jetzt haben die Flügel der ›Montgolfier'schen Flugmaschinen‹ auch nicht geschlagen. Aber wenn unsere jetzt abbrechen? Ich habe doch noch so viel vor ... bin jung ... Luftloch ...

Als ob ein Fahrstuhl einfach wegsackt ... mindestens hundert Meter. Quatsch, viel mehr als das. 'ne Menge. Schwer zu schätzen ... weil ich eben noch nie zuvor durchgesackt bin. Endlich – jetzt bäumt sie sich auf ... die Maschine. Und ihre vier Propeller da draußen heulen auf wie geschlagene Hyänen ... eigentlich stärker als das ... ich würde sagen ... wie ein Elefant bei der Entjungferung? Da! – Ein Sprung nach oben! Dafür zwei nach unten. Wollen die denn jetzt schon landen? Wir sind doch erst vor wenigen Stunden in Kairo gestartet. In Richtung Süden.

Ob es Neuigkeiten an der kleinen Anzeigetafel gibt?

FASTEN SEAT-BELTS! NO SMOKING!

Und ein metallenes Klicken rauscht wie eine Welle über uns hin.

»Ladies and Gentlemen ...«, sogar der Lautsprecher spielt mit, »würden Sie sich bitte anschnallen und das Rauchen einstellen. Draußen wird es ein wenig windig. Zu Ihrer Information möchten wir Ihnen noch mitteilen, daß wir im Augenblick 9000 Fuß hoch fliegen. Wir werden versuchen, diese Höhe zu halten. Das Sandige in Ihrem Essen ... das ist echter Sand aus der Sahara. Wir fliegen nämlich durch ein nordafrikanisches Sturmtief. Für diese Zeit gibt es Whisky gratis. Prost und danke für Ihre Aufmerksamkeit.«

Höflich geht die Welt zugrunde – oder stürzt ab. In den Fugen kracht es bedrohlich. Die Zigaretten sterben den gebotenen Heldentod. Sind wir auch bald dran?

Luftloch. Und hinab geht's.

In mir steigt irgend etwas unaufhaltsam hoch. Im Magen. Zeit der Flut. Eigentlich Sturmflut. Komm, Junge, schluck', so schnell du kannst! Schluck'! Krampfhaftes Arbeiten der körperlichen Schluckeinrichtungen ... Mann, reiß' dich zusammen!!! Mein Vordermann kotzt bereits laut und genußvoll vor sich hin. Mir hat Kotzen nie Spaß bereitet.

Ich schlucke und schlucke.

Mein Mund wird immer trockener. Vor mir der Becher mit dem grauen Saft ... Luftloch.

Aber der Becher fällt nicht mit, bleibt einfach in der Luft stehen. Dann, in Höhe meiner Augen, kippt er langsam um. Zeitlupe. Aber – wo ist der Inhalt? Endlich, der Erdmagnetismus hat ihn wieder. Und statt grau ist er jetzt gelblich-grün. Wie gleichmäßig er sich auf meiner Hose verteilt ... ausgerechnet da, wo man es so unangenehm spürt ... und vor mir der Typ ... Masochist!!

Und ich schlucke im vierten Gang, Gaspedal durchgetreten ... DIE TÜTE!!!!

Hastig suchen meine Finger. Sie stolpern und wühlen durch das Netz für Zeitungen und Sicherheitsinformationen. Englisch, Afrikaans, Deutsch. Verdammt, nur die Tüte! Nie wieder Charter! Wenn's auch billig ist. Die Zündkerzen in meinem Schluckmotor beginnen zu stottern. Zuviel Treibstoff. Wenn der Motor ausgeht, bin ich dran! Luftloch ... Babygeschrei und allgemeines Kotzkonzert. Der Einsatz des Dirigenten ist großartig genau. Die Symphonie wächst zu einem Crescendo, zu einem Inferno an. Der Metronom der Luftlöcher gibt den Takt an. Du Arsch von Captain!

Mein Motor ist aus. Meine linke Hand preßt die Treibstoffzufuhr zu. Ein Leck in der Hand wäre unbeschreiblich furchtbar. Mein Anzug ... Meine Lungen sind zum Bersten bereit. Und keine Tüte. Noch ist die Hand dicht. Ein neuer Kotzstoß. Verzweiflung und kein Geld für die Reinigung. Schlucken. Schlucken. Ein Versuch wenigstens. Keine Luft mehr. HILFE ...! Rettung in Form einer paradiesisch-braunen Kotztüte, an fremden Fingern hängend. Ich brülle los. In die offene Tüte aus der Hölle.

»Fühlen Sie sich o.k., Sir?«

Was ist das, ›o.k.‹? Hölle? Nein, purer Sadismus. Afrika.

Mir steht der Schweiß auf der Stirn. Schwere Tropfen, die sich bald in einen sintflutartigen Strom verwandeln. Die vier Flugzeugmotoren heulen auf. Die Welt bebt in ihren Fugen. Luftloch. Herrgott – wo ist die Tüte? Ich ertrinke.

Meine linke Hand fungiert schon wieder als Dichtung. Eine Kotztüte für achtzig Passagiere? WAHNSINN. VERBRECHER. Oder Sadisten.

Mein linker Nachbar hängt wie tot in seinen Gurten. Ich kenne keine andere Steigerung von weiß als schneeweiß – um nicht in die Reviere der Waschmittelindustrie zu geraten. Ein brauner Zipfel in des Nachbars Zeitungs- und Sicherheitsinformations-Netz. Zwei Kotztüten für achtzig Passagiere. Die Rettung. Neunundsiebzig krankhaft heisere Stimmen, von Hysterie angeheizt, kreischen nach Wasser. Ebbe. Arme Säue, diese Stewardessen. – Mein Nachbar ist immer noch tot und weiß. Sie arbeiten wie besessen, um diesem Fegefeuer zu entrinnen. Sie sind keine Sadisten. Das soll ein Traumberuf sein? Dann lieber im Hotelfach und Sklave der sogenannten Könige, die eigentlich nur zahlende Kunden sind und Schlaf oder Essen kaufen. Legal oder illegal, auf Spesen mit ihren Huren, Pimpfen oder Zuhältern.

Die Welt ist schlecht.

Kann ich schlecht sein? Ich bin doch ein Teil der Welt. Die Welt ein Teil von mir – wäre zu vermessen. Nein, katastrophal.

Meine Knie unter dem Anzugstoff sind klebrig. Aber nur von dem Grapefruitsaft, der sich selbständig machte. Sie zittern. Ein Gefühl, als hätte ich als Junge fremder Leute Fensterscheiben

zertrümmert und stünde kurz vor der Überführung als Täter.
Mein Nachbar stöhnt. Also doch nicht tot. Nur weiß. Meine klebrig-trockenen Zähne knirschen. Sand. Kein Glas. Aha, also Sandsturm. Wenn das kein Sandsturm ist – – Luftloch – fallen – fallen – fallen – – heiße ich Meier. Aber das sagte Göring auch schon mal, als das mit den Alliierten war. Dann heiße ich eben anders. Auf jeden Fall ist es ein Sandsturm. Die Stimmung hier in der Arche Noah ist wie auf einem Friedhof. Ein Friedhof im Sandsturm. Alle tot? Nein, nur zahlende Fluggäste, die durch einen Sandsturm geflogen werden. Die Piloten haben keine Schuld. Sie befolgen die Anordnungen ihrer Gesellschaft. Fliegen können sie. Luftloch. »Mir geht es gut. Danke, keine Tüte mehr.« Einige Unbelehrbare kotzen immer noch. Idioten. Freßt nicht so viel. Fliegen können sie wirklich. Kein Wunder, sie sollen alle WELTKRIEG-II-PILOTEN in Nordafrika gewesen sein. Und jetzt chartern sie Passagiere von Europa nach Afrika. Fremdenlegionäre? Nein. Engländer und Südafrikaner, die weiterhin ihre Haut zu Markte tragen, um sich einen relativ sicheren Lebensunterhalt zu verdienen. Betagt ... sehr betagt sind sie.

Fliegertod soll schön und heldenhaft sein. Ein Onkel von mir hat auch daran geglaubt. Luftloch. Ich bin kein Flieger. Ein tiefes Meer dunkelblauer Augen blickt mich ermattet, aber ermunternd an. Uns trennt nur der Gang für zwei Kotztüten. Meine Zähne knirschen immer noch. Sand. Sandsturm. Bitte etwas gelblich-grünen Grapefruitsaft. Himmlisch, so bitter und billig er ist.

Stakkato der Luftlöcher. Meine Armbanduhr zeigt die zweite Stunde nach Mittag an. Außer Grautönen ist draußen immer noch nichts zu sehen. Ist Afrika der graue Kontinent? Der Vogel schüttelt sich wie ein Hund, der aus dem Wasser kommt. Auf den Zähnen knirscht der Sand.

Mein Nachbar seufzt. Sein Gesicht ist totenblaß. Grau und weiß. Aber er lebt. Warum soll er auch sterben. Ich wette, er will aushalten, bis wir landen. Aber für Meier tu' ich es nicht. Die Zeiten sind vorbei. Hoffentlich ewiglich.

Ich versinke in dem blauen Meer neben mir. Sie ist Mannequin aus England. Ihr Verlobter arbeitet in Johannesburg als Kellner. Er ist Italiener. Mein müdes »Hallo« macht ihr Meer noch tiefer. Italiener hin – Italiener her. Ich könnte mich in sie verlieben. Ebbe und Flut sind vergessen. Ich verliebe mich in sie. Das Echo hallt zurück. Das Meer verschlingt mich. Es ist abgrundtief. Halt finde ich an ihrer Hand. Hat mein Vater auch einen Halt gehabt, als er meine Mutter betrog in einem Zimmer, in dem ich schlief, in dem ich verzweifelt wachte, statt zu schlafen? Halt an wem? Er hat es nie verstanden, daß ich ihn nicht verstand. Geiles väterliches Lustgekeuche. Im Bett meines Bruders, an meinem Fußende. Lust. Lust für wen? Egoismus? Brutalität? Liebe? Toleranz? KONSEQUENZ. Ich stand auf, packte meine Sachen und ging. Sein Orgasmus ließ ihn nicht im Stich.

Meiner Mutter riet ich die Scheidung. Soll eine Frau leiden, nur weil sie Kinder hat? Jugend ist kein Lohn. Nur straffere Haut und weniger Erfahrung. Alter kein Verbrechen. Intim-Spray für jung und alt.

»Entschuldigung, haben Sie auch Sand auf den Zähnen?«
»Nicht nur da. Auch im Getriebe.«
»Im Getriebe?«
»Ja, überall.«

Mein Nachbar kann nicht nur als Todeskandidat fungieren, er kann sogar sprechen. Seinen Kaugummi nehme ich dankbar an. In Reisepässen, wenn sie neu sind, stehen oft zwölf goldene Regeln für den Besuch im Ausland. Ich bin der glückliche Besitzer dieser Weisheiten. Eine davon: SEI IMMER HÖFLICH! Ich fühle mich verpflichtet, diesem gedruckten Befehl nachzukommen. Jane ist mit meiner Hand zufrieden. Unsere schweigsame Unterhaltung verläuft, als ob uns bereits Jahrhunderte verbinden. Sprachlose Romantik in einem abflauenden Sandsturm, 9000 Fuß hoch in einer moderigen Flugschachtel. Dabei sprachen wir gestern nur einige hörbare Takte. Der Funke sprang augenblicklich. Das neue Feuerzeug funktioniert. Auch ohne Ton. Jane! –

»Ich will in deinem blauen Meer baden.« ›Nicht zur Säuberung der linken Hand‹, fügt mein Gehirn schnell und wirklich unhörbar hinzu.

»Ich will dir gehören«, übersetzt ihre Zeigefingerkuppe auf meinem rechten Handrücken.

»Und dein Verlobter?« Mein Daumen ist sichtlich nervös.
»Der ist so weit weg. Ich liebe ihn bestimmt nicht.« Zwei Fingernägel unterstreichen das Gesagte unmißverständlich.
»Sie sind bestimmt Deutscher.«

»Deutscher-wie-bitte?« Mein Sprechcomputer beginnt seine Öffentlichkeitsarbeit nach links, das Kaugummi in die rechte Kompressionsecke, bei manchen innere Wange genannt, schiebend. Meine Augen nehmen den linken Gesprächspartner wohlwollend-höflich ins Visier. Blende acht. Ob er immer noch so blaß ist? Und wie! – Die Waschmittel sind auch nicht mehr, was sie mal waren. Seine Gesichtsfarbe wechselt mehr und mehr von weiß nach gelb.

›Leber‹, denke ich. ›Was soll's, ich bin kein Arzt.‹

Ein Kranz von dreizentimeterlangem – bestimmt nicht länger –, fast dichtem Kräuselhaar, leicht durchgraut, Grundton schwarz, bedeckt züchtig seine Gehirnwindungen. Tiefe Ränder unter seinen großen dackeltreuen, lammfrommen, aber dunklen Augen. Eine kräftige Nase. Schwerer Mund. Ein rundes, nicht sehr energisches Kinn. Die restliche Gesichtsform ist weder rund noch oval.

»Ja, ich liebe dich«, telegrafieren vereint meine Fingerspitzen nach rechts. Eine ausgedehnte Botschaft.

›Peter Lorre – zumindest der Bruder‹, durchzuckt es mein Gehirn.

»Deutschland ist ein sehr schönes Land, ich bin dort geboren.« Seine sanfte, schleppende, ölige Stimme durchdringt mich wie ein weicher Speer. SPEER. Schließlich sind wir über Afrika. Wilde Romantik. Das Kaugummi macht sich in meiner einzigen Zahnlücke selbständig. Jetzt ein Luftloch und die Plombe säße perfekt.

»Gestatten Sie?« Zwei fremde Knie stehen vor meinem Ellenbogen.

»Bis gleich«, morsen meine Fingernägel, und widerwillig öffne ich die Schranke. Zwei weiche Halbkugeln reiben sich über den Kniehöhlen in Richtung Cockpit.

Schranke zu. Funkstille. Zufriedenheit.

Wohlige Ruhe breitet sich aus.

»Wohnen Sie auch in Johannesburg?«

»Weiß noch nicht. Bis jetzt emigriere ich nur.«

»Liebster, komm zu mir«, schreit es auf meinem rechten Handrücken.

»Jetzt gleich? Hier im Flugzeug? Die vielen Leute – «, hämmere ich nach rechts.

Von links werde ich unterrichtet, daß er ebenfalls emigriert sei. Vor fünfundzwanzig Jahren. Die Nazis hätten seine Rasse nicht gemocht. Dabei sei er nicht mal gläubig. Aber Jude bleibt Jude. Das hätte man seinen Eltern schon eingetrichtert, als sie noch in Rußland lebten. Ihren hoffentlichen Seelenfrieden hätten sie abschließend in Buchenwald gefunden. Sie liebten das alte Europa. Treue. Tod. TÖDLICHE TREUE. Sandsturm, Flugsarg, Afrika. – Hoffnung für alle?

»Aber ich sage immer, man muß aus der Erfahrung klug werden und nie aufgeben. Geht's hier nicht, dann eben woanders.« Sein Medusenhaupt blickt melancholisch nach oben. Um ehrlich zu sein, meine Leitsätze sind den seinen mehr als ähnlich. Obwohl Nichtjude, wurde und werde ich selber wohl nie mit dem altertümlich-verrotteten europäischen Klüngel fertig. HAST DU WAS – BIST DU WAS. Aber wie soll ich je etwas haben? Ich fange von null an.

»Ich habe in Johannesburg eine Textilfabrik.«

›Na bitte‹, klopfe ich mir auf die Schultern. Symbolisch natürlich. Meine linke Hand ist leicht beschmutzt, die rechte schwer besetzt. Gedanken voller Hoffnung rotieren in mir. Gute Zeugnisse und beste Empfehlungen – warum soll ich am Ziel meiner Reise nicht auch Karriere machen? Jeder bekräftigte bis jetzt, ich hätte das Zeug dazu. Mit einer eindeutig definierbaren Handbewegung jedoch erklärten mich einige für total verrückt, größenwahnsinnig und vollkommen übergeschnappt. Pessimisten. Bin gespannt, wer recht behält. Klüngel. Auf der Penne fing es an. Ein Englischlehrer abonnierte mich auf ›gut‹. War ich auch. Sein Nachfolger konnte sich zwischen ›ungenügend‹ und ›mangelhaft‹ nicht entscheiden. Scheiße. Er war selber unsicher. Mathe hoffnungslos. Stimmt. Sehe den Quatsch auch nicht ein. Ist vielleicht Mentalitätssache. Die Mentalität meines Alten ging dahin, daß er mich spontan von der Penne riß und in eine Kochlehre warf. Erstes Haus am Platz. Hilfloser Gehorsam ...

Hilfe? Wofür? Wir sind doch Christen. Stimmt. Kirchensteuer und ein bisexueller Pastor mit feuchtem Händedruck, der mich sogar konfirmierte. Sachen gibt es. Man wird gar nicht erst groß gefragt. Rein in die Jauche. Raus aus der Jauche. Taufe. Babygeschrei. Schwacher Protest, der mit verlegenem Lächeln ignoriert wird. Die Jagd auf Mitglieder geht weiter. Der Boss im Himmel – falls er noch im Rennen liegt oder je lag – ist bestimmt schon längere Zeit auf Urlaub. Kein Wunder bei dem Alter. Zirka fünf Milliarden Jahre. Normalerweise werden die Leute ab fünfundsechzig pensioniert. Gut, der große Meister soll allmächtig sein. Aber ist Allmacht nicht auch den Gesetzen der Abnutzung, des allgemeinen Zerfalls ausgesetzt? Unsere Erde als Teil des segensreichen und sagenhaften Himmelreiches ist Zeuge dieser unaufhaltbaren Vergänglichkeit in Form von simpler Verschmutzungs-Sintflut. Wo ist die göttliche Müllabfuhr? Lapidare Erklärung: ER hat es so gewollt! – Laßt doch mal die ›Jungen‹ ran – oder wenigstens einen. Man soll ja nicht mehr als einen Gott um sich haben. Diktatur. Und ein Diktator bleibt bis zu seinem Tod. ER soll aber unsterblich sein. In dem Fall geht alles seinen senilen Trott weiter, und die negativen Einflüsse ejakulieren zu einem bald erreichten Desaster. Der Mist wächst. Die Ideale werden brutal fortgespült. Der große Mann im Himmel muß pensioniert werden. Rente auf Lebenszeit und ewigliches ehrendes Angedenken für seine Schaffungen im All, die Schau mit Adam und Eva und –last not least – die Sechstagewoche. Gewerkschaften nehmen ihm dieses letzte Werk freundlich ab und kämpfen fleißig für die Fünftagewoche. Wie die Zeit vergeht! Sein Sohn ist jetzt auch schon fast zweitausend. Aber wie gesagt, ich habe beste Zeugnisse. Auch aus der Schweiz. Sogar als Chef de Reception. Und wenn der Typ neben mir eine Textilfabrik hat, schaffe ich es auch. Wäre ja gelacht. Auf jeden Fall sollte man in der Jugend Geld verdienen. Meistens hat man es im Alter. Was soll man dann damit. Beruhigung ist auch nicht abendfüllend.

Langsam schläft mein Hintern ein. Dabei hat mir der Kantonsvertrauensarzt auf dem Gesundheitszeugnis bestätigt, mein Kreislauf sei in Ordnung. Vielleicht liegt es an den augenblicklichen seiten-extremen Verbindungen. Rechts ist selige Ruhe eingetreten.

»Mein Name ist Isaac Meyer, mit E-Ypsilon«, ölt es von links.
»Mit E-Ypsilon. Angenehm. Ich heiße Nikolaus Jemand.«

Und da ich sicher bin, daß der liebe Herr Meyer mit E-Ypsilon mir mit weiteren Fragen Löcher in meinen so unendlich leeren Magen bohren wird, möchte ich ihm höflich zuvorkommen: Alter dreißig, Größe einsachtzig, Junggeselle, schlank, sportlich, sexuell normal veranlagt *und* auch entwickelt, realistisch, sowie

– ziemlich prosaisch gedacht – allem ›Schönen‹ gegenüber vollkommen aufgeschlossen.
Eigentlich alles Bagatellen. Aber wer weiß, vielleicht will er sowas wissen. Was er noch aus mir herausholen will? Keine Ahnung. Andere Länder, andere Sitten. Auch das steht in den zwölf goldenen Regeln, die ich immer noch nicht verloren habe. Aber irgendwo sollte der Neugier Grenze sein – trotz Anweisung im Reisepaß.
Ich bin müde. Unsagbar müde. Die ungewohnten Kotzarien, die stickige Luft, der Gestank, die mehr als gedrückte Stimmung – das alles lastet auf meinen Augendeckeln. Mit aller Macht stemme ich sie hoch. Jede einzelne Bedeckungsfaser an meinem Körper ist in Schweiß gebadet. Das tiefblaue Meer spürt von alledem nichts. Sie schläft. Ein glückliches Lächeln umspielt ihre Gesichtsgestade. Hilfe, mein Verbindungssteg zu ihr schläft ein. Unbeweglich. Er ist wie verankert. Sie hält ihn fest wie der Säugling die Brust der Mutter. Wehe, man zieht die Stütze fort. Verzweiflung und Angst vor dem Alleinsein wären die Folgen. Ich ziehe ihr Lächeln vor. Tausend Takte elektronischer Musik rütteln, rinnen, rasen und klopfen zwischen Armhöhle und Fingerspitzen hin und her. Ein unaufhaltsamer Strom. Fühlt man sich so am Kreuz?
Beste Ausbildung zum Masochismus.
»Haben Sie Sorgen?«
»Nein, ich komme zurecht.«
Sorgen? Vielleicht ja. Vielleicht auch nur Gedanken über die nahe Zukunft. Was mache ich eigentlich nach der Landung in Johannesburg? Bis dahin ist meine Zukunft per Charterflug vorprogrammiert. Aber das hat noch einen Tag Zeit.
Laut Fahrplan noch eine Zwischenlandung mit Übernachtung in Entebbe am Victoria-See. Zuerst Duschen und Zähneputzen. Keine Ahnung, wie es da aussieht. Wimmelt es dort von Schlangen, Krokodilen, Löwen, Tse-Tse-Fliegen, Schakalen und anderen Häßlichkeiten? Man hört so viel, und man weiß so wenig. Ich bin zu müde, um mir darüber auch noch Gedanken zu machen. Aber eines weiß ich, wenn das augenblickliche Leben in der Zukunft fortgesetzt wird, ist es kein Spaziergang, den ich hinter einem Spazierstock abschleiche. Ein einziges Abenteuer. Nur eins? Na und, was soll's! Der Mensch ist ein Gewohnheits-

tier. Der Meyer von links mit E-Ypsilon scheint sich bestens akklimatisiert zu haben. Dann schaffe ich das wohl auch.

»Werden Sie in Joburg abgeholt?«

»Joburg. Ist das eine Abkürzung?« Ich bin kurz vor dem Einschlafen.

»Joburg, Jewburg, Judenburg. Wegen all der Juden da.«

»Wieso Juden?« Besseres fällt mir nicht ein. Und der Meyer fällt mir langsam schwer auf die Nerven. Egal, ob mit E-Ypsilon oder ohne.

»Die sind in der Mehrzahl. Sie waren die Mitbegründer, und heute halten sie das Geschäftsleben aufrecht. Nicht immer einfach. Die Konkurrenz ist groß. Oft sind wir uns selbst die größten Gegner.«

»Halten Sie denn nicht zusammen?«

»Wenn so viele da sind, hört das auf. Jeder ist sich der Nächste. Geschäft ist eben Geschäft. Werden Sie abgeholt?«

Was soll ich darauf antworten? Warum fragt der Kerl mich aus? Ich dachte bereits: ›Ich weiß es selber nicht!‹ Eine Bürgschaftsfirma mit der Bezeichnung ›Transinco‹ verhalf mir zu den nötigen Einreisepapieren. Ihr vorgedrucktes Motto: ›Man muß den Emigranten helfen.‹ Gratis. Aber irgendwie müssen die auch leben. Folglich werden sie irgendwann auf irgendeine Art irgend etwas von mir wollen. Aber das hat Zeit. Noch sind wir nicht da. Mein Stiefvater gab mir aufmunternd auf den Weg, ich solle die Nerven behalten, er sei auch schon mal im Ausland gewesen.

Was kostet eine Bürgschaft? Der Verlobte meines blauen Meeres hat für sie die Bürgschaft übernommen. Ich wette, er holt sie ab. Nein, keine Wette. Wetten machen traurig und nervös. Vielleicht holt er sie nicht ab, und wir lassen uns irgendwas einfallen. Geld hat sie auch nicht. Die Lage in Groß-England. Auf dem Kontinent ist es besser, aber auch ich bin ohne Geld. Kompensieren werden wir das mit unserer Jugend und Enthusiasmus. Aber das hat Zeit bis morgen. Wenn er sie abholt, wird sie mich bestimmt als guten, aber hilflosen Freund aus Europa einladen. Italiener sind gastfreundlich. Vielleicht trinkt er abends zuviel, und wir sind ungestört. Sie mit ihm ins Bett – ein Dolchstoß durch mein Herz. Das kann er mir nicht antun. Trotzdem, Italiener trinken nicht. Die denken nur an ihre Potenz. Ob die überhaupt besser sind, bezweifle ich. Feurig sollen sie sein, aber kurzlebig. Wo ist der Vorteil? Nein, so geht es nicht. Dann nimmt er sie bestimmt mit ins Bett. Schweinerei. Alles oder nichts. Eine Frau zu teilen ist unmöglich für mich. Der Gedanke an morgen macht mich wirklich langsam nervös. Mein Stiefvater wird über mich enttäuscht sein. Der Italiener ist mein Konkurrent. Nicht die Juden. Er hat ältere Rechte, und ich breche in sein Leben ein. Wo bleibt die Fairness? Aber ich liebe sie doch! Das Meer bewegt sich. Ich kann ein warmes Gefühl der Befriedigung nicht unterdrücken. Mein Arm scheint inzwischen in ihren Besitz übergegangen zu sein. Wie weich und prall ihre Brüste sind. Zum Glück bleibt der Gang zwischen uns relativ frei. Einige der Kinder haben sich bereits erholt und tollen zaghaft herum. Sie tauchen unter meinem Landungssteg durch. Für sie ist es Spaß. Ich mag rücksichtsvolle Kinder. Ein Meerbusen füllt meine Hand aus. Und das mal zwei. Aber ich will jetzt nicht scherzen – schließlich bin ich verliebt. Behutsam und zart drükke und knete ich den Handinhalt. Das Meer zieht sich etwas zurück. Die Scham am Anfang. Doch wie aus Versehen rückt sie näher. Ein unterdrücktes Stöhnen von ihr. Jetzt ist es an mir, die Bremse etwas anzuziehen. Schließlich bin ich auch nur ein Mensch. Und so viele Artgenossen um uns herum.

Ob der Meyer mit E-Ypsilon etwas gemerkt hat? Mein müder Pokerblick geht an ihm vorbei nach draußen. Die Wolken brechen zögernd auf. Luft und Sicht glasklar. Unter uns ein Fluß mit bläulicher Farbe und großen Windungen. Vielleicht ist es der blaue Nil? Ist der weiße denn weiß? An seinen Ufern jedenfalls ist ein ungefähr hundert Meter breiter dunkelgrüner Streifen. Dahinter, soweit das Auge reicht – meines wenigstens – alles grau-braun. Grauer Kontinent Afrika mit braunen Abweichungen als Hintergrund. Wir kommen der Sache schon näher. Werde ich nun abgeholt oder nicht? Meine Antwort auf seine Frage ist langsam fällig. Der ungefähr fünfundvierzigjährige Meyer'sche Spitzbauch, wenigstens sieht er im Augenblick so aus, atmet auf und ab. Sein E-Ypsilon scheint den Takt vorzugeben. Die Patschhändchen liegen gefaltet darüber. Er macht wieder einen sehr schlappen Eindruck. Junge, halte durch bis zur Landung. Er wird, denn seine Augen blinzeln mich an. Und ich biete ihm eine Zigarette an. Mit Filter. Seine schweren Lippen bringen ein Danke hervor, und seine Finger greifen wie ein Kran einen Rauchstift. Ich selbst versuche mit tiefem Inhalieren meine Gedanken und Vorahnungen zu betäuben. Nur schwer läßt sich der Aschenbecher aus der Armlehne ziehen. Waren die Vorgänger alle Nichtraucher? Vielleicht ließ ihnen der Sandsturm keine Zeit. Oder sonst ein Grund.

Beide Kippen verenden in der geschlossenen Zigarettenurne. Wie Seelen, die irgendwohin aufsteigen, entquellen einsame, dünne Rauchkringel dem Gefängnis ...

Stille. Achtundsiebzig Charterpassagiere schlafen. Inklusive Kinder.

»Sie schulden mir etwas.«

Ein Schreck fährt durch meine Glieder. Jetzt schon? Kann nicht sein. »Sie meinen die Antwort, ob ich abgeholt werde oder nicht?«

»Genau. Mir können Sie es doch ruhig sagen. Na, ich will nicht weiter in Sie dringen. Sollten Sie aber einen Rat oder sogar Hilfe brauchen, müssen Sie sich unbedingt an mich wenden. Ich betrachte mich in etwa immer noch als Ihren Landsmann.«

Dankend nehme ich seine Visitenkarte, sogar anständiger Druck, an. Isaac Meyer, mit Telefon und Adresse, Textilkaufmann.

Northcliff scheint irgendein Vorort zu sein.

Ich verspreche, mich nicht nur im Falle der Not bei ihm zu melden. Tatsächlich fühle ich mich jetzt viel wohler in meiner Haut. Ungeahnte Möglichkeiten öffnen ihre Pforten. Aber ich bin kein Opportunist. Trotzdem ... wie schön ist das Gefühl, in einem fremden Land jemanden zu kennen. Einen Europäer. Einen mit Gefühl und Verständnis.

Bin ich wirklich kein Opportunist?

In der jetzigen Lage, nicht nur wegen meines eingeschlafenen Hinterteils und rechten Armes, fällt es schwer, mir offen und ehrlich diese Frage zu beantworten. Ähnlich auch erging es mir mit: »Werden Sie in Joburg abgeholt?« Ich weiß nur eins, daß dabei vielleicht meine Erziehung eine sehr große Rolle spielt. Sie läßt mich weiterhin so naiv erscheinen, an die Aufrichtigkeit meiner selbst, der Mitmenschen und letztendlich an die Fügung des Schicksals zu glauben. Das Letztere schränkt natürlich die Möglichkeit ein, an dem Schicksal, ebenso wie jeder andere, ein wenig

19

drehen zu können. Jedenfalls weiß ich, daß eine kräftige Portion Glück Mitglied in einem philosophischen Mischmasch sein muß! Intelligenz alleine ist doch wohl ein zu dubioser Faktor. Noch schlechter ist es, wenn jegliche Intelligenz als unterstützender Partner fehlt. Trotzdem stehen als Beispiel die ›berühmten dicksten Kartoffeln des berühmten dümmsten Bauern‹.
Teufelskreis.
Mit mir wird es wohl in die Richtung gehen, ein Zwitter zwischen Opportunist und Idealist zu werden. Also besser abwarten und ... schließlich haben die Engländer mit ihrem berühmten Teetrinken einen großen Teil der Welt erobert. Vielleicht haben sie es anschließend mit dem Tee übertrieben, da ihr Commonwealth langsam – aber sicher – in die Binsen geht. Nun, das ist Teetrinkerpolitik. Ich glaube an Kaffee. Das Meer zum Glück ebenfalls. Wie schön sie ist. Ich werde sie immer ›Meer‹ nennen. Eigenartig die Art der Gedanken, ausgehend von einem kleinen, furzenden Passagiersitz in einer brüchigen Chartermaschine. Dabei bin ich so ausgepumpt müde. Und meine grauen Zellen da oben drohen mit einem baldigen Generalstreik. Fäusteschwingend hämmern sie bereits revoltierend an die Außenwand. Mein armer Schädel. Wenn der Druck anhält, gibt es unwiderruflichen Grauen-Zellen-Salat. Jetzt übernimmt ein Acht-Oktaven-zehntausend-Hertz-Ton die Hämmerei. Entweder haben die da oben Erz gefunden und jubilieren wegen des zu erwartenden Reichtums – oder alles ist gemeiner Bluff. In dem Fall werde ich bestimmt den Kampf gegen die grauen Zellen verlieren. Dabei können sie bis heute mit meiner Behandlung mehr als zufrieden sein. Ich war immer fair. Habe ich sie nicht regelmäßig konsultiert, wenn es galt, eine Entscheidung zu fällen? IDIOTEN DA OBEN!!!
Zwei Welten in mir. – Ich rate euch Frieden!!
Goethe hat bestimmt dieselben Gefühle gehabt, als er von seinen zwei Seelen sprach. Er hatte sie allerdings in seiner Brust. Mein Problem liegt im Kopf. Auffassungssache.
Das Flugzeug liegt schief. In der Fachsprache würde es, da ich trotz angeschnallter Gurte nach links, Richtung Meyer mit E-Ypsilon, rutsche, Linkskurve heißen. Mein Blick schwenkt nach draußen. Das heißt, nach schräg unten. Wasser. Wasser? Was für ein Wasser? Der Vogel verliert schnell an Höhe. Werden

wir wassern? Ein meyerisches Lächeln verrät mir: ›Bald werden wir landen.‹

»In dem Fall der Victoria-See?«

»Genau. Und dann trinken wir einen wohlverdienten Whisky«, tönt es e-ypsilonisch.

Apropos ›Duschen und Zähneputzen‹, das Wasser kommt immer näher. Wir fliegen genau darauf zu. Landen wir, ich meine, wassern wir auf dem Wasser? Und was ist mit den Krokodilen? Die Piloten spinnen wohl. Bis jetzt waren sie einigermaßen normal. Ein gewaltiges Rütteln schüttelt unseren fliegenden Apparat durcheinander. Das Fahrwerk. Viel zu spät, meine ich. Die anderen machen das während der Links- oder Rechtskurve. Meistens sind es Linkskurven. Ich fliege ja nicht zum ersten Mal.

Andere Länder, andere Sitten. Kurz vor der Landung auf dem Wasser sehe ich tatsächlich eine echte, wirkliche Landepiste, die einige Meter auf dem Wasser beginnt und übergangslos auf dem Land fortläuft. So geht es natürlich auch. Ein grauer Teppich. Quietschende Räder, leichtes Hüpfen. Hurra, jetzt stürzen wir, heute wenigstens, nicht mehr ab. Dunkelgrüner Rasen, dunkelgrüne Bäume, bestimmt Affenbrotbäume oder Akazien, rasen an uns vorbei. Jetzt werden sie merklich langsamer. Stille. Wir halten also. Nein, noch schnell eine kleine Korrektur. Korrekturen sind lebenswichtig. Draußen ein Spalier von schwarzen Männern im Dress einer farbenprächtigen Fußballmannschaft. Kaum hält unser Vogel, jetzt endgültig, stürmen sie auf uns zu, rennen überall um uns her. Kommandos aus dem Jenseits. Eine Mannschaft läuft bereits auf einem Flügel unserer Kiste bis an die Spitze. Keine Angst, Jungs. Die bricht nicht. Wir waren in einem Sandsturm. Aber die Boys scheinen das selber zu wissen. Sie palavern, öffnen versteckte Klappen. Wie ein wuchtiger, hundertjähriger Elefantenrüssel erscheint eine Art Benzinschlauch. Zehn Liter Super, bitte.

Ich muß aufstehen, weil alle aufstehen. Mein Hintern, mein Arm. Und das Meer schläft auch noch. Behutsam locke ich sie – nach meinen eigenen abgetretenen Bestandteilen – ins Leben zurück. Der Meyer grinst: ›Warst wohl noch nie verliebt, wie?‹ Der Gedanke bäumt sich in mir auf. Versöhnung mit den grauen Zellen. Hastig greife ich nach meinem Schirm und Regenmantel in der Ablage. Regenwetter in dem verklüngelten Europa. Das Meer zaubert von irgendwoher einen Make-up-Koffer hervor. Schlangestehen am Ausgang. Achtzig Menschen wollen die ersten sein. Endlich öffnet sich die Sargklappe. Noch heißere Luft strömt herein. Es ist eine frische heiße Luft. Ablösung für den stehenden Kotzgeruch. Wer säubert die Maschine? Vielleicht die Fußballer von eben. Ist mir auch egal. Bin ich ein Opportunist oder nicht?

Afrika. Einige Sekunden verharre ich andächtig auf der Plattform der Gangway. Hinter mir das Flugzeug, vor mir das Land meiner Träume. Tief einatmen. Wie wohl das tut. Die Luft ist jung und unverbraucht. Ehrfurcht rast wallend durch meine Glieder. Besonderer Frieden mit meinen grauen Zellen. Dankbar füttern sie mich mit Namen klassischer Afrikafahrer. Griechen, Araber, Römer. Die berühmte Fahrt des Hanno, Herodot, die von Kaiser Nero nilaufwärts geschickten zwei Centurionen. Modernere Europäer wie Julius Maternus, Leo Africanus, Bartholomeu Diaz – der als erster das Kap der Guten Hoffnung umsegelte – Vasco da Gama, Livingstone, Stanley, von Wissmann. Nur einige der unzähligen Männer, ohne deren eigenen Wissensdurst und aufopferndern Tatendrang (Missionare, Menschenfresser) weder die siebenundsiebzig Passagiere, der E-Ypsilon-Meyer, mein Meer noch ich je einen Atemzug hier inhalieren würden. Schirm und Regenmantel hängen, brav europäisch gerichtet, über meinem Unterarm. Rechts hat sich das Meer eingehängt. Und der Meyer ist bereits verschwunden. Der Hang zum Whisky war stärker. Außerdem kennt er das emotionelle Erstbetreten des grau-grün-braunen, vielleicht auch schwarzen Erdteils bereits.

Zögernd steige ich mit meinem Gepäck die Stufen hinab. Wie eine Schlange ergießen wir achtzig uns in die bereitstehenden Landrover. ›Hotel Lake-Victoria‹ steht fein säuberlich an den Türen. Schwarze Fahrer, ebenfalls in Fußballtrikots. Grinsend legen die gewaltigen Lippen der Männer gewaltige weiße Zähne frei. Bei einem fehlt einer. Kampf mit den Löwen. Und ab geht die Post. Achtung Linksverkehr. Über erstklassige Asphaltstraßen, durch gepflegte und gefegte Parkanlagen, vorbei an Bilderbuchbungalows. Paradies.

Eine Wohltat, wie das Wasser aus der Dusche auf mich niederprasselt. Nur der Kaltwasserhahn oder zumindest, was da rauskommen soll, spielt nicht so recht mit. Anstatt kalt, lauwarm. Kein Wunder bei der Hitze. Nur eine hauchdünne Mauer trennt mich von meinem Meer. Sie steht im Nachbarzimmer ebenfalls unter der Dusche. Unterhaltung per leisen Klopfzeichen. Die beiden Schnecken, mit denen sie das Zimmer teilt, seien echte alte Jungfern, die alles einfach ekelhaft finden. Und eine meinte, man solle mit dem Waschen warten bis Johannesburg, das Wasser sei hier bestimmt nicht sauber. Kein Wunder, daß die noch nie einen Mann zu fassen bekam. Ekelhaft für jeden Mann. Außerdem ist das Wasser hier sauber. Auch ich muß mein Zimmer mit zwei Artgenossen teilen. Wirklich die letzten Heuler. Das reicht als Beschreibung.

Jane, das tiefblaue Meer, und ich, wir wollten ein Zimmer für uns. Schließlich sind wir verliebt. Aber der Empfang meinte, wir hätten dazu keine Lizenz. Und das sei gegen die Moral. Komischer Empfang. Der Sprache nach Schweizerin. Dem Aussehen nach völlig frustriert, kurz vor fünfzig, mit einem vergoldeten Kreuz da, wo andere Frauen den Busen tragen. Dann eben nicht, liebe Tante. Sex ist trotzdem schön. Und eine Möglichkeit finden wir schon. Für uns bist du kein Sexhemmer!

Ruhig Blut, mein Lieber, sonst regst du dich auf. Und das tut nicht gut. Man soll immer gelöst an die Sache rangehen.

Vor dem Essen einen Aperitif in Form von E-Ypsilon-Whisky. Der Meyer hat uns tatsächlich eingeladen. Ich werde mich in Zukunft dafür revanchieren.

Frisch bis auf die letzte und unterste Faser an meinem Körper erscheine ich wie verabredet an der Bar. Kaum ein Platz frei. Moment mal ... ich bin hin- und hergerissen ... lauter afrikanische Gäste in ihren bunten, wallenden, echt-afrikanischen Gewändern. Männlein wie Weiblein. Schön sehen sie aus. Und so ungewohnt. Mein echt-deutsches Herz erfreut sich immer an folkloristischer Schönheit. Egal, ob ungewohnt oder nicht. Und meine Stimmung erreicht bestimmt bald den Höhepunkt, unterlegt von echt-afrikanischer Rhythmusmusik à la ›Der Löwe schläft heut' nacht‹.

Freund Meyer sitzt auf seinem E-Ypsilon ein wenig versteckt, er ist wirklich nicht sehr groß, hinter einer echt-afrikanischen Schönen. Ihr Busen nimmt überhaupt kein Ende. Mein Blick ist bereits unterhalb der Theke angelangt. Nicht als Akrobat möchte ich an ihrem schließlich doch irgendwo zu findenden Ende hängen. Junge, stell dir vor – sie fängt plötzlich an zu schleudern? Sie ist etwas reifer ...

Herr – oder besser – Mister Meyer findet es recht amüsant, wenn er mit Mr. E-Ypsilon angeredet wird. Das hätte bis jetzt noch nie jemand getan; hat er schon mehrmals wiederholt. Naja, öfter mal was Neues. Wir prosten uns alle zu. Ausgezeichneter Whisky – trotz, oder weil Importware. Und der nachtschwarze, echt-afrikanische Barkeeper lächelt uns zu. Mann, hat der ein Gebiß! »Ganz schön heiß heute. Bin die Hitze nicht mehr gewohnt. Bin erst zwei Wochen wieder hier. Habe in Hamburg zwei Jahre gearbeitet. Blonde Mädchen sind sehr gut. Eine davon werde ich heiraten.«

Offenes Herz, dieser Afrikaner. Trotzdem verständlich. Mein Meer ist schließlich ebenfalls blond. Das heißt aber noch lange nicht, daß alle blonden Mädchen einen Garantieschein auf langlebige Klasse besitzen. ›Wenn überhaupt‹, meldet sich mein Instinkt. Er ist es doch, der mir ewig diktiert, nur Mädchen mit schwarzen Haaren seien mein Gegenpol. Nun mach mal jemand etwas gegen seinen Instinkt. Aber ich kann machen, was ich will. Jedes weibliche Wesen, zu dem ich näheren Kontakt pflege, ist blond. Oft färben sie mir zu Gefallen alle ihre Haare dunkel. Aber blond ist nun mal blond. Und mein Instinkt läßt sich selten von einem Trick übertölpeln. Ist es etwa meine Schuld, wenn blond in der zahlenmäßigen Übermacht ist? Ob sie in Südafrika anders sind? Zu spät. Kein Interesse mehr. Ernsthaft verliebt. Aber von dem Italiener muß ich sie loseisen. Wird nicht leicht sein. Der steht bestimmt auf blond ... wo sie nur bleibt? Geduld ... schöne Frauen brauchen Zeit ... um noch schöner zu werden ... und das in diesem Fall für mich ... Meyer ist in Gedanken und Worten bei frivolen Erlebnissen in Hamburg. Und sein Kumpel, der Barmann ist ganz Ohr. Begeistert nickt sein schwarzer Schädel.

Und ich? Was soll ich tun? Angeben liegt mir nicht. Außerdem war ich noch nie in Hamburg ... und Perversitäten öden mich an.

Langeweile.

Wo sie nur bleibt?

Geliebtes Meer, verzeih, wenn ich jetzt an eine Ex-Freundin zurückdenke. Aber zurückdenken heißt nicht betrügen. Du wirst mich bestimmt verstehen.

Sie war tatsächlich mein Instinkt-Typ. Rein äußerlich wenigstens. Die schwarzen Haare verschönerten ihre wirklich reizende Erscheinung beträchtlich. Und mein Instinkt hüpfte vor Freude und Erwartung aufgeregt auf und ab. Ein wirkliche Seele von russischer Ärztin. Ihre Stimmbänder mußten seit Jahren in Wodka und Machorkaqualm mariniert gewesen sein. Sie ließen mich bei jedem Ton in meinen Grundfesten erschüttern. Für sie hätte ich mehr als alles getan. Sogar meine Position im Hause riskiert. Und wäre anschließend als Bettler oder verkrachte Existenz durch die ›Schweizer Lande‹ gezogen. Auf der Suche nach noch mehr schwarzen Haaren.

Sie nahm an einem internationalen Ärztekongreß in Zürich teil. Die Wochenenden wollte sie in Luzern verbringen. Ein unüberwindbares Problem, denn während der Musikwochen gab es noch nie ein freies Zimmer. Da begnadete Leute wie Artur Rubinstein wenigstens ein halbes Jahr vorher reservieren ließen, blieb als Notlösung nur ein Etagenbad. Bäder wurden in dem Fall nicht berechnet. Nur der Schlaf darin.

»Pardon, Mr. Soundso, darf ich Ihre Zimmernummer wissen?« Wie ein Hausgeist servierte ein befrackter Ober Mokka mit Cognac.

»Zweites Etagenbad, fünfter Stock.« Solche Gäste waren noch nie begnadet.

Und dann kam ›SIE‹ zu uns ins ›National‹. Auf Empfehlung einer befreundeten Reiseagentur. Auch nur, weil ich zehn Minuten vorher ein begnadetes Einzelzimmer, mit Bad und Blick zum See, angeboten hatte. Eigentlich hätte es mir als Empfangschef nie passieren dürfen, ein freies Zimmer zu haben. Es war auch wirklich nicht meine Schuld. Der Herr aus Amerika war ziemlich alt. Gebürtiger Schweizer, wollte er noch einmal seine Heimat sehen. Sein Schicksal erwischte ihn am Abend vorher. Beim Rasieren. Der Anblick war wirklich nicht schön. Was tun mit einer Leiche im Grand-Hotel? Noch dazu eine amerikanische. Der Portier drehte als erster durch. Kundenservice an einem Toten. Und das ohne einen Rappen Trinkgeld!

»Also die Leiche muß verschwinden«, entschied der Direktor.

Er war sichtlich nervös und strafte uns alle mit wahren Damoklesblicken. »Egal wie!!«

Der Portier, genannt Chefportier, sabbelte mit seiner herunterhängenden Unterlippe etwas ins Telefon. Und nach zwei Stunden kam er. Anton Zwingli, seines Zeichens Bestattungsunternehmer. Dicker Freund des Chefportiers. Der Arzt war auch sein Freund. Prozente.

Ich konnte nicht umhin, den Abtransport aus Direktionssicht zu überwachen. Mitternacht. Geisterstunde. Die hängende Unterlippe gab mir ein unmißverständliches Zeichen, am Gepäcklift Nummer eins zu erscheinen. Dort stand er. Hamlet's Totengräber mit Gamsbarthut.

Im Nu hielt der Lift auf der fraglichen Etage, und wir verschwanden in dem fraglichen Zimmer. Der Gamsbarthut produzierte aus einer riesigen Einkaufstasche zwei riesige doppelwandige Abfalltüten, die normalerweise als Mülltonne ihren Platz haben. Ich traute meinen Augen nicht – die Hausdame, eine ältere französische verarmte Adelige, schlug ein Kreuz und drehte sich um. Glückliche. Herr Zwingli begab sich an seine ihm Einnahmen versprechende Arbeit. Eine große Tüte über den Kopf des Verblichenen bis zur Gürtellinie gestülpt. Die andere große Tüte kam von den Beinen her als Gegenstück bei der Gürtellinie an. Ein Bindfaden hielt die Totenverpackung zusammen. Und ab ging der Leichenzug. Das lange Paket fest in den Armen von Herrn Zwingli. Wir in angemessenem Abstand hinterher. Ernsten Gesichts öffnete die hängende Unterlippe, seinem Beruf automatisch nachkommend, mit leichter Verbeugung die Aufzugstür. Drinnen im Gepäcklift wurde das Paket achtlos an die Wand gestellt. Von einer Gambsbarthuthand gehalten. Und oh Wunder – niemand hat uns gesehen. Der Direktor wird zufrieden sein. Eine Leiche im Hotel. Unglaublich. Der Aberglaube.

Verbucht hatte ich den Dahingeschiedenen bereits als unerwartete Abreise.

Der Lift hielt im Keller. Ein Fahrrad mit länglichem, offenem Anhänger. Er hielt der Belastung mit Leichtigkeit stand. Schweizer Wertarbeit.

»Ade miteinand' und merci vielmal«, tönte es vom Stahlroß.

Die hängende Unterlippe verschwand wieder hinter ihrer Loge. Mein Magen drehte sich verständlicherweise entgegengesetzt. Die unbezahlte Hotelrechnung wurde bis auf weiteres als durchlaufender Posten in das Journal aufgenommen. Ordnung muß sein.

Da stand sie nun, die schöne Natascha Smrkoffskaja aus Rußland. Mein Instinktschwarm. Ihre begnadete Schönheit bekam das begnadete Einzelzimmer mit Bad und Blick zum See. Ich brachte sie hinauf. Sie war entzückt über soviel unerwartetes Glück. Das Klopfen des Pagen mit dem Gepäck unterbrach ihren dankbaren Blick. Tief in meinem Innern verbannte ich den Störenfried auf eine der Teufelsinseln. Aber er kam immer wieder. Und noch ein Koffer!!

Es kostete einige Zeit, bis ich den verlorenen Faden der schwarzen Instinktromantik wieder aufnehmen konnte und sie zu einem Konzert einlud. Ich hatte begnadete Beziehungen, im letzten Augenblick noch Karten zu bekommen. Fünfzig Prozent Ermäßigung sogar.

Herr Rubinstein spielte Herrn Schumann. Frenetischer Applaus.

Den Rest des Abends tanzten wir ›Slows‹ in der anheimelnden Atmosphäre der Bürgenstock-Bar. Enger und enger. Ich schmolz langsam aber sichtlich dahin. Meine Konzentration auf einigermaßen Konversation war mehr als im Eimer. Noch nie war ich so verliebt. Auch ihre russische Seele schmolz, und der Wodka floß durch ihre zarte Kehle. Ihr Nacken war meinen Lippen bereits bekannt. Alkohol floß bei mir weniger. Autofahren und Fitbleiben. Ich konnte und durfte sie nicht enttäuschen. Ich wäre mir wie ein Krüppel vorgekommen. Zeit zu sterben. Zeit zu gehen. Polizeistunde. Zeit zu lieben.

Draußen war Vollmond. So schön er immer wieder ist, ich würdigte ihn keines Blickes. Ihre Sternaugen strahlten mich an. Und ich fand kaum das Autotürschloß. Schwarze Augen.

Unsere Unterhaltung war bisher ziemlich in den Hintergrund gedrängt worden. Unsere Gefühle hatten sich genug zu sagen. Bis jetzt jedenfalls hatte mein Instinkt recht. Ich hätte früher schon nachgeben und mich ausschließlich den schwarzhaarigen Evageschöpfen widmen sollen. Instinkt gegen Verstand: Eins zu Null.

Ihr mehr als temperamentvoller Kuß zwang mich auf mei-

nem Sitz in die Knie. Mein geliehener Kleinwagen war für uns auf jeden Fall zu klein. Wollte ich nicht Gefahr laufen, daß Nata ihn auseinandernehmen würde, war ein Ortswechsel ratsam.
Bis jetzt war ich ein relativ guter Fahrer. Noch nie ein Unfall. Dann begann es. Ohne auszukuppeln startete ich den Motor. Rückwärtsgang. Und mit voller Wucht rammte ich eine Laterne. Ein kräftiger Blütsch in der Stoßstange.
›Idiot. Im Bett kannst du dir das nicht leisten.‹
Daß wir zusammen schlafen würden, war so sicher wie die standfeste Laterne. Erster Gang. Vorsetzen. Deckfarbe. Ich sah den Nachbarwagen keineswegs. Ein Pärchen knutschte in ihm.
Zetermordio!
Gastarbeiter.
Dio mio!!
Verdammter Mist. – Ich war selber ein Gastarbeiter.
›Egal. Ich will nach Hause. Meine Nerven.‹
Nata lachte mit ihrer Tundrastimme, bis der Wagen anfuhr. Sie verfügte über einen gesunden Humor. Allmählich kam meiner auch wieder. Und die Fahrt endete ohne weitere Zwischenfälle. Wir verabredeten, sie solle vorgehen, ich käme nach.
Noch ein wilder Kuß als Pfand, und ich war fürs erste befreit. Ziemlich ratlos stand ich vor der Reception.
Paulchen Kerschensteiner, unser Sekretär, knapp zwei Meter hoch und ebenfalls schwarze Haare. Sonst kam er aus Baden. Trotzdem starrte er mich entgeistert an.
»Noch ein Toter?« Ich ahnte fürchterliches.
»Nein!« Seine Augen wurden größer und größer. Noch ein Millimeter, und sie würden herausfallen. Vorsicht! Stopp!!
»Nun raus mit der Sprache, Herr Kerschensteiner. Sie sind ja mehr als blaß. Was ist los?«
Seine Augen starrten immer noch. Seine Hände krallten sich an der Tresenkante des Empfangstisches fest. Mein Atem ging automatisch ruhiger.
»Haben Sie? ... Nein. Sie haben nicht«, stieß er hervor.
»Was habe ich nicht?«
»Sie ist vor zwei Minuten hereingekommen. Haben Sie sie gesehen?«
»Ja, eh. Sie kam heute morgen an.«
»Haaaaaaa. Was für ein Weib!« Ein halber Orgasmus.

»Aber Herr Kerschensteiner. Wirklich. Wo bleibt Ihre Beherrschung?«
»Die macht mich verrückt. Ich habe sie schon zweimal gesehen.«
»Zweimal? Das ist natürlich eine Menge. Trotzdem wird Ihre Braut nicht einverstanden sein.«
»Meine Braut? Meine Braut ist nichts. Verglichen mit ihr.«
»Gestern waren Sie anderer Meinung.«
»Gestern kannte ich diese Russin noch nicht.«
»Russin. In erster Linie ist sie Ärztin.«
»Ärztin. – Ach so.« Paulchens Finger entkrampften sich etwas.
»Aber diese Frau macht mich trotzdem verrückt«, fuhr er fort. Und erneut wollte ich nicht an Stelle der Tischplatte sein.
»Sie macht mich verrückt. Verrückt!« Fehlt nur noch Schaum, dachte ich.
»Auf jeden Fall läßt sich etwas dagegen tun!«
»Ja wirklich?« In seinen Glupschaugen leuchteten Blitze auf. Wenn Angriff schon die beste Verteidigung ist, dann hilft Frontalangriff auf jeden Fall. Meine Gedanken rotierten.
»Ganz einfach. Fahren Sie hoch und besuchen Sie die Dame.« Ich wurde mir fast unsympathisch mit meiner Überlegenheit.
»Die Dame besuchen. Unmöglich. Schließlich sind wir ein führendes Haus.« Er begann sich erneut aufzuregen.
»Eben drum.«
»Das ... kann ich nicht. Das müssen Sie mir erst vormachen.«
»Ich?? Sie sind doch scharf!« Peinlich. Peinlich. Klippen über Klippen.
»Sie müssen es machen. Aber Sie trauen sich auch nicht.«
»Warum sollte ich mich nicht trauen? Charme, mein Lieber, ist alles.«
»Charme.« Das klang sehr verächtlich. »Lieber wette ich um zehn Franken.«
»Im Ernst? Statt Charme setzen Sie zehn Franken?«
Nicht lange, und wir standen vor ihrer Tür. Ihrer begnadeten Tür. Nata, was soll ich machen? Ich werde den Kerl nicht los. Aber ich muß zu dir!
»Aber die Tür ist bestimmt abgeschlossen.« Paul, die geile Klette, war nervöser als ich.

»Wie ich Ärztinnen kenne, schließen die nie ab.« Intelligentere Erklärungen fielen mir beim besten Willen nicht ein.

»Bis dann.« Und ich verschwand lautlos in der Tür. Sein offenstehender Mund wurde so groß wie ein Scheunentor für satte Kühe von der Weide.

Feuerwerk.

Auf alles vorbereitet, stand sie hinter der Tür bereit. Zum Glück lautlos. Paulchen hätte das nie begriffen. Ihre erwartenden Hände verhalfen meiner so lang ersehnten Entblätterung zum wackeren Fortschritt. Nicht, daß sie zu groß waren. Aber ihre Brüste zitterten aufgeregt, als sie sich niederließ und meinen Äskulapstab zum prallen Leben erweckte. Magnetartige Lippen.

Kaum wurden meine Knie vor Erregung schwach, erschien sie aus der Unterwelt. Ungerufen. Wissend. Gewandt-gefühlvoll-gekonnt brachte sie meinen stolzen Besitz in sich unter. Erst dann erlaubte sie uns, auf das Bett zu sinken. Ich zuerst. Armer Ami, wo er jetzt wohl ... Entfesselte Naturgewalt.

Familienmultiplikator verbunden mit Additionsmaschine gleich Rotation. Die Erde bebte.

Reise in unbekannte Sphären. Jauchzen. Aufbäumen. Seliger Frieden. Wodka. Unzählige Zigaretten. Alle Varianten der Liebe. Unterbrochen von kurzem Aufenthalt unter der Dusche. Schwaches, glückliches Lächeln. Schwarze Haare. Zwei zu Null für meinen Instinkt.

Der nächste Tag. Meine Augen hatten den Kampf des Wachbleibenmüssens endgültig aufgegeben und flackerten nur noch schwach vor sich hin. Und mein Verstand redete dem Instinkt eindrucksvoll ins Gewissen. Das Leben hängt nun mal größtenteils von Überlegungen ab. Hin und her ging die Diskussion. Ein Fortschritt war nicht abzusehen. Der Instinkt ließ sich weder überzeugen noch überreden. Nur eins war sicher. Nata war mein anonymer Gebieter, vor allem im Bett. Und ich war glücklich, bei ihr zu sein. Und tot, wenn ich sie verließ. Noch eine Nacht bis zu ihrer Abreise.

Und Paulchen Kerschensteiner, der ewig Verlobte, schien seinen Haß mir gegenüber kaum noch verbergen zu können. Mit der verzweifelten Kühnheit des Schüchternen warf er mich in hohem Bogen aus meinem sich werdenden Rennen.

Ich hätte bei ihr duschen sollen. Mein Standpunkt war falsch, unter meiner eigenen Dusche Kraft für das erneut bevorstehende Liebesduell zu schöpfen.

Fraglich-wertvolle Zeit verrann, bis ich endlich vor ihrer Tür stand. Das weltweit bekannte ›Do not disturb‹-Schild an ihrem Nympheneingang versperrte mir den Zutritt. Bekräftigt durch Paulchens unübersehbare dunkelgrüne Kugelschreiberfarbe. Drei feindliche Ausrufezeichen!!!

Eine friedvolle Nacht mit Kinderträumen. Aber einsam. Instinkt oder Idealismus. Wer hat gewonnen? Realität natürlich.

»Hallo, Niko-Darling.« Über meinen, von schwarzen Gedanken gebeugten Rücken streicht eine zarte blonde Hand. Sie gehört meinem Blauen Meer, Jane! – meiner wirklich anti-instinktiven Liebe ... Der echt-afrikanische Barkeeper und Freund Meyer unterbrechen abrupt ihre Diskussion über in frischen Heringen catchende blonde Hetärenweiber auf der Reeperbahn. Die Heringe sollen wirklich echt gewesen sein. Laut einer Reportage in der Tagesschau ... Beim Anblick meines charmanten Meeres weiten sich die Augen des Afrikaners mehr als gefährlich. Vorsicht! Stop!!!

Etwa ein schwarzer Paulchen Kerschensteiner?

Ich werde nie wieder alleine duschen.

Sie hat sich in ein mehr als nur feenhaftes Wesen verwandelt. Äußerlich natürlich. Innerlich wird sie bleiben, wie sie ist. Mein Instinkt warnt mich mal wieder. Was soll's. Ich werfe ihm die Fehdehandschuhe direkt vor die Füße. Von jetzt ab immer. Wäre ja gelacht.

Ihre blonden Haare hochgesteckt, schwebt sie in ihrem seidenen, fußlangen Abendkleid – extra für die Tropen – auf einen freiwerdenden Barhocker. Die Insel zwischen dem E-Ypsilon-Meyer und mir. Königin der Nacht ... apropos Nacht, draußen ist es bereits soweit. Dämmerzeit nur wenige Minuten. Und das um sechs Uhr abends. Andere Länder – andere Sitten. Hier sind sie eben schneller. Sexzeit auf afrikanische Art. Ihre Augen ... was bleibt mir anderes übrig, als erneut in ihrem tiefblauen Meer zu versinken? Aber ewiges Versinken macht mich unsicher. Ich brauche dringend Schwimmflossen. Wie kann man auf ewig in einem Meer Herr seiner selbst bleiben? Ohne Schwimmflossen. Wenn es noch schlimmer wird, brauche ich unbedingt

einen verläßlichen Schnorchel mit Maske. Ich will tief tauchen. Anbetend erscheint vor ihr ein glitzernder Whisky. Konkurrenten. Schon gut ... ich weiß.
E-Ypsilon on the rocks.
Wie die Katze um den heißen Brei sagen wir uns ein gemeinsames: Cheers! ... Und der Meyer lächelt vielsagend vor sich hin. Könnte er in seinem Alter nicht schon fast unser Vater sein? Verdammt nochmal – mit Vätern habe ich schlechte Erfahrungen. Wenigstens ein väterlicher Freund? Hoffentlich.

Meine Gedanken von eben scheinen ihm nicht entgangen zu sein. Ich bin ein verdammt mieser Schauspieler. Ewig denken meine Mitmenschen animiert genau das, was ich fühle.

Also sind ihm auch meine Gedanken über Nata aus Rußland nicht entgangen. Landsleute sozusagen ... die beiden. Und der Geburtsort spielt keine Rolle.

»Junger Freund, Sie sehen nachdenklich und deprimiert aus.«

Wenn er nur nicht so viel Öl in der Stimme hätte ...

»Wirklich, Liebling, hast du etwas?« Das Meer echot natürlich prompt. Vereint haben die beiden natürlich recht: ... von dem gestrigen Europa springen meine Gedanken zu dem morgigen Südafrika – mit Ziel Johannesburg ... unwillkürlich ziehen Wolken an meinem innerlichen Horizont auf ... Europa, schwarze Haare, Klüngel ... alles vergessen. Aber: ›Es ist der letzte Abend mit ihr ... wenn nur nicht der Italiener wäre. Ihr ungeliebter Mann der Zukunft mit dem Verlobungsring ...‹ Böse Vorahnungen stürzen auf mich ein. Bin eben sensibel.

»Du denkst an morgen.« – Gefühlvolles Meer. Mag sie auch noch eine gehörige Portion Bildung per Nachhilfeunterricht benötigen. Aber immerhin besitzt sie ein instinktvolles Gefühl. Nicht viele Menschen, die es haben. Ich weiß, man kommt viel weiter *ohne* dieses blöde Gefühl. Wer hat es schon? Und was ist ohne es noch lebenswert?

Nun gut, das Meer ist also äußerst gefühlvoll. Ist sie es morgen auch noch?

»Du denkst an morgen.« Noch mehr Gefühl. Oder nur Windstille? Meine Hand umspannt ziemlich kraftvoll das E-Ypsilonische Whiskyglas. »Ja.«

»Aber Joburg ist eine herrliche Stadt. Wir alle geben uns die

erdenklichste Mühe, so ›continental‹ wie möglich zu sein.« ...
Ich weiß schon: E-Ypsilon, der quirlige, kleine, runde Hinundher meint es wirklich gut ... dem Anschein nach.
»Sie werden von Ihrer neuen Heimat nicht enttäuscht sein. Natürlich fehlt einiges. Anderes läßt zu wünschen übrig. Aber bedenken Sie, ein junges Land wie Südafrika ist mit den wenigen Jahren seiner Geschichte mit dem klassischen Europa vergleichbar. Doch warten Sie ab – das wird schon. Auf jeden Fall ist der Wille hierzu reichlich vorhanden.«
»Ich weiß – vielmehr, ich kann mir vorstellen, was fehlt und so. Aber ...« Jane ist im Ansatz einer ausgiebigen Erklärung, als ein benachthemdeter Afrikaner mit dunkelrotem Fez an sie herantritt. »Entschuldigung. Sind Sie Miß Jane Palgrave aus England? Telefon aus Johannesburg. Bitte.« Das Wort ›Johannesburg‹, trotz der Verschönerung des ›Bitte‹, scheint in ihm eine unverhohlene Aversion auszulösen. Trotzdem spüre ich es: Der Gast soll auch hier unumschränkter König sein. Und der dienstbare Obergeist weist ihr den Weg in die Telefonkabine.
›Wer kann bloß der Anrufer sein? Natürlich, nur der Italiener – ‹, ein Blitz durchzuckt meine Denkanlage. Einschlag! Und wie!! – ›Komisch, jetzt dusche ich nicht. Halte mich in unmittelbarer Nähe meiner Geliebten auf, und schon ist das Telefon mein unabwendbarer Gegner. Wenn die Technik schon mein Feind wird – wer dann noch? Wie schnell alle meine Felle davonschwimmen. Der lange Kerschensteiner als ideologisches Trauma bleibt also auch weiterhin mein Kontrahent. Na warte – eines Tages kriege ich dich. Wehe dir!‹ ...
Die Welt ist voll von Gegnern. Und solche, die es werden wollen. Isaac Meyer schüttelt bedächtig seinen E-Ypsilonkopf und dreht ihn, wie auf Scharnieren gelagert, mir zu. Seine Pupillen weit geöffnet. »Glauben Sie mir. Ihre Jane hat was Gutes an sich.«
»Wie kann ich das wissen? Schließlich ist ihr Verlobter am Apparat. Verlobt – daß ich nicht lache! Nicht einmal gesehen haben sie sich! Aufgrund einer Zeitungsanzeige, auf die sie in irgendeiner Verzweiflung geschrieben hat. Wie so viele, war sie mit allem fertig. Scheinbar wußte sie nur eins: etwas muß passieren – egal was. Deshalb ist sie jetzt auf dem Weg nach Johannesburg. Keine weiteren Ideale – nichts. Überhaupt nichts! Ich weiß nur, daß wir uns inzwischen kennengelernt haben und

daß der Zustand ›Liebe‹ dazwischengetreten ist. Sackgasse mit Falltüren könnte man das nennen ...«

Ziemlich überrascht bin ich über mich ... wie die Worte aus mir hervorsprudeln ... dabei ist mir der kleine Hinundher völlig unbekannt. Meine Not etwa?

»Junger Freund«, haucht das E-Ypsilon, »sind Sie sich Ihrer gegenseitigen Liebe bewußt? Ich meine, ist es wirklich ernst?«

»Im Augenblick mehr als das.«

»In dem Fall ist doch alles in Ordnung. Machen Sie sich bloß keine weiteren Sorgen. Schließlich bin ich auch noch da.«

»Wie soll ich das verstehen? Es ist doch wirklich mein oder unser Problem?!!«

»Ich erzählte Ihnen bereits: ... es war vor mehr als fünfundzwanzig Jahren. Und ich saß in demselben Boot wie Sie heute. Allerdings mit dem Unterschied: allein und keinerlei Sprachkenntnisse. Sie jedoch haben einen ungeuer wichtigen psychologischen Vorteil.«

»Im Augenblick ja. Was geschieht morgen?«

Wie ein müder Vogel macht Mr. Meyer einen Versuch, seine wurstigen Finger hochzuwerfen. Seine E-Ypsilonpupillen richten sich für einen Augenblick nach oben.

»Gott, der Gerechte. Wird er Ihnen helfen!«

»Sie sagten, Sie seien nicht gläubig.«

»War auch nur eine Redensart. Morgen. Morgen. Morgen! Das sind noch fast vierundzwanzig Stunden. Ist so viel Zeit. Und Ihr liebt Euch!«

»Morgen ist sie immer noch verlobt. Mit einem Italiener. Und das heißt verständlichen Ärger mit ihm. Mein Ego wäre mit einem derartigen Betrug auch nicht einverstanden. Auch wenn Lieben Leiden heißt.«

»Was ist er von Beruf?« Meyer stützt seinen unförmigen Kopf auf die rechte Hand.

»Kellner.«

»Kellner?« Sein Lachen ist tatsächlich peterlorrehaft. Auf sein Zeichen erscheinen zwei weitere Gläser Whisky.

»Wissen Sie, ich kenne Kellner. Egal, welche Nationalität. Sie schwimmen immer oben.«

»Aber er ist Italiener.« Das ist und bleibt mein Standpunkt.

»Deshalb schwimmt er noch besser.«

Mich beschleicht ein Gefühl der Verzweiflung. Und ich war so relativ guter Dinge während des Fluges. Auf der Erde scheint mich die bodenlose Realität zu übermannen.
Von fern höre ich Mr. Meyers Stimme.
»Wollen Sie, daß ich Ihnen helfe? Dann sagen Sie ja.«
»Ja, gerne.« Es ist schon immer so gewesen. Wenn ich mich verliebe, bin ich hilflos wie ein spastisch gelähmtes Kind. Keine Ideen, Verzweiflung, Ratlosigkeit, kein Elan, Abhängigkeit. Ich leide unter der Treulosigkeit meiner grauen Zellen. Ich bin sicher, sie haben einen Komplott mit meinem Instinkt geschlossen. Entschuldigungen?
»Ja, gerne.« Manchmal glaube ich an Bekräftigungen.
»Nun, da haben wir es. Sie haben schließlich Köpfchen. Lassen Sie sich etwas einfallen. Den Rest besorge ich.«
Graue Zellen, helft mir!
Er nippt leise lächelnd an seinem Glas. Meine Zigarette nimmt er dankend an. Sogar mein Feuerzeug funktioniert. Auch er inhaliert tief.
Mein Blick irrt umher. Auf der Suche nach meinem Glück. Da hinten ... Da ist sie. Ich glaube jetzt wirklich: mich hat es gepackt!!! Jane – Jane legt mit spitzen Fingern den Telefonhörer auf die etwas altmodisch wirkende Gabel. Einen Augenblick verharrt sie in der Kabine, bis sie sich langsam entschließt, zu uns zurückzukehren. In mir ein überströmendes Gefühl der Freude ... so sieht man nicht aus nach einem Gespräch mit dem Verlobten. Wenn er seine Verlobte über Tausende von Meilen, mitten in Afrika, an den Draht bekommt. In meinen Träumen sieht eine glückliche Verlobte anders aus: verträumt lächelnd ... und keine Kummertränen in den Augen. – Warum überhaupt meine Zweifel? Langsam beginne ich, ihn zu hassen. Vielleicht auch nicht. Doch! ›Was hast Du mit meinem Meer gemacht?‹
Dieses Mal schwebt sie nicht auf ihren Barhocker. Mühsam erklimmt sie ihn, wie bei einer Erstbesteigung. Unbeherrscht legt sie ihren Kopf auf den Bartresen. Ihre Arme als Stützen. Nett, wie Mr. Meyer sein lockiges E-Ypsilonhaupt schüttelt. Sein Gesicht zieht sich in verstehende Falten.
»Noch einen Whisky für die Dame.«
Ich streiche ihr meerblondes Haar. Etwas rauh fühlt es sich an. Vielleicht Haarspray. Und ihr Schweigen verrät mir den Ver-

lauf des Gesprächs ... gibt mir die Möglichkeit, mit Sicherheit zu raten.

»Jane, verzeihen Sie ... das heißt, wenn ich Sie überhaupt so nennen darf ... hören Sie bitte auf zu weinen. Es macht nicht nur Sie traurig. Und die Lage verbessert es ebenfalls nicht.«

Ich bin überrascht über das E-Ypsilonfeingefühl. Aber sie schweigt trotzdem. Und ich? Was kann *ich* tun??!

»Jane, darf ich dir übrigens Mr. Meyer vorstellen? Mit E-Ypsilon.«

Müde hebt sie ihren Kopf und versucht ein Lächeln. Kein Wunder, daß ihr Make-up ein wenig durcheinander ist. Wen stört's?

»Mr. Meyer und ich haben uns etwas über dich unterhalten. Er kennt also unsere Situation.«

»Hallo, Mr. Meyer.« Typisch englisch, diese Reaktion. Hauptsache, eine Reaktion ... und kein unüberwindbares Phlegma. Verschämt will sie jetzt ihre Tränen trocknen. Mein Taschentuch bietet seine unbeholfenen Dienste an. Dankbar werden sie angenommen. Wahrhaftig, endlich sieht die ganze Angelegenheit etwas besser aus. Natürlich bin ich an ihrer Misere nicht unschuldig. Aber steht die Welt in puncto Liebe nicht meistens Kopf? Mensch Meyer, was soll ich machen????!

»Sind Sie sicher, daß Sie Ihren Verlobten nicht lieben?«

Mr. Meyers Frage beantwortet sie mit einem geschluchzten ›Ja‹.

»Sind Sie sicher, daß er Sie liebt?«

»Nein«, schluchzt sie weiter.

Uns Männern ist es in dem Augenblick völlig klar, daß ihr ›Liebster‹ aus reinem Egoismus die Chance wahrgenommen hat, das Meer von sich abhängig zu machen. Kennenlernen per Zeitungsannonce. Der Wunsch, aus dem europäischen Manchmal-geht's-nicht-mehr herauszukommen. Und die Situation ist wie gegeben. Hauptsache eine hübsche Frau.

»Aber den Niko, den lieben Sie?« E-Ypsilonisches Kreuzverhör.

»Ja.« Ein schwacher, schwermütiger Schluckauf kämpft um seine Rechte.

»Soll ich das glauben?« Nicht so hart, Herr Meyer.

»Ja.«

»Nun, dann werden wir einen Weg finden, das sogenannte Arrangement zu annullieren!« Energisch werden kann er also auch. Nicht umsonst hat man eine Textilfabrik in Johannesburg. Ich unschuldiger junger Hüpfer kann daraus nur lernen. Habe ja noch so viel vor. Aber bitte nur mit meinem tiefblauen Meer! Das Leben sieht dann von vornherein rosiger aus.
»Also, dann nicht mit der Wimper gezuckt. Die Sache schaukeln wir!«
Mr. Meyer hebt langsam und bedächtig sein Glas.
»Ex – meine Liebenden! Ich habe Freunde in Joburg. Und ich möchte Euer Freund sein. Genießt die nächsten vierundzwanzig Stunden. Danach wird es noch besser! O.k.?«
»O.k.« Jane und ich blicken uns tief in die Augen. Dankbar trinken wir ›ex‹. Unser Weg ist sowieso vorgeschrieben. Machen wir also das Beste daraus. Manch einem soll es gelungen sein, selbst über seinen Schatten zu springen. Möglich, wenn der Schatten nicht zu groß ist. Und der Lichtspender mitspielt. Frage des Arrangements. Natürlich müßte dann auch das Establishment mitspielen. Folglich ist der Klüngel nicht nur in Europa zu Hause. Vielleicht ist er hier besser. Und Mr. Meyer wird den E-Ypsilonklüngel anführen. Zukunft? Halb so schlimm. Die kommt von allein.

Den Augenblick leben! Meine Zellen machen den zaghaften Versuch, die Freundschaft zu mir wieder aufzunehmen. Meine Impulsivität mit dem Fehdehandschuh ist vergessen. Nicht großzügig. Einfach vergessen. Schließlich hätten sie ebenso falsch gehandelt. Man soll dem Nachbarn keine Hilfe ausschlagen. Hilfe hin. Hilfe her. Verständnis und Einigkeit sind die beiden Hauptbestandteile der Lebenssuppe. Gelingt es, das Salz unter Kontrolle zu halten, dazu noch hier ein wenig von den wohlschmeckenden Glückskörnern, dazu noch da ein wenig von den nötigen Verläßlichkeitskräutern – die Suppe wird ein persönlicher Bestseller. Kein Egoist.

Das Abendessen in dem afrorustikalen Restaurant des Victoria Hotels war ausgezeichnet. Französische Kochart, die ich so liebe, mit afrikanischen Ingredienzen. Obwohl im Flugpreis inbegriffen. Idealisten. Oder sie haben von den anderen noch nicht gelernt. Die Zukunft wird es zeigen.

Auch ohne E-Ypsilons auffordernden Blick, als moralischen

Tritt zwecks Ergreifung der momentanen Liebesinitiative, sind wir im Begriff, die Tafel aufzuheben.
Müssen wir unbedingt miteinander schlafen?
Ist das Bett so wichtig?
Ist das gegenseitige Vertrauen nicht wichtiger?
Drum prüfe ...
»Bis bald.«
»Ja, bis bald.«
Ob *er* eigentlich glücklich ist?
Die Zukunft wird es zeigen.

Engumschlungen treten das Meer und ich aus der nicht sehr hell erleuchteten Hotelhalle in die Dunkelheit.
Die Hand. Ihre Hände. Meine Hände. Werkzeug, Interpret und Erreger von Gefühlen. Symbol für Götter, Politiker, Schutzsuchende, Menschen und Liebende. Rettungsanker und Bindungsglied. Entdecker erogener Zonen. Sesam-öffne-dich heißgeliebter Sphären.
Die Hand ist ein Wunderwerk.
Fortgesetzt von den Lippen. Teamwork.
Selig verträumt werden wir von unseren Beinen über die mattgrau schimmernde Asphaltstraße getragen. Sie verliert sich in der Ferne. Nicht mal ein Punkt wird von ihr hinterlassen. Endlich allein. Wir könnten reden. Aber warum? Worte sind oft nutzlos leer. Belanglos. Erst denken, dann reden. Wir sind zu glücklich, um zu denken. Wir treiben dahin. Und die Umwelt ist vergessen.
Ab und zu ein Licht in einem Haus. Man sieht es, aber registriert es nicht. Vollkommene Stille.
Keine Stille.
Das Schweben durch eine traumlose Welt wird abrupt abgebrochen. Jemand hat den Gehörschalter gefunden und eingeschaltet. Tosender Lärm überflutet mein irdisches Bewußtsein. Die reale Welt will gehört werden. Nur kurz läßt sie sich verheimlichen. Auch mein Meer zuckt zusammen. Selbst ihre Fingernägel. Entfesselte Krachmacher. Kakophonie der Tobenden. Milliarden von Solisten haben sich zu einem entfesselten Zirpkonzert vereinigt. Zikaden aller Länder. Vereinigt euch.
Unsere Schritte sind lautlos. Zögernd arbeiten sie sich vor-

wärts. Immer mehr werden wir in die Realität zurückgezogen. Der Lärm der Tobenden wird zur einschmeichelnden Symphonie. Hingerissene Begeisterung von den süßlichen Tonwellen des unsichtbaren Orchesters. In uns. Um uns. Überall prickelnde Geister, die ihr Bestes geben, die Welt durch ihre bestrickenden Klänge vor dem Untergang zu retten. Wenigstens die afrikanische Welt.

Unsere Schritte verharren für einen Augenblick. Dann, wie von einer magischen Hand geschoben, biegen wir von der Straße in einen Nebenweg ab. Die Dunkelheit weicht der Finsternis. Die Sterne verschwinden. Das Geäst über uns wird dichter und dichter. Gäbe es absolute Finsternis, hier wäre sie zu Hause. Angst? Ein beklemmendes Gefühl umklammert mit Spiralenfingern unsere Körper. Und der Chor der Zikaden schreit uns Mut zu.

Mut, durch diesen tunnelartigen Weg zu gehen? Oder überhaupt und generell? Neuland. Ein Roboter befiehlt unseren Beinen automatisch die Schritte.

Schlangen, Löwen oder anderes Getier? Schließlich sind wir fremd hier.

Zwei Hüften und zwei Oberschenkel reiben sich zärtlich und heißverlangend bei jedem Schritt. Erneut tritt die Umwelt in den Hintergrund. Wenigstens etwas. Denn die Musik wird leiser. Und wir beginnen erneut mit unserer seligmachenden Schweberei.

Schweben. Schweben. Schweben. Und die Zeit vergeht. Endlos schnell. Schenkel und Hüften schweben immer noch. Im vertrauten Zwiegespräch.

Ein unvermuteter Lufthauch lenkt unser Schweben mit einem kleinen Drall nach links. Dann wieder geradeaus. Willenlos folgen wir dem Plan, den die Liebesmächte für uns entworfen haben. Selber ein Mann der Entscheidung – aber hier ergebe ich mich. Liebe kann ein Krieg sein. Denn jeder will gewinnen. Egal mit welchen Waffen. Aber wir beide, mitten im Krieg, sind hilflos verloren. Kämpfen wäre sinnlose Kraftvergeudung. Und wer hätte hinterher das Nachsehen? Für meine Liebste eine Enttäuschung. Und für mich? Auch. Also nicht denken. Nicht kämpfen. Der Strom der Liebesmächte meint es gut mit uns. Die Frage ist nur, ob unsere überschwenglichen Gefühle die Erlaubnis erteilen, daß wir uns ebenso überschwenglich lieben. Aber

auch hier fehlt jeder Gedanke zum ausführenden Plan.
Auch der längste Tunnel muß irgendwann sein anderes Ende preisgeben. Die Preisgabe liegt vor uns ausgebreitet. Verkörpert von einer Wiese. Kurz geschnitten auf englische Art. Die Sterne treten wieder hervor. Die Äste geben nach. Und die superkleinen Tautropfen werden zum Funkeln erweckt. Künstliche Glühwürmer am Boden. Künstlich, denn sie leben nicht und sind eigentlich nur Wassertropfen. Tropfen, die zeit ihres Lebens darauf warten, zum Leben erweckt zu werden. Solange sie existieren, warten sie auf die Erfüllung ihrer Daseinsberechtigung. Hektik treibt sie voran. Und der Tod ist unvermeidlich. Tod anstatt Leben. Sterben und leben lassen. Aber nur, wenn die Zeit reif ist. Unreife Gedanken des Unterbewußtseins. Alles, was wir wollen, ist – uns lieben. Unbeobachtet und ungestört. Die Glühwürmer glühen immer noch. Und warten auf das Glück der Erfüllung. Ein überdimensionaler Jules-Verne'scher Vollmond erhellt das Ganze zu einer surrealen Bühnenlandschaft. Dahinter ein silbergrauer Brei. Statt morgendlicher Haferflocken: der Victoria-See. Ihnen zum Gruß, Majestät (Graue Eminenz).
    Mein dunkelblaues Meer hat Angst vor Schlangen und Krokodilen. Ich ehrlich gesagt auch. Vielleicht schlafen die jetzt alle. Außerdem sind wir leise. Und außerdem behütet das Schicksal Mondwandler, Kinder, Betrunkene und Liebende vor jedem Unheil ...
    Spätromantik.
    Und wenn unsere Liebe wirklich echt ist, wird uns nichts passieren. Eine Art von Erpressung? Mir egal. Ich liebe sie. Wir lieben uns.
    Millionen von Kilometern falle ich durch einen Aufzugschacht. Der erste Kuß läßt alle unbewußten Gedanken wie ein schlechtes Gewissen verschwinden. Wir sinken auf den Boden.
    Unsere Kulturhüllen fallen wie trockene Blätter im Herbstwind. Stück für Stück. Verstreut wie echte Blätter. Hände und Lippen beginnen ihr weltmeisterliches Teamwork.
    Einigkeit macht stark. Stärker. Noch stärker. Sie kann es kaum fassen und gibt ihrer Verwunderung über Stöhnen freien Lauf. Bald gilt die Verwunderung als Selbstverständlichkeit, und unsere Laute übertönen das Konzert der Zikaden. Gestohlene Früchte sind die besten. Nächtliche Ruhestörung. Schlan-

gen und Krokodile werden uns verzeihen. Schließlich machen die es auch. Irgendwie wenigstens.

Ermattet und überfüllt von dem Glücksgefühl vollbrachten Verlangens liegen wir reglos umschlungen. Unfähig, den kleinen Finger zu krümmen.

Königin der Nacht.

Nicht nur der Nacht, ewig sollen wir uns gehören. Wir haben die Liebe erfunden. Bis auf unsere Herzen herrscht Frieden. Sie tuckern, aufgeregt tanzend im Liebestaumel, nach einer unbekannten Musik im Neun-Achtel-Takt.

Ein paradiesischer Schlaf im Garten Eden. Und das mir. Uns! Die Edenstunden zerrinnen unaufhaltsam schnell. Wie Wasser aus einem lecken Bottich. Dahingeflossen. Vorbei. Wie immer, wenn man verträumt, friedvoll, selig und genußvoll von dem süßen Kelch der Liebe – hoffentlich bleibt er wasserdicht – einen tiefen Schluck genommen hat. Das begehrte Naß ist unersetzlich. Und dann der Geschmack. Kein Mixer der Welt kann es kopieren. Zufallsspiel und kein Können.

Ein zarter Kuß weckt mich aus einem bodenlosen, traumlosen Schlaf. Wie gewohnt suche ich nach meiner Bettdecke, um sie mir über meinen Kopf zu ziehen. Nicht da. Vielleicht ist sie vom Bett gerutscht. Dann eben ohne Decke. Ich drehe mich um. Auch in der neuen Lage bleibt es kühl. Aber mein geliebtes Meer zaubert eine Decke hervor. Sie bedeckt mich mit daunenweichen, wärmenden Lippen. Nie wieder eine normale Decke. Ihr Meisterwerk zwingt mich behutsam aus meiner Schlafwelt zurück auf den Boden der Realität. Grasboden. Wir liegen immer noch dort, wo wir vor Stunden der Welt Ade gesagt haben. Wir bevölkern den Edenboden mit unseren Edenkörpern. Bestimmt waren Adam und Eva sonnengebräunt. Wir sind schlicht und einfach schneeweiß. Und die Blätter unserer Verhüllungen blicken uns mitleidig zwar, doch zur Lustlosigkeit tendierend, verschlafen an. Im Osten graut der junge Morgen. Irrsinniges Tempo. Ein unförmiger Ball, erhebt sich die Sonne aus ihrer nächtlichen Versenkung. Ich kann mich nicht erheben. Ich will auch nicht. Das Meer deckt mich immer noch zu.

Schlangen und Krokodile müssen uns freundlich gesonnen sein. Von ihren Widerwärtigkeiten liest man heutzutage so viel in den Zeitungen. Und unsere Liebe ist tief und echt. Vielleicht liegt

der Grund in dem fehlenden paradiesischen Apfelbaum? Ihr Körper ist warm. Der junge Tag wird seine Freude an uns haben. Edenkörper im Edengarten.
Kann man die Zeit aufhalten? Einen Tag wenigstens.
Ihre blauen Augen sind über mir. Sie schließen sich und blikken mich wieder an. Die Intervalle werden länger und ihre Bewegungen intensiver. Gemeinsam erklimmen wir mit fliegenden Schritten den höchsten Punkt. Freude. Jubel. Küsse. Ein letzter Sprung. Ungläubig steht die Zeit still. Für Sekunden wenigstens. Lange Sekunden. Zufrieden und doch entfesselt tukkern unsere Herzen ihren fast schon gewohnten Neun-Achtel-Tanz, während wir wie passive Hüllen daliegen.

Müde erheben wir uns. Jetzt ein Sprung in den erfrischenden See, wie im fernen Europa. Schlangen und Krokodile halten uns davon ab. Es könnte ja sein, daß doch irgendwo ein versteckter Apfelbaum steht. Und der Frieden käme zu einem makabren Ende.

Verstohlen legen wir unsere Blätter an. Endloser Weg bis zu unserem Frühstück. Ein zärtlicher Weg. Und die Zukunft ist verheißungsvoll.

Der Italiener. Ihr Verlobter ...!

Für mich identisch mit Paulchen Kerschensteiner aus der Schweiz. Ein Feind in Fragen Liebe und Hingabe. Ich muß stärker sein als er.

Noch einige Stunden Flug, und wir sind in Johannesburg.

Bitteres Ende unserer Liebe, die eben erst begann? –

Etwas nüchterner als am Abend zuvor stehe ich unter der Dusche. Das heiße Wasser scheint meine Zuversicht zu stärken. Leise Zweifel verflüchtigen sich. Die Liebe entschuldigt alles. Fast alles. Das Wasser prickelt auf meine Haut. Das Stück Seife glitscht, als wollte es mich aus meiner Gedankenwelt herausreißen, aus meiner Hand und flitscht wie eine Rakete an dem Duschvorhang vorbei in das Zimmer unter mein unbenutztes Bett. Auch gut. Dann eben ohne Reinigungsmittel. Ob Freund Meyer einen ruhigen E-Ypsilonschlaf hatte? Den Flug bis zur bitteren Landung werden das Meer und ich händchenhaltend verbringen. Nie wollen wir uns trennen. Einigkeit macht stark.

Jetzt im psychologischen Sinn.

... aber da war doch so etwas wie Wahrheit – Realität???

II. Kapitel

Von der Luft aus gesehen, gleicht Johannesburg wirklich nur einem Miniatur-New-York ... die Dimensionen machen es eben – finde ich, entgegen der Behauptung der ›Südafrikanischen Touristenvereinigung‹. Eher gleicht die ganze Sache einem von Kinderlähmung und Masern befallenen Manhattan. Durchsetzt von Bergwerkssandburgen, die die Stadt wie Krücken beleben. Krücken können allerdings auch eine Lähmung erzeugen. Wenigstens von hier oben aus. Noch acht Tage fliegen – und ich bin k.o. ... Allerdings behaupten Literaturquellen, Stollenrutsche unterhalb der Stadt rufen grausame Wunden an ihrer Oberfläche hervor. Schöne neue Heimat. Ein Moor wenigstens kann man mit angeschnallten Brettern relativ sicher überlaufen. Wie verhält es sich da unten? Muß ich mir dort dann diese klobigen Sicherheitsutensilien unter die Füße schnallen – nur um zu überleben??? Über den Gehsteigen sollten wenigstens geflochtene Stahldrähte angebracht sein. Von wegen Sicherheit und à la System Straßenbahn-Energieversorgung. Nur – ohne Hochspannung. Dann hätte jeder Fußgänger unter den Armen einen Sicherheitsgurt befestigt – mit Spezialpatent für Vollbusige. Vor Antritt des sogenannten Fußweges schlägt man dann den an einer Verlängerungsschnur angebrachten Karabinerhaken an den schicksalsgefügten Laufdraht, und die arme Kreatur fällt nicht in die bodenlose Tiefe, sollte die Straße – trotz jeweiliger Routinevorhersage – auf die Idee kommen, plötzlich zu versinken. Allerdings gäbe es dann nur Fußgängereinbahnstraßen. Und bei Hochverkehr müßte die Polizei helfend eingreifen. Bei Autoverkehr macht sie das ja auch. (Spezialgurte für Liebespaare mit eingebauter Horizontalautomatik.)

Sachen gibt's. Naja, ich weiß nicht. Sollte die Stadt Johannesburg aber nicht ihre Einwilligung zu diesem Sicherheitsplan geben, sehe ich mein Leben dort, allein in den Straßen, als äußerst risikoreich an. Rutsch in die Tiefe ... bedeckt von Gold.

Von oben gesehen – ein mehr als negativer Punkt. Wo sind die positiven? Wird denn alles in einer einzigen Katastrophe enden? Gierige Goldbuddelei mitten in einer Großstadt ...

Doch ich bin nicht hergekommen, um Gold zu suchen. Ideelles vielleicht – verbunden mit ehrlicher Arbeit und Karriere ...
Übrigens soll die Stadt jäh aus dem Erdboden geschossen sein, sich dann sprunghaft entwickelt haben und außerdem ungestüm, hektisch und lärmend sein. Lärmend ... mehr als vierzig Phon sind schädlich für das menschliche Nervenkostüm. Meines ist noch ganz gut ... doch für wie lange? Auf jeden Fall soll es tatsächlich Leute geben, die Johannesburg aus ganzem Herzen lieben. E-Ypsilon neben mir fühlt sich als echter Einheimischer. Was aber, wenn seine Textilfabrik in einer von Stollenrutschen verursachten Erdspalte versinkt?
Wenn ich nur nicht so sensibel wäre.
Unsere Flugmaschine umkreist erneut den Jan-Smuts-Flughafen.
Ach ja: FASTEN SEAT-BELTS. NO SMOKING!
Zum letzten Mal.
Und mein Meer wirft mir einen langen, fragwürdigen Blick zu. Er könnte fast als Abschied gelten. Bloß das nicht. Aber ich weiß, sie liebt mich. Zwischen uns ist alles klar. Ihr Verlobter, der Italiener, begehrt sie nicht aus echter Liebe. Sondern zur Hebung seines Selbstbewußtseins. ›Meine Braut ist Mannequin.‹ Mir wird schlecht bei dem Gedanken, sie in seinen Armen als sexuelles Gebrauchsinstrument zu sehen. Widerlich. Selbst bei der lapidaren Ausrede, Frauenmangel sei in Südafrika eine führende Partei. E-Ypsilon sagte mir, das sei Mumpitz.
Die Männer sind selber schuld, wenn die Frauen von ihrem natürlichen schwachen Geschlecht Abschied nehmen und den männlichen Orgasmuspartnern das Lied von der Emanzipation ins Ohr schreien. Mehr als vierzig Phon sind nervenschädigend. Wer brüllt, verrät seine Schwäche. Und die männliche Schwäche ist leider auch sehr lautstark und damit die beste Entwicklungshilfe für das immer mehr um sich greifende frustrierte Intrigenspiel der bedauernswerten Evas. Kein Wunder, daß sie sich organisieren. Die Adams werden im stetig wachsenden Maß das Nachsehen haben und eines Tages auf Knien um einen Teelöffel Liebeserfüllung betteln. Die Frauen werden sich mit Plastikliebeshelfern abfinden. Und die Männer suchen immer verkrampfter nach Ersatzteilen, die ihnen ein wenig Freude ins Bett oder sonstwohin bringen. Wenn sie nur wüßten, wie gern sich ein

Weib einfangen und verführen läßt! Ohne Egoismus. Denn Egoismus ist männlich. Also werden sehr bald männliche Männervereine gegründet werden, um dem Lauf der Dinge den Garaus zu machen. Es wird Zeit für die Initiative, sonst gibt es einen mörderischen Krieg zwischen den Geschlechtern. Die Welt wird sich in weibliche und männliche Kontinente teilen. Unlust und Unzufriedenheit werden die jeweiligen Präsidenten.

Der Begriff ›homo sapiens‹ wird umgewandelt in ›homo sexus plasticus‹ oder ›homo lesbius‹ oder, und das liegt offenbar vor uns, ›homo homosexuellus‹. Die normal Veranlagten werden das traurige Nachsehen haben und, wenn sie noch über einen Rest von Stolz, Ehre und Selbsterhaltungstrieb verfügen, entweder zu Verrätern oder blindwütigen Kriegsherren werden. Das Ziel im Kopf oder auf der Schubkarre vor ihnen, das frenetische Geschehen rückgängig zu machen.

Auf diese Art, so bin ich sicher, gibt es nie Frieden auf der Welt. Die jahrtausendealte Erfahrung der Menschheit kann man nicht so einfach über den Haufen werfen. Liebe und gegenseitiges Verständnis sollten die Götter der Rettung sein.

Der Italiener scheint also ein negatives Element zu sein. Denn Frauenmangel herrscht nur dort, wo das männliche Geschlecht sich nicht vernünftig verhält. Dann gibt er eben in anderen Kontinenten Zeitungsanzeigen auf, um auf diesem Weg eine Frau zu ergattern.

Und mein armes Meer ist in diesem Fall das Opfer.

Herr Meyer wird recht haben mit seinem ›Mumpitz‹.

Herr Meyer hat mir auch gesagt, daß es in Südafrika keine Bordelle gibt. Nicht, daß ich es nicht glaube. Aber wir werden sehen. Irgendwie finde ich das schon heraus. Nicht aus Notgefühl, sondern nur so. Und im Interesse der Sache.

Vielleicht hat die südafrikanische Regierung in weiser Voraussicht gehandelt, diese gewissen Häuser zu verbieten. Vielleicht teilt sie sogar meine Meinung hinsichtlich der nicht männlichen Männer. Demnach wird mein Zukunftstraum vom ›homo sapiens‹ hier im südlichen Afrika nicht zutreffen. Und das Rassenproblem wird sich dann ganz nebenbei lösen lassen.

Probleme über Probleme. Allerdings ist es jetzt zu früh, um zu einem endgültigen Urteil zu gelangen.

Unter den bisherigen Umständen in einer wenigstens noch

halbwegs vernünftigen Welt habe ich schon immer Mitleid mit Männern gehabt, die für den Anblick einer nackten Frau Geld auf den Tisch legen. Ehefrauen würden allerdings auf diese Weise relativ pünktlich an's Haushaltsgeld gelangen. Welche Erniedrigung, wenn es ihnen keinen Spaß macht. Aber dieser Spaß hört wahrscheinlich nach den ersten zehn Jahren Ehe sowieso auf. Wie ist es dann bei Siebzigjährigen? Oder gehen diese Knacker in den Puff für den Anblick einer frischeren Nackten als die eigene Ehefrau es ist? Aber es ist doch nicht die Schuld einer Ehefrau, wenn sie alt wird. Je mehr ich nachdenke, desto mehr finde ich heraus, wie wenig die Welt noch in Ordnung ist. An Politik habe ich nicht einmal gedacht. Aber Politik resultiert wahrscheinlich aus Problemen mit dem Sex.

Männer, die also Geld auf den Tisch des Hauses legen. Meistens auf den Tisch. Es sei denn, sie sind pervers. Gehen nur Perverse in Puffs? Vielleicht ist es wegen der männlichen Schwäche für das weibliche schwache Geschlecht. Dann wären sie wenigstens halbwegs normal. Aber warum so schwach und öffentlich dafür zahlen?

Warum zahlen Männer für Liebe – die keine ist? Käufliche Liebe. Sind diese Typen im Bett so schlecht, daß sie nichts mehr geschenkt bekommen? Geschenke sind wunderbar.

Nichtsahnend blickt mir mein Meer bejahend in die Augen.

Entweder bin ich furchtbar naiv oder sonstwas. Aber bei käuflicher Liebe wäre ich der impotenteste Sack der Welt. Kurz, ein Neutrum. Trotzdem müssen aber auch diese Menschen über irgendein Gefühl verfügen. Sollte ich also die Existenz des Puffs akzeptieren, dürfte für Impotenz im Puff keine Rechnung ausgestellt werden. Immerhin kassiert der Gemüsehändler ja auch nichts für verwelkte Petersilie. Der zieht alles von der Steuer ab. Und die Petersilie ist gratis. Wahrscheinlich bin ich naiv.

Trotzdem muß diese Puffgeherei einen Sinn haben. Nicht umsonst sind die Unternehmer in diesem ältesten Gewerbe noch nie pleite gegangen. Nun lehr mich einer diese Welt verstehen. Männer, die in den Puff gehen anstatt an sich zu arbeiten, um die eigene Zufriedenheit zu erlangen. Ganz scharf sollen sie sein. Sie stecken ihr Ende dahin, wo vor ihnen schon zahllose Enden gesteckt haben. Kaum, daß Zeit zur Waschung blieb. Perversität?

Ein Freund von mir hat mal eine Hure als feste Freundin gehabt. Ohne Bezahlung. Und sie sei dufte gewesen. Ich kannte ihn ziemlich genau. Und er war bestimmt nicht pervers. Sie mochten sich einfach. Nicht nur im Bett soll er sich mit ihr bestens verstanden haben. Nein, kameradschaftliche Liebe war auch vorhanden.

Als er sie heiratete, hat sie ihren Job aufgegeben. Offiziell wenigstens. Er war Student. Und jeden Abend saftige Steaks. Ich könnte auch nie für Liebe zahlen. Egal, was passiert.

Trotzdem hat die internationale Statistik erwiesen, daß in Ländern mit erlaubten öffentlichen Häusern weniger Sittlichkeitsverbrechen verübt werden als in Ländern mit geschlossenen öffentlichen Häusern. Dazu kommen die Krankheiten. Jetzt, bei diesem Punkt, möchte ich mit meiner Fantasie aufhören. Schließlich landen wir bald. Aber unregistrierbare Geschlechtskrankheiten? Nein, lieber öffentliche Häuser. Und die Idioten sollen zahlen. Gesundheit über alles. Die hiesige Regierung hat bestimmt einige dieser Einwände nicht bedacht. Trotzdem sind die Puffgeher arme Schweine. Mitleid der Regierung? Besserer Aufklärungsunterricht in den Schulen. Aber vielleicht gehen die Lehrer selbst hin. Penissalat in Aktentaschen, so groß wie Überseekoffer. Muß das eine Freude bereiten. Freude hin, Freude her. Hier in Südafrika soll es keine Puffs geben.

›Hauptsächlich der Kirche wegen‹, sagte mir ein Angestellter der südafrikanischen Botschaft. Der scheint ehrlich gewesen zu sein. Aber was hat die Kirche damit zu tun? Anscheinend war er mit dieser Begründung ebenfalls nicht einverstanden. Ich hatte ihn nicht einmal um diese Auskunft gebeten. Dienst am Emigranten? Die kommende Erfahrung wird mir die fehlende Erkenntnis erteilen. Auf jeden Fall gebiete ich mir größtmögliche Aufmerksamkeit. Wachsamkeit über alles. Potente Impotenz im Puff. Gegen Bezahlung.

»Verzeihung, Herr Doktor, aber beim Urinieren brennt es bei mir immer so.«

Innerliche Krankheit verstärkt die äußerliche Krankheit. Also leben auch die Ärzte vom Puffgeschäft. Nicht nur Zuhälter und Regierungen.

Das alles soll es bei mir nicht geben. Im Augenblick bin ich geteilter Meinung und möchte keine Regierung sein. Auch keine südafrikanische. Denn die haben dazu noch das Rassenproblem, von dem die Welt so viel berichtet. Aber das muß ich mir erst in aller Ruhe betrachten. Wenn aber die öffentlichen Häuser verboten sind, onanieren denn hier die wirklich Gehemmten? Die Unaufgeklärten? Vielleicht liegt auch hier das Problem bei der mangelhaften Schulbildung. Gute schulische Bildung ist neutraler und, wenn man es so will, wissenschaftlich fundierter als klerikale. Die meisten von ihnen haben von Tuten und Blasen keine Ahnung. Woher auch? Die einen haben selbst 'zig Kinder, obwohl sie bestimmt keine guten Liebhaber sind. Die anderen haben den Zölibat. Und der trägt nicht gerade zur Aufklärung bei. Die enthemmten Gehemmten.

Bitte, laßt der Liebe ihren Lauf. Aber in der richtigen Weise. Vielleicht sind die Mätressen dankbar. Sonst droht interkontinental die Masturbation der mastodonischen Wasserbüffel.

Im Augenblick bin ich wieder gegen die öffentlichen Häuser. Wie erniedrigend, vor jeder möglichen Nummer einen monumentalen Preis auszuhandeln. Ohne zu wissen, wie das fragliche Spiel endet. Katze im Sack. Welke Petersilie.

Wenn schon gegenseitig ohne ›tiefe‹ Liebe verkehrt wird – fast gehört es in der heutigen Welt zum Normalen, denn nicht jeder hat ein blaues Meer treu zur Rechten sitzend –, dann doch wirklich gegenseitig und bitte Fairplay. Sind Perverse fair?

Man kann die Sache hin und her drehen, wenden und von allen Seiten beleuchten. Schütteln hilft auch nichts. Die Pros und Kontras geben mir die grandiose, selbstlose Idee, Puffs sollten auf jeden Fall erlaubt sein, damit der Rest der liebenswerten Gesellschaft in Frieden leben kann.

Was machen die Homosexuellen und die Lesbierinnen? Na, die sind auf jeden Fall klug. Die zahlen nicht für irgendwelche Dahergelaufenen. Natürlich soll es auch in jenen Kreisen die übelsten Spiele geben.

Erpressung, Mord und Totschlag, Kassieren.

Das Einmaleins der irdischen Menschheit.

Die Welt ist schlecht.

Also wird mich auch in Johannesburg kein Paradies empfangen.

›Woanders sind die Menschen nicht anders‹, sagte mir mal irgendwer. Der war klug, und ich wanderte aus.

»Darling, wo bist du mit deinen Gedanken?« rüttelt das Meer mich aus meiner kaleidoskopisch-philosophischen Betrachtung.
»Ach, nur so.«
»Mach dir doch bitte keine Sorgen. Ich bleibe bei dir. Was auch kommen mag.«
»Die Liebe ist die wichtigste Stütze im Leben«, ölt es von links e-ypsilonisch.
Ob er mal wieder meine Gedanken gelesen hat? Also ganz ohne ist er auf keinen Fall.
Bodenberührung.
Gequält quietschen die Räder. Und ein unerwartetes Rütteln geht durch die Maschine. Wir sind gelandet.
Endstation.
Während sich die Geschwindigkeit langsam verringert, heulen rechts und links die Motoren nochmals vereinzelt auf. Letzte Kurskorrekturen auf der Landebahn, bis der Vogel wippend ausrollt und plötzlich stillsteht, als glaube er selbst nicht an seine Flugfähigkeit. Wir im Innern jedoch bleiben wie gebannt reglos sitzen. Wir wollen geduldig zuhören, wenn endlich eine der Stewardessen ihren von der Fluggesellschaft vorgeschriebenen Abschiedsspruch aufsagt. Vielleicht zum tausendsten Mal in ihrem Leben: »Der Captain und seine Crew hoffen, daß Sie einen angenehmen Flug hatten. Wir alle würden uns freuen ...« Bla, bla, bla. Punkt und klick. Sprechanlage aus.

Die Gesundheitskontrolle wird gleich an Bord vorgenommen. Nicht mit Stethoskop und dergleichen, sondern mittels ernster Blicke zweier bebrillter, wichtig aussehender Herren in jedes einzelne internationale gelbe Impfbuch. Sobald der erste Herr seinen Blick beendet, blickt der zweite Herr sofort hinterher, ob der erste auch richtig geblickt hat.

Achtzig Passagiere gleich einhundertsechzig Blicke. Aber auch diese fast endlose Blickerei kommt schließlich zu ihrem Ende. Alles in Ordnung

»Welcome to South Africa.« Und die beiden wichtigen Herren betreten wieder ihren Mutterboden. Keine Hast. Nichts, gar nichts. Und wir Sterblichen bereiten uns erst zaghaft, dann immer schneller werdend auf die jetzt freigegebene Landgewinnung vor. Wie ein zu stark aufgeblasener Luftballon kleben wir achtzig plötzlich und unerwartet vor dem einzigen, winzigkleinen Ausgang. Auch ein Fußball paßt durch kein Mauseloch. Also noch einmal aufstellen. Und dann gesittet der Reihe nach. Aber ohne Anlauf. Kopflose Herde.

Tropfenweise entleert sich der Flugzeugrumpf. Endlich sind wir mit unserer eigenen Tropferei dran. Herr E-Ypsilon hat den Vortritt. Dann das Meer. Dann ich.

»Moment. Ich gehöre zu den beiden Herrschaften. Danke.«

Auf der Plattform der ›Springbok‹-Luftlinien-Flugzeugtreppe versammeln wir drei uns. Artig und nach alter europäischer Sitte ergreifen wir beiden Männer wie auf Kommando die meisten Täschchen und Päckchen ›unserer‹ Dame und begeben uns zu Tal. Ein breitrandiger rosaroter Schlapphut verdeckt mit allen Mitteln ihr Gesicht. Mondän schreitet sie in unserer Mitte, sicherheitshalber fest bei uns eingehakt, über das Rollfeld auf die Jan-Smuts-Flughafengebäude zu.

Oh Schreck. Auf einer Terrasse, unter der wir durchmüssen, stehen Tausende von neugierigen Zuschauern und betrachten uns mit Argusaugen. Alles Italiener. Alles ihre Verlobten?

»Hast du ihn schon gesehen?«

Wie sollte sie. Ihr Hut verdeckt wirklich alles. Aber man kann ja mal fragen.

»Sobald wir durch die Paßkontrollen sind, besucht Jane die Damentoilette.« Ein e-ypsilonisch-militärischer Befehl. Mein Meer ist so schüchtern, vielleicht auch so ängstlich, daß sie nur kaum merklich mit dem Kopf nickt. Vorsichtshalber springe ich ein und sage »Ja«. Jetzt bloß keine Mißverständnisse.

Ob er uns schon entdeckt hat? Eventuell. Aber nicht erkannt. Schließlich besitzt er von ihr nur eine Fotografie. Und die ohne ihren Schlapphut und ohne uns.

Aufgeregt über das Wetter plappernd, schreiten wir weiter. Ob es gelingt, unser aufsteigendes schlechtes Gewissen zu unterdrücken? Sobald ich über Geld verfüge, werde ich ihm die von ihm bezahlte Passage erstatten. Anonym. Versteht sich. Trotzdem bist du dumm, Freundchen. Die für eine Frau ausgelegte Passage ist noch lange kein Freifahrtschein ins Bett. Geschenke sind anders.

Der Himmel ist düster. Vielleicht gibt es ein Gewitter. Herr Meyer meint, Dezember sei immer eine gewittrige Zeit. Wenn es nur das wäre ...

Wie immer mache ich mir unnötige Gedanken, und am Ende löst sich wohl doch noch alles in Wohlgefallen auf. Herr Meyer wird wissen, wie das Spiel zu gewinnen ist.

Plötzlich werden wir drei voneinander getrennt. Herr Meyer – ich muß mich endlich an das englische ›Mister‹ gewöhnen – muß als Einheimischer durch eine Tür nach links.

»Bis gleich«, sagt er in seiner gelassenen Art und kniept uns beiden je eine Pupille zu.

›Weibliche Emigranten‹. ›Männliche Emigranten‹.

Zwei Schilder, zwei Türen.

Fürs erste trennen sich also unsere Wege. Ob sie je wieder zueinanderfinden dürfen?

Keine Zeit zum Abschied. Der Nachschub drängt. Wenigstens gibt es hier keine Argusaugen, die unser kurzes Glück in Stücke reißen.

Der Emigrationsoffizier, der mich bedient – oder behandelt –, scheint von der Admiralität persönlich abkommandiert zu sein. Der für mich ungewohnte Anblick der weißen Uniform mit Shorts und goldenen Litzen, allerdings an bürgerlichen Stellen. Vielleicht spielt er auch in der südafrikanischen Tennismannschaft und hat schon viele goldene Trophäen gewonnen. Daher das Gold. Man kann nie wissen. Vielleicht ist er aber auch Bergmann im Goldbergwerk und verbringt hier seinen freien Tag. Beamter mit so viel Gold? Glaube ich nicht.

Auf jeden Fall Vorsicht. Andere Länder, andere Sitten. Trotzdem ist er sehr höflich. Marine und Tennisspieler sind immer höflich. Es sei denn, sie sind Cracks. Bei den anderen Berufskrankheiten weiß ich nicht so genau Bescheid.

»Alles soweit in Ordnung. Und wo werden Sie wohnen?« Sein südafrikanisches Englisch kehlt mir diese unverhoffte Frage zu. Und wo werde ich wohnen?

Beim besten Willen! Ich weiß es nicht. Ein ernüchternder Blitz zuckt durch mein gesamtes Ego! Was wird das Meer antworten? Wenn sie die Adresse von dem Italiener angibt, ist alles aus. Aber schon taucht ein rettender Gedanke durch meine grauen Zellen. Mr. Meyer gab mir seine Karte. Nun, dann werde ich für mich diese Adresse angeben. Gab er dem Meer eigentlich auch seine Karte? Verdammt! Mein erster Fluch in diesem Land.

Der Tennisspieler ist mit der Adresse zufrieden. Morgen müs-

se ich mich in der Stadt bei der Einwanderungsbehörde melden und den Nachweis einer Anstellung erbringen. Beamtendeutsch gibt es also auch in englisch.
»Spielen Sie Tennis?«
»Danke schön. Der Nächste bitte«.
Wahrscheinlich hat er meine Frage nicht verstanden oder er kommt doch von der Marine. Kurz entschlossen gehe ich auf den Ausgang zu und hindurch. Hinter mir knallt die Tür ins Schloß. Lachend empfängt mich Mr. Meyer und schlägt mir kräftig auf beide Schultern.
»Na, alles klar?« Merklich lebhafter ist er jetzt. Das Leben auf dem Boden bekommt ihm scheinbar besser als das in der Luft.
»Eigentlich ja. Nur mit der Adresse haperte es. Da gab ich Ihre an.«
»Großartig. Wo sollen Sie auch sonst hin? Bei mir ist Platz genug. Für Jane ebenfalls. Junges Glück muß erhalten bleiben. Auf jeden Fall schlage ich vor, wir fahren erstmal alle zu mir. Kriegsrat halten wir später.«

Erst jetzt bemerke ich, daß Mr. Meyer nicht allein ist. Wirklich hübsch. Ich bin ein Trottel, sie übersehen zu haben. Mitte bis Ende zwanzig. Und – schwarze Haare. Sofort beginnt mein Instinkt sich wieder zu regen. Aber ich bin doch vergeben! Ich gebe ja zu, daß schwarze Haare attraktiv sind! Mr. Meyer, der Retter in der Not. Ihm gelingt es, die beginnende Diskussion mit meinen inneren Mitarbeitern sofort im Keim zu ersticken. Er hat bestimmt wieder etwas geahnt.

»Das ist nun Niko Jemand«, weist er mit theatralischer Geste auf mich. »Und das ist Helen Katz, meine starke rechte Hand. Sie kennt bereits Ihre Geschichte.«
»Sehr angenehm«, lächeln wir beide uns zu.
»Hoffentlich gefällt es Ihnen hier bei uns. Würden die Herren mich jetzt entschuldigen? Vielleicht ist unsere Teuerste schon lange mit ihren Registrationspflichten fertig und ängstigt sich hinter dem Make-up-Spiegel vor ihrem Verlobten. Bin gleich wieder da.«
Sie ist mir auf Anhieb sympathisch. Und lachend verschwindet sie hinter der nächsten Ecke. Mr. Meyer lacht ebenfalls. Wieder typisch auf seine Art. Nett, wirklich nett, ihre Art von Humor.
Trotzdem finde ich das alles überhaupt nicht komisch. Er-

stens bin ich ziemlich verwirrt, und zweitens bin ich wirklich und ehrlich in das Meer verliebt. Trotz ihrer blonden Haare.

»Mein Freund, legen Sie Ihren deutschen Ernst zur Seite. Hier bei uns trägt man den Ernst mit Humor. Es funktioniert, glauben Sie mir.«

Ein eigenartiges Gefühl beschleicht mich, obgleich er im Grunde genommen recht hat. Zur Hölle mit dem deutschen Bierernst. Wenn nur dieses Gefühl nicht wäre! Da. Da ist die Bestätigung. Zwei südländische Gestalten nähern sich uns. Versteckte Mienen, als ob sie nicht zusammengehörten. Aber ich bin mißtrauisch. Ich passe auf. Und eins weiß ich sicher, wenn jetzt das Meer auftaucht, ist alles aus. Und dann? Und ich dachte immer, mein Nervenkostüm sei nicht von schlechten Eltern. Vielleicht ist es auch nur der Klimawechsel. Sowas soll es ja geben. Der eine der beiden Typen schaut uns jetzt musternd an. Und geht langsam weiter. Der andere kommt auf uns zu. Immer schneller. Der wird doch wohl nicht? Er wird nicht. Quatsch. Er kann ja nichts wissen. Breit grinsend tippt er meinem E-Ypsilon-Freund auf die Schulter. Ein erschrockenes Zucken huscht über Mr. Meyers Gesicht. Seine Pupillen weiten sich. Das sieht nach Angst aus. Angst? Wovor? Wenn, dann sollte ich Angst haben.

Langsam, sich wieder in der Gewalt habend, wendet sich mein Schutzpatron um. Jetzt stößt er sogar ein befreites Lachen aus. Falscher Alarm. Trotzdem. Ich bin sicher, daß er vor irgend etwas Angst hat.

»Hallo, Tidy.« Auch seine Stimme scheint befreit. Und ein heftiges Umarmen unterstreicht diese Begrüßungszeremonie. Mr. Tidy scheint sehr viel Gefallen an diesen körperlichen Berührungen zu finden. Für mich ist er auf keinen Fall der Italiener. Und ich fühle mich schon wieder wohler in meiner Haut. Stockschwul ist er. Nun gut. Kein Feind und Kerschensteiner. Und dann werden wir vorgestellt.

»Euritides Maklos, mein treuester Freund und Mitarbeiter. Kein Italiener, haha, Grieche ist er und von Beruf mein Finanzgenie.« Mr. Meyer strahlt wirklich. Ist der etwa auch? Die ›männliche‹ Dame neben ihm mustert mich kritisch. Nach unserem unvermeidlichen Händedruck scheine ich ihm zu gefallen. Auch das noch. Aber Mr. Meyers Freunde sollen auch meine Freunde sein.

»Schön, daß du uns abholst, Tidy. Heute wird gefeiert! Du weißt doch, ich kann die Fliegerei nicht ausstehen. Und ist man erst wieder unten, beginnt das Leben von neuem. Was bin ich froh!«

»Sacky«, scharwenzelt der griechische Adonis von Mitte dreißig,»natürlich komme ich gern, aber erst muß ich bei Mammi die Möhren abliefern. Die sind ganz frisch. Sonst wird sie ärgerlich. Du weißt doch.« Und seine Stimme wird immer gezierter.

»Wie geht es ihr denn?« ölt es ziemlich wissend.

»Ach, leider gar nicht gut. Sie hat wieder ihr Rheuma. Und du weißt doch, wie ich dann immer angebunden bin. Ich bin so todunglücklich, wenn Mammi krank ist.« Wenn der Kerl als ›Finanzgenie‹ so gut rechnen kann wie er schwul ist, muß er eine Wucht sein. Wenn doch nur mein Meer bald in Erscheinung treten würde. Und das Wort Geduld beinhaltet oft den Begriff eines harten Spieles.

Ein zu komischer Anblick, wenn ich ›seine Hochwohlgeboren‹ Monsieur Tidy in seinem eleganten italienischen Modellanzug betrachte und dazu sein ordinäres Einkaufsnetz, angefüllt mit halb herausschauenden frischen Möhren. Ob Karotin gut gegen Rheuma ist, entzieht sich meiner Kenntnis. Auf jeden Fall ist es gut für die Augen.

Ich sollte wie Tidy's Frau Mammi viel Möhren essen. Dann nämlich hätte ich unsere beiden Damen eher bemerkt. Wie aus dem Boden gestampft stehen sie vor uns. Kaum faßbar, daß unser Entführungsspiel so leicht geglückt sein soll. Leichter Anfang, ein schlechtes Omen? Selbst Mr. Meyer kann seine Überraschung kaum verbergen. Seine überdimensional geweiteten Pupillen starren mich kurz an. Über sein restliches Gesicht verbreitet sich schnell ein zufriedenes Lächeln, das übergangslos auf uns alle überspringt. Lachend und glücklich wie Kinder, denen man ein nettes Spielzeug geschenkt hat, laufen wir hinter unserem Spielführer auf den Ausgang zu.

Auch Tidy, der genau wie wir zur Gattung Herdentier gehört, trabt ohne zu fragen hinter uns her. Er verfügt über einen außerordentlich eleganten Laufschritt. Meyers Beinchen geben befehlsgewohnt den Takt an. Vor lauter Aufregung läßt das Meer zwei ihrer Päckchen fallen. Und wie auf Kommando bücken wir uns vereint danach. Vereinigte Kniebeugen. Bis auf Mr. Meyer.

Seine oberste Befehlszentrale gab die entsprechende Order Sekundenbruchteile zu spät an die untergeordneten Lauferchen ab, so daß sein Lauf nicht frühzeitig gebremst werden konnte. Nur eine leichte Geschwindigkeitsverminderung macht sich jetzt bemerkbar. Die gesamte Ladung verstaut und gerecht verteilt, setzen wir unseren Rückzug zum vorderen Eingang fort. Mr. Meyer wird fast eingeholt. Seine Fortbewegungsutensilien wehren sich energisch. Und er geht wieder leicht in Führung. Wie in der Zielgeraden setzt Helen, seine starke rechte Hand, zum Endspurt an, überholt das Leittier, passiert die sich durch Fotozellen automatisch öffnende Fenstertür und spurtet auf einen zehn Meter entfernt parkenden Straßenkreuzer zu. Ein rasanter Endspurt der beiden. Um einige Schritte abgeschlagen folgen Tidy, das Meer und ich. Mr. Meyer holt seine rechte Hand ein. Das fachmännische Publikum, dargestellt durch Passanten mit offenen Mäulern, heizt das packende Finish mit begeisterten Zurufen an. Noch schätzungsweise einen Meter. Ende. Ich glaube, Helen hat mit ihrem stattlichen Busen um Brustweite gewonnen. Vorteil der Frauen. Wir ›unter ferner liefen‹ ernten nur mitleidige Blicke und Kopfschütteln. ›Die Jugend ist auch nicht mehr, was sie mal war.‹

Übermütig wie Kinder, die wissen, daß ihr Lehrer bald über die ausgestreuten, getrockneten Erbsen fallen wird, hechten wir der Reihe nach in das enorme Innere des sagenhaft großen Schlittens. Ein auf-den-ersten-Blick-weiß-ich-nicht-wieviel-sitziger-Chevrolet. Sogar mit Chauffeur. Dem Anblick nach ein baumstarker Afrikaner in brauner Uniform. Seine Augen rollen erschrocken blitzend von einem Winkel in den anderen.

»Los, Junge, ab! Wir haben es eilig. Wir begrüßen uns zu Hause.« Mr. Meyer sitzt hinter ihm und gibt dem Jungen einen anfeuernden Klaps auf den rechten Oberarm.

»Yes, Baas.«

Der Motor heult auf. Und wie eine getretene Katze geben die Reifen einen Schmerzensschrei von sich. Wir können uns nur noch festhalten.

»Meine Möhren!« Schrill steht dieser Ausruf in der zittrigen Luft des Wageninnern.

»Wo steht denn dein Wagen?« Sanft wie das gewohnte e-ypsilonische Öl.

55

»Laßt mich raus. Ich habe ja gesagt, ich komme nach!«
»O.k. Aber beeil dich. Heute wird gefeiert. Wenn du willst, bring noch ein paar Freunde mit.« Während des letzten Satzes legt Mr. Meyer seine rechte Hand, seine eigene, auf des Fahrers rechte Schulter. Zeichen zum sofortigen Anhalten. Und schon ist Tidy draußen.
Kaum geht die rasende Fahrt weiter, öffnet der Himmel alle seine verfügbaren Schleusen. Und wenn ich behaupte, daß es gießt, ist das maßlos untertrieben. Durch das Rückfenster sehe ich Tidy für Sekunden wie ein begossener Pudel dastehen. Einer Eingebung folgend, schießt er plötzlich wie eine Rakete auf den nahegelegenen Parkplatz zu. Der schöne italienische Maßanzug!
»Fahr schneller!« Und der Wagen schnellt wie ein afrikanischer Pfeil ab. In der Fahrschule wird diese rasante Fahrerei wohl kaum gelehrt. Da steckt bestimmt mehr dahinter. Die Scheibenwischer arbeiten auf Hochtouren. Kaum werden sie der Wassermassen Herr. Mr. Meyer beugt sich zu mir herüber. Sein hastiger Atem hat sich ziemlich beruhigt. »Der Fahrer heißt Mogambo. Verwaister Sohn eines Xhosahäuptlings. Er hat es nicht leicht gehabt in seinem Leben. Aber jetzt ist der Knabe mein Schützling und Freund. Genau wie Sie und Jane.«
Sagenhafte Karriere. Vom Häuptlingssohn zum Chauffeur. Ist das Afrika oder die Schuld der Weißen?
»Sacky mag Schützlinge.« Ziemlich sexy fließt diese Bemerkung von Helen's Vordersitz zu uns nach hinten.
»Helen, du sollst doch nichts über mich erzählen.«
»Er ist immer so wunderbar bescheiden. Wenn man ihn lobt, faßt er es fast wie eine Beleidigung auf.« Mein kurzer Blick nach vorn verrät mir die unwahrscheinliche Spitze ihrer Knie. Und wenn sie lacht, legen ihre Oberlippen den von Kennern so beliebten Spalt zwischen ihren Schneidezähnen frei.
Schutzsuchend tastet das Meer nach meiner Hand. Keine Angst, ich bleibe dir treu!
Die bisherigen Eindrücke sind dermaßen stark gewesen, daß ich unmöglich Zeit fand, einen Blick auf die vorbeihuschende Landschaft zu werfen. Palmen, Bananenstauden und andere fremdartige, riesige Gewächse kann ich erkennen. Dazwischen geduckte Häuser mit roten Dächern. Ich kann mir nicht helfen,

aber diese Behausungen hinterlassen bei mir einen ziemlich primitiven Eindruck. Da man sich aber in fremden Ländern recht leicht falschen Vorstellungen hingeben kann, lasse ich mich überraschen und werde fürs erste behaupten, die Hütten seien reine Luxusbungalows. Schweigen.

Mr. Meyer döst genießerisch vor sich hin. Und Mogambo fährt wie ein besessener Computer. Bisher fehlerlos. Also fehlerlose Programmierung. Der Meyer wird schon wissen, warum er ihn als Schützling hat. Schützlinge sollen ja oft etwas Gutes an sich haben. Natürlich drängt sich mir sofort die Frage auf, was sich unser Schutzherr von uns verspricht. Vom Meer und mir ... ratlos.

Nicht einmal hundert Jahre ist die ehemalige Goldgräbersiedlung alt, deren Gründer und Planer Schachfanatiker gewesen sein müssen. Denn schachbrettartig ist der Stadtgrundriß. Und die Hochhäuser stehen unbeweglich als Bauern und Offiziere der weißen Partei. Slums und Bantusiedlungen außerhalb der weißen Mauern vertreten die Streiter der schwarzen Partei. In Prozentzahlen heißt es mindestens achtzig zu zwanzig gegen die Elfenbeinfarbenen. Wie lange noch? Und wer ist der eigentlich Stärkere? Benutzt dann der Verlierer rohe Gewalt oder Intelligenz? Ein Remis wäre angebracht.

Sogar Verkehrsampeln gibt es. Wir halten. Rot.

»Was für Neuigkeiten gibt es, Helen?«

»Einige belanglose Briefe und Anfragen, Sacky. Die wichtige Korrespondenz habe ich erledigt. Telefonanrufe sind alle notiert. Und der Rest hat Zeit bis später.«

Als starke rechte Hand scheint sie wirklich tüchtig zu sein. Grün. Quietschende Reifen. Wie weit noch bis zur Grenze der Schallmauer? Welche Überraschungen bringt der morgige Tag? Einen Job muß ich bis dahin haben und bei der Transinco vorstellig gewesen sein. Muß ich schon machen. Schließlich haben die mir die Einreise ermöglicht und warten nun auf eine Gegenleistung meinerseits. Ob die Geld wollen? Gesagt haben sie davon nichts ...

Den Preis werde ich in spätestens vierundzwanzig Stunden erfahren. Hat also im Augenblick noch Zeit. E-Ypsilon-Meyers wird es bei denen aber trotzdem nicht geben. Denn bis jetzt verlief alles zu glatt. Eigentlich Erfolg auf der ganzen Linie. Nur allzu bald müssen die negativen Geister erscheinen! Ein Muß im Gesetz der natürlichen Folge. Trotzdem wäre ich für eine gewisse Verspätung mehr als dankbar. Der heutige Abschluß wird wohl durch die angesagte Party gekrönt. Und ich werde mir redlich Mühe geben, meinen deutschen Ernst zu unterdrücken und durch permanenten Humor zu ersetzen. Normalerweise würde ich mir nämlich jetzt schon Sorgen machen wegen morgen. Vor allem wegen Jane. Liebe ist herrlich. Aber auch da gibt es die bekannten zwei Seiten. Die positive füttert das Kraftwerk mit Energie, um die negative ständig auf dem niedrigsten Punkt zu halten. Ist Verantwortung positiv oder negativ? Hängt wohl von der jeweiligen Auffassung ab.

Sind eigentlich alle Leute, die ich bisher getroffen habe, verliebt? Ich habe nämlich den Eindruck, daß sie alle hier die richtige Einstellung zum Leben gefunden haben.

Wen liebt Tidy? Nur seine Mammi? Oder füttert er nur aus Ersatzgründen ihr Kraftwerk mit Möhren? Sie wird wohl seine Mutter sein. Und liebt ihn aus diesem Grund. Aber das ist negativ. Denn zu starke Mutterliebe läuft zu leicht auf Egoismus hinaus. Demnach wird seine Batterie ziemlich schwach sein. Natürlich kann er auch unsterblich in einen Mann verliebt sein. Das wäre für ihn vielleicht sogar ein positiver Punkt. Von wegen Energie und so. Ich muß ihn erst näher kennenlernen. Dasselbe gilt für die anderen. Trotzdem: Wen liebt Mr. Meyer? Doch wohl nicht nur seine Textilfabrik oder gar platonisch seine Schützlinge? Ob Helen sein Kraftspender ist? Und wen liebt sie? Falls. Und wen liebt Mogambo? Wohl irgendeine schwarze Schöne aus irgendeinem Nachbardorf. Wer weiß. Positives muß vorhanden sein, da sie alle einen relativ glücklichen Eindruck machen. Alle? Ich glaube, Mr. Meyer ist nicht verliebt. Zumindest hat er einen gewissen Liebeskummer. Wovor hatte er in dem Flughafengebäude Angst? Ich wünschte, ich würde mich in diesem Punkt irren.

Im Augenblick möchte ich nicht tiefer in diese Einzelheiten hinabtauchen. Typisch deutsch. Alles muß genauesten sondiert und geregelt sein. Ich werde mich ändern, ohne jedoch oberflächlich zu werden. Dann wäre ich auch nicht glücklich. Außerdem braucht das nicht alles am ersten Tag geregelt zu sein.

Wahrscheinlich ist es die Selbstdiskussion, die mich von völliger Ruhe und Gelassenheit überwältigt sein läßt. Selbst den andauernden Regenguß fasse ich als Scherz oder als gleichberechtigtes Übel auf. Die Sonne kehrt bestimmt bald wieder. Es ist sehr still um mein Meer geworden. Bestimmt liebt sie mich noch. Hoffentlich für immer. Jeden Tag werden wir Weihnachten feiern und uns andauernd beschenken. Und Langeweile würde nie einen Platz finden. Nur an ihrer Seite möchte ich alt werden. Mit ihr zusammen werde ich die höchsten Hürden im Laufschritt nehmen. Und sollten wir uns einmal streiten, werde ich es als Gewitter buchen und dankbar für die dann erfrischte Liebesatemluft sein.

Wahrscheinlich ›denkt‹ sie. Gedankenfreiheit. Sie hat das größte Anrecht darauf. Aber was denkt sie? Wahrscheinlich zieht sie die erste Bilanz. Ich glaube nicht, daß sie ihr Tun bereut. Und auf Sorgen hat sie wie jeder Anspruch. Ob ich ihr helfen kann? Wir sprechen später darüber. Wie könnte trotzdem ihre erste Bilanz aussehen? Sie emigriert wie ich nach Südafrika, jedoch nicht, um beruflich und finanziell weiterzukommen, sondern um einem fast Unbekannten die brieflich versprochene Liebe zu erfüllen. Entweder leidet sie an einem noch nicht überwundenen Liebeskummer und dieser Schritt versprach ihr Heilung. Oder war es Dummheit? Nein, keine Dummheit. Das weise ich entschieden zurück. Tausend andere Möglichkeiten stehen noch offen. Wir werden darüber sprechen. Warte ab. Erstens ist es anders, zweitens als du denkst.

Sollten wir nicht jetzt schon unbeschwert unser Glück genießen? Wir haben uns unerwartet gefunden und sind fast im gleichen Atemzug zu ›Schützlingen‹ avanciert. (Nicht, daß ich mich auf diesen unverdienten Lorbeeren ausruhen will.) Das Leben kann wunderbar seltsam sein.

Grüne Welle. Gibt es denn hier keine Geschwindigkeitsbegrenzung? ›Commissioner Street‹ erkenne ich an einem vorbeifliegenden Straßenschild. Afrikaner wie in Lumpen gekleidet. Und das auf goldenem Boden. Englisch aussehende, bebrillte und ondulierte weiße Damen. Reich aussehende Geschäftsleute. Angestellte und Handwerker. Hochmütige Blicke. Wie aufgeregte Kaninchen rasen sie hin und her. Und die Schwarzen weichen ihnen respektvoll aus. Wenn das nur gut geht. Ab morgen werde ich das herausfinden. Heute wird es mir zu viel.

Mr. Meyer scheint ebenfalls in Gedanken versunken. Mogambo fährt unbeirrt weiter. Helen Katz schaut vor sich auf die Straße. Und endlich, mein Meer blickt mich aus einem unberechenbaren Winkel unter ihrem Schlapphut hervor an. Mein aufmunterndes Lächeln wirkt positiv. Erheitert werfen ihre sinnlichen Lippen einen Kuß in meine Richtung. Ich fange ihn auf, koste ihn und gebe ihn zurück. Sie legt ihren Kopf an meine Seite. Öffentliches Liebesspiel liegt mir nicht sehr. Und nach kurzen Bewegungsmanövern gelingt es mir, ihr unauffällig den Nacken zu küssen. Wie gazellenschlank er ist. Mogambo wirft mir einen belustigten Blick durch den Rückspiegel zu. Macht man das bei euch nicht auch? Ja natürlich, scheint er zu antworten. Jetzt blicken seine Augen traurig. Wenn ich recht verstehe, bist du nicht ganz glücklich? Sein leichtes Achselzucken läßt meine Frage offen.

Ob schwarz, ob weiß – was letztlich doch nur auf die Pigmentzusammenstellung hinausläuft –, jeder hat seine eigene Last zu tragen. Und das Wort ›tragen‹ löst in mir eine panikartige Reaktion aus.

»Was geschieht eigentlich mit unserem Gepäck?«

Wir alle waren zu intensiv damit beschäftigt gewesen, an dem Schicksal zu drehen, um Jane nicht in die Fänge ihres Verlobten geraten zu lassen. Prompt haben wir unser gesamtes Gepäck vergessen. Freud'sche Fehlleistung?

Meine bescheidene Frage an Mr. Meyer löst bei ihm eine fahrige, e-ypsilonische Handbewegung aus, die sein Kräuselhaar nachdenklich durchpflügt und schließlich ein sanftes Lächeln als Antwort hervorbringt.

»Eindeutiger Regiefehler. Ich habe nämlich noch nie jemanden entführt. Schlichtes Pech des Anfängers. Und ich verspreche, es wird nie wieder passieren. Aber mit Gepäck wäre unsere Flucht nie so schnell und unbemerkt verlaufen. Vielleicht besäßen wir jetzt nur unser Gepäck, nicht aber Ihre Jane. Menschen sind nicht so leicht zu ersetzen.« Nachdenklich blicken seine melancholischen Pupillen ins Leere. »Wenn es um Menschen geht, vergißt man allzu leicht das Nächstliegende.«

Worauf spielt er jetzt an? Ist es ihm nie gelungen, eine Rettung durchzuführen? Oder hat er es nie versucht? Ist es der Gedanke an seine Eltern?

»Mogambo, du fährst dann sofort zurück und holst unsere Koffer.«

»Yes, Baas.« Einfach und devot. Die Sprache eines Schützlings? Zum Teufel. Schon wieder meine tiefschürfenden Fragen. Ich muß mich wirklich ändern. Und nicht immer alles sofort tragisch-ernst auswerten. Bis das Gepäck kommt, findet die Party eben von unserer Seite ohne große Umzieherei statt. Davon abgesehen, daß ich sowieso nicht über viel Garderobe verfüge. Zwei schwarze Anzüge und einen Smoking für den Beruf. Einen kombinierten für privat. Wann hat man schon mal frei. Gepäckschein und Kofferschlüssel werden dem Jungen schon durch den Zoll helfen. Bestimmt haben die hier einen Zoll.

»Wenn du Ärger mit dem Zoll hast, frage nach Pieter Marais und sage ihm viele Grüße von mir.« Zumindest ein bestechlicher Zoll ist vorhanden. Und Mogambo nickt mit dem Kopf.

»So, da sind wir.« Und tatsächlich, der Wagen hält. Mogambo springt katzenartig aus dem Schlitten und öffnet die Tür seines Schutzpatrons, dessen Lethargie allmählich verschwindet. Dann sind wir an der Reihe, bevor ich selber den Griff betätigen kann. Langsamer als gewohnt steige ich aus. Keine Lethargie. Nicht einmal eine böse Vorahnung. Meine Knochen sind von dem ewigen Sitzen schlicht und einfach steif. Mr. Meyer ist galant und reicht seiner rechten Hand die eigene. Ob sie sich doch lieben?

Meinem eleganten Meer werfe ich meinen etwas müden Verbindungssteg zu, und mit geschlossenen Beinen schwingt sie sich gekonnt aus ihrer sitzenden Lage auf den Boden der stehenden Realität. Sie ist so frisch wie am Morgen, als wir das Flugzeug bestiegen. Sie lacht mir zu. Ihre Augen verraten mir, wie froh sie über den abgeworfenen Ballast ist. Voller Freude umarmt sie mich, stellt sich wahrscheinlich auf ihre Zehenspitzen, denn ihre weichen Lippen berühren liebevoll und vielversprechend meine Stirn. Ob sie später meinen müden Rücken massieren wird?

Ein unbekanntes, nicht erwartetes Geräusch! Aufgeschreckt fahre ich, das Meer fest in den Armen, herum und sehe gerade noch, wie sich die Garagentür schließt ... wie von Geisterhand. Unsichtbare Diener oder Automatik. Und von nun an befehle ich mir äußerste Wachsamkeit. Nicht einmal bemerkt habe ich, daß wir mit dem Wagen bereits in die Garage hineingefahren sind. Es ist doch so: aus kleinen Unachtsamkeiten können enorm große Fehler und Nachteile entstehen. Und die können ungeheuer teuer werden. Was, wenn das Geräusch anstelle der Garagentür von dem Italiener gekommen wäre? Habe ich denn jetzt schon ein schlechtes Gewissen? Alpträume etwa?

»He, Niko! Aufwachen. Wir sind da.«

Wieder wirbele ich mit dem Meer im Arm herum und sehe die grinsenden Gesichter von Mr. Meyer und seiner rechten Hand.

»Ich weiß, junger Freund, wie Ihnen zumute ist. Schütteln Sie Ihre Gedanken ab und vertrauen Sie auf sich und die Zukunft mit Ihrer bezaubernden Jane. Kommt, Kinder! Der Willkommenstrunk wartet auf uns. Allez hopp!« Seine Patschhändchen geben ein zweifaches Klatschgeräusch von sich. Selbst seine rechte Hand lacht. Aber dann zieht sie ihn mit sich fort. Protestierend läßt er sich nur zu gerne fortzerren. Aber nicht, ohne sein Winken abzubrechen. Hinterher!

Eine prachtvolle, ebenerdige Villa, die Mr. Meyer tiefstapelnd ›mein Bungalow‹ nennt. Der bebauten Fläche nach muß er mindestens Millionär sein. Zu schön, wenn man es in seinem Leben so weit gebracht hat. Und ich werde mir die größte Mühe geben, ihm in allen Belangen nachzueifern. Nicht, daß ich neidisch auf seinen Erfolg wäre. Aber mit jedem Tag wird das Leben kürzer, härter und gewitzter. Wie soll ich als junger Mensch mit ihm gleichziehen? Zu seiner Zeit scheint alles viel einfacher gewesen zu sein. Und heute? Kein Wunder sein Reichtum, wenn man die heutigen Kleiderpreise sieht. Koste es, was es wolle, ich muß bald reich werden ... natürlich auf ehrliche Art. Also auch keine Einwände gegen die eventuell zu hohen Meyerschen Anziehkosten. Geschmack. Geschmack. Geschmack ... Alle Hochachtung! ... Wie selbstverständlich eine kurze Führung durch das ... oder die ... Gebäude. Nierenförmiger Grundriß. Was immer auch das menschliche Herz erträumen mag, alles ist vorhanden. Mindestens pro Person ein Bad und eine separate Toilette. Wohl von wegen Gestank und so.

Fast könnte man den gesamten Komplex mit einem Motel vergleichen, gemessen wenigstens an der Anzahl der Bäder und Toiletten. Oder ob jemand etwa an einem Reinlichkeitsfimmel leidet? Ich muß unbedingt erfahren, was hier läuft. Denn daß hier etwas läuft, ist ja wohl so sicher wie das ... naja. Dabei soll der liebe Mr. Meyer offiziell hier alleine wohnen. Seine rechte Hand sogar außer Haus in einer eigenen Wohnung. Aber das glaube ich nicht. Bin ja nicht doof. Jedenfalls ist etwas faul an diesem Millionärsprunkwert. Alleinstehender Junggeselle? Daß ich nicht lache!

»Verzeihen Sie bitte meine Neugier, Mr. Meyer, aber was machen Sie bloß mit dem massenhaften Personal? Ich weiß, es geht mich nichts an, aber dieser diensteifrige Andrang verschlägt mir meine kleinbürgerliche Sprache.«

»Mein Lieber, die Leute kosten doch nichts. Und da in unserem Land eben ein massenhaftes Angebot herrscht, wäre man ein Idiot, von dieser Möglichkeit keinen Gebrauch zu machen.«

»Trotzdem. Oder gehören Sie als Jude etwa einem Caritasbetrieb an?«

»Nicht direkt. Und was heißt Jude. Sagte ich nicht bereits, ich sei Atheist? Da ich aber trotz allem an das Gute im Menschen glaube ... vielleicht habe ich deshalb so viel Platz. Nun, außerdem fühlen die Schwarzen sich hier viel wohler als in ihren eigenen vier Wänden. Ist natürlich illegal ... aber wen stört's.«

Wird wohl stimmen – das mit dem ›illegal‹. Soweit ich nämlich unterrichtet bin, darf kein Afrikaner, also die echten Eingeborenen, innerhalb der ›weißen‹ Stadtgrenze übernachten, geschweige denn wohnen. Dafür gäbe es zum Beispiel schließlich im Südwesten von Johannesburg die unter eigener Administration stehende Eingeborenenstadt Soweto – mit Platz für über eine halbe Million ... wäre also eine Art Großstadt, wenn ... aber Kritik steht mir fern. Noch. Was gehen mich zusammengepferchte Wohnlöcher an. Auch wenn diese in meiner neuen Heimat sind, die ich selbst erst wenige Stunden bewohne. Außerdem habe ich mich bereits über alle Bevölkerungsfarben und deren Fragen in Europa erkundigt. Und wie es in Wirklichkeit aussieht, hat eigentlich noch etwas Zeit. Und wenn offiziell kein Afrikaner innerhalb der Stadt übernachten darf, wird die Regierung wissen warum. Oder etwa nicht? Vielleicht ist es das schlechte Gewissen der ›Herren‹ und ihre Angst vor der steten schwarzen Übermacht? Zugegeben, die Eingeborenen mögen nicht die europäische Denk- und Gefühlsweise besitzen ... aber müssen sie deshalb gleich als Aussätzige behandelt werden? Junge! – das geht dich doch nichts an. Wie wagst du es, jetzt schon diese Fragen zu stellen. Probleme gibt es doch in jedem Land der Welt ... und du wolltest dich hier doch wohlfühlen! In Ordnung ... ich werde mich beherrschen. Und wenn ich weiterhin so krampfhaft nachdenke, werde ich nie wissentlich das ›Haus‹ von Mr. Meyer kennenlernen. Schließlich soll es für die nächste Zukunft mein eigenes Zuhause sein ... in Verbindung mit dem Meer natürlich. Das feudale Heim von Schützlingen ... und der zu zahlende Preis? Hoffentlich nicht zu hoch bei meiner sozialen Lebensauffassung, wie? Denn von nichts kommt nichts.

»Möge keiner den anderen ausnutzen.«

»Sagten Sie etwas, Niko?«

»Ich? Nein, nicht daß ich wüßte.« Junge, du wolltest dich doch beherrschen! Also, jetzt leise: Möge keiner den anderen ausnutzen! – regiert von der Krone der Demokratie. Ob dieser Begriff verständlich ist? Wenn zum Beispiel ein weißer Arbeiter in einer halben Stunde zwanzig Nägel in eine Wand einschlagen kann – warum wird dann ein Schwarzer schimpflich behandelt, wenn er in derselben Zeit fünfundzwanzig schafft? Ist das Resultat nicht ein Zeichen seiner Unverbrauchtheit? Müßte man ihm dafür nicht dankbar sein? Wehe, er schlägt uns eines Tages seine Hilfe ab! Die Chinesen werden sich freuen ... denn, das gelbe Rot ist stärker als das Rot jeder anderen Rasse ... Ich frage mich nur, warum ich in Begleitung meines Hausherrn solch abwegige Gedanken habe. Mehr als eigenartig. Wirklich.

»Haben Sie Durst, Niko? Dumme Frage, natürlich haben Sie Durst. Whisky?«

»Prima Idee, Mr. Meyer.« Und schon klatscht er ungeduldig mit seinen Patschhändchen. Nichts. »Ja, verdammt nochmal, ist denn hier keiner?«

Langsam, Freund, die Leute können doch nicht überall sein ...

»Yes, Baas?«

»Hab' schon gedacht, ihr seid alle verschwunden. Bring uns bitte zwei Gläser vom üblichen. Wir fallen um vor Durst.«

»Sofort, Baas. Habe gewußt, daß Sie Durst haben werden, Baas.«

Und weg ist er. Wie von einer Tarantel gestochen. Und schon kreuzt er wieder auf. Mit einem Riesentablett aus Silber und allen nötigen Zutaten, um ein gepflegtes Glas Whisky zu servieren. Unwahrscheinlich, was der Junge da alles angeschleppt hat. Aber er scheint seinen Herrn zu kennen.
»Prost, Niko.«
»Zum Wohl, Mr. Meyer.«
Mensch, hat der einen Zug am Leib ... Und weiter geht die Informationsführung durch den paradiesischen E-Ypsilonbau. Mir bleibt die Spucke weg. Besser nicht an die Preise denken. Immer noch nierenförmiger Grundriß. Neben der fast bahnhofsgroßen Wohnhalle, ich würde sie bescheiden mit einem umbauten Urwald – für seine Begriffe wohl Wintergarten – vergleichen. Anschließend ein weiteres Stück umglaster Urwald, angefüllt mit allem erdenklichen vegetativen Krimskrams. Geschmackvoll verziert und angereichert mit Aquarien und einem umgitterten Wasserbecken mit Sandstrand. Ein Baumstumpf durchpflügt das Wasser und macht die lustlos-träge Andeutung einer Jagd auf eine einzelne Forelle. Ich als Fisch hätte mit Sicherheit bereits einen doppelten Herzschlag erlitten. Besonders jetzt, da es für das Opfer keinen Ausweg mehr zu geben scheint. Seine Kiemen heftig bewegend, erwartet er, in einem spitzen, flachen Zementwinkel eingekeilt, den näher und näher kommenden Rachen des Ungetüms. Mensch, Fisch! Tauch' irgendwie an ihm vorbei! Na bitte, tatsächlich scheint der Ärmste meinen gedachten Ausruf verstanden zu haben und schwimmt, beruhigt den nächsten Angriff erwartend, im freien Teil seines Gefängnisses. Feuchte Krokodilsaugen blitzen mich hinterlistig lächelnd kurz an. Also, mein Freund bist du nicht! Wahrscheinlich bin ich aber auch zu empfindlich. Aber ich habe nun mal eine Abneigung gegen Sadisten. Auch, wenn sie selbst in Gefangenschaft leben und von einer Art Infrarotlampe in gespenstisches Licht getaucht werden. Oder ist gar sein Herrchen ein Sadist?
»Nun, wie gefällt Ihnen mein Amadeus?«
»Wenn er Wolfgang in Ruhe läßt, ein charmantes Tier.«
»Sie müssen ihn erleben, wenn ich meine Mozartplatten spiele ... Andächtig steigt er dann aus dem Wasser und lauscht, ja, man kann es wirklich lauschen nennen, hingebungsvoll der Musik.«

So ein Spleen fehlt mir auch noch. Aber scheinbar kommt das mit dem Reichtum. Jane muß die Szene verfolgt haben. Langsam nähert sie sich uns. Zum Glück hat Meyer sie noch nicht bemerkt – und somit auch nicht ihr Lächeln. Ich kann mich nur hinter meinen Schneidezähnen verstecken, die die Unterlippe krampfhaft zerschneiden wollen. Jetzt wendet sich das Meer ab, wohl um ihren Gefühlsausbruch besser zu verheimlichen. Aber schon hat er sie gesehen, winkt sie zu uns heran. Und jetzt sind ihre Schneidezähne und die Unterlippe dran.

»Sie lieben beide Mozart?« Prüfend, als hinge die Seligkeit von unserer Antwort ab, hat er uns im Visier.

»Zu gegebener Zeit – ja. Es ist leider nicht oft. Und du, Jane?« Na ... wird es ein bemerkbares schelmenhaftes Lächeln oder das gewünschte verbindliche? »Mir geht es wie dir, Liebling. Vor allem ist es mir momentan viel zu hektisch, um diese Musik genießen zu können.«

»Vielleicht liegt es an unserer verschiedenen Mentalität. Vielleicht auch am Charakter, ist ja auch egal, woran es liegt. Ich jedenfalls kann nervös sein, wie ich will. Bei Mozart entspanne ich mich vollkommen.«

Um ein Haar hätten wir ihn enttäuscht. »Dann sind Sie in jedem Fall zu beneiden, Mr. Meyer« ... und das meine ich ernst. Ich bin aber auch fast sicher, daß wir heute keinen Mozart über uns ergehen lassen müssen. Nichts gegen das Altmeisterklaviergenie, aber wollen wir doch mal menschlich bleiben: Mozart ist bestimmt nichts für vom Stress geplagte Leute – wie das Meer und mich. Also alles zu seiner Zeit. Oder vielmehr, möge alles so bleiben wie es ist. Ich werde auch in Zukunft für Herrn Wolfgang (Forelle) Amadeus (Krokodil) Mozart (Musiker) wenig ... ach, ist ja auch egal.

Weiter geht es durch die Meyerschen Behausungsteile ... Heil und Donner! Wenige Schritte von uns und glatt übersehen: der Trumpf dieses gläsernen Dschungels! Ein perverses einladendes Schwimmbecken mit Sprungbrett und schwimmenden Plastiksesseln. Herrlich ... unwahrscheinlich. Da ist die musikliebende Echse eine glatte Nebenerscheinung. Und die Glaswände, die durch Knopfdruck nach allen Seiten hin verschieb- oder versenkbar sind ... ich schnalle ab. Das Meer ist verzückt. Und Mr. Meyer, selbst fast ratlos, gibt seine Erklärungen ab. Fabrikant

müßte man sein. Halt! Kein Neid. Er wird sich alles ehrlich verdient haben. Also Glückwunsch. Dumpf hämmert der Regen auf das Glasdach. Wirklich unheimlich, dieses Geräusch.
»Das Wetter hier kann wirklich unangenehm werden. Hören Sie nur. Deshalb sind Decke und Wände von besonderer Stärke. Eine neuartige Zusammensetzung von Bleiglas. Fast so sicher wie im Bunker ... Wissen Sie, die Johannesburger Hagelkörner werden manchmal so groß wie Taubeneier. Blitze zerdreschen ganze Häuser. Und wenn dann endlich mal ein Orkan tobt, zerschmettert er jeden und alles, was sich ihm in den Weg stellt. Aber keine Angst, hier sind Sie sicher. Mein Reich steht bereits seit mehreren Jahren und widerstand sogar den Schüssen während eines Raubüberfalls. Aber das erzähle ich Ihnen später.«
»Raubüberfall?« Mein Meer scheint diese Möglichkeit nicht fassen zu können.
»Ja, meine Liebe. Aber das ist halb so schlimm. So, gehen wir einmal um das Schwimmbecken.«
Gute fünfzig mal zwanzig Meter. Wunderbar ...
»Mr. Meyer – ein echter Raubüberfall?«
»Ja, ein ganz echter. Damit muß man heutzutage einfach rechnen. Aber meine Boys haben sich heldenhaft verteidigt und dürfen seit jener Zeit sogar offiziell in meinem Haus wohnen. Wenn man Beziehungen hat, wird in Ausnahmefällen eine Art Sondergenehmigung erteilt. Und die fehlte mir damals noch.« Die typische Fingerbewegung des Geldzahlens unterstreicht seine kurze Ausführung. »Beziehungen sind alles, sage ich Ihnen. Natürlich sind deswegen meine Nachbarn verärgert. Aber das wird sich legen. Ohne Beziehungen ist eben nichts in diesem Land. Niemand hat so gute Boys wie ich. Die Zuverlässigkeit in Person.«
Demnach gibt es wohl viele Afrikaner, die weniger zuverlässig sind. Aber erstens ist das menschlich, zweitens muß das erst noch bewiesen werden. Trotzdem möchte ich mir mit einer Frage an unseren beziehungsreichen Gönner eine gewisse Aufklärung einhandeln: »Befürchten Sie denn trotz der Güte, ich meine, der Tapferkeit Ihrer Boys keine Rache oder zumindest eine Wiederholung des Überfalls?«
Mr. Meyer winkt ziemlich zuversichtlich ab: »Keinesfalls, mein junger Freund.« Jetzt produziert er sogar ein seltsames Lä-

cheln. »Das Leben hier ist wunderbar, oft leicht und immer genußvoll. Aber auch sehr hart! Nämlich von jener Bande existiert keiner mehr. Und das ist Sicherheit genug. Für uns alle.«
»Aber man kann doch nicht jeden Einbrecher einfach umlegen. Was sagt denn die Justiz dazu?«
E-ypsilonische wegwerfende Geste. »Der Justiz ist das nur recht. Die drückt in solchen Fällen mehr als beide Augen zu. Für diese Herren heißt das dann lapidar ›weniger Arbeit und Ärger‹. Für mich bedeutet das Auslöschen einer Bande gezielte Selbstverteidigung. Für Sie beide mag das brutal klingen. Aber wenn Sie erst mal einige Zeit hier verbracht haben, wird Ihre Erfahrung mir recht geben. Auslöschen ist die einzige Rettung. Im Gegenteil, ich oder meine Boys laufen sogar Gefahr, selbst die ewige Ruhe zu finden. Das Schlimme an der Sache ist allerdings, daß die organisierten Banden nicht nur aus Farbigen bestehen, sondern von intelligenten, skrupellosen Weißen angeführt werden. Und die Weißen bringen ihnen den verbrecherischen Tatendrang bei.« Für mich ist das bisher der längste und aufschlußreichste Monolog unseres Gönners.

»Trotzdem wird es hier Polizei geben. In der ganzen Welt obliegt ihr der Schutz der Bürger«, wirft das Meer wirklich logisch ein. Mr. Meyer's Lächeln entwickelt sich zu einem harten Lachen. Ich bin erstaunt über seine Wandlungsfähigkeit und welche Paletten er noch auf Lager hat. Naja, so lange kennen wir uns ja auch noch nicht. Sein Lächeln wird jetzt fast zynisch.

»Die Polizei ist faul und bestechlich. Außerdem ist sie dumm und dennoch nicht tapfer. Sollte sie mal ausnahmsweise ehrlich sein.«

»Herrliche Aussichten. Das alles habe ich nicht gewußt.« Warum stehen solche offenbar wahren Tatsachen nicht in den zahlreichen Informationsblättern, die jeder Emigrant gratis und haufenweise erhält? Eigentlich kein Wunder. Welche Regierung ist schon ehrlich und gibt unliebsame Tatsachen zu? Die Dummheit der Bürger wird von oben ausgenutzt, solange es Menschen auf der Welt gibt. Dummheiten. Wir haben früher auch nichts von den Konzentrationslagern gewußt. Natürlich ist das keine Entschuldigung. Man hat eben die Pflicht, sich zu informieren. Schön. Aber oft gibt es keine Informationen. Dazu kommt die Trägheit der Leute. Und nicht immer ist ein e-ypsilonischer Meyer zur Stelle, der als hilfreicher Informant einspringt. Wer sonst hätte uns hier in der ›neuen Heimat‹ von den Zuständen erzählt? Gehupft wie gesprungen. Vielleicht gehört auch eine gehörige Portion Glück dazu. Eins weiß ich, wenn ich also demnächst mal überfallen werde, kenne ich wenigstens die Hintergründe. Ehrlich gesagt, meine spontane Liebe zu Südafrika leidet etwas unter dem erteilten Dämpfer. Und schon muß ich wieder mit mir schimpfen. Ich hatte mir doch vorgenommen, alles mit Humor zu tragen und eine gesunde Distanz zu meiner deutschen Gründlichkeit zu gewinnen. Hoffentlich gelingt mir das. Also treibe ich erstmal ein Lächeln auf mein Gesicht. Und er?

»Vielleicht mögen Sie Amadeus jetzt besser leiden. Nach außen wirkt er als Schaustück. Reine Angabe, wenn man so will. In Wirklichkeit ist er ein nicht bellender, wachsamer und zuverlässiger Hofhund.«

»Läuft der etwa manchmal frei herum?«

«Nur nachts, wenn wir alle schlafen«, gibt der Hausherr mit seiner gewohnt sanften Stimme zu. »Die Eingeweihten richten sich nach dieser Regelung. Und der Erfolg gibt mir recht.«

»Und wie bekommen Sie Ihren Amadeus wieder in seinen Käfig? Händeklatschen und Rufen helfen bei ihm bestimmt wenig.«

Nicht nur Mr. Meyer, auch mein Meer lacht über meine zweifelnde Frage. Vor meinem geistigen Auge läuft ein alter Jonny Weißmüller-Tarzan-Film ab, wie der Held verbissen und mit letzter Kraft mit einem Krokodil kämpft, das in einem Swimmingpool auf ihn gewartet hat.

»Alle Achtung vor Ihrem gesunden Mißtrauen, Niko. Aber erstens findet er nur in seinem Gehege Nahrung, zweitens hilft immer eine gute Mozartplatte. Sollte er aber wirklich mal schlechte Laune haben, dann eben Chloroform.«

»Frohes Erwachen.« Und wir alle lachen.

Mein erzwungener Humor wird sich bestimmt bald zu einem furchtbaren Komplex entwickeln. Künstliche Züchtung war noch nie gut ... wie liebevoll das Meer mich umarmt. Und Mr. Meyer klopft mir, fast schon wie gewohnt, auf die Schulter. Hallo – was ist das? Jane's Berührung löst in mir eine unerwartete Reaktion aus: sofort mit ihr schlafen! Aber doch nicht jetzt ... und nicht hier! In mir regt sich etwas mit unbeugbarer Kraft.

Na, wird wohl nicht so schlimm werden und bald vorbei sein. Außerdem ist Mr. Meyer dabei – und der regt bestimmt nicht an. Und einen Willkommenstrunk soll es auch gleich geben. Was ist bloß mit mir los? Heute nachmittag war es ähnlich ... als wir das Vorfeld zum Flughafengebäude überquerten, und ich die hiesige Luft zum ersten Mal einatmete. Da war der erste Anflug dieser unkontrollierbaren Regung. Bestimmt war ich deshalb so verwirrt und unsicher. Früher, während der Pubertät auf der Penne war es nicht anders. Aber da waren die nicht enden wollenden Beine meiner Mitschülerinnen schuld. Und aus diesem Alter bin ich doch nun wirklich raus. Trotzdem – schöne Zeiten damals, als wir in unserer Fantasie die Beine unserer Nachbarinnen bloßlegten und, wie die Lehrer es nannten, unsere gedankliche Sauerei betrieben. Wie stolz war ich damals auf die unbekannten Regungen. Menschlich zwar, aber als verbotene Schweinerei abgestempelt. Oft wußte ich keinen Ausweg mehr, meldete mich spontan mit ›Bitte austreten zu dürfen!‹ Und der Pauker war jedesmal blöd genug, an meinem erhobenen Finger die sagenhafte Antwort auf eine seiner stupiden Fragen zu erkennen.»Wann war der Gang nach Canossa?« Doch keine jugendliche Hose ist weit genug, um in ihr eine gewisse Vergrößerung zu verheimlichen. Also raus in die Toilette, um mit Lichtgeschwindigkeit zu onanieren oder wenigstens mit kaltem Wasser zu operieren. Man könnte ja etwas Wichtiges im Unterricht versäumen. Peinlich, sollte man am Kaltwasserhahn erwischt werden. Wegen mangelnder Sittlichkeit flog einer meiner Freunde treu und brav von der Schule und begann aus Protest eine Maurerlehre. Der Pfarrer, der mit dem Aufklärungsunterricht betraut war, wollte uns überzeugen, daß Selbstbefriedigung dumm macht. Und so hatten wir alle mit uns die liebe Not. Das eine war zu gefährlich. Das andere hatte die psychischen Nachteile zufolge. Blieb also nur das treudeutsche Aushalten. Schön blöd? Die Lösung wird nicht anders sein. Oder wie würde sich ein Engländer, gar ein Franzose verhalten? Verdammt. Keine Ahnung ... Mein Zustand liegt bestimmt an der köstlichen Johannesburger Luft. Unkontrollierbarkeit in der eigenen Hose. Daß ich nicht lache. Ob das allen Emigranten so geht? Ich muß sie unbedingt danach fragen. Du meine Güte – wo bleibt meine Beherrschung? Keine Befehlsgewalt mehr da.

Meine physische Not steigt mit unverminderter Heftigkeit. Immer höher. Bis zum Hals. Am besten hinab in den Erdboden mit mir. Geht nicht. Ich stehe auf undurchdringlichem Marmor ... oder ist es kein Marmor? Keine Zeit zur Definition. Was jetzt? Irgendwo muß doch ein Ausweg sein! Nichts. Und auch das noch: wohin ich blicke, mich drehe und wende ... überlebensgroße Phallussymbole afrikanischer Kunst. Augen zu. Nein, hilft auch nicht. Man geniert sich, impotent zu sein – und man blamiert sich, ist das Gegenteil nicht zu verheimlichen. Die Wissenschaft hätte schon lange einen passenden Ausweg finden können. Aber die Herren geben sich lieber mit Nebensächlichkeiten ab ... statt mir zur Seite zu stehen. Zur Seite? Rechts, kaum einen Finger breit entfernt, schwebt das Meer – macht nichts, sie kennt mich. Aber vor mir der Meyer. Er dreht sich um. Fragende Glupschaugen, die sich an mir hinuntertasten. Und überall diese verdammten plastischen Figuren. Eine pralle Negerin wischt Staub. Sehr zärtlich. Wie hungrig ihre Lippen sind. Weg da! Und links? Vielleicht ein Unglück provozieren und aus Versehen in das Schwimmbecken stürzen? Nein. Ich mache mich nur lächerlich ... Stimmen nähern sich – auch weibliche. Soll ich nicht doch? Amadeus ist in seinem Gehege und hat mit seiner Forelle zu tun. Rettung also im Wasser. Als Preis mein nasser Anzug. Und in zwei Stunden soll die Party steigen. Unmöglich – ohne meine Begleitung. Hilflos springende Gedanken. Glückliche Ritter im Mittelalter. Eisen ist kalt und beruhigt. Falls nicht, hält es wenigstens unbeirrt die sichtbare Potenz zurück. Eine Rüstung! Ein Königreich für eine Rüstung! Mist – habe ja kein Königreich. Egal. Ich kann nicht mehr ... und der Schmerz ...

»Hilfe!«

Schnell tief einatmen. Und hinein in das rettende kühle Naß. Kühl? Milliarden warmer Tropfen schlagen über mir zusammen. Warm ... jetzt wird's noch schlimmer. Schwüle Feuchtigkeit statt ernüchternder Frische ... wenigstens unter der Wasseroberfläche bleiben. Solange die Luft hält ... gibt es denn hier keinen Abfluß, durch den ich fliehen kann? Zu nervös. Den finde ich nie. Außerdem, wie leicht bleibt man darin hängen. Und dann ist alles aus. Oben lachen die jetzt bestimmt. Über den Trottel da unten. Ob das Meer Mitleid – wenigstens eine Spur –

empfindet? Brauche kein Mitleid. Nur Rettung. Laß sie weiterlachen da oben. Aber ich tauche nicht auf! Die Luft wird knapp. Tausend Jungfrauen um mich herum. Wie sie mit mir lachen, spielen und flirten ... Und von Linderung keine Spur. Mein armer Stolz. Plötzlich zwei Detonationen in meiner Nähe, und schon zerren mich kräftige Fäuste nach oben. Witzlos, sich zu wehren. Dahinter steckt ja eine Urkraft. Also spiele ich meinen letzten Trumpf aus, verschlucke mich und huste, was das Zeug hält. Ja, das Zeug hält wirklich. Keine Linderung. Der Beckenrand kommt irrsinnig schnell auf mich zu. Über mir die geliebten tiefblauen Augen, die mich erschreckt anstarren. ›Verzeih, Liebes, es ist nicht deine Schuld.‹ Erbarmungslos stemmen mich schwarze Arme in die Höhe, aus der mich eine Unmenge Meyer'scher Hände ergreifen und behutsam auf den Rücken legen. Auch das noch! Was soll ich mir denn noch einfallen lassen? Potente Schmach artet zur Qual aus. Und mein Humor leidet unwahrscheinlich. Verzweifelte Flucht nach vorn. Ich springe auf, wenigstens hängt dann die Kleidung und liegt nicht wie ein reizbares, warmes Etwas auf mir. Lachen! Mein Lachen lenkt die anderen ab. Erst zögernd, dann befreit fallen sie gemeinsam in mein Solo ein.

»Welch eine Überraschung. Das Zeug in dem Becken ist ja naß.« Wirklich mieser Humor. Und schon ist das Meer mit ihren unbewußt tastenden Händen wieder bei mir.

»Alles in Ordnung, Liebster?«

»Zu sehr in Ordnung«, stöhne ich als Antwort. Meine Situation bleibt zäh wie eine Katze. Und die soll neun Leben haben. Für den Hausherrn fällt mir nichts weiter ein als: »Alle Achtung, Mr. Meyer, auf Ihre Boys ist wirklich Verlaß.« Drei, vier, fünf stolz grinsende schwarze Gesichter. Wo kommen die bloß so schnell her? Doch wohl nicht aus meiner Hosentasche. Da, jetzt bewegt der Boss eins seiner Händchen, und schon steht ein Boy in Butlerkleidung vor mir und knöpft erbarmungslos meine Jacke auf. Wenn ich doch nur in Ohnmacht fallen könnte. Ein anderer streift meine Schuhe ab. Irgendein Schraubstock klemmt mich ein. Ich bin also vollkommen entmachtet und mein eigener Herr bis auf weiteres gewesen. Habe ich denn überhaupt keine Rechte mehr? Alle meine Kleidungsstücke werden mir abgenommen. Nur nicht meine Not. Wenigstens dreht sich jetzt das Meer um, während ich mich verzweifelt in meiner Umklammerung winde. Helen Katz versucht belustigt, noch schnell im Rahmen der Höflichkeit mit ihren Augen etwas von meiner Not zu erheischen. Und als i-Punkt zwinkert mir der Hausherr lächelnd zu. »Ist halb so schlimm. Das vergeht wieder.« ... Bestimmt hat er mein Spiel durchschaut. Und die Boys meinen es wohl nur gut, wenn sie mit ihren tausend schwarzen Händen an mir herumfummeln. Wohl zwecks Trokkenlegung – keinesfalls unsittlich. Macht doch, was ihr wollt. Mir ist alles egal ... aber ... so schnell soll man nicht aufgeben ... ein echter, riesiger Bademantel umhüllt mich. Der innere Schock verfliegt – nur der äußere ... der bleibt. Was soll's.

»Alles fertig, Baas«, tönt es heiser aus irgendeiner afrikanischen Kehle. Und wie auf Kommando drehen sich der Schutzpatron und die beiden Mädchen wieder um. Wie taktvoll sie sich bemühen, ihr Lächeln zu verbergen. Oder, vielleicht haben sie wirklich nichts bemerkt!

Wie von Geisterhand geschoben, trennt mich jetzt von den anderen ein Cocktailwagen mit allen nur erdenklichen Raffinessen. Whisky on the rocks. Wenigstens etwas kühlendes Eis im Glas. Ob ich mir ein Stück unbemerkt ...? Nein, fällt bestimmt auf. Bin sowieso benommen wie ein Profiboxer nach der fünfzehnten Runde, der nicht begreift, daß er den Kampf gewonnen hat. Vielleicht auch nicht. Höflich, als wäre nichts geschehen, prosten sie mir zu. Die dienstbaren Geister sind wie vom Erdboden verschwunden, und Mr. Meyer läßt ein Sprüchlein fallen, das Meer und ich sollten uns in seinem Haus wie daheim fühlen ... »und viel Glück für die Zukunft in diesem Land.«

Hoffentlich. Aber das wird bestimmt nichts. Selbst unsere Gläser reagieren kaum hörbar auf das allgemeine Anstoßen. Begossener Pudel ... mit unwiderstehlichem Stehvermögen ... mehr schaffe ich nicht. Ray Conniff perlt aus den Lautsprechern. Na und? Vielleicht ist es auch nicht ›South Pacific‹. Die Gläser sind leer. »Nein, danke. Nichts mehr.«

»Darf ich Sie jetzt in Ihr Reich führen?« E-ypsilonische Eingebung der Gnade. »Und hier, meine Freunde, darf geschaltet und gewaltet werden – ganz wie es beliebt.« Noch ein Olivenöllachen, und endlich schließt sich hinter ihm die Tür.

Langsam, wie im Traum, fallen sämtliche Kleidungsstücke

von dem Meer ab. Stück für Stück. Eigentlich ist es sehr sympathisch. Zwar ein wenig seltsam, aber daran muß man sich wohl gewöhnen. Schwebend nähert sich mir ihr magisches Dreieck. Wie schön es ist ... wie erlösend schön. Taumel ... Küsse? ... ja ... und Bisse ... Erlösung? ... ja ... und Erlösung. Habe ja immer gesagt ... gut Ding' braucht eben Weil' ... Hieß das nicht: Gut Ding will Weile haben? Pause ...

Die ersten neunzig Minuten, die uns privat gehören. Dabei sind wir jetzt schon über sechs Stunden in unserer neuen Heimat. Bis jetzt war es eigentlich gar nicht mal so schlecht. Ich glaube, es wird mir hier sehr gut gefallen. Auch wenn die sexgeladene Luft – wie immer sie auch heißen mag – mir noch sehr zu schaffen machen wird. Zweimal in dieser kurzen Zeit. Und das ohne Training. Das erste Mal war zwar nur stürmische Abreaktion ... und dann kam das Gefühl, das ich noch nie erlebte. Echte Liebe, kostbarer als Gold. Und ich darf es erleben. Kann so etwas zerbrechen? Glaube ich nicht. Mit der Zeit werden wir wohl etwas ruhiger ... aber sonst?

Wie tief sie schläft ... hoffentlich war es nicht zuviel für sie. Ausgepumpt. Glücklich umschlungen. Und das auf einem französischen Rundbett. Irgendwo mitten in einer feindlichen Umwelt, wie Meyer meinte. Wie heftig sie atmet ... glückliches Lächeln im Traum. Rückkehr der Kräfte? Ich sollte schlafen. Wenigstens den Versuch machen ... nein, unmöglich. Hellwach.

Tosende Liebesstürme lassen eben das stärkste Bett in seinen Grundfesten erbeben und wie eine Jungfrau zittern. Ob das Krokodil sehr schreckhaft ist? Und schon klopft es an der Tür. Sollte es wirklich? Schnell die Decke über uns. Wo ist sie denn? Eben war sie noch da. Quatsch, vor Krokodilszähnen schützt die auch nicht. Dann eben ohne ... langsam einen Blick zur Tür ... vielleicht kann ich der Gefahr tapfer ins Auge blicken. Aber weder ein Krokodilskopf noch die dazugehörenden Zähne. Nur ein langer schwarzer Arm, an dessen Ende mein frisch gebügelter Anzug auf einem Bügel hängt. Alle Achtung, nur neunzig Minuten. Aber schließlich besitzt Mr. Meyer eine Textilfabrik. Da sammelt man Erfahrung. Ob der Mann näher treten wird? Nein. Mein kostbares Kleidungsstück bleibt neben der Tür hängen und lächelt mich einladend an. Bloß die Unterhose, die haben sie vergessen. Dann eben ohne. Wie sie mich vom Fußboden

aus hämisch anblickt. Morgen werfe ich dich weg ... Ob sich meine Ersatzfeigenblätter immer noch am Flughafen herumdrücken? Wie hieß der Junge noch, der sie holen wollte? Ach ja, Mogambo. Ganz nett.
Zeit zu lieben. Zeit zum Ab- und Aufbruch. Mr. Meyer wollte doch eine Party geben. Verspätung wäre unhöflich ...
Es klopft erneut. Ich weiß, wir müssen uns beeilen. Nein, das war nicht der Grund. Neben dem Anzug hängen jetzt Unterhemd, Schlips und Socken. Wahrscheinlich warten die Schuhe draußen vor der Tür, wie es in einem guten Hotel der Brauch ist. Kein gutes Hotel ... die Schuhe fehlen.

Arm in Arm betreten das Meer und ich den mit Kerzen und indirektem Licht beleuchteten subtropischen Wohnraum. Auf meinen Nylonsocken schliddere ich wie ein Eiskunstlaufanfänger auf dem gebohnerten Parkettboden hilflos in Richtung zweier leerstehender Clubsessel. Und ich traue weder meinen Ohren noch den dazugehörigen Augen, die das vor uns ausgebreitete Bild langsam und bedenklich wahrnehmen. Umringt von besmokingten und beabendkleiderten, ernst und genußvoll dreinblickenden Gästen beiderlei Geschlechts, geigen Mr. Meyer und der griechische Möhrenadonis, der liebevoll auf den Namen Tidy hört, ein Duett.

»Bestimmt Mozart«, flüstere ich.

Mein Meer nickt aufgeregt. Und schon ist sie von der Virtuosität der beiden Interpreten hingerissen. Ich auch, ehrlich gesagt. Faszinierend, wie die Geigenbogen des Millionärs und des Schwulen sich akustisch über die Mozart'schen Kapriolen hinweg ergänzen, ausspielen, Mut zuflüstern, einander weglaufen, um sich im nächsten Moment wieder verspielt zu umarmen, scheu zu küssen, mit fliegenden Herzen das Spiel von neuem zu beginnen. Hin und her. Auf und ab. Zehn linke Finger zittern erregt auf den Saiten wie Espenlaub im Herbstwind. Eine Sekunde Pause, um den soeben begonnenen Ton zart ausklingen zu lassen. Und schon tanzen sie aufgeregt weiter und lassen sich bis an den Rand der Ekstase führen. Weiter. Weiter. Keine Zeit. Die Liebe ist jung. Jeder Augenblick soll voll ausgekostet werden. Zwei verliebte Leuchtkäfer im Schatten einer kaum sichtbaren Hecke. Liebesharmonie. Liebesspiel.

Kein Wunder, daß in dieser prickelnden Luft sogar die Musik

mit Sex voll beladen ist. Selbst bei den beiden äußerlich so verschiedenartigen Spielern. Die Augen in ihrem Erleben fast geschlossen, fahren die beiden Virtuosen unbekümmert in ihrem Reigen fort. Ein unerklärliches Gefühl stört meinen Genuß. Ist es das unerwartete Heimweh nach dem alten Europa? Warum denn ausgerechnet jetzt!? Oder ist es schlicht und einfach *Eifersucht*, da ich nicht teilnehmen kann und zum Zuhören verurteilt bin?

Warum mein Neid? habe ich bis jetzt nicht genug vom dem Glück gekostet, von dem andere nur zu träumen wagen? Warum quälen mich ewig blödsinnige Gedanken? Anstatt abzuschalten, zu entspannen und gelöst zuzuhören. Kein Heimweh. Schlicht und einfach Eifersucht.

Wahrscheinlich muß man immer erst in ein anderes Land emigrieren, um sich selbst kennenzulernen. Dreißig Jahre meines Lebens haben nicht gereicht. Und am ersten Tag in der überseeischen Fremde stelle ich fest, daß ich eifersüchtig auf Männer bin. Vielleicht hat das aber auch nur mit Mozart zu tun. Sogar Amadeus steigt bei dieser Musik andächtig aus dem Wasser. Hat Mr. Meyer ja selbst erzählt. Und aus dem Wasser zu steigen, ist möglicherweise die krokodilische Art von Eifersucht. Vielleicht kennen diese Lebewesen mit den ewig verschmitzt lächelnden gelben, manchmal auch grünen Augen, je nach Gattung und Erdteil, nicht dieses verzehrende Gefühl. Schließlich legen sie nur befruchtete Eier und lassen diese noch von der Sonne ausbrüten. Also machen die es nicht mit Sex. Wäre mir, ehrlich gesagt, zu blöd. Erkundigen werde ich mich trotzdem. Soll ja alles seine Richtigkeit haben. Außerdem werde ich mich mit dem Tier anfreunden. Nicht nur wegen Mr. Meyer. Auch nicht wegen des Verhältnisses des Schwächeren zum Stärkeren. Aber sollte man nicht versuchen, sich in ein Tier dieser Art zu verlieben? Das ginge wahrscheinlich nur im Wasser. Und die Gegner würden steif und fest behaupten, das sei Sodomie. Und wenn schon. Auf jeden Fall bin ich normal veranlagt, also auch nicht homosexuell. Warum dann meine eingebildete Eifersucht auf die mozartfiedelnden Männer? Und sie fahren fort in ihrem geigenden Liebesspiel, das uns alle mehr als begeistert. Vielleicht haben die anderen Zuhörer die gleichen Gedanken. Und was geht in meinem Meerköpfchen vor? Scheinbar nichts. Andächtig ist sie in die Musik versunken.

»Sacky's Lieblingsstück. Das Allegro aus dem Duo für Violine und Viola in G-dur.« Ein Hauch flüstert mir diese Information ins Ohr. Gleichzeitig fährt ein zarter Finger langsam und aufreizend an meinem Rückgrat entlang mit dem Erfolg, daß mich ein erneutes Prickeln überfällt. Ich befürchte das Schlimmste und stöhne: »Oh, nicht schon wieder.«

Aber dieses Mal bleibe ›ich‹ Herr über meine Gefühle und nicht mein männliches Prunkstück. Aus Kurzschlußpanik hätte ich bestimmt Zuflucht bei dem Krokodil gesucht. ›Amadeus, nimm dich meiner an‹, mit diesen Worten auf den Lippen als Sesam-öffne-dich.

Wer ist denn diese unverschämte Person hinter meinem Rücken, die sich zu allem Überfluß auf meiner rechten Sessellehne niederläßt? Wer schon. Helen Katz, Meyer's rechte Hand.

›Na warte, denkst wohl auch nur mit deinem Eierstock und nicht mit dem dazu bestimmten Apparat da oben, wo andere Leute das Hirn haben. Wenn du nicht augenblicklich abhaust, schreie ich, ... und das Konzert ist im Eimer. Außerdem weißt du, daß ich für immer und ewig in das Meer verliebt bin.‹

›Stell' dich nicht so an, Kleiner. Du bist doch froh um jedes Weib, das mit dir schlafen will.‹

›Unverschämte Verleumdung! Zisch ab.‹

Hoffentlich merkt Jane nichts von unserer gedanklichen Satellitenunterhaltung. Vielleicht werde ich doch gleich schreien, selbst wenn ich als ausgemachter Kulturbanause eingestuft werden sollte. Aber was zu viel ist, ist zu viel. Ein Sprung ins Wasser hat mir bis jetzt gereicht ... was soll's ... stummer Gedankenaustausch kann nicht viel schaden. Im Gegenteil ... schon will sie wieder etwas sagen.

›Darf ich dich Phallusträger nennen?‹

Ich bin sprachlos. Und das mir ...

›Dann verrat mir wenigstens, ob dir diese Standhaftigkeit öfter passiert?‹

›Weiß nicht. Bin das erste Mal in Johannesburg.‹

›Hoffentlich verpasse ich das nächste Mal nicht. Du bereitest mir einen Riesenspaß. Und du bist so bescheiden, wenn du dich windest und es nicht wahrhaben willst. Ich möchte dir helfen.‹

›Helen! Bei aller Freundschaft, sei doch vernünftig. Ich bin so gut wie verlobt und außerdem irrsinnig in sie verliebt.‹

›Aber ich bin doch dein dunkler Typ.‹
›Scheiße.‹ Das hätte ich nicht denken sollen, denn schon rebelliert mein Instinkt mehr als energisch. Auch das noch.
›Auf jeden Fall kommst du zu spät.‹
›Ich warte gerne. Eines Tages kommst du von allein.‹
›Vielleicht in hundert Jahren.‹
›Du weißt, wie schnell die Zeit vergeht.‹
›Bis dann.‹
Endlich erhebt sich das Untier und segelt davon. Wahrscheinlich ein neues Opfer suchend. Viel Glück, und ich habe meine Ruhe!
Innerliche Ruhe. Allgemeine Ruhe. Absolute Stille.
Die beiden Virtuosen haben ihr ergreifendes Zauberspiel beendet und lassen ihre Köpfe entspannt zwischen die Schulterblätter sinken. Nach vorne – versteht sich. Das Publikum wagt nicht, sich zu rühren. Gerade, daß sie unauffällig atmen. Vielleicht eine Art von Ergriffenheit.
Aus der benachbarten Urwaldhalle dringt ein zwar schwaches, aber durchaus existentes Geplätscher an mein Ohr. Der Urheber kann nur Amadeus sein, der als erster den Zauber der Musik überwunden hat und sich jetzt ein feuchtes Bad gönnt. Schließlich ist er nur ein Tier.
Und erst als von irgendwoher ein Papagei unverständlich seine Meinung kreischt, finden die Menschen in die Wirklichkeit zurück und klatschen wie auf Kommando erlösten Beifall.
Wahrscheinlich waren sie von den ›E-ypsilonischen-Möhrenadonis-Klängen‹ hypnotisiert und zum Nachdenken verurteilt, oder falsche Scham hielt sie in ihrem Bann. Musik hat manchmal diese Auswirkungen. Ob Helen, die rechte Hand, ebenfalls unter einem Einfluß, der sie zum unmißverständlichen Flirten mit mir anstiftete, stand? Vielleicht ist sie frei von jedem äußeren Zwang und ewig auf Männerfang aus, um ihren scheinbar unbefriedigten, inneren Zwang zur Erotik auf jede nur mögliche Weise zufrieden zu stellen. Die Menschen sind nun mal unberechenbar. Ich auch. Obwohl ich mich heftig dagegen wehre. Was soll sonst mein Meer dazu sagen? Ist es Betrug, wenn man jemanden liebt und ihn trotzdem mit einer fremden Person sexuell betrügt? Auch dieses Problem werde ich ab morgen herauszufinden versuchen. Heute wird das zuviel.

Allmählich heben sich die Köpfe der beiden Geigenbogenbeweger wieder in Normalhöhe und nippen an dem dargereichten Drink.

Zärtlich, wie eine Mutter ihr Kind, verpackt je ein Hausgeist eine Geige in seinem Kasten. Klappe zu und ab. Affe – wohin? Wie aus dem Boden geschossen stehen jetzt überall kräftig gebaute schwarze Gestalten herum und bieten höflich lächelnd von ihren Tabletts erfrischende Feuchtigkeiten an. Jeder, ob Männchen, ob Weibchen oder beides, erhebt sich würdevoll und schließt sich irgendeinem passenden Grüppchen an. Kaleidoskopartige Stehparty. Alkohol befreit die Sinne. Und die Zungen sind die gelösten Helfer, unausgegorenen Gedanken zur unüberhörbaren Freiheit zu verhelfen. Jeder Gast fühlt sich dazu auserkoren, den anderen mit Intrigen, Perversität und Dummheit zu überflügeln. Das anfängliche Gemurmel steigert sich zu einem unentwirrbaren Wirrwarr.

»Das ist aber interessant, was Sie mir da erzählen.«

»Ich weiß gar nicht, warum ich Ihnen das erzähle, schließlich sind wir uns offiziell nicht einmal vorgestellt worden. Aber was mich persönlich betrifft ...«

»Eine goldene Möglichkeit hat sich gestern meiner geschiedenen Mutter geboten. Die Glückliche hat sich nach fünfundzwanzig Jahren endlich wieder verliebt. Und wie, sage ich Ihnen.«

»Trotz der Operation?«

»Zugegeben, nach der Operation ist sie nicht mehr, wie sie vorher war. Aber man bedenke, bei dem Alter!«

»Finden Sie nicht, daß Mr. Meyer ein himmlischer Geiger ist?«

»Ja, er spielt wirklich orthodox. Einfach himmlisch.«

»Das Leben besteht nun mal ausnahmslos aus Problemen.«

»Zum Glück besitze ich ja meine Unschuld schon lange nicht mehr. Aber was der da mit mir vorhatte, war wirklich das Letzte.«

»Mein Kind, warum haben Sie denn nicht mitgespielt? Bei jeder Erfahrung lernt man hinzu. Wissen ist Macht.«

»Und nach dem verpatzten Beischlaf kam er nur noch mit Ausreden und meinte, die warme Jahreszeit sei ohnehin im Anmarsch.«

»Lapidar, sage ich. Einfach lapidar ...«

»Liebling, ich muß jetzt unbedingt Pipi machen. Wo sind denn hier bloß die Toiletten?«

»Versuch doch irgendeine Tür. Aber komm bald wieder. Die Leute kotzen mich sonst an.«

»Wußtest du schon, daß Tidy sich vorige Woche hat beschneiden lassen?«

»Warum denn das? Dann braucht er mir überhaupt nicht mehr nahezukommen.«

»Warum, fragst du? Weil seine Mutter es so wollte! Das sei hygienisch, meinte sie. Schrecklich, der ist dieser Frau vollkommen verfallen.«

»Ich wäre überrascht, wenn er es nicht mit ihr triebe!«

»Sei doch nicht so eifersüchtig, Charly. Zum Glück gibt es noch genügend andere Mütter, die sich ihrer Söhne bedienen. Und für uns ist das doch nur von Vorteil. Denn andere Frauen faßt er bestimmt nicht an. Hauptsache, er bleibt uns erhalten. Weißt du übrigens, wieviel er bei Sacky Meyer verdient? Unsagbar, sage ich dir.«

»Schrecklich ..., allein die Vorstellung, daß sie ihm in ihrer unkontrollierten Art die Eichel fast ganz abgebissen hat ...«

»Das ist ja meine Rede. Bizarre Launen gibt es heutzutage ...«

»Für Nelly ist es ja gut, daß sie vor ihrer Verhaftung noch nach New York flüchten konnte. Schließlich haben die da auch genug Neger.«

»Aber weißt du auch, wie sie da mit ihrem Geld umherwirft? Und wie beliebt sie bei den Strichjungen ist. Abscheulich, finde ich. Dann schon lieber Neger.«

»Nie wieder gehe mich mit einem Mann ins Bett, den ich auf einer Party kennengelernt habe. Außerdem finde ich den normalen Beischlaf zum Kotzen langweilig. Ich doch immer dasselbe.«

»Schätzchen, du bist immer noch so naiv. Hast du denn noch nie einem Typ einen geblasen? Da weiß ich ein wunderbares Rezept: bring' ihn langsam bis kurz vor den Orgasmus. Das merkt man ja früh genug. Dann nimmst du ein Stück Eis in den Mund und machst ruhig weiter. Das kühlt ihn ab, obwohl seine Reize erhöht werden. Das Eis ersetzt du mit einem Schluck warmen Tee oder Wasser ... und er kommt schneller als ein Schnellzug.

Der springt, sage ich dir. Und er ist so begeistert, daß er nie wieder an Beischlaf denkt, und trotzdem dein treuester Liebhaber wird. Eine Frau kann dir das nie bieten. Also, von denen bin ich geheilt, sage ich dir. Die Männer sind mein Leben.«

»Die Kleine war für dich wirklich ein Mißgriff. Sei froh, daß du einen guten Arzt hast, der zudem nicht viel fragt.«

»Seine Ausreden hättest du hören sollen ..., als ob er noch nie etwas mit einem Mann gehabt hätte.«

»Ehrlich, was ist eigentlich schiefgegangen?«

»Er war ganz einfach schäbig. Nie wieder, habe ich mir geschworen. Der hat mir ein für allemal den Rest gegeben.«

»Der Meyer soll jetzt auch in die Plakatwerbung einsteigen.«

»Als ob der nicht genug hätte. Manche Leute kriegen den Hals nie voll.«

»Wenn man wenigstens wüßte, mit wem er schläft.«

»Kindchen, für dich ist er wohl gestorben. Er soll sich jetzt ein junges Pärchen angelacht haben.«

JUNGES PÄRCHEN?

Das Meer und ich schauen uns mehr als erschrocken an.

»Weißt du«, meint sie nach kurzer Überlegung, »was die Leute erzählen, braucht nicht immer wahr zu sein. Geredet wird immer. Bei uns in England wird auf Parties genauso gemein und primitiv gequatscht. Wenn man darauf hört, kann man an der Welt verzweifeln. Liebling, wir müssen stark bleiben. Und Mr. Meyer ist bestimmt ein anständiger Kerl.«

»Hoffentlich hast du recht, was Mr. Meyer angeht. Was Parties anbelangt, habe ich nicht sehr viel Erfahrung. Aber ich bin sicher, daß es auf dem Kontinent nicht viel besser zugeht. Scheinbar überall, wo Menschen sind.«

»Nähern wir uns immer mehr dem Verfall, Niko?«

»Sieht so aus. Ich der Schweiz hätte ich um ein Haar einen Job verloren, weil ich mich geweigert hatte, mit der Frau meines Chefs ins Bett zu steigen. Meine damalige Freundin hätte ich auf diese primitive Art nicht betrügen können. Außerdem bin ich monogam veranlagt.«

»Hast du diese Freundin etwa geliebt?« Aha, ein kleiner Anflug von Eifersucht.

»Nein. Überhaupt nicht. Wir waren Freunde und haben unsere freie Zeit zusammen genossen. Mehr als zwölf Stunden Arbeit täglich, und du machst aus der Not eine Tugend. Es war wirklich ein gegenseitiges Händewaschenverhältnis. Älter war sie obendrein.«

»Und jetzt?«

»Jetzt ist sie immer noch älter. Aber wir sind die besten Freunde.«

»Würdest du noch einmal mit ihr schlafen?«

»Dummchen! Jetzt, wo wir beide uns endlich gefunden haben?«

»Wenn alle Menschen so sind wie hier auf der Party, sollten sie ganz einfach verboten werden.«

»Etwa von Menschen?«

»Ich liebe dich!« Hingebungsvoll umarmt sie mich und küßt mich, als sei sie von zehn Pferden angetrieben ...

»He, schau dir mal die beiden an. Da hat der Meyer bestimmt keine Chance. Sieht ja aus wie echte Liebe.« ... Hintergrundgewäsch ...

III. Kapitel

»Es geht nicht«, sagt Mr. Leo N. Studnitz, ›Abteilungsleiter für deutschsprachige Einwanderer‹, wie mich das Schild auf seinem Schreibtisch mit eindrucksvollen Lettern belehren will. Trotzdem ist der Dialekt des ›Es-geht-nicht-Menschen‹ so charmant und gefühlvoll wie der von Babtschi, der liebeshungrigen Direktionssekretärin aus Wien, mit der ich unvergessene Liebesstunden in unserem vom Hotel ausgeliehenen Segelboot auf dem Vierwaldstätter See im alten Europa verbrachte.

›Selbst also Einwanderer, willst du mich nach allen Regeln der Kunst über beide Ohren hauen. Du Schuft, statt daß wir Europäer im Ausland zusammenhalten.‹

»Was geht nicht?«

»Es geht einfach nicht«, bedauert er schon wieder.

›Aber nicht mit mir. Du und deine Firma scheinen mir ja eine schöne Bande zu sein.‹ Am Anfang gibt man diesen Herren seine Meinung besser schweigend preis. Jetzt denkt er ...

Zuerst landete ich bei einer Sekretärin, sogar derselben Frau, mit der ich die gesamte Korrespondenz geführt hatte. Dagmar Büttenmaier. Zwar kommt in ihrem Namen ein ›Maier‹ vor, aber nicht mit E-Ypsilon. Also auch bestimmt kein Helfer. Im Gegenteil. Unter P.S. schrieb sie mir in jedem Brief, daß sie mir in jedem Fall behilflich sein wolle: d.h., mich interessanten Leuten vorstellen, damit ich bald einen netten Bekanntenkreis hätte, mir privat Johannesburg zeigen und so weiter. Privat. Dieses Wort war sogar unterstrichen. Zwar dünn, aber durchaus erkennbar. Also nahm ich mit Sicherheit an, daß sie unverheiratet sei. Zum Glück habe ich aus Versehen die Flasche Kölnisch Wasser zu Hause bei E-Ypsilon gelassen, die ich ihr als Mitbringsel überreichen wollte. Sogar Briefmarken habe ich auf ihren Wunsch hin geschickt. Schöne, aus Übersee. Wahrscheinlich bekommen die hier nur Post aus dem deutschsprachigen Europa. Und jetzt ist das Biest verheiratet. Nicht, daß ich mir ihr etwas vorhätte. Ich bin ja voll vergeben. Aber trotzdem. Vorher wußte ich das nicht. Stur, wie ich nun mal sein kann, redete ich sie mit Fräulein an. Stur, wie sie wahrscheinlich ebenfalls ist, unter-

brach sie mich konstant und unterstrich ihr Recht, mit Frau angeredet zu werden.
›Na schön, Kind. Aber so schön bist du nun auch wieder nicht. Vielleicht wolltest du nur billig an Briefmarken 'rankommen. Und ich dachte immer: Man kann ja nie wissen. Kannst sie also behalten!‹

Als sie mir dann kurz darauf eröffnete, welche Pflichten ich ihrer Firma gegenüber hätte, denn schließlich hätten sie ja die Bürgschaft für mich übernommen und mir sogar die Einwanderung ermöglicht, teilte ich ihr ziemlich sauer mit, sie solle sich was schämen, und ich wolle ihren Vorgesetzten sprechen.

»Aber können wir uns nicht in Güte einigen?«

»Sie scherzen wohl. In Güte! Die Marken können Sie behalten. Dafür bitte ich um Ihren Vorgesetzten. Und das recht schnell!«

Irgendwie hat sie mir meinen aufkommenden Unmut abgekauft. Vielleicht fühlte sie sich auch wirklich schuldig und verschwand hinter der nächsten Tür. Sehr schnell sogar. Aus Gründen der Überraschungspolitik folgte ich ihr auf dem Fuß, bedankte mich und teilte ihr mit, sie könne jetzt wieder zu ihrer Schreibmaschine zurückkehren und weitere Briefmarkenwunschbriefe tippen. Irgendwie wurde auch sie sauer. Sie ging. Aber das war schon kein Hintern mehr, den sie hinter sich her zog ...

»Worum handelt es sich?« Ihr Vorgesetzter schien ehrlich verblüfft und bot mir als Friedenstrunk eine Tasse Tee an.

»Bitte keine Ablenkungsmanöver. Nehmen Sie Stellung zu meinen Verpflichtungen Ihrer sogenannten Firma gegenüber!«

»Sogenannte Firma? Mein Herr, was erlauben Sie sich?« Der Sprache nach könnte er Sachse sein. Nein, bestimmt aus Sachsen!

»Nichts. Ich fordere nur mein Recht aufgrund unserer Abmachung, Sie würden mir nach Ankunft einen meiner Ausbildung entsprechenden Job verschaffen. Als Gegenleistung meinerseits eine Lebensversicherung bei Ihnen in Höhe von fünftausend Pfund mit monatlichen Beiträgen. Diese Beiträge würden meinem Gehalt angepaßt, sollten aber in keinem Fall zehn Pfund übersteigen. Frage A: Wo ist der mir versprochene Arbeitsplatz?«

»Wollen Sie nicht lieber einen Tee? Wir werden alles in Ruhe regeln.« Walter Ulbricht wäre wegen dieser Fistelstimme vor Neid erblaßt. Ich nicht. Ich wurde nur saurer.

»Da Sie Zeit gewinnen wollen und ich keine Zeit zu verlieren habe, verlange ich, sofort mit Ihrem Vorgesetzten zu sprechen!«

»Das ist leider unmöglich, Herr Studnitz ist heute leider den ganzen Tag über voll beschäftigt und kann keine weiteren Termine mehr annehmen. Seien Sie vernünftig und trinken Sie eine Tasse Tee, so wie es Sitte in diesem Land ist.« Sachse!

»Sie mit Ihrem beschissenen Tee. Ich bestehe auf eine sofortige Lösung der in Frage kommenden Punkte zwischen mir und Ihrer leider ebenfalls beschissenen Firma.« Obwohl ich ruhig gesprochen hatte und mir beim besten Willen keiner Schuld bewußt war, steigen meinem Gegenüber die Haare zu Berge. ›Typische Kreislaufstörungen. Sogar sein Gesicht läuft rot an.‹

»Herr, was bilden Sie sich ein!« Sind Sachsen immer so laut? ›Junge, bleib ruhig, sonst springt dein Herz auseinander.‹ In Sachsen nennen sie die Leute heute Genossen. Und er hat mich Herr genannt. Das muß man anerkennen.

»Danke für das ›Herr‹. Mein Name ist Nikolaus Jemand. Wenn Sie sich jetzt schnell zu Ihrem Chef bewegen würden?«

»Das ist mir in meinem ganzen Leben noch nicht vorgekommen.«

»Gibt es tatsächlich so viele Leute, die sich betrügen lassen und nichts unternehmen?«

Aber der Rest meiner Frage blieb in der Luft stehen. Der Raum war von ihm befreit, als er wie ein Feuerroß davongestoben war. Daß er so relativ leicht aus der Fassung zu bringen war, ist erstens ein Zeichen dafür, daß ich mich im Recht befand, und zweitens, daß diese Typen etwas von mir wollen und dabei mehr als unsicher sind, ob sie es bekommen werden. Bis zu diesem Zeitpunkt konnte ich also mit mir zufrieden sein. Nicht umsonst hatte ich mir allergrößte Wachsamkeit vorgenommen. Oder war es mein E-Ypsilonfreund, der diesen Einfluß auf mich hatte? Ich versuchte mir vorzustellen, wie er, der Meister, jetzt an meiner Stelle handeln würde. Wohl bestimmt nicht – hier wie ich – herumsitzen und warten, ob der Vorgesetzte des Vorgesetzten Zeit und Lust hat, mich zu empfangen. Also nichts wie hinterher! Noch hallen die sächsischen Fistelschritte auf dem Korridor.

»Es geht nicht. Einfach unmöglich. Obwohl ich es gerne täte«, gibt Mr. Leo N. Studnitz mit stark überspielter Unsicherheit von sich. Aber diese Typen kenne ich zu gut aus meiner Hotelzeit, wenn sie ziemlich viel an ihrer Rechnung auszusetzen hatten, obwohl sie stimmte und zweifach kontrolliert wurde.

›Versuchen kann man es ja mal‹, meinen diese Art Zeitgenossen und kämpfen mehr oder minder mit ihrer verlogenen Unsicherheit, die keine ist. Außerdem finde ich seine psychologische Behandlung mir gegenüber mehr als unfair. Sein Schreibtischsessel ist höher als mein Besuchersitz. Typischer Einschüchterungseffekt. Aber nicht mit mir! So eine Frechheit, jetzt blickt der Kerl mich an und scheint zu denken: ›Ha, ha. Jetzt sind Sie dran!‹ Einverstanden, ich fange an.

»Haben Sie wenigstens mein Dossier nebst Unterlagen und Briefwechsel vor sich liegen?« Nämlich, soweit ich die Sache überblicken kann, ist sein Schreibtisch bis auf irgendein Buch, auf dem in Spiegelschrift irgendwas mit ›Gesetz‹ draufsteht und ein grünes Telefon mit mehreren Druckknöpfen leer. Teetasse und Schreibtischlampe hätte ich beinahe übersehen. Gefügig blöde grinsend, nimmt Mr. Studnitz auf meine Frage hin den Hörer ab, drückt dem Geräusch nach auf eins der Knöpfchen und wählt eine zweistellige Zahl. Und Mr. Fistel verzieht sich.

»Bitte die Unterlagen von Herrn Jemand. Vorname Nikolaus. Aber heute noch!« Aufgeregt tippt er mit dem linken Zeigefinger auf die teuer aussehende Schreibtischplatte. Aha, wenn sich ein Chef in dieser Form benimmt, ist er für mich nicht mehr als ein billiger Blitzableiter, den man bei Woolworth noch preiswerter erstehen kann. Eine weitere Bestätigung, daß dieser Herr Schwierigkeiten hat.

»Würde es Ihnen etwas ausmachen, wenn wir uns an den Rauchtisch setzen? Ungern sitze ich tiefer als mein Gesprächspartner.« Selbst als Angestellter hätte ich diesen Vorschlag gemacht. Vielleicht etwas höflicher.

»Das geht leider nicht, da jeden Augenblick das Telefon klingeln kann.«

»Dann lassen Sie es von Ihrer Sekretärin übernehmen. Ich möchte mit Ihnen in Ruhe reden. Schließlich sind Sie es, der von mir Geld haben will und der bis jetzt seinem Vertragsanteil nicht nachgekommen ist. Sie sehen also, unser Gespräch beginnt ohne jede faire Basis.«

Tatsächlich scheint er von meiner bestimmten Art beeindruckt zu sein, erhebt sich fast würdevoll – ein schwaches Grinsen kann ich mir nicht verwehren – und geht um den Schreibtisch herum. Ich sitze immer noch auf meinem Besuchersitz, warte, bis Herr Studnitz im Begriff ist, sich in einen der Rauchtischsessel fallen zu lassen und bemerke so nebenbei: »Sie haben Ihrer Sekretärin noch nicht gesagt, daß Sie ungestört sein wollen.«

Gehorsam meine Erinnerung als Befehl ausführend, erhebt sich der Vorgesetzte des Vorgesetzten, eilt schneller als in Chefmanier zum Telefon zurück, wählt nach Knöpfedrücken eine Nummer und gibt meinen Wunsch weiter. Auf seinem Rückweg fragt er ziemlich lapidar, ob ich einen angenehmen Flug gehabt hätte.

»Schauen Sie, Mr. ...«, verdammt, wie war sein Name? Das Schild auf seinem Schreibtisch lacht mich kameradschaftlich an.

»Mr. Studnitz, wollen wir unser Gespräch nicht besser auf den Kern meines Hierseins konzentrieren?« Meine Gründe dürften ihm ohnehin ziemlich klar sein.

»Ja, gewiß, aber ich habe doch Ihre Unterlagen noch nicht.«

Mann, ist der Kerl unsicher. Er versucht, dieselbe Schau abzuziehen, mit der er Tag für Tag tausend Einwanderer betrügen muß.

»Die Akten sind sicherlich auf dem Weg. Fräulein, ich meine Frau Büttenmaier hatte sie vorhin aufgeschlagen vor sich liegen. Und aus Erfahrung weiß ich, daß die Dame sehr schnell laufen kann. Sie ließ es sich nicht nehmen, mir ihre Spurtkraft zu demonstrieren.«

Ehrlich gesagt geht mir dieses Spiel langsam auf die Nerven. Schließlich bin ich nicht emigriert, um mich von Betrügern ausnutzen zu lassen. Wo bleiben bloß die Unterlagen? Plötzlich geben mir meine grauen Zellen ein warnendes Signal. Was, wenn die Herrschaften noch schnell irgendwo eine kleine Fälschung in unseren Luftpostvertrag einbauen? Vielen Dank, meine Freunde. Starkes Stück, arme Einwanderer so hereinlegen zu wollen. Mein Wachsamkeitsregler zittert bereits um die Hundertprozentmarke herum und – nichts geschieht. Lediglich die Be- und Entlüftungsanlage geben ihren für mich noch ungewohnten Summton von sich. Ich habe Herrn Studnitz, den falschen Europäer, zu meinem Feind erklärt und sehe mich nun zu keiner Art von Höflichkeit bereit. Also auch keine Denkpause für ihn! Das Recht gehört dem Schwächeren mit herausfordernden Fragen.

»Eine Bürgschaft beinhaltet einen gewissen Schutz. Für Sie scheint der Begriff Schutz relativ zu sein. Und ich nehme an, daß Ihre bisherigen Schützlinge alle Ihre unverschämten Forderungen angenommen haben.« Die Büroeinrichtung bestätigt meine Behauptung.

»Ich weiß überhaupt nicht, wovon Sie reden.« Ach nee, jetzt spielt er den Gekränkten. Vielleicht läuft mein nächster Angriff hohl durch seine inneren Kanäle, und das erzeugt Blähungen.

»Wenn ich für meine Vermutungen die geringste Bestätigung finde, werden Sie in der nächsten Zeit sehr viel Freude erleben.«

Freund Meyer sagte mir bereits, daß das Leben hier sehr hart sein könne. Warum soll ich nicht auch auftrumpfen können? Vielleicht spielt der Herr mir gegenüber Poker, und er ist an Bluff gewöhnt. Und mich überkommt für einen Moment Unsicherheit. Also noch einmal.

»Ihrem Kollegen deutete ich bereits an, daß ich nur über wenig Zeit verfüge. Ich gebe Ihnen also noch dreißig Sekunden.«

»Ohne uns können Sie nichts unternehmen.«

Na bitte, wenigstens eine bescheidene Andeutung von Reaktion. Schon wieder wechselt er seine Beinstellung. Jetzt liegt der rechte Oberschenkel über dem linken, während die dazugehörige Schuhspitze nervös, aber unhörbar, auf dem Teppichboden einen schnellen Takt schlägt.

»Wetten, daß doch? Bangemachen gilt nicht.«

»Aber so seien Sie doch vernünftig. Das Dossier muß jeden Augenblick kommen.«

»Noch zehn Sekunden.«

»Wo wohnen Sie überhaupt? Als Bürgen haben wir das Recht, darüber Auskunft zu erhalten ...«

»Fragen Sie später noch einmal nach. Ihre Zeit ist um.«

Sie ist tatsächlich um. Aber wie ziehe ich mich jetzt aus der Affäre? Am besten, er unterschreibt eine Verzichterklärung, und die Sache ist gelaufen. Wenn die anderen an den Unterlagen herumfälschen, werden sie so schnell nicht kommen. Ein Stück

Papier! Wenn nicht auf, dann in seinem Schreibtisch. Schneller als er stehe ich an seinem Dirigentensitz, ziehe die erste Schublade auf, und anstatt Papier fällt mir eine Browning-Pistole entgegen. Eigentlich eher Damenformat. Dafür mit Schalldämpfer ... Und ehe ich mich versehe, steckt das Ding in seiner wienerischen Hand. Es zeigt drohend in meine Richtung. Mit Punkten geht Mr. Studnitz also in Führung, und ich muß mich mit dem Gesicht an die Wand stellen. Das erste Mal in meinem Leben.

»Freundchen, so geht das nicht. Jetzt unterschreibst du! Wenn du Schwierigkeiten machst, wird die Sache noch teurer.«

In Europa würde man diesen Vorschlag zumindest Nötigung nennen. Ich höre wohl nicht richtig ...!

»Der Versicherungsbetrag beläuft sich auf zehntausend Pfund. Bürgschaftsprovision eintausend. Hiermit erkläre ich mich einverstanden, meine Obligationen an die Firma Transinco GmbH mit monatlich dreißig Pfund zu tilgen. Bei Nichterfüllung erfolgt Pfändung der Einkünfte.«

»Darf ich das nochmal in Ruhe lesen?« Wenn der Kerl vorhin Zeit hatte, habe ich sie jetzt natürlich ebenfalls. Wenn nur nicht die Pistole so hart in meinem Rücken kitzeln würde.

»Wenn ich jetzt um die angebotene Tasse Tee bitten dürfte.«

Was fällt einem in solchen Augenblicken schon ein. Noch nie zuvor in meinem Leben hatte ich es mit Pistolenhelden zu tun. Mr. Meyer behält auf jeden Fall mit seiner Behauptung recht, daß das Leben hier in Südafrika sehr schön, sehr leicht, aber auch sehr hart sein kann. Schalldämpfer ... wenn, dann. Und die Pistole drückt immer noch. Ob sie entsichert ist? Zuzutrauen ist es dem Typ ja.

»Nun komm schon. Unterschreib' und ich laß' dich laufen.« Das geht beim besten Willen nicht. Für elftausend Pfund muß ein alter Mann lange stricken. Das sind mehr als zehn Prozent von einer Million Mark. Nein, also das geht wirklich nicht. Guter Rat ist mehr als teuer. Das sind ja inflationistische Preise! Ob das Meer mich mit einem Loch im Rücken weiterhin lieben würde? Mensch Meyer! Du hättest mich besser warnen sollen.

»Hier ist ein Stift. Nun unterschreib' schon.«

Wenn er schießt, bekommt er kein Geld. Also wird er nicht schießen. Chance für mich. Also keine Unterschrift. Aber über-

nachten wollte ich hier eigentlich auch nicht. Und meine Freunde machen sich bestimmt Sorgen um mich. Mogambo wollte zwar unten auf mich warten. Der wüßte vielleicht weiter. Aber unten ist unten. Und ich bin oben – mit einer Pistole im Rücken, die ich sowieso nicht mag. Von wegen der Raubüberfälle auf Hotelkassen. Damit ich sie nicht verlor, schloß ich sie im Hotelsafe ein. Aber mit so einem Ding schießen?
»Leo?«
»Was ist? Unterschreiben sollst du!«
»Ich kann gar nicht schreiben. Macht ihr es auch mit Kreuzen?«
»Auf dem Friedhof, ja.«
»Bin aber kein Christ.«
»Dann hol' dich eben der Teufel!« Sein Druck unterstreicht nachdrücklich ... ob er wirklich? Mit meiner linken Handkante schlage ich blitzschnell die Schußwaffe aus der bedrohlichen Richtung, drehe mich im gleichen Augenblick und lasse meinen rechten Schwinger an der wienerischen Kinnspitze landen. Und schon geht der Schuß los. Sein Gesicht drückt Überraschung aus, während ich einen Originaltennisrückhandhandkantenschlag an die mir zu viel Blödsinn erzählende Gurgel aus Wien auf die Reise schicke. Der Zug kommt pünktlich an und jeder Baumfäller wäre stolz über sein Werk. Ich übrigens auch. Wien, Wien, nur du allein. Du sollst der Stolz dieses Bodens sein. Obgleich mir jetzt nachträglich der Schreck in alle Glieder fährt, falte ich das ominöse Schuldenpapier zusammen, stecke es in meine Brusttasche – die Pistole blickt mich verliebt an, also stecke ich sie nach Cowboymanier in meinen Hosengürtel und mache mich auf den wohlverdienten Rückzug ... Eine Etage habe ich bereits hinter mir – man soll nie zu schnell fliehen –, als Fräulein Frau Dagmar Büttenmaier mir einen guten Weg nach Hause wünscht. Wenn sie meint, ich hätte verloren, lasse ich sie im Augenblick in diesem beseligenden Glauben. ›Denke aber nicht, daß ich trotz allem akzeptiere, was ihr mit uns Einwanderern treibt. Mr. Meyer kennt sich da besser aus.‹
»Auf Wiedersehen.« Sie sagt das ziemlich hochnäsig.
»Danke gleichfalls.« Den Mann von ihr möchte ich doch mal kennenlernen. Aus der Pförtnerloge kommt mir ein höfliches »Good bye, Baas« entgegen. Eine schwarze Seele entblößt devot

lächelnd den zahnlosen Mund. ›Armes Schwein, weißt du überhaupt, für wen du arbeitest?‹ Wahrscheinlich gilt auch hier der Landsknechtspruch: Wes' Brot ich eß', des Lied ich sing'. Draußen auf der Straße empfängt mich Mogambo's breites Lächeln:
»Alles ok, Baas?«
»Alles ok, Junge. Bloß weg von hier.«
Schon hat er die Wagentür geöffnet, als er ziemlich wissend fragt, ob doch nicht alles in Ordnung sei.
»Das waren übelste Gangster.«
»Johannesburg ist voll davon.«
Und wie bereits gewohnt, geben die Autoreifen ihren gequälten Aufschrei von sich. Und ich falle teils erlöst, teils von der Fliehkraft unsanft geschubst, in die weichen Rückenpolster. Erst jetzt kommt mir der auf mich abgefeuerte Schuß zu Bewußtsein. Mit beiden Händen taste ich äußerst vorsichtig meinen Rücken ab. Ob nicht vielleicht doch die Kugel unbemerkt in meinen Körper eingedrungen ist? Nichts! Also nochmal regelrecht Schwein gehabt. I have had a real pig. Kaum bin ich mit meiner Untersuchung fertig, als ich mit meinem rechten Zeigefinger in einem nicht in die Jacke gehörenden Loch hängenbleibe. Was haben fremde Löcher in meiner Kleidung zu suchen? Und ein kleines, böse aussehendes Loch mit versengtem Rand starrt mich giftig an. ›Noch mehr pig gehabt.‹
»Mogambo, gibt es hier wenigstens eine Kunststopferei?«
»Ja, Baas.«
»Sag doch nicht immer Baas zu mir.«
»Wir sagen immer Baas zu den Weißen. Schließlich sind sie die Herren.«
»Gut, dann nenne ich dich Hoheit. Als Häuptlingssohn steht dir das zu.«
»Meine Eltern sind tot.«
»Es tut mir leid.«
Gedankenverloren stiert er auf die Fahrbahn und erhöht das Tempo. Aus. Weiter keine Reaktion. Mir hingegen ist ziemlich mörderisch zumute. Ein Gefühl, das ich bis heute noch nie kennengelernt habe. Erschreckend. Ist denn mein inneres System, seit ich hier bin, vollkommen auf den Kopf gestellt? Gestern litt ich unter einem Sexkoller. Und heute bringe ich fast einen Menschen um. Wenn er überhaupt noch lebt. Ich hätte es bei dem

Kinnhaken bewenden lassen sollen. Aber nein, einmal in Rage, genoß ich den Augenblick und schlug mit geballter Kraft noch einmal zu. Schön, er war ein Gangster, hoffentlich ist er es noch! Schließlich ist eine menschliche Gurgel nicht aus Stahl. Und eine innere Stimme flüstert mir zur: ›Jawohl, das war richtig. Jawohl, das war richtig. Er hätte dich auch getötet. Aber du warst schneller. Warum also Skrupel?‹ ›Ja aber ...‹ ›Nichts aber. Mr. Meyer hat gesagt, das Leben hier ist hart, dann sei auch hart. Die anderen sind es ebenso!‹

Ist mir immer noch mörderisch zumute? Würde ich alles noch einmal wiederholen, hätte ich erneut die Chance dazu? Bestimmt ist er tot ... mach' dir keine Sorgen, Junge. Vielleicht lebt er. ›Nein, bestimmt nicht.‹ Warum übermannt mich ein Gefühl der Sanftmut? Trotzdem bleibt die Frage offen, ob ich in dieser verrückten Luft hier jemals in der Lage sein werde, einen Menschen umzubringen. Gewollt oder nur aus Notwehr. Noch einen? Bitte nicht. Ist ja überhaupt nicht meine Mentalität ... und bei Wut, Notwehr oder wer weiß was für Gründen? Hoffentlich werde ich in Zukunft eines Besseren belehrt und nicht alles mit billigen Ausreden entschuldigen ... woher kommt der plötzliche Drang, alles mit Alkohol zu betäuben? Aber nicht mit Mr. Meyer. Auch nicht mit dem Meer. Mit mir alleine etwa? Nein. Der Junge am Steuer könnte wohl auch einen gebrauchen. Noch habe ich mein Pfund als Reserve. Ich werde ihn einladen. Nicht etwa aus Berechnung. Zu zweit, mit einem sympathischen Menschen, lassen sich verrückte Gedanken eben besser ordnen.

»Danke. Ist leider unmöglich.«

»Weshalb? Etwa weil du noch im Dienst bist und Auto fahren mußt?« Statt einer sofortigen Antwort umwölken düstere Schatten seine bereits dunkle Stirn und machen sie noch dunkler ... was er wohl hat? Soziales Mißgefüge?

»Früher gab es eine Zeit, in der ich sehr viel getrunken habe. Zuviel. Schwache Menschen suchen im Alkohol ihre Zuflucht. Aber dann kam ich zu Mr. Meyer, und seitdem rühre ich keinen Tropfen mehr an.«

»Ein Glas macht doch nichts.«

»Davon abgesehen wäre es auch sonst unmöglich, da wir Afrikaner offiziell keinen Alkohol trinken dürfen. Es sei denn, billiges Kaffernbier. Aber das ist für die Nichtwissenden. Ich habe zuviel Erfahrung. Für Sie, Baas, ist es gut zu wissen ... Sie sind hier nicht in Europa.«

»Gut, dann eben keinen Alkohol. Trinken wir einen Kaffee. Aber ... das geht wohl auch nicht?«

»Genau. In den Kaffeehäusern sind nur Boys erlaubt, die dort arbeiten und den Dreck der Weißen beseitigen. Aber ich kenne für Sie ein deutsches Café, das sehr nett sein soll. Mr. Meyer ist dort sehr oft Gast. Ich werde Sie hinfahren und solange im Wagen warten ... Baas.«

»Bin kein ›Baas‹«

»Doch, Baas. Sie sind Weißer.«

Wie kann es in einem Land Gesetze geben, die eigene Landsleute, auch wenn sie unterschiedlicher Hautfarbe sind, als zweit- oder gar drittklassige Menschen abstempeln! Menschen gleich Tiere? Und das soll meine neue Heimat werden? Kein Kaffee! Wer bin ich denn! Außerdem muß ich mir unbedingt einen Job besorgen ... für die Übergangszeit wenigstens. Das eine Pfund in meiner Tasche reicht bestimmt nicht ewig ... und Freund Meyer können wir nicht ewig zur Last fallen.

»Moment! Halt mal an.« Gummischrei. Schon steht der Wagen.

»Ist was, Baas?«

›Langham Hotel‹ steht da. Dezent und in großen Buchstaben über dem Eingang. Von außen sieht der Laden nicht schlecht aus. Scheint auch groß genug zu sein. Nicht wegen meines deutschen Arbeitseifers, sondern wegen der zu erwartenden Menge zahlender Gäste. Die lohnen sich immer. Und schon stürzt sich ein junger indischer Page in bläulicher Uniform, Käppi und weißen Handschuhen auf meine Tür und reißt sie auf.

»Guten Morgen, Sir.«

Inder sagen also ›Sir‹. Während die Schwarzen ›Baas‹ vorziehen.

»Hat dieser Laden einen guten Ruf?«

»Jawohl, Sir. Bestes Haus am Platz.«

Genau wie in Europa. Und wenn es die mieseste Spelunke ist.

»Stimmt das, Mogambo?«

Überraschtes Nicken – schließlich: »Mr. Meyer kommt sehr oft hierher.«

Aha, also ein E-Ypsilonhotel. Und diese Bestätigung gibt mir

Mut. Mut, um ein hartes, leichtes Leben auf eigene Faust zu führen? Ja. Für uns. Das Meer und mich. Wohin mit der Pistole? Eine Bewerbung mit Schießeisen erweckt selten einen günstigen Eindruck. Verstehendes Grinsen von meinem Häuptlingssohn. Und ich bin für meinen großen Auftritt gewappnet. Ob Meyer für mein eigenmächtiges Handeln Verständnis haben wird? Er muß! Schließlich geht nichts über einen eigenen Haushalt. Ob das Meer auch kochen kann? Was wohl der Italiener jetzt macht ... Nein, erst einen Job. Später werde ich über ihn nachdenken..., falls nötig.

Dienstbeginn sechs Uhr. Und der bis jetzt unschuldige junge Mann begrüßt mich als Empfangssekretär im Stresemannanzug am Empfang des ›Langham-Hotels‹. Bis nachmittags drei Uhr soll der Dienst dauern. Nicht schlecht. Eine Woche Frühschicht. Eine Woche Spätschicht. Zwischendurch anderthalb Tage frei. Besser als in der Schweiz. Da gab es, wenn man Glück hatte, einen Tag, um herauszufinden, daß man nebenbei auch noch Mensch war. Oder vielmehr sein sollte. Mr. Webster, der Direktor, empfing mich gestern sofort und hieß mich herzlich willkommen, bedauerte aber, daß im Augenblick keine bessere Position verfügbar sei. Ich möge doch bitte meine jetzige Anstellung als Übergangslösung ansehen. Währenddessen würden wir uns gegenseitig kennenlernen. Und mit einem verbindlichen Hoteldirektorenlächeln blinzelte er auf einen kleinen Diamantring an seinem rechten kleinen Finger: »Bitte, verstehen Sie das nicht falsch. Mitarbeiter aus Europa sind wirklich gern gesehen und haben wegen ihrer größeren Erfahrung allerbeste Zukunftsaussichten. Zu einem späteren Zeitpunkt läßt sich auf jeden Fall etwas machen.«

Seine verbindliche Gesichtsverzieherei ging dann in ein wissendes Lächeln über und verriet mir kollegial, ich solle als Leitfaden dem Motto folgen, gut zu der Gesellschaft zu sein.

»Dann ist die Gesellschaft auch gut zu Ihnen.«

Im Augenblick ist sie nicht gut zu mir, da mein Anfangsgehalt nur dreißig Pfund betragen wird. Pro Monat ... Einer muß mit dem ›Gutsein‹ beginnen, also werde ich den Anfang machen und besonders gut zu der Gesellschaft sein. Denn mit den paar Kröten kann ich mit dem Meer unmöglich etwas aufbauen. Aber mein E-Ypsilonfreund versprach noch gestern Abend, er wolle heute mit dem Direktor reden. Schließlich sei er Stammgast. Und das Meer würde ganz einfach in seiner Firma als Mannequin beschäftigt. Doch das heißt, in der Öffentlichkeit auftreten! Und wenn sie dann der Italiener entdeckt?

»Nur keine Bange, mein Lieber, vor unserer Taktik wird er passen müssen ... ich habe da so eine Idee ...« Meyer scheint wirklich mit allen Wassern gewaschen zu sein. Und hilfreich, wie er ist, wird er mir eines Tages noch die Unterhosen waschen. Warum wohl? Im Augenblick nicht wichtig ... Hauptsache, er hat einen Plan.

Mein innerer Protest, obwohl dankbar für die erneute Hilfe, ließ nicht lange auf sich warten ... ein schreckliches Gefühl, der innere Kampf. Ich, gleich zwei Welten, und dann noch gegen unseren Gönner. Hin und her ging es, bis wir drei uns einigten, daß Jane sich heute dunkel färben lassen sollte. Von dem Beschluß informiert, erklärte sie sich sofort bereit. »Für unsere Liebe tue ich alles.« Mehr gab sie nicht von sich.

»Gut so, diese Vernunft. Schließlich stehen die Italiener auf blond«, meinte Meyer. »Schließlich ist es ja nur eine vorübergehende Vorsichtsmaßnahme«, fügte er überzeugt hinzu. Und Helen nickte, als sei diese Lösung das ›non plus ultra‹ ... Oh weh ..., ein schwarzes blondes Meer, rebellierte es in mir ... der Widersacher war natürlich mein Instinkt. Ich weiß nicht, mit wieviel Whisky er sich schließlich zufrieden gab und die weiße Fahne zeigte. »Aber wenn alles vorbei ist, bestehe ich auf der natürlichen Haarfarbe. Ich hasse Vortäuschung falscher Tatsachen.«

»Ist ja gut«, konterte ich meinem Innersten, »aber der Zweck heiligt die Mittel.« Endlich gab sich mein mir von der Natur vorgesetzter Befehlshaber zufrieden. Sein letztes Aufbäumen: »Aber später suchst du dir wieder eine Schwarzhaarige!« – »Sollte Jane mich enttäuschen, selbstverständlich ...« Und als vorläufige Versöhnung schüttete ich noch einen doppelten Whisky in mich hinein. Frieden. Anscheinend war mein zweites Ich endlich vom Alkohol benebelt. Frieden ...

Und nun stehe ich hier, könnte jede einzelne Haarwurzel kratzen, während anscheinend ein Kollege – da er so gekleidet ist wie ich –, traute Zwiesprache per Telefon mit einer Kaffeenymphe hält. Endlich bestellt er sich seinen Morgenkaffee. Und ich habe die Chance, mich vorzustellen ...

»Dann sind wir ja Nachbarn. Ich komme aus Dänemark und heiße Olaf Mortensen ...«

Handeschütteln. Bestellung für einen zweiten Morgennymphenkaffee. Für mich. Vor uns, in der Empfangshalle, saugt ein riesiger, vorsintflutlicher Dinostaubsauger laut lärmend, aber gründlich, den Schmutz des Vortages in sich hinein. An dem Rohr mit der Düse unten dran hält sich ein schwarzer, ziemlich klein geratener, sandfarben gekleideter Zeitgenosse fest. Staubsaugerführerschein erster Klasse. Denn das Männchen, dessen ausgefranster Kinnbart heftig vibriert, macht einen durchaus routinierten Eindruck ...

»Guten Morgen, Baas. Hier ist der Morgenkaffee.«

Zwei freundliche Augen unter einem schütteren Belag von grauem Kräuselhaar blicken uns beide, meinen Kollegen und mich, gleichzeitig an und stellen ein silbernes Tablett mit zwei silbernen Kaffeekännchen zwischen die sechs Telefone.

»Gibt es heute morgen auch Tassen?« näselt mein Empfangspartner.

»Oh Baas, das Tablett war heute morgen so klein.«

»Dann nimm doch ein größeres!«

Ungläubig betrachten uns jetzt die Augen, nehmen bekümmert das Tablett wieder auf und bereiten sich auf den Abzug vor.

»Nein, laß den Kaffee hier. Nur noch zwei Tassen, Milch und Zucker.« Unverständliches Kopfschütteln und das Männchen verschwindet.

»Viele von ihnen sind so. Dabei ist es nicht mal böser Wille.«

Um seinen vorherigen Fehler wieder gutzumachen, erscheint der Kleine freudig grinsend mit einem silbernen Tablett für zehn Personen.

»Baas, ich habe ein größeres Tablett gefunden.«

Dankbar nimmt er unsere Zigaretten an und zieht beglückt ab. Für mich ein mehr als trauriges Spiel. Wie alt mag der Alte sein? Siebzig? Mindestens. Bestimmt hat er noch nie etwas von einer Altersversorgung gehört.

»Soweit sind die Eingeborenen noch nicht.«

»Und der Staat?«

»Wie reich muß er sein, um Millionen von Schwarzen eine Altersrente zu zahlen«, sinniert mein Kollege.

»Erstens soll er sehr reich sein, schließlich wird das dauernd proklamiert. Zweitens haben die Schwarzen bestimmt ihr Leben lang gearbeitet und somit einen wenigstens relativ gesicherten Lebensabend verdient. Mann. Und was verdient so einer im Monat?«

»So weit ich weiß, ungefähr fünf Pfund.«

»Mann, oh Mann.«

Irgendwie schmeckt der Kaffee eigenartig. Auf jeden Fall hat er einen bitteren Beigeschmack.

»Die machen den Kaffee immer so. Aber man gewöhnt sich schnell daran. Wenn du willst, bestelle ich dir gerne Tee.«

»Danke, lieber nicht. Sonst kommt er wieder mit einem zu kleinen Tablett, und die Prozedur beginnt von vorne.«

Wir lachen und genießen die heiße Brühe. Man kann sich tatsächlich daran gewöhnen. Die zweite Tasse. Die zweite Zigarette. Und schon sind die ersten vierzig Minuten meines ersten Arbeitstages verflossen. Eigentlich waren sie halb so schlimm. Das Leben scheint hier in der Tat leichter zu sein als in Europa. Allmählich beginnt Olaf mit seiner näselnden Sprechweise, mir die wichtigsten Einzelheiten zu erklären. Nach welchen Systemen die Gesellschaft arbeitet. Und nach welchen nicht. Vieles ist für mich Neuland, ganz einfach, weil es mir altmodisch und umständlich vorkommt. Es kommt mir nicht nur so vor. Es ist so. Keine einzige Buchungsmaschine, und ich sehe mich schon endlose Zahlenkolonnen addieren, auf dem halben Weg werde ich bestimmt unterbrochen, weil ein Gast irgendeinen Wunsch hat, und ich fange wieder von vorne an. Störung. Perpetuum mobile? ... aber das bewegt sich von allein ...

»Das ist ganz einfach. Wenn du rechnest, rechnest du und läßt dich eben nicht stören.«

So geht es natürlich auch, wenn der Gast sich so behandeln läßt. Also keine Maschinen, bis auf die sechs Telefone auf dem riesigen Schreibtisch mit unendlichen Buchungslisten drauf. Mir ist klar, warum sie mit den Telefonen nicht gespart haben. Schließlich bringen die die meisten Bestellungen ein und kosten fast nichts. Typisches Prinzip von Geldsparen. Die stammen bestimmt noch aus dem Kanonenzeitalter von Ramses dem Zweiten. Sollen sie. Hauptsache, die Dinger funktionieren. Und der erste Apparat stellt sein Können sofort unter Beweis. Mehr als

schrill. Unwillkürlich ergreife ich den Hörer, wuchte ihn an mein rechtes Ohr und melde mich, wie man sich in jedem guten Hotel als Empfangsmensch meldet. Vielleicht ist es die heiße, blubbernde Luft, die in mein Ohr schreit, aber ich verstehe kein Wort.
»Olaf, kannst du bitte mal übernehmen?«
Er kommt lachend näher, hält den Hörer zu und meint mit einer lässigen Handbewegung: »Macht nichts. Das ging mir früher auch so. Manche Typen sprechen hier einen eigenartigen Dialekt. Aber man gewöhnt sich daran.«
»Buon giorno!«
Ich erkenne die Menschen meistens an ihren Augen. Diesmal sind es wieder zwei, im Augenblick freundlich dreinblickende, aber stechende Sehorgane, die mich durchbohren. Uns trennt nur der aus Holz imitierte Marmortresen.
»Sie wünschen?«
»Ach nichts. Gar nichts. Ich sage immer ›buon giorno‹, wenn ich hier vorbeikomme. Sind sie neu hier?«
»Ja. Mein erster Tag.«
»Viel Glück. Ich bin hier Oberkellner. Rinaldo Zeccharini.«
»Bitte wie?«
»Nennen Sie mich Rinaldo. Ist viel einfacher.«
»Angenehm. Niko.«
Das hört sich aber schwer italienisch an. Der ist doch wohl nicht? Rinaldo! Na klar.
»Ciao. Bis später.«
Seltsame Erscheinung. Bei mir wäre der nie Oberkellner. Wenigstens kann man ein sauberes Hemd und einen unbekleckerten Schlips verlangen. Wenn ich gut zu der Gesellschaft sein soll, müßte ich wohl so etwas bemerken. Aber dafür ist es bestimmt zu früh. Nach der ersten Stunde Arbeitszeit. »Wer war das denn?« frage ich Olaf, der gerade Wechselgeld sortiert. Dumme Frage, ich weiß, aber ich muß unbedingt mehr über ihn erfahren.
»Der? Einer unserer Oberkellner. Wir haben im ganzen Haus ungefähr zehn davon.«
»Zehn?« Ob das nicht ein wenig übertrieben ist? Meinem ungläubigen Gesicht zufolge fühlt sich mein Partner zu einer weiteren Erklärung verpflichtet: »Weißt du, alle habe ich auch noch

nicht kennengelernt. Man läuft aneinander vorbei. Schließlich haben wir mehrere Restaurants mit verschiedenen Spezialitäten, Ballräume, abends kommt noch eine Art Cabaret hinzu, und dann darf man den Früh- und Spätdienst nicht vergessen. Jede Woche haben die Oberkellner einen anderen Dienst. Nur Rinaldo, der ist ewig für den Frühstücksservice verantwortlich. Der ist dazu wie geschaffen.«

»Ist er der einzige Italiener?« Dann ist er es!

»Nein, wir haben noch einen. Aber der ist schon älter.« Aha!

»Findest du nicht, daß der Frühstücksspezialist eine eigenartige Ausstrahlung hat?«

»Finde ich nicht. Er ist zwar in den letzten Tagen sehr nervös und gereizt, aber das wäre ich an seiner Stelle ebenfalls.«

»Inwiefern?«

»Na ja, stell' dir vor, du erwartest deine Braut von Europa, freust dich irrsinnig, zahlst ihr den Flug, rufst sie noch während ihres Aufenthaltes in Entebbe an, willst sie vom Flughafen abholen. Und wer nicht kommt, ist das Weib. Ich habe sie mit ihm gesucht. Spurlos verschwunden, sage ich dir. Aber angekommen ist sie. Soweit sind wir schon. Heute nachmittag gehen wir zur Polizei.«

»Aber warum denn gleich zur Polizei? Vielleicht haben die beiden sich nur verpaßt?«

»Verpaßt? Schön. Aber schließlich hat sie seine Adresse, und irgendwann hätte sie bei ihm aufkreuzen müssen.«

»Vielleicht hat das arme Mädchen seine Anschrift verloren?«

»Eben deswegen gehen wir zur Polizei. Vielleicht irrt sie in der Stadt umher. Und das ist gefährlich.«

»Gefährlich?« Ich weiß es nur zu gut. Aber trotzdem muß ich Fragen stellen.

»Ja, gefährlich. Aber diese Möglichkeit schließe ich persönlich aus. Die irrt nicht umher. Die hat bestimmt einen anderen gefunden. Aber finden werden wir sie.«

»Seid ihr sicher?« Fast bekomme ich Angst.

»Klar. Deswegen sind wir ja zu zweit. Und dann gnade ihr Gott. Ich hatte nämlich auch mal eine englische Freundin, die hat mich betrogen nach Strich und Faden. Nie wieder, sage ich dir. Die sind alle schlecht.«

»Aber Olaf, sei doch mal vernünftig, wegen ein oder eventuell zwei Vorfällen kann man unmöglich die Mädchen einer ganzen Nation verdammen. Pauschalurteile sollten nie gefällt werden.«

»Weiß ich. Aber dieses Urteil drängt sich unweigerlich auf.«

»Trotzdem verlangt die Ethik, jeden Menschen fair zu behandeln.«

»Bist du Pfarrer oder so was?«

»Nein, nur ein Mensch.«

»Wie kannst du dann bei diesem Weib von Ethik sprechen. Die geht fremd, sage ich dir. Ethisch fremd.«

So hört sich also die andere Seite der Geschichte an. Leider kann ich Olaf nicht verbieten, mein Meer ›Weib‹ zu nennen. Es kann sich nur um sie handeln. Und Rinaldo ist derjenige, welcher. Eine Verwechslung ist ausgeschlossen. Und ich sehe alle meine Felle mit zunehmender Geschwindigkeit wegschwimmen.

»Bist du eigentlich verheiratet?« Ich habe den Eindruck, daß Olaf mich in diesem Augenblick mehr als mißtrauisch beäugt. Also muß ich schnell und überzeugend antworten. Aber was? Das Meer heiraten? Das wäre eine Idee. Dann trägt sie meinen Namen und sie wäre vor den Nachstellungen gerettet. Natürlich liebe ich sie. Aber sollte man sich vor diesem letzten Schritt nicht besser noch ein wenig prüfen? Ich glaube zwar nicht, daß sie mich enttäuschen würde. Aber was, wenn sie eines Tages dasselbe Spiel mit mir treibt? Diesen Gedanken muß ich schnellstens verwerfen. Damit täte ich ihr unrecht.

»Warum antwortest du nicht?«

»Ich? Warum?« Notgedrungen spiele ich den geistig Abwesenden.

»Ich habe dich gefragt, ob du verheiratet bist.«

»Ach so. Entschuldige, ich war mit meinen Gedanken woanders. Ja, ja – natürlich.«

Wenn mir der Italiener wenigstens sympathisch wäre, dann könnte man sich mit ihm vielleicht einigen und ein ehrliches Wort von Mann zu Mann sprechen. Aber so? Dem traue ich alles zu.

»Aber hübsch ist sie, kann ich dir sagen. Er hat mir ein Bild von ihr gezeigt. Mannequin.«

Ihr Bild? Diese letzte Bestätigung hat mir gerade noch gefehlt. Jetzt ist ihr Gesicht also schon bei Olaf bekannt. Und weiß der Teufel, bei wem noch. Ich muß sofort anrufen und absagen. Mr. Meyer wollte mich mit ihr heute Nachmittag abholen. Ein e-ypsilonischer Stadtbummel war verabredet. Schwarzhaarig wird sie dann sein ... Aber bestimmt schlafen sie jetzt alle noch. Sechs Uhr fünfzig. Eine Stunde kann ich noch warten. Außerdem soll man nie im Affekt handeln. Jane heiraten: Soll ich? Oder soll ich nicht? Vielleicht doch? Ich muß mir das alles in Ruhe durch den Kopf gehen lassen. Was spricht dagegen, daß ich sie heirate? Also gut. Außerdem wird sie mit gefärbten Haaren vielleicht nicht erkannt. Ich habe keine Angst, nur möchte ich nach Möglichkeit jede Schwierigkeit vermeiden. Es gibt noch genug. Und das dicke Ende, auf das ich mit fast masochistischer Hingabe gewartet habe, ist endlich da. Es liegt nun an mir, das Beste aus der Sache zu machen. Ich habe einen Vorteil, meine Kontrahenten wissen noch nichts, rein gar nichts. Von mir! Wie sollten sie auch? Hunger habe ich ... und wie.

Frühstückszeit. Klassenunterschied.

›Speiseraum nur für Empfang, Oberkellner und Buchhaltung‹. Genußvoll widme ich mich dem südafrikanischen Frühstück, bestehend aus Cornflakes, Mabela-meal (einer Art Kakaogriesbrei), zwei Spiegeleiern, Toast, Butter, Marmelade und Kaffee. Nur bei dem getrockneten Fisch streike ich.

»Entschuldigung, Sir, aber anstelle von Fisch können Sie ein Steak bekommen.«

»Nein danke. Vielleicht morgen.«

»Sehr gut, Sir. Morgen Steak.«

So, jetzt noch eine halbe Scheibe Toast mit leicht gesalzener Butter und ein wenig von der einladenden Orangenmarmelade, dann ist wirklich Schluß. Sonst werde ich am Ende noch dick, und das Meer mag keine dicken Männer. Kann ich verstehen. Irgendwie hemmt es. Nicht nur das. Wabbeliges Fett artet mit der Zeit zu einem wahren Liebestöter aus. Und der Partner, der noch schlank ist, wendet sich mit unabwendbarer Sicherheit aus Gründen des Antifettgefühls ab. Auch spielen die aufkommenden Gerüche eine maßgebliche Rolle. Wenigstens, was meine eigene Erfahrung anbelangt. Wenn ich bei meiner ersten Bettgenossin nicht von unbremsbarer, zitternder Neugier befallen worden wäre, um herauszufinden, wie das alles funktioniert und was sie alles unter ihrem wuscheligen Wolfspelz verbergen könnte – die Sandkastenerfahrungen reichen einfach für den späteren Lebensweg nicht aus –, ich hätte mich nie von ihr verführen lassen. Eigentlich sollte es umgekehrt sein. Aber ich war wohl zu schüchtern. Vielleicht auch wegen der drohenden elterlichen Mahnung: ›Komm' uns ja nicht mit einem Kind nach Hause!‹ Verklemmtheit und Angst hätten mich bestimmt alles verkehrt machen lassen. Also nahm ich das Recht des Anfängers in Anspruch und genoß voll scheuer Hingabe ihre Belehrungen und Einführungen in das Liebeseinmaleins. Ich wußte noch kaum, was ein Orgasmus bedeutet, als ihre prallen Brustbeutel hin und her vibrierten, auf und ab schlugen, bis schließlich das ganze Stück Frau über mir brüllte wie ein Löwe und mir plötzlich und unvermutet kräftige Links-Rechts-Ohrfeigen verpaßte, so daß ich verdutzt annahm, ich sei nicht zart genug gewesen. Und ich lag da wie ein Stock voller Rücksicht. Aber selbst das vervielfältigte das Gebrüll, die Schreie und die Schläge, die, so plötzlich sie begonnen hatten, auch wieder aufhörten und ihre Fingernägel rissen acht harte Streifen in meine zarte Jünglingsbrust.

»Komm! Komm doch! Gib es mir!« toste es in meinen Ohren.

»Herrgott! Du hast doch schon alles von mir!«

Wütender Protest. Ihr dicker Hintern, an dem meine Hände Schutz suchten, troff vor Schweiß und wippte trotzdem immer heftiger und energischer auf und ab. Und ihre rasenden Schamlippen schmatzten wie ein Säugling an der Mutterbrust. Dann kreiselnde Bewegungen, dann wieder auf und ab, bis ich nicht mehr wußte, wie mir geschah und selbst explodierte.

»Liebling, du bist herrlich. Oh, war das schön. Ich danke dir«, kroch es ermattet in meine Gehörgänge. Und dafür bekommt man nun Schläge. Dabei hatte ich überhaupt nichts getan. Aber nicht alle Dicken brüllen und schlagen. Die nächste, ich mußte es einfach ausprobieren, war faul und träge. Und ich war froh, daß nicht sie meine Informantin in Sachen Sex gewesen war. Also wurde sie ›unter ferner schliefen‹ eingestuft. Aus Dankbarkeit verlieh ich meiner feisten Lehrmeisterin den Titel ›Professorin in Orgasmusfragen‹, hängte ihr eine Halskette als Verdienstorden um, dekorierte ihren Körper mit unzähligen Küssen, die sie wiederum zu lautstarkem Getöse verleiteten, und wußte nach zwei Wochen alles über Triebekstase. Nur, wie sollte ich zu einem Ende kommen? Wie konnte ein Pennäler ein längeres Verhältnis mit einer mehr als wohlgenährten Vierzigerin unterhalten, ohne bei den Klassenkameraden aufzufallen? Meine Neugier und Lust sank von Tag zu Tag. Nicht wegen der Freunde. Was ging die meine Schulfreizeitgestaltung an? Aber allmählich ging mir die gesamte Fülle auf die Nerven. Wo ich hinfaßte: Fettfelder, die unbedingt einer Flurbereinigung unterzogen werden sollten. Aber bei ihrem täglichen Verzehr an Torten mit Schlagsahne fiel mir einfach keine Lösung ein. Nein, also Dicksein ist wirklich nichts. Vielleicht esse ich morgens nur noch ein Steak. Mit zwei Tassen Kaffee ... als flüssige Hilfe.

Dicksein oder nicht Dicksein? Was für blöde Gedanken. Aber es ist nun mal Jane, die die skurrilsten Empfindungen und Erinnerungen in mir auslöst. Und ich bin machtlos, werde einfach gezwungen, in jeder möglichen oder unmöglichen Situation an sie zu denken, daß sie glücklich sein soll, daß ich ein ausgefülltes Leben mit ihr führen will, obgleich mir bewußt ist, daß das nichts weiter als Kindheitswunschtraumdenken ist. Zurück zur Realität. Aber so einfach ist das nicht. Ihr Bild bleibt vor meinem geistigen Auge stehen wie ein festgeklemmter Film. Zurück! Endlich. Langsam, erst kaum wahrnehmbar, wird ihre Erscheinung von der Wirklichkeit überblendet. Und wie ein sich öffnender Bühnenvorhang breiten sich kompromißlos alle auf mich zustürzenden Probleme vor mir aus. Erst eine flache Landschaft, die wie ein Spuk in die Höhe wächst und wächst und wächst. Als winziger Punkt stehe ich vor der turmhohen Wasserwand, die mich jeden Augenblick zu zermalmen droht. Winselnde Geister, Hunde mit Schlangenköpfen, Fliegen mit Krokodilszähnen, hunderte von Mr. Leo N. Studnitzen bauen riesige Kanonen auf und richten ihre drohenden Rohre auf mich, den kleinen verliebten Punkt, der die Arme zur Verteidigung über den Kopf hebt. Frühstücklicher Alptraum, bis das brennende Streichholz meine Fingerkuppen erreicht.

Vielleicht hätte ich mich gestern doch den betrügerischen Verpflichtungen des Mr. Studnitz und seiner Mannschaft fügen sollen. Meine Unterschrift hätte mir billigen Seelenfrieden erkauft. Aber nein, ich muß ja für Wahrheit und Recht einstehen. Egal, ob für mich oder andere, die Eiche steht unbeugsam im Sturm der ach so bereitwilligen Notausnutzkumpane. Gut, laß' also die Eiche stehen und Mr. Studnitz meinen Schlag überleben, sonst ist spätestens übermorgen sein Begräbnis. Ich muß unbedingt gleich eine Zeitung ergattern. Vielleicht steht schon etwas über mich drin. Vielleicht unter dem Titel: Die Einwanderer sind auch nicht mehr das, was sie mal waren ... Oder: heute devot, morgen tot.

Und dann dieser verdammte Italiener. Er kann ja nichts dafür. Aber trotzdem. Warum lacht er sich auch eine unbekannte Braut aus Europa an? Wenn ich nur nicht ausgewandert wäre. Allerdings gäbe es dann kein Meer, keine neuen Erkenntnisse, keinen E-Ypsilonfreund, keine Liebesnacht am Viktoriasee. Und mein Horizont bliebe weiterhin europäisch beschränkt. Als junger Mensch muß man eben raus aus diesen heimatlichen Mauern, die den gesamten Geborgenheitskontinent umschließen. Also weg nach Übersee! Und welcher Weg führt mich nun über die hiesigen Klippen? ›Kommst du rein in die Scheiße, kommst du auch wieder raus‹, war die Weisheit eines meiner früheren Chefs. Der hat es gut. Ruht sanft und in Frieden. Na klar. Irgendwie schaffe ich das schon. Leicht gesagt, finde ich. Wirklich übertrieben leicht gesagt ...

Bis zum Hals stecke ich bereits in einer jauchigen Brühe. Brauche also nur noch rauszuklettern. Gibt es denn nirgendwo Griffe in diesem Fäkalienbehälter? Weder ein Brett noch den von allen Ertrinkenden herbeigesehnten Strohhalm, der die Rettung wenigstens für einen Augenblick vortäuscht? Die Zigarette schmeckt auch nicht. Noch vier Minuten, dann ist meine Frühstückspause zu Ende. Aber so lange bleibe ich hier sitzen. Ein Mann mit meinen Problemen soll sich nicht sofort nach dem Essen auf die Arbeit stürzen. Das ist nicht gut für die Gesundheit. Bestimmt würde mich dann das Meer pflegen und traurig sein, weil es mir nicht gut geht. Schon wieder das Meer. Aber ich kann ihr deshalb nicht böse sein. Noch dreieinhalb Minuten. Ob mir bis zum Schluß doch noch etwas Besseres einfällt, als nur abzuwarten?

»Hallo, Niko. Hat es geschmeckt?« Selbst das schwächste Denken an den Teufel wird sofort bestraft. Er steht vor mir.

»Danke, ausgezeichnet.«

»Darf ich?« Und schon sitzt er mir gegenüber. »Schnell eine Zigarettenpause. Dann geht es weiter.«

Gute Miene zum bösen Spiel. Also versuche ich es mit Höflichkeit und biete ihm eine Zigarette an. Und dann? Am besten lasse ich ihn gar nicht erst zu Worte kommen. Vielleicht erst ein verbindliches Lächeln und dann ein kleiner unverbindlicher Scherz? Oder sein hastiges Rauchen hilft mir weiter? Nein, auf keinen Fall, Grund genug für ihn, mir den Grund seiner Nervosität zu erklären. Ist ja auch menschlich. Nicht nur italienisch!

Unsicher und geräuschvoll wie aus einem verbrauchten Raketentriebwerk entweicht der Qualm durch seine zusammengepreßten Lippen. Sein gereizter rechter Oberkellnerzeigefinger streift unermüdlich die Asche ab, die mittlerweile unter Wachstumsschwierigkeiten leidet. Aber Rinaldo gibt seine Hoffnung nicht auf. Schon wieder ein ›Streif‹ ins Leere. Dann ein tiefer, hastiger Zug, daß ich sogar das reklamierende Pfeifen seiner Lungen höre. Noch mehr Luft- und Rauchgemisch in den italienischen Blasebalg. Und wieder spuckt das Raketentriebwerk sein Endprodukt in mein Gesicht. Auch ich nehme einen tiefen Zug und puste nach Kräften zurück. Harmloser Versuch.

»Gefällt es Ihnen nicht hier in Südafrika?« Vorsichtig taste ich mich nach vorn. Schließlich weiß ich offiziell überhaupt nichts.

»Eigentlich ja. Das Geld ist gut. Die Arbeit nicht zu schwer. Und an den Rest gewöhnt man sich ziemlich schnell. Aber ich habe Sorgen. Und die machen mich wahnsinnig. Verrückt!«

»Das verstehe ich leider nicht ganz. Wenn man sich schnell an alles gewöhnt, gibt es kaum einen Grund für Sorgen. Im Gegenteil, Sie machen durchaus den Eindruck eines Stoikers. Ein Mann, den nichts erschüttern kann. Das finde ich großartig. Beherrschung ist nämlich alles. Denken Sie noch einmal in Ruhe nach; Ihr Kummer ist bestimmt unangebracht.«

»Unangebracht!« Der Ärmste regt sich wirklich auf. Und ein rötlicher Schimmer überzieht sein Gesicht. Dabei wollte er mir selbst die Ruhe einreden. Er redet, raucht und zischt zur gleichen Zeit: »Wenn Sie wüßten. Unangebracht! Waren Sie schon mal verlobt? Die Weiber. Pah! Ficken und wegwerfen. Das ist alles, wozu sie gut sind. Nie wieder, sage ich Ihnen. Aber eines Tages erwische ich sie. Und dann rechne ich mit ihr ab. Und Gott möge sich ihrer erbarmen.« Seine kochenden Augen werden plötzlich von einem frommen Schleier überzogen und richten sich gegen die Decke des Speiseraumes für Empfang, Oberkellner und Buchhaltung.

»Darf ich fragen, worum es sich in diesem Fall handelt?«

»Oh, Dio mio!« Gott, der arbeitet ja mit allen Hilfsmitteln.

»Ich bin verlobt, und meine Braut betrügt mich! Ich bin gehörnt, bevor ich sie überhaupt gesehen habe. Das ist zuviel. Ich bin ein cornuto. Mamma mia, wenn das meine Mutter wüßte. Ich ein cornuto!«

Wenn ein Italiener sich selbst ›cornuto‹ nennt, ist das international als Alarmstufe eins anzusehen. Und da ich selbst der Urheber dieser Selbstbezichtigung bin, gibt es bei mir Atomalarm und ich ziehe mich, viel Erfolg wünschend, zwecks innerer Beratung zurück.

Rinaldo ist nicht der erste Italiener, mit dem ich bisher in meinem Leben zu tun hatte. Durchweg sind sie humorvolle Kumpane, zu jedem Streich aufgelegt, die das Leben in vollen Zügen genießen. Nur – wenn es sich um ihre Potenz dreht, hört bei ihnen ruckartig jeder Spaß auf. Und der beste Freund wird zur reißenden Hyäne. Sie sind nun mal ein emotionales Volk. Himmelhoch jauchzend und so weiter. Ewig dauerndes Aprilwetter. Das ist noch schlimmer geworden, seit vor kurzer Zeit einige Wissenschaftler die tieferen Hintergründe für den Untergang des Römischen Reiches untersuchten und haarsträubende Resultate erzielten: Zwar gab es zu jener Zeit weder Kunststoff noch Autos, aber sonst war die römische Kultur auf ihrem Höhepunkt angelangt. Zentralheizungen im Winter, allerbestes Speiseeis im Sommer (im Stafettenlauf brachten römische Zatopeks, meist Sklaven, frisches Gletschereis in die Küchen der Paläste, wo die Köche, ebenfalls meist Sklaven, mit ihren schwingenden Kochlöffeln statt der heutigen Eismaschinen bereitstanden). Bei Orgien und anderen sexuellen Ausschweifungen floß der Wein in Strömen, aber wie es bei Parties eben passiert, zerbrachen auch damals die Trinkgefäße zu vorgerückter Stunde, bis irgendein heller Kopf auf die glorreiche Idee kam, Weinbecher aus Blei einzuführen. Es dauerte nicht lange, bis jeder der Herren Römer und seine Dame nur noch aus diesem ›non plus ultra‹ tranken. Ade, du klassisches Römerglas. Und wer keine Bleibecher besaß, gehörte eben nicht zur Gesellschaft. Und wer weiterhin aus Glas trank, galt als ordinär. Nun, Blei hat es in sich. Nämlich in Fragen der Fortpflanzung. Bald wunderte man sich über immer häufiger auftretende Fehlgeburten, mißgestaltete Kinder. Und gelang tatsächlich mal ein normal aussehender Wurf, war er geistig zurückgeblieben, bis nach einiger Zeit der Nachwuchs fast ganz ausblieb. Nur der Pöbel pflanzte sich fleißig fort. Aber wer zählt sich schon freiwillig zu jener niederen Klasse? Und ich kann mir heute nur allzu leicht vorstellen, daß alle römischen Nachkommen unter dem Bleikomplex leiden müssen. Also wird auch Rinaldo keine Ausnahme bilden. Sein Auftritt vorhin hat mich hiervon mehr als überzeugt.

»Herr Psychiater, der Herr leidet unter dem Bleikomplex.«

»Kein Problem. Das haben wir bald. Ach, bevor ich es vergesse, welche Nationalität hat der Patient?«

»Italiener.«

»Bedaure. Aber die behandeln wir seit knapp zweitausend Jahren erfolglos.«

Und nun sitze ich über den endlosen Zahlenkolonnen des Hoteljournals. Mit dem Ziel, die Dinger im Laufe des Vormittags zu addieren. Weil mittags der Hoteltag zu Ende geht. Jetzt habe ich Zeit zum Nachdenken. Olaf gab mir ja den Rat, mich bei dieser Arbeit nicht von den Gästen stören zu lassen. Also Nachdenken. Und die Spalten für Frühstück, Essen, Getränke, Übernachtungen, Extras und Sonderposten, vielleicht für sterbende Gäste gedacht, warten auf mich. Sie lachen mich herausfordernd an. Fünf und fünf ist zehn – plus dreiundzwanzig ist, ... noch nie war ich so schlecht ... also noch einmal. Vermutlich geht es von unten besser.

»Hallo, haben Sie noch ein Doppelzimmer?«

Hau ab, siehst du nicht, daß ich rechne? Also doch lieber von oben. Aber auch da hapert es mit meiner Konzentration. Schließlich brauche ich sie für wichtigere Probleme. Zahlen sind wirklich eine tote Materie. Und ich will mit dem Meer überleben.

»Geht's? Entschuldige, wenn ich störe. Der Empfangschef möchte dich kennenlernen.« Olaf zeigt näselnd in die entfernteste Ecke der Rezeption auf einen schmalbrüstigen, dafür langgesichtigen Menschen, der behutsam auf einen Telefonhörer einredet. Anrufen muß ich auch noch.

IV. Kapitel

Scheiße auf alles. Auf mich, auf die Probleme, meine selbst gestellten Aufgaben, die Menschen, den ersten Arbeitstag – und noch mehr auf mich! Vielleicht bin ich mein ganzes Leben lang ein Feigling gewesen. Und habe mich deshalb mein ganzes Leben lang gezwungen, die verrücktesten Dinge zu tun, nur um mir selbst zu beweisen, daß ich in Wirklichkeit kein Feigling bin, obwohl ich immer wieder zu diesem Eingeständnis kam. Aber dann kommt eine Zeit, in der man es auf keinen Fall wahrhaben will. Und das Spiel beginnt erneut. Stolz, oh ja! Stolz bin ich. Ein idiotischer Stolz. Aber nicht tapfer. Nicht mutig. Warum habe ich dem Italiener heute morgen nicht von Anfang an reinen Wein eingeschenkt und ihm unmißverständlich klargemacht: so und so steht der Fall, und es führt kein Weg daran vorbei! Die Kosten würde ich ihm ersetzten, und er soll eine neue Annonce in die überseeischen Zeitungen setzen, falls er den Kanal noch nicht voll hat. Vielleicht in Skandinavien! Denn das Meer würde auf keinen Fall zu ihm passen. Er solle es nicht persönlich auffassen – aber auch vom reinen Bildungsunterschied her! Selbst das talentierteste Frühstückservieren würde ein Mannequin auf die Dauer nicht zufriedenstellen. Gewiß, auch meine Qualitäten seien nicht der letzte Schrei, aber er solle immerhin bedenken, daß ... und so weiter.

Jawohl, das wäre eine anständige männliche Lösung gewesen. Was hätte ich dabei riskiert. Meinen Job? Eine Schlägerei? Die erste in meinem Leben – außer der mit Leo N. Studnitz. In der Zeitung stand nichts weiter. Also lebt er noch. Und vielleicht vergißt er die Angelegenheit sogar. Vielleicht. Und falls nicht, würde er sich bestimmt melden, meinte Mr. Meyer. Aber dann trete ich ihm nicht als Feigling entgegen. Das verspreche ich. Ist eigentlich auch nicht nötig, denn mein Auftritt bei ihm war alles andere als der eines Esels in Löwenhaut. Aber da stand die Situation in einem anderen Licht. Nicht ich hatte Mist gebaut, sondern er, indem ich skrupellos ausgenommen werden sollte. Dann ist es leicht, sich zu verteidigen oder sogar anzugreifen. Wie aber kann ich den im Sand steckengebliebenen Karren, der auf den Namen Rinaldo hört, wieder flott bekommen, ohne daß ich krampfhaft über den Scheißbleikomplex nachdenke und mein Hirn zermartere, wie ich mit dem Meer überleben kann. Feigheit vereinfacht vieles, führt aber zu nichts. Und der Teufelskreis hört nie auf. Vielleicht liebt er sie wirklich, und ich schlottere in meinen Hosen hilflos umher, weil ich mein Glück auf dem Leid anderer aufbauen will. Ich hätte ihn davon befreien sollen! Statt dessen kneife ich den Schwanz ein und haue ab. Angst. Theatralische Verlogenheit. Und wie beschissen habe ich mich heute nachmittag verhalten? Als mein eigener bester Freund könnte ich vor mir angewidert ausspucken.

Mogambo wartete ungeduldig vor dem Hotel im Wagen, um mich nach Hause zu fahren – wir wollten die Stadtbesichtigung zu einem späteren Zeitpunkt nachholen –, als Olaf mich bat, ihn und einen Boy mit den Gesamteinnahmen – und das war nicht wenig – die wenigen hundert Meter bis zur nächsten Bank zu begleiten. ›Das Geld im Hotel aufzubewahren sei zu gefährlich und außerdem wüßte ich dann für die Zukunft, wie alles funktioniert.‹ Natürlich wollte er auch auf dem Weg mit mir quatschen, da er herausgefunden hatte, daß ich mit dem selben Flugzeug wie Rinaldo's Verlobte angekommen war. Ob ich sie nicht gesehen hätte. Schließlich sei sie mehr als attraktiv ...

Aus Sicherheitsgründen ging der Boy in unserer Mitte, die schwere Büffelhauttasche an seinem rechten Handgelenk angekettet, und ich dachte mal wieder leidenschaftlich über eine gute Ausrede nach. Mein schlechtes Gewissen gab zu, daß der Kreis um mich immer enger wurde. Als Bestätigung stellte mir jemand von hinten ein Bein, stieß mich gleichzeitig nach vorn, und ich landete wie ein gefällter Baum auf dem Bürgersteig. Geschrei und Tumult rissen mich aus meiner Benommenheit. Kaum ahnte ich den Grund des Aufruhrs – der Boy wälzte sich kreischend keine zwei Schritt entfernt auf dem Boden –, als ich es sah: wo vor kurzem noch die Kette der Geldtasche befestigt war, fuchtelte der am Handgelenk abgeschnittene Armstumpf, blutend wie ein Springbrunnen hin und her, bis mir ein Blutstrahl in die Augen schoß und ich ungehemmt wie ein Reiher zu kotzen begann. Wo blieb meine Willenskraft, mich zu beherrschen? Warum half ich meinen Freunden nicht? Weil es zu gefährlich war? Erst wollte ich überhaupt nichts sehen. Dann richtete ich mich langsam auf, wandte meinen Blick auf das Geschehen und erkannte durch einen roten Tränenschleier schemenhaft, wie Olaf aufstand, im Kreis umherlief, sich die Augen zuhielt und nicht aufhörte zu brüllen, er sei blind. Der Boy kreischte weiter wie ein abgestochenes Ferkel, und ich kotzte weiter wie ein überfressener Eunuch. Gut, ich hatte keine Gedanken für die flüchtigen Verbrecher. Warum auch? Den Schaden soll die Versicherung tragen, oder man hätte uns besseren Schutz gewähren sollen. Aber trotz der von mir selbst erbeuteten Studnitz-Pistole in meiner inneren Jackentasche hatte ich erbärmliche Angst, die Gangster könnten noch nicht weit genug weg sein. Elende Flucht in die Schwäche der Kotzerei.

Mir ist schlecht. Bitterer Geschmack und Schwindel. Die unter meinem Kopf zusammengefalteten Hände sind feucht, und ich starre mit leeren Augen auf die Zimmerdecke. Aber auch sie verbreitet nichts als Unruhe. Wie Wellen wogt sie hin und her. Wie hoch ist sie? Wann fällt sie herab? Ich weiß keine Antwort. Es ist zu dunkel, um darüber nachzudenken. Mein Meer – ist es immer noch meins? – hat sich in ein Fragezeichen gefaltet. Aber sie berührt mich nicht. Ich wollte meine Ruhe haben. Trotzdem hat sie liebevoll über meinen fiebrigen Schlaf gewacht und versucht, mich zu trösten. Sie scheint zu schlafen. Ruhig und gleichmäßig geht ihr Atem. Ob sie träumt? Von was? Etwa von mir? Hat sie meine Feigheit erkannt? Dabei wollte ich ihr gegenüber immer ehrlich sein. Warum habe ich ihr nichts von meiner Feigheit gesagt? Sie ist tapfer, weil sie sich mir anvertraut.

Das Bettlaken ist kalt wie ein Totenhemd. Totenstille im Haus. Natürlich schlafen sie alle und denken nicht über bittere Feigheit nach. Das Krokodil! Ich muß das Krokodil sehen. Einmal wenigstens seine bösen Schlitze von nah betrachten. Auch wenn es frei herumläuft. Vielleicht finde ich dabei irgendwo einen Whisky. Warum ist mir kalt, es ist doch warm? Hochsommer, hat Mr. Meyer gesagt. Dabei steht Weihnachten vor der Tür.

Französische Betten knarren nicht. Leise erhebe ich mich, das Meer liegt noch immer unbewegt, und ich taste mich durch die fremde Dunkelheit. Wenn ich nur wüßte, wo ich das Biest von Hose gelassen habe. Na, auch gut, wenigstens ein größeres Handtuch, um meine mittleren Partien zu umwickeln. Ob Krokodile auch dahin beißen – wie die meisten Hunde? Die Tür läßt sich leise öffnen. Zigaretten! Quatsch, ich will Amadeus einen Tapferkeitsbesuch abstatten. Und dabei raucht man nicht. Erst hinterher. Gibt es ein Hinterher? Bestimmt, denn Feiglinge überleben, ohne sich groß anzustrengen. Natürlich gibt es Leute, die behaupten, Tapferkeit sei Dummheit. Mann, bin ich klug!

Langsam und geräuschlos schließe ich die Tür. In meinen Händen fühlt es sich wie Wachs an. Hat Mr. Meyer wirklich gesagt, er ließe seinen nicht bellenden Haushund jede Nacht frei? Das war das erste, was er mir nach unserer Ankunft beibrachte. Kurz bevor ich meinen feigen Rückzug in das Wasserbecken antrat. Warum war ich da nicht schon ehrlich genug gewesen, meine sichtbare Potenz zuzugeben und die Anwesenden freundlich um ein Glas kaltes Wasser zu bitten? Das wäre auf jeden Fall weniger lächerlich gewesen. Und wenn er mich jetzt schon überfällt? Vorsichtshalber lege ich Mozart's Kleine Nachtmusik auf die Lippen.

Wie von einem magischen Zauber angesaugt, bewege ich mich lautlos, ohne nach rechts oder links zu sehen, durch die subtropische Wohnhalle auf den subtropischen Schwimmsaal zu. Ewige Zeit. Achtlos lasse ich kurz vor dem Becken das kleidsame Handtuch fallen und hechte blindlings in das lauwarme Wasser. Ob die Beine gerade waren? Scheint so, gemessen an der Geschwindigkeit unter Wasser. Keine Lust aufzutauchen. Nur der Entschluß, mit langen, kräftigen Stößen das Bassin zu durchmessen. Vielleicht auch wieder zurück. Bis es nicht mehr geht. Auf diese Art komme ich bestimmt auf andere Gedanken. Und wenn Amadeus keine Lust hat, schwimme ich mich eben allein müde. Arme nach vorn. Zwei Sekunden stehen lassen. Dann kräftig zurückschlagen. Und wieder vor. Dasselbe mit den Beinen. Da war doch was? Ein ungewohntes Geräusch läßt mich auftauchen und mit Argusaugen den Beckenrand absuchen. Nichts. Nur meine eigenen Wellen, die von dem Absprung übrig geblieben sind und müde dahinplätschern. Und da, da ist es! Habe ich also richtig gehört. Eine kaum wahrnehmbare Bugwelle, gefolgt von zwei Warzennasenlöchern, kommt stillschweigend auf mich zu. Noch ungefähr zehn Meter. Soll ich jetzt tapfer sein und hier im Wasser dem Biest meinen Standhaftigkeitsblick in die Sehschlitze werfen? Man kann auch alles übertreiben. Dann lieber einen Kraftspurt ... raus aus dem Wasser und die Angelegenheit von oben betrachten. Also los! Und mit wahren Windmühlenschlägen geht es ab. Verfrühter Start ... egal ... schließlich ist mein Einsatz hoch genug ... wie lang so eine kurze Strecke sein kann, noch ungefähr drei Meter ... gut so. Fliegender Start aus dem feuchten Krokodilselement auf die rettende Beckenumrandung. Geschafft! Oder?

Urweltliche Zahndolche, kalte Augen, rosaroter Schlund! Das gierige Drachenfeuer verfehlt meine Beine nur um wenige Zentimeter. Hochstemmen! Auf den Rücken rollen! Und ein entgegengesetzter Purzelbaum enttäuscht Amadeus ... läßt ihn ins Leere schnappen, während ich an eines der unzähligen, wie aus der Erde gewachsenen Phallussymbole stoße und es spontan, jedoch ungewollt, umarme. Haßerfüllte Blicke scheinen mich zu beneiden und legen nun ihrerseits allergrößten Wert darauf, mich aus allernächster Nähe zu betrachten. Was, wenn er ...? Hilfsmöglichkeit der Kleinen Nachtmusik! Aber kein einziger Ton verläßt meine gespitzten Lippen. Verbissen kämpft Amadeus gegen den Beckenrand an, um ihn aus Zeitgründen ohne Anlauf zu überwinden und zu besiegen. Ich stehe als Preis ... weg vom Phallus. Weg vom theoretischen Sex. Das Fieber der Verrücktheit hat mich ergriffen und bevor ich weiß, wie mir geschieht, schieße ich wie ein Hecht mit Anlauf in das Wasser. Becken frei zur zweiten Runde! Und das Spiel geht weiter. Kaum, daß ich eintauche, geben meine Füße den Kraultakt an. Und meine Arme arbeiten verbissen wie seitlich angebrachte Propeller. Mir geht es gut. Zum ersten Mal an diesem Tag fühle ich mich wohl und unbeschwert. Ob ich das andere Ende schaffe? Ich kann nicht umhin, mit mir eine kleine Wette abzuschließen – obwohl die mich immer traurig stimmen –, aber zur Hölle mit dem Aberglauben: Wenn ich das Rennen gewinne, überwinde ich auch alle zukünftigen Schwierigkeiten! Oder ... Nun dann! ... und ich erhöhe leicht das von mir vorgegebene Tempo. Weiter! Weiter! Noch dreißig Meter. Ich weiß nichts über die Schwimmgeschwindigkeit von zwei Meter langen, hungrigen Krokodilen. Keine Zeit für statistische Berechnungen. Und auch nicht, wie das spezifische Gewicht der Echsen im Verhältnis zum Wasser ist ... Wer Mut hat, muß auch über gesundes Mißtrauen verfügen. Das erlauben die Spielregeln. Vorsichtshalber noch schneller. Und so schwimme ich nicht mehr im Wasser, sondern gleite bereits über diese feuchte Materie. Kein Wasserwiderstand behindert also die Flucht zum Sieg. Und da taucht sie vor mir auf – die andere Seite des Beckens. Hochstemmen. Beine hoch. Beine raus auf das kleine Sprungbrett. Aber ›er‹ sieht nicht ein, daß ›er‹ das Rennen verloren haben soll. Verbissen rudert ›er‹ weiter ... Noch zwei Meter bis zu seinem Anschlag. dann ist ›er‹ am Ziel. Und dann? Noch einmal sehe ich seine haßerfüllten, lüsternen Augen, die geduldig hinter der Nasenspitze das Wasser durchpflügen. Habe ich mein Soll der tapferen Selbstbestätigung erfüllt? Nein, das war zu leicht! Und schon stoße ich mich erneut ab, sause in weitem Bogen über die Mozartechse in ihr heimisches Naß, und die Hatz geht weiter. Eins zwei drei vier. Luft holen. Weiter. Eins zwei drei vier. Luft holen. Das macht Spaß. Eins zwei drei vier fünf. Ich werde übermütig. Ende des Beckens in Sicht. Vögel, die am Morgen singen ... Quatsch, die singen alle, und jetzt ist noch nicht Morgen. Immer dieser blöde Aberglaube. Eins zwei drei vier fünf. Luft holen. Eins zwei. Die Wand. Hochstemmen. Raus. Wieder zwei Meter, die Amadeus und mich trennen. Prickelnde Begeisterung erfaßt mich, und ich werde diese Übung auf jeden Fall als neues olympisches Spezialstaffelschwimmen anmelden. Aber der Musensohn ist schlau! Na ja, auch bei der Olypiade wird mit Tricks gearbeitet ... denn er will seinen Schwung ausnutzen und sich wie ich auf den Beckenrand schwingen. Noch einmal. Warte Feigheit, dir werde ich es geben! Sprung. Aua! Bauchplatscher. Los, weg, sonst geht die Medaille verloren. Werde ich etwa schon müde? Nein, wenn ich Spaß an einer Sache habe, nie. Eins zwei drei vier fünf. Das ist jetzt aber endgültig die letzte Tour. Man soll nicht übertreiben. Wie wär's mit Schmetterlingsstil? Außerdem geht Butterfly schneller. Man braucht dabei nicht auf dem Wasser zu liegen, man kann darüber hinweghüpfen. Eins zwei. Luft. Luft holen kostet Zeit. Eins zwei drei und gute Beinarbeit. Dann erst Luft holen. Wie weit noch? Eins zwei. Zweimal ist doch besser. Ob Freund Rinaldo auch schwimmen kann? Vielleicht lade ich ihn eines Nachts – wie diese – zu einem vorolympischen Training ein. Ich bin ein Schwein. Schließlich ist das keine zivilisierte Methode, einen Nebenbuhler zu beseitigen. Ende der Rennstrecke. Hoch. Raus und Abstand. Wie weit liegt er zurück? Drei Meter. Vielen Dank für das Duell! Verdammt! Nun hör doch auf! Ich habe keine Lust mehr. Wenn's am schönsten ist, soll man sowieso aufhören. Aber Amadeus will meine deutsch gedachten Gedanken nicht verstehen. Sein Rachen ist bereits auf dem Trockenen. Sein Schwanz peitscht das Wasser, das, sich neutral verhaltend, zur Seite spritzt, während seine kurzen Beine stämmig weiterrudern, um den dazugehörenden Körper vollends aus dem Wasser zu ziehen. Wie kriege ich bloß das Biest zurück? Am besten mit einem solide gebauten Schneeschieber. Aber da dürfte ich lange suchen. Bei der Hitze hier. Ein Besen tut es auch. Und der steht hinten an der Wand zwischen dem subtropischen Blätterkram und den kunstvollen Penissen. Los hin!

»Wißt ihr überhaupt, wie beschissen ihr Deutschen mit eurer Todessehnsucht seid?«

Ich traue meinen Augen nicht. Helen Katz, die e-ypsilonische rechte Hand, steht amazonenhaft nackt vor mir, als ich mich gerade aufrichten will. Lässig hält sie eine Maschinenpistole im Anschlag, zärtlich gestützt von einer ihrer üppigen Brüste. Aber was mich am meisten verwirrt, sind ihre kurz geschnittenen Schamhaare. Ordnung muß sein. Ihr Gewitterbusen mit überdimensionalen Warzenvorhöfen thront als stolzer, stummer Zeuge neben der tödlichen Waffe. Beim Anblick dieser Edenfrüchte macht mein Instinkt einen gewagten Salto martale. Und ich? Oh weh. Zum Glück ist sie wütend. Sehr sogar.

»Wenn man auf euch nicht aufpaßt, macht ihr den größten Blödsinn.« Ist das nun politisch oder persönlich gemeint? Bestimmt politisch, da ich mich in der Regel als Einzahl betrachte.

»Ja, aber ...« Stottern. Mehr bringe ich nicht heraus.

»Verdammte Idioten seid ihr.«

»Nun werde bloß nicht politisch. Ich für meinen Teil hatte persönliche Gründe.«

»Ach, persönliche Gründe! Und was wäre, wenn er dich eingeholt hätte?«

»Hat er aber nicht.« Jetzt erst wird mir bewußt, daß ich trotz olympischen Sieges ziemlich kurzatmig bin. Und mittlerweile ist es zu spät, den Besen zu holen. Amadeus hat es geschafft und kriecht, fast freudestrahlend, auf uns zu. Die rechte Hand fühlt sich irgendwie aus dem Konzept gebracht.

»Und nun?« Mehr fällt mir nicht ein. Ich bin wirklich aus dem Konzept. Und mein Instinkt jubiliert haushoch. Sie hat pechschwarze Haare.
»Gehen wir erst mal um das Becken herum. Nun los, komm!« Fast drohend richtet sie ihre Waffe auf mich. »Oder hast du immer noch nicht genug?«
Treu wie ein Dackel watschelt Amadeus hinter uns her.
»Soll ich nicht lieber eine Mozartplatte auflegen?«
»Glaub doch nicht solchen Blödsinn.«
»Mr. Meyer hat es aber gesagt.«
»Was meinst du, wie böse Sacky wird, wenn ich ihm das von dir erzähle.«
»Erpressung?« Das hätte ich wirklich nicht von ihr erwartet.
»Nein. Außerdem habe ich das nicht nötig. Aber er fühlt sich für dich verantwortlich.«
»Trotzdem läßt er das grinsende Gebiß frei herumlaufen.«
»Das ist jedem im Haus bekannt. Die Gründe kennst du. Komm weiter, sonst holt er uns doch noch ein. Und du kannst von mir nicht erwarten, daß ich jetzt noch auf ihn schießen würde. Komm endlich.«

Dabei bewegen wir uns schon die ganze Zeit in einem stolzen Marschtempo. Doch mein Olympiapartner scheint auf zwei Meter Verfolgungsabstand programmiert zu sein. Er denkt überhaupt nicht daran, die Jagd auf uns, oder besser gesagt auf mich, aufzugeben. Bevor wir uns in Trab setzen, will Helen ihn mit einem kräftigen ›Schsch!‹ ablenken, während ihre Brüste wie eine Raketenabschußbase auf ihn weisen. Aber Krokodile scheinen über keinerlei Gefühlsregungen zu verfügen. Außer über eine Engelsgeduld. Und die gibt er ebenfalls nicht auf. Fast haben wir das Becken umrundet und sind jetzt in Höhe des übergitterten Echsenstalles, wo Wolfgang neben Amadeus sein abenteuerliches Leben fristet. Oder fristete. Wahrscheinlich ist die Zeit seines Forellendaseins um, und er zappelt nun im Krokodilmagen seinem endgültigen Ende entgegen. Sicherlich werden die scharfen Verdauungssäfte den dahingeschiedenen Freund in den Stand einer ›Forelle blau‹ erheben. Und plötzlich kommt mir erneut die Nutzlosigkeit des Erdenkampfes zu Bewußtsein. Vielleicht bin ich deshalb ein unverbesserlicher Feigling. Also war auch mein olympischer Zirkus von vorhin zu stinkendem Mist verurteilt. Und Helen hatte recht, als sie mein Gebahren mit der typisch deutschen Todessehnsucht verglich. Diese Kritik an uns ist im Ausland sehr weit verbreitet. Dabei habe ich es wirklich gut gemeint. Ich wollte mich in eine neue Hochstimmung versetzen, die vielleicht für einige Zeit angehalten hätte. Und jetzt? Wie mit Damoklessäcken, statt -schwertern, überfällt mich die alte Lethargie. Der blutende Armstumpf erscheint. Wieder schießt das Blut wie aus einem Feuerwehrschlauch auf mich. Und Olaf ... Überall schreiende Menschen ...

»Nun mach doch nicht so ein blödes Gesicht.« Schon schubst sie mich in die Wohnhalle, die, wie auch die Schwimmhalle, durch die indirekte Beleuchtung in gespenstisches, schattenhaftes Dschungellicht getaucht ist. An die Stromrechnung ...

»Setz dich in den Sessel da drüben. Ich komme gleich.«

Willenlos gehorche ich ihrem Befehl. Ich glaube, es ist derselbe Lederunterbau, den ich bei dem Geigenkonzert bevölkerte, während die Doppelbrüstige langsam und geräuschlos, trotzdem aber resolut, die gläserne Schiebetür zwischen uns und dem Krokodil schließt. Bedächtig lehnt sie die Maschinenpistole als Wachtposten an die Schutzmauer und kommt mit aufreizenden Schritten auf mich zu. Ist es mein Instinkt oder mein Unterbewußtsein? Eins von beiden registriert ihr Nahen. Mir persönlich ist alles egal. Ich bin viel zu sehr mit meinen eigenen Gedanken beschäftigt. Meilenweit entfernt ... In der Stadt. Auf dem Weg zur Bank. Warum habe ich so kläglich versagt? Der Kampf mit dem Tier ist halb so schlimm, aber mit Menschen konfrontiert zu sein, ist harte Strafe. Sollte ich meinem Beinsteller morgen begegnen, ich würde ihn nicht erkennen. Aber Amadeus, den finde ich aus Tausenden seiner Artgenossen heraus. ›Alles klar, Baas?‹ Mogambo beugt sich besorgt über mich ...

»Du bist so schweigsam, Niko.« Helen's Hände umfassen behutsam meine Knie und drücken sie mit zarter Gewalt auseinander. Ihre Brüste sind so nah wie beruhigende Luftballons. Ich brauche nur zuzufassen. Wetten, daß ich jetzt schon wieder feige werde? Heute nachmittag habe ich in die Straßenrinne gekotzt. Jetzt kotze ich mich bald selbst an. Feigling. Wenn mich in diesem Augenblick mein Meer sehen würde, hätte sie berechtigten Grund, das Weite zu suchen. Mir ist alles egal. Ich bin das machtlose Opfer der äußeren Einflüsse. Hoffentlich schläft sie.

Ich möchte ihr diese Enttäuschung ersparen, zumal ich mich mehr als sträube. Wie werde ich nur dieses weibliche Untier los, das mich mehr und mehr in seinen Besitz nimmt? Es scheint ihre Stärke zu sein, daß sie keinerlei Rücksicht auf meine schwachen Gefühle nimmt.

»Wie wär's mit einem Whisky und einer ruhigen Zigarette?« Penibel, Zentimeter für Zentimeter, streicheln sich ihre Hände näher an meine heiligen Teile heran. Sie berührt sie sogar, natürlich unbeabsichtigt, denn sofort fährt sie wieder den Unterschenkel hinab.

»Hast du denn keinen Durst, Helen?«

»Und wie. Ich bin durstig auf dich. Ich will dich austrinken.«

Nie hätte ich gedacht, daß ihre Brüste, die sich an meinen Knien selbst befriedigen, so weich sein könnten. Jetzt umspannen ihre Hände mein revoltierendes Mittelstück. Noch knapp einen Zentimeter sind ihre Lippen davon entfernt. Jetzt hat sie mich. Und ich lechze nach einem Whisky. Ihre Zähne sind wie harte Klammern, während sie ihren Kopf animalisch auf und nieder wirft.

»Dann gibt mir wenigstens einen Whisky mit etwas Wasser.«

»Erst bin ich dran.« Auf und ab. »Finderlohn.«

»Rede doch nicht immer mit vollem Mund.«

Auf meine schwache Rüge hin aber gibt es nur ein saugendes Gemurmel. Und ich mache mir nicht die Mühe, sie zu verstehen. Was soll's. Wenn ich ihr Vorwürfe mache, gibt es höchstens einen gewaltigen Krach, den ich mir im Augenblick wirklich nicht leisten kann. Auch weiß ich nicht, wie Mr. Meyer reagieren würde. Dafür kenne ich ihn nun wirklich noch zu wenig. Fest steht: die Verbindung zwischen den beiden scheint sehr locker zu sein. Oder vielleicht nicht, und sie nimmt jeden Mann, der ihr in die Quere kommt? Aber wird sich E-Ypsilon auf der anderen Seite überhaupt Gedanken machen über den sexuellen Konsum seiner rechten Hand? Für ihn scheint über allen restlichen menschlichen Schwächen der Hauptpunkt zu stehen, daß Helen in ihrem Beruf als Assistentin und Beraterin nicht versagt. Natürlich ist sie auch seine Freundin. Und seine Freunde sollen auch meine Freunde sein. Denn er will ja mein Freund sein. Das hat er oft genug betont. Vielleicht will er auch gar nicht wissen, ob und wie oft sie ihn betrügt. Hauptsache, er bekommt Sex, wann er will. Und der Rest wird ihn bei seiner Großzügigkeit nicht jucken. Es ist ihm einfach egal. Wo hat das Weib bloß die Maschinenpistole her? Ist mir auch egal. Wie so vieles andere. Aber Spaß wird sie an ihrem Dauerlutscher nicht haben. Ich weiß gar nicht, was manche Leute an einseitigem Sex finden. Und schon kommt Mogambo wie ein Retter in der Not ins Bild und fragt, ob es mir gut geht. Natürlich war es nur eine aufmunternde Frage, denn die Wahrheit, mein Versagen, meine Feigheit, konnte er nur zu deutlich erkennen. Aus seiner Hosentasche zog er ein blütenweißes Taschentuch und wischte mir mit aller Sorgfalt das Blut aus dem Gesicht. Ob er wußte, wie ich mich fühlte? Aber statt eines Kommentares blickte er mich nur mit nichtssagenden Augen an.

»Komm Baas, wir gehen. Hier ist nichts mehr zu machen.«

»Was heißt nichts mehr machen? Ich habe überhaupt noch nichts gemacht.«

»Ich weiß. Es wäre auch sinnlos.«

Hat er etwa hinter seiner afrikanischen Stirn die Sinnlosigkeit als solche erkannt und sich damit abgefunden? Das kann nicht sein. Vielleicht ist er klug genug, daß er sich der stärkeren Umwelt, der Tyrannei, offiziell unterwirft und das Spiel einfach mitspielt. Seine Augen verraten nichts. Keine Regung, keine Teilnahme, nichts. Warum kümmert er sich nicht um seinen farbengleichen Bruder, Freund, Kollegen, oder wie man auch sagen will?

»Komm, Baas.«

»Ich kann nicht. Laß mich noch einen Augenblick hier. Wir können die beiden nicht einfach im Stich lassen.«

»Baas, dein weißer Kollege hat eine Handvoll Pfefferpulver im Auge. Und wenn er Glück hat, ist es nicht so schlimm. Bist du gut genug, dem Boy die abgeschnittene Hand wieder anzukleben?«

»Aber wenn er verblutet?«

»Der hilft sich selbst.«

Und schon erschien mit lautem Sireneneinsatz ein Ambulanzwagen der Feuerwehr. Zwei weiße Helfer nahmen den völlig willenlosen Olaf mit sanfter Gewalt in ihre Mitte und führten ihn zu dem sargähnlichen Gefährt. Sofort schloß sich wieder der gaffende Zuschauerkranz und vergaß – wie überall in diesen Fällen –, die Mäuler zu schließen. Glotzende Karpfen, die selbst nicht wissen, wann sie an der Reihe sind. Und der Boy, der am schlimmsten dran ist?

»Platz da. Platz!« Das war die Stimme von Mr. Webster, unserem Hoteldirektor, der sich kraftvoll seinen Weg durch die Menschenleiber zu uns bahnte, bis er schließlich breitbeinig, wie ein onanierender Haremswächter, vor uns stand und unsicher herrisch fragte, was eigentlich los sei.

»Das sehen Sie doch«, sagte ich und zeigte dabei auf den mittlerweile nur noch wimmernden Boy, der auf dem Bürgersteig kniete und verzweifelt versuchte, mit der unversehrten linken Hand den Armstumpf zuzudrücken. Mit glasigen Augen blickte er ins Leere. Er war bereits zu schwach, und das Blut sickerte unaufhaltsam in kurzen Stößen durch seine Finger.

»Das Geld ist weg, und Olaf sagt andauernd, er sei blind. Mehr weiß ich nicht. Hilft denn keiner dem Jungen da?«

Warum stellten sich die anderen genauso machtlos an wie ich? Es könnte aber auch sein, daß der Boy unverschuldet die Blutgier der Zuschauer angefacht hatte, die ihrerseits nun neugierig herausfinden wollten, wieviel dieser roten Flüssigkeit so ein Eingeborener eigentlich mit sich herumschleppt und mit wie wenig er noch eine Überlebenschance hat. Ähnliche Versuche machten wir an Tieren. Aber das war während der ersten Schuljahre im Wald und ohne Lehrer. Kinder in diesem Alter wollen aus sadistischer Neugier alles wissen. Demnach besteht die Gesellschaft hier, zumindest die hier auf der Straße, aus lauter Kindern der ersten Schuljahre. Und die alte Dame mit ihren blau gefärbten Haaren? Schon wurde mir erneut schlecht. Vielleicht ausnahmsweise keine Flucht in die Feigheit, da ich langsam zu der Überzeugung gelangte, nicht der einzige Versager zu sein. Mr. Webster's kaltschnäuzige Antwort, der Bantuarzt sei wohl unterwegs, widerte mich noch mehr an. Muß der denn über andere medizinische Kenntnisse verfügen als ein Arzt für Weiße? Und vergib uns unsere Schuld, wie wir ...

Warum ist die Gesellschaft nicht gut zu dem Boy? Die betet bestimmt nicht. Deren Gebet heißt Umsätze. War er etwa nicht gut zu der Gesellschaft, als er seine rechte Hand für sie opferte? Also stimmt Mr. Webster's Versprechen nicht, daß Aufopferung und Gutsein mit Dank belohnt werden würde. Vielleicht scheint es bei denen eine farbige Entscheidungssache zu sein? Denn ich, der nichts tat, der nur dabei war, sollte mit einem freien Tag belohnt werden. Auf Wunsch könnte ich selbstverständlich auch sofort ein Zimmer im Hotel bekommen, um mich auszuruhen. Auch um den Boy würde man sich kümmern. Aber der wimmerte unbehelligt weiter. Ist das die Gestaltung der Rassenfrage, die sich mir vor einigen Tagen bei meiner Ankunft stellte? Daß die zuständige Bantuadministration einspringen muß, wenn einer der ihren während seiner Arbeit für die Weißen Pech gehabt hat? Zum Kotzen. Und mein Magen zog sich mehr und mehr zusammen.

Wie ein Arzt, der sich von den Gedanken seines Patienten mitreißen läßt, hält Helen in ihrer Behandlung inne und schaut mir tief in die Augen, fasziniert von meiner nackten Erscheinung oder was auch immer.

»Ich glaube, du bis nicht aggressiv von Natur. Ich bin noch nie jemandem begegnet, der so bescheiden ist wie du. Für mich bist du fast ein perfekter Mann, geistig, körperlich, alles. Und du wirst es noch sehr weit bringen.«

»Na, na, was sollen die Komplimente, wo du mich kaum kennst?«

»Du wirst es nicht glauben, aber ich verfüge über eine sehr gute Menschenkenntnis.«

»Dann bist du trotz deiner Blaserei da unten ganz schön auf dem Holzweg. Was würdest du sagen, wenn ich dich als billiges Flittchen einstufen würde?«

»Das sagst du nur aus reiner Naivität. Du kennst mich noch nicht.«

»O.k... Dann laß mich dich kennenlernen und mach weiter.«

Bereitwillig folgte sie meiner Aufforderung, obwohl ich bereits mit meinen Händen ihren Kopf in die Ausgangsstellung dirigieren wollte. Nicht, daß ich Spaß daran habe, aber ich möchte tatsächlich herausfinden, wie das alles enden wird. Ich und naiv. Vielleicht hat sie recht, und ich hänge zu sehr an dem Althergebrachten. Ist echte Liebe damit hinfällig? ...

»Komm, Baas, wir müssen nach Hause. Mr. Meyer und Ihre Freundin warten schon seit einiger Zeit. Und der Boss wird dann meistens sehr böse.«

Ich war unfähig, ihm eine Antwort zu geben. Nicht nur mein

Gleichgewichtssinn versagte. Auch meine Knie. Es war der Zeitpunkt, an dem ich zugeben mußte, daß alles zuviel für mich wurde. Mogambo nahm mich wie einen Volltrunkenen auf, durch halbgeschlossene Augen murmelte ich Mr. Webster ein ›Bis bald‹ zu und wurde mütterlich auf den Armen durch die dichte Reihe der gehetzten Johannesburger Bürger, die plötzlich von allen Pflichten befreit zu sein schienen, um das Leid anderer geil beobachten zu können, getragen. Bestimmt ließen diese Kreaturen Mogambo mich unbehelligt davontragen, weil er eine offizielle Chauffeuruniform trug. Uniform bleibt schließlich Uniform. Egal, ob Fahrer, Pfarrer, Postbote oder General. Mein Blick war unklar und verschwommen, als mein mütterlich-väterlicher Träger, der ein leichtes Erschauern nicht verheimlichen konnte, versuchte, seinen Gang durch die Mauer der offenen Augen und Mäuler zu beschleunigen. Und wie eine Kamera, die aus der Unschärfe zur Schärfe übergeht, sah ich die abgeschnittene braune Hand da liegen wie einen weggeworfenen, herrenlosen Lappen – die Finger halb verdeckt von dem klobigen Schuh eines teilnahmslosen Mauerteils.

»Du Schwein«, zischte ich ihm zu, durch meinen inneren Ekel angestachelt. Sein stupider Kalbsblick verleitete mich, ihm seine strohseidenen Haare auszureißen. Aber kaum hatte ich meine Hand zum Angriff ausgestreckt, als sich mein Rettungsträger Mogambo gewandt nach vorn beugte und ich brutal ins Leere griff. Seine schraubstockartigen Arme erstickten mein wütendes Gestrampel im Keim und er setzte wortlos den Weg zum Wagen fort. Zur Machtlosigkeit verdammt, wurde ich in dem gläsernen Blechgehäuse verstaut, und die Meyerschen Luxusreifen gaben ihr gewohntes Quietschen von sich. Eine Ampel stoppte uns mit ihrem blutroten ›Stop‹.

»Ich verstehe nicht, daß du das alles so einfach über dich ergehen lassen konntest. Jetzt liegt der Junge allein da und wir hauen sang- und klanglos ab. Wenigstens du hättest ihm etwas Trost spenden können oder so.«

»Nicht böse sein, Baas. Früher hätte ich das auch gemacht. Aber heute nicht mehr. Das gibt nur Ärger.«

»Bist du etwa genauso kaltschnäuzig wie alle hier?«

»Nur hart geworden.« Seine Handknöchel am Steuerrad wurden fast weiß. Und das heißt etwas bei einem Afrikaner.

»Du regst dich also doch auf, Mogambo.«
»Das ist ... ach, ist schon gut.« Und seine Knöchel nahmen wieder Farbe an. Langsam zwar, doch immerhin.
»Was ist, das ist?«
»Gewohnheit.«
»Gewohnheit. Du sagst das mit einer lapidaren Lässigkeit, als ob es auf der ganzen Welt nichts als Gewohnheit gäbe.«
»Was ist lapidar?«
»Danke, daß du auch mal was fragst. Lapidar heißt soviel wie kurz, einsilbig oder stichwortartig. Aber je mehr ich nachdenke, eines ist mir nicht ganz klar: Willst du ewig in diesem verdammten Land bleiben? Wie ich als Neuhinzugezogener die Chance überblicken kann, ist alles, was man auch unternimmt, ein totgeborenes Kind. Von Anfang an.«

Seine Augen spielten mein Spiel nicht mit. Sie waren wachsam auf die Straße gerichtet. Aber sein restliches Gesicht verzog sich zu einem hämischen Grinsen.

»Als Eingeborener ist man ohne Geld und ohne Paß zum Hierbleiben und Aushalten verurteilt. Nur sehr selten gelingt es einem von uns, das Land zu verlassen. Illegal. Und dann gibt es kein Zurück mehr. Aus der Traum. Und für den Rest des Lebens ist man nichts weiter als ein unerwünschter, unbequemer Ausgestoßener, der es gewagt hat, draußen in der Welt etwas Nachteiliges über sein eigenes Land zu erzählen.«

»Aber das Land gehört euch beiden. Soweit ich die Geschichte kenne, seid ihr Schwarzen während der Völkerwanderung von Norden gekommen. Und zur gleichen Zeit stießen die Weißen von Süden nach Norden vor. Ihr seid also zum selben Zeitpunkt hier angekommen. Daher hat keiner das Recht, dem anderen das Land zu verbieten. Oder irre ich mich?«

»Nein, Baas, das stimmt. Aber ihr Europäer habt eine andere Kultur und Geschichte hinter euch. Ihr seid brutaler.«

»Moment, Mogambo, das kannst du nicht sagen. Ihr seid mindestens so brutal wie wir. Vielleicht braucht ihr eine längere Anlaufzeit, zieht man euren Mythos in Betracht. Wir geben vor, nur einen Gott zu haben, während eure Medizinmänner Dutzende zur gleichen Zeit beschwören und um Rat fragen. Also geht es bei uns schneller. Habt ihr aber erst mal Blut geleckt, sorgt ihr nachhaltig für äußerste Stimmung. Die meisten von uns glauben weder an den einen noch an Dutzende von Göttern, was den Begriff des Realismus um so stärker hervorhebt. Und deswegen, nur aus diesem Grund meint ihr, wir seien brutaler. Mit anderen Worten: wir entscheiden uns schneller, während ihr die kostbare Zeit mit euren ewigen Tänzen vergeudet. Versteh mich nicht falsch. Ich habe noch nie eure Tänze in Wirklichkeit gesehen. Nur im Film. Und da weiß man nicht, was echt und was gestellt ist.«

»Ich habe seit vielen Jahren nicht mehr getanzt.«

»Dann magst du eine Ausnahme sein. Wie ist es mit den anderen?«

»Die einfachen Leute tanzen, während die Klugen sie anfeuern.«

»Das ist genau, was ich meine. Eure Klugen nutzen den mythischen Idealismus eurer nicht minder klugen, aber naiveren Brüder aus.«

»Baas, du redest, als ob du selbst hier geboren wärst.«

»Daß das nicht stimmt, weißt du ja. Europa und Afrika sind zwei grundverschiedene Kontinente. Und doch sind sie durch viele Jahrhunderte miteinander verbunden. Wenn man in der Geschichte nachforscht.«

»Das mag stimmen. Aber ich bin nicht so gebildet. Kaum, daß ich je eine Schule besucht habe.« Als ich diese Worte hörte, war ich mehr als nur erstaunt. Wie ist das nur möglich? Denn Mogambo macht einen sehr intelligenten Eindruck.

»Und warum hast du keine Schule besucht? Ich denke, bei euch herrscht Schulpflicht?«

»Ich komme aus dem tiefsten Busch. Doch das ist eine lange Geschichte. Und die erzähle ich später einmal. Wenn wir uns vielleicht etwas besser kennen.«

Jetzt fiel mir ein, was mir Mr. Meyer gesagt hatte. Er sei ein Häuptlingssohn und seine Eltern seien irgendwie verbrannt. Was für eine geballte Kraft in dem Kerl drinsteckt. Ich, an seiner Stelle, hätte diese Kurve nicht halb so schnell und souverän genommen. Im Gegenteil, ich hätte einen Gang runtergeschaltet und rein bürgerlich den Wagen in die neue Richtung gesteuert. Aber ohne mit der Wimper zu zucken drosch er den Blechschlitten auf den neuen Kurs, obwohl sein Gesichtsausdruck mehr als melancholisch war. Ich war und bin von diesem Kerl fasziniert.

Wenn ich ihm doch nur helfen könnte. Schließlich hilft mir Mr. Meyer. Und wenn nicht an ihn, dann muß ich mit Zinseszinsen zumindest alles an Mogambo zurückzahlen. Ich glaube, der Junge hat es verdient. Warum soll er unter seinem Schicksal leiden? Die Welt ist modern genug, um das zu vermeiden.

»Mr. Meyer hat beides. Geld und Beziehungen. Er wird dir bestimmt unter die Arme greifen. Ich bin leider noch nicht soweit.« Oder kann ich etwas anderes für ihn tun? Etwas Moralisches vielleicht?

»Mr. Meyer hat mir bereits genug geholfen. Das ist es nicht. Auch will ich nicht weg. Später vielleicht mal. Aber nicht jetzt. Mein Platz ist hier. Ich kann meine Leute nicht im Stich lassen, Baas. Und der Boss braucht mich auch.«

Der Junge redet vom ›Im-Stich-Lassen‹, als sei es der schönste blaue Himmel. Warum ließ er dann vorhin den Boy hilflos auf der Straße zurück? Warum braucht ihn Mr. Meyer? Der hat doch alles. Außerdem gibt es bestimmt genug andere Fahrer, die genauso sicher und zuverlässig sind wie er. Ich sehe auch keinen Grund mehr, warum ich meine wertvolle Zeit in diesem kopfstehenden Land vergeuden sollte. Erst war es meine Flucht aus dem verkorksten Europa. Aber hier ist alles noch viel schlimmer und quasi ohne jede Zukunft, da die Übermacht der Eingeborenen als nichtexistente Minderheit behandelt wird. Wie kann man darauf seine Zukunft bauen?

»Am besten fliege ich wieder zurück nach Europa. Was ich bis jetzt gesehen habe – mir langt es. So schön das Land auch ist.« Dieser Ausspruch war der eines inneren Befehls.

»Das Land könnte noch schöner sein. Aber, Entschuldigung Baas, nach Europa zurückfliegen wäre feige, Baas!«

Da war also die befürchtete Bestätigung meiner Feigheit, von Lippen, die so etwas nur nach eigener Überwindung sagen konnten. Ich fühlte mich mehr als entlarvt und herrschte ihn unbeherrscht an, er solle verdammt nicht immer Baas zu mir sagen.

»Tut mir leid, Baas. Eingeprügelte Gewohnheit.«

Und das war der Augenblick, in dem ich mir wie ein dreckiger weißer Parasit vorkam; ich entschuldigte mich bei ihm und beschloß in der gleichen Sekunde, daß meine Zeit hier in Südafrika noch nicht abgelaufen sei. Leider bin ich oft in vielen Din-

gen zu impulsiv, ohne vorher eingehend nachgedacht zu haben. Schließlich war ich vor wenigen Minuten der Ansicht, Mogambo aus irgendeinem Grunde helfen zu müssen und zu können.
Und nun sitze ich immer noch hier im Sessel und finde an der Gegenwart wachsendes Interesse. Sehnlich warte ich darauf, daß die liebesbeflissene Amazone bald ihre verdiente Befriedigung erhält. Aber wie das nun so ist, Samenergüsse lassen sich weder durch Knöpfchendrücken noch durch irgendeinen Befehl hervorzaubern. Die dreiecksrasierte Amazone ist rührend besorgt, einen baldigen Erfolg zu verbuchen, und mein Instinkt befiehlt mir in immer heftiger werdenden Gongschlägen, ihr als Kavalier behilflich zu sein. Aber wie? Und ohne mein Meer offensichtlich zu betrügen? Außerdem hat mein Meer jetzt auch schwarze Haare. Zwar gefärbt, aber immerhin schwarz. Nicht nur als Deckfarbe, um dem italienisch-dänischen Augenteam zu entgehen, sondern auch, um mal wieder meinen Instinkt zufriedenzustellen. Aber wie ich ihn kenne, wird er trotzdem bald wieder aufmucken. Und da ist er schon! ›Ich verlange sofortigen Beischlaf mit Helen. Wie wagst du es, sie sich solange erfolglos quälen zu lassen. Du Sadist!‹ Ich weiß nicht, wie mir geschieht, noch was ich tue. Auf jeden Fall gebe ich meine bequeme, sitzende Position auf, beuge mich vornüber, streichele mit links ihren schwarzhaarigen Hinterkopf und versuche, ihr heftiges Auf und Ab ein wenig zu bremsen. Zwei Pole arbeiten jetzt gegeneinander. Und dadurch entsteht noch mehr Reibung. Wie lange geht das gut? Meine Rechte fährt ihren Rücken hinab, weiter durch ihre zweigeteilte Welt, bis sich meine Finger einzeln an ihrem feuchten Freudenkrug sattfühlen und -tasten. Mein bisheriger Erektionsstreik wird mit ungeahnter Schnelligkeit abgebrochen und startet zu einem ekstatischen Höhenflug. Armes Meer, verzeih mir. Aber mein Instinkt ist stärker. ›Ich liebe dich trotzdem. Verzeih mir nur dieses eine Mal. Und ich komme dankbar zu dir zurück!‹ Zeige-, Mittel- und Ringfinger wühlen verloren freudespendend in ihrem All – wieviel Platz da ist –, bis sie sich aufreckt und unsere Köpfe haarscharf aneinander vorbeischießen. Unsere Zungen fechten miteinander weiter. Ihr Körper erhebt sich. Unsere Tastorgane trennen sich widerwillig und rufen sich ein für den letzten Augenblick letztes Lebewohl zu, um im nächsten Moment wieder vereint zu sein.

Nur, daß sie blitzschnell gewendet hat und ihr Schoß mein Triebwerk gierig in sich aufnimmt.

»Ich habe ja immer gesagt, die Schwarzhaarigen sind Klasse!« Mein Instinkt jubelt wie ein wildgewordener Handfeger.

»Ist ja gut, Kleiner. Beruhige dich.«

Eigentlich hat er recht. Wenn ich nur wüßte, wie ich aus dieser verfahrenen Situation herauskomme. Natürlich ist sie Klasse ... welchen Wortschatz die Instinkte heutzutage haben ... trotzdem kann ich ihr nicht auf Befehl echte Liebe entgegenbringen ... Gefühle lassen sich doch nun einmal nicht erzwingen. Und mein Meer? Besser nicht weiterdenken ... hoffentlich schläft sie tief und fest ... hätte ich mich doch bloß nicht mit dem Krokodil eingelassen ... und wenn jetzt plötzlich Mr. Meyer kommt und sieht, wie seine rechte Hand auf mir tobt? Dann ist alles aus. Dabei bin ich vollkommen passiv ... sozusagen ein miserabler Liebhaber ... wie schön ihr Rücken ist ... ein sagenhaft schlankes V. Soll ich nicht doch? Irgendwie machen mich ihre Reize verrückt und spornen zu unüberlegten Handlungen an. Einmal ist keinmal! Ob ich ihr das sagen soll? Besser nicht. Ich kann ja nicht wissen, wie sie reagieren wird. Na gut, wenn ich das jetzige Geschehen als ›einmal ist wirklich keinmal‹ abbuche, können die Folgen nicht so schlimm sein ... also dann ...! Als hätte sie meine Gedanken erraten, reibt sie ihren Rücken vertrauensvoll an meiner Brust. Aha! Sie fordert mich heraus. Und schon schnellt sie wieder nach vorn. Will sie etwa aufhören? Nein. Nur ein Spiel. Schon ist er wieder da, dieser Venusrücken ... ich will ihn greifen. Zu spät, weg ist er. Wenn das so weitergeht, werde ich bestimmt von perversen Gedanken übermannt ... schließlich ist dieses eine Mal das erste Mal dieser Art. Jetzt habe ich sie ... fest in meinen Händen ... die stolzen Gebrüder Castor und Pollux. Wie fest sie sind ... Wunderwerke der Natur. Doch ihre Herrin scheint mit meinem Griff nicht einverstanden zu sein ... dabei meinte ich es nur gut ... ich wollte unsere Bewegungen lediglich koordinieren. Mit aller Gewalt will sie sich befreien ... wahrscheinlich will sie dominieren ... Warte! Ich bin ein gleichberechtigter Partner! Können wir nicht zu einer Übereinkunft kommen? Schließlich kenne ich ebenfalls einige bewährte Tricks ... du wirst es mir danken ... vergebens. Weg sind sie, ihre beiden stolzen Sterne ... meine Hände sind leer. Kurzer, harter Kampf um Besitzrechte ... dabei besitzt sie bereits alles, was mir gehört. Nein, Fräulein, so haben wir nicht gewettet. Na bitte, wer sagt es denn! Anscheinend wollte sie, daß ich Sieger bleibe. Wie sie springt, stöhnt und juchzt ... und das scheint ihre Angriffs- und Verschlingungswut nur zu vermehren ... anzuspornen. Ihr Becken rotiert, wippt ... und dramatisiert auf meinem Lehnsbesitz, als hieße es ... egal ... bald kann ich nicht mehr ... und sie kostet jede kleinste Bewegung voll aus ... alles ist grün an ihr. Schillernd wie ein Chamäleon. Wie nach einem freundschaftlichen Vergleich suchend, legt sie zärtlich ihre grünen Arme um meinen Kopf. Ihr grüner Hals bietet sich an ... grüne Augen, grüne Zähne, grüne Lippen ... ein grüner Kuß etwa? Nein, sie hat ein neues Angriffsfeld gefunden ... mein rechtes Ohrläppchen, ohne daß ich ihr Widerstand bieten könnte ...und wie sie daran knabbert ... aber das kann mein Meer ebenfalls. Mein Meer. Ob sie wirklich schläft? Kein Wunder, daß Männer bei einem Seitensprung die besten Herzinfarktkandidaten sind. Wie mein Herz mühsam und doch überhastet pumpt. Wenn es gleich Kurzschluß gibt, was dann? Ich habe doch noch so viel vor! Hoffentlich erreicht die galoppierende Amazone bald ihren Höhepunkt. Nichts. Noch scheint sie ihre Gleichberechtigungspflicht nicht aufgegeben zu haben ... soll das denn ewig so weitergehen? An Sieg scheint sie überhaupt nicht zu denken. Zu sehr hat sie sich in ihren Angriff verwurzelt ... Wenn ich nur nicht so verdammt geistesabwesend wäre ... aber das darf sie auf keinen Fall merken. Wenn ja, werde ich noch in tausend Jahren als Versager verschrieen sein ... also noch einen Versuch ... ›Warte, dich mach ich fertig!‹ ... erhöhtes Lustgekeuche ihrerseits, mehr nicht. Und ich? Also noch mehr Gas ... als Lohn für ihre Anstrengung und meisterliches Können. Soll man nicht dem weiblichen Partner, der in unsere männliche Sphäre aufsteigt, um uns herunterzuholen, mit offenen Armen entgegentreten? Nicht nur aus Gründen der Existenzberechtigung ... gemeinsames Inferno scheint der Lebensinhalt dieser Welt zu sein ... schon von jeher galt das Prinzip: Einigkeit macht stark. Ob ich aufpassen muß? Nein. Das hätte sie mir gleich zu Anfang gesagt.

»Langsam jetzt«, flüstert sie mir stöhnend zu, begleitet von taubenähnlichem Gurren.

Warte, jetzt sollst du springen wie ein Pferd bei der Weltmeisterschaft! Und eine meiner vielen Hände gleitet zwischen ihre Schenkel, um sie an ihrer empfindlichsten Stelle aus der Reserve zu locken. Ihre Klitoris ist mehr als bereitwillig und schwillt zu der mir unbekannten Größe eines kleinen Fingers an. Willkommen. Und ich quirle ihn wie einen zahmen Zwirnsfaden. Jetzt endlich habe ich sie da, wo ich sie haben will. Kampf der beiden Geschlechter, um eine einseitige Beherrschung der Kontinente zu vermeiden. Das ist genau das, woran ich während des Fluges gedacht habe. Es liegt an mir, die Welt zu retten! Ihr gesamtkontinentales Zucken und das steife Anheben ihrer grünen Beine bestätigen den Sinn meines Kampfes. Stockartig versteift sich ihr Rücken. Und ihre Augen starren halbgeschlossen in die grünspanige Leere der rosig angestrahlten tropischen Vegetation. Ob das schon der Anfang ihres Lustendes ist? Weiter! Nur weiß ich nicht, wie das Abenteuer mit Helen Katz enden wird. Aber auf keinen Fall ist sie eine Katze im Sack. Und wenn alle Frustrierten uns jetzt sehen würden, wären sie begeistert, und die weltweite Masturbation der mastodonischen Wasserbüffel wäre im Keim erstickt. Kann man auf diese Art unsere verkümmernden Erdenmenschen vor dem sexuellen Untergang retten? Ich bin sicher, daß sich bei genügend aufschlußreicher Instruktion Millionen Gleichgesinnter erheben werden, die den Clubregeln fanatisch nachkommen und im Chor rufen: Besser geht's mit Sex! Sollte sich aber meine Prognose als Fehlschlag herausstellen, werde ich die Rolle eines Messias übernehmen und eine weltweite Kampagne – Partei wäre vielleicht besser – gründen, um das Schöne im Leben noch intensiver oder überhaupt zu erleben! Um das Geplante tatkräftig zu unterstreichen, bearbeite ich den Zwirnsfaden so gut wie es nur geht. Das Werk muß gelingen. Aber, was ist das? Statt Jubelausbrüchen gelangen Helen's Freudenbewegungen zu einem ruckartigen Halt. Sollte ich mich in meinen weltverbessernden Theorien geirrt haben? Unvermutet wölbt sich ihr Nacken leicht nach hinten. Pause. Aber ich gebe so leicht nicht auf. Aha. Der Funke springt, wie könnte es anders sein, und jeder meiner verschiedenartigen Initiativen bis auf die Neige auskostend, schnellt sie ihren Oberkörper nach vorn. Was, wenn das Hinterteil mitfliegt? Meine kybernetischen Hände wirken als Trommelbremse, ohne jedoch ihren

Endspurt zu unterbrechen, sondern sie lediglich auf die lokalen Örtlichkeiten zu konzentrieren. Auf und ab fliegt ihr gebärfreudiges Becken – beweiskräftig zu allen Schandtaten bereit – auf meinen Schenkeln in einem musikalisch interessanten Stakkato. Wie erkläre ich das bloß meinem Meer? Ich glaube, ich habe zumindest einen schlechten Charakter. Dabei meine ich es nur gut. Und schon lasse ich mich dazu hinreißen, sentimental zu werden. Das darf nicht sein. Dafür ist später Zeit genug. Und gebe verstärktes Feuer. Kann ich überhaupt noch meinen Augen trauen? Nein. Vor uns steht nämlich ein dunkelgrüner, nackter Mr. Meyer, dessen dunkelgrüner E-ypsilon verlangend zwischen Helen's Zahnspalten verschwindet. Fata Morgana. Aber seine leicht vorgebeugten Oberschenkel, seine hinter des Besitzers Rücken verschränkten Arme geben Zeugnis von der Realität, während seine kreisrunden Pupillen auf irgendeinen Punkt hinter mir starren. Ich glaube, ich stehe im Wald, und das Gras wächst aus meiner Hosentasche! Und dann die Töne, die er plötzlich von sich gibt. Er ist es wirklich, denn meine von Erfüllung geschwängerten Augen haben ihn unmißverständlich erkannt. Man erlebt eben im Leben alles zum ersten Mal. Und obwohl ich mich in einer unbekannten Phase angeekelt und verraten fühle, erlebe ich einen trivialen Gruppenorgasmus, von dessen Existenz ich beim besten Willen bis zu diesem Zeitpunkt nichts wußte. Ich bin eben doch mehr als naiv. Das muß anders werden. Trotzdem ergreifen mich die E-ypsilonfinger und ziehen meine gesamte irdene Erscheinung mit unbändiger Kraft zu ihm hin. Helen in unserer Mitte, die hingegeben stöhnt, zischt und kleine, spitze Schreie ausstößt. Ich bin überwältigt.

»Mußte das sein, Helen?« Ich bin nicht direkt wütend, aber irgendwie enttäuscht und trotzdem überrascht. Was aus einem treudeutschen Körper alles werden kann ...

»Hat es dir keinen Spaß gemacht?« Mehr als zufrieden, zum Glück auch müde, lehnt sie sich an die Bar des Hauses. Sie ist vollautomatisch, reagiert nur auf Knopfdrückerei. Und Helen reicht mir mit schwacher Geste ein mit unsagbarer Sehnsucht verdientes Glas Whisky. Der Inhalt landet ohne aufzumucken in meinem Inneren. Vielleicht sogar im Magen.

»Noch einen, bitte.« Will ich meinen Ekel wegspülen oder nur Zeit gewinnen, die neuesten Eindrücke zu verarbeiten? Das zweite Glas folgt haargenau dem Weg des ersten. Nur landet der flüssige Inhalt jetzt in den Zehen- und Fingerspitzen, um von da aus mit wohliger Wärme zu verwöhnen. Auch meine oppositionelle Seite wird geweckt oder erwärmt. Wie es gerade paßt.

»Es kommt mir vor, als hätte ich mich an einer höllisch verdammten Hure vergriffen. Genauer gesagt, sie hat sich an mir vergriffen! Drück nochmal den Whiskyknopf. Machst du das mit jedem Gast des Hauses?«

Alkohol desinfiziert, denn das Erlebte kocht in mir als schmutzige Perversität, und ich schütte nur nach, um allen Dreck fortzuspülen. Ich bin ein Vollidiot. Kein Wunder, wenn ich schon mit Begriffen wie ›mastodonischer Wasserbüffel‹ operiere. Mein Zeigefinger, der rechte sogar, deutet mit Deutlichkeit auf die Stelle des Vogels an meinem Kopf.

»Schütte mir wenigstens mal ein bißchen von dem Saft über meine Scheißfinger. Sie stinken nämlich und machen mich krank.«

Krank? Nicht nur das. Ich bin mal wieder eifersüchtig. Blödsinn. Auf wen denn? Ich habe doch alles, was ich will. Ein liebendes Weib in einem französischem Doppelbett. Eine Nymphomanin, die Gefallen an mir hat. Einen nicht zu schweren Job in meiner neuen Heimat. Und schließlich einen geilen Hausherrn als Freund. Natürlich auch negative Seiten. Aber wo gibt es die nicht?

»Hörst du nicht zu?« Ein leicht vorwurfsvoller Blick, immer noch dunkelgrün, trifft mich aus nächster Nähe.

»Zuhören. Ja, natürlich. Was hast du gesagt?« Und schon zieht mich die Hetäre in eine bequeme Sitzecke. Gerade noch Zeit genug, die bereits halbleere Whiskyflasche zu schnappen. Ich brauche sie als Zeugen. Ein Zeuge, der mir über die Runden hilft. Denn jetzt ohne Alkohol, und das Leben wäre nicht mehr auszuhalten. Warum bin ich vorhin nicht mannhaft ehrlich aufgestanden und hätte dann die saubere Chance gehabt, mich mit einem Satz aus der Affäre zu ziehen. Aber nein! Geilheit und Neugier. Man könnte ja mal was verpassen. Hätte ich wirklich etwas verpaßt? Vielleicht. Vielleicht auch nicht.

Fickt euch selbst, aber laßt mich in Ruhe. Aber wäre ich dann so schlau und erfahren wie jetzt? Sicher, das Meer hätte mir allzu bereitwillig zur Befriedigung verholfen und hätte auch noch selbst Spaß daran gehabt. Dann wäre ich zwar mit einer seelisch-körperlichen Liebesbestätigung aus dem Rennen gegangen, aber nicht mit der neugewonnenen Erfahrung, die mich bei späteren Gelegenheiten mitreden lassen könnte. Trotzdem war ich verpflichtet, schon allein um meine Feigheit zu überbrücken, irgend etwas Positives als definitives Contra von mir zu geben. Sonst meinen die später noch, sie könnten mit mir machen, was sie wollen. Wenn das so weitergeht, werde ich es nie zu etwas bringen. Aber noch bin ich jung und muß ab jetzt jede Gelegenheit nutzen, an mir zu arbeiten, um mich auf ein besseres Niveau zu stoßen ...

»Zum Wohl, Niko.«

»Prost, Helen.«

Sacky Meyer muß uns die ganze Zeit beobachtet haben. Ob er auch Zeuge meines Krokodilolympiawettkampfes war? Ich bin sicher, daß Helen von Anfang an Bescheid wußte und mich mit Absicht in diese Gruppenkomödie hineinzog.

»Sei nicht böse, aber Sacky braucht das. Nur so kommt er zu seinem Orgasmus. Und du bist doch sein Freund, nicht wahr? Und sonst hat er dir doch nichts getan. Oder? Du kannst versichert sein, daß er dir dafür dankbar sein wird.«

»Ist in Ordnung. Du brauchst mir nichts weiter zu erklären. Das alles geht wohl in die Belange der Toleranz. Und da wir keine Miete zahlen müssen, hoffe ich, meiner Pflicht Genüge getan zu haben. Umsonst ist der Tod. Bin nur gespannt, wann Jane an die Reihe kommt. Aber da spiele ich nicht mehr mit! Das verspreche ich.«

»Mach dir über sie keine Gedanken. In diesem Haus wird niemand zu irgend etwas gezwungen. Laß sie selbst entscheiden.«

Schon wieder mein Magen, der revoltierend das Unheil ahnt.

»Nein, Niko, mach dir keine Sorgen. Ich bin nur froh, daß du eben mitgespielt hat. Und deswegen möchte ich mit dir mehr als offen reden. Die einzige Frau, die ihm sexuell etwas bedeutet, das heißt, mit der er zu einem Höhepunkt gelangt, bin ich. Früher haben wir wie Mann und Frau zusammen geschlafen. Aber dann machten wir beide eine Periode durch, in der es weniger und weniger klappte. Ich habe mich untergeordnet, habe getan, was ich konnte. Und dann kam schließlich der Zeitpunkt, an dem er herausfand, nur noch glücklich werden zu können, wenn er mich mit einem anderen Mann sah. Und so war es heute abend. Daß er sich zu uns gesellte, war mehr als nur eine Ausnahme. Das spricht für dich. Einem Mann, den er nicht mag, würde er sich nie offenbaren. Er ist ein sehr wertvoller Mensch. Selbstlos bis zum letzten. Und welcher Mensch, sage ich dir, ist frei von Fehlern. Du? Ich?«

Mir eröffnen sich vollkommen neue Perspektiven. Wie hätte ich mich verhalten, sollte ich jemals an seiner Stelle stehen? Wortlos und bedächtig nippe ich an meinem Glas. Erst wollte ich mich betrinken, jetzt wirkt der Alkohol beruhigend auf mich. Und was mich überrascht: mein Groll ist wie weggeblasen.

»Ich bin dir für deine Erklärungen sehr dankbar, Helen. Aber wie schneidest du dabei ab? Schließlich hat jedes Ding zwei Seiten.«

»Zwei Seiten sind überall zu finden. Was du auch anstellst. Wenn du mich fragst, ich bin glücklich, so wie es ist. Und noch glücklicher, wenn es Sacky gut geht.«

»Und wann meinst du, wird das nächste Mal sein? Ich glaube nicht, daß Jane mit dieser Lebensauffassung einverstanden wäre.«

»Wenn ich dir einen Rat geben darf: Verzettele dich nie durch Verpflichtungen. Tu alles zu dem Zeitpunkt, wenn du den allergrößten Genuß erwartest. Heute, zum Beispiel, würde ich nicht mal mehr davon träumen, mit dir je wieder zu schlafen.«

»Aha!«

»Aber weiß ich, wie ich mich morgen fühle? Oder in welcher Verfassung Sacky ist? Für ihn wäre das Beste, in einer regelrechten Kommune zu leben, in der man schlafen kann, mit wem man will. Aber, und da liegt die Schwierigkeit, wer spielt mit? Oder, ist jemand da, der ihm zusagt?«

»Ich gebe zu, daß jeder, egal ob Mann oder Frau, sich körperlich bestätigt wissen will. Was hätte das Leben sonst für einen Sinn?«

Und schon male ich mir aus, ob es nicht besser wäre, wenn ich Jane nie getroffen hätte.

»Ich weiß, was du jetzt denkst. Laß Jane aus dem Spiel und sei mit ihr glücklich, solange es geht. Wenn sie per Zufall Spaß an unserer Lebensauffassung bekommen sollte, können wir immer noch darüber reden.«

»Aber ich liebe sie. Und vergiß nicht die männliche Eifersucht. Wahrscheinlich würde es mein männlicher Stolz – oder gar Eitelkeit – nie zulassen, sie mit einem anderen Mann zu sehen. Ich bin noch nie mit diesem Problem konfrontiert worden. Schließlich wohnen in jedem von uns zwei Welten. Eine kontrollierbare und eine, die ungestüm aus dem Affekt handelt, ohne daß man dagegen gefeit ist.«

»Sei mir nicht böse, Niko, das würden wir auch nie verlangen. Denn dazu scheinst du noch nicht reif genug zu sein. Aber du bist gelehrig genug, darüber nachzudenken und dich eines Besseren belehren zu lassen. Routine heißt Langeweile, auch wenn du dir noch so viel Mühe gibst. Es ist nur eine Frage der Zeit, und du bist mehr als bereitwillig, deine Frau oder Geliebte mit einem anderen zu teilen, nur um sie innerlich zu behalten.«

Diese für mich vollkommen neuartige Philosophie muß ich erst in Ruhe verarbeiten. Aber Helen scheint mir auch in puncto Gedankenlesen voraus zu sein. Sogar das Rauchen habe ich vergessen. Schwesterlich besorgt, reicht sie mir für einen tiefen Zug ihre Zigarette, an der ich wie ein kleines Kind sauge. Und da bin ich wieder mit meiner Realität. »Wo ist er denn jetzt?«

»In seinem Bett. Das ist nämlich der Ort, wo du jetzt ebenfalls hingehörst.«

Ich bin sicher, sie meint mein eigenes, in dem Jane vielleicht mit lüsternen Augen auf mich wartet.

»Aber ich bin jetzt viel zu aufgeregt. Wie soll ich jetzt schlafen? Kannst du das etwa?«

»Kommt Zeit, kommt Rat. Wasch dich, und dann ziehst du dich zurück.«

Und schon macht sich mein innerer Aufruhr bemerkbar. Verdammt, ich bin doch kein kleiner Junge mehr!

V. Kapitel

Alle Uhren hatten, mit nur wenig Unterschied und deshalb fast vereint, die fünfzehnte Stunde geschlagen und ich durfte meinen Dienst pünktlich beenden, ohne als Begleitschutz zur Bank zu müssen. Jeder meinte, ich müsse unbedingt meine Nerven schonen. Und das stimmt. Die soll man nach Möglichkeit nie für das Geschäft opfern. Inoffiziell wenigstens. Denn die Dinger werden von meinem Privatleben mehr als genug strapaziert.

Mit an Sicherheit grenzender Wahrscheinlichkeit kann ich also damit rechnen, daß es heute, einen Tag danach, keine abgeschlagenen Hände mit schwarzem Pfeffer, auslaufende Augen und Blutsoße gibt. Statt dessen will das Meer heute abend die Führung der E-Ypsilonküche übernehmen und ihre Spezialität ›Spaghetti alla Bolognese‹ zubereiten. Wenn das nur kein böses Omen bedeutet. Für mich hört sich das unwahrscheinlich italienisch an. Für sie wohl nicht. Sonst würde sie es nicht machen. Für vier Personen. Aber ohne vorherige Olympiadisziplin und ohne anschließendes Tête-à-tête zu dritt – oder zu viert. Denn heute habe ich mich so anständig benommen, daß sogar ich mit mir zufrieden sein kann. Vielleicht hatte ich an diesem Tag auch noch keine Chance, erneut zu versagen. Im Hotel verlief alles nach Wunsch. Warum auch nicht. Ehrlich gesagt, ich würde einen beruflichen Reinfall auch nicht verstehen. Schließlich habe ich dieses Gewerbe von Grund auf gelernt. Ist das nicht genug Basis, sattelfest zu sein? Mr. Webster gab sogar ein freundliches Direktorengrinsen von sich, als er mir zwecks Anerkennung der gestrigen Strapaze zwanzig Pfund gegen Quittung überreichte. Also ist die Gesellschaft tatsächlich gut zu mir und ich nahm mir felsenfest vor, noch besser ihr gegenüber zu sein.

Sogar der einhandlose Boy sei bald nach unserem Abzug in ein Krankenhaus eingeliefert worden. Und ein anderer, der ihn im Auftrag der Gesellschaft heute morgen besuchte, meinte, es ginge ihm den Umständen nach ganz gut. Ob seine Hand noch immer auf dem Bürgersteig liegt? Schließlich gibt es auch hier genug amerikanische Souvenirjäger. Wenigstens unserer Hotelbesetzung nach. Vielleicht waren meine moralischen Aufregungen gestern wirklich nur übertriebene Lappalien? Und die Gesellschaft schuldet mir für heute sogar noch einen freien Tag. Im Augenblick wollte ich von ihrem Angebot keinen Gebrauch machen. Man weiß nie, was noch kommt. Außerdem wollte ich während der Arbeitszeit den gehörigen Abstand gewinnen. Was hilft es, wenn ich denselben Abstand im Bett mit Jane überbrücke? Die wirkliche Angst bleibt. Wenn man einmal vom Pferd fällt, soll man sofort wieder aufsteigen und, also sei nichts geschehen, weiterreiten. Aber mit dem Krokodil schwimme ich sobald nicht wieder! Olaf ist auch nicht blind geworden. Er soll übermorgen entlassen werden. Also hat sich, bis auf die Hand, alles in Wohlgefallen aufgelöst. Natürlich weint jetzt die Versicherung. Aber ich bin nicht deren Aktionär. Zum Glück, denn Aktionäre werden brutal beschissen, was die Aktien halten. Und die sind lediglich Mittel zum Zweck. Ohne mich.

Als ich heute morgen, hungrig wie ein Elefant, in den ›Speiseraum für Empfang, Oberkellner und Buchhaltung‹ ging, um mein reichhaltiges Frühstück mit Steak einzuverleiben, ging ich in meiner Tapferkeitspsychose sogar soweit, sofort, wenn Rinaldo zu seiner hastigen Zigarettenpause erscheint, mit ihm über nähere Einzelheiten zu sprechen. Ich bin dieses Katz-und-Maus-Spiel mehr als satt. Wie soll das nur weitergehen? Ich war so gut in Form, daß ich vor Überzeugungskraft förmlich strotzte. Ein Steak am Morgen scheint wahre Wunder zu verrichten. Selbst mir gegenüber machten meine Argumente einen hieb- und stichfesten Eindruck. Aber der Herr schien heute seinen freien Tag zu haben. Der Empfang sollte über die freien Tage der Oberkellner informiert sein. Um Mißverständnisse auszuschalten. Vielleicht gibt es sogar eine Ausgangsliste und man hat sie mir nicht gezeigt, wohl weil ich noch zu neu in diesem Laden bin. Also wieder meine Schuld? Aber das werde ich ändern. Was wird er heute wohl unternehmen? Blöde Frage. Natürlich wie ein wildgewordener Handfeger jede nur mögliche Spur von Jane verfolgen. Ich sehe ihn schon mit seiner Hakennase die letzten Winkel von Johannesburg samt seiner Vororte abschnüffeln. Wie Pluto, Nachbars Lumpi, der die stückweisen Mißerfolge mit einem kräftigen Jauler finanziert. Seinen Schwanz auf Halbmast gesetzt.

Ich bin gemein. Was heißt gemein? Schließlich lache ich nicht über ihn. Meine Fantasie stellt sich sein Gehabe lediglich illustriert vor. Gemein bin ich allerdings, wenn ich mein Meer nicht über die Art von Mietzahlerei unterrichte, die ich in der vergangenen Nacht zelebriert habe. Und jegliche Art weiterer Verschwörung gegen sie lehne ich konstant ab. Wo soll das hinführen. Natürlich hätte ich ihr schon alles gesagt. Aber wann. Als ich heute morgen mühsam aus den fast ehelichen Bettfedern kroch, brachte ich es beim besten Willen nicht fertig. Knappe vier Stunden Schlaf reichen nicht zu einem Geständnis. Ob ich es ihr kurz vor dem nächsten Beischlaf beibringe? Sauerei. Das hieße Ausnutzung ihres erregten Zustandes. Hinterher? Unmöglich. Dann bin ich nämlich nicht mehr in Form. Blödsinn. Quatsch. Scheiße ... Ich werde es ihr irgendwann sagen. Und damit basta! Das Leben muß ich sowieso viel mehr von der leichten Seite nehmen. Einhundertsechzig Prozent deutscher Tiefschürfigkeit sind beim besten Willen zu viel. Achtzig von diesen Teilen reichen bestimmt, um ein international anerkannter, passabler Zeitgenosse zu werden. Ich darf aber auch nicht ein zu Leichtherziger sein. Einhundertsechzig Prozent deutsche Leichtherzigkeit sind ebenso unangebracht und verschönern keineswegs die Kehrseite der Medaille. Dann nämlich komme ich mir vor wie ein ausgegorener psychischer Leichtathlet, der als Leichtgewichtler über die mühelose Leichtgläubigkeit seiner leidenschaftlichen Liebesanhängerin hinwegflattert, und eben diesen seinen Flattersinn in ungelenkten Bahnen verliert. Ich denke also schon wieder nach. Vor allem, da ich nicht sicher bin, wo ich das Wort Liebesanhängerin einstufen soll. In Einzahl oder Mehrzahl. Falls Mehrzahl, würde es bedeuten, daß das Meer nicht allein dastünde, sondern Helen – und an ihr führt im Augenblick kein Weg vorbei – ein neues Mitglied in meinem gliedliebenden Klub wäre. Körperlich wenigstens. Verdammt. Damit renne ich mich schon wieder fest. Ich habe nämlich jetzt zwei Zahlen. Einhundertsechzig und achtzig. Von Personen mal abgesehen. Was soll ich damit machen? Multiplizieren geht auf keinen Fall. Wo kämen wir da hin? Bleibt also subtrahieren oder addieren. Aber was mit welchem? Wenn ich nicht aufpasse, komme ich am Ende noch auf einen Bruch. Bruch? Mit wem? Idiotierie. Ich rechne doch. Und da gibt es eben Brüche. Und die haben es mit reiner Punktrechnung zu tun. Sollten sie wenigstens. So, wie ich jetzt hier stehe auf der Eloffstreet vor einem Juweliergeschäft, das unzählbare Trauringe in seinen Auslagen anpreist, um den Umsatz nicht nur auf diesem Gebiet, sondern auch in Fragen der Liebeslizenzen gesund steigen zu lassen. Punktrechnung. Die geht also vor Strichrechnung. Stimmt. Das haben die mir auf der Penne beigebracht. Wenn das nur nicht so lange her wäre. Und meine erinnernde Kalkuliererei endet in einer Berechnung der Unbekannten. Wie gesagt – mit Punkten. Nicht mit Strichen. Denn in gesitteten Kreisen hat der Strich nichts zu suchen. Was heißt schon Strich? Helen hat kein Geld von mir verlangt. Freude wollte sie sich, eventuell mir, vor allem aber Mr. Meyer spenden. Also gehört sie zu den Punkten. In ihrem Fall mag es ein länglicher Punkt sein. Aber im Grunde genommen ist für mich ein Komma nicht mehr als eben nur ein Punkt. Und gerade diese Kleinheit, die die Menschheit seit ihrem Bestehen mit wahren Glockenschlägen gequält, verzückt und aufgescheucht hat, verschont auch mein punktberechnendes Dasein nicht. Irgendwie laden diese Örtlichkeiten immer wieder ein. Man durchforscht sie. Und will weiter, bis sie gebieterisch ›Halt‹ rufen. Bis hierhin und nicht weiter! Und das ist genau die Stelle, an der ein Strich auftaucht, der das Gegebene durchkreuzt. Ein Strich kommt selten allein. Also erfindet die Menschheit das Dreieck. Was heißt erfinden? Sie entdecken es und rätseln an ihm herum. Bis dann eines Tages Herr Pythagoras auftauchte und die Angelegenheit auf mathematische Art aufs Korn nahm. Ich finde, er war dazu gezwungen, denn mit seiner Dreiecksphilosophie allein schien er nicht recht weiter zu kommen. Also stellte er seinen berühmten Satz auf, bei dem er drei Striche zu Hilfe nahm. Drei Stück! Nichts gegen den alten Herrn. Aber den Grundstrich taufte er Hypotenuse. Vielleicht wegen der Offensichtlichkeit. Um nun zu dem Punkt C zu gelangen, hatte er noch zwei Reservestriche. Die Schenkel. Und Fachleute, die alles besser wissen wollen und den ewigen Hang zur Namensgebung haben, bestehen natürlich auf der Bezeichnung Kathete. Sollen sie. Für mich ist Strich Strich. Aber ohne die Babylonier wäre der alte Dreieckswissenschaftler auch nicht zum Ziel gelangt. Im Gegenteil. Vielleicht hat er es sogar verfehlt. Bestimmt. Obwohl er von dem natürlichen rechtwinkligen Dreieck ausging, landete er bei dem Hypotenusenquadrat, nämlich der Summe der Schenkelquadrate. Meine Dreiecke waren bis jetzt immer echt. Aber leider stehe ich, solange ich denken kann, allein mit meiner Behauptung, da ich diese Beschreibungsprobleme mit reiner Logik zu ergründen suche. Wie soll die Verlängerung der Höhe auf der Grundlinie im Hypotenusenquadrat zwei Rechtecke ergeben, von dem jedes inhaltlich dem Quadrat der zugehörigen Schenkel entspricht? Keine einzige Frau in meinem Leben hatte je diese eigenartigen Merkmale. Und bis jetzt stimmte jede meiner privaten Berechnungen, um die Beschaffenheit des Punktes C zumindest zu rekonstruieren.

Meiner Meinung nach soll also Punktrechnung vor Strichrechnung gehen. Kompromisse sind notwendig. Auf der Penne haben die das auch bestätigt. Und meine jetzige Resultatsucht stürzt sich auf die Berechnung der Unbekannten. Allerdings war ich da schon immer hoffnungslos verloren. Jane ist mir bekannt. Nicht ganz so Helen. Also bewege ich mich zwischen einer Bekannten und einer halb Unbekannten. Teufel, ist das schwer. Schon wieder ein neuer Bruch. Erfahrungsgemäß kommt danach die Periodenrechnung. Nein, nicht in dieser Form. Denn wann die Periode kommt, ist mir im Augenblick mehr als egal. Reine Zahlen brauche ich, um zu Aufschlüssen zu gelangen. Eins Komma zwei zwei zwei zwei. Bis unendlich. Die Eins nehme ich für mich. Und die Zweien stehen, je eine für Jane und Helen, hübsch aneinandergereiht. Und wenn ich mich verzähle? Zahlen sehen immer gleich aus. Und ich lauf mal wieder Gefahr, mich unendlich in Mißverständnissen zu verstricken. Mit mir selbst. Und dann gibt es wieder Leute, die, ohne die Hintergründe zu kennen, behaupten, ich hätte einen schwachen Charakter. Ach was. Hinein in eine Zentrifuge mit dem Zahlengewirr. Und wo sich die meisten Zweien absondern, die gehören meinem Meer. Hoffentlich. Denn Irren ist menschlich und nicht zentrifugal. Heute abend werde ich es noch einmal versuchen. Ich muß einfach wissen, wo ich dran bin. Wer gehört zu wem? Ob ein Computer helfen könnte? Man verspricht sich einiges von ihnen, da sie gefühllos denken. Vielleicht gelingt mir der Abschluß in der Badewanne oder unter der Dusche? Erst dann weiß ich, wie ich es ihr gefühlvoll und ehrlich beibringen kann, daß ich sie in der vergangenen Nacht nach Strich und Faden betrogen habe. War es überhaupt Betrug?

Mr. Meyer's Freunde sollen doch auch meine Freunde sein. Dann wäre also meine Freundin auch deren Freundin. Auf keinen Fall! Über meine Eifersucht habe ich noch gar nicht nachgedacht.

Diese ewigen Überlegungen haben mich regelrecht nervös gemacht. Und um mein vegetatives System und alles, was dazu gehört, unter Kontrolle zu behalten, habe ich im Unterbewußtsein sogar sämtliche Trauringe in des bestimmt wohlhabenden Besitzers Schaufenster gezählt. Und dann die Verlobungsringe. Zahlen. Zahlen. Zahlen. Und doch kein zufriedenstellendes Resultat. Doch. Ringe. Vielleicht sollte ich bald einen Schritt in diese Richtung gehen? Nicht nur, weil es einen neuen Lebensabschnitt bedeutet und ich mich wenigstens zentimeterweise von den mathematischen Konjugationen entfernen kann. Nein, es würde auch unser Verhältnis allgemein legitimieren und die Liebe sogar noch vertiefen. Ist sie noch nicht tief genug? Fragende Zweifel, die auf Gewißheit pochen? Natürlich auch aus Gründen der Sicherheit, ohne die jede Zähluhr zum baldigen Stillstand verurteilt wird. Punkt. Wie stehen die Chancen, Herr Pythagoras? Wo bleiben die denn bloß? Geschlagene zwanzig Minuten. Gezählt und verzählt. Bestellt und nicht abgeholt. Was, wenn Helen mir vorgegriffen hat? Kaum auszudenken. Ende der Fahnenstange. Aber so geschmacklos wird die halb unbekannte Helen nicht sein. Falls doch, wie würde Jane reagieren? Prüfstein der Liebe. Ich weiß nur, daß auch sie einige unbekannte Faktoren mit sich herumträgt. Errechnen kann ich das nie.

Verzeih, lieber alter Meister mit wallendem Bart. So sehr ich dich auch verehre. Aber geistig folgen kann ich dir auf keinen Fall. Sind es vielleicht die knapp zweieinhalbtausend Jahre, die zwischen uns liegen? Du warst zwar in gewisser Hinsicht der Schrittmacher vieler Lehren, und ich habe die Möglichkeit, auf heutige Erfahrungswerte zurückzugreifen. Aber irgend etwas wirst du dir doch bei deiner Weisheit gedacht haben? An Möglichkeiten, die seitdem bestimmt nicht aus der Welt geschafft worden sind. Nach so langer Zeit wird man ›mich‹ bestimmt vergessen haben. Es sei denn, mir fällt auch so ein kluger Satz ein. Er braucht ja nicht unbedingt von mir zu sein. Genügend Informationsmöglichkeiten sind ja vorhanden. Wenn ich nicht mitten in Johannesburg auf einer belebten Geschäftsstraße stehen würde, hätte ich das Gefühl, ich stünde mitten im Wald. Die vorbeihastenden Gesichter gleichen sich wie ein Baum dem anderen. Und dann taucht plötzlich und unvermutet ein Stück Wild auf. Ein Reh oder eine Wildsau. Mit dem Gesicht von Rinaldo, dessen Habichtnase, wie wild eingepflanzt, die Grenzen teilt. Er winkt mir zu. Ich winke zurück. Aber er geht nicht weiter und betrachtet wie ich – nur auf der gegenüberliegenden Straßenseite – ein Schaufenster. Ich glaube Spielwaren. Keine Ringe.

Jane und Helen. Helen oder Jane. Steht mir bei und wartet mit eurem Erscheinen! Die paar Minuten machen den Kohl jetzt auch nicht mehr fett. Vielleicht sind ihm die Spielautos bald zu langweilig und er haut ab? Wenn er nicht auf den superblöden Gedanken kommt, mir Gesellschaft leisten zu wollen. Aber wofür? Was habe ich offiziell mit seinen Problemen zu schaffen? Ich zünde mir eine Zigarette an. Weiterzählen!

Wo war ich stehengeblieben. Ach ja: Verzeih, lieber alter Meister. Und: ich komme einfach nicht mit.

Du hattest also einen Bund gegründet und verlangtest von deinen Jüngern und Schülern strengste Unterwerfung unter deine Ordensregeln, unbedingte Treue aller Mitglieder und ein einfaches Leben. Ein kleiner Despot etwa?

Schön. Bis auf den Punkt mit dem einfachen Leben bist du Mr. Meyer recht ähnlich. Du hast auch keine Schriften hinterlassen. Mr. Meyer wird das ebenfalls nicht tun. Ich weiß zwar nicht warum, aber man hat so seine Gefühle. Und all deine Lehren sind von deinen Bundesleuten überliefert worden. E-Ypsilon lebt noch. Und ob er je seine Lehren preisgibt? Naja, das ist sein Bier. So weit also gut. Schließlich ist er ein sehr netter und hilfsbereiter Mensch, der es in seinem bisherigen Leben zu allerhand gebracht hat. Aber wenn du, Herr Altmeister, durch deine Leute behaupten läßt, daß die Grundlage deiner Phythagoreischen Philosophie eine Zahlenlehre ist, die schließlich in reine Zahlenmystik ausartet, dann hört es bei mir auf. Dann kündige ich die Freundschaft! Mr. Meyer, bitte tritt nicht in seine klassischen Fußstapfen. Stell dir vor, ich kann dir eines Tages auch nicht mehr folgen ...

Mein Herr klassischer Mathematiker, warum lehrst du, die

Zahl sei das eigentliche Wesen dieser Welt? Mag sein ... Und ich bin äußerst lebensfremd, schlage verzweifelte Purzelbäume, bieten sich mir zwei Frauen zur gleichen Zeit zwecks Berechnung an ...

Doch die Zahl als solche, so ließest du nicht verheimlichen, fände in der Musik ihren treffenden Ausdruck. Mag stimmen. Obgleich ich mich weigere, Musik als Wesen zu bezeichnen. Für mich ist sie eher wesensbeeinflussend. Vielleicht spieltest du ebenfalls Geige, wie ...? Also mußtest du zu der Erkenntnis gekommen sein, daß Quinte und Oktave zwei Drittel und eine Hälfte der Saitenlänge des Grundtons haben ... denn so steht es geschrieben. Geduldiges Papier. Deshalb werde ich mich bei Mr. Meyer vergewissern. Aber Zahlen in der Musik? Für mich ist sie Gefühl! Herr Zahlenmeister, eines glaube ich dir unbesehen, nämlich, daß man mit allen Arten dieser Zahlen das Mengenmäßige aller Naturvorgänge ausdrücken kann. Aber – mein Lieber, ich werde bestimmt die Lust verlieren, wenn ich eines Tages meine Küsse gegen ein ›weibliches‹ Wesen – wie ich es bezeichne – als Naturvorgänge berechnen muß. Bestimmt warst du es auch, der mit seiner Rechnerei herausgefunden hat, daß unsere Erde eine Kugel ist, die sich um sich selbst dreht. Stimmt. Ist ja mittlerweile oft genug bestätigt worden. Nur, welche Unbekannte hast du dabei genommen? Und sehr wahrscheinlich hast du auch errechnet, daß sich unser Planetensystem um einen Mittelpunkt bewegt. Halfen dir dabei männliche oder weibliche Wesen? Natürlich wollte man dir und deinen Nachfolgern die Lösung der Rundlichkeit und dem Mittelpunkt widerlegen ... doch lassen wir die Religion aus dem Spiel. Ich für meinen Teil bleibe bei der Behauptung: Frauen zu berechnen ist wohl doch nicht drin. Oder gehören die etwa nicht zur Natur ... du hast dich doch um sie gekümmert?

»Hast du mal eine Zigarette für mich, Niko?«

»Eine was? Ja, rauchst du etwa?« Habe ich es mir doch gedacht ... Läßt Kerl Rinaldo sich einfach etwas einfallen, um seine Verbundenheit mir gegenüber zu demonstrieren ... und ich muß wieder nachdenken, um ihn loszuwerden. Herr Pythagoras, kann man Widersacher rechnerisch loswerden?

»Hast du heute deinen freien Tag, Rinaldo?«

»Ja.«

»Warum gehst du dann nicht raus in die Natur?«
»Meine Natur suche ich hier in der Stadt. Irgendwann muß ich sie treffen!«
Aha. Der Herr Italiener rechnet also mit der Wahrscheinlichkeit. Auch nicht dumm. Herr Pytha...
»Hallo, Liebling. Entschuldige unsere Verspätung.« Und als Beweis der Wirklichkeit landet ein seidenweicher Kuß auf meiner linken Wange.
»Tut uns wirklich leid, Niko. Aber der Verkehr.«
Die rechte Hand, der ausschlaggebende Punkt meiner zeitüberbrückenden Berechnungen, unterstreicht mit einem girrenden Lachen ihre Schützenhilfe. Gleichzeitig aber klimpern mir ihre Augendeckel aufmunternd zu. Also hat sie dichtgehalten. Und die Luft ist rein. Zufrieden streiche ich von ihrem Konto einen unbekannten Strich. Trotzdem, ohne Schmollen verliere ich zu leicht meine Stellung. Merkt der Typ eigentlich nicht, daß er stört? Und ich bestehe darauf, sie hätten in dem Fall eben früher losfahren sollen.
»Sind wir ja.«
»Und eingekauft haben wir auch schon.« Mein Meer hängt sich beschwingt beschwichtigend bei mir ein. Haben die sich etwa gegen mich verbrüdert? Also, wenn dem so ist, kann ich dem Italiener sofort seine Braut übergeben und sagen, wir hätten uns in der Adresse geirrt. Keine Affekthandlung, mein Lieber. Solche Fehler lassen sich nie wieder gutmachen und ich lenke vorsichtig ein: »Aber trotzdem.«
Und nun? Der Kerl steht immer noch da und durchbohrt mit seinen filterlosen Rauchaugen die beiden Mädchen. Ich finde, Jane am gründlichsten. Also keine Brautübergabe und ich begebe mich in den Angriff. »Darf ich übrigens vorstellen. Das ist ein Kollege von mir« – kannst dich wirklich geschmeichelt fühlen – »Rinaldo ... Wie war doch gleich dein Nachname? Ich habe ein abscheulich schlechtes Namensgedächtnis.« Wo kommt denn jetzt bloß der Kloß in meiner Kehle her?
»Zeccharini, Rinaldo.«
»Natürlich«, und ich räuspere mich aus Gründen der Luftknappheit. »Natürlich, wie konnte ich das vergessen. Auf jeden Fall ist das hier Helen.«
Lächerlich, ihr Nachname fällt mir beim besten Willen nicht

ein. Vielleicht ist es auch ein ungewolltes Ablenkungsmanöver, weil mein Instinkt es so will ...? Mein eingehängtes Meer scheint die vor ihr stehende Gefahr erkannt zu haben und zittert plötzlich wie Espenlaub. Beruhigend drücke ich ihren Arm, und das Rascheln hört auf. Damit wäre ich wieder an der Reihe.

»Das hier ist also meine teure andere Hälfte – J...ohanne.« Eigentlich sollte der letzte Buchstabe ein ›a‹ werden. Aber suche mal jemand in dieser Zeitnot einen anderen weiblichen Vornamen mit ›J‹. Und ›Johanna‹ gefällt mir sehr gut. Helen kann ein verschmitztes Lachen nicht unterdrücken. Aber das kann man verschiedenartig auslegen. Dreimaliges ›Angenehm‹.

Und so plötzlich der Luftröhrenballast auf meiner inneren Bildfläche erschien, hüpft er abschiedwinkend wieder davon. Nachmaliges Räuspern, dann kräftiges Durchatmen, und ich bin der Auffassung, daß die erste Runde noch nicht verloren ist.

»Tja, meine Lieben, das wäre es wohl. Und du, Rinaldo, ich würde dich gerne zu einem Kaffee einladen, aber wie ich weiß, willst du die Suche nach deiner Natur fortsetzen. Und wir selbst haben noch ziemlich viele Besorgungen zu erledigen. Ciao dann, bis morgen. Kommt, Kinder.«

Er scheint geschlagen zu sein. Daher nur ein zweimaliges ›Ciao‹. Wohin mit den beiden Mädchen in dieser vorgegebenen Eile? Also hinein mit ihnen in den Juwelierladen für Juwelenbesessene, höhere Mittelschichtler. Warum auch nicht? Schließlich habe ich lange genug vor ihm gewartet. Ein kurzer Blick zurück landet treu und brav in Rinaldos Blickfeld. Er steht da wie Karl der Dicke vor einem neuen Eisberg. Die italienischen Augen verraten alles andere als einen guten Verlauf des heutigen Tages. Für mich und meine beiden Gespielinnen. Am liebsten würde ich mich in ein einsames Bett verkriechen und die Bettdecke über die Ohren ziehen.

»Die Herrschaften wünschen?«

»Oh ja, wünschen. Danke. Wir wünschen Verlobungsringe.«

»Wieviel dürfen es sein?«

Ist der Kerl verrückt geworden? Naja, das kann er nicht wissen. Schließlich stehen zwei hübsche Kronen der Schöpfung neben mir.

»Erstmal einen, bitte. Für meine Braut. Diese hier.« Ja keine Mißverständnisse.

»Sehr wohl, die Herrschaften.« Das dienernde Gesicht des faltigen Männchens hinter dem Verkaufstisch entlädt seine private Kritik über mich als Weiberknecht, obwohl er mir, geschäftlich gesehen, gerne drei Ringe verkauft hätte ... drei Ringe ... wo kommen wir da hin? ... Und schon steht das bucklige Geschöpf mit Habichtsaugen wieder vor uns. Allerdings von mehreren Stellagen ziemlich verdeckt, die als ködernde Käfige der weltweit bekannten Ankettungssymbole dienen. Ein schlechter Psychologe. Und ich bin sicher, daß er uns bis jetzt in keine Kundenkategorie einstufen konnte. Daher die enorme Auswahl.

Eine stürmische Umarmung, begleitet von einem gehauchten ›Ich liebe dich‹, beendet die gespannte Zeremonie des Aussuchens und Entscheidens. Nun sind wir also verlobt. Das erste Mal in unserem Leben. Und Helen stellt mit einem mehr als wissenden Lächeln einen Scheck aus. Mein ehrliches ›Was machst du da?‹ und ›Das können wir doch nicht annehmen!‹ quittiert sie schlicht und einfach mit einem ›Das ist Sacky's Wunsch und Befehl‹. Jane lacht glücklich und meint: »Das zahlen wir ihm heim.« Und ich fühle mich, würde mich jemand so nennen, zu Tode beleidigt. Herr Pythagoras, Ihre Lehren stimmen nicht. Herr Meyer, was erwarten Sie von mir?

›Natürlich stimmen meine Lehren. Sie werden nur falsch verstanden. Das war schon immer so!‹

›Nichts, gar nichts, mein Junge. Oder vielleicht doch? Ich weiß nicht. Herr Pythagoras.‹ ...

Nicht, daß ich mich falsch verstehe, wegen des zu-Tode-beleidigt-Seins. Es ist nur, weil ich Jane in die Verlobung gestoßen habe, ohne ihr vorher klaren Wein eingeschenkt zu haben.

»Hast du es ihr schon gesagt?« Helen hat also dieselben Gedanken.

»Nein, eben noch nicht.«

»Dann laß es sein. Du würdest ihr nur unnötig weh tun.«

»He, Ihr zwei! Schmiedet Ihr hinter meinem Rücken ein Komplott?« Ihre gespielte Eifersucht läßt sie in der verträumten Betrachtung ihres brandneuen Ringes innehalten und uns schelmisch zublinzeln. Er steht ihr wirklich gut. Und der Stein blitzt als Krönung ihrer Gazellenhand, die so sagenhafte Erregung spendet. Ein kaiserliches Spiel. Obwohl die Kaiser selbst fast alle ausgestorben sind. Auch diese Herrscher sind eben nicht mehr, was sie einmal gewesen sind. Abgedankt. Tot. Aus. Nachwuchs aus dem Volk. Du bist jetzt dran!

Helen's Hände dagegen faszinieren mit ihrem energischen Eindruck. Sie sind wirklich nicht häßlich. Nur eben etwas stärker. Und sie verraten Energie – wo andere schmeicheln – und eben wenig Romantik. Sie sind Werkzeuge, die ohne große Umschweife auf ihr Ziel losgehen. Siehe gestern abend. Nicht im Traum würde ich jedoch erwägen, daß dies ein Charakterfehler ist. Nichts anderes als eine verschiedenartige Auffassung der gegebenen Angelegenheit. Und ich traue ihnen unbewußt zu, daß sie einen einmal gewonnenen Besitz wie mit Krallen einer Raubkatze verteidigen und ohne viel Aufhebens zu tödlichen Rettungsmitteln werden.

Mein handlicher Blick in die Zukunft setzt mich in ziemlich unerwartetes Erstaunen: Meine Augen erheben sich von den verschiedenartigen Händen. Verglichen dazu, sind meine nichts als nervig und behaart. Und ich erstarre zur Salzsäule! Der Strahl meiner Sehutensilien landete nämlich haargenau in dem kalten, hellblauen Doppelblick von Mr. Leo N. Studnitz. Könnte ich mich selbst beobachten, würde ich spüren, wie meine eigenen Linsen stumpf anlaufen. Eine unfeine Erscheinung der Täuschung. Oder nicht?

»Hier sind Sie also« – Betonung auf hier – »und kaufen billigen Firlefanz, ohne Ihren eigentlichen Verpflichtungen nachzukommen. Mein Lieber, ich darf Sie bitten, mir ohne Aufsehen zu folgen. Am besten mit Ihren Begleiterinnen. Denn das Schicksal der einen bedarf einiger Klärung. Welche ist es, die oder die? Mein Kunde, Mr. Zeccharini, legt allergrößten Wert darauf. Von meinen eigenen Interessen ganz zu schweigen. Also los!«

Seine Augen rollen hin und her. Rinaldo kann ein triumphierendes Lächeln nicht unterdrücken. Und meine Partei fühlt sich in diesem Augenblick mehr als überrumpelt. Ich habe doch gewußt, daß das schief geht. Aber so leicht lasse ich mich nicht besiegen. Das würde meine gesamten Theorien über den Haufen werfen. Und ich denke an die Studnitz'sche Pistole, die wirklichkeitsnah ihre Gegenwart auf meiner linken Brustseite beschwert. Aber so leicht ist das nicht. Der liebe Leo hat seine rechte Hand in seiner rechten Hosentasche, die irgendwie gefährlich spitz aussieht. Wetten, daß diese Spitze von dem Lauf einer Bleispritzmaschine herrührt? Aber ich wollte ja nicht wetten. Das macht nur traurig.

»Jetzt oder gleich?« Mehr schaffe ich nicht, weil ich zuallererst den nötigen Abstand zu den Dingen gewinnen muß. Hatte ich mir doch vorgenommen, heute kein Versager zu sein. Mein Denken wird ohne viel Federlesens unterbrochen. Denn da sind die zielstrebigen Hände von Helen. Sie holen zu einem hinreißenden Karateschlag auf die Leo N. Studnitz'schen Halsschlagadern aus und befördern ihn dahin, wo er als Abteilungsleiter eigentlich nicht hingehört. Ein gepriesener Schlag. Und ich versuche das Gleiche mit Rinaldo. Schließlich soll die Emanzipation der Frauen nicht zu weit gehen. Einen Schlag haben wir Männer mitzureden. Irgendwie muß ich mich geirrt haben. Anstatt, daß er auf demselben Fußboden seines Vorbeters landet, landet seine römische Stirn auf dem bis jetzt schöngewachsenen Nasenrücken meiner arischen Riech-und-Lufthol-Apparatur. Ein sardischer Kopfstoß. Sagte Olaf nicht, Rinaldo stamme aus Sardinien? Egal, wo er herkommt. Ich gehe K.O und sehe im letzten wissentlichen Aufflackern meiner Augen, wie Helen's Handkanten erneut für Stimmung sorgen und auf den italienischen Halsschlagadern niedersausen. Zwei zu eins liegen wir auf dem Juwelierfußboden und wissen nicht recht, wie uns geschieht. Allerdings habe ich den Vorteil, daß ich noch beschränkt denken kann. Sehr beschränkt. Denn in meinem Gehirn oder wie der Ort auch heißen mag, geht eine ungeheure Lawine, durchsetzt mit rostigen Nägeln, zu Tal. Selten zuvor in meinem Leben habe ich richtig gestöhnt, es sei denn ... – naja –, also versuche ich es auf rein bürgerliche Art, nämlich aus Schmerz. Und das hört sich an, als sei eine Nebelglocke über mich gestülpt worden. Tief und hohl.

»Liebling!« Mit einem Aufschrei stürzt sich das Meer über mich und beheult meinen Untergang. Zum Glück umfaßt sie nur meine Brust. Und die siegreiche Amazone, mit dem Spalt zwischen ihren Schneidezähnen, steht auf weit gespreizten Stelzen vor mir.

»Reiß dich zusammen, Jane. Nimm seinen rechten Arm, ich den anderen. Und dann weg mit ihm. Mogambo wartet in der nächsten Seitenstraße. Los, komm!«

Und wie auf Engelsflügeln getragen, geht es ab mit mir. Die normalen Atemwege, die durch die Nase, scheinen außer Funktion zu sein. Meine Zunge schmeckt Blut. Und meine Lippen öffnen sich, um mir den nötigen Sauerstoff zukommen zu lassen. Automatisch, versteht sich.

Kann es etwas Schöneres geben, als von wahren Engeln getragen zu werden? Ich liebe sie. Beide. Und Stolz erfüllt mich aus nicht unerklärlichen Gründen, daß ich mich von Helen beschlafen ließ. Ein Strom ihrer Kraft durchflutet meinen Körper und ich merke, wie meine müden Laufgestelle versuchen, die Last der Tragenden zu erleichtern. Ein Besoffener, der nicht zugeben will, daß es so ist.

Langsam – und wie immer – aber sicher, kehre ich aus meiner Benommenheit zurück. Nicht, daß ich ohnmächtig war, denn ich registrierte das gewohnte Quietschen der anfahrenden Autoreifen. Ich fühlte das Blut in Strömen an mir hinabsickern. Irgendeine weibliche Hand löste meine Krawatte und den obersten Kragenknopf, während ich nach Möglichkeit versuchte, meinen lädierten Denkhörkauundkußkörperteil in waagerechter Stellung zu halten und eventuelle Schlaglöcher oder andere unerwartete Aufundaberschütterungen auszufedern. Einmal habe ich mich fast verschluckt, da es mal wieder Zeit war, Luft zu holen. Bald waren alle Papiertaschentücher aufgebraucht und irgendein feminines Kleidungsstück übernahm den Job der Blutaufsaugerei. Es muß eine Bluse gewesen sein. Aber wem gehörten die Brüste, die tröstend, von einem Büstenhalter gezähmt, Linderung von meinen Schmerzen versprachen? Wahrscheinlich waren sie ein Teil von Helen. Die Meerbusen sind etwas kleiner und halten sich selbst unter Kontrolle. Und dann schloß ich wohl die Augen, auf bessere Zeiten wartend. Nur so wird mir der Ortswechsel entgangen sein. Aber das Gefühl, mein Gesicht sei aus den Angeln gehoben und würde durch den Hinterkopf hinausgedrückt, genau da, wo die Wirbelsäule von Natur aus den letzten Widerstand leistet, bleibt. Rinaldo hat wirklich eine nachhaltige Stirn. Wie ist das alles passiert?

»Was, um Himmels willen, ist passiert?« Das ist ER, mein Gönner und Freund. Dem Gehör nach stürmt er wie Herodes in unser Zimmer und beugt sich über meinen starr nach oben gerichteten Blick. Meine beiden Engel befahlen mir, auf keinen

Fall den Kopf zu bewegen. Geht auch nicht, sonst geraten sämtliche auf und an mir lastenden Eisbeutel ins Rutschen. Irgendwie muß die Bluterei zum Stillstand gebracht werden, sagten sie. Ein feuchtkaltes Gummilaken auf unserem französischen Bett. Ich oben drauf. Unter meinem Nacken fröstelt ein Beutel mit zerstoßenem Eis. Auf meiner Stirn und der dem Gefühl nach stark geschwollenen Oberlippe zittern ähnliche Behälter. Ähnliche wiederum sind je an den Schläfen angelehnt. Und ein pyramidenartiges Kunstwerk, jedoch ohne Berührungseffekt, wölbt sich auf dem havarierten Mittelstück. Ebenfalls dem Sinn der Kühlung anempfohlen. Weibliche Anteilnahme erlaubten mir zwei je quadratzentimetergroße Blickscharten. Ein leiser Versuch verrät mir, daß mein Unterkiefer von jeglicher Belastung befreit oder verschont blieb. Wenn ich will, kann ich also von meiner unteren Gesichtshälfte freien Gebrauch machen. Man wird heutzutage ja immer bescheidener. Die e-ypsilonischen Pupillen über mir scheinen mit dem Vereisungswerk zufrieden zu sein. Noch ein prüfender Blick und seine anfangs wütend beleidigte Hundeaugendiagnose wechselt allmählich über in menschliches Mitleid. Wie kann man es wagen, einem seiner Schützlinge ein solches Leid anzutun?

»Tut es sehr weh?«

»Ziemlich«, versuche ich aus meinem einfrierenden Kopf herauszupressen. Wie merkwürdig fremd meine eigene Stimme klingt! Fast wie erstickt.

»Wer war das Schwein?« Wie drohendes Öl tropft diese Frage durch meine beiden Sehlöcher auf mich herab. Ich bin unfähig, in diesem Augenblick an Rache oder Vergeltung zu denken. Aber wie ER da so über mir steht, fühle ich, daß ER, ohne zu fragen, diese Angelegenheit für mich übernimmt. Meine Feinde sollen also auch seine sein. Um keinen Preis der Welt möchte ich sein Feind sein. Wie ich ihn jetzt einschätze, geht ER bestimmt bis zum letzten. Und es scheint ihm darauf anzukommen.

»Nun, wer war es?«

Kann ich denn reden, ohne daß die Eisberge über mir zusammenkrachen?

»He, Ihr beiden da, Ihr seid doch dabei gewesen!« Schweigen. »Niko, los, reiß dich zusammen. Wer war es?«

»Es waren ...« Dieser verdammte Eisbeutel auf meiner Oberlippe. Und wo sind meine Stimmbänder? Die hören sich ja meilenweit entfernt an. Und schon pfeife ich durch die Zähne. Obwohl ich mich auf jede unvorbereitete Schmerzenswelle vorbereitet hatte. Das sind mindestens zehn sardische Köpfe, die auf meinem armen Riechkolben herumhämmern. Jane erscheint in meinem Blickfeld und versucht, meinen Oberlippeneisbeutel in der richtigen Balance zu halten. Eine ihrer freien Hände krault an einer kleinen eisfreien Stelle am Kopf. Wie gut ich ihre Hände kenne.

»Nun sag doch schon, Liebling, wer es war.«

»Ja, ich möchte es von dir hören, damit es später keine Mißverständnisse gibt.« Unmißverständliches E-Ypsilon. Unwillkürlich nicke ich mit dem Kopf. Wie hilflos kommt man sich mit einer eingeschlagenen Nase vor. Ich könnte aufspringen und wie eine Rakete in den Himmel rasen.

»Laß nur, mein Herz«, – ob Helen jetzt eifersüchtig wird? – »ich halte es lieber selbst. Vielen Dank.« Daß man sich an Schmerzen gewöhnen kann, war mir bis jetzt neu. Aber es geht. Kurz entschlossen greife ich nach den Belastungseisbergsäcken und bekomme allmählich das richtige Gefühl, wie fest ich sie andrücken oder anheben muß, um verstehbare Laute von mir zu geben. Aber das dauert mir alles zu lange. Um mir also selbst zu widersprechen, hebe ich das Oberlippengewicht zur Seite und frage, ob die Bluterei aufgehört hat.

»Keine Ausflüchte, Niko. Du sollst mir sagen, wer das Schwein war. Sonst trifft er dich vielleicht noch einmal.«

Als sei ich unter einem gefrorenen Sandhaufen begraben, krächze ich den Namen des Italieners. »Studnitz, der Einwanderungsknilch, war auch dabei. Er hat die Sache eigentlich angeführt.«

»Aha. Das wird er mir büßen. Allerdings kommen wir bei dem mit legalen Mitteln nicht weit. Da müssen wir uns etwas besonderes einfallen lassen. Und wie ich dich kenne, bist du trotz deiner gebrochenen Nase froh, daß du weder Mörder noch Totschläger bist. Das ist gut so. Aber eins mußt du bedenken: Gutmütigkeit wird oft bestraft. Naja, was soll's, du lernst jetzt für die Zukunft. Helen, schau mal nach, ob es noch blutet.«

Das klang wie: Sie hörten den Wetterbericht. Wieviel Paletten hat er denn noch drauf?

Und da ist sie bereits, meine Karate-Amazone, und wischt mit einem lauwarmen Waschlappen vorsichtig die Oberlippenblutkruste ab. Wie wohltuend so ein warmer Lappen sein kann. Kein Mörder! Mir ist, als würde ich auf rosigen Wolkenfeldern spazieren gehen. Wenn Mr. Meyer aber keinen Erfolg hat, werde ich trotzdem die letzte Stunde des Einwanderungsabteilungsleiters einläuten. Was zuviel ist, ist zuviel. Und Rinaldo? Ich kann ihm eigentlich nicht böse sein. Wie hätte ich an seiner Stelle gehandelt? Schließlich trage ich das Risiko des erfolgreichen Liebhabers. Trotzdem hätte er einen kleinen Denkzettel verdient. Mal sehen ...

Und das Glück, das ich jetzt endlich gefunden habe, gebe ich auf keinen Fall kampflos her. Ich müßte mit ihm reden! Ob meine Hände eigentlich so zielstrebig wie die der schönen Helena sind? Und Helen wischt und wischt. Wo ist Jane? Ich kann meine Gefühle nicht überall haben. Sie krault noch immer fleißig an meinem Hinterkopf. Was soll sie auch anders tun? Helen ist mit dem Waschlappen unterwegs. Und vier Frauenhände wären für meine einzige Oberlippe einfach zu viel. Verkehrsregelung international.

»Noch ein paar Minuten, Sacky, dann sollte es aufhören.«

Vorsichtig, wie ein Kran eine Atombombe, bewege ich meinen Oberlippeneisbeutel zurück an seine gewohnte Stelle. Ich hätte nie gedacht, daß Eis so kalt sein kann.

»Großartig. Helen und Jane, ich muß sagen, das habt Ihr großartig gemacht. Ich danke Euch. Den Rest der Behandlung übernehme ich. Wißt Ihr, ganz früher nannte man mich einen guten Sanitäter. Und Niko's Nase ist nicht die erste für mich. keine Bange, das schaukeln wir elegant wieder hin. Auch ohne Onkel Doktor. Einverstanden, mein Junge?«

Gewohnheitsgemäß will ich nicken, und schon fällt das Eisgebäude über mir zusammen. Noch ein sardischer Kopf, der den Schmerz auflodern und einen echtgemeinten Stöhner an die Außenwelt gelangen läßt. Und da ist Jane's Gesicht. Gerade, als ich meine Augen schließen will.

»Laß mal, mein Liebes. Ich mache das schon.«

Liebes? So also spricht Mr. Meyer mein Meer bereits an. Und ich fühle grenzenlose Eifersucht in mir hochsteigen, die sich als erneuter Seufzer hörbar Existenzberechtigung verschafft. Die

Schmerzen – die sind doch ein Kinderspiel. Liebes, daß ich nicht lache! Ha, ooh ...

»Helen, sei so lieb und besorge mir Heftpflaster und Schere. Dann noch eine Stunde, und unser Niko ist wieder o.k.«

Hätte ich zu ihm kein grenzenloses Vertrauen, würde ich ihn auf keinen Fall an mir herumdoktern lassen. Aber er sagte ja selbst, ich würde jetzt für die Zukunft lernen. Aus Erfahrung wird man klug. Und damit auch reich? Hoffentlich ...

»He, Kleiner«, dabei bin ich viel größer als er, »was für eine neue Nase darf ich dir verpassen? So, wie sie war, oder eine mit einem semitischen Hauch? Afrikanisch würde dir nicht stehen. Vielleicht eine kleine Hakenandeutung? Das verrät Intelligenz. Nein, man soll seine Karten nie offen mit sich herumtragen.«

Was soll ich jetzt darauf antworten. Sehe ich mich etwa von außen? Also ein halb unwirsches Grunzen.

»Der Herr Patient ist sich unschlüssig, Jane. Dann sag du, wie hättest du ihn gerne?«

Sie krault noch immer und versucht mit der freien Hand die Eisberge dahin zu rücken, wo sie zwecks Hemmung des Blutlaufs sein sollten. Fast ist meine Sicht nach oben genommen. Nicht mal mehr die beiden Quadratzentimeter werden mir gelassen. Nun antworte doch! Schließlich hat dich Mr. Meyer etwas gefragt!

»Am liebsten hätte ich die alte Form.«

»Aber meinst du nicht, eine kleine Unebenheit des Nasenbeins wäre von Vorteil? Das verrät Erfahrung und Charakter.«

»Mit seiner Erfahrung bin ich eigentlich recht zufrieden. Und an seinem Charakter kann ich nichts aussetzen.«

»Also die alte Form?«

»Ja bitte. Ich habe mich daran gewöhnt.«

»Eigentlich schade. Ich bin nämlich ein leidenschaftlicher Amateurbildhauer. Na gut, du sollst deinen Willen haben. Was meinst du, Niko?« Jetzt soll ich auch noch reden ...

»Meinetwegen können wir eine Parlamentssitzung einberufen.«

»Dann stünde die Abstimmung zwei zu zwei. Helen und ich würden für den semisemitischen Touch plädieren.«

»Ich als Besitzer habe aber zwei Stimmen. Es sei denn, ihr wollt mich enteignen. Also die alte Form bitte.«

»Dein Wille geschehe.«

»Amen«, rundet das Meer die Diskussion ab. Liebende halten sowieso immer zusammen. Ich werde sie auch nie wieder betrügen.

»Jane, sei doch so lieb und hole uns allen einen Whisky. Am besten gleich eine Flasche. Eis und Gläser soll einer der Boys bringen. Ich glaube, wir haben uns alle einen kräftigen Schluck verdient.«

»Sehr wohl, Herr und Gebieter. Soll Niko etwa auch trinken?«

»Der hat es am meisten verdient.«

»Verdient?«

»Schließlich hat er seine Nase hingehalten.«

»Es geschah nicht freiwillig.« Einmal muß man doch ehrlich sein. Und als Belohnung sind Jane's Augen dicht über mir und versprechen das, was ich im Augenblick, das heißt in dieser körperlichen Situation, keineswegs halten kann. Jetzt werden sie als Trostpreis sogar mütterlich. Kein Sex also. Auch gut ...

»Jane, der Whisky! ...« Echt e-ypsilonische Mahnung. Und das Meer verschwindet aus meinem Blickfeld. Dem Ton nach sogar aus dem Zimmer. Gibt es eine bessere Frau als mein Meer? ... Ich hätte sie nie betrügen sollen. Vielleicht ist meine gebrochene Nase die Strafe? ... Keine Geräusche. Wie wohltuend die jetzt eingetretene Stille ist. Natürlich ist Mr. Meyer irgendwo. Vielleicht denkt er über mein lädiertes Nasenbein nach? Und mein aufgebrachtes Blut? Wo ist Helen?

Die Operation – oder wie immer diese Prozedur zu nennen ist – scheint erfolgreich verlaufen zu sein. Ich, das Opfer, lebe nämlich noch. Und wie fleißig genieße ich den von Engelshänden dargereichten ›Whisky on the rocks‹. Ich sollte unbedingt das Zeugs mit Eis schlucken. Als ob das gleiche auf meinem Gesicht nicht schon zur genügenden inneren Einfrierung gereicht hätte. Wird wohl eine Frage des Geschmacks sein.

Fast schon wie gewohnt haben mich einige Boys in einen riesengroßen Bademantel gehüllt ... dabei litt ich dieses Mal bestimmt nicht an einer krampfhaften Erektion ... und dann verfrachteten sie mich in eine Art Hintergarten ... zu Hause hieße das bestimmt Park ... von wegen frischer Luft und so. Demnach brauchen gebrochene Nasen viel frische Luft. Naja, ich bin kein Mediziner. Mann, habe ich einen Durst ... Da drüben, hinter dem ... nein, hinter der Bleiglaswand, ist bestimmt der sagenhafte Swimmingpool. Ob das Krokodil heute seinen freien Tag hat? Luxus überall. Eine Sünde, wollte ich auch nur den geringsten Ton einer Reklamation von mir geben. Ein offenes Kaminfeuer prasselt vergnügt in die Luft. Vielleicht, um mein inneres Eis langsam schmelzen zu lassen. Auf jeden Fall verwöhnt mich das Meer mit leicht kaubaren Kleinigkeiten. Und der von mir tonnenweise geschluckte Whisky hat es sogar geschafft, den als Gast bestätigten Dauerschmerz zu verdrängen. Wie weise doch Mr. Meyer war ... mit seinem trinkbaren Vorschlag. Ein zufriedener Pensionär, der mit Nichtstun seine Rente erkämpft hat. Zufriedenheit, trotz der heute erlittenen Unbill. Lang ersehnter Frieden ... Und da sitzt sie mir zu Füßen, küßt alle meine Finger ... wünscht mir sehnsuchtsvoll ›Gute Besserung‹ ... und meine Fantasie meint, es seien nicht meine Finger, die das Meer mit ihren Lippen umspült. In Europa wäre das bestimmt ein Ding der Unmöglichkeit ... Blödsinn! Leben hier nicht dieselben Menschen? Außerdem ist sie aus Europa ... der alten Welt ... und sie ist es, die das glückliche Gefühl der Romantik verkörpert. Ob Helen ebenso romantisch sein kann? Schließlich ist sie von hier! Vielleicht spinne ich auch mal wieder ... und leide an einem Nebenprodukt meiner gebrochenen Nase ...? Egal, ich fühle mich wohl. Minus mal minus soll plus ergeben ... also wieviel Nasen muß man sich brechen, um wenigstens halbwegs wieder normal zu werden? Zumindest relativ ...

Nicht, daß mich die Nähe des Meers stört, aber Mr. Meyer wollte nur kurz duschen, um uns dann Gesellschaft zu leisten. Schließlich sind wir mittlerweile eine große Familie. Und sein beliebter Schatten, die rechte Hand, braucht dann wohl auch nicht mehr lange, bis sie sich zu uns gesellt. Ob sie ihm bei der Trockenlegung seines e-ypsilonischen Körpers behilflich ist? Junge, bloß nicht eifersüchtig werden ... du hast alles von ihr gehabt. Nun sei zufrieden ... außerdem ist das Meer immer noch besser ...

Wie gerne hätte ich jetzt eine Zigarette. Aber mit dem Wattebausch voll essigsaurer Tonerde in der einen Hand, während die andere sich gedankenlosen Spielen hingibt, ist ein genußvolles Rauchen wohl ein Ding der Unmöglichkeit. Trotzdem, es soll ja Leute geben, die in jeder nur denkbaren Lebenssituation rauchen können. Wenn schon, denn schon. Bin wohl doch monogam ... Wenigstens bei Zigaretten ... Es ist unglaublich, wie schnell die Sonne hier unten verschwindet. Vor fünf Minuten stand sie noch da hinten über den Nachbardächern und markierte einen feuerroten Ball. Und jetzt? Weg ist sie.

»Wie sieht meine Nase aus?«

»Großartig, Liebling. Sacky scheint auch in puncto Nasen ein wahrer Meister zu sein.«

»Was heißt denn hier ›in puncto‹ und ›ein wahrer Meister‹? Und überhaupt, warum nennst du ihn Sacky?«

»Ja aber, warum denn nicht?« Und das Meer hört mit ihrer Fingerküsserei auf, setzt sich auf und blickt mich fragend an. »Jeder seiner Freunde nennt ihn so. Oder findest du etwas dabei?«

Ich habe Durst und will mich bis zum Gehtnichtmehr mit Whisky auffüllen. Vielleicht finde ich dann einen Ausweg aus diesem Irrgarten. Das Glas ist leer. Ich beuge mich, soweit es geht, zurück und versuche mit der Zunge den letzten Tropfen aufzufangen. Aber der scheint sich schon vor einiger Zeit verflüchtigt zu haben. Wenigstens hat das Zurückbeugen wohltuend den Druck auf meine Nase unterbrochen und ich beschließe, für die nächste Zeit in dieser Position zu verharren. Das Glas halte ich gekippt in Richtung lechzender Lippen. Vielleicht kommt doch noch ein Tropfen. Nichts. Ich komme dem Glas mit meiner Zunge entgegen. Abermals nichts. Ach – die Whiskygläser sind auch nicht mehr, was sie mal waren. Und ich beuge mich wieder nach vorn. Quatsch. Ich habe den Blutdruck vergessen, der meinen geflickten Riechkolben vor Schmerzen rebellieren läßt. Also Kopf wieder nach hinten.

Der große Stern da oben ist bestimmt das Kreuz des Südens. Hätte ich früher bloß besser aufgepaßt. Also weg mit den Sternen.

»Liebst du mich noch, Jane? Und bist du böse, wenn ich dich ›mein Meer‹ nenne?«

»Aber natürlich liebe ich dich, Niko. Sonst wäre ich doch wohl bestimmt nicht hier.«

»Und du sagst trotzdem Sacky zu ihm. Ich finde, das ist ein blöder Name, der aus Hintergedanken nur so zusammengesetzt ist.«

Jane richtet sich vollends auf. Ihre Lippen berühren zärtlich meine Kinnspitze. »Dummchen. Meinst du nicht, daß du ein wenig gedankenlos daherredest? Wir müssen dankbar sein für das, was er schon alles für uns getan hat.«

Ha, wenn du wüßtest, wie dankbar ich gestern abend schon gewesen bin. Aber ich will nicht, daß du da hineingezogen wirst! ... Ich glaube, mein Körper hat Schwierigkeiten mit der Whiskyverarbeitung. Der Schwindel oben im Direktionszimmer befiehlt, die Sache wieder gerade zu halten. Aber damit ist die Nase nicht einverstanden. Ach, laß doch laufen. Zu Befehl, Herr Direktor, Kopf wieder senkrecht.

»Denn gib ihm wenigstens einen anderen Namen.« Ja, wirklich!

»Soll ich ihn etwa Isaac nennen? Das gefällt mir überhaupt nicht. Ist doch vollkommen unpersönlich.«

»Wenn ›Sacky‹ von Isaac abgeleitet wird, nenne ihn weiter so.«

»Darf ich dir dein Glas abnehmen? Du hältst es mehr als demonstrativ umgestülpt über deinen Kopf. Und dann schläft dir wieder der Arm ein. Weißt du noch im Flugzeug? Ich war noch nie so glücklich.«

»Dann laß die Luft aus dem Glas. Aber mit Whisky. Und ohne Eis, ich bin jetzt kalt genug. Und pur, bitte.«

»Auch eine liebende Frau muß vernünftig sein und einen klaren Kopf behalten. Ich finde, du solltest mit der Trinkerei langsam aufhören. Es fehlt nicht mehr viel und du bist komplett betrunken. Ich kann betrunkene Männer nicht ausstehen.«

»Was? Betrunkene Männer? Und ob meine Nase weh tut oder nicht, danach fragt keiner. Also gib mir noch einen. Aber ohne Eis. Ich bin kalt genug.«

Wie mir scheint, schaut sie mich ziemlich vorwurfsvoll an. Oder nicht? Was soll's. Jedenfalls steht sie auf, nimmt das Glas aus meinen Händen, die es wie eine Krone über meinem Haupt gehalten haben. Wie schwer doch ein einzelnes Glas für fünf Finger werden kann. Dabei schickte ich die nächsten fünf nach oben, sozusagen als Kräfteunterstützung. Und sie berührt kein einziges meiner Fühlhörner, die sie eben noch voller Hingabe küßte. Einzeln sogar, wenn ich mich nicht irre.

Schon dreht sie sich um und schickt sich an, mit dem Glas irgendeine Reise anzutreten. Ohne den gewohnten Abschied? Also, das ist wirklich übertrieben. Selbst im Bett, wenn sie mal für kurze Zeit ins Bad verschwindet, küßt sie mir jedesmal ein rührseliges Bye Bye irgendwo hin. Und jetzt geht sie viel weiter weg. Und es passiert nichts? Überhaupt nichts? Vielleicht bin ich wirklich blau. Dann hat sie recht. Nie! Sofort reklamieren! Neue Angewohnheiten müssen sofort im Keim erstickt werden. Aber wie, ohne direkt unangenehm aufzufallen? Klägliches Stöhnen kann nie schaden! ...

Ob sie mich gehört hat? Immerhin war das Anfangstempo ihrer Reise beträchtlich ... tatsächlich ... sie dreht sich um. Mein Meer! Ich wußte, auf dich ist Verlaß. Habe ich es nicht gesagt? Wo kämen wir sonst mit unserer Gleichberechtigung hin? Die meerförmige Bluse dreht sich immer noch.

»Was ist?« Verdammt knapp ihre Frage. Am besten, noch einmal stöhnen. Ob sie jetzt meinen hilflosen Zustand glaubt? ... wo ist denn bloß mein Wattebausch mit essigsaurer Tonerde?

»Was ist, habe ich gefragt.« Mein Eiskonsum muß sie angesteckt haben. So kalt ist ihre Stimme. Langsam kommt die meerschlanke Hand mit dem leeren Whiskyglas näher. Wie schlank sie ist.

»Gib mir deine Hand. Ich brauche sie.«

»Das glaube ich nicht. Eben noch warst du so gemein wie alle anderen Männer, denen Alkohol das wichtigste ist. Solltest du dich ebenso entwickeln, sind wir bald geschiedene Leute. Das verspreche ich dir.«

Eigenartige Richtung, aus der dieser Wind kommt.

»Sei doch nicht so, und gib mir deine Hand.« ... Hurra, sie kommt. Zwar etwas zurückhaltend, aber immerhin. Ich glaube, mein Blick wird verstanden.

»Jetzt gib mir auch bitte dein Ohr. Egal welches ... aber komm nicht an meine Nase. Danke.«

»Ich habe dir noch nie wehgetan.«

»Weiß ich. Aber wenn du fortgehst, ohne zu sagen, daß du dich auf das Wiedersehen freust, ist das nicht richtig.«

»Stimmt genau.«

»Und das hast du eben getan.«

»Stimmt. Ich habe dir aber auch mal gesagt, daß ich keine besoffenen Männer mag. Ich hasse sie.«

»Stimmt. Bin aber kein besoffener, gehaßter Mann.«

»Willst du dich etwa zu einem besoffenen Baby degradieren?«
»Also Jane, jetzt wirst du gemein. Soviel habe ich überhaupt nicht getrunken. Vielleicht zwei oder drei Gläser ...«
»Jetzt beginnen deine ersten Lügen. Und das hasse ich.«
»Wenn ich dich nicht lieben würde, hätte ich dich jetzt zum Teufel gejagt. Erst soll ich ein Säufer sein. Und jetzt, um das Glas, ich meine, um das Faß vollzumachen, bezeichnest du mich als Lügner. Ich gebe ja zu, daß ich etwas beschwipst bin und meine Gedanken nicht ganz klar sind. Aber ein Lügner bin ich nicht! Vielleicht verschweige ich dir mal was, aber das ist doch kein böser Wille.«
»Wenn du der Ansicht bist, daß es Dinge gibt, die du mir besser nicht sagst, ist das deine Angelegenheit. Und ich werde dir deswegen nie einen Vorwurf machen. Aber bitte fang nicht das Saufen an. Ich habe genug davon. Mein erster Verlobter hat genauso angefangen wie du. – Es war schrecklich.«
»Hatte der sich auch eine Nase gebrochen?«
»Nein, das nicht. Aber eines Tages verlor er seine Stellung. Und dann war es aus. Als er hörte, daß ich außerdem noch in anderen Umständen war, wurde es schlimmer und schlimmer.«
»Was?« ... andere Umstände?
»Laß mich bitte ausreden. Aber da du mich schon unterbrichst, beantworte mir bitte – ebenfalls ehrlich – eine Frage: Hast du, solange wir uns kennen, freiwillig diese ekelhafte Sauferei unterdrückt, um mich zu kapern, um in mir den Eindruck eines netten, unbeschwerten Naturjungen zu erwecken – und beginnst ab heute von neuem, weil du dich nicht mehr unter Kontrolle hast und weil du eventuell sicher bist, daß du mich besitzt, und ich dir vollkommen ausgeliefert bin? Ich bitte dich, sag mir die Wahrheit. Noch ist es früh genug.«
»Verdammt nochmal. Wie oft soll ich sagen, daß ich ehrlich bin, daß ich nie ein Säufer war und auch nicht vorhabe, einer zu werden. Wegen der Nase bin ich vielleicht ein bißchen beschwipst. Aber noch lange nicht besoffen. Und darauf bestehe ich.«
»Ihr Männer habt immer eine Ausrede. Und jeder Grund ist euch recht, in den Scheißalkohol zu fliehen. Schön, du hast den Ärger mit deiner Nase, vielleicht auch einen Schock wegen Rinaldo. Du kannst mir aber nicht einreden, daß du nüchtern bist,

wenn du innerhalb von zwei Stunden fast eine ganze Flasche Whisky in dich hineinschüttest.«
»Was? So viel?«
»Ja, so viel.«
Das scheint wirklich ein neuer Rekord in meinem Leben zu sein. Eigentlich nicht schlecht zu wissen, wie trinkfest man ist. Zugegeben, das hätte ich schon vorher ausprobieren sollen. Nicht ausgerechnet heute, wo ihre Nerven nicht in der besten Verfassung zu sein scheinen. Ist ja klar. Jetzt, wo sie mir sagt, wieviel Alkohol ich in mich hineingepumpt habe, komme ich mir selbst wie auf Befehl unwahrscheinlich besoffen vor. Alles passiert zum erstenmal im Leben. Und ausgerechnet heute ist der Tag der ersten alkoholischen Erfahrung. Zeit zur Entschuldigung. Und ich hole tief Luft, um diesem Gefühl sprichwörtlichen Ausdruck zu verleihen. Wie sonst kann das Meer ahnen, was in mir vorgeht? Statt Worte des Bedauerns entsteht in mir ein Fallwind, der sich erst in einem großem, dann in mehreren kleinen Rülpsern Freiheit verschafft. Und was ist das? Sphärenmusik klingelt in mir. Ich drehe mich um meine eigene Achse. Ist die Erdkugel denn ewig besoffen? Von ganz weit singt das Meer, ob es mir nicht gut geht. Nein! Ein jahrtausendealter Schwindel hat mich gepackt. Uff! Ist mir schlecht. Lalle ich etwa? Ich habe doch gar nichts gesagt. Wo ist ihre Hand? Aber du kannst mich doch nicht allein lassen! Hilfe! Die Welt ist schlecht zu mir. Und ich bin ein verratenes, meerloses Wesen. Aha, das also hat Pythagoras mit seiner Wiewardasrechnung gemeint. Ich werde es nie zu etwas bringen! Irgend jemand rüttelt an mir herum. Wo habe ich eigentlich meine Augen? Oder wo muß ich drücken, damit die Dinger wieder aufgehen? Die Sonne geht ja auch jeden Tag wieder auf. Ah, jetzt weiß ich es: wenn es regnet und die Sonne nicht aufgeht, haben die da oben genauso gesoffen wie ich. Soll ich es auch regnen lassen? Wenn ich nur wüßte, wie das geht? Gehen. Regen kann ja überhaupt nicht gehen. Er pladdert. Und dann wird alles naß. Ich muß mal!
Draußen an mir schüttelt es immer noch. Herein!
»... mußt etwas ... Fett, weißt du ... Nüsse ... Schokolade ...« Wie war das? Mein welliges Unterbewußtsein übersetzt. Nein. Nicht genug. Da wird ja keine Sau draus schlau. Nochmal. Nun mach schon! Wie lange soll ich denn noch warten?

»Liebling!« »Liebling!« »Liebling!«
Verhalltes Echo gibt es also auch im Suff. Und dann?
»Liebling, bitte sei vernünftig und iß etwas Fetthaltiges. Nüsse und Schokolade. Dann trinkst du ein Glas Wasser mit zwei Aspirin. Und bald bist du wieder in Ordnung.«
Mein Mund wird mit Sachen angefüllt. Und ich mit einem Kaubefehl – den ich sofort ausführen soll! War das nicht eine süße, vertraute Stimme? Einmal kauen ... so, das reicht. Sind wir Deutschen nicht verdammt gute Befehlsausführer? Man muß es uns nur richtig beibringen. Der Ton macht es ...
»Nun kau doch endlich!«
Schwapp, schwapp, schwapp.
»Und jetzt schlucken«
Was – schlucken auch noch?
»Nun los, mach schon!«
Jawohl. Treue Ausführung ... Pause ... Ich bin müde.
»Wenn du nicht anständig zu Ende kaust, liebe ich dich nicht mehr.«
Mit mir könnt ihr es ja machen.
»Darf ich denn nicht schlafen?« Oh Wunder, ich habe den Knopf für meine Stimme wiedergefunden.
»Erst sollst du essen und dann die Tabletten nehmen.«
Ich glaube, ich komme langsam wieder zu mir. Wie gesagt – langsam ... und ich finde sogar den Trick heraus, ein einziges Auge zu öffnen. Wie hell es da draußen ist ... aber hatte ich anfangs nicht zwei Augen? Es wird schon irgendwo sein ... oben ist blauer Himmel ... jetzt langsam den Blick nach unten ... ganz langsam ... und da sitzt sie ... wie eine Henne bemüht, ihrem einzigen Küken die Angst vor dem Habicht zu nehmen. Tapfer – tapfer ... Habichte fressen nämlich auch Hennen. Vielleicht war meine Nase überhaupt nicht gebrochen? Klar denken funktioniert doch noch nicht ...
»Geht es dir wieder besser, Liebling?«
»Ist sie noch gebrochen?«
»Aber ja, mein Herz. Sacky hat sie repariert, geformt und dann ein breites Heftpflaster darübergeklebt. Die Form sei die alte, meinte Sacky.«
»Sacky?« Besser nichts sagen. Meine Stimme klingt hohl und krank. Ach ja, die Sache mit dem Nebelhorn ... bald in Ord-

nung. Nur noch ein paar Minuten.

»Ruh dich aus, Niko. Dann ist alles wieder gut.«

Wer ist denn das Kind? Sie oder ich? Wer braucht Schutz! Sie oder ich? Dabei setzt sie sich auf meinen Schoß und sucht Nestwärme. Wahrscheinlich sind wir beide Kinder. Das ist gut ... Sie hat wirklich recht gehabt. Ich war noch nie in meinem Leben so besoffen wie heute. Unfeiner Ausdruck. Muß aber sein ... *Besoffen* ... Und das darf nie wieder passieren. Sonst mache ich mich ja unmöglich ... ob ich langsam wieder klar werde? Ein Versuch: »Jane?«

»Ja, Liebling?«

»Ich bin wieder da.«

»Fein. Ich freue mich. Wie geht es dir?«

»Kopfschmerzen.«

»Und die Nase?«

»Auch.«

»Das wird wieder.« Na bitte, ist das nicht echte Liebe?

»Und wie geht es dir?« Langsam wird meine schwere Zunge wieder gelenkiger ... oder was man von ihr erwartet ...

»Ich habe meinen Ärger über dich vergessen. Verzeih. Ich war dumm, weil ich deinen Zustand vergaß. Muß ich sagen, daß ich dir glaube? Du bist kein Alkoholiker ... ich weiß es genau. Denn bei meinem ersten Verlobten in England war es anders. Vollkommen anders. Weißt du ... mehr routinemäßig.«

»Du hast mir also nicht geglaubt.«

»Natürlich. Aber ist es nicht schöner, einen Beweis zu sehen, der alles bekräftigt?« ... Was hat sie wohl bekräftigt? Dabei habe ich wirklich nichts getan ... »Jane? ... Hör mal gut zu ... Du hast mir von dir und deinen schlechten Erfahrungen mit Säufern erzählt, von denen einer dein erster Verlobter war. War er so ... ich meine, sah er so aus wie ich? Ist ja auch egal. Wie geht es weiter?« Meine Gedanken sind wirr. Nüchternheit eine Zier.

»Interessiert dich denn meine Geschichte?«

»Natürlich, sonst hätte ich nicht gefragt.«

»Vielleicht hast du mich besänftigen wollen ...«

»Du bist ja bereits besänftigt. Also, was war?« Endlich wird mein Geist klarer. Kommt es durch die Liebe oder durch die Tabletten? »Nun, was war?«

»Später werde ich dir das alles ausführlich erzählen. Jetzt nur in Stichworten. Damit du weißt, wie ernst ich es meine.«

»O.k... Wie ernst du es meinst.« Wenn sie wüßte, wie sehr ich versuche, ihr mit allen meinen Mitteln zu folgen ...

»Er war sehr oft weg. Auf Tournee. Er war Schauspieler auf einer Wanderbühne. Klug, liebenswert, zart, bescheiden. Und stark. Er hatte alles das, was ich mir unter einem idealen Mann vorstellte. Ich liebte ihn wie nichts auf der Welt ... obwohl er eigentlich mein Vater hätte sein können. Doppelt so alt wie ich.«

»Na, dann ist doch alles in Ordnung.« Allerdings wollte ich zuerst eifersüchtig werden. Auf diesen alten Mimen. Ihr möglicher Vater? ... dann lag er sowieso nur mit halber Kraft im Rennen. Mag er für den Rest seines Lebens seinen Spaß gehabt haben ...

»He! Sag doch was, Jane. Alles in Ordnung ...«

»Nichts ist in Ordnung.«

»Na klar. Alles.«

»Du scheinst nicht zu begreifen, warum ich dir das erzähle.«

»Aber natürlich. Oder meinst du, ich bin immer noch voll und kann dir nicht mehr folgen?« Schweigen. Womit habe ich das bloß verdient?

»Nun los. Was geschah damals?« Warum erzählt sie denn nicht weiter? Habe ich wieder etwas falsch gemacht?

»Wenn Ihr Männer besoffen seid, seid ihr alle gleich. Trotzdem. Vielleicht behältst du etwas von dieser Geschichte. Und wenn ich sie dir später noch einmal erzählen muß, wirst du mich um so besser verstehen. Also, er hätte mein Vater sein können. Und ich liebte ihn. Wie nichts auf der Welt. Vielleicht, weil ich nie einen richtigen Vater kannte. Ich war erst ein Jahr alt, als er mit seiner Maschine abgeschossen wurde. Über Frankreich.«

»Jaja. Die Maschinen sind auch nicht mehr das, was sie mal waren.«

»Meine Mutter hat dann später wieder geheiratet. Aber leider war dieser Mann ein Säufer. Eines Tages nahm meine Mutter Schlaftabletten.«

»Also solche Sachen nehme ich nie. Wo unsere Körper mit Chemikalien sowieso vollgestopft sind.«

»Ich lag im Bett und schlief. Zugegeben, ich hatte einen erotischen Traum, als mich ein messerscharfer Schmerz weckte. Ich war ja total unerfahren. Sechzehn Jahre alt, wenn du es wissen willst. Und dann seine stinkende Whiskyfahne über mir. Das war das Ende meiner Unschuld. – Langweile ich dich?«

So besoffen kann wohl niemand sein, um von einer Lebensgeschichte – ich möchte fast denken Lebensbeichte – wie dieser nicht nüchtern zu werden. Und das soll mein Meer alles erlebt haben?

»Weiter.« Und jetzt kommt mir zu Bewußtsein, was für ein Mensch meine Jane in Wirklichkeit ist. Als ich sie kennenlernte und sie mir sagte, sie sei Mannequin, dachte ich: ›Mannequin, na schön und gut, mal sehen, was daraus wird.‹ Schließlich kannte ich vor ihr schon andere lebende Kleiderpuppen. Aber daß diese Kreaturen auch eine Vergangenheit haben, die sie ins Verderben stürzen oder zum Selbstmord treiben, nur weil sie mit den Tatsachen nicht mehr fertig werden, und daß genau sie das scheinbar so gut überstanden hat. Vor lauter Achtung kann ich nur mit dem Kopf schütteln. Daß ein Mädchen wie sie überhaupt noch zur Liebe fähig ist?

»Meine Mutter starb. Mein Stiefvater endete wieder in der Entziehungsanstalt, und ich zog aus. Menschliche Gefühle waren in mir wie abgestorben. Und Männer? Gestorben. Aber jeder hat nun mal ein sexuelles Bedürfnis. Also versuchte ich es mit Frauen. Was heißt versuchen. Ich wurde gar nicht erst gefragt. Ich gefiel der Besitzerin der ›Schule der Dame‹, – wie sie es nannte. Und dann kam dieser Schauspieler. Er befreite mich von allen Plastikpenisqualen. Vielmehr, er entriß mich meiner Umgebung, da ich nur noch ein willenloses Etwas war und brachte mir das bei, was man die reine körperliche Liebe nennt. Zum ersten Mal in meinem Leben war ich glücklich und zufrieden. Um mein Alleinsein überbrücken zu helfen, wenn er auf Tournee war, schenkte er mir ein Angorakätzchen. Er fand es fast erfroren in einem gottverlassenen Dorf in Irland. War das eine Freude, er konnte es kaum erwarten, mich mit dieser Überraschung … schläfst du?«

»Aber nein, ich höre dir andächtig zu.« Und ich meine es wirklich ernst. Zugegeben, meine Augen sind fest geschlossen. Aber nur so kann ich ihren Ausführungen plastisch folgen. Besser geht es im Film auch nicht. Wenn diese Geschichte nicht ausgerechnet Jane's Leben widerspiegeln würde, fände ich diesen Streifen sehr gut. Farbig und auf Breitwand. Bestimmt ein Kassenschlager. Denn die Menschen lieben das Makabre. Solange es sie nicht selbst angeht. Typisch. Aber so war es schon immer.

Ihr Vater wurde also abgeschossen. Und die Mutter heiratete später einen Säufer. Und die waren noch nie gute Liebhaber. Frustration und Flucht mit Schlaftabletten auf das Totenbett. Nebenan brutale Schweinereien. Ich sehe rot.

»Wie geht es dir?« Das fragt sie mich, obwohl dieser Satz aus meinem Mund hätte kommen müssen. Ich lerne es wohl nie. Aber das ist jetzt Nebensache. Hauptsache, sie hat alles ganz gut überstanden. Wäre ich ein Mädchen gewesen, hätte meine eigene Unschuld wohl auch ihr Ende im Kreise der Familie gefunden. So begnügte sich mein eigener Vater mit seiner Sonntagmorgenspielerei an mir, während Mutter das Frühstück in der Küche vorbereitete. Ein Junge hat es eben in vielen Fällen leichter.

Wir können also beide – sie und ich – froh sein, daß wir uns hinsichtlich der Sexualität ziemlich normal entwickelt haben. Ich glaube nicht, daß allein die richtige Hormonzusammensetzung unser Retter war ... wohl mehr unsere Charaktere? Wird bestimmt so sein ...

»Und dann? Die Katze war also dein Zeitvertreib. Und der Schauspieler verlor sein Enga... sein Engagement, seinen Job ...?«

»Er wurde fristlos entlassen, da er in betrunkenem Zustand die Rolle der Ophelia spielte, statt als Hamlets Vater umherzugeistern. Dabei sei er so gut gewesen, meinte er. Noch nie hätte das Publikum so über ihn gelacht. Aber die Welt sei nun mal undankbar und er vollkommen mißverstanden. Schließlich hätte sich seine Partnerin noch geweigert, seine Rolle weiterzuspielen ... aber nur, um ihn zu vernichten ... Verworrenes Gewäsch, das von Tag zu Tag schlimmer wurde. Auch seine alten Theaterfreunde sahen bald die Nutzlosigkeit ihrer Hilfe für ihn ein und ließen ihn schließlich ganz fallen. Ein willkommener Grund für ihn, noch mehr zu trinken ... Morgens gelobte er weinend Besserung, mittags bereits war er wieder volltrunken. Finanzielle Not folgte, dann Schläge, bis er plötzlich auf die Idee kam, die Katze sei an allem schuld. Weißt du, wie Katzen schreien können, wenn sie Schmerzen haben? Weiß Gott, ich wollte diesem Mann helfen und dachte, er würde sich als werdender Vater bestätigt fühlen und neue Energie bekommen. Eines Tages warf er mich unsere Treppe hinunter. Fehlgeburt und Konventionalstrafe für meine versäumten Verträge. Eines Tages las ich dann Rinaldos Heiratsanzeige. Vielleicht verstehst du, daß mir zu dieser Zeit alles egal war. Nur keinen Säufer. Und dann traf ich dich!«

Und dann traf sie mich. Größeres Glück hätte mir nie begegnen können. Das war die schönste Zeit meines Lebens ... Aber warum denke ich bereits in der Vergangenheit? Zwischen uns ist doch alles in Ordnung!

»Ich verspreche dir, ich werde kein Säufer! Einverstanden?«

»Gut. Trinken wir auf unsere Zukunft. Aber mit leerem Glas. Einverstanden?«

Trocken trinken? Na gut. Aber nur ein schwaches ›Prost‹. Und abwechselnd trinken wir den tropfenlosen Alkoholbehälter ex. Weg damit! Und in hohem Bogen fliegt das Gefäß hinter uns in das vermeintliche Gebüsch. Ich bin sicher, daß dort Gebüsch ist. Macht eigentlich nichts. Meyer hat ja gesagt, seine Glaswände würden alles aushalten. Schade. Ich hätte gern mehrere Gläser geworfen ...

VI. Kapitel

Innerer Befehl. Ich mußte das Glas einfach wegwerfen. Eine rituelle Handlung, um einen klaren Schlußstrich unter die Vergangenheit zu ziehen. Was für ein Leben muß Jane geführt haben. Und wenn ich wirklich liebe, bin ich verpflichtet, darauf zu achten, daß sie weder daran erinnert, noch von neuem enttäuscht wird. Das bin ich ihr schuldig. Von jetzt an werde ich nur noch trinken, wenn es gilt, den positiven Seiten des Lebens zuzuprosten. Ja. Ich glaube, das ist ein guter Vorsatz. Trotzdem, wie lange braucht eigentlich ein fliegendes Glas, um endlich den Abschluß seines Glaslebens zu erfüllen? Aufzuschlagen und klirrend zu zerbrechen. Zugegeben, die Flugbahn hatte ich vielleicht aus Enthusiasmus ein wenig zu steil angesetzt. Aber immerhin. Es kann nicht einfach tonlos verschwinden. Wozu sind denn die Äste der Büsche da? Und die geben immer Geräusche von sich, wenn ein Glas durch sie hindurchfällt.

Endlich, wenn auch zweckentfremdet, ein unterdrücktes ›Aua‹, dann erst das langersehnte Geklirre und Gescheppere. Ratlos verwundert blicken wir uns an. Wir sind uns einig, daß die Welt seltsame Rätsel auf Lager hat, so sehr die Wissenschaftler auch bemüht sind, für alles eine Erklärung zu finden. Sollen sie. Wir sind glücklich. Aber ein fallendes Glas muß, ist dazu verdammt, nur natürliche Geräusche von sich zu geben. Und ›Aua‹ ist menschlich. Vielleicht auch nur aus reiner Sympathie, weil wir uns menschlich, ich meine innerlich, so viel näher gekommen sind. Innerliche Unruhe zwingt mich, in Richtung Büsche zu ... ein erstickter Schrei von Jane und eine Hand, so groß wie ein Klosettdeckel, breitet sich über mein Gesicht. Warm und Tropfnass. Irrsinniger Schmerz brüllt durch meinen Kopf. Steckt er in einem Fleischwolf? Luft. Ich muß atmen! Aber meine Atmungsventile scheinen verstopft. Die Nase pfeift und zischt. Und mein offener Mund schmeckt eine unbekannte süßliche Feuchtigkeit. Da, ein bescheidener Luftzug. Gierig sauge ich ihn ein. Mag er noch so ekelhaft schmecken. Besser, als zu ersticken. Großzügig öffnet sich der stinkende Kanal ein wenig. Und ich pumpe meinen Körper wie einen Luftballon voll, um ein wenig Luft als Reserve zu behalten. Wer weiß, wann sich der Eingang wieder verschließt. Der Schmerz in meiner Nase verklingt wie ein Harfenton. Meine Glieder werden schwer wie ein lebloser Kartoffelsack. Und doch habe ich das Gefühl, der Wirklichkeit zu entschweben. Oder nicht? Der Ballast ist zu schwer. Mehr ein Irrlicht, springe ich wie ein abgebrochener Eidechsenschwanz durch eine geisterhafte Gegend. Schemenhafte Kobolde tanzen um mich herum und bestimmen mit Peitschenhieben die Richtung meiner Sprünge. Ein unsichtbarer Chor summt auf der Suche nach dem richtigen Ton. Ein Peitschenknall befiehlt den einstimmigen Einsatz: »Eins, zwei, drei – Chloroform – eins, zwei, drei – Chloroform.« Ein hysterischer Tanz, quer durch endlose Reihen dunkelgrün dampfender Reagenzgläser, an denen kreischende Reißbrettnägel stehen und wildgewordene Kochlöffel schwingen. Mein Herz – ist es überhaupt mein Herz? – springt und überschlägt sich. Erst hastig, dann nur leicht torkelnd. Jetzt noch hastiger. Ich rufe es bittend, befehlend, flehend. Aber habe ich mich ihm genähert, lacht es nur höhnisch auf und macht einen weiteren riesigen Sprung, währenddessen es über mir in der Luft zu stehen scheint. Widerwillig wie das Glas. Langsam sinkt es herab. Und zerplatzt wie eine Seifenblase. Gut, dann eben ein neues Herz. Da hinten, schräg neben den brodelnden Glasschläuchen, winkt mir eine freundliche Kaulquappe zu. Ist das mein neues Herz? Meine Energie ballt sich zusammen und schnellt mich vorwärts. Aber der Sprung ist zu kurz. Hättest mich ja fragen können. Und wir landen in einem gelblichen Brei, der zischend und brodelnd seinen Erfolg verkündet. Und da ist schon wieder der Chor: »Nicht schlafen, haha, nicht schlafen, haha. Komm, wir zeigen dir etwas. Haha.« Und wir, meine Energie und ich, sinken durch den Wirbel in die schwefelige Hölle. Aber es ist keine Hölle. Langsam erhellt sich meine Umgebung. Plötzlich wird alles durchsichtig und das Getöse schaltet um auf helle, gläserne Musik, die mich in vollkommener Sicherheit wiegen will. Wo ist meine Energie? Keine Zeit. Weiter. Es schneit. Aber keine winterlichen Schneeflocken. Spiegelkristalle. Dann gibt es einen unerklärlichen Ruck und ich sitze in einem hypermodernen Zug, der tonlos durch einen Spiegeltunnel rast. Alles um mich herum ist aus feinstem Silber. Vielleicht auch nur Spiegelglas aus zerbrechlichster Feinheit? Aber rasen ist noch nicht schnell genug. Die Fahrt erhöht sich zusehends. Bin ich im Reich der Spiegelträume oder bereits im Spiegelzeitalter? Anfang vom Ende ...?

In meiner klirrenden Ohnmacht werde ich von silbernen Wanzen aus meinem Sitz gehoben – da, eine zerbricht unter meinem Gewicht. Ich werde angehalten, mich so leicht wie möglich zu machen – und von Millionen Greifern durch den Zug geschleust. Ich wünsche nichts sehnlicher, als noch eine Wanze zu zertreten. Das klingt so schön. Habe ich denn Schuhe an? Wie schaffe ich das nur? Ich bin doch mehr als willenlos? Ein Vakuum, das aufbegehrt. Doch gegen wen? Etwa spiegelnde Silberkristalle? Ich mag nicht mehr. Und mein Humor ist auch nicht mehr das, was er mal war.

Und weiter bewege ich mich wie ein schwereloser Gaukler nach vorn in die Führerkanzel des spiegelnden Geisterzuges. Jetzt treibt mich die Neugier an. Ja, ich muß nach vorn! Ich muß wissen, wohin die Reise geht! Selbst ohne meinen Wunsch werde ich wie ein Luftkissen nach vorn getrieben. Was kostet wohl so eine Wanze?

Endlich am Ziel. Aber, wohin auch immer sich mein Blick verirrt, nichts als überdimensionale Spiegel, grelle Lichtreflexe von riesigen Scheinwerfern. Und ein anderer auf den Gleisen vor uns, der die Strecke sanft, ins Endlose reichend, abtastet. Sicherheit auch hier an erster Stelle, um einen möglichen Zusammenprall zu vermeiden. Und das beruhigt. Da, eine Weiche, die schwesterlich ihren Weg mit unserer Schiene kreuzt. Ob etwa jetzt? Aber wie kann ich an der Funktionssicherheit unserer Spiegelmetropolbahn, der Eigenname steht nirgendwo, zweifeln? Mit ›Dading, Dading, Dading‹ flutschen wir über die Weichen, die auf unserer Spur enden. Also nur ein Ziel! Für wen? Und die Fahrt erhöht ihr Tempo immer rasanter. Und ich als Eidechsenschwanz, herrenlos, ach wie ungewohnt, stehe mutterseelenallein in dem schalthebellosen, ultraoptischen Kanzelraum, in dem normalerweise ein Lokomotivführer steht, hängt oder angekettet ist. Aber hat nicht jeder Tunnel ein Ende? Und das sieht und erkennt man, meinetwegen auch mit Radar, schon Meilen vorher. Und hier soll es das nicht geben? Wäre ja gelacht. Na und? Wer sagt es denn? Mein gewünschter, schwacher Widerschein ist endlich da. »Alle Mann an Deck!« Nutzlos. Ich bin ja allein. Bis auf die grinsenden Wanzen um mich herum. Und die sind immer noch aus Silber. Nicht mal ein Griff für die Notbremse ist hier. Das kann ja heiter werden. Der Schein, das Ende, nähert sich noch schneller als wir uns ihm. Aufgeregt klappere ich an meiner Spiegelscheibe hin und her. Wo ist die Eidechse, der mein Schwanz gehört? Oder ist das eine Auslegung der Seelenwanderung? Wenn ich mich richtig verhalte: vielleicht steige ich dann als Belohnung zur schwanzbesitzenden Eidechse empor? Also, wenn jetzt nichts passiert, gibt es ein irres Unglück. Wenn ich doch nur Hände hätte. Dann könnte ich mir wenigstens die Augen zuhalten. Festhalten hat sowieso keinen Zweck. Bei dem verrückten Tempo. Nichts passiert. Und doch nähert sich das Unvermeidliche. Meine vermeintlichen Hände eilen mir auf den Schienen voraus. Aber sie tasten ins Leere. Wieviel noch? Einhundert Meter oder Meilen? Oh, Eidechsenhimmel, was soll ich machen? Nichts. Spieglein, Spieglein überall?

Wo ist mein Meer? Sie allein könnte mir Halt geben. Nie wird sie mich enttäuschen. Mein Zappelgurt. Wo ist sie? Du kannst mich doch jetzt nicht allein lassen! Ich will auch nie wieder saufen. Nichts! Und jetzt weiß ich, daß der Tunnel keinen Ausgang hat. Noch eine halbe Sekunde. Dann der Aufprall ...

Ich bin erschüttert. Nicht mal ein anständiger Knall, ein irres Getöse oder was sonst noch bei einem derartigen Auflaufunfall an Lauten entsteht. Nichts wird hervorgerufen, erzeugt, geboren? Impotente Entladung zweier Kräfte. Eine, die sich mit mindestens Lichtgeschwindigkeit einem feststehenden Spiegelklotz nähert. Und der sagt auch nichts. Geisterwelt.

Warum ist mir nichts geschehen? Vielleicht aber bin ich mir der erlittenen Schäden nicht bewußt und jammere verzweifelt, weil ich unter dem eigenen Verdacht stehe, gegen einen silbernen Hammer gerannt zu sein? Ein Ding, das entgegen aller Erfahrung – gibt es die überhaupt hier? – unweigerlich nachgibt, sich unerwartet in das Gegenteil stürzt und den Angreifer – mich, den rosaroten, herrenlosen Eidechsenschwanz –, in Atomteile zerlegt. Soll er. Besitze ich überhaupt noch mein seelenwanderndes ›Ich‹? Natürlich. Warum werde ich immer so schnell nervös? Zwar ist es nicht mehr in mir, ich nehme aber an, daß der Platz in meinem abgehängten Körper mit der aufreizenden Farbe zu eng wurde, und ich merke plötzlich, wie meine großartige, mißverstandene Seele an meiner unebenen Außenhaut hinabtropft. Und das mir! Wo ich doch so ungeahnt sensibel bin. Wenn sie wenigstens die Anständigkeit besäße, in mir selbst hinabzutropfen. Aber nein. Warte Freundchen, erst mit mir durch dick und dünn gehen, und mich dann feige verlassen. Das geht nicht!

Mitleidig betrachten mich die herumstehenden Wanzen – denen ist also nichts passiert – und zucken mit ihren Schultern, während ich mich mit letzter Kraft in irgendeinem Staub wälze.

»Wenn du dich selbst wiederhaben willst, brauchst du nur zu saugen.«

»Saugen? Wo ich kaum noch Kraft zum Atmen habe?«›

»Seit wann atmet ein rosaroter Eidechsenschwanz? Haha!«

Jetzt lachen die mich auch noch aus. Und aus gemeiner Rache fange ich wirklich an zu saugen. Und siehe da, auch Wanzen können manchmal recht haben. Frenetisch beklatschen sie den ersten kleinen Tropfen ›Ich‹, der in mich zurückkehrt. Heulende Enttäuschung. Denn dabei bleibt es. Habe ich ja gleich gesagt. Zu wem soll ich jetzt halten? Zur Seele, die ist auf jeden Fall stärker! Den Schwanz eilig zurücklassend, entfliehen wir ohne Schaden dem Chaos und überlassen das zuckende Inferno meinem Schicksal. Auch die Spiegel soll sehen, wo sie bleiben. Die Wanzen heulen und schreien Zeter und Mordio. Ab und zu ein verständlicher Satz wie: das sei unfair. Aber wen juckt es. Und schon bin ich eine Fledermaus, die blind, aber wenigstens sicher, durch ein Stacheldrahtnetz fliegt. Natürlich mache ich mich so klein wie möglich ... denn ein Leben als kastrierte Fledermaus wäre für mich unerträglich. Schließlich machen die es doch auch – oder? Trotzdem, zu gefährlich. Energisch weigere ich mich, auch nur eine einzige Minute länger als dieser fliegende Beutel zu existieren ... selbst wenn sie ›es‹ hundert Mal am Tag machen. Denn da sie weder sitzen noch stehen können, würde ›es‹ irgendwie in der Luft geschehen. Und dann die Luftlöcher! Nein, nein – nichts für mich ... in der Luft! Ich muß doch wirklich bitten!

Und schon sehe ich mich nach einem neuen Seelenträger um. Ob es regelwidrig ist, wenn er bereits seit längerem verstorben ist? Warum sagt mir hier niemand, wie sich das mit Seelenträgern verhält? – Keine Aufregung, es wird schon irgendwie funktionieren ... Ein russischer Politiker bietet sich an. Ob er ein ›moderner‹ ist? Bei dem Gesicht auf keinen Fall. Ob ich ihn akzeptieren soll? Es muß ja nicht für die Ewigkeit sein, sondern nur als Seelenbrücke, sozusagen als Überbrückungsmöglichkeit. Aber Politiker? Wenn ja, dann sind die östlichen bestimmt besser als westliche Persönlichkeiten, die ich mir beim besten Willen nicht im Bett einer sexgeladenen Schönen vorstellen kann. Denn solch eine Fee wünsche ich mir als endgültigen ›Träger‹ ... bis es noch bessere Zeiten gibt. Vielleicht ein eigenes Eigenleben? Bliebe also die Frage offen: West oder Ost? Etwa Napoleon? Nicht gut. Der hält ja ewig seine Magengeschwüre fest. Ist zwar klassisch, diese Haltung ... Hitler vielleicht? Der steht bestimmt vor dem Bett stramm und schreit sich aufmunterndes Heil wegen des maskulinen – trotzdem eineiigen – Endsieges zu. Oh nein! Chamberlain? Zu dünn. Keine Substanz. Jemand vom Rhein? Die brechen bestimmt vor jeder bettlichen Initiative in ein verzücktes Hallelujah aus. Päpste bekommen sowieso nie die Erlaubnis ... Vielleicht ein Mensch von der anderen Seite des Atlantiks? Aber die suchen ewig nach neuen Feinden und Golfbällen ... Dann doch schon lieber ein überzeugter russischer Politiker – man hat ja so seinen Standesdünkel – der von deftiger Liebe träumt. Deftig – ja, das ist gut. Und schon hat mir einer seiner unzähligen Sekretäre – wirklich kein Spion – ein erstklassiges Freudenhaus in Paris reserviert. Nicht, weil in dieser Stadt der Osten ist, dort findet zur Zeit eine multilaterale Konferenz statt. In diesem besagten Haus soll ich mich nun entspannen. Eine Stunde steht zur Verfügung ... nicht schlecht ... für den Anfang. Eigentlich doch sehr knapp. Immer diese Hast! Verärgert über diese kurze Flirtfrist, verlasse ich die Staatslimousine, trippele mürrisch über den roten Läufer in das liebevolle Gebäude und entsage in diesem Augenblick tatsächlich allen gedanklichen Diskussionen mit den Kapitalisten. Ha! Wenn die wüßten ... Aber, wohin ich auch blicke: überall rote Lampen, die den Weg zu meiner Intimstunde beleuchten. Rot. Rot. Rot. Ewig diese westlichen Übertreibungen.

»Bei uns in Rußland ...« Ach, was soll's.

Endlich, hervorragende Begrüßung, sind wir in unserem einstündigen Endstationszimmer angelangt. Noch schnell meine

Nationalhymne ... und, wie hübsch sie ist! Zwar etwas klein und zierlich. Aber schwarze Haare! Und mein Instinkt jubiliert ...

Vorher noch ihr höflicher Knicks. Prima. Man achtet mich! Da ich sie als Mann erobern will – und nicht als einfacher Staatsgast – knöpfe ich persönlich ihre Bluse auf. Oh Schreck, was sehen meine Augen? Haarlose Brüste.

»Bei uns in Rußland ...« Ach, was soll's.

Keine Antwort. Nur bescheidenes Nicken. Meine Meinung gilt also auch hier. Das ist gut. Sehr gut. Und dann ziehe ich ihr den Schlüpfer aus. Oh Schreck, was sehen meine Augen?

»Bei uns in Rußland ...« Ach, was soll's.

»Sag mal, Dicker, willst du stricken oder ficken?«

Und das mir. Wo ich doch ein hoher Politiker bin. Auch nichts. Besser, ich bleibe ich selbst! ...

Zumindest ist mir komisch. Vielleicht auch schwindelig. Ist es wegen meines gepeinigten ›Ichs‹, das aufopfernd bemüht war, ein neues, gerechtfertigtes Erdendasein zu erlangen, und auf der gesamten Linie nichts als Mißerfolge erfuhr? Ich weiß nicht. Ich weiß nur, daß mir ein unangenehmer Kloß Luftschwierigkeiten bereitet. Tag der knappen Luft. Ferner weiß ich, daß meine körperliche Position waagerechter Natur ist, obwohl das unter normalen Voraussetzungen durchaus normal sein könnte. Heimweh nach meinem Meer. Wo ist sie? Ich vermisse ihren vertrauten Geruch. Deshalb versuche ich auch gar nicht erst, meinen Arm nach ihr auszustrecken. Trotzdem leuchten in meinem Inneren sämtliche Warnlampen auf: ›Tue das auf keinen Fall!‹ Was, den Arm? ›Ja!‹ Klingt ziemlich kategorisch. Und ich füge mich. Wird wohl seine Richtigkeit haben. Jetzt erinnere ich mich an die Klosettdeckelhand. Irgend jemand schrie mir ›Chloroform‹ zu. Dann ist ja alles klar. Mit Erleichterung stelle ich fest, daß das Erlebte nur ein böser Traum war. Oder etwa nicht? Stimmen dringen an mein Ohr. Und die scheinen die nahende Wirklichkeit, die eigentlich schon da ist, zu bestätigen. Da war doch die gebrochene Nase. Wahrheit oder Dichtung? Ich erinnere mich nur zu gut. Also Tatsache. Fast eine Flasche Whisky. Bestätigung durch den Brummschädel, der neuerdings wieder an mein Gehirn angeschlossen ist. Mir ist immer noch komisch. Aber wie wäre es, die Augen ein wenig zu öffnen? Nur einen Spalt. Denn die Stimmen werden immer deutlicher.

›Auf keinen Fall bewegen‹? Das waren die inneren Warnlampen. Und ich wage den ersten unerschrockenen Blick in das neue Leben, das bereits dreißig Jahre dauert. Ich weiß es genau. Draußen ist alles grell. Schnell die Klappen dicht. Und jetzt langsam noch einmal. Aber ... das gibt es doch nicht. Im wahrsten Sinne des Wortes bin ich entrüstet, obwohl ich mich erst wundern sollte. Aber das lohnt sich in dieser Welt nicht. Da sitzt doch ein praller, fetter Männerarsch auf meiner Brust. Wie kommt der bloß dahin? Adieu, ihr Spiegel. Und der Zug hatte doch einen Totalschaden. Mir bleibt also nichts weiter übrig, als zu dem Entschluß zu greifen: Laut erstem Eindruck ist mir die belastende, feiste Wappenseite unsympathisch! Mensch, ich kriege ja kaum Luft. Augen zu!

Ich und meine grauen Zellen hinter mir versuchen gemeinsam, diesen unerwarteten Feind aus dem Weg zu räumen. Schließlich haben wir auch die glitzernden Spiegel besiegt. Eine glitzernde Stecknadel. Gute Idee. Die würde mich mit Freudengeschrei von meiner Last befreien. Bis dahin Bauchatmung, wie sie, glaube ich, von manchen Sängern angewandt wird. Von wegen Luft und langen Tönen. Meine Jacke hat man mir gelassen. Und in den Revers steckt mindestens eine Nadel als Helfer bei der Zahnstocherei.

Da ich meine Augen geschlossen halte, nutze ich meinen Vorteil und versuche, mich an meine Hände zu erinnern. Da liegen sie ja. Direkt an den Hüften. Frei oder gefesselt? Danke für das Vertrauen, oder seid ihr nur geizig? Daher also der Ballast. Und das ist nicht Mr. Meyer's Art. Der spart an nichts. Akustisch gesehen befinde ich mich in einem Zimmer. Waagerecht. Und die billige Birne, die grell durch meine Augenlider scheint, verrät einen Raum, in dem normalerweise nicht gelebt wird. Ich hab's: Keller. – Alarm! Mr. Meyer würde so etwas nie mit mir machen. Also Feinde. Seine Feinde sollen auch meine Feinde sein. Schließlich sind wir Freunde. Und ich trage tatsächlich eine Jacke. Halt, wie kann man im Liegen tragen. Egal. Langsam, kaum daß ich selbst es merke, tasten sich meine Finger – wenn ich die nicht hätte – mit unglaublicher Langsamkeit zu mir heran. In Richtung Jackenaufschläge. Dann kurzes Blinzeln zwecks Erkundung der näheren Umwelt. Schräg da drüben erkenne ich die Umrisse eines Telefons. Unverschämtheit! Aus dem Arsch über mir entflieht ein gedämpft pfeifender Furz. Und ich mit meiner tief inhalierenden Bauchatmung. Das stinkt ja wie die Hölle. Mann, mit deiner Verdauung stimmt was nicht. Selbst wenn du, deinem Gewicht nach, bereits im Mittelalter angelangt bist. Wollen die mich denn schon wieder betäuben? Chemiker wäre für mich bestimmt kein Beruf. Arzt auch nicht – aber geh du doch mal hin! Trotz des erneut drohenden Traumas arrangiere ich in mir äußerste Willensanstrengung. In Gedanken mache ich sogar Kniebeugen, um den faulen Koloß auf mir wenigsten für kurze Zeit zu ignorieren, bis ich ... aber das dauert noch etwas. Meine linken Finger ertasten die nähere Umgebung, die durch eine Wand ziemlich beschränkt erscheint. Also Schattenseite. Und in diesem Schutz kriecht die rachsüchtige Hand langsam, aber unaufhaltsam näher. Irgendwo flammt ein Streichholz auf. Wieviel sind wir denn hier? Egal. Der Arsch muß weg, wenn ich nicht als Briefmarke mit Seltenheitswert enden will.

Wenn ich nur wüßte, was der Blödsinn hier bedeuten soll? Laß dich bloß nicht erwischen, Hand! Vorhin saßen wir doch noch friedlich im Garten und sprachen über ...

»Bald müssen sie zu sich kommen.« Das kam von hinter mir. Und an der Decke hängt immer noch die billige Lampe. Aber irgendwie spendet ihr Schein Trost. Seltsam zwar, doch Trost ist Trost. Vielleicht fühlt sich so ein Vogel in seinem Käfig, dessen übergehängte Decke Nachtruhe vortäuschen soll. Und der Lichtstreifen, der durch eine schmale Ritze drängt, erinnert an die Friedhofsstille eines Waldes. Schon fühle ich mich auf meinem Herzschlag davonschweben. Auf der Suche nach schmackhaften Körnern. Fehlt nur noch, daß ich anfange zu zwitschern. Und ich schwebe, als hätte die Angst einen bisher unbekannten Höhepunkt erreicht, der mich durch wallende Erregung jagt. Bis alles zerspringt. Bis das Herz zerspringt. Und ich dem Tod entgegen fliege. Verdammt. Nur das nicht. Angst, hau ab. Der Kerl braucht nur einen sensiblen Hintern zu haben – schließlich tuckert kurz darunter mein Lebensmotor – und ich bin jetzt schon geliefert, ohne noch etwas Spaß gehabt zu haben. Das dauert ja Stunden, bis die Hand da ist, wo ich sie hinbefohlen habe. Fast ersticke ich. Und dem inneren Druck, die Augen zu öffnen, kann ich nicht widerstehen. Wenigstens nur einen Spalt breit. Da hinten sitzt noch so eine Kreatur. Wenn auch nur schemenhaft. Mehr schaffe ich mit meiner Augapfelakrobatik nicht, ohne den Kopf zu bewegen. Er sieht rot aus, dann grün, dann wieder rot. Armes Meer. Ob sie dir etwas getan haben? Hoffentlich sitzt keiner auf deiner Brust. Ich bin sicher, daß du hier bist. Verzeih, aber ich befürchte jetzt eigene Blähungen. Irgendwie muß die angestaute Luft in meinem Bauch freigelassen werden. Und meine Hand ist noch immer nicht an ihrem Ziel. Na gut. Ich habe Zeit. Du doch auch? Wenn ich mir nur nicht plötzlich wie ein Fuchs vorkäme. Ein Fuchs in einem Moor, an dessen Rändern beutegierige Hunde jaulen.

»Die Dosis war viel zu stark, Leute. Nächstes Mal nehmen wir weniger.« Streichholz. »Aber ich möchte, daß sie von allein wach werden.«

Ist das die süße Panik des gehetzten Tieres, das die Gefahr wie Ozon im Wind wittert und unruhig die Umgebung beäugt, um schließlich doch noch einen Fluchtweg zu entdecken? Gefahr ist so innig, wie die erste Berührung, die der Körper durch die Zunge der Geliebten spürt. Und immer bleibt die Hoffnung auf das Überleben. Zärtliche Hoffnung. Sonst mag sie entfliehen. Ich liebe dich. Und du hast bis jetzt vor mir nur einmal echte Liebe verschenkt? Ich hole dich hier raus. Endlich! Der Stecknadelkopf ist erreicht. Ob mich der Kerl beobachtet, der sich hinter meinem Kopfende verschanzt hat? Nein, sonst hätte er was gesagt ... oder getan. Warum stecken die Nadeln immer so fest, wenn man sie mal schnell braucht? Ich weiß doch, daß sie nicht festgeschweißt sind. Selbst habe ich sie reingesteckt. Also muß sie auch freiwillig wieder herauskommen. Das Blut schießt vor Anstrengung durch meinen Körper. Und die Haut fühlt sich an, als hätte ich zu lange unter der Höhensonne gesessen. Aber jetzt läßt sich mein kleiner Silberspieß bewegen. Und ich drehe und drehe ...

»Wenn das Schwein zu sich kommt, mach ich ihn fertig.«

Eindeutig Rinaldo. Das kann ja heiter werden.

»Das machst du nicht. Wir brauchen ihn noch. Wir haben verabredet, daß du das Mädchen bekommst. Und dabei bleibt es! Kapiert?«

So also läuft der Hase, und ich denke wirklich, ich stehe mitten im Wald. Wenn das nicht der schwule Möhrenadonis war, der diese kraftvolle Äußerung von sich gab, fresse ich freiwillig zehn hundertjährige Eichen mit Rinde. So ein Schwein! Bei Mr. Meyer gibt er vor, der beste Freund zu sein, geigt mit ihm um die Wette, daß sogar ich begeistert war, und jetzt sitzt dieser Lümmel ganz dick auf seinem schmalen Warmarsch bei den Entführern. Und die gehören doch wohl offensichtlich zu der Gegenpartei. Na warte, Freundchen! – Chloroform scheint wirklich ein ekelhaftes Zeug zu sein. Wenn ich nur klar denken könnte. Und was hat der Typ hinter mir gerade gesagt: Ich sei der Verbindungsmann zu Mr. Meyer? Und wohl genauso ein niederträchtiger russischer Spion wie er? Daß ich nicht lache. Meinte er das etwa ernst? Ich und russischer Spion. Au Backe. Jetzt wird mir natürlich allerhand klar. Zum Beispiel konnte ich mir nie erklären, warum Helen über eine echte Maschinenpistole verfügte, als sie mich von dem Krokodil ›befreite‹. Also gehört sie ebenfalls zu diesem Kreis. Und mit sowas habe ich geschlafen – vielmehr mich beschlafen lassen. Und mein Meer liegt hier irgendwo unschuldig herum und weiß von nichts. Ich habe ja immer gesagt, man kann den Menschen nicht trauen. Auch wenn sie tatsächlich zu den besten Freunden zählen – oder zählen wollen. Blitzschnell rechne ich in meinem Gehirn die Möglichkeiten der erbittertsten Rache an allen aus. Die sollen ihr wahres Wunder erleben! Das kann ich unmöglich auf mir beruhen lassen! Und dann kehren wir beide nach Europa zurück. Das hier ist wohl doch kein Land für uns. Unwillkürlich zerre ich an dem Nadelkopf – und endlich – er liegt stolz und felsenfest in meiner Hand. Das heißt, zwischen meinen Fingerkuppen. Jetzt kommt die Schwierigkeit der ausgeklügelten Balance zum Gegenangriff. Fachleute nennen es vielleicht Vorwärtsverteidigung. Und das muß man einfach können. Ohne zwei Jahre beim Wehrdienst – oder wo auch immer – vergeudet zu haben. Durch das nervöse Hinundherzwirbeln zwischen Zeigefinger und Daumen ist der Nadelkopf kochend heiß geworden. Bei welchen Hitzegraden schmilzt Plastik? Er fühlt sich ehrlich wie Plastik an. Und durch meinen geistigen Kriegstanz angestachelt, leider ohne den passenden Trommelgesang, fühle ich mich reif für den Alles-oder-Nichts-Angriff. Achtung – fertig – los – Stich! Wie ein Torpedo stößt meine Lanze in das furzende Ziel meines stinkenden Gegners. Countdown der Zehntelsekunden. Zero! Und pünktlich erschrillt der Start der feisten Rakete.

Meine Augenschlitze habe ich wieder zugezogen. Zu schön ist es, ein derartiges Schauspiel nur mit den Ohren zu erleben. Leider nicht für lange. Mit Brausen naht die Zeit, daß ich meine Neugier nicht mehr beherrschen kann. Ich öffne widerwillig, doch halb belustigt, halb skeptisch, alle meine Sehutensilien und werde Zeuge eines sich überschlagenden Geschehens inmitten eines Rugbyspiels. Und er fliegt immer noch. Mein Belastungskoloß. Jetzt schießt er in das Zentrum des Feldes, wo sich wie rein zufällig sämtliche wohltrainierten Spieler aufhalten. Eben saßen sie noch auf der Reservebank. Und jetzt fangen sie mit Überraschungs- und Wutgeschrei mein Streitgeschoß auf.

Schadenfreude ist und bleibt die beste Freude. Moralisch fühle ich mich wie von Engelshänden getragen – ich weiß, es gibt keine Engel, aber trotzdem – und kann ein dazu passendes Lächeln nicht unterdrücken. Ich richte mich sogar auf und setze mich gelassen, als hätte ich Eintritt bezahlt, mit dem Rücken zur Wand, um von meinem hart erworbenen Logenplatz jede Reaktionsphase der Gegenspieler voll auszukosten. Wissendes Erstaunen erklärt mir, daß nur eine Partei da unten kämpft. Die andere scheint sich zurückgezogen zu haben, läßt ihr Tor ungeschützt, weil der Punktvorsprung ohnehin unaufholbar ist. Es sieht wirklich so aus. Als Hauptstürmer und zugleich Schiedsrichter, wie unfair, entdecke ich in seinem blauweißroten Dress den Karottenadonis. Und er blinzelt mir in ziemlich unverschämter Weise sogar zu. Hätte ich was zu sagen, er würde sofort vom Platz fliegen. Wegen Korruption, seelischer Grausamkeit und abartiger Gemeinheit.

Und der verkannte Raketenaufsatz schreit immer noch ... während die rührigen Rugbyspieler weiterhin fleißig beschäftigt sind, ihr verkanntes Opfer hin und her zu werfen ... und ihn sogar hin und wieder aufzufangen, um ihn jedoch plötzlich und grundlos fallen zu lassen. Dieses Getue ist natürlich von allen Arten der Tongeberei verbunden. Ein großartiges Schauspiel, da mein ehemaliger, jetzt wohl fast schwereloser Klotz beginnt, an allen seinen Enden zu flattern und endlich wie ein wabbeliger Pudding in sich zusammensinkt. Wahrlich, mein

Stich war Klasse ... die Nadel muß ich aufheben. Man kann ja nie wissen. Weiterhin allgemeines Hin und Her. Nur Rinaldo, dieser Querkopf, spielt das Spiel seiner Kumpane nicht mit. Unbeteiligt erheben sich seine stechenden Augen und kommen unaufhaltsam näher ... ohne viel nach dem vorgegebenen Tempo zu fragen. Näher, näher und noch näher. Willst du etwa mein Spiel übernehmen? Moment mal! Das lasse ich nicht zu ... ich warne dich! So leicht lasse ich mir meine eigene Spielführung nicht entreißen ... du kommst trotzdem? Auch gut. Nur, warum so langsam? ...

Ich balle alle meine lädierten Kräfte zusammen. Denn, wer mit Politikern zu tun gehabt haben könnte, wird auch mit dir fertig! Warum zögerst du? ... Hast du etwa Respekt vor meiner gepflasterten Nase? ... Du siehst doch, alles ist halb so schlimm! Und mir geht es gut. Sehr gut sogar. Meine Beine sind wohlig ausgestreckt und erwarten hingebungsvoll meine Befehle ... Und da ist er, der frustrierte Spaghetti ... drohend und trotzdem genüßlich lächelnd, steht er zwischen den Rugbyspielern und mir ... keine Zeit zu verlieren ... und Knall ... so erfolgte mein automatischer Schießbefehl ... heutzutage geht ja fast alles automatisch. Hinein also, mitten in sein Reich des lebenerweckenden Uhrzeigers und der daran befestigten Gewichte. Volltreffer! Sein Gesicht wechselt vom Ausdruck des Zynismus in das eines enttäuschten Amors ... was, wenn ich nicht über diese guttrainierten Beine verfügte? Erleichtert räume ich meine Laufknochen an die Seiten ... bestimmt wird er jetzt fallen ... und da muß das Feld vor ihm frei sein. Langsam fällt er ... eine tausendjährige Eiche ... von Heiden geschlagen ... wie elegant er sich windet. Wo ist der nächste Gegner? Am liebsten hätte ich jetzt den Möhrenadonis vor meiner Tretflinte ... wie kann ein einzelner Mensch so schlecht sein? Aber Tidy hat mehr Spaß an dem Rugbyspiel. Also bis später! Ist sonst jemand da, dem ich meine Referenz erweisen kann? Feiglinge ... oder sind die Herren ihrer so sicher? Schließlich waren sie es doch, die mich entführten ...

Das Spiel ist aus. Vielleicht aus Mangel an weiteren, besonderen Vorkommnissen. Und ich werde trotzdem verrückt. Also, wenn das nicht Mr. Leo N. Studnitz ist? Tatsächlich. Ich meine, ich gebe ja zu, daß ich öfter spinne. Aber dieses Mal bestimmt nicht! Ob ich das Spiel wieder anfachen soll? Dann habe ich Zeit zum Nachdenken. Ich muß unbedingt wissen, warum er hier ist. Oder bin ich hier, weil er hier ist? Egal. Jedenfalls sind wir beide hier und das hat eine Bedeutung. Vielleicht hat er mich sogar entführt? Grüßen könnte er eigentlich zuerst, da ich ihn als Gastgeber einstufe. Flegel. Nicht mal ein angedeutetes Nicken. Dann bin ich also Luft für ihn. Das heißt zumindest, daß er mehr von mir will – als eben nur eine Kleinigkeit, bei der man höflichkeitshalber einen Gruß vom Stapel läßt.

Allmählich dämmert es bei mir. Was haben die vorhin gesagt, Mr. Meyer sei ein russischer Spion und ich der Schlüssel zu ihm? In dem Fall würde ich natürlich auch nicht grüßen. Denn in meinem privaten Sündenregister fungiert Spionage an führender Stelle. Wer spioniert, frißt auch kleine Kinder und zündet Häuser an. Und das ist schlecht. Dann muß ich leider abwarten, bis das erste richtige Wort fällt. Bis jetzt fielen ihrerseits nur Taten, bei denen ich unwahrscheinlich an Erfahrung gewonnen habe. Mehr war leider nicht drin.

Mr. Meyer ist also ein Spion. Daß ich nicht lache. Was soll er denn auskundschaften? Etwa, wieviel Backenzähne ein Schwarzer übrig behält, weil er nicht mit einer Weißen schlafen darf? Oder umgekehrt? Dafür gibt es doch bestimmt öffentliche Statistiken. Und was diese Tabellen nicht bekannt geben, weiß sowieso jeder. Rassentrennung, demokratische Befolgung der Regierungsbefehle – oder gar die sagenhaft beliebte und daher auf breitester Ebene angewandte Korruption. Um das herauszufinden, brauchen die Russen keinen e-ypsilonischen Spion. Sogar Helen's maschinelle Spritzwaffe ist kein ausschlaggebender Beweis. Also halte ich weiterhin zu unserem Sacky.

Und das Spiel ist immer noch aus. Schweigend, wie bei einer Beerdigung, legen die spielfreien Trauergäste den angestochenen Hintern – vielleicht habe ich aus Unkenntnis seinen Ischiasnerv getroffen – an die Seite und murmeln, er solle sich nicht so haben. Und durch einen fast preußischen Sauberkeitssinn getrieben, heben sie wie selbstverständlich den italienischen Uhrzeiger nebst den dazugehörenden Gewichten auf und plazieren ihn neben den Nervenbehälter. Mögen sich alle Gegner auf diesem Flecken vereinen.

Na, Studnitz, wo bleibst du? Komm, ich habe eine Engelsgeduld ... Nichts, nur allgemeines, betretenes Schweigen. Und das wollen Gangster sein? Armes Südafrika. Fragt doch mal bei der Mafia in Nordamerika nach! Die geben bestimmt Entwicklungshilfe ... warum wird mir plötzlich so schwindlig? Meine Augenlider werden schwerer und schwerer ... fast stehe ich ihnen machtlos gegenüber ... und sie fallen trotzdem.

Wo ist mein Meer? Ich müßte es wissen ... schließlich hatte ich mal ein Verhältnis mit einem östlichen Politiker ... auch wenn er nichts taugte ... und ein rosaroter Eidechsenschwanz war ich auch schon mal ... nicht zu vergessen: ich als fast kastrierte Fledermaus ... dabei war ich nur auf der Suche nach einem geeigneten Seelenträger. Dabei brauche ich von Natur aus weder den einen noch den anderen ... wißt ihr überhaupt nicht, daß ich von der momentanen Natur aus ein glücklich verliebter Erdenbürger bin? ... mit Herkunft aus dem Abendland? ... und wieder kommt dieser verhaßte Eidechsenschwanz auf mich zu. Wie lüstern er lächelt ... hast du auch genügend silberne Wanzen mitgebracht? Eine davon möchte ich als Andenken aufbewahren ... Entschuldigung: Gebildete Leute sagen – Souvenir ... nun schau sich mal einer dieses abgehackte Eidechsenende an ... wie es nervös hin und her zuckt ...kein Umgang für mich.

VII. Kapitel

Bis auf das stete Rumoren in meinen Nasenbereichen nebst sämtlichen Anverwandten herrscht eine geisterhafte Stille. Traurig stelle ich fest, daß die Rugbyräume auch nicht mehr sind, was sie mal waren. Und wer trägt die Schuld daran? Ich weiß es wirklich nicht. Normalerweise schiebt man in solchen Fällen den Gewerkschaften die schwarzen Peter unter die Decke. Aber hier? Und warum müssen die Peter immer schwarz sein? Doch wohl nicht aus geographischen Gründen, die Südafrika heißen? Trotzdem, die Typen scheinen fast alle unter einem fragwürdigen Stillsteh-Einfluß zu sein. Fantastisch – wie die das so können. Nicht mal ein bescheidenes Niesen oder gar Hüsteln. Bei jeder Art von Versammlung ist das nämlich üblich. Und unweigerlich beschleicht mich das untrügliche Gefühl der unvermeidlichen Stille vor dem Sturm. Ist es denn noch immer nicht genug? Verdammt nochmal! Erst chloroformieren und dann auch noch klauen. Schön und gut. Wer weiß, wozu unschuldige Liebespaare gut sind. Aber dann kann man wenigstens ein wenig Handlung hinterher erwarten. Und was war? Nichts. Wer hier für Stimmung sorgte, war schließlich ich. Und das stand nicht im Vertrag. Trotzdem habe ich meinen guten Willen gezeigt. Von wegen Stecknadel und Uhrzeiger. Aber, ganz im Ernst, jetzt seid ihr allmählich an der Reihe. Rumstehen und lange Gesichter ziehen gilt nicht. Übrigens, wo habt ihr mein Meer gelassen? Schließlich habt ihr uns zusammen abgestaubt. Wie hieß sie gerade noch – denn, wenn ich nach meinem Meer frage, zuckt ihr sowieso nur mit euren Schulterknochen. Jane – wie konnte ich das nur vergessen! Aber da ich warmes Wasser so liebe, verzeihe ich mir noch dieses eine Mal. Wo ist sie? Meine Sehäpfel mühen sich umsonst. Nichts. Und der Kundendienst dieser Rugbyschleicher ist auch nicht der Beste. Weiterhin nur ausdruckslose Visagen. Mann, bin ich höflich. Selbst als moderner Bildhauer hätte ich ein wenig Gefühl in diese unbekleideten Muskeloberflächen gebracht. Und das nennt ihr Gesichter? Pfui, schämt euch, und zieht dicke Unterhosen darüber. Ich sehe schon: mir bleibt nichts anderes übrig, als euch zu zählen und dann genügend Schamverdecker zu kaufen. Der Möhrenadonis bekommt natürlich einen aus Wolle, damit er seine oberen Weichteile nicht verkühlt. Letzte Pariser Mode. Versteht sich. E-Ypsilon gibt mir bestimmt das nötige Geld dazu. Meinetwegen mit Zinsen. Schießlich hat er genug von dem Zeug. Sagt er ja immer.

Aber, mein lieber Sacky, ich sehe schon ... eigentlich sehe ich überhaupt nichts. Besser – ›fast‹ nichts. Wo bist du? Wo kann ich dich finden? Und meine Pläne mit den Gesichtsverdeckern werden dir nicht viel sagen ... also keinerlei Übertreibungen meinerseits. Aber würdest du nicht trotzdem deine E-Ypsilonmeinung mit mir teilen? Stell dir vor, die Herren hier behaupten, du seist ein russischer Spion, und ich dein Mittelsmann ... natürlich stimmt in etwa der Begriff ›Mittelsmann‹ – neulich, nach dem Wettschwimmen mit deinem Amadeus, und die anschließende Begebenheit mit deiner Helen, als du gegen Ende der Dritte in unserem Brust-an-Rücken-Bund warst. – Aber Spionage! – noch dazu für Rußland? – Daß ich nicht lache. Vielleicht lachst du jetzt? Also, wenn du mich fragst, ich glaube kein Wort davon. Ammenmärchen, sage ich dir ... dürfte ich nebenbei fragen, was du in diesem Augenblick treibst? Hast du eigentlich schon unser Verschwinden bemerkt? Helen betonte immer, wie intelligent du bist. Klar, so wie ich dich kenne, wirst du uns bestimmt bald finden. Ich an deiner Stelle jedoch, und du wärest an der falschen Adresse. Nicht nur, weil ich mich in diesem Land immer noch recht fremd fühle. Irgend etwas hakt bei mir in Zeiten der Unsicherheit sowieso aus. Ich verlasse mich also vollkommen auf dich. Was aber, wenn ich dich auf jeden Fall suchen müßte? Vielleicht habt ihr hier so etwas wie einen Straßendienst? Polizei geht wohl nicht. Denn die sei ja korrupt ... wie du oft genug betontest. Oder das ›Rote Kreuz‹? Zwar sind die international – aber ziemlich weich. Also Straßendienst. Und der steht im Telefonbuch ... heute aber bist du an der Reihe ... mit der Sucherei. Natürlich wirst du uns finden! ... Sicher denkst du jetzt nach. Ich sehe dein nachdenkliches, whiskyschlürfendes Grinsen ... an deiner Bar ... die mit den vielen Spiegeln ... aber sei vorsichtig! Notfalls werde ich dir natürlich sofort helfen. Die Typen hier sind mehr als scharf auf dich. Sind die denn alle deine bösen Nachbarn? Oder lediglich Feinde?

Das Meer und ich sind keine Verräter ... so wie dein warmer Möhrenadonis. Schau dir bloß sein hämisches Grinsen da drüben an. Und der will Grieche sein. Warum nicht? Man sieht es doch an deren Geschichte: zwar wissen die alles, und haben die fixe Idee, daß es für jedes Problem eine Lösung gibt ... aber handeln? Nein! Und philosophieren allein? Verrat fällt ihnen wohl leichter. Nichts für uns. Das Meer und ich, wir stammen aus Teutonien. Dort wird eingehalten, was Ehre und Pflicht verlangen. Oft wenigstens. Stolzes, vertrauenswürdiges Europa ... ich habe Heimweh... Sacky ... siehst du nicht, wie ich hier schmachte, wie ...? Bitte hör mit dem Whisky auf, und mach dich auf die Suche. Langsam werde ich nämlich nervös ... und nimm genug Verstärkung mit ... die Sportler hier scheinen stark zu sein ... ich alleine etwa? Sacky, das kannst du mir nicht antun. Übrigens, wo ist Jane? ... Und ewig diese Blicke von deinem Möhrenadonis ... die machen mich vollkommen unruhig ... Überhaupt, wenn ich mir die Stimmung betrachte, ich weiß nicht ... wenn ich wenigstens etwas zu sagen hätte ... an dieser kalkigen Rugbywand. Wie schwach ich mich fühle. Ja, ich bin vergiftet ... vielleicht haben die anderen deshalb diese Kalbsaugen? Sacky, hast du gesehen, wie ich als Eidechsenschwanz und so? Auf jeden Fall bin ich dagegen, daß von dem Meer jede Spur fehlt ... und ich nicht weiß, was in der nahenden Zukunft passieren wird. Bestimmt etwas Grausames! Glaube mir, dafür habe ich ein gutes Gespür ... man scheint tatsächlich auf dich zu warten. Nein, Sacky, dann schlürfe deinen Whisky weiter ... ich mache das schon. Aber traue nie wieder diesem Adonis. Also, wenn ich ... sage ich dir. Vielleicht werde ich ihn selbst übernehmen ... oder schicke ihn mit Geige in deinen Swimmingpool. Zu Amadeus. Wenn dein Grieche aber anfängt, im Wasser Mozart zu spielen, wird er disqualifiziert. Dieser Verräter! Eigentlich müßtest du das bereits wissen. Zuzutrauen wäre es dir ... wenn jetzt nicht bald etwas passiert, beginne ich rücksichtslos mit der Kartoffelschälerei. Habe im Augenblick einen irren Hunger auf Reibekuchen. – ›Vielleicht verfügt einer der Herren hier über etwas Olivenöl, eine rohe Zwiebel und ein Ei?‹ Notfalls komme ich ohne Salz und Pfeffer aus. Aber nicht ohne Feuer und Pfanne ... ebenfalls hungrige Blicke aus den mit Schlüpfern überzogenen Gesichtern. Wenn ihr mir helft, lade ich euch ein. Also los! Wo sind die Kartoffeln? ... In meinem Kopf dreht sich alles ... wieviel Hundertschaften sind hier überhaupt versammelt? Aus Gründen der Kalkulation muß ich das unbedingt wissen. Superparadox. Würden die einzelnen Herrschaften bitte vortreten! Arbeitslose Visagen tauchen auf. Zählen? Unmöglich. Und dieser Aufwand für die Entführung eines einzelnen Liebespaares? Daß ich nicht lache. Spionage? Ein übler Scherz. Jane würde bestimmt die Kartoffeln für mich schälen ... sie ist also der erste Preis. Zur Strafe werde ich mit Rhizinusöl kochen – und nichts essen. Geruch kann ebenfalls sättigen ... und ihr! ... Ihr könnt dann laufen. Zwar noch nicht um euer Leben ... wir werden sehen. Das benötigte Papier hängt von der jeweiligen Geschicklichkeit ab ... auf die Plätze, fertig, los! Halt – wieviel seid ihr überhaupt?

Außer der stumpfweiß getünchten Wand über mir gibt niemand eine Antwort. Und die grelle Birne blinzelt trügerisch zu mir herab. Die Wand über mir! Nichts sagt sie ...

Also – so geht das nicht weiter. Entweder ihr habt Hunger oder ... vielleicht doch ... oder nicht ... na gut.

Mit einem Schlag wird mir bewußt, daß ich von den Gegnern, bis auf Mr. Leo N. Studnitz und den Möhrenadonis – mit dir Freundchen rechne ich auf Ehrenwort besonders ab –, keinen der Anwesenden kenne. Na gut, da ist noch der nichtssagende Ex-Stinker. Und mein Verlobter, der Italiener. Kann ja heiter werden, wenn ich den bereits als meinen Verlobten bezeichne! Wohin die Liebe fällt. Und ich war immer der Meinung, ich sei sexuell normal entwickelt.

Aber vielleicht denke ich nur aus der Sicht meiner geliebten Verlobten, der unsterblichen Jane. In dem Fall bin ich natürlich wohl doch normal. Trotzdem, mit der dramaturgischen Entwicklung bin ich keineswegs zufrieden. Wenn nämlich die anderen nichts sagen und nichts unternehmen, verraten sie unweigerlich ihre absolute Unsicherheit. Dabei bin ich es, der unwiderruflich zittert und wackelt. Wie kann man dabei nur an Reibekuchen denken? Und ich bitte die große Glocke, davon nichts läuten zu lassen. Auch wenn es noch so drohend an ihr hängt. Hängen und hängen lassen. Aber ich will nicht sterben! Und mit einem sich aufbäumenden Rück richtet sich mein zweifelnder Oberkörper auf, macht auf meiner Sitzfläche eine quietschende Drehung von fast neunzig Grad und lehnt den Rest meines unsicheren Gerüsts gegen die Wand. Und die hat eine Maserung wie alle Wände in Spanien. Spritzgips. Sadisten oder Lebenskünstler? Nein, wohl nur negative Elemente.

»Mr. Leo N. Studnitz!« Stolz erhebe ich meine Stimme – wie der zu Erschießende, der die schwarze Binde verweigert. Spanien, dabei sind wir hier in Südafrika. Vielleicht ist deswegen meine Stimme nur ein heiseres, erstauntes, hohles Krächzen? Dann eben nicht.

Ha, wußte ich es doch! Meine akustische Anstrengung wird optisch belohnt. Ich habe ja immer behauptet, wer sich von seinem Phlegma besiegen läßt, gibt sich selbst auf. Und schon verspüre ich starkes Mitleid für die unterhosenlosen, trotzdem menschlichen Charakterspiegel. Jeder angereichert mit den althergebrachten sieben Löchern, aus denen nichts als stinkendes Phlegma tropft. Habt ihr euch denn alle aufgegeben? Nicht, daß ich mir wichtig vorkäme, aber ihr habt mich doch vollkommen in eurer Gewalt! Ist das ein Grund, Testamentsgesichter aufzusetzen, die sogar mich – als kompletten Laien – beeindrucken?

Dann eben nicht. Und ich bin froh, euch alle klar und deutlich zu erkennen. Wird auch verdammt Zeit. Eigeninitiative ist die beste Initiative. Ihr seid also die Typen, die in unserem kleinen Kellerzimmer Rugby spielen wollten? Und das ohne Ei. Nur mit Menschen. Und ich habe Hunger auf Kartoffelpuffer. Nicht, daß ich schwanger bin, aber als meine Mutter in Hoffnung war, war sie ewig scharf auf Orangen. So ist nun mal das Leben. Und ich bin mitten drin.

Soweit das Auge reicht, sehe ich ein, zwei, drei fremde Kreaturen männlichen Geschlechts, die ich beim besten Willen wohl nie zu meinen Freunden zählen würde. Beileibe nicht aus billigen Rachegefühlen. Nein, nur so. Bestimmt liegt es an der Anzahl von Zuchthausjahren, die von ihnen ausströmt. Strömen. Eine Sintflut von Jahren! Warum untertreibe ich heute nur so maßlos? Meine Herren, euer Anblick wirkt sehr beruhigend auf mich!

Warum starren mich alle so an? Wollt ihr ein Bild von mir? Aber ihr unternehmt ja doch nichts. Seid ihr nur feige oder wollt ihr die von der Schule unbestätigte Klugheit überspielen? Ist doch kein Grund. Ich war auf der Penne auch nicht gut. Deswegen starre ich noch lange nicht. Und wenn ich jetzt anfange zu knurren, was macht ihr dann? Ein schüchterner Versuch. Doch der klingt wie Blähungen aus einer Taucherglocke. Bloff. Bloff. Bloff. Mit einigen R's vermischt. Leider an allzu fragwürdigen Stellen ...

Und sie starren weiter. Nicht einmal Humor haben sie. Selbst der blöde Nachbar Leo verzieht keine Miene. Wenn ich doch nur einen guten Witz wüßte!

»Dürfte ich um meine letzte Zigarette bitten?«

Keine Antwort. Geizhälse! Und wenn ich nach Kartoffeln ...

»Niko, Liebling!« Von irgendwo kam die geliebte Stimme, die ich wie ein Süchtiger aus millionenfachem Echo heraushöre. Zart, zweifelnd und doch hingerissen wie ein Verdurstender in der Wüste, der das Wort ›Wasser‹ von sich gibt und doch schon von seinem eigenen Tod überzeugt ist. Wie zweifelndes Öl bin ich überzeugt, daß auch die einfachste Flüssigkeit, nämlich Wasser, jegliche Art von sterbender Glut zu einem wahren Weltbrand auflodern lassen kann – solange der eigene Lebenswille noch über einen winzigen Funken verfügt ... mag er noch so klein sein – von der Größe eines Atoms – oder gar tiefgefroren ... Das Leben wird unsterblich bleiben ... wie war das eben? ›Niko, Liebling!‹? – Hurra! Halleluja – oder was auch immer. Sie ist da. Sie lebt! Und existiert – hier in meiner Nähe. Endlich bekommen alle meine vergangenen Gedanken einen Sinn. Einen endgültigen Sinn ... ich und aufgeben? Daß ich nicht lache! Schon fühle ich mich als gewöhnliche Bratpfanne, deren Rhizinus- oder Olivenöl – besser das erste – siedend heiß ist, um die langersehnten Kartoffelpuffer in sich aufzunehmen ... den Garungsprozeß ... der augenblicklichen Situation fortzuführen. Nicht, daß ich je gezweifelt hätte, aber ist es nicht wunderbar, diesen Lebenswillenbalsam in sich zu verspüren? Scheinbar sind sie von mir angesteckt ... die Phlegmatiker da drüben ... und aus ihrem Siechtum gerissen. Fast geht ein Raunen der Freude durch die Reihen der mich anstarrenden Blicke. Ekelhafte Gesichter. Wenn ich nur wüßte, welche Überzieher für euch gut genug sind? Ist doch wirklich keine Art – diese Starrerei auf mich. Ihr solltet euch schämen ... irrer Schreck, elektrischer Schock und so ... und da ist sie – mein Meer – wie sie leibt und lebt! – wie ein Kaninchen auf der Flucht kuschelt sie sich an mich. Wie wunderbar sie schluchzen kann. Das arme Ding. Sicher wird sie mehr Ängste als ich ausgestanden haben ... wenn ich nur Herr über mich selbst wäre! ... Aber irgendwie scheint sich meine innere Batterie wie ein Riesenkraftwerk aufzuladen: nach dem Motto – mir kann keiner! Trotzdem fühle ich in mir ein seltsames Prickeln, wie es meist nach unverhofften Geschenken erscheint. ›Junge, werde mit der Tatsache vertraut, daß sie lebt – und bei dir ist!‹ Dankbar streichele ich meinen gefundenen Strohhalm und frage bescheiden, ob es ihr denn auch wirklich gut geht. Zweifel sind erlaubt ...

»Jetzt, Niko – mein Liebling, da ich weiß, daß du da bist, gehe ich mit dir bis an das Ende der Welt.«

Und mein inneres Öl siedet ... am besten wohl runter vom Feuer! Fast wie im Film, diese neuartige Version von Romeo und Julia!

»Sei ruhig, Liebes. Keine Angst. Sind wir hier, kommen wir auch weiter ... und wieder frei!«

Wie selbstverständlich streichelt eine meiner Hände ihren langen Rücken. Wie selbstverständlich registriere ich den galoppierenden Herzschlag in mir. Mindestens eine Herde wildgewordener Elefanten. Verständlich. Aber Herzen haben nun einmal keinen Verstand – Meere, Ozeane vielleicht – ich nicht. Und ich fühle mich verpflichtet, die Ruhe zu bewahren. Wie leicht dieser Befehl plötzlich auszuführen ist ...

Liebe erweckt eben ungeahnte Kräfte. Ruhig und zufrieden. Fast, als sei ich bereits Herr der Lage, halte ich mein Einundalles mit sämtlichen Armen fest. Ebbe. Sie scheint zu schlafen. Und die Gegner starren immer noch. Sollen sie. Denn jetzt starre ich zurück. Wollen doch mal sehen, wer besser und länger starrt. Aber ich sterbe nicht! Wetten? Eigentlich wollte ich ja nicht wetten. Denn Wetten macht unwiderruflich traurig. Und danach steht mir keineswegs der Sinn. Ich bin also zu einem Kompromiß bereit und gelange zu der Ansicht, daß ich meine Taktik in reine Beobachtung umändere – mehr Möglichkeiten gibt es eigentlich nicht –, um die Starrer ein wenig näher kennenzulernen. Man kann nie wissen. Also noch näher ran. Nämlich, wenn ich weiß, wie sie sind, und wie sie sich verhalten – wenn und falls –, habe ich eventuell eine Chance, sie zu beherrschen oder wenigstens zu unserem Vorteil zu benutzen. Bin ich ein Idealist?

Oder soll ich vorher noch ein Mal knurren. Sozusagen als angewandte Psychologie? Nicht schlecht, der Gedanke. Ran also. ... Heute gelingt mir einfach überhaupt nichts. Dabei sind es nicht mal Ausreden. Ein simpler Frosch im Hals. Als ob die gesamte Froschbevölkerung eines Marschlandes in mir versammelt wäre. Verdammt, was habe ich mit Fröschen zu tun? Dann eben nicht, liebe Tante, heiraten wir den Onkel, der ist auch ein schöner Mann.

Trotzdem, so geht es nicht weiter. Und ich will doch gewinnen. Da ist also der Erste! Sein starrender Brustkasten hebt und senkt sich nervös auf und ab. Mehr hast du wohl nicht. Wie? Der Rest ist etwa fünfundfünfzigjährig. Glattes, graues Haar. Und zähe, graue Haut umspannt sein Gesicht, das durch einen breiten, dünnlippigen Mund in verschiedene Zonen aufgeteilt wird. Schade, daß er nicht an einer Zigarette saugt, dann könnte ich nämlich behaupten: Kein Wunder mit der grauen Haut, der Typ raucht einfach zu viel, um sein Phlegma im Qualm zu ersticken. Und seine Augen sind trotz ihrer Schärfe ausdruckslos. Gerade jetzt, da sie meinen Blick kreuzen, flackern sie unruhig – vielleicht auch nikotingeschwängert – in eine andere Richtung. Ich sollte mir unbedingt das Rauchen abgewöhnen! In eine andere Richtung also auch mit meinem eigenen Blick ... Wahrscheinlich gibt es dort irgendein tabakähnliches Insekt, das zu beäugen wichtiger erscheint als meine eigene, stark lädierte Erscheinung ...

Soll es hier in Südafrika nicht Skorpione geben? Recht hast du, Mann! Also ist es reine Angst, die dich immer hastiger an den Stein deiner Krawattennadel fassen läßt? Aber beim besten Willen sehe ich keinen Skorpion in deiner Nähe ... leidest du etwa an nervöser Einfallslosigkeit? Warum machst du nicht den Versuch, die wunderbaren Farben deines italienischen Seidenschlipses zu zählen? Oder ... wartest du etwa auf mich, dir bei deinem Zeitvertreib zu assistieren? Na, ich weiß nicht ... besser bleibe ich, wo ich bin ... und halte mein Meer fest. Mensch da drüben! – Warum lehnst du bloß so lustlos an der Wand? Ist das etwa alles, was du dir von eurer Liebespaarklauerei versprochen hast ... keine Vergewaltigung ... keine Quälerei, gemischt mit Spannung ... oder so? Ich will dir mal was sagen: Für mich bist du nichts weiter als ein billiger, heruntergekommener

Schmarotzer! Immer auf Kosten anderer! Nichts gegen Buchmacher. Aber du siehst genauso aus. Ich kann mir bestens vorstellen, wie du an deinem billigen Stand an der Rennstrecke den Einsatz der Wetter kassierst, wie du mit bedauernder Miene und gespielter, mitleidiger Höflichkeit deine Arme auf und ab flattern läßt, etwas von Schicksal laberst, und doch von vornherein wußtest, daß die gesetzten Pferde nie ihr Ziel erreichen würden. Krankheit, Bestechung – als Hilfsmittel eurer Gewinnsucht! Dann du mit deinem wehleidigen Blick als Ausdruck menschlichen Mitgefühls. Dabei willst du nur deine Angst vor der Überführung verdecken ... mit einem Auge auf das wachsende Bankkonto. Keine Angst ... sag mal ... warum starrst du plötzlich so? Unfair! Jetzt, wo ich weiß, daß ich dich psychologisch besiegen könnte. Kartoffelpuffer magst du wohl auch nicht, wie? ... Also wandert mein enttäuschter Blick weiter. Buchmachers Nachbar: Magisch wird mein kritisches Selbsterhaltungsauge von seinem wunderschönen schwarzen, lockigen Haar angezogen. An den Schläfen lang und dicht – wie Hammelkoteletts herabgezogen. Hammelkoteletts mit grünen Bohnen und in Zwiebeln gedünstete Kartoffeln – nicht viel, sie machen sonst dick. Einen Hunger habe ich ... dann noch etwas französischen Rotwein als Freunschaftsneutralisator ... dann Mittagsschlaf. Das Meer und ich ... allerdings müßte dann meine Nase wieder fit sein. Denn die wird bestimmt dazu gebraucht. Wie warm ihr Meerbusen ist ... Zurück zu dem Schwarzhaarigen ... platt und pechschwarz sind seine Augen, ausdruckslos wie die von Chinesen, eingebettet in asiatische Schlitze ... ohne Haare außen herum. Irgendwie könnte dieser Typ als Johannesburger Immobilienmakler eingestuft werden. Warum, weiß ich nicht, aber mein Computerbüro über mir meldet sofort die Bestätigung. Dabei habe ich hier in Johannesburg noch nie einen Vertreter dieser Gilde gesehen ... oder etwa doch? Natürlich. Dieser Studnitz befaßte sich doch ebenfalls mit dieser eigenartigen Art von Geldmacherei ... geht mich eigentlich nichts an, solange sie mich in Ruhe lassen. Aber wenn mich meine bisherige Lebenserfahrung nicht unheimlich täuscht, kann sich niemand in Gegenwart dieser Geldverdreher einen ruhigen Schlaf leisten. Auch ich nicht! Und ich bin so müde ... aber strahlt nicht auch dieser letzte Typ ein unwiderrufliches

Phlegma aus? Wenn ich nur wüßte, was das alles bedeuten soll? Aber vielleicht irre ich mich, und die Herren der gegnerischen Seite benutzen diesen offensichtlichen Charakterfehler als Tarnung? Warten auf eine Schwäche meinerseits? Quatsch. Die sind doch in der Überzahl! Ich muß also mißtrauisch bleiben. Sollten sie mir plötzlich ›Guten Morgen‹ wünschen, würde ich die Antwort verweigern. Es sei denn, mit Hilfe von mindestens zehn Rechtsanwälten. Oder mein Leben ist endgültig verwirkt ... starrende Blicke von der anderen Seite ... ob mir jetzt plötzlich billiges Land angeboten wird? Ausweichende Blicke! Auch eine Antwort. Herr Makler, solltest du mich nach meiner Meinung über dich fragen: Du bist nichts weiter als ein gewöhnlicher Beitrag zur Umweltverschmutzung.

Starrendes Schweigen verbraucht ungeheuer schnell die Luft. Vielleicht bin ich aus diesen sauerstoffarmen Gründen so unsagbar müde? Ich gähne wie ein altersschwacher Karpfen mit Moos auf dem Rücken. Ich will in Ruhe sterben. Und nicht in irgendeiner fremden Bratpfanne landen. Vorsicht, Angel. Also kein Hungergefühl! Obwohl Karpfen auf polnische Art auch nicht zu verachten sind. Mit meinen Kartoffelpuffern wird es sowieso nichts mehr werden! ... He, Makler, was ist mit deinem nächsten Nachbarn? Fast habe ich Hemmungen, ihn einer näheren Betrachtung zu unterziehen. Weiß der Teufel, welche Eßgenüsse mir durch ihn einfallen werden ... eine Kleinigkeit würde mir durchaus reichen. Also werde ich mich zwingen, sein Äußeres kühl und sachlich zu inspizieren. Achtung: fester Blick auf ihn! – Ach du liebe Zeit, genauso enttäuschend wie seine Kollegen. Ob er sich trotzdem von seinen Mitstarrern unterscheiden läßt? Ich taufe ihn Frankie. Obwohl er keinerlei Ähnlichkeit mit Sinatra hat. Aber Eltern werden diese Gefühle verstehen. Ich fühle mich unschuldig und bin sicher, an seiner Entstehung nicht mitgewirkt zu haben. Aber Frankie steht immer noch da. Mit starrem Blick! Ein hochgewachsener Mensch. Und schwer. Oh wei und wie. Ein Ochse am Spieß. So was hatten wir mal auf einer Fete am Mittelmeer. Und in meinem Mund zieht sich sämtlicher Ochsensaft zusammen. Wirklich ein saftiges Gewicht. Ein Wunder, daß die Mauer nicht einbricht, gegen die er lehnt. Vielleicht nur, weil sein flacher Hinterkopf zuviel leichte Luft als Gegengewicht aufweist und deshalb für den gerechten

Ausgleich sorgt. Er fungiert für mich als Waage, deren Zeiger, ich meine seine Nase – die überdimensional lang ist –, hoch in die zweiundvierzig Jahre alt ist. Und sie regiert sein aufgedunsenes Biergesicht – mit Nasenflügeln so groß wie Windmühlenflügel, die so gewaltig in die verbrauchte Luft ragen, als sei dort seine gesamte Intelligenz konzentriert. Nicht beim besten Willen kann ich von dem Besitzer anderes als nackte Gewalt erwarten. Im Tierreich sind Bullen als Killer bekannt, die was gegen Menschen haben, nur weil sie kleiner und eventuell intelligenter sind. Sein grell gescheckter Schlips flößt mir noch weniger Vertrauen ein. Aber vielleicht kann man den Träger im Notfall an dieser Apparatur zu Fall bringen? Schnell laufen kann er bestimmt nicht. Abducken, ziehen, unerwartet schubsen, gleichzeitig ein Bein stellen und runter damit! Ein Bein auf seine Büffelbrust und zum Andenken schnell ein Foto. Vielleicht habe ich mal Nachfahren, und die interessieren sich bestimmt für meine Erlebnisse im wilden Afrika. Es braucht ja nicht unbedingt ein Ochse am Spieß zu sein, aber ein prima Steak vom Grill, halb durch, wäre eine wunderbare Vorspeise ...

Tja – und dann kommt Mr. Leo N. Studnitz. Aber dem habe ich es ja bereits gezeigt. Natürlich wird er bei einer neuen Gelegenheit schwer auf der Hut sein. Ich glaube daran, daß Menschen, die nur Schlechtes im Sinn haben, nicht immer etwas Lohnendes im Kopf haben. Für Intelligenz ist dort einfach kein Platz mehr. Dafür bietet sich in den meisten Fällen – bei unkorrupter Geschwindigkeit – also frei nach Justitia's Mühlen – jahrelanger Platz hinter Gittern an! Wer eigentlich springt hinter diesen Stäben auf und ab, wenn diese Typen hier immer noch frei herumlaufen und nichts anderes tun als starren? Starren, wenn sie anderweitig nicht in Aktion treten. Sonst wären wir, das Meer und ich, nicht mehr in diesem Spielraum versammelt. Bleibt nur das Problem, ob man starrende Hunde wecken soll?

Mein Radar verrät mir, daß mein Meer tatsächlich schläft. Sie scheint verdammt gute Nerven zu haben. Oder aber, sie vertraut mir vollends, und das wiederum läßt ein stolzes Gefühl über mich rieseln. Also kein Essen im Augenblick. Iß nie im Streß – das gibt Blähungen! Etwas Fisch könnte allerdings nicht schaden ... ein kleines Haifischsteak in Butter – wie gestern bei Sacky Meyer? Man lernt doch nie aus ... He! E-Ypsilon, säufst du immer noch? Laß nur, auch ohne deine Hilfe wird mit uns etwas Wunderbares geschehen. Ich spüre es im Urin ... nein, ich muß tatsächlich! Leider noch keine Zeit für diese bürgerlichen Reaktionen ... Wer ist der Nächste? Mein dicker Stinker etwa? Aber den hatte ich bereits. Trotz des Nadelstiches scheint er sich gut erholt zu haben. Wie ich, lehnt er an der Wand – nur gegenüber. Aber auch er starrt. Also keinerlei Ähnlichkeit mit mir! Trotzdem verläßt mich nicht das Gefühl, daß er sich am liebsten wie ein Dinosaurier auf mich stürzen würde – wenn er könnte! Wunschdenken allein scheint ihm nicht zu helfen! Oder ist es gar die zarte Hand des lieben Leo Studnitz, die auf ihm ruht? Wie zart dieses Immobilien-Tast-Gerät ist – im Vergleich zu der grobschlächtigen Pranke des sterbenden Furzers! Mir scheint, die weiche Hand hält ihn wie ein Blinkfeuer in Schach. Hoffentlich! Wenn auch paradox ... Obwohl immer, wenn ich Hunger verspürte, sich jede Situation anders auflöste, als ich mir je träumen ließ. Jetzt ein Tropfen Milch ... er würde mich ganz schön aufmuntern. Oder wenigstens Joghurt ... Hauptsache eine Art Kuhsaft. Leider sind hier bestimmt keine glücklichen Kühe anwesend, die freiwillig ihre Euter zur Verfügung stellen würden ... ob der ehemalige Furzer wirklich stirbt?

Ist noch jemand für mich da? – Nur der Italiener. Doch der leidet immer noch an den Folgen seines Narzissuskomplexes – verbunden mit meiner Tretgeschoßwirkung in seine Weichteile. Hätte ich das geahnt, wäre ich nicht so hart gewesen. Aber vielleicht war er sogar der Initiator meiner jetzigen Situation? ... Jetzt müßte ich noch dem Dicken, dem Stinker, einen Namen geben – zwecks späterer Identifikation ... ein Wunder, daß ich unter seiner Last nicht zur Briefmarke wurde. Mir fällt für ihn nichts ein. Oder? ... Vielleicht Dampfmaschine, die Öl braucht? Zu banal. Kräftemäßig schätze ich ihn wenigstens ein, daß er dickste Pflastersteine aus der Straße pissen kann ... und das heißt schon etwas.

Ruhe ... und meine Hände gleiten weiterhin beruhigend über meinen Meeresrücken ... wie sanft er hin und her wogt ...

Nun sitzliege ich da. Mein Sitzteil als neutraler Mittelpunkt. Von da ab die Beine flach ausgestreckt. Zufrieden. Kein nasehaltender Oberkörper an die spanische Spritzgipswand gelehnt. Zufrieden. Voller Gewißheit, die wie warmer Regen herabfällt. Endlich habe ich es begriffen: Liebe ist kein Geschenk, sondern ein Gelöbnis. Und es sind wohl nur die ganz Tapferen, die diesen Schatz länger als einen Augenblick behalten dürfen. Natürlich bin ich tapfer, wenn ich die starrenden Ungeheuer um uns herum betrachte. Natürlich ist es reiner Unterbewußtseinsblödsinn, wenn ich immer so rede, als lägen die Herren Verbrecher im Sterben. Unkraut vergeht nicht! Und die schon mal gar nicht. Vielleicht schlafen sie und starren deshalb? Und das kann nur vom schlechten Gewissen herrühren. Schließlich kennt jeder die Geschichte vom sanften Ruhekissen. Ach was, die schlafen bestimmt nicht. Das ist nur wieder einer ihrer Tricks. Vielleicht, um etwas aus mir herauszuholen? Zurück zur Tapferkeit. Ich bin mir durchaus bewußt, daß Tapferkeit immer und ewig mit einer Art Dummheit verbunden ist. Wie soll ich es also anstellen, ohne Tapferkeit diesem Dilemma ungeschoren zu entkommen? Schön, die Krieger scheinen unbewaffnet zu sein. Aber nicht nur körperlich in der Übermacht. Sollte ich als unschuldiger Zwerg es tatsächlich schaffen, einen dieser Herren zu besiegen – wenn sie nur nicht diese eigenartigen Augen hätten –, sind die anderen bestimmt wie Stehaufmännchen bei der Stelle. Und jetzt weigere ich mich konstant, weiterzudenken. Gedanken bringen auch nichts ein. Wo bleibt denn nur meine teutonische Harke? Mein Meer atmet ruhig und gelassen. Mit Wunderwaffe ist also auch nichts. Trotzdem, jetzt muß endgültig etwas geschehen. Dummkopf, natürlich! Wozu habe ich eigentlich meine Blase? Doch nicht nur aus rein irdischen Gründen? Obwohl sie sich regelrecht – schon aus diesem Grunde – darüber freuen würde. Sie bestätigt meine Denkerei mit dem altbekannten Druck. Aber hat je eine Blase logisch gedacht? Reine Instinktorgane. Wenn sie der Meinung sind, voll zu sein, schreien sie nach sofortiger Entleerung. Und ich brülle jetzt nach sofortiger Flucht in die Freiheit. Meine Finger versuchen zart, meine Meerbusenbesitzerin aus ihrem Schlaf zu locken. Vorsichtig. Sie darf sich weder erschrecken – noch Lustgefühlen Ausdruck verleihen ...

»Nicht hier, Liebling«, flüstert es kaum hörbar zu mir herauf.

»Ich dachte, du schläfst und wollte dich wecken.«

»Wie kann ich hier schlafen? Ich warte genau wie du.«

Das klang ja fast wie ein Vorwurf, wo ich doch mit unzähligen Problemen kämpfe ...

»Pst. Bist du fertig?«
»Ja. – Wozu?« Weibliche Logik.
»Zu allem.« Was sonst.
»Ja.« Hauch doch bitte jetzt nicht so sexy.
»Wir beginnen sofort mit dem Aufstand gegen die Römer!«
»Gegen wen?« Das konnte sie nicht wissen. Waren schließlich nur Gedanken. England. Schottland und so, wo die ziemlich machtlos waren. Warum nicht auch bei uns?
»Gegen die da.« Vorsichtshalber eine Hand in Richtung Feinde ...
»Und wie?« Also doch Logik.
»Ganz einfach. Wir müssen mal.« Und wie. Ich platze gleich ...
»O.k. Jetzt gleich?«
Und ohne weitere Verabredung erheben wir uns. Langsam. Ganz langsam. Erklärungen können wir immer noch abgeben. Und starrende Blicke soll man nicht stören. Stören? Kein Schimmer. Aber da stimmt bestimmt etwas nicht. Na, mir soll's egal sein. Trotzdem, mir soll es wirklich egal sein! Und es ist trotzdem unmöglich ... warum gibt es keinen Aufruhr?

Beide haben wir bereits einen, nein zwei zaghafte Schritte gegen die römischen Reihen gemacht. Und nichts passiert. Doch – jetzt! Hilfe – Quatsch. Wie auf Befehl rutschen die feindlichen Krieger an der Wand herunter und nehmen ungefähr die Position ein, die ich ihnen vorher gezeigt habe. Wenn das kein Witz ist, weiß ich es nicht. Selbst der Möhrenadonis folgt dem Beispiel seiner Brüder. Und auf keinen Fall lasse ich mir diese Chance entgehen. Mögen die Typen im Sinn haben, was sie wollen. Das Meer und ich gehen jetzt pinkeln. Schließlich ist das das Recht eines jeden Gefangenen. In zivilisierten Kreisen – versteht sich. Und der Grieche rutscht immer noch. Warum eigentlich langsamer als seine Kollegen? Dieses miserable Stück! Blitzschnell bin ich bei ihm, noch ehe sein warmer Hintern den Boden beglückt und lasse schallend eine meiner rechten Hände auf eine seiner linken Wangen klatschen. Ein empörtes ›Nicht doch!‹, und er rutscht seinem Zielbahnhof weiter entgegen.

Jetzt noch eine friedfertige Tür, die sich öffnen läßt ... In der Tat. Leider kein Schlüssel. Weder von innen noch von außen. Was soll's. Und fast glücklich, wenn auch mit dem Schatten eines schlechten Gewissens behaftet, tasten wir uns einen schwach erleuchteten Gang entlang. Warum ging das alles so einfach? Als Gefangener habe ich das Recht, bei der Flucht auf Schwierigkeiten zu stoßen. Sonst macht das alles keinen Spaß. Vielleicht sind die Gangster auch nicht mehr das, was sie mal waren? Aber bitte, keine Philosophie jetzt. Weiter! Und doch, so blöde ist doch kein Gesetzloser und läßt seine Geiseln oder Gefangenen einfach laufen. Da stimmt bestimmt etwas nicht. Also wieder ein grober Fehler in der Dramaturgie des Geschehens. Einfach unerklärlich ...

Und unser Tunnel ist so gespenstisch, als sei er eigens von Jean Paul Sartre entworfen. Natürlich nicht für uns. Ich bin sicher, daß er uns nicht kennt. Aber irgendwo tropft irgendeine geheimnisvolle Flüssigkeit. Wahrscheinlich in eine bereits bestehende Lache. Wird wohl Wasser sein. Und meine Blase pocht unwiderruflich auf ihr Recht auf Entleerung. »Jetzt nicht! Warte gefälligst.« Ja, das sind die Wort, die ich ihr harsch zuraune. Schließlich sind wir Gefangene auf der Flucht und haben das Recht der eigenen Zeitbestimmung, wann die Sachen fließen sollen und wann nicht. Wozu haben wir eine Genfer Konvention? Von der nicht immer Gebrauch gemacht wird. Aber schließlich sind auch die Kriege nicht mehr das, was sie mal waren. Und damit erkläre ich mich und mein Meer zu eingefleischten Pazifisten. Kein Krieg und nichts – nur Frieden!

Und weiter geht es, entlang den dicken und dünnen Röhren an den Wänden, die unsere Wegweiser in die vermeintliche Freiheit sind. Das Meer wie ein Schatten hinter mir. Nichts als Röhren an den Wänden.

Ich habe ja gleich gesagt, wir sind in einem Keller. Ich bin wirklich stolz auf meine Kombinationsgabe. Verzeihung, wo geht es denn hier nach oben? Und schon kracht es. Ein harter Gegenstand ist einem meiner unvorsichtigen Schienbeine im Weg und verursacht ein schmerzhaftes Echo. Warum ist die Welt nur von Rache angefüllt? Dabei wollen wir uns lediglich von unserer inneren Flüssigkeit befreien. Allerdings oben – wo ich die Freiheit vermute ...

Eine Stahltür ... zaghaft schnell bewege ich den Griff hin und her ... hat ihn sein Erfinder etwa nicht als Öffner oder Schließer erdacht? Kein Grund des Zweifels an der gewohnten Existenzberechtigung ... ich spüre plötzlich, wie sich der Stahlhebel ... bestens geölt – weiter als erwartet bewegen läßt ... und die Tresortür befiehlt, uns den Weg in die Freiheit freizugeben. Hinein mit uns ...

Nichts als Dunkelheit ... wohin mit meiner gequälten Blase, meinem treuen Meer ... und auch mit mir? Ist denn hier kein Lichtschalter? ... Rauhe Zementwand ... nein, Wände ... hier scheint die Mehrzahl das Geschehen zu beherrschen ... endlich ... der langgesuchte Schalter für den Lichtspender in die Freiheit ... und er funktioniert ... aber ein Schlafzimmer ist es eigentlich nicht. Obwohl mehrere Betten übereinander stehen.

Wie trostlos! ... Nicht mal Spritzgipswände, wie in unserem Rugbyraum irgendwo nebenan ... nur abscheulicher Geruch nach Schweißfüßen. So sieht kein Weg in die Freiheit aus. Also zurück. Und weiter ... hohl tropft das Wasser ... das von eben ... nur von weit her ... Moment mal ... war da nicht ein fremder Schritt? Zurück in die traurige Schweißobdachlosenbehausung. Souveräne Handbewegung nach hinten bedeutet meinem Meer sofortiges Halt. Auf der Flucht kann niemand vorsichtig genug sein. Angestrengtes Lauschen nach draußen. Da, wo unser Fluchtweg sein sollte. Leider keine Enttäuschung ... die Schritte folgen uns unwiderruflich. Und mit welcher Bestimmtheit sie sich uns nähern ... sollen wir Indianer spielen? Was nun, meine geliebte Squaw? Und du, Winnetou? Das Meer kullert mit ihren Augen. Also Angst und – wenn ich Glück habe – bedeutet das Untergebenheit. Ich werde also kämpfen. Aber wenn ich nicht genügend aufpasse, bedeutet das das endgültige Ende für uns ... Marterpfahl und Kriegsgeheul. Feuer, Pfeil und Bogen. Ach ja, auch Tomahawks ... Griff nach meinem Skalp. Aber noch ist er da, wo er hingeboren wurde ... ich weiß nicht, plötzlich beginnen alle meine Körperteile zu zittern. Etwa als Stimmungsmacher? Wie kalt es plötzlich ist ... doch die Schritte tapsen weiter ... laß sie. Sie werden schon ihr Ende finden ... Herrlich. Endlich bereitet mir die Flucht Spaß. Sogar die Meeraugen leuchten auf ... und heißgeliebte Kindheitsträume werden wach. Träume – wohl mehr Erinnerungen. Aus unserem heimischen Wald zu Hause. Komm, Jane, Indianerspielen ist doch international. Aber ich will der Häuptling von uns sein. Ich werde dich befreien und dich weder in einen Hinterhalt

locken noch verraten. Du kennst bestimmt die Spielregeln ...
Damit nun alles echt erscheint, sind wir ohne Diskussion bereit, genau wie früher die unpassendste Umgebung zu abstrahieren, um den Kriegspfad so wirklichkeitsgetreu wie nur möglich nachzuempfinden. Als Ouvertüre würde ich am liebsten ein echtes Kriegsgeheul mit auf dem Mund flatternder Hand loslassen. Leider ist es meine erwachsene Einfalt, die mir das Vergnügen raubt, also verbietet. Man ist ja mittlerweile so unwahrscheinlich bescheiden geworden. Denken wir uns: ich muß mich beeilen, denn die Schritte sind immer noch unterwegs – am besten stehen wir in einem dichtbewachsenen Wald. Schließlich muß man sich verstecken können. Und der Boden ist mit bester Moosauslegware bedeckt, damit unsere eigenen Geräusche verschluckt werden. Der Gegner muß natürlich durch abgefallenes Laub laufen. Denn wie abgemacht, sind wir an der Reihe zu gewinnen. Früher hatten wir also auch schon unsere Tricks und Kompromisse. Eigentlich hat sich nichts geändert. Die Schweißstahltür, weil sie dunkelgrün gestrichen ist, wird schnellstens in ein Brombeergesträuch verwandelt. Die haben nämlich so große, dunkelgrüne Blätter und meistens dicke, reife Früchte. Obwohl sich das Meer jetzt in die äußerste Ecke, also so flach wie möglich auf den Boden kauert, wird nicht genascht. Als Belohnung werde ich mit ihr heute abend eine romantische Friedenspfeife rauchen. Vielleicht spielen wir auch Doktor. Mal sehen, was meine Nase davon hält. Wo ist er denn nun, der Feind? Junge, du brauchst ja Stunden! Und schon wird es wieder langweilig. Wenn du dich nicht beeilst, kommen wir aus unserem Versteck heraus und sagen, wir wollen nicht mehr. Wir wissen nämlich noch viel schönere Spiele ... In Wahrheit wird mir jetzt noch viel kälter. Aber das Meer schräg unter mir glüht wie ein Ofen. Die menschlichen Reaktionen sind eben verschieden. Auch bei Verliebten. Hauptsache, das andere stimmt. Aber Indianerspielen? Ich weiß nicht. Wut und Entrüstung sind für den Bruchteil einer Sekunde schneller als meine persönliche Antwort auf das, was ich sehe. Dieses verdammte Schlitzohr von Karottengeiger. Dieses Schwein. Na warte!
Eigentlich war es nur seine unverfälschte Nase, die kurz hinter unserem Busch auftauchte ... und ihn ohne Zweifel verriet ... Blitzschnell rausche ich durch die Brombeerblätter ... ver-

dammt, wie die Dornen Hautfetzen von meinem Körper reißen ... da ist sein Arm! Diesen ersehnten Feindeskörperteil nehme ich sicher in Besitz. Noch fester und hoch damit, als müßte ich ein altes Auto mit einer Handkurbel energisch anwerfen. Es ist bitterkalt, und die Passagiere warten! Geglückt. Ich habe ihn, und der Motor läuft ... aber sein griechisches Schmarotzergeschrei muß unter meiner Linken verstummen ... wie eine Bettmatratze auf einem Lautsprecher ... bestimmt wäre ich ein guter Indianer geworden ...

»Jawohl, mein Fisch. Zappeln hilft dir nun auch nicht mehr ... dann verrate mir wenigstens, wo hier der Ausgang ist. Du bist doch Sonderklasse im Verraten, oder?«

Natürlich keine Antwort, d.h., keine Reaktion.

»Wenn ich für dich bloß einen anständigen Müllschlucker finden könnte. Wolltest uns wohl die Tour nach draußen vermasseln, wie? Freund Meyer wird sich über dich freuen. Los, ab!«

Der griechische Motor ist aus ... muß an der Zündung liegen ... also noch einmal ran an die Kurbel ... und siehe, die Maschine läuft ... sie bewegt sich vorwärts ... langsam zwar ... etwas Gas ... jetzt den zweiten Gang ... adieu, ihr Indianer. Der Ernst des Lebens beginnt. Ein lustiger Zug. Er. Ich. Und das Meer als Schlußlicht. Ob er mein nasenbedingtes Nuscheln überhaupt verstanden hat? Ich an seiner Stelle hätte mich strikt geweigert, mich zu verstehen. Aber das geht ihn nichts an. Außerdem kann er nicht reden, weil sein Alarmgerät von meiner Hand bestens verstopft ist ... was ist? Plötzlich fällt es meinem schmalbrüstigen Motor ein, selbst das Tempo zu bestimmen ... wie er bremst! Also etwas Gas, Freundchen, ich fahre! Und wie ein alter, klappriger Ford bewegen wir uns im Gänsemarsch aus dem Schlechtwettergebiet der ungewaschenen Laufplatten fremder Leute den Gang entlang ... sogar in unserer ursprünglichen Richtung.

Mensch von Schwein ... wo willst du denn hin? Hier ist doch Schluß? Kurz vor der im Weg stehenden Querwand hält unser Gefährt an. Fast wäre das Meer auf mich aufgelaufen ... hätte ich im Augenblick nicht diese riesengroße Verantwortung ... ich würde meinen Liebesanhänger küssen ... Ersatzhandlung: Höher mit dem Oliven-Geigenbogen-Arm ... in Erwartung eines geplanten, schmutzigen Tricks. Was könnte ein Gefangener sonst vor einer Mauer denken? Vorsichtshalber erlaubt ihm meine kühne Entschlossenheit vorerst keine weitere Bewegung ... weder zur Seite – noch zurück! Ich mag nun mal keine starrenden Gangster ... am liebsten vorwärts ... ich muß unbedingt hier raus ... schnellstens ... oder ich platze.

Warum will er jetzt mit dem Kopf nicken? Anfang eines Tricks? Wenn ich nur wüßte, was mein gefangener Kidnapperassistent vorhat? Wenn ich ihn reden lasse, kreischt er mir bestimmt den gesamten Keller zusammen ... und das will ich nicht!

Wir können hier aber auch nicht ewig warten und hoffen, das Kanonenzeitalter von Ramses II. möge bald anbrechen. Hilfe, meine Blase ... und meine Beine, wie sie zittern ... fragender Blick zurück auf meinen Liebesschatten ... ratloses Schulterzucken. Und er? Seine Stielaugen sind auf einen Lichtknopf gerichtet. ›Drücken‹ – steht fein säuberlich darunter ... drückende Aufforderung?

»Freundchen, wehe, du hast noch einen einzigen schmutzigen Einfall ... Amadeus ist mein Freund!«

Hoffentlich hat der Möhrenadonis mich verstanden. Scheint so. Er will den Kopf schütteln. Danke, Andeutung reicht. Und ich verstärke den Druck meines Griffs.

»Dann drück doch bitte mal, Liebling.« Meldung nach hinten. Zögernd, wenn auch folgsam, schiebt sich ein zarter Zeigefinger auf den Knopf zu. Augen schließen oder nicht? Ich erwarte eine irre Explosion! – Man kann ja nie wissen ... nichts ist. Und meine Augen weiten sich zu echten Scheunentoren. Fantastisch ... wie im Film! Lautlos öffnet sich die Wand vor uns ... lautlos in der Tat. Könnte sie nicht wenigstens ein kleines, bescheidenes Knarren von sich geben? Sonst geht ja die ganze Stimmung flöten! Schade ... ohne besondere Emotionen wieder hinein in den ersten Gang, und ab in die Einbahnstraße vor uns ... sogar heller beleuchtet als die bisherigen Verkehrswege. Soll ich mich jetzt etwa noch überrascht fühlen ... von dem Anblick der Wendeltreppe aus Marmor vor uns? Daß wir uns in einer separaten Luxuskellerabteilung befinden? ... und die Wandtür sich hinter uns automatisch schließt? ... ohne Knarren?

Was tun – sprach Zeus. Ich weiß es auch nicht. Und das Meer zuckt mit ihren Schulter ...

Suche nicht zu wissen – die Zeit wird es dir sagen ... Klassisch, klassisch ... aber meine Blase drängt ...

Und schon fahre ich mit geballter Energie an der Treppe vorbei. Wäre ja noch schöner, wenn der erste sich anbietende Ausweg tatsächlich ein echter wäre. Nein, die muß man suchen, um sie zu finden. Schließlich sind wir hier nicht im Märchen.

Aber mein Motor bremst mit allen ihm zur Verfügung stehenden Rückstoßraketen und gestikuliert – eben auf seine Art – das hier sei der einzige Gang nach oben. Nun gut. Aber wie ich die Sache übersehe, sitzt da bestimmt ein Wächter. Und wenn wir, das Meer und ich, Pech haben, starrt er genauso wie die anderen ... nehme ich an. Annahmen müssen bestätigt werden. Also Abwarten. Ich schlage das Steuer ein und es gelingt eine glatte Kurve, ohne an einer der Wände anzuecken. Die erste Stufe. Dann die zweite. Leise geht es aufwärts und immer rundherum. Mit einem Auge beobachte ich unseren Energiespender, mit dem anderen stelle ich fest, daß wir uns auf wirklich echtem Marmor hochtreten und daß auch das Licht von irgendwoher irgendwie gemütlicher wird. Vielleicht wartet oben auf uns flambierter Truthahn? Ich wollte immer mal in einem Karussell autofahren und genieße jede einzelne Stufe. Aber wenn man dabei noch laufen muß, ist es doch nicht so lustig, wie ich mir das vorgestellt habe. Natürlich, wie soll ich währenddessen die Beine zusammendrücken? Von der Gewerkschaft meiner Blase habe ich soeben einen Einschreibebrief per Eilpost erhalten – sogar ohne Anrede: ›Wenn Sie nicht unverzüglich eine Arbeitserleichterung Ihrer Ihnen zugeteilten Urinbehälterin einführen, werden wir mit schrecklichen Überschwemmungsmethoden Nachdruck auf unser Anliegen verleihen. Hochachtungsvoll. Gezeichnet ...‹ Unleserlich. Die Unterschrift.

Und an wen soll ich mich wenden, ich meine, sollte ich Einspruch gegen diese Forderungen erheben? Methoden habe die Leute heutzutage ...

Gasgeben. Kuppeln. Zweiter Gang.

Gasgeben. Kuppeln. Dritter Gang.

Mehr schafft der Motor bei dieser Steigung beim besten Willen nicht. Selbst ein Sechszylinder würde hier streiken. Und die hat Monsieur Tidy bestimmt nicht. Meine linke Hand auf seiner Stirnkühlerhupe läuft bereits von innen an. Entweder ist es Schweiß oder er kocht tatsächlich ... jetzt schäumt er ... Hoch. Hoch. Hoch. Und immer im Kreis herum. Fast höre ich alle unsere Reifen quietschen. Halteschild.

Die wendelige Treppe hat ihr Ende erreicht. Beine zusammen. Und die zweite Affekthandlung, die sich mir aufzwingt, ist das Einschalten meiner Scheibenwischer. Eigentlich sollte auch der Motor abgestellt werden. Ich muß hier bestimmt länger parken – wenn ich meinen Augen trauen darf. Moment. Ich muß noch einmal waschen. Denn was sich da meinen Augen bietet, gibt es nicht. Das ist ja wohl die reinste Fata Morgana.

Da sitzt doch – nein – er ist es wirklich ... Mein e-ypsilonischer Freund und Gönner Isaac Meyer sitzt wie ein Chefpavian in einem bequemen Clubledersessel. Und was habe ich vorhergesagt, vorhin, als ich an ihn dachte? Er saugt an einem Whiskyglas und grinst über alle Falten, über die sein Gesicht verfügt. Mir ist schleierhaft, warum ich mich nicht beherrschen kann, aber irgendwie werde ich wütend, werfe ohne Kupplung den ersten Gang ein, was wiederum ein eigenartiges Krachen zur Folge hat – wahrscheinlich vom Getriebe – und fahre bis kurz vor die Füße des grinsenden E-Ypsilons. Und nur meine Notbremsung bewahrt ihn davor, von uns überfahren zu werden. Wir halten also.

Wie im Mittelalter die Ritter ihren Fehdehandschuh, werfe ich jetzt den Karottenanbeter vor die außer Dienst gestellten Lauferchen unseres alkoholisierten Meisters. Sie sehen wirklich wie ein E-Ypsilon aus. Krach. Und da liegt der Pharisäer. So, wie es sich gehört.

Unten wurde gestartet. Hier wird gegrinst.

Da soll jemand die Welt verstehen! Am Ende bin ich es wohl, der schizophren ist? Und wenn nicht, muß ich mir eingestehen, daß das alles nicht wahr ist.

Aber Sacky sitzt nun einmal da. Und wir wurden ehrlich chloroformiert und geklaut. Trotzdem ist er nicht wegzuleugnen. Sein schweißüberströmter Wurzelfreund liegt hingebungsvoll vor ihm ausgebreitet. Wie ein Zebrafell. Ich irre mich wirklich nicht. Als Unterstützung meiner Ansicht grinsen in der allernächsten Nachbarschaft die liebe Krokodilhelen, Mogambo, der stolze Aristokratensohn, sowie sämtliche Boys, die ich noch von meinem Erektionskrampfabend her kenne. Bademantel hinhalten und so ...

»Wenn ich ›Sie‹ wäre, würde ich diesem Leihgriechen keinen

Zentimeter weit trauen. Nicht mal so weit, wie ich gegen den Wind anpinkeln könnte. Übrigens, wo sind hier die Toiletten?«
»Mogambo, zeig unserem Freund bitte die Örtlichkeiten.«
Natürlich, trocken wie immer – wenn er der Boß ist. Mein afrikanischer Prinz erhebt sich schweigend und geht mit voran. Wahrscheinlich dahin, wo ich allen Ernstes hin muß. Doch in der größten Not soll man seine Mitmenschen nicht vernachlässigen.
»Jane, du auch?«
»Nein, danke. Ich habe doch nur mitgespielt.«
Die Weiber sind auch nicht mehr das, was sie mal waren.
Endlich bin ich erlöst von den feuchten, inneren Qualen.
»Tja, Mr. Meyer, das hätten Sie von Ihrem Geigenpartner nicht erwartet, wie? Also wenn Sie mich fragen. Aber ... «
Und schon überfällt mich ein eisiger Schrecken. Was, wenn Meyer selbst von nichts weiß? Die Gangster unten plötzlich irgendwie wach werden, sich recken, unser Verschwinden merken, und hier oben als geschlossene Römerlegion aufmarschieren, um uns mit Lust und Freude abzuknallen? Denn wer fremde Leute chloroformiert, frißt auch kleine Kinder. Also muß ich schon wieder scharf denken. Und dabei wollte ich doch mein angeborenes Deutschtum vergessen und mich allen Gepflogenheiten des Landes anpassen. Aus mir wird bestimmt nie etwas.
»Ich sehe es Ihrem Gesicht an, daß Sie, lieber Niko, und Ihre bezaubernde Jane mehr als erzürnt sind. Trotzdem mein Kompliment. Sie haben sich großartig geschlagen. Nun steh doch endlich auf, Tidy. Und hab dich nicht so.«
Das haben die unten auch gesagt. Zu dem Furzer. Stecken denn hier alle unter einer Decke?
»Ich bedaure, Sie enttäuschen zu müssen. Aber wie ich bereits andeutete, ist der Teppich vor Ihnen ein hundsgemeiner Verräter. Und ich hoffe, daß ...« Nicht mal ausreden lassen die einen ...
»... ich nicht besser wüßte, würde ich Ihnen recht geben. Um jedoch Mißverständnissen aus dem Weg zu gehen, schulde ich Ihnen wohl einige Erklärungen.«
Statt der angebotenen Erklärungen saugt er an einer dicken Brasil und pafft Winterreifen in die Luft. Was soll das? Was Jane wohl denkt? Sie war doch dabei! Oder etwa nicht?
»Jane, sag du doch mal etwas!« Natürlich war sie dabei! Ich bin

doch nicht blöd ... wenigstens nicht so blöd! Gedankenschnell, ohne ihre Antwort abzuwarten, wende ich mich ab, um die Kellertreppe im Auge zu behalten. Man kann nie wissen ... doch mit meiner strategischen Position bin ich nicht zufrieden. Meyer muß ich ebenfalls im Auge haben ... so, das wird reichen ... tief Luft holen ... und mein schlürfendes Gegenüber mit zusammengekniffenen Augen fixieren ... als sei ich von der Sonne geblendet. Ob er dann unsicher wird? Ich muß ihn aus der Reserve locken! Aber nein ... er grinst weiter ... begleitet von seinem gemischten Chor. Sonst keinerlei Bewegungen – bis auf Adonis, der seine Rolle als Sesselvorleger großartig spielt. Er windet sich, als kämpfe er verzweifelt gegen einen Staubsauger, der das Letzte aus ihm heraussaugen will. Der Ärmste ... jetzt grunzt und quiekt er in allerhöchsten Tönen, die eben nur ein Geigenvirtuose mit ziemlich viel Wärmegraden produzieren kann ... fast werde ich von Mitleid übermannt ... denn, wenn man schon so viel über Menschenrechte proklamiert, sollten auch Gefangene nicht unnötig gequält werden! Selbst, wenn sie nur als ausgebreitete Abtreter fungieren. Dann schon lieber kurzen Prozeß!

»Mr. Meyer! Um der allgemeinen Volksbelustigung ein Ende zu bereiten, möchte ich wiederholt betonen, daß Sie sich in dem Olivenheini vor Ihnen einen Partner ausgesucht haben, der in der Wahl seiner Freunde und Gönner nicht gerade zimperlich ist. Trotzdem. Darf er nicht wenigstens aufstehen? Und wir machen irgend etwas mit ihm? Ich meine es ernst!«

Holzweg. Als Antwort leider wieder nur ein erneutes genüßliches Schmatzen! Und ein mitleidiges Grinsen der Zaungäste. Verdammt, die stecken alle unter einer Decke ... ich muß also den Stier bei den Hörnern packen ... bloß wie? Menschlicher Irrgarten. Na wartet. Ich werde euch schon schaffen. Helen ... wenigstens du könntest mir helfen ... Aber ihr Blick geht nichtssagend durch mich hindurch. Der nachgerade durchtriebene Ausdruck der e-ypsilonischen Augen läßt mich noch wütender werden. Am liebsten würde ich mein Meer schnappen und mit ihr das Weite suchen. Wenigstens auf die Straße. Dort gibt es frische Luft ...

Endlich wird sein Grinsen von einer Art freundschaftlichem Lächeln abgelöst. Wenn ich nur wüßte, was das alles bedeuten soll?

»Junger Freund, wollen Sie sich nicht setzen?«

Er klickt zweimal mit seinen Wurstfingerchen ... und schon rollen zwei bequeme Sessel auf uns zu ... von unsichtbaren schwarzen Händen dirigiert. Warum sollen das Meer und ich uns setzen, wenn dermaßen viele Fragen offenstehen? Sollten die nicht zuerst erläutert werden? Nichts da ... schon werden wir mit sanfter Gewalt in je eine – für uns bestimmte – Clubsitzanlage gedrückt. Ehrlich gesagt, ich komme mir immer alberner vor. Meinen Zorn muß ich unbedingt besänftigen ... sonst verläßt mich das kalte Denken.

»Sagen Sie, Mr. Meyer, was soll eigentlich der Quatsch hier! Erst werden Jane und ich entführt, warten vergebens auf Ihre Hilfe ... brechen uns in dem Keller da unten wahrlich einen ab, um zu überleben – bringen Ihnen schließlich einen Gefangenen – wohlbemerkt als Verräter überführt – und als Antwort geben Sie nichts weiter von sich als Schlürfen, Grinsen, Paffen, einige nichtssagende Sätze und Klicken mit Ihren Fingern ... ich weigere mich, vor Ihnen zu sitzen!«

Und schon stehe ich wieder. – Ich wußte, auf sie ist Verlaß. Das Meer steht ebenfalls. Keine Antwort. Das hat man davon, wenn man von Menschen abhängig ist ... wohin sollen wir gehen? Also muß ich versuchen, irgendwie weiter zu verhandeln.

»Können Sie nicht wenigstens eine Erklärung über Ihren griechischen Freund abgeben? Wie kam er in den Keller? Warum ist er ein Verräter? War es etwa Ihr Auftrag? Nein, unmöglich. Haben Sie etwa Angst vor der Wahrheit? Gut. Ich werde ihn also an seinen Fundort zurückbringen. Mag er dort das Starren der anderen nachahmen ...« So – und jetzt einmal durchatmen ...

»Mein lieber Niko, langsam mit den jungen Pferden.«

Das Letzte! Jetzt spielt er auch noch den Enttäuschten? Mensch Meyer, bist du nicht mehr normal?

»Wenn ich mir eine bescheidene Frage erlauben darf: Was dachten Sie soeben?« fragte er.

»Wann?« frage ich.

»Sie meinen also, ich sei irgendwie enttäuscht und soll normal werden. Mein Lieber, das bin ich. Schon seit langem!«

»Dann darf ich Sie in aller Höflichkeit bitten, uns so etwas wie klaren Wein einzuschütten.« Wenn nicht so, dann eben der Wink mit dem Zaunpfahl. Verdammt nochmal.

»Aber mein lieber Niko, Sie lassen mir ja kaum Zeit zum Atmen ...«

Wenn er mich unterbrechen darf – dann ich schon lange.

»Atmen ist menschlich, also erlaubt. Aber bitte keines dieser Ablenkungsmanöver. Würden Sie uns, meiner Braut und mir, bitte klipp und klar erklären, was hier eigentlich gespielt wird?«

»Aber selbstverständlich. Deshalb sind wir ja hier versammelt.« Und weiter schlürft er an seinem Whisky. Mann, hat der Mann Nerven. Nun gut, wenn er will, habe ich sie ebenfalls und stelle mich erneut auf die Hinterbeine.

»Daß wir hier versammelt sind, haben wir bereits registriert. Nicht wahr, Jane?« Natürlich ist sie mit mir einer Meinung. Also ohne Umschweife weiter. »Würden Sie also bitte zu dem wirklichen Punkt unseres Treffens hier kommen! Denn soweit ich die Lage überblicken kann, befinden wir uns im wahrsten Sinne des Wortes auf feindlichem Gelände. Und wenn Sie jetzt noch behaupten, Sie wollten uns beide von Ihrem bequemen Ledersessel aus hinter Ihrem vollen Whiskyglas befreien, nötigen Sie mir bestenfalls ein müdes Lächeln ab. Sie sind dran!« Das Schlürfen geht weiter.

Und hier stehe ich nun mit meiner verbundenen Nase, bin wütend, enttäuscht, finde mit gesteigerter Geschwindigkeit alles geschmacklos. Geschmacklos. Geschmacklos! Und überhaupt.

»Sie wollen also wissen, was hier gespielt wird?«

Aha, langsam kommt er. Wäre ja noch schöner.

»Wir bitten darum. Sollten Sie es noch nicht bemerkt haben – nämlich aus diesem Grund stehen wir.«

»Wie spät ist es?« Das galt nicht uns, sondern seiner rechten Hand.

»Noch zehn Minuten.« Sie flötet wirklich hingebungsvoll. Natürlich ist meine Armbanduhr stehengeblieben. Bei der ist es immer noch Nachmittag. Meinem Hunger nach ist es fortgeschrittener Abend. Die angegebenen zehn Minuten sind entweder ein Aprilscherz oder ein abgefeimter Geheimcode. Nun, Mr. Meyer, wir warten. Wenn ich nur einen einzigen Trumpf in der Hand hätte! Pokern müßte man können ... Achtung, er öffnet seinen Mund ...!

»Nun gut, meine Lieben. Es täte mir leid, sollten Sie mein Spiel falsch verstanden haben. Also gehen wir der Reihe nach ...«

Als Zwischenantwort ein pünktliches Nicken von Helen. Rein zufällig ein keuscher Augenaufschlag ... mir gewidmet. Aufforderung zu einem erneuten Beischlaf? Haste dir gedacht. Und ohne Krokodil schon mal gar nicht! Nein, nein, Helen, vergiß mich! Und ER holt Luft. Fast, als hätte er meine letzten Gedanken verstanden ...

»Wie ich bereits aussagte, dürfen Sie mein heutiges Benehmen nicht falsch auslegen. Es war lediglich eine Verkettung unglücklicher Umstände. Vielleicht hätten Sie mich besser verstanden, aber leider kennen wir uns erst kurze Zeit. Nun hoffe ich, daß Schwierigkeiten dieser Art in Zukunft nicht mehr auftreten werden. Bitte, glauben Sie mir – Sie, Jane, und Sie, Niko –, ich werde Sie immer beschützen. Was auch geschehen mag. Leider ist es nun mal so, daß jede Freundschaft gewissen Belastungsproben ausgesetzt wird ... aber enttäuschen werde ich Sie nicht. Nie! Ich habe Ihnen versprochen, beim Start in Ihrer neuen Heimat behilflich zu sein. Sie sind meine Gäste – solange Sie wollen. Und ich bin sicher, wir werden noch sehr viel Spaß miteinander haben. Stimmt's?«

»Jaja. Nur weiter!« Ich weiß, Dicker, welchen Spaß du meinst ...

»Da waren am Anfang die Schwierigkeiten mit Ihrem ehemaligen Verlobten, Jane. Haben wir nicht mitgespielt und Sie von ihm befreit?' ... Ihrem Glück mit Niko sollte nichts im Wege stehen. Und uns hat es riesigen Spaß und Freude bereitet, Ihrem Schicksal ein wenig nachzuhelfen. Ihre gegenseitige Zuneigung ist so echt, so herzerfrischend ... und gerade in unserer heutigen Zeit ... wo findet man das noch? Es ist mein sehnsüchtiger Wunsch, daß Sie beide das soeben gefundene Glück nicht verlieren ... daß es nicht in Ihren Händen verrinnt ...«

Ach du liebe Zeit, wenn unser lieber ›Freund‹ ein Erdölbohrloch wäre, würden die Aktionäre vor lauter Jubel ein heiseres Halleluja anstimmen. Und die von den Aktienhänden gedrehten steifen Hüte lieferten leutselige Energie für zahllose Atomkraftwerke. Hoffentlich brennt jetzt seine eigene Batterie nicht durch! Keine Angst, ER lädt sich mit frischem Whisky auf ...

»Aber niemand konnte unterdessen wissen, daß eben dieser Ex-Verlobte auf unerklärliche Weise Kontakt zu dieser Leo N. Studnitz-Bande bekam.«

»An dieser ergreifenden Stelle möchte ich Sie unterbrechen, Mr. Meyer ...« Stimmt haargenau, was er bis jetzt von sich gab. Blitzschnelles Denken meinerseits, damit er nicht plötzlich wieder an seinem Whisky hängenbleibt. Also ein wenig Nitro-Glyzerin vor seine schwelenden Füße ...

»Ich weiß aus sicherer Quelle, daß dieser Rinaldo – der übrigens da unten im Keller mit den anderen Herren das Starren erlernt – jeden einzelnen Stein in Johannesburg umgedreht hat, um seine Braut zu finden. Ihr Freundschaftsangebot in Ehren, Mr. Meyer, aber haben Sie in Ihrem Leben schon einmal die Steine einer Großstadt umgedreht? Bestimmt nicht. Das schafft nur ein Fanatiker. Kein Wunder, daß er bei seinen Bemühungen auf Mr. Leo N. Studnitz traf, der wiederum etwas gegen mich im Schilde führte. Es ist allgemein bekannt, daß er ein Einwanderungsbüro betreibt.«

»Betrieb! Doch davon später. Und wenn ich jetzt sage, daß Ihre Kombination stimmt, will ich damit keineswegs ablenken, Niko. Verübeln Sie mir bitte auch nicht die Bemerkung, daß der Quatsch mit der Haarfärberei Ihrer Braut ein Schlag ins Wasser war. Auch wenn Jane sich in einen Jungen verwandelt hätte, wäre sie gefunden worden. Studnitzsche Organisation steht nun mal für Perfektion.«

»Moment mal, was heißt Perfektion? Sie wissen so gut wie wir, daß es einfach keine perfekte Perfektion gibt. Perfektion, Mr. Meyer? Warum nennen Sie es nicht Verrat? Simpel und einfach: Verrat!« So, Dickerchen, du bist weiter dran ...

»Daran mag etwas Wahres sein. Von der Korruption der örtlichen Behörden erzählte ich bereits. Nicht nur die Polizei ist davon berührt. Also war es klar ... eine Frage der Zeit, bis Studnitz und Co. wußten, wo Jane zu finden war. Rinaldo natürlich inbegriffen. Aber, so nehmen Sie doch wieder Platz.«

Na gut. Nehmen wir also bitte wieder Platz. Natürlich mit Blick auf die Kellertreppe.

»Sie brauchen den Treppenaufgang nicht zu beobachten. Von da unten droht keinerlei Gefahr.«

»Keinerlei Gefahr? Das gibt es doch wohl nur auf einem Bananendampfer.«

»Wieso?« Jetzt vergißt er sogar das Trinken ...

»Weil wir selbst unten waren. Das Zebrafell vor Ihren Füßen

wird es bestätigen. Sollte es tapfer genug sein.« Das nur, um Mißverständnisse auszuschalten.

»Darf ich vielleicht erfahren, was Sie jetzt denken, Mr. Meyer?« Gebranntes Kind scheut das Feuer ... und ich werde weiterhin aufpassen wie ein Höllenhund.

»Wenn ich bemerken darf, lieber Niko, Sie greifen zu den beliebten Mitteln der Psychologie. Ich an Ihrer Stelle würde es nicht anders arrangieren – aber lassen wir das. Ich weiß, daß Sie mir trotz allem trauen werden. Ich bin Ihr Freund – vergessen Sie das nie. Aber, Sie trinken bestimmt einen Whisky? Den haben Sie sich verdient.« Ach nein, wirklich?

»Wenn der Herr nicht ablenken will, gerne.«

Und das Meer nickt zustimmend. Kommandomäßig klickt E-Ypsilon erneut zweimal mit seinen Fingerchen. Kurze Pause. Muß ich das eigentlich noch groß bemerken, daß jetzt jedem von uns – meiner Braut und mir – ein supergroßer Whisky kredenzt wird? Der Erfolg spricht für sich. Prosit. Und wir vier Weißen verwandeln uns hingebungsvoll in genußgläubige Anbeter. ›Lieber Whiskygott, der du bist in Schottland.‹ Und die Schwarzen entblößen sämtliche Zähne – wohl vor Freude, daß es uns schmeckt. ›Gelobet sei deine Marke!‹ Auch eine Art von Masochismus, finde ich. Dabei vergehen sie vor Sehnsucht nach einem Schluck. Und wenn Er ihnen nichts anbietet, wird ER wissen warum. Wahrscheinlich soll eine Hautfarbe heute nüchtern bleiben. Nun gut, später bleiben ›wir‹ dann einmal nüchtern. Vielleicht bei einem Volksaufstand – oder so.

Der allgegenwärtige Mr. Meyer beschließt, sich in seinem Sessel noch bequemer zurecht zu rücken. Jede seiner Bewegungen verfolgen die Boys andächtig mit hingebungsvollen Blikken. Genau mit dem Genußgefühl, das den Fluß des Gesöffs in unsere Körper begleitet. Der Begriff Negeraufstand scheint in diesem Kreis mehr als nur unbekannt zu sein. Und jetzt reckt ER sich erneut und verlangt tatsächlich, einer der Jungen möge doch eine Mozartplatte auflegen.

»Am liebsten ›Eine kleine Nachtmusik‹. Schnell, ich brauche sie!« Jetzt, im gleichen Atemzug, wendet er sich an seinen Bettvorleger: »Tidy, die haben doch so etwas hier im Haus – oder etwa nicht?« Doch der Kleine gibt keine Antwort. Treu und ergeben liegt er da. Mit dem Gesicht auf dem richtigen Teppich.

»Kein Wunder, mein Freund Tidy schläft.«

Daß er ein Verräter ist, finde ich allmählich zu langweilig zu wiederholen. Soll er selbst sehen, was passiert. Die gewünschte Platte läuft. Gute Aufnahme sogar. Nur – die Geschichte hat immer noch einen Haken!

»Trotz der Gemütlichkeit dieser Stunde möchte ich gerne in unserem Gespräch fortfahren, Mr. Meyer!«

»Jaja, natürlich. Wo waren wir stehengeblieben ... ach so – Gefahr von da unten.« Und seine Kulleraugen blicken jetzt höchstpersönlich in Richtung Kellertreppe. Wirklich nichts. Trotzdem – wenn er meint. Ich weiß es besser. Selbst das intensivste Starren kommt irgendwann einmal zu einem Ende. Das Meer und ich – wir sind auf der Hut. Wo ist hier übrigens der Ausgang?

Weich wie Quark holt mich seine Stimme aus meinen Fluchtgedanken zurück. »Ist diese Musik nicht herrlich? Aber Sie scheinen mehr Wert auf unsere Unterhaltung zu legen. Nun gut: Als Sie vor einigen Tagen die Bekanntschaft mit Herrn Studnitz machten, wußten Sie keineswegs, mit was oder wem Sie zu tun haben würden. Nicht lange, und ich wußte mehr als Sie, hielt es aber nicht für wichtig genug, Ihnen davon zu erzählen. Nennen wir es meine Art von Romantik. Ihr junges Glück erschien mir wichtiger. Doch, im gleichen Augenblick erfolgte meine eigene Nachforschung und somit Verteidigung nach vorn! In diesem Land bleibt nichts für lange ein Geheimnis. So erfuhr ich zum Beispiel, daß der Überfall auf Sie, ihren Kollegen und den Boy, der jetzt wieder – allerdings nur mit einer Hand – herumläuft, von eben diesen sauberen Herren da unten ausgetüftelt wurde. Hören Sie nur diese Musik ... Ferner weiß ich, daß dieser Studnitz Spezialist auf diesem Gebiet ist. Nicht nur mit Einwanderern macht er Geld.«

Ich bin ganz einfach verblüfft, und die Frage: »Aber, woher wissen Sie ...« entfleucht mir, ohne sie vorher kontrollieren zu können. Also unzensiert.

»Woher, mein lieber Freund, ist doch ganz egal. Hauptsache, man hat seine Beziehungen. Über diese Umwege erfuhr ich auch, daß man scharf auf Sie war. Erstens wegen der Nichtbezahlung Ihrer Studnitzobligationen – ich an Ihrer Stelle hätte auch nicht bezahlt. Früher saß ich in demselben Boot wie Sie heute. Zweitens, was noch viel wichtiger ist: In jenen Kreisen war es sehr bald bekannt, daß Sie beide bei mir wohnen und außerdem noch meine Freunde sind. Ihr Haß gegen mich wurde also rein natürlich angestachelt. Und der entscheidende Weg zu mir sollte über Sie führen. Deshalb sind wir also hier! Selbstverständlich ohne Einverständnis der Gegenpartei! Doch die wartet jetzt geduldig unten im Keller ... und starrt. Wie Sie so treffend schilderten ... Ferner muß ich wohl erwähnen, daß er, Studnitz, mit mir vor einiger Zeit eine Art Waffenstillstand schloß. Die Gründe sind jetzt nicht wichtig ... Trotzdem suchte er ohne Pause einen Weg, mich oder uns auszuschalten. Unnötig zu erwähnen, daß Sie und Jane der indirekte Anlaß eines Großangriffs waren ... ach, dieser großartige Mozart ...«

Wenn Meyer nicht gleich einen Mozartorgasmus à la Barock erleidet, würde es mich sehr wundern. Sachen gibt es ... die man in Europa bestimmt schon lange vergessen hat ... und hier liegen sie auf der Straße. Wenigstens in den Häusern gegnerischer Banden. Ob man in diesem Land mit Mozart Geld verdienen kann? Sicher nicht. ER hätte es bestimmt schon längst versucht, und zu seiner Bankzufriedenheit ausgeführt ... Wieviel Arten von Orgasmus gibt es eigentlich? Jetzt hebt ER seinen Kopf.

»Mein lieber Niko, ich will jetzt nicht wissen, was Sie eben dachten. Aber Ihre Gedanken waren bestimmt unangebracht.« Und was für Paletten hat ER noch auf Lager? Was ist mit den Leuten im Keller!

»Meine lieben Freunde, kommen wir also zu dem Abschluß unseres Gesprächs. Genug Zeit haben wir vertrödelt ... Nach dem mißglückten Überfall auf Sie in dem Juwelierladen – warum ausgerechnet den? Ich kenne einen viel besseren, der bei gleicher Qualität zehn Prozent gibt ... und Ihre Verlobung müssen wir unbedingt offiziell nachholen – plante man, Sie beide definitiv und endgültig zu entführen. Stimmt es, Mogambo?«

»Ja, Boss. Es stimmt« ... Wenn der es sagt, wird es wohl so sein. ›Seine schwarze Hoheit‹ wird wohl kaum eine Lüge unterstützen. Selbst, sollte er von seinem weißen Herrchen vollkommen abhängig sein ... so wie wir ... also weiter! Und wie auf Kommando öffnet sich der e-ypsilonische Mund, japst noch schnell wie ein Fisch auf dem Trockenen nach einigen Kubikmetern Luft – und da ist der erste Ton: »Man hat eben so seine Leute, die die Spielregeln des Gegners erkunden und weitergeben. Wir waren also bestens informiert, was mit Ihnen geschehen sollte. Noch einen kleinen Whisky?« Schon sind seine Finger klickbereit ...

»Nein, danke. Im Augenblick sind nur unsere Ohren durstig.«

»Ganz richtig. Worte machen das Unendliche endlich. Doch ich will mich nicht in Weisheiten von sokratischer Tiefe ergehen. Sobald wir also genau wußten, was man mit Ihnen vorhatte, wollten wir es den Herrschaften so leicht wie möglich machen. Was also liegt näher, als einen Patienten mit gebrochener Nase in den Garten zu legen, nicht mit Sterbesakramenten, sondern mit Alkohol und seiner Herzallerliebsten versehen? Jedes andere System hätte sich schließlich nur wie Todesanzeigen von Tragödien unterschieden. Ich ließ Sie diese Unmengen von Alkohol trinken, nicht, um als Jude meine christliche Ader zu zeigen, sondern um Ihnen den unvermeidlichen, trotzdem unnötigen Schmerz zu ersparen. Wie früher in Deutschland auf der Hirschpirsch, lagen wir auf der Lauer. Wenn Sie wüßten, was für ein komisches Bild Sie abgegeben haben, bis endlich der erwartete Besuch kam. Über die hohe Gartenmauer, sage ich Ihnen, und dann rauf auf die frisch angelegten Blumenbeete. Naja, das geht eben auf Geschäftsunkosten. Mit wahrer Engelsgeduld wurden wir alle – wie wir hier sitzen – Zeugen Ihres napoleonischen Chloroformunterganges. Ein Weißer mit fünf Schwarzen. Der Herr sitzt übrigens auch unten und starrt. Soviel ich weiß, ist es sogar derjenige, welcher es sich auf Ihrem Brustkasten bequem machte. Das konnte ich leider nicht verhindern. Hat es sehr weh getan?« Und seine Glupschaugen betrachten mich wirklich mitleidig. Und um Verzeihung bittend.

»Niko hat ihm mit einer Stecknadel«, mit einer grazilen Handbewegung ahmt das Meer den Umriß eines superschweren männlichen Hinterns nach, und wie man mit einer Nadel hineinpiekt, »das Springen beigebracht.«

Ich hingegen finde es im Augenblick ziemlich lächerlich. Und trotzdem bersten meine anwesenden ›Freunde‹ vor Lachen.

»Und dann?« Das war ich.

»Und dann?« Mr. Meyer lacht immer noch. »Wo haben Sie bloß Ihren Erfindergeist her? Ich an Ihrer Stelle hätte nie an eine Stecknadel gedacht.« Und wieder ein whiskyverstärkter Lachanfall. Ich bin zwar Rheinländer, aber lustig finde ich meine durchstandene Not keinesfalls. Ich sage ja, wer den Schaden hat, braucht für den Spott nicht zu sorgen. Der kommt automatisch. Na wartet, bis ich euch mal meinen eigenen Humor zeige. Ihr wißt doch, wer zuletzt lacht ...

»Sie mit Ihrer Art von Humor, mein lieber Niko, werden bestimmt zuletzt lachen! Das möchte ich Ihnen voraussagen. Was immer auch geschehen mag. Aber ich will mich nicht mit purer Gedankenleserei aufhalten – ist nur ein Hobby von mir – sondern Ihrem Wunsch folgen und in unserem Gespräch fortfahren. Sie können nämlich ganz schön ungeduldig sein. Können Sie sich noch erinnern – natürlich können Sie das – als ich Sie nach Ihrer Ankunft durch mein Haus führte und Ihnen beiläufig erklärte, daß das Leben hier nicht nur leicht, schön und genußvoll sei, sondern oft auch ziemlich hart? Daß man sich in diesem Fall auf Teufelkommraus verteidigt? Daß man weiß, erst wenn der Gegner erledigt ist, tut er einem nichts mehr? Daß man, um dieses zu erreichen, selbst nicht hart genug sein kann? Denn einmal erledigt, ist für immer erledigt. Und diese Karte muß man so weit wie möglich von sich entfernt halten – obwohl man mit ihr spielt. Nun, das ist in diesem Fall zu diesem Augenblick der Fall!«

Aufatmend lehnt ER sich zurück, wohl um seiner öligen Stimme, die endlich und tatsächlich wieder sympathisch und überzeugend klingt, eine kleine Pause zu gestatten. Mein Gehirnkästchen nutzt die Zeit, jede Phase des heutigen Tages erneut zu durchleben. Nur mit schnellerem Ablauf. Was hat ER da eben von sich gegeben? ›Das ist in diesem Fall zu diesem Augenblick der Fall.‹ Das soll nun ein unschuldiger Mensch, ziemlich frisch aus Europa importiert, verstehen. Ich gebe ja zu, daß man oft das hören will, was sich nicht sagen läßt. Da stehen die Worte ›hart‹, ›erledigen‹, ›verteidigen‹, ach ja, und ›auf Teufelkommraus‹. Und ich möchte gerne wissen, was genau dahinter steckt! ... hören will, was sich nicht sagen läßt. ... was sich nicht sagen läßt. Und trotzdem. Bei näherem Nachdenken gelange ich zu der Ansicht, daß dieser Satz nicht ganz stimmt. Vielleicht bei superjungen Backfischen, die aus falscher Scham – entweder weil sie noch ihre Unschuld besitzen oder sie bereits im Kindergarten verloren haben – ich denke nicht einmal an den fremden netten Onkel mit Süßigkeiten – eben der Meinung sind, nicht darüber reden zu können. Falsche Scham. Und die kann aus Gründen der Unaufgeklärtheit ihren Ursprung haben – oder sogar aus echter Falschheit oder aus Torschlußpanik oder, oder, oder. Meyer hat bestimmt keine Angst vor der letzten Tür, die er weder auf- noch zukriegt. Und die Unschuld verlor er bestimmt auf ehrliche Art. Dessen bin ich überzeugt. Nämlich wenn ich ihn mir so unverhohlen betrachte, bin ich fast geneigt, ihn mit einer Frau zu vergleichen. Aber eine Frau in seinem Alter, die sogar schon ein halbes Dutzend Kinder in das Licht der Welt geworfen und bereits zehn oder noch mehr Facelifts hinter sich hat, mag vielleicht an den Jungbrunnen der Chirurgen glauben, die da steif und fest behaupten: ›Was denn, die verlorene, geraubte, auf jeden Fall abhanden gekommene bewußte Haut ist auf jeden Fall zu reparieren.‹ Vielleicht auch im Austausch. ›Biete Mercedes gegen ungebrauchte Unschuld.‹ Aber so ist Meyer auf keinen Fall. Auch wenn er im Sex etwas schief liegt und als Dritter in das Duett eines in heftigen Liebesstößen verstrickten Paares einsteigt. Aber immerhin. Was also ist in unserem – seinem – Fall in diesem Augenblick der Fall?

Ob ER diese meine letzten Gedanken ebenfalls gelesen hat? Hoffentlich, denn dann weiß er, woran er ist. Was soll's. Mensch Meyer, mach weiter! Nichts.

Als hätten wir über das Wetter gesprochen, schlürft ER gelassen seinen Whisky, beobachtet mich sogar aus seinen kugelrunden Augenwinkeln, scheint aber trotzdem weder Böses noch Unschuldiges zu denken. Denkt er überhaupt? Sicher. Sonst säße ER nicht hier. Versammelt mit seiner leibeigenen Hausmacht. Doch, jetzt!

»Helen, wie spät ist es?«

»Noch ungefähr vier Minuten.«

Wieder ein fast gelangweiltes Schlürfen. Und so weiter ... Dann bin ich eben dran. Aber ohne Schlürfen!

»Sie haben uns also gelassen und wissentlich entführen und mich Unmengen Alkohol trinken lassen, um mir den zu erwartenden Schmerz zu vermindern.«

»Ja. Genau. So ist es.«

»War es, möchte ich bemerken.« Bei Meyer muß man wohl doch mehr als genau sein. Man kann nie wissen. Also zurück zum altbewährten Deutschtum. Einhundertfünfzig Prozent. Wenn ich bitten darf! »Und trotz aller Gründe, Hintergründe, Anlässe, Schwierigkeiten, Verschrobenheiten und eventuell noch Gefahren, die Sie bereits nannten, bin ich sicher, daß Sie mir noch nicht alles gesagt haben ...«

Ein strafender Meeresblick von der Seite, und ich verbessere mich: »Daß Sie uns noch nicht alles gesagt haben.«

»Meine lieben Freunde, nun gut. Ich sehe, Sie sind so leicht nicht zufrieden zu stellen. Unter anderem wollte ich Sie endlich mal in eine relativ gefährliche, unter uns gesagt, natürlich vollkommen harmlose Situation bringen, damit Sie sich besser und schneller mit den hiesigen Gepflogenheiten vertraut machen können, um sich notfalls sogar selbst zu retten. Wie ich bereits sagte, das Leben in diesem Land ist herrlich einfach und schön. Auf der anderen Seite jedoch unwahrscheinlich hart. Als Beispiel ist da die Geschichte eines jungen Farmers, der seiner Braut aus der Stadt die Schrecken und Gefahren des Landlebens harmlos näherbringen wollte. Eines Abends nun, bevor er sich zur Ruhe begab, legte er ihr eine tote Schlange ins Bett. Sie war wirklich tot.«

Kurze Pause, um einen Schluck zu trinken. Und seine mitleidvollen Pupillen weiten sich zur wahren Größe von Billardkugeln.

»Es war eine schwarze Mamba. Sehr giftig. Aber sie war ja tot. Durch das Schlüsselloch beobachtete der Mann gespannt seine junge Frau, wie sie beherzt – also sie muß sich bestimmt geekelt haben – wie sie nun das Tier mit spitzen Fingern aufnahm und durch das Fenster ins Freie fallen ließ. Befriedigt über den Mut seiner besseren Hälfte zog der Hausherr sich in sein eigenes Zimmer zurück. Auch Jungvermählte schlafen hier oft getrennt.«

»Und dann?« Ich möchte wirklich wissen, was wir mit Schlangen sollen? Bis jetzt habe ich noch keine einzige gesehen. Höchstens mal eine Blindschleiche. Oder im Zoo.

»Leider war die Ehefrau am nächsten Morgen tot.«

»Wieso?« Das war das Meer.

»Weil das Weibchen der toten Schlange Rache nahm.«

»Und woher wußte man, daß es das Weibchen war?« Typisch Weib. Schon wieder das Meer. Trotzdem ziemlich gründlich, muß ich sagen.

»Weibchen, Männchen, Freund, Partner, Mensch oder Tier – ist doch egal. Hauptsache, man findet den Gesuchten und sieht zu, daß das Geschehene nicht wieder passiert.«

»Der Tod ist die sicherste Lösung.« Das war Helen.

Wenn ich mich jetzt nicht irre, kommen wir der Sache langsam näher. Und das, obwohl sich meine Nase mit untrüglicher Sicherheit in das Hauptquartier der ›Vereinten Schmerzen‹ verwandelt hat. Wenn man doch Meyer besser kennen würde! Ewig dieses Abtasten. Wie im Boxring. Und in der wievielten Runde sind wir bereits? Schmerzen. Ob ich nach einer Pille fragen soll? Kommt gar nicht in Frage. Wäre ja noch schöner. Ob Stolz nicht manchmal identisch ist mit Blödheit? Macht nichts. Aber keine Pille. Auch keinen Whisky. Das ist einfach nicht drin bei dem heute bereits eingeschütteten Konsum. Außerdem, wenn ich mich nicht richtig konzentriere, passiert jetzt mit mir bestimmt noch einmal etwas Höllisches. Chloroform ... leben als Eidechse ... und so.

»Und dann?« Aus meiner Taucherglocke gurgele ich diese Frage hervor.

»Wie bitte?«

»Und dann?« Das war echtes Nebelhorn.

»Ach so – ja. Nun, wir sprachen vom Tod und dergleichen wie Begründung. Sie verstehen?«

Ohne reden zu wollen, deute ich nur ein schüchternes Nicken an. Und was plötzlich als blitzschnelle, ahnungsvolle Gedanken auf mich einströmt, schicke ich sofort zurück. Keine Ablenkung jetzt bitte. Schlangen sind doch keine Menschen. Oder doch?

»Menschen sind doch Schlangen, mein Lieber. In unserem Fall nämlich waren wir es. Sonst hätten wir Sie nie gefunden. Diese Tiere haben einen wundervollen Instinkt. Und wer Ihnen, als meine Freunde, ein Leid zufügt, bekommt es mit mir zu tun!« Sein grausam schöner, dicker Zeigefinger deutet energisch auf die E-Ypsilonbrust. Zugleich holt er erleichtert bergwerkstief Luft. »Meine Freunde, die Zeit ist um. Erheben wir uns und stoßen auf unsere Freiheit an.«

Und schon sind unsere Gläser gefüllt. Aber nur einen Schluck! Freiheit im Hause des Gegners? Daß ich nicht lache. Trotzdem erhebe ich mich, zögernd zwar, doch folgsam mit der weißen Gemeinde. Irgendwie ist es jetzt sogar feierlich. Wie bei einem Geheimritual blicken wir uns alle ergriffen in die Augen, stoßen an, und bei mir persönlich erfolgt der abgemachte eine Schluck. Mehr auf keinen Fall. Und sogar Mogambo lächelt mir freundlich und aufmunternd zu. Am liebsten würde ich ihm einen Schluck von mir abgeben. Trotz Verbot.

»Meine Herrschaften«, windet es ölig zu mir herüber, »soeben ist der Tod in dieses Haus eingetreten.«

Ist das nun der Schlußakt von Goethe's ›Faust‹ oder Shakespeare's ›Macbeth‹? Auf jeden Fall wie im Theater. Deshalb also: »Wie bitte?«

»Bitte, was? Aber lassen Sie mich ausreden. Wenn auch kurz und bündig. Alle im Keller befindlichen Personen, bis auf Ihren Rinaldo, sind soeben laut wissenschaftlicher Vorhersage in das ewige Reich übergetreten. Was den Italiener anbelangt, waren wir der Meinung, daß eine ernste Verwarnung ausreicht.«

So ein Blödsinn – ernste Verwarnung. Hoffentlich müssen wir das später nicht bereuen. Ich bin natürlich nicht sein Richter ...

»Und ich sage betont: Wir alle haben von dieser Leo N. Studnitz-Bande nie mehr etwas zu befürchten! Und für Sie, lieber Niko, und für Sie, meine liebe Jane, hoffe ich, daß Sie das Gleichnis mit der suchenden Schlange verstanden haben.«

Vielleicht. Leider bin ich nicht Rinaldo's Richter!

»Einverstanden, Mogambo?«

»Einverstanden, Boss.«

Und seine Farbgenossen nicken wie Automaten im Chor. Bestimmt alles Bluff, was Meyer uns eben erzählt hat ... Oder vielleicht ... vielleicht hat er deshalb so viel Zeit geschunden, um ... ob er nicht doch ein Hellseher ist? Auch das Meer blickt mich fragend an ... Ich denke ... Für mich hat die suchende Schlange das falsche Opfer getötet. Oder?

VIII. Kapitel

Entweder stehe ich mitten im Wald oder auf einem Friedhof. Überall Blumen, Bäume, Steine wie Grabdenkmäler, vorbeihuschende Schatten wie verlorene Seelen. Hundertschaften von kreischenden und singenden Vögeln, farbenprächtig und unscheinbar, mit großen und kleinen Flügeln, mit großen und kleinen Schwänzen. Ein hektisches Allerlei. Und doch wird das ganze Theater von einer alles überdeckenden Ruhe beherrscht. Vielleicht ist der moosbewachsene Boden daran schuld. Oder wer sonst? Immer diese Spinnerei. Natürlich ist kein Fünkchen Wahrheit dabei, und weg sind sie, die aufgeblasenen, chaotischen Bilder. Von Jane eng umschlungen liege ich nämlich auf unserem französischen Rundbett, will weder träumen noch denken, mich nur ausruhen und tief schlafen.

Mucksmäuschenstill. Nicht nur in unserem Reich, das von vier geliehenen Gastwänden umgeben ist, auch außerhalb, wo eine entschieden andere Welt ist. Auch zu dieser Stunde. Und sollte Vollmond sein, würde er aus purer Höflichkeit schmunzeln. Über das, was geschieht und geschehen ist, über die vorgetäuschte Ruhe, über so meisterhaft gekonnte Scheinheiligkeit, über den zur Schau getragenen Idealismus, alles zum Guten der anderen. Na und? – was soll's, wenn dabei zufälligerweise ein paar draufgehen! Hauptsache, der oder die Sieger haben ihr Ziel erreicht und erfreuen sich im Schlaf der bereits einen vollen Tag alten errungenen Freiheitserrungenschaft. Das Meer schläft auch. Ganz selten irre ich mich da. Ob sie träumt? Vielleicht von mir? Eigentlich sollte ich sie morgen danach fragen. Aber, wenn Meyer und Co. aus dieser Schlacht nicht als Sieger hervorgegangen wären, würden jetzt die ›anderen‹ friedvoll unseren irdenen Abschied beschlafen? Dann schon lieber so, wie es ist. Das Recht des Stärkeren. Und das Meer ist die beste Liebhaberin, die ich je in meinem Leben getroffen habe. Auch ohne atemraubende Küsse. ›Die könnten mir ja weh tun.‹ Zart, hingebungsvoll, süß und doch bestimmend, holt oder dirigiert sie mich da hin, wo sie mich haben will, ohne mir je den Gedanken an einen Liebesmaschinenkomplex zu gestatten. Es war wirklich schön.

Und jetzt sind wir beide k.o. Wirklich? Ich glaube nicht. Vielleicht ist es auch nur ihr aufreizender Geruch, der mich erneut in Sachen Liebeslust denken und fühlen läßt. ›Komm, Jonathan, reiß dich zusammen. Wir wollen ihren Schlaf nicht stören!‹ – ›Darf ich sie wenigstens berühren?‹ – ›In Ordnung. Aber nur berühren. Hörst du?‹ Und was soll ich machen, wenn er mir nicht gehorcht? Schließlich weiß ich nicht, wie ich ihn bestrafen soll, denn ich verabscheue jegliche Abschreckungsmethoden. Schlaf! – komm doch endlich. Warum soll ich der Letzte sein?

Nichts. Obwohl ich meine Augen fest geschlossen habe. Nicht mal ein Tresorknacker könnte sie öffnen.

Was wohl Amadeus jetzt macht? Vielleicht stellt er in diesem Augenblick für sich eine neue olympische Bestzeit auf. Ich als Krokodil wenigstens würde bis zum Umfallen trainieren, um mich eines Tages zu schlagen. Aber mit der Nase kann ich unmöglich schwimmen. Warum auch. Schließlich gibt es heute keinerlei Gründe, auf mich sauer zu sein. Und Rinaldo wird sich bestimmt mit dem erhaltenen Denkzettel zufrieden geben. Aber ob die in dem Hotel mich je wiedersehen, ist mehr als zweifelhaft. Wie soll er uns sonst je vergessen? Damit wäre ich also arbeitslos. Aber ich kündige erst, wenn ich wieder gesund bin. Schließlich begann der ganze Mist in dem Laden da. Sein Denkzettel bestand also darin, daß er betäubt und gefesselt irgendwo ausgesetzt wurde. Besser das, als endgültig tot. Und von dem Schicksal seiner Entführungskollegen weiß er nichts, sagte Mr. E-Ypsilon. Tot. ›Du sollst nicht töten‹, heißt es doch in der schlauen Bibel. Natürlich hat sich der Autor dabei etwas gedacht. Was aber, wenn man bedroht wird?

›Jonathan, nicht doch!‹

Eigentlich raffiniert, wie Meyer das arrangiert hat. Ich selbst bin bestimmt zu weich, um ein Werk wie dieses zu vollführen oder gar zu vollenden. Denn beim Vollführen können immer noch gewisse Fehler auftauchen. Vollenden heißt bitteres Ende.

ER hat also den schwulen Adonis eine Doppelrolle spielen lassen. Teuflisch. Oder etwa nicht? Und so also fand die Schlange mit ihren Anhängern die Spur zu den befreundeten Partnern. Nicht Liebespartnern, wohlgemerkt.

›He, Jonny, laß das Tier doch schlafen!‹

Und ich naiver Idiot habe den Karottenkönig unnötig gequält

und in meiner Wut sogar ziemlich wehgetan. Den ganzen Tag lief er mit seinem linken Arm, sorgfältig in Gips verpackt, herum, als wäre das die einzige Möglichkeit, Tapferkeit zu demonstrieren. Und seine Dackel-Adonis-Augen sprachen Bände. Hätte er mir ja auch selbst sagen können, was geplant war. Aber nein, treu ergeben hinein in das Vergnügen der Schmerzen. Ich bin sicher, Tidy ist in Meyer verliebt ... trotzdem werde ich mich morgen noch einmal für meine grobe Behandlung während der Flucht aus dem sagenhaften Keller entschuldigen ...

Ich bin nur froh ... heilfroh, daß ich Sacky Meyer nicht zum Feind habe. Ihm wäre ich bestimmt nicht gewachsen. Bei meiner Naivität. Guter Mond, du schmunzelst so still vor dich hin ...

Habe ich etwas falsch gemacht? Aber du weißt doch, den Letzten beißen die Hunde. Ich bin also mit dem Ergebnis des Geschehenen einverstanden ... ›Aber nicht mit dir, Jonathan! Hör auf! Sei jetzt kein Spielverderber.‹

Eigentlich nett, uns auf seine e-ypsilonische Art zu erklären, wie die Seelenbeförderung der ›Feinde‹ funktionierte. Ob er dabei nicht die Konzentrationslagermethoden der Nazis ein wenig als Vorbild genommen hat?

Erst wurde Betäubungsgas in den Raum gepumpt – wenn ich daran denke, daß das Meer und ich mitten drin waren, wird mir jetzt noch schlecht ... dann hat Mogambo unter dem kundigen Taktstock seines Herrn und Gebieters jedem einzelnen der auserkorenen, ohnmächtigen Gangster eine saftige Insulininjektion mit zwölfhundert Einheiten – oder so – in die Achselhöhle verpaßt ...

»Aber, Mr. Meyer, warum denn gerade und ausgerechnet dorthin? Da sind doch Haare und man weiß überhaupt nicht, wo man hinspritzt?«

»Eben darum, Niko. Wo Haare sind, ist der Einstich nicht so leicht zu entdecken.«

Und schon male ich mir in meiner lebhaften Fantasie andere behaarte Stellen aus, die demselben Zweck Erfolg verliehen haben könnten. Am besten in den Hintern. Da ist sogar noch eine Spalte. Und wer faltet die schon auseinander?

Aber Moment mal ... Insulin gilt doch nur für Diabetiker?

»Waren die Leute denn alle zuckerkrank?«

»Eben nicht! Zumindest hoffte ich, daß sie zu dem Zeitpunkt alle gesund waren. Kerngesund! Hatte vorher keine Zeit für entsprechende Untersuchungen. Der Grund wird ihnen beiden noch einleuchten.« Ach, wirklich?

»Und Sie sind überzeugt, Mr. Meyer, daß die Insulinbehandlung wirklich human war? Sie hätten sehen sollen, wie die da unten gestarrt haben.«

»Human und relativ schnell. Fünfzehn Minuten. Deshalb fragte ich Helen öfter nach der Uhrzeit.«

Und ich dachte immer, für medizinische Fragen seien nur Ärzte zuständig. Jedem das Seine. Schon taucht ein Johannesburger Textilfabrikant auf und läßt seine Afrikaner mit Insulin um sich spritzen. Ganz ehrlich, mir ist der Sinn einfach nicht klar. Die Leute waren doch gesund. Hat er selbst gesagt. Und doch scheint ihm der Erfolg recht zu geben. Ich hätte das alles ganz anders gemacht. Spritzen. Schon allein das Wort ...!

»Sie vergessen, mein lieber Freund, daß ich so wenig Spuren wie möglich hinterlassen wollte.«

»Und was ist mit den Gasrückständen in den Lungen der betroffenen Herren?« Ist doch logisch – oder?

»Nichts. Eine Spezialmischung, die sich sehr schnell abbaut.«

»Und wie funktionierte der Rest der Veranstaltung?« Man kann ja nie wissen. Nichtaufgeklärtheit über fast perfekte Morde – vielleicht war es nur Totschlag – scheint eine wahre Bildungslücke zu sein.

»Niko.« Mit vorwurfsvoller, ja fast mit enttäuschter Miene lehnte ER sich in seinem Sessel zurück, klickte mit seinen Fingerchen nach irgend etwas Rauchbarem und entschloß sich nach einem kleinen Seufzer, mich leicht ölend zu belehren: »Sie müssen noch sehr, sehr viel lernen! Natürlich gibt es einiges, das man nicht weiß, aber diese Menge muß unbedingt im Mindestmaß gehalten bleiben. Also werde ich kurz den Insulinvorfall erklären. Später gehen wir dann ins Detail.« Der Meister unterbrach sich kurz, um endlich nach Luft zu schnappen. Eigenartig, diese Angewohnheit, während des Redens nie zu atmen. »Wenn man also einem gesunden Menschen Insulin injiziert, führt man dadurch eine Entgleisung des Kohlenhydratstoffwechsels des Salzhaushaltes herbei. So entsteht ein Zuckerkoma. Ich weiß, Ihnen liegt die Frage auf der Zunge«, und er hebt beschwichtigend seine Whisky-und-Rauchwarenhalter, »wie denn nun das Zeug in den Körper befördert wird ...«

Hurra, ER hat sich geirrt. Ich wollte gar nicht fragen – nämlich, um mir nicht noch mehr Blößen zu geben ...

»Eine dünne, kleine Injektionsnadel wird an der bewußten Stelle angesetzt und flach unter die Haut geschoben. Subkutan. Anschließend reibt man mit einem Wattebausch leicht über die Gegend des Einstichs, damit sich das Zeug verteilt. Naja, und dann kommt der Nächste, bitte. Die ersten Folgen machen sich als Schwindel- und Ohnmachtsanfälle bemerkbar. Das, was Sie als Starren beschrieben. Aber noch kann ich diesen chemischen Vorgang rückgängig machen – sollte ich es mir trotz allem anders überlegen. Die Rettungsmöglichkeit besteht in sofortiger Einlieferung in ein Krankenhaus. Vielleicht macht es auch der Hausarzt, indem er dem Patienten eine Gegendosis Glukose so schnell wie möglich intravenös verabreicht. Dieses Mal intravenös. Sie sehen die feinen Unterschiede.«

Während ER erneut Luft in seinen Körper sog, stellte ich ihn mir als echten Universitätsdozenten vor. Ein Wissen hat der Mann ...

»Geschieht keine Hilfeleistung, tritt nach ungefähr fünfzehn Minuten der Zustand des Komas ein, eine Bewußtlosigkeit, aus der der Befallene selbst durch stärkste Reize nicht mehr erweckt werden kann. Ich wenigstens habe noch nie davon gehört. Große Stille im Vorstadium des Todes. Lediglich der Hornhautreflex ist noch erhalten, was auch in unserem Fall der Fall war. Zigarette bitte!«

Als Antwort zehn geisterhafte, schwarze Hände. Und der Chef war's zufrieden. Fehlte eigentlich nur noch ein seidener Hausmantel, ein goldener Thron und ein Dutzend Sklaven, die mit Palmwedeln für frische Luft sorgen. Vielleicht auch Sklavinnen, aber die müßten unbedingt nackt sein.

»Glauben Sie mir, dieses System ist gut. Die Polizei ist machtlos und zu blöd – vielleicht wohl auch nur zu mangelhaft ausgebildet –, um die Ursache herauszufinden. In einem jungen Land wie Südafrika ist eben vieles möglich. Und überhaupt, wer sucht schon an einer behaarten Körperstelle nach einem winzigen Einstich?«

Ich kann mir nicht helfen: sicher ist sicher. Wahrscheinlich hätte ich an seiner Stelle doch die Hinternspalte vorgezogen. Schließlich gibt es dort ebenfalls genug Haut. Wenn er es unbedingt subkutan haben will. Auf Wunsch, Mr. Meyer, läßt sich die befaltete Fläche sogar berechnen. Natürlich nicht nach Pythagoras, denn dreieckige Hinterteile sind leider noch nicht erfunden ... Ekel ... Andere Gedanken bitte!

›Oh, Jonathan, warte, ich spiele mit!‹

IX. Kapitel

Können, wenn man kann, ist keine Kunst. Aber können, wenn man nicht kann, ist große Kunst. Irgend jemand hat das mal mit an Sicherheit grenzender Wahrscheinlichkeit behauptet. Was soll's Warum soll ich nicht auch denken, was andere vor mir mal gedacht haben, da mir gerade jetzt unweigerlich danach zumute ist? Ich liege nämlich im Meyer'schen Tropenhintergarten in einem Meyer'schen Liegestuhl aus Roms Zeiten – wenigstens der bequemen Form nach – um meiner Haut mit Hilfe der hiesigen Sonne zu einem hiesigen Teint zu verhelfen. Können, wenn man kann ...

Das Meer ist in der Stadt. Mr. Meyer will sie in seinem Betrieb als Modeberaterin einführen. Kein Gedanke an das zu verdienende Geld. Was wir bis jetzt an Verhüllungsutensilien gesehen haben, könnte die hiesige Mode ein wenig Geschmacksnachhilfeunterricht gebrauchen! Ich weiß auch nicht, aber wie manche der hiesigen Frauen rumlaufen: Die müßten zumindest Ausgehverbot erteilt bekommen oder als Vogelscheuchen vom Dienst eingeteilt werden. Übrigens gibt es hier echte Spatzen. Emigranten? – oder lediglich importiert. Schimpfen tun sie genau wie im alten Europa. Vielleicht ist es auch nur eine Charakterfrage, die nie Zufriedenheit aufkommen läßt?

Können, wenn man kann ... Was gehen mich die Spatzen an?
»Hier, Baas, der Drink für Sie.«
»Danke, Hoheit. Darf ich fragen, was den Gin so grün macht?«

Schließlich habe ich noch nie grünen Gin getrunken – oder, sagen wir genossen. Ungläubig lächelnd, fast mitleidig, blickt Mogambo mich an. Auf mich herab. Seine Rechte umklammert ein Monstrum von zusammengefaltetem Sonnenschirm wie einen Jagdspeer: »Limonensaft ist grün und gut gegen den Durst. Gin soll die Sinne lockern. So sagt Ihr Weißen doch immer.«

»Und der Schirm, wogegen ist der gut?«

»Der Boss hat gesagt, Sie sollen nicht zuviel Sonne bekommen. Die sei nicht gut für Ihre Nase.«

»He, Moment mal, Majestät. Erstens ist das reine Morgensonne; zweitens geht es meiner Nase ziemlich gut; drittens habe ich mich bestens eingeölt. Nimm also bitte den Schattenspender wieder weg.«

»Tut mir leid, Baas. Aber der Boss will es so.«

»Aber ich will doch braun werden!«

»Später. Außerdem sollen Sie sich erst an das Klima gewöhnen, hat er gesagt.«

Was bleibt mir weiter übrig, als mich dem ausgeführten Bossbefehl zu fügen? Die werden schon wissen, warum. Und braun werden kann ich immer noch.

»Darf ich wenigstens fragen: ach, du hättest dir schon einen Drink mitgebracht, oder?«

»Tagsüber darf keiner von uns Alkohol trinken. Und wenn der Boss etwas nicht will, gehorchen wir ohne zu fragen. Er meint es immer gut mit uns.«

Können, wenn man kann ...

Was hat der Mann nur angestellt, daß ihm seine Boys so hündisch ergeben sind? Diese Frage wird mir sobald keine Ruhe geben. Geht es mich überhaupt etwas an? Ja, natürlich. Schließlich will und muß und soll ich hier ebenfalls leben! Und die Eingeborenen sind nun mal in der Überzahl. Dabei habe ich mir schon während meines Anfluges vorgenommen, einmal so wie Meyer zu werden. ›Wenn der das schafft, schaffe ich das auch.‹

Statt dessen habe ich bis jetzt alles andere erlebt, als im geringsten an meine Zukunft zu denken. Natürlich ist Jane meine Zukunft. Und Geld? Laß mal, mein Lieber, das kommt schon alleine. Aber Land und Leute kennenlernen ist viel wichtiger. Schließlich muß man als zivilisierter Mensch bewußt leben.

»Hast du Lust, weiter zu erzählen, Mogambo?«

Natürlich. Ich weiß auch nicht warum, aber der Afroprinz hockt bereits vor mir im Schatten des unwillkommenen Sonnenschirms und scheint ungeduldig auf meine Aufforderung zu warten.

Der grüne Gin schmeckt großartig. Man müßte so etwas wie grünen Gin erfinden! Ob ›rot‹ eine gutschmeckende Ginfarbe sein könnte? Vielleicht Erdbeeren. Und bald wäre der Umsatz gesichert. Wenn dann Meyer noch mit einsteigt, kann eigentlich nichts schiefgehen. Schließlich kennt er Land und Leute. Können, wenn man kann ...

Schluß mit Gingedanken. Schließlich ist Mogambo schon wieder mitten in seiner traumverlorenen Autobiographie. Ob das wirklich alles stimmt, was der Ärmste erlebt haben will? Zugegeben, es ist mehr als spannend. Ich bin sogar fasziniert. Können, wenn man kann ...

Der Gedanke, Mogambos Schicksal selbst nachzuerleben, gefällt mir mehr und mehr! Aber wie soll ich als Weißer? ... trotzdem, wo ein Wille, da ein Weg. Nur – welcher? Es gibt nun mal keine zwei Seelen in jeder dahergelaufenen Brust. Demnach auch nicht in meiner. Aber wenn er in seinen Ausführungen so weitermacht, fühle ich mich bestimmt bald so schwarz wie er. Nicht nur das. Bald werde ich sogar überzeugt sein, der persönliche Nachkomme seines hundertsten oder wievielten Großvaters zu sein, der die gesamte afrikanische Völkerwanderung von Nord nach Süd miterlebt, wenn nicht gar als Stammeshäuptling mitgeleitet hat. Also echter, afrikanischer Aristokrat. Ob die ebenfalls blaues Blut haben? Heutzutage ist ja alles möglich. Und das muß ich unbedingt herausfinden! Können, wenn man kann ...

Mensch, wie brennen meine Füße! Mein Spann ist so schwarz wie der Kontinent. Doch die Sohle ist rosa-gelblich-weiß, eigentlich genau wie meine ureigenen, ursprünglich aus Europa importierten. Also Verhältnis schwarz-weiß. Von oben nach unten. Was natürlich nicht beweist, daß der eine besser ist als der andere. Nur zu verständlich, wissen zu wollen, ob die Schwarzen noch sind, was sie einmal waren. Wer weiß? Es soll doch alles vergänglich sein! Ich auf jeden Fall bin schon lange nicht mehr, was ich mal war. Und meine Füsse brennen immer noch. Sollen sie nur.

Aber können, wenn man nicht kann ...

Sengende Sonne und brennendes Land. Urwüchsig, triebhaft und vital. Land wie ein Rauschgift. Land zum Hassen. Land zum Lieben. Kontinent des schwarzen Mannes.

Braune Erde, brauner Busch, braune Menschen. Einfach im Denken. Einfach im Handeln. Einfach und unkompliziert. Großartig, mächtig und erhaben. Wirklich so sehr erhaben? Warum laßt ihr euch von uns bevormunden, ausnutzen und aussaugen? Nur weil wir meinen, bessere Kultur und Religion zu besitzen?

Und Mogambo erzählt weiter. Hinreißend wie ein Staudamm, dessen Mauern dem Redefluß nicht gewachsen sind. Die Worte sprudeln hervor, große und kleine Felsen mit sich reißend. Einmal stolz, dann wieder wehmütig mit verlorenem Blick. Einmal ein um sich beißender Hund, der brutal geschlagen wird. Dann unvermutet ein katzengewandter Mensch, der im Sprung die Kraft seines Landes vereinigt und unfehlbar sein Opfer vernichtet. Dann wieder eine sich windende Schlange, deren Kopf ein stählerner Stock zu zertrümmern sucht. Zwischendurch ein erhabener Löwe, den nichts aus der Ruhe bringt. Braune Erde, brauner Busch, braune Menschen – stimmt. Aber: Einfach im Denken. Einfach im Handeln. Einfach und unkompliziert – ich weiß nicht. Ich glaube, das trifft wohl doch nicht so ganz zu. Da! Jetzt ist er sogar erfinderisch und gerissen wie ein hungernder Schakal, der sonst unweigerlich dem baldigen Untergang geweiht wäre. Alles ist so spannend, daß ich kaum Zeit habe zuzuhören.

Ich bin hingerissen. Meine Gedanken und Empfindungen schlagen wie gewohnt ihre gewagten Purzelbäume. Aber wenn Thor Heyerdahl mit seinem selbstgezimmerten Floß Kon-Tiki quer durch den Stillen Ozean segelt um zu beweisen, daß die polynesische Kultur ihre Wurzeln in Peru habe – warum soll ich dann nicht auf meinen selbstgewachsenen Füßen Mogambo's Spuren folgen, um persönlich zu erfahren, wie das alles war, was er in Wirklichkeit erlebte? Und schließlich, warum er in diesem Augenblick vor mir auf dem Boden hockt? Schon wieder dieser ausgesprochen blöde Satz: ›Können, wenn man kann …‹ Und da schon so vieles im Leben ausgesprochen blöd ist, warum soll ich mich nicht persönlich auf den Weg machen? Gibt es eine bessere Chance, das Land und auch seine Einwohner kennenzulernen?

Auf jeden Fall ohne Reiseführer und Kompaß, Schuhe und Rucksack. Nur bekleidet mit den verkümmerten Lumpen eines alten Kartoffelsackes, der in seinem jetzigen Leben nie wieder ein besseres Angebot als Verwendungsmöglichkeit finden wird. Außer vielleicht als Putzlappen. Wenn ich nun einen Sack ergattere, der mir treu und ehrlich seine Dienste als Bekleidung und eventuell als Wärmespender leistet: wird er vielleicht als Belohnung seinen zweiten Frühling bei mir erleben? Meyer macht's mit Afrikanern – ich eben mit Kartoffelsäcken. Jeder Anfang ist schwer.

Ist diese Art von Körperbedeckung nicht sehr gebräuchlich bei den Eingeborenen, die als ausgesprochen arm gelten? Und davon wiederum gibt es eine Menge ... habe ich oft genug gehört ... Verdammt – was heißt ›hören‹? – Ich will es selbst wissen!

Die Kleidungsfrage ist also geklärt. Und schon wirft sich ein neues Problem auf: Was weiß ich überhaupt von Afrika? Nur so viel und das aus eigener Erfahrung, daß alle Eingeborenen, die hier leben – oder besser gesagt, vegetieren – zu der Generalabteilung ›Bantu‹ gehören. Und wie verständigt man sich untereinander? Schließlich verstehen sich die Germanenvölker ebenso wenig ...

»Moment mal. Bin gleich zurück.«

Ein verdutztes Mogambogesicht, während ich mich schnellsten in die ›Meyersche‹ Bibliothek verziehe und nach einem schlauen Lexikon suche.

›B‹ wie Bantu. Hier ist es. Auf Seite 292. ›Bantry Bay‹ – Nein, das ist in SW-Irland. Steht zumindest hier ...

›Bantu‹ = Menschen. – Na, das ist ja wohl klar.

Bantu ist gleich Mehrzahl zu mu-ntu, Bantuvölker, etwa 300 verschiedene Negerstämme des südlichen und mittleren Afrika, mit 75 bis 80 Millionen Menschen, die Bantu-Sprachen sprechen. Aus dem Vergleich des Wortschatzes ergibt sich eine ursprünglich allen Bantu-Völkern gemeinsame Kulturgeschichte, die u.a. durch Hackbau, Kleintierhaltung (Ziege, Huhn) und Ahnenkult gekennzeichnet ist. In Ost- und Südafrika sind hamit. Einflüsse wirksam gewesen (Rinderhaltung, Staatenbildungen). Zu den Trägern der Sudansprachen bestehen keine scharfen Rassen- und Kulturgegensätze. Wichtige Bantu-Völker sind die Suaheli, Kikuyu, Zulu, Sotho, Kongo ...

Danke, das reicht. Demnach ist Mogambo also definitiv in die Gruppe der Bantu einzustufen. Zwar sagt mir das noch nicht viel, aber es ist immerhin ein Steinchen in dem riesengroßen Mosaik. Egal, wo er herkommt. Er ist Afrikaner und damit basta. Also zurück in den Garten. Sonst verliert der ehrenwerte Prinz am Ende gar seinen Faden. Und dann ist es aus mit meiner Odyssee auf seinen Spuren.

Aber mein Erzähler aus der wievielten und einer Nacht hockt noch in derselben Position, in der ich ihn vor wenigen Minuten verließ. Hinein in den römischen Liegestuhl, einen Schluck von dem bittergrünen Gin, und der Faden wird weitergesponnen.

Ob Können wenigstens erlernbar ist? Bestimmt! Ich will nicht wissen, was die Welt im Innersten zusammenhält. Aber das Leben und Fühlen der Schwarzen – das will ich kennenlernen ...

Und endlich bin ich reif und bereit für die endlose Wanderschaft von Mogambos fragwürdiger Kindheit im Busch bis hin zu seinem fragwürdigen Ziel, an dem er heute steht. Angst? Nein! Vor was? Schließlich ist ihm auch nichts Wesentliches passiert. Ich gehe also los. Barfuß. Und bekleidet mit dem ehemaligen Kartoffelsack. Lediglich meine echte europäische Unterhose, die behalte ich an. Schließlich kann ich die irgendwo gefunden haben ...

Mensch, wie brennen meine Füße! Ich bin weit gegangen heute. Sehr weit. Wanderungen durch den Busch haben mir eigentlich noch nie etwas ausgemacht. Sei es auf der Verfolgungsjagd nach irgendeinem Wild, auf der Flucht oder eben nur Wanderschaft, um neue Gegenden auszukundschaften. Aber diese Straße – wie heißt ›Straße‹ bloß auf afrikanisch? –, sie ist hart und unnachgiebig. Dieses schwarze Band aus flüssigem Stein erlaubt keinem einzigen Grashalm auch nur das kümmerlichste Leben. Und der Busch, da wo wir leben, ist voll davon. Die Natur ist großzügig. So wie wir! Doch, was der weiße Mann erschaffen hat, ist brutal und ohne Gefühl. Ob sie im Charakter genauso ist? Meine Leute wenigstens sagten das. Ich solle auch immer bescheiden sein und die Weißen nie reizen, selbst wenn ich mal etwas wissen sollte, was sie nicht wüßten. Dann würden sie gleich schlagen. Und ein Afrikaner darf sich nicht wehren. So sagten die weißen Gesetze ... Unser Glauben schreibt uns vor, nie einen Schlag ohne Gegenschlag einzustecken, das würde die Geister unserer Vorfahren erzürnen, und das wiederum einen Fluch auf den Geschlagenen werfen. Und unser Medizinmann gab mir noch viele seiner Weisheiten mit auf den Weg. Er hat sogar das Amulett beschworen. Das Amulett aus Löwenzähnen, das Yakain mir als ihr Liebespfand gab. Yakain, diese Blume unter anderen Blumen, diese Orchidee unter dem vertrockneten Gras im Busch. Ich werde sie heiraten, sobald ich in der weißen Stadt Egoli meinen Brautpreis verdient habe. Egoli. Wirst du meinen Traum erfüllen? Warum nennen dich die Weißen Johannesburg? Ich weiß nicht, wer Johannesburg war. Aber Egoli heißt Gold. Und das will ich haben. Genug, um zwölf Kühe zu kaufen. Und dann gehört sie mir. Natürlich will ich ihrem Vater noch mehr schenken. Denn ich mag ihn, und er mag mich. Seit dem Tag, als er mich als armen Waisen in sein Haus aufgenommen hat. Welch ein Unterschied zu den Leuten in meinem eigenen Dorf. Das Dorf meiner Geburt ... Selbst der Medizinmann ist mein Freund. Ein sehr guter Freund. Ganz anders als der weise alte Mann in dem Dorf meines Vaters, der die Leute gegen mich aufhetzte. Schließlich sollte ich sogar den Geistern geopfert werden ... aber der neue weise alte Mann, der ist viel besser. Als Dank für seine Hilfe und Freundschaft werde ich ihm viele Sachen mitbringen, die es in seinem Dorf nicht gibt. Eigentlich braucht er nichts, da er sehr gut zaubern kann ... aber vielleicht freut er sich trotzdem. Außerdem hat er gesagt, mein erster weiser alter Mann sei ein idiotischer Spinner gewesen, der die Geister und deren Orakel falsch verstanden habe. Außerdem hat der erste weise Mann behauptet, auf mir würde ein böser Fluch lasten. Ausgerechnet auf mir ... aber der neue Medizinmann ist in Ordnung! ... Was für ein Fest, als er wenige Tage vor meinem Abschied alle Leute des Dorfes zusammenrief. Sie sollten Zeugen sein, wie er mich immun machen wollte. Gegen alle Verletzungen, die die Weißen mir zufügen könnten. Anschließend durfte ich sogar so viel Bier trinken, wie ich wollte ... bis mir plötzlich komisch wurde. Aber das hatte wohl mit der Ritualfeier zu tun.

Der schwarze Weg der Weißen unter meinen Füßen – eigentlich ist er nicht schwarz, sondern fast so hell wie Silber – ist wirklich hart und ohne Gefühl. Warum aber sehe ich ihn schwarz? Ich weiß es nicht ... jetzt noch nicht ... hart und ohne Gefühl, wie alle Weißen sein sollen? Was wir – die Schwarzen – bauen, ist voll von Herz, Respekt vor unseren Gesetzen und Gefühlen ... vielleicht, weil wir mehr Achtung vor unserem Gott und unseren Vorfahren haben, die jeden unserer Schritte beobachten? Nie würde es uns einfallen etwas zu tun, das sie – unsere Ahnen und ihre Geister – beleidigen könnte. Bei schwierigen Dingen wird vorher der Zauberdoktor befragt, der ja der Mittelsmann zur Geisterwelt ist. Sagt er ›ja‹, ist alles in Ordnung. Und wenn er ›nein‹ sagt, und wir tun es trotzdem, werden die Geister und Dämonen sehr erzürnt und belegen uns oder den Täter mit einem Fluch. Es gibt leichte und schwere Flüche. Auch solche, die ein ganzes Leben dauern ... ist diesen Fällen ist sogar ein Medizinmann oft machtlos.

Ein Fluch für das ganze Leben ...

Um die bösen Geister sanft und gut zu stimmen, leben wir vorsichtig und gehorsam ... lieber dazu bereit, ein Opfer zu bringen, damit Krankheit und Unglück ferngehalten werden. Opfer sind wichtig, denn schlechte Omen müssen im Keim erstickt werden ... Opfer haben den Sinn, den vom Fluch Befallenen zu reinigen ... und auch, um den Fluch eines Feindes abzuwenden ... und ihn selbst damit zu belasten. Ganz selten geht ein Fluch den Weg mehr als zweimal ...

Wenn ich nur wüßte, wer damals seinen Fluch auf mich oder meine Mutter abgeladen hat? Damals, einen Tag vor meiner Geburt. Es war der Tag, an dem der erste weise alte Mann meine Eltern beschwor, ich dürfe den ersten Abend meines Lebens nicht erblicken. Nichts als Unheil würde mein Weiterleben über unser Dorf und meine Familie bringen. Da aber mein Vater zwar kein Zauberdoktor war, und trotzdem ein wichtiger Mann mit Macht und Einfluß, hörten die Leute unseres Dorfes mehr auf ihn und gaben nach. So blieb ich also am Leben. Aber nur unter der Bedingung, daß er bereit sei, die Hälfte aller seiner Tiere – Kühe, Hühner, Schafe und Ziegen – zu opfern. Für mich, meines Vater Erstgeborenen, war dieser Preis zum Glück nicht zu hoch ... so kam es, daß zwei Tage später alle Bewohner der Nachbardörfer eingeladen wurden ...

Es muß ein sehr großes Opferfest gewesen sein. Später hat er mir davon erzählt. Das Fest hat viele Tage gedauert. Und endlich war man sicher, daß vor allem ich, dann die Luft um mich herum, besonders aber die Nachtluft, die von den bösen Geistern bevölkert war, gereinigt war. Es gibt gute und böse Geister. Aber die bösen müssen stärker gewesen sein. Denn es verging kaum ein Tag in meinem jungen Leben, der nicht angefüllt war von schlechten Vorzeichen und Vorbedeutungen. Zwar auch einige gute, aber die bösen waren stets in der Überzahl. Als einige Zeit später mehrere Nachbarn an einer unbekannten

Krankheit starben, war der Medizinmann nach Befragung der Geister überzeugt, daß nur ich allein die Schuld am Tod der Leute hätte. Erneut opferte mein Vater freiwillig einige seiner Tiere. Ich bin sicher, daß mein Schicksal wegen dieses Vorfalls ein absolutes Ende gefunden hätte – wäre ich eben nicht der Erstgeborene. Und meine tägliche Frage galt den guten Geistern, wie lange sie mich schützen könnten ...

Und der Medizinmann beschwor die Geister, während die Männer des Dorfes um mich herumtanzten, bis sie vor Erschöpfung fast tot umfielen. Aber die Anstrengung war es wert. Es hat geholfen – für einige Zeit wenigstens. Natürlich gab es zwischendurch immer mal böse, wenn auch kleine Omenzwischenfälle, aber dann wurde schnell ein kleineres Tier geopfert, sein Blut in der Gegend herumgespritzt, und ich war bereits der festen Annahme, dies sei nun mal Bestandteil des Lebens.

Und dann wurde meine Mutter erneut schwanger. Noch wenige Tage bis zur Geburt, als die Wehen unverhofft früh eintraten und die Arme mit ihrer doppelten Last und einem Krug voll Wasser durch die Felder nach Hause ging, um meinem Vater das Essen zu bereiten, als sie vor sich auf dem Weg eine giftige Schlange sah.

Es war schon immer so. Der böse Blick einer giftigen Schlange überträgt einen Fluch in den Körper der schwangeren Frau. Ist ja auch logisch, weil nicht mal der Mann während dieser Zeit mit ihr schlafen darf. Nicht, weil er eine Schlange ist. Trotzdem. Ein Fluch ist nicht gut, und der Medizinmann hat seine liebe Mühe, ihn wieder auszutreiben. Manchmal funktioniert es leicht, oft aber sehr schwer – und um so teurer wird die ganze Angelegenheit. Wenn mein Vater nicht reich gewesen wäre ...

Als meine Mutter nach Beendigung ihrer Flucht vor der Schlange endlich vor unserer Hütte stand – schweratmend, soweit ich mich erinnere –, sah sie den Mist einer Hyäne, die sich wohl in der Nacht vorher eingeschlichen hatte, um ihr böses Omen zu hinterlassen. Ein sehr schlechtes Zeichen! Und meine Mutter jammerte! Mein Vater war wirklich zerknirscht. Nicht nur der Wasserbehälter als Haushaltsgeschirr war zerbrochen, der Blick einer Schlange und der Kot eines Allesfressers, das alles zusammen vollendete die Tragödie der furchtbaren Omen. Eine Reinigungskur erster Ordnung war unbedingt erforderlich! Also nahm mein Vater seinen langen Stock, richtete sich aus seiner bequemen Hockstellung vor der Hütte auf, band seinen Schaffellumhang um und begab sich unverzüglich auf die Suche nach dem weisen alten Mann, der immer einen guten Rat wußte und ein Meister der Opferung fetter Schafe und anderer Tiere war. Ich selbst jagte, so schnell es ging, zu meinem eigenen Arbeitsplatz zurück. Der war nämlich in der Nähe des Ortes der Zusammenkunft unter vier Augen, in der Hoffnung, etwas von dem Getue und Gespräch zu belauschen. Natürlich wußten meine Eltern nicht, daß ich Zeuge der Hyänenkotentdeckung war. In jenen Tagen und Jahren war ich mehr als vorsichtig, froh, daß mein Vater auf der Suche nach dem Zauberdoktor die falsche Richtung eingeschlagen hatte.

Erst rekelte ich mich faul im tiefen Gras, warf dann einen scheuen Blick auf den alten Mann, der bestimmt wußte, daß mein Vater ihn suchte. Natürlich war er für jemanden, der nicht wußte, daß der weise alte Mann hier draußen, außerhalb der Umfriedung unseres Dorfes im Schatten einer uralten Schirmakazie hockte, schlecht sichtbar. Bewegungslos wie ein Stein – fast schien er zu träumen – war sein leerer Blick zum Himmel gerichtet. Ob er da oben die Geister suchte oder gar unseren Gott? Ob er gar durch die dichten Äste des Baumes sehen konnte? Vielleicht werde ich auch mal ein Medizinmann. Und wie er schaute ich nach oben, blinzelte in die grelle Sonne und fragte mich, ob Gott und unsere Geister wohl da oben auf dem Feuerball wohnten und ob sie uns von da aus sehen könnten. Ich dachte weniger an die Schafe, die ich hüten mußte. Es waren viele. Und sie gehörten alle meinem Vater. Und ich durfte auf sie aufpassen, weil ich schon über zehn Jahre alt war. Vielleicht war ich auch ihr Wächter, weil sie sowieso meinetwegen geopfert wurden. Vielleicht waren es gute Geister, was die Tiere anbelangte. Aber noch nie hatte ich eins verloren! Es können natürlich auch die bösen gewesen sein, die sich ihr Opfer nicht entreißen lassen wollten. Die richtige Antwort weiß nur der Medizinmann, dachte ich. Außerdem gab es für mich viel wichtigere Dinge, über die ich nachdenken mußte. Nämlich herauszufinden, warum immer nur ich der Grund für die schlechten Omen sein mußte. Warum nicht Mobele, der älteste Sohn des Bruders meines Vaters? Wann immer er einen Streich spielen oder ein

Tier quälen konnte – neulich hat er einen Teil der Maisfelder abgebrannt, weil er so gern mit Feuer spielt – hat er mir selbst gesagt. Nie ließ er eine Gelegenheit ungenutzt! Haben die Geister etwa nicht gesehen, wer das Feuer gelegt hat? Wollten sie es nicht sehen oder konnten sie nicht, weil der Himmel an jenem Tag zufällig bewölkt war? Dabei seien die Geister überall, hieß es immer. Also werden die Wolken wohl keine Schuld haben. Außerdem sind sie nur für Regen zuständig. Mobele hätte schon lange ein böses Omen verdient – wenigstens aber eine Bestrafung. Doch nein, auch das Feuer im Maisfeld schrieb man mir zu! Und das kostete wieder eins der vielen fetten Schafe meines Vaters. Wenn ich nur mal einen Geist treffen könnte, um mich mit ihm in aller Ruhe zu unterhalten ...

Eigentlich wollte ich an jenem Tag überhaupt nichts mit den Schafen zu tun haben, sondern lieber in der Hütte bleiben und schlafen. War das nicht der sicherste Ort für mich? Weil meine schwangere Mutter in der Haupthütte war. Und da durfte ich nicht hin. Das war Gesetz. Aus der Flucht in den Schlaf wurde nichts, weil mir mein Vater den Dienst an den Schafen befahl. Jeden Tag dasselbe. Wäre ich nicht so verschüchtert gewesen, hätte ich mit aller Kraft die Tiere an ihrer Vermehrung gehindert. Dann wäre es nur eine Frage der Zeit gewesen, daß bei dem Schafsopferverbrauch die Reserven baldigst zu einem Ende kämen. Und als mir bewußt wurde, daß ausbleibender Schafnachwuchs ebenfalls als schlechtes Omen ausgelegt werden würde, ließ ich sie einander nach Herzenslust besteigen, soviel sie nur wollten. Als hätte Mbale, mein stärkster Bock in der Herde, meine Gedanken verstanden, machte er sich sofort an die Vermehrungsarbeit. Seine Hinterläufe stemmten sich ungeduldig gegen die Erde. Und seine Vermehrungspartnerin blökte lustvoll über die Vermehrungsfreuden. Ob das wirklich so viel Spaß macht? Wenn ich groß bin, werde ich das auch mal versuchen, dachte ich neugierig. Doch dann schreckte ich hoch. Da war doch etwas? Und schon bekroch mich das altbekannte Angstgefühl! Da war er, mein Vater, wie er mit hastigen Schritte und sorgenvoller Stirn, wenige Meter von mir entfernt und ohne mich zu bemerken, vorbeiging, plötzlich wie angewurzelt vor dem Medizinmann stehenblieb, auf ihn einredete, ohne erst die Erlaubnis abzuwarten, sprechen zu dürfen. Aber das war wohl schon Gewohnheit bei den beiden. Und der weise alte Mann lächelte müde. Seine Glieder schienen trotz der Hitze steif und kalt gewesen zu sein, da er steif in seiner Hockstellung verharrte. Das war noch nie so! Er hatte bei diesem Wetter auch noch nie den dicken Affenhautmantel um seinen Körper gewikkelt. Und eigentlich sah er aus wie ein frierender, altersschwacher Pavian. Graue Wolle bedeckte seinen Kopf. Von seinem Kinn hingen wenige, aber sehr weiße und lange Haare herab. Und die geschnitzten Holzblöcke zitterten vereint mit seinen durchstochenen Ohrlappen, in denen sie seine Würde unterstrichen. Die Hölzer waren größer als ein Mund, der zum Gähnen geöffnet wird. Viele Zähne besaß er auch nicht mehr. Ich weiß noch genau: neben ihm lag sein Medizinbeutel, sofort griffbereit. Und wie es die althergebrachte Höflichkeit verlangte, erst über das Wetter, von der Ernte und dem Dorfleben zu reden, kam mein Vater ohne Umschweife auf seine Sorgen zu sprechen, indem er aufgeregt von den neuesten bösen Omen des Tages erzählte. Für mich war das nichts Neues mehr. Auch der Medizinmann schien bereits alles zu wissen. Wie und woher? Mir war es egal, wußte ich doch, daß mir die Schuld auf traditionelle Weise zugeschoben wurde und mein Vater wieder irgendein Viehzeug zu opfern hätte. Ohne erst viel Zeit zu verlieren, erhob ich mich geräuschlos und suchte ein passendes Schaf für den Abend aus. Für die schrecklichen Vorfälle, die mein Vater angab, mußte es schon ein fettes Tier sein! Ein mageres hätte den Geistern nie gereicht, und sie hätten sich am folgenden Tag mit noch böseren Omen gerächt. Irgendwie wollte ich ja auch meine Ruhe finden. Wenn man wenigstens mit einem der Geister reden könnte, dachte ich. Aber was nicht ist, kann ja noch werden. Bei meinem Alter. Trotzdem wollte ich nach Möglichkeit sofort ein Gegenmittel finden, um die Masse der bösen Omen eindrucksvoll und erfolgreich zu bekämpfen. Eigentlich tat mir der starke Widder leid, ließ das bereits gefangene Schaf laufen und nahm ihn sicherheitshalber anstatt. Für mich war er das beste Opfer. Seinen Nachwuchs hatte er ja bereits bestellt. Und ich band ihn an einen Pflock fest. Gleich in der Nähe des Ortes, wo er bestimmt nach Sonnenuntergang geopfert werden würde.

Die beiden Männer, der Medizinmann und mein Vater, sprachen immer noch. Gab es etwa noch mehr böse Vorzeichen, von denen ich nichts wußte? So lange sprachen sie noch nie! Mein Bock Mbale blökte wie wild, und wie ich die Geister kannte, hatten sie ihm bestimmt schon von seinem Schicksal erzählt. So nah wie möglich schlich ich mich an die beiden Männer heran, um wenigstens einige Worte zu verstehen. Kaum hatte ich meinen Horchposten bezogen, als sie schwiegen. Dafür entschloß sich mein Vater, seinerseits in die Hockstellung zu gehen, was der alte weise Mann bestimmt übersah, denn er murmelte unverständliche Worte, langte nach seinem Medizinbeutel, holte zugleich eine glänzende Tonflasche mit einem verzierten Kuhschwanzstöpsel aus den Falten seines Mantels, schüttelte sie in langsamem Rhythmus, öffnete sie behutsam und leerte die schwarz scheinenden heiligen Bohnen in seine rechte Handfläche. Murmeln ... Dann sortierte er sie zu verschiedenen Häufchen auf die Erde. Die Augen meines Vaters wurden größer und immer furchtsamer, während der alte weise Mann die Bohnenhäufchen unendlich lange Zeit betrachtete. Nur ab und zu beschrieb er mit seinen dürren Fingern magische Kreise in der Luft, streute dann aus dem Medizinbeutel ein graues Pulver darüber und murmelte weiter. Meine Neugier wuchs und trieb mich geräuschlos wie eine Schlange näher an das Geschehen. Das war gut so, denn auf der einen Seite konnte ich jedes Wort, das meinem Vater galt, bestens verstehen – wenn ich auf der anderen Seite nur nicht so vor Schreck erstarren mußte. Eiskalt ...

»Es ist so, wie es immer gewesen ist. Seit der Geburt deines Sohnes Mogambo! Er ist von unseren Ahnen verflucht bis an das Ende seines Lebens. Seine Nähe allein bringt Unheil über dein Haus, deine Familie, deine Herden. Unser Dorf! Das kann so nicht weiter gehen! Und deshalb verlangen die Geister seinen Tod. Wenn du damit nicht einverstanden bist, wirst du nie, auch nach deinem Tod, in Ruhe leben können. Ich frage dich: Willst du das?«

»Nein.« Grau vor Schreck und Angst war das Gesicht meines Vaters.

»Die Kinder deiner anderen Frauen haben noch nie ein böses Vorzeichen verursacht. Der große Gott und die Geister unserer Ahnen beschützen sie. Weil sie zufrieden sind! Deshalb hast du für sie noch nie ein Tier opfern müssen. Stimmt das?«

Die leise krächzende Stimme des alten Mannes hüstelte. Und mein Vater nutzte die Gelegenheit, ein bescheidenes ›Ja‹ zu antworten.

»Aber jedes Mal, wenn deine erste Frau ein neues Kind bekam, starb es kurz nach der Geburt. Du hast sehr viele und teure Opfer gebracht. Deshalb konnten wir jedes Mal den Unmut der Geister für eine kurze Zeit besänftigen. Bis neue böse Omen auftraten. Ich sage dir, du hast einen großen Fehler begangen. Mogambo hätte am Tag seiner Geburt geopfert werden sollen, wie es die Geister verlangt haben. Sein Blut allein kann dich, das Haus, in dem deine erste Frau jetzt wohnt, und uns reinwaschen! Der Fluch auf deinem Erstgeborenen ist zu stark – und die geopferten Tiere zu schwach. Du hast ja gesehen: die Geister geben sich damit nicht ab. Im Gegenteil, sie werden nur erzürnter!«

»Aber ein Erstgeborener genießt doch besonderen Schutz!«

»Ich weiß. Trotzdem hast du einen großen Fehler begangen. Du hättest auf meinen Rat hören sollen. Tue es jetzt. Noch ist es nicht zu spät. Dein Sohn ist jung und wird den Tod begrüßen. Und dann wird er wohlwollend in die Reihen unserer Ahnen aufgenommen. Ich verspreche dir, daß sein Geist nur Gutes über dein Haus kommen lassen wird. Aus Dankbarkeit. Wir werden ihn also opfern!«

Ein eisiger Schreck durchfuhr mich. So hörte sich also mein Todesurteil an! Vielleicht war und bin ich furchtbar dumm, aber meine persönliche Opferung schmeckte mir keinesfalls, zumal mein eigener Geist erst etwas über zehn Jahre alt war. Der und im Kreise der anderen? Nie, da geht es mir bestimmt nicht besser als hier in unserem Dorf! Womit opfern denn die Geister? Denn mehr als Geist haben die doch nicht. Nun gut, sie besitzen Kraft. Aber soll man die ohne weiteres hergeben? Das erschien mir nicht logisch genug. Ich und sterben? Nein und nie! Ausgerechnet ich, wo ich so gern tanze. Geister tanzen nämlich nicht. Wenigstens habe ich noch nie welche gesehen. Die lassen ja nicht mal mit sich reden. Und außerdem soll in kurzer Zeit das große Fest der Beschneidung für alle Jungen des Dorfes in meinem Alter sein. Ich gehöre doch dazu und kann meine Beschneidungsbrüder nicht einfach im Stich lassen. Und ein Mann ohne Beschneidung ist nun mal kein Mann. Das hatte der Medizinmann selbst gesagt. Jedesmal, wenn er uns in diesen Sachen unterrichtete. Außerdem würden es die Frauen gerne haben. Später. Aber was er damit genau meinte, wußte ich nicht. Hat er auch nie gesagt. Was geht die Frauen unsere Beschneidung an? Wir Männer haben doch zu bestimmen. Und ich soll dabei fehlen? Wo ich die Vorbereitungszeit so gut und ohne böse Omen bestanden habe? Nein! Mögen die Geister sich ein anderes Opfer suchen. Der alte weise Mann hat zwar gesagt, man dürfe den Geistern nie widersprechen, das sei ein altes Gesetz. Ist denn alles gut, was alt ist? Ich weiß und wußte es nicht. Und so entschloß ich mich, die Geister zu bitten, ein anderes Opfer als ausgerechnet mich auszusuchen. Vielleicht ›zwei‹ fette Schafsböcke? Nein, das war nicht möglich, weil eben nur noch einer übrig war. Wo sollte denn der Nachwuchs herkommen? Der Zauberdoktor hat selbst gesagt, daß nur männliche Schafe die Sache bei den weiblichen machen können. Und er mußte es wissen.

Noch kurze Zeit, dann würde ich als Mann gelten und das erste Mal in meinem Leben bei den Mädchen unseres Dorfes liegen. Natürlich ohne Nachwuchs zu bestellen, das sei noch nicht erlaubt. Erst nach der Hochzeit. Und bei dem Zusammenliegen sollte man spüren, welche der jungen Weiber man später heiraten wollte. Und sie dürften uns sogar anfassen! Bloß wir sie noch nicht, das sei mal wieder gegen die Gesetze. Ob es trotzdem schön ist? Ja, über diese Frage habe ich oft nachgedacht. Der Medizinmann meinte, das sei sehr schön. Der war ja auch älter und hatte mehr Erfahrung. Noch ein Grund mehr, warum ich mich nicht opfern lassen wollte. Damals wunderte ich mich sehr, daß bei mir da immer etwas komisches geschah – jedesmal, wenn ich am Fluß ein nacktes Mädchen sah. Ob deshalb die Geister böse wurden? ›Ab heute werde ich also keine nackten Mädchen mehr beobachten!‹ Das nahm ich mir ernsthaft vor! Dabei waren sie wirklich hübsch. Gegen die Geister konnte ich eben nichts ausrichten. Außerdem waren die auch bestimmt viel älter als ich. Nein! Nein! Nein! Keine Opferung von mir!

»Ich will dir nicht widersprechen, aber kannst du die Geister nicht fragen, ob sie nicht ein anderes Opfer annehmen wollen? Vielleicht …« Verzweifelte väterliche Hoffnung.

»Vielleicht was? Dich selbst etwa? Aber dann zerstörst du dein eigenes Leben. Für diese Sache bist du zu alt. Und außerdem weißt du, daß das Leben nach dem Tod so fortgeführt wird, wie du es hier beendest. Du bist auf der anderen Seite aber noch nicht alt genug, um auf viele noch zu bestellende Kinder zu verzichten. Und gerade du, der du einer alten Sippe abstammst. Nein, dein Opfer ist nicht gut. Das Dorf braucht dich außerdem. Und deine Familie auch. Wenn du noch mehr wissen willst, erzähle ich es dir gerne. Aber nicht jetzt. Wir haben wichtigere Dinge zu besprechen als deine eigene Opferung.«

»Mein Sohn Mogambo stammt derselben uralten Sippe ab wie ich. Ob das unsere Vorfahren gutheißen mögen – seine Opferung?«

»Und wie! Das versichere ich dir. Sie wären stolz auf ihn. Außerdem ist er noch ein Knabe. Er ist zwar bereit für das Fest der Beschneidung, aber sein eigenes Blut wird verlangt, bevor er zum Mann wird!«

Der Blick des Medizinmannes richtete sich mit geschlossenen Augen zum Himmel. So, als könne er trotzdem sehen, fragte er: »Siehst du die Geier da oben?«

»Ja, eine große Schar.«

»Ich wußte, daß sie da sind. Ich sehe sie mit geschlossenen Augen. Wie die Geister es mich gelehrt haben! Und wenn der Schatten eines einzigen dieser Vögel auf die Behausung deiner ersten Frau fällt, gilt es als ein sehr, sehr böses Zeichen. Vielleicht wird das Neugeborene krank oder blind oder stirbt wie die anderen davor? Ich sage dir, heute ist der Tag der großen Opferung.«

Ich sah, wie mein Vater ratlos und verloren vor dem weisen alten Mann hockte und ihn nur noch flehend ansah. Vielleicht meinetwegen? Vielleicht aber auch wegen der Geier da oben am Himmel? Ob er sich etwa wirklich für mich, seinen ältesten Sohn, opfern lassen wollte? Ich glaube, er will bestimmt ...

So sehr das alte Gesetz den Erstgeborenen schützt und liebt, so sehr befiehlt das stärkere Gesetz der Ahnen deren Verehrung und die Erfüllung der geforderten Opfer. Das stimmt, denn der weise alte Mann hat es selbst gesagt.

»Und was wird, wenn der weiße Distriktpolizist davon hört?«

»Die Weißen haben nichts mit unseren eigenen Gesetzen zu tun.«

»Aber sie haben es trotzdem nicht gern, wenn wir Menschen opfern. Tiere ja, aber Menschen nein. Und er wird bestimmt davon hören. Dann wird aus unserem Dorf ein Schuldiger ausgesucht, der es getan haben könnte – und in der großen Stadt gehängt. Vielleicht nehmen sie dich – oder gar mich? Nein, sie werden mich nehmen, da ich der Vater bin. Du bist zu stark für sie. Nein, dann opfere ich mich lieber gleich, wenn der Tod schon sein muß.«

»Als ich von Opferung sprach, meinte ich nicht den Tod. Und niemand wird verdächtigt werden, da es eine geheime Sache sein wird. Und Mogambo steht nicht mal in ihren dicken Büchern. Wie sollen sie wissen, daß er plötzlich fehlt? Außerdem werden die weißen Polizisten bald von unseren schwarzen Brüdern abgelöst. Und die denken wie wir. Weil die dieselben Gesetze haben. Wir Swasi sind ein stolzes und ehrliches Volk. Hast du noch eine Frage, die dir Kummer bereitet?«

Genau in diesem Moment erhob sich von den Hütten unseres Dorfes ein fürchterliches Geschrei. Mit unaufhaltsamer Kraft kam es rasend näher. Und mich zwang das Urgefühl der Angst, schnell zurück in Richtung meiner Schafe zu kriechen, um mich dort in dem dichten Gras zu verbergen. Etwas Schreckliches mußte geschehen sein, denn nie zuvor hatte ich einen Aufruhr wie diesen bei unseren Leuten erlebt. Schon liefen sie wie eine riesige Staubwolke im Wind zu unserem Medizinmann. Scheinbar wußten sie plötzlich alle, wo der weise alte Mann zu finden war.

»Die Geier werfen ihre Schatten auf unsere Hütten!«

Und alle wiesen strafend auf meinen unglücklichen Vater, der sich nicht zu helfen wußte, der sehr schnell von den aufgeregt schreienden Leuten umringt war. Sie meinten mich.

So viel ich verstehen konnte, deutete der Medizinmann zu meiner Überraschung das fürchterliche Zeichen als weniger gefährlich und schickte die aufgeregten Gemüter in das Dorf zurück. Er müsse in Ruhe nachdenken und die Geister befragen. Einige der Einwohner wollten zwar murren, aber da es von jeher als sehr schlecht galt, mit dem Zauberdoktor ungleicher Meinung zu sein, verzogen auch sie sich. Und mein Vater war schließlich ihr Häuptling. Ein guter Häuptling.

»Bleib«, sagte der weise alte Mann zu meinem Vater, der

ebenfalls Anstalten machte, sich respektvoll zu entfernen.
»Ich werde in deinem Beisein die Knochen werfen. Dann siehst du selbst, was zu tun ist.«

Neugierig kroch ich schnell wieder auf meinen alten Beobachtungsposten zurück und sah, wie mein Vater ebenfalls seine alte Hockposition einnahm, um willenlos Zeuge des Knochenfragespiels zu sein. Absolute Ruhe war eingetreten, weil sich die Dorfleute gehorsam zurückgezogen hatten. Ja, unser Zauberdoktor und mein Vater, die beherrschten ihre Leute. Nicht nur, weil sie von denen hoch verehrt wurden ...

Mit seinen knochigen Fingern holte der weise alte Mann unter stetem Murmeln aus einer seiner Mantelfalten eine Anzahl verschiedenartiger und kunstvoll geschnitzter Knochen hervor, zog mit einem kurzen Stab zwischen sich und meinem Vater zwei gleiche Linien auf dem Boden, legte den Stab beiseite und beugte sich mehrmals geheimnisvoll vor und zurück.

Damals wußte ich nicht, was für Knochen er benutzte. Wer sagt einem Jungen schon seine Geheimnisse? Es dauerte viele Jahre, bis mir bei einer späteren Gelegenheit erklärt wurde, welche Knochen für dieses Omenspiel die geeignetsten sind. Aus dem linken Vorderhuf eines Ochsen werden vier verschiedene Stücke herausgeschnitten. Das ergibt zwei ›männliche‹ und zwei ›weibliche‹. Den Rest ergeben mehrere Zehenschalen und eine Menge kleinerer Hilfsknochen. Allein der Fall, also wie die Dinger durch die Luft fallen, kann in 64 verschiedenen Möglichkeiten gedeutet und ausgelegt werden. Ich fand das immer unwahrscheinlich interessant. Ob ich wohl doch noch Medizinmann werden soll? Aber erst muß ich nach Egoli, der Stadt mit dem vielen Gold, meinen Brautpreis verdienen. Später sehen wir weiter. Yakain wäre bestimmt damit einverstanden.

Der weise alte Mann beugte sich dann noch einmal in seinem Affenhautmantel vor und zurück. Seine Stimme tönte wie trockenes Krächzen, das ich bis zu diesem heißen Tag noch nie aus einer menschlichen Kehle gehört hatte. Doch seine Hände warfen geschickt die Knochen auf den von beiden Linien markierten Boden. Kaum waren die klappernden Stücke gelandet, als er meinen Vater mit leeren Augen ansah – eigentlich sah er durch ihn hindurch, würde ich sagen – und dabei mit plötzlich klarer und deutlicher Stimme zu sprechen begann.

»Nun, mein Sohn, jetzt sollst du alles wissen. So oder so! Auch, falls die Geister ihre Meinung über deinen Sohn Mogambo geändert haben. Aber das glaube ich nicht. Der Fluch auf ihm ist zu stark. Wir werden sehen.«

Und wie von einem Blitz getroffen, zuckte der Medizinmann zusammen, begann gequält zu röcheln, sein Leib schüttelte sich, und die flachen Holzscheiben in seinen Ohrlappen schlugen aufgeregt hin und her. Grausam, was mit dem weisen alten Mann geschah. Mich durchfuhr zur gleichen Zeit ein eisiger Schreck. Und sehr viel Mitleid. Das, was die Geister mit ihm machten, konnte nur die Bestätigung aller meiner schlechten Vorzeichen sein. Am liebsten hätte ich mich erhoben und wäre zu den beiden Männern gekrochen, um bei ihnen Schutz zu suchen. Aber dann hätten sie mich bei meiner mehr als bösen Tat, nämlich sie zu belauschen, ertappt. Und der Zauberdoktor hätte mich zu Recht mit der härtesten Strafe belegt, die ihm eingefallen wäre. Verbunden mit der großen Reinigung meines eigenen bösen Geistes, der mal wieder ausgepeitscht und ausgetrieben werden müsse. Diese Zeremonie kannte ich nur zu gut. Also hielt ich still, zitterte leise vor mich hin, vergaß sogar zu atmen. Trotzdem war ich so gebannt von dem Geschehen vor mir, daß ich nicht einmal an meinen gewohnten Ausweg der Flucht dachte.

Wie Spinnenarme bewegten sich die ausgetrockneten Finger des weisen alten Mannes über die vor ihm ausgebreiteten Knochen hin und her, beschrieben magische Bögen und Kreise über den heiligen, schwarz glänzenden Bohnen. Heiseres Geflüster begleitete seine Knochenbefragung. Und dann kam eine kurze Ruhepause, die er plötzlich – für mich vollkommen unerwartet – unterbrach. Und mir wurde bewußt, daß man bei den Geistern eigentlich nie so recht wissen kann, was im nächsten Augenblick geschehen wird ...

»Deine erste Frau wird heute abend, noch bevor wir zur Opferung bereit sind, ein Mädchen gebären. Und wenn wir Mogambos Leben den Geistern übergeben, wird es leben und dir später einen guten Brautpreis einbringen. Oder aber wir opfern es, und Mogambo wird leben. Entscheide dich. Die Geister verlangen das Blut von einem der beiden lebenden Kinder deiner ersten Frau. Wir spritzen es auf dich, dein Haus und über deine große Familie. So werdet ihr alle von dem großen Fluch befreit. Aber es muß heute sein! Wenn nicht, wird Unheil über uns alle kommen ... Ich sehe Feuer, das uns und unser Dorf auffrißt ... Vorher gibt es Krankheit, und die Seuche wird an unseren Herden wohnen. Die Geister sind unversöhnlich! Und kein Weg führt daran vorbei. Wenn du dich nicht sofort entscheidest, muß ich es dem Ältestenrat sagen. Und sie werden alle gegen dich sein! Du weißt auch, daß dein Bruder darauf wartet, dein Nachfolger als Häuptling zu werden. Er hat damit sehr lange gezögert. Jetzt weiß er, daß die Zeit für ihn reif ist ... Geh also und suche deinen Erstgeborenen. Seine Zeit ist da. Opfere ihn! Und nicht deine Tochter ...«

Und dann schwieg der weise alte Mann. Was wohl mein Vater in jenen Augenblicken dachte? Was hätte ich gedacht? Nicht früher, als ich noch ein Kind war, nein heute, als Mann! Es war wirklich eine schwere Entscheidung. Aber mein Vater sagte nichts. Ich weiß nur, daß sein Kopf schwer auf seine Brust sank ... Mir selbst wurde eiskalt. Was jetzt?

»Er wird jeden Menschen, den er trifft, unglücklich machen. Hörst du? Und das dauert, so lange er lebt. Viele werden durch ihn sterben. Andere werden durch ihn vernichtet, obwohl er selbst es nicht will. Es ist der Fluch. Hilf deinem Sohn! Geh und hole ihn her. Ich erwarte euch hier an diesem heiligen Baum. Damit ich ihn vorbereiten kann! Zögere nicht! Geh!«

Noch heute klingen diese beschwörenden Worte in meinen Ohren, als seien sie gerade in dieser Minute gefallen. Vielleicht hätte ich mich damals den beiden Männern zeigen sollen und nicht die Flucht ergreifen, wie ich es tat. Nie wieder habe ich meinen Vater aus der Nähe gesehen. Wie von meinem Lauschposten. Obwohl ich mich mehrere Wochen in der Nähe unseres Dorfes umhertrieb und dachte: Soll ich oder soll ich nicht? Ich wußte, daß man mich sucht. Und dann, eines Tages, war es soweit. Das Feuer, von dem der weise alte Mann gesprochen hatte, kam und fraß das Dorf und alle seine Bewohner auf. Ob es der Wille der Geister war? Ich weiß es nicht. Ich weiß nur, daß der Busch in unserer Gegend von der Sonne ausgetrocknet und verdörrt war, weil es schon lange keinen Regen mehr gegeben hatte und wohl aus Wut darüber Feuer fing. Das war nicht das erste Mal. Aber noch nie war das Feuer so schlimm. Vielleicht war es auch die Schuld von Mobele, dem erstgeborenen Sohn des Bruders meines Vaters. Ich weiß, daß er das Feuer liebte. Ob mein Fluch auf ihn übergegangen war?

Ich überlebte als einziger, weil ich in einer tiefen Höhle wohnte. Und weil es da drinnen keinen Busch gab, den das Feuer auffressen hätte können. Mich wollte es nicht! Ich lebte ... und war frei. Als das Feuer am Verhungern war und endlich gestorben, machte ich mich auf den Weg nach Norden. Es dauerte viele Tage. Aber dann fand ich ein Dorf, das mir gefiel. Doch ich hatte Angst, es zu betreten. Also lebte ich wiederum viele Tage in der Nähe dieser neuen, fremden Menschen und wollte herausfinden, ob meine alten bösen Geister mich verfolgt hatten und mir ihre Gegenwart durch böse Omen zeigten. Nichts geschah. Und endlich fand ich den Mut, den neuen Medizinmann aufzusuchen. Wie bei uns, hockte er im Schatten eines alten Baumes außerhalb der Umfriedung des Dorfes. Und so kam es, daß ich neue Eltern fand. Und Yakain! Erst waren wir wie Bruder und Schwester. Jetzt habe ich sie verlassen, um den Brautpreis in der weißen Stadt Egoli zu verdienen. Zwölf Kühe ...

Ich bin wirklich weit gegangen heute. Wie lange noch dauert es, bis dieser harte Steinweg ein Ende nimmt und ich am Ziel meiner Träume bin? Fast berühren mich die Autos, die an mir vorbeijagen, so daß ich jedes Mal an die Seite springen muß, um weiter zu leben. Ich bin müde. Ich habe Hunger. Ich habe Durst. Und die Sonne brennt unbarmherzig. Fast so, als das große Feuer kam. Kein Wunder, daß auch meine Füße brennen.

Können, wenn man kann ...

Und was passiert, wenn man nicht mehr kann? In meiner Rolle als echter Afrikaner fühle ich mich recht wohl. Finde auch, daß ich sie zu meiner Zufriedenheit ausfülle. Und der Kartoffelsack ist auch noch da. Heute abend muß ich irgendwo meine Unterhose waschen. Ach ja, da ist noch das Problem mit dem Rasieren. Aber dazu wird mir schon etwas einfallen. Bis jetzt hat ja schließlich auch alles geklappt – obwohl ich ziemlich oft ziemlich viel Manschetten vor meiner eigenen Courage hatte. Und auch noch habe! Natürlich mache ich – nicht ›machen‹, vielmehr ›begehen‹ – natürlich begehe ich des öfteren Stilfehler. Grobe sogar. Zum Beispiel bin ich relativ sicher, daß ein Afrikaner aus dem Busch nicht ›Auto‹ sagt, sondern irgend etwas mit

Wagen. Stählerner Wagen etwa? Na, ich weiß nicht, ob hier der Begriff ›Stahl‹ gebräuchlich ist, ›Blech‹ vielleicht auch nicht. Verdammt, ist ja auch egal! Ich werde die Dinger, die mich dauernd auf ihren vier Rädern überholen, Stinkwagen nennen, weil sie andauernd einen ekelhaften Geruch hinterlassen. Finden die Weißen das etwa schön? Also, wenn ich Weißer wäre und hätte etwas zu sagen: das würde ich ändern! Die Dinger schreien wie hundert Völker wildgewordener Bienen, denen man die Königinnen mitsamt dem bienenvolkeigenen Honig geklaut hat. Trotzdem finde ich es eigenartig, wie schnell sich diese glänzenden Wagen fortbewegen können. Da sind bestimmt Geister im Spiel. Böse vielleicht, weil ich ihnen andauernd ausweichen muß. Eigentlich brauche ich das nicht, denn Ngoge, mein neuer Zauberdoktorfreund, hat mich ja immun gemacht. Und doch ist etwas in mir, das mich vor jedem neuen überholenden Wagentier warnt. Zuerst griff ich immer an Yakains Amulett, um seinen doppelten Schutz zu bekommen. Aber hier auf diesem Steinweg gibt es so viele von diesen Wagen, als sei irgendwo in der Nähe ein Nest, zu dem sie hin und her rasen. Schon wieder einer. Ein sehr großer sogar! Der quietscht, als hätte man ein Schaf getreten und wolle es nun opfern. Ob die Weißen überhaupt gute Geister haben? Oder haben sie sich etwa mit allen Dämonen verbrüdert? Der Wagen steht. Und ich gehe mit einem kleinen Bogen an ihm vorbei. Vielleicht schüttele ich sogar aus Unverständnis meinen Kopf. Ich bin darüber nicht so sicher. Aber es sind menschliche Fäuste, die mich plötzlich im Genick fassen und mich brutal in die Richtung drehen, aus der ich komme. Ich will mich wehren, aber hat der neue weise alte Mann nicht gesagt, ein Schwarzer dürfe sich gegen einen weißen Mann nicht wehren? Ich befolge seinen Rat, fühle mich zugleich aber unglücklich, denn das hieße, daß die bösen Geister wieder einen Fluch auf mich abladen könnten. Ein harter Schlag trifft mich in meinem Bauch. Ich will zurückschlagen, aber meine Kräfte versagen. Und die Fäuste, sie sind schwarz wie meine eigenen, zwingen mich auf die harte Erde. »Was habe ich getan?« Vielleicht hätte ich das nicht sagen sollen. Noch eine Faust, die mir die Lippen aufschlägt. Ich bin durstig, will aber nicht mein eigenes Blut trinken. Eine unfreundliche Stimme in einer fremden Sprache prasselt auf mich nieder. Ich kann sie nicht verstehen. Fäuste heben mich wieder hoch und fremde Hände tasten an meinem Körper herum, als ob sie etwas suchten. Jetzt fallen mehrere Stimmen über mich her. Wenn ich sie nur verstehen könnte! Warum sprechen die Leute nicht Swasi oder Tsonga, so wie ich? Tsonga ist die Sprache, die ich in meiner neuen Heimat in West-Mosambik lernte. Trotzdem antworte ich. Sonst meinen die Männer noch, ich sei stur. Und das, sagte mein neuer Medizinmannfreund, sei nicht gut. Dann würden sie auch schlagen. Na ja – geschlagen haben sie bereits. Ich weiß nicht, was ich tun soll. Also ergebe ich mich. Bei uns im Dorf würde man jetzt Gastfreundschaft anbieten. Aber die fremden, noch dazu schwarzen Fäuste packen mich und ich verschwinde im Inneren des großen Stinkwagens. Auf dem Boden aus Eisen. Auch die Wände sind aus Eisen. Unbarmherzig wie ein Käfig. Kleine Fenster gibt es. Aber die sind ausgefüllt mit eisernen Stäben. Die Stäbe in unserem Dorf sind aus Holz und nur für Tiere bestimmt, damit sie nicht weglaufen oder nachts von Raubtieren überfallen und getötet werden. Sehen mich die Fremden etwa als Tier an, das man einsperren muß? Das glaube ich nicht, da ich doch so bin wie sie. Auch dieser Wagen verfügt über viele wildgewordene Bienenvölker, die mit ihrem Lärm und ihrer Kraft unsere auf Rädern gebaute Einfriedung blitzschnell fortbewegen. Für mich wenigstens, da ich von einer unsichtbaren Kraft gegen eine Wand geworfen werde. Die Wand, die wie ich glaube, zu der Richtung gehört, aus der ich komme. Und die Fremden vor mir, die hinter den Eisenstäben sitzen, haben ein sattes Grinsen auf ihren Gesichtern. Wie langsam bin ich doch gegangen und wie schnell bewegen wir uns jetzt vorwärts. Die Weißen sind brutal und sie haben unsere Brüder angesteckt. Sonst würden auch sie laufen. Angst beschleicht mich, die mir für den heutigen Tag nichts Gutes verrät. Der Wagen scheint noch ungezähmt zu sein. Oder warum bebt der Boden unter mir? Oder warum werde ich von einer Seite zur anderen geworfen? Bestimmt haben mich die alten bösen Geister gefunden und verlangen jetzt nach unbarmherziger Rache. Dabei habe ich wirklich nichts getan, ihren Zorn heraufzubeschwören. Warum haltet ihr mich davon ab, in Frieden nach Egoli zu gehen? Ich weiß, es gibt dort genug Reichtum, um für jedermann viele Frauen zu kaufen. Aber ich will doch nur meine eine! Und wie ein wildes Tier rüttle ich an den Stäben aus Eisen. Vergeblich. Die Reise geht weiter. Eine lange Zeit vergeht, und ich werde wie am Anfang hin und her geworfen. Dann wieder dieses Geräusch, als hätte man ein Schaf getreten und wolle es nun opfern. Ob der alte Medizinmann im Dorfe meines Vaters doch recht behalten hat – und meine Zeit ist jetzt um? Nein! Ich will nicht! Ich will leben! Weil ich nie etwas Schlechtes getan habe. Bis auf die bösen Geister habe ich keinen einzigen Feind auf dieser Welt und die sollten eigentlich meine Spur verloren haben.

Jetzt öffnet sich das eiserne Gatter, wohl weil die Rumpelei plötzlich aufgehört hat. Wenn etwas passiert, steckt immer ein Sinn dahinter. Dieses Mal ist es der Stinkwagen, weil er angehalten hat. Und wieder diese fremden Stimmen. Ich verstehe sie immer noch nicht. Vielleicht wollen sie, daß ich aufstehe und das eiserne Gefängnis verlasse? In meiner letzten Heimat hat man mir gesagt, ich soll bei Weißen nie stur sein. Also erhebe ich mich. Wieder sind es die fremden Fäuste, die mich aus dem mitleidlosen Verlies zerren und dann unsanft vor sich hin stoßen. Auf ein weißes, flaches Steinhaus zu. Mit einem aus flüssigem Stein gemachten Vorhof. Und darüber ist ein Sonnendach. Aber aus dünnem Stein. Kaum habe ich Zeit mich umzusehen. Ich war noch nie im Haus eines Weißen. Und ich werde durch den engen Eingang gestoßen. Um mich herum weiße Wände mit großen Löchern, durch die man hinaussehen kann. Sehen, aber nicht springen, weil wieder diese Stäbe davor sind. Vor mir steht jetzt ein weißer Mann, der sogar weiß gekleidet ist. Ist denn bei den Weißen alles weiß? Und mit eisernen Stäben gesichert? Der Mann redet mit mir. Aber auch ihn kann ich nicht verstehen. Was soll ich machen, um nicht stur zu wirken? Ich blicke ihn an. Seine Augen gefallen mir nicht. Sie flackern unruhig hin und her. Wieder spricht er, und jemand gibt mir von hinten einen Schlag in den Rücken. Soll ich mich wehren? Das wäre gut, sonst werden die Geister erzürnt. Ein Afrikaner läßt sich nicht ungestraft schlagen! Plötzlich ein starker Hieb gegen meinen Hals. Genau unterhalb meiner Ohren. Warum dieser stechende Schmerz plötzlich? Bin ich nicht immun gegen das, was die Weißen mir antun könnten oder würden? Jetzt gilt mein erster Gedanke dem Amulett. Das muß helfen! Es ist doch von Yakain. Ich ergreife es mit der linken Hand. Wieder ein Schlag. Jetzt begreife ich nichts mehr. Und der Weiße vor mir flackert immer noch mit seinen Augen. Langsam öffnet er seinen Mund. Will er etwas sagen? Ja. Und ich bin sehr erfreut. Wenn er auch flackert, aber er spricht jetzt meine Sprache. Und endlich weiß ich, warum ich hier bin und geschlagen werde. Das sagt er nicht, aber ich kann es mir denken. Er fragt nach Papieren. Papiere? Was soll ich damit? Egoli!

»Papiere? Kenne ich nicht.«

Und plötzlich fuchtelt er mit etwas ›Weißem‹ vor meinem Gesicht herum. Aha, das wird also Papier sein. Soll ich etwas anderes antworten als ›Nein, so etwas besitze ich nicht‹? Besser nicht. Und ich schüttele nur den Kopf.

»Also keine Papiere?« Seine Stimme mag ich auch nicht.

»Nein.«

Was soll ich auch mit Papieren? Niemand in unserem Dorf hat je von diesem Zeug gesprochen. Warum auch? Und bestimmt ist das wieder so eine brutale Errungenschaft der Weißen.

»Papiere! Papiere! Papiere!« schreit der flackernde Mann, als seien ihm sämtliche Frauen davon gelaufen. Und unerwartet stürmt er auf einen Tisch zu, krallt seine Finger gierig in verschiedene Haufen, die er als Papier beschrieb und brüllt andauernd dasselbe Wort. Ob er etwa nach den Papiergeistern ruft? Aber die gibt es doch gar nicht. Ich würde es wissen! Plötzlich wird der Mann ruhig und starrt mich an. Fraglos, weil seine Geisterbefragung nicht funktioniert? Soll ich ihm sagen, was ich weiß? Nein, besser nicht. Er scheint auch in dieser Richtung keinerlei Auskunft zu erwarten, denn er kratzt sich mit kreisenden Bewegungen im Ohr. Obwohl seine Ohren weiß und meine schwarz sind, entstehen bei ihm genau die Geräusche, die aus meinen Ohren kommen, wenn ich darin bohre und das braune Zeug hervorhole. Jetzt betrachtet er seinen Fund sorgfältig und reibt ihn schließlich an seiner Hose ab. Genau wie ich. Diese Ähnlichkeit zwischen den Weißen und uns gefällt mir, und ich fühle mich nicht mehr so ängstlich. Vielleicht gehorchen ihm deshalb meine schwarzen Brüder? Man kann ja nie wissen. Einen Grund gibt es bestimmt. Ich glaube, ich mag ihn doch nicht. Er ist so komisch ... Und daß ich ihn nicht mag, liegt vielleicht gar nicht an der unterschiedlichen Hautfarbe. Aber bevor ich weiter denken kann, hebt er beide Augenbrauen und runzelt sogar die Stirn.

»Tritt näher«, sagt er, während er seinen Blick von mir abwendet, wieder vor sich auf den Tisch starrt, und kleine Figuren auf ein Stück Papier malt. Das heißt bestimmt, daß er jetzt schreibt. Unser weiser alter Mann hat mir gesagt, daß alle Weißen schreiben können. Und daß andere wiederum diese Figuren lesen können. Aber wir Afrikaner haben ebenfalls unsere Möglichkeiten, Botschaften ohne Laute weiterzugeben. Natürlich kommen wir dabei ohne Papier aus!

Ich wünschte, ich wäre wieder auf der Landstraße. Dann könnte ich mir etwas zu essen suchen, schlafen und mich dann wieder auf den Weg machen. Immer nach Westen, hat unser alter weiser Mann gesagt. Dabei hat er mir den Weg der Sonne erklärt. Und auch, warum sie jeden Tag den ganzen Tag über wandert.

»Kann ich jetzt wieder gehen?« Jetzt ärgere ich mich über mich selbst. Ich hätte nicht so bescheiden fragen sollen. Schließlich habe ich noch sehr viel vor! Und einen weiten Weg vor mir! Und um Gastfreundschaft habe ich nicht gefragt ... Nichts.

»Tritt näher, habe ich gesagt.« Plötzlich spricht er mit einem leise drohenden Ton, der mich sofort gehorchen läßt. Warum nur? Aber schon ergreifen mich die hinter mir stehenden schwarzen Fäuste und stoßen mich nach vorn. Vor den Tisch des Weißen. Brutale, schwarze Fäuste. Ich verstehe sie nicht. Weshalb behandeln sie mich wie einen Gefangenen? Wie kommt es, daß sie trotz allem einem Weißen gehorchen? Woher hat er diese Macht?

Meine Verwunderung wächst, weil sich der Mann hinter dem Tisch plötzlich eine kleine, gläserne Maske aufsetzt. Ob er sie für seine Geister braucht? Scheinbar nicht. Er hebt seinen Kopf und starrt mich an. Aber was ist mit seinen flackernden Augen geschehen? Verzaubert, weil sie jetzt drei Mal so groß sind wie vorher. Er will also in mich hineinsehen. Ob er ...

»Ich frage dich zum letzten Mal: Wo sind deine Papiere?«

»Ich kenne keine. Und ich habe keine.« Meine Stimme ist ziemlich schüchtern. Diese großen Augen! Und warum muß ich Papiere mit mir herumschleppen? Ich will doch nur in Egoli meinen Brautpreis verdienen. Oder gilt Papier bei den Weißen als Amulett und sie wollen deshalb, daß wir es immer bei uns haben? Welches Recht haben sie dazu? Ich bin Schwarzer und besitze mein eigenes Amulett. Das von Yakain. Wie beruhigend es sich anfühlt ...

»Bist du von hier?« Kaum kann ich seine jetzt flüsternde Stimme verstehen.

»Nein.«

»Das heißt ›Nein, Baas!‹ Verstanden?«

»Ja.« Eigentlich wollte ich fragen, warum.

»Das heißt ›Ja, Baas!‹ Verstanden?« Und seine Stimme ist wieder so laut wie vorher. Seine Augen werden noch größer.

»Was heißt ›Baas‹ – wenn ich ja und nein weglasse?«

Ein Zeichen von ihm als Antwort, und ein Fußtritt von hinten in meine Kniekehlen, der den Boden unter meinen Füßen wegreißt. Ich schlage hart auf. Dabei wollte ich nur fragen, was das Wort bedeutet ...

»He, du – « Vor mir sehe ich die gespreizten Beine des Weißen. An ihnen klettert mein Blick nach oben zu dem teuflisch flackernden Gesicht. Was soll ich bloß machen? Jetzt hält er eine seiner Fußspitzen unter mein Kinn. Wohl, um meinen Kopf hochzuhalten. Aber das kann ich alleine. Jetzt spüre ich Gefahr, denn wie eine giftige Schlange kriecht sein Schuh an meine Gurgel. Will er mich erdrosseln? Aber dafür braucht man Hände. Sehr starke Hände. Keine Füße mit Schuhen dran ...

»He, du – antworte!« Was soll ich sagen? Und sein Druck verstärkt sich.

»Gut. Wie du willst. Aber eines will ich dir beibringen: Wann immer du einen Weißen, so wie mich – anredest – oder überhaupt mit ihm sprichst: Sag immer das Wort ›Baas‹ dazu. Baas heißt so viel wie Boss. Wir Weißen sind die Herren! Und ihr braucht lange – sehr lange – bis ihr so weit seid wie wir. Wo wäret ihr ohne uns? He? Wohl immer noch auf den Bäumen, wie? Los antworte! Sag ›Ja, Baas‹! – Du willst nicht? Gut, ich zeige dir, wie es deine Freunde gelernt haben. Paß auf, wie das geht: Mpande, ist mein Tee fertig?«

»Ja, Baas.« Diese Stimme muß einer der schwarzen Fäuste gehören. Ist auch egal. Jedenfalls einem Afrikaner.

»Dann hol ihn mir. Ich habe Durst. Aber schnell.«

»Sofort, Baas.«

Ich habe den Sinn der Aufforderung verstanden. In der Antwort war das Wort ›Baas‹ immer enthalten. Also liegt der Sinn darin, den Weißen andauernd zu zeigen, wie gut, wie weiß, wie klug und stark sie sind. Aber, was mich ärgert, warum hat der schwarze Bruder eben in meiner Sprache geredet? Und vorhin wollte sie außer dem Weißen keiner verstehen. Was heißt das: ›Wohl immer noch auf den Bäumen‹? Ich werde später danach fragen.

»Probier mal, ob du es kannst. Sag ›Ja, Baas‹.

Seine Stimme klingt wie zerbrochene Tonscherben. Große und kleine. Aber meine eigene Stimme gehorcht mir nicht. Und der Druck auf meiner Kehle wird immer stärker. Ein Gurgeln. Mehr nicht.

»Aufstehen!« Voller Haß sind seine gläsernen Augen auf mich gerichtet. Ich weiß, er meint mich damit. Ich verstehe die Welt nicht mehr. Aufstehen. Aber ich kann doch nicht.

»Los, hoch mit dir!« Und ein Tritt gegen meine Gurgel bekräftigt das Verlangen des Weißen. Man hat mir immer gesagt, daß ihre Welt brutal ist. Und wie sie mich – ein fremder Tritt in meine Nierengegend – durch meine schwarzen Brüder behandeln lassen, bestätigt es. Daß sie dabei aber noch unlogisch sind, geht mir nicht in den Kopf. Sie brüllen erst, dann flüstern sie, setzen sich Masken auf, bestrafen mich, weil ich nicht diese Haufen von Papier bei mir trage und dieses Wort Baas nicht hinter jeden Satz setze. Diese Weißen sollen doch so klug sein. Oder ist Klugheit Unlogik? Demnach sind wir Schwarzen dumm, weil wir logisch sind. Und wie sagt man dazu, wenn viele von uns den Weißen gehorchen, sich von ihnen Befehle geben lassen? Eigentlich ist das auch dumm.

»Du sollst aufstehen, du schwarzes Schwein!«

Die Stimme des Weißen ist jetzt so aufgeregt – er selbst bestimmt auch –, daß sie sich sogar überschlägt. Uns würde das nie passieren! Wir führen in unserem Dorf ein friedliches Leben. Natürlich gibt es mal Streit zwischen den einzelnen Bewohnern. Aber der Medizinmann oder der Häuptling, die sind so stark, daß man sich immer wieder einigt. Ob die Weißen dieses System kennen?

Nun gut, ich werde mich also erheben. ›Ja, Baas – nein, Baas‹.

Aber schon hämmern die schwarzen Fäuste auf mich herab. Manchmal tut es sogar weh. Ich hasse sie. Und ich schmecke wieder das Blut auf meinen Lippen.

Aufstehen! Das ist ein Befehl von mir an mich selbst. Aufstehen! Aufstehen! Dieses eine Wort hallt in mir wie ein donnerndes Echo. Warum stehe ich nicht auf? Ich will doch. Aber die roten Kreise vor meinen Augen vermischen sich mit Sternen. Ein schweigendes Wirrwarr, das sich zusehends dunkler färbt. Ohne die schrillen Bewegungen langsamer zu machen. Die Geister sind erzürnt ... Bald verlangen sie ein Opfer von mir ... Ich hätte mich nicht schlagen lassen sollen. Ich hätte mich nicht schlagen lassen sollen. Ich hätte mich nicht ... Nacht. Tiefe, schwarze Nacht.

Wohltuende Nässe liegt auf meinem Körper. Wie gut das tut. Aber warum wird mein Kopf hin und her geschüttelt? Wo bin ich? Noch mehr Nässe. Und noch mehr Schütteln.

Ich weiß wirklich nicht, wo ich bin. Fast werden meine Augen gezwungen, sich zu öffnen. Und die Nacht war so schön. Bitte, bleib bei mir! Aber sie gehorchen mir nicht. Meine Augen ... Sie öffnen sich. Erst ist das Bild verschwommen. Gut. Vielleicht schließen sie sich wieder von allein. Aber das Bild ist stärker. Langsam wird es klarer und klarer. Ein Eimer schwebt vor mir. Er hängt an einer schwarzen Faust. Und diese schwarze Faust gehört einem der Afrikaner, die immer Baas sagen. Immer, wenn sie sollen ...

Aber, lag ich eben nicht – auf dem Boden? Wie lange hat ›eben‹ gedauert? Lag ich eben nicht auf der Erde aus flüssigem Stein, bis die Nacht kam mit ihren roten Kreisen und Sternen? Aber ich liege nicht. Ich sitze. Jemand hat mich auf einen Stuhl gesetzt. Und ich habe den Wunsch, mich zu recken. Wie an jedem Morgen. Ich recke mich wirklich. Aber jedes einzelne Glied tut weh. Doch ich komme langsam zu mir. Und ich weiß, wo ich bin: In der Welt der Weißen!

Ein neuer, unbekannter Schmerz. Da war er heute noch nie ... Warum helft ihr mir nicht ... ihr Geister ... ihr guten Geister ... Einige von euch müssen doch zu mir halten? ... Was ist das für ein Schmerz?

Als ich meine Hände heben will, höre ich das feindliche Klirren von Eisen. Durch meinen Ruck schneidet es sich in die Haut um meine Handgelenke. Ich bin also ein Feind. Ein Gefangener. Gefesselt wie ein Tier. Mit Eisen. Nicht mit Hanfstricken ... wie wir es bei uns machen würden ... Warum? Was habe ich getan? Langsam kommt das verfluchte Papier in mein Gedächtnis zurück. Das weiße, von dem der Weiße so laut und so viel gesprochen hat. Und urplötzlich sehe ich mich wieder in meinem alten Versteck, von dem aus ich den ersten weisen alten Mann und meinen Vater belauschte. Als sie über meine Opferung sprachen. Damals ein Knabe. Heute ein Mann. Damals dachte ich, die Geister würden ihre Verfolgung nach mir beenden, wenn ich mir eine neue Heimat suche. Viele Jahre waren sie mit mir zufrieden. Aber jetzt sind sie wieder da. Ich hätte unser Dorf nicht verlassen sollen. Das Dorf meiner neuen Heimat ... Aber der Brautpreis?

Ach, ich weiß nicht, was ich tun soll. Wenn ich nicht weggegangen wäre, hätte ich nie den Brautpreis verdienen können. Ohne den gibt es keine Frau. Schon gar nicht meine Yakain. Auch wenn er mich mag! Aber ihr Vater ist schließlich der Häuptling. Wie mein Vater früher. Und eine Frau ohne Preis verstößt gegen unsere alten Gesetze. Wer ihnen nicht folgt, auf den wird ein neuer Fluch abgeladen. Ob der Fluch doch noch gilt, der auf mir lastet? Vielleicht hat er sich die ganzen Jahre ausgeruht und ist jetzt wieder da? Da hilft nur eins. Ich muß ein Opfer bringen! Aber was? Besser ... welches?

Ich besitze doch nichts. Nichts, als die Liebe meiner Yakain. Die? Niemals! Außerdem muß es ein besseres Opfer sein. Den Weißen. Ja, der ist gut. Das wird die Geister auf ewig versöhnen. Wer kann schon einen Weißen opfern? Und die Geister werden dafür bestimmt dankbar sein ... Aber, wie soll ich es machen? Ich bin doch gefesselt?

»Mr. Dschiemaand. Telefon, bitte, Baas.«

Schon wieder einer dieser ›Baas-Jünger‹, der das verdammte Wort als seinen Lebensinhalt mit sich herumschleppt. Und außerdem heiße ich Jemand. Niko Jemand. Aber das lernen die wohl nie. Hauptsache, hinten und vorne Baas. Wird denn in diesem Land jedem einzelnen Afrikaner dieser Begriff eingeprügelt?

›Herr Weißer, was sind Sie denn von Beruf?‹

›Baas-Einprügler.‹

›Aha. Und wie sind die Verdienstmöglichkeiten?‹

›Unwahrscheinlich, sage ich Ihnen. Unwahrscheinlich. Man darf natürlich nicht faul sein. Arbeiten muß man schon. Aber das Eingeborenenpotential ist unermeßlich. Und das spornt natürlich an.‹

›Also ein Beruf mit guten Zukunftsperspektiven?‹

›Das würde ich sagen. Ja – auf jeden Fall!‹

›Ich bedanke mich für dieses Interview.‹

»Mr. Dschiemaand. Telefon, bitte, Baas.«

»Ja, was gibt es denn, Baas?« Nicht nur, daß ich das ›Wort‹ schon aus reiner Gewohnheit benutze, ich will wissen, wie dieser ›Einer-von-vielen‹ darauf reagiert. Keine Antwort.

»He – Baas, was gibt es denn?«

»Oh, Baas, ich bin kein Baas. Aber jemand will Sie sprechen, Baas. Der andere Baas hat seinen Namen am Telefon nicht gesagt.« Er wird einen sehr guten Ausbilder gehabt haben ...

»Dann gib den Apparat mal her, Meister.« Ich weiß was, ich werde mich als Antiausbilder betätigen. Nicht nur, weil ich Namen so schlecht behalten kann. Und selbst auf die Gefahr hin, bald als Staatsfeind Nummer eins zu gelten. ›Meister‹ ist ein viel schöneres Wort.

»Niemand von uns ist Meister, Baas. Oder machen Sie sich über uns lustig?« Mogambo blitzt mich an, als sei er von meiner Gegenwart als Schwarzenfresser überzeugt.

»Aber nicht doch. Ich habe keinen Grund, mich über Euch lustig zu machen. Nach allem, was du mir erzählt hast. O.k.?«

»O.k., Baas.«

»Ich möchte dich und Euch alle bitten, mir für Eure Spielregeln eine Chance zu geben! Jetzt mal im Ernst, Mogambo, wurde es den anderen genau wie dir mit Prügeln eingetrichtert?«

»Nein, mittlerweile lernen sie es gleich zu Hause im Kraal. Vom Häuptling und vom Medizinmann. Und man gehorcht, ohne zu fragen. War es früher in Deutschland anders, als jeder einzelne automatisch ›Heil Hitler‹ gebrüllt hat?«

Eigentlich nicht. Oder doch? Da waren es entweder die Eltern oder die Kinder, der Lehrer oder der beste Freund, die sich gegenseitig den belehrenden Ratschlag gaben. Wehe, er wurde nicht befolgt.

»Woher weißt du ...?«

»Das erzähle ich später, Baas.« Mogambos Blick verliert sich ... »Das Telefon, Baas.« Ich traue meinen Augen nicht. Aber mein Baas-Verehrer reicht mir den Apparat auf einem silbernen Tablett. Den Hörer ordentlich an die Seite gelegt. Wer mich wohl zu sprechen wünscht? Jane, Mr. Meyer, Helen – seine rechte Hand, das Hotel, notfalls der Möhrenadonis? Alle hätten ihren Namen genannt. Wen kenne ich noch – oder umgekehrt? Mit dem nötigen Zweifel, angestachelt von der allzu menschlichen Neugier, melde ich mich, stolz wie ein Pascha, mit meinem vollen Namen. Wer dort?

»Rinaldo Zeccharini, der Verlobte von Jane Palgrave.«

»Was denn, immer noch?« Ach, du liebe Zeit. Das hat mir gerade noch gefehlt. Was will der denn? Hat er immer noch nicht genug? Nichts. Und ich bin wieder dran.

»Was also steht zu Diensten?«

»Wenn du nicht willst, daß einem deiner Gönner, dir – oder ... etwas zustößt, dann gib Jane her. Sie gehört mir.«

Scheiße. Das hat mir gerade noch gefehlt. Ich habe gedacht, alles sei in Ordnung ... Ist Irrtum wirklich menschlich?

»Hast du vielleicht wieder eine neue Bande gefunden, die uns vielleicht erneut chloroformiert und entführt?« Wie kann ich nur so reden? Mir zittern alle Knochen.

»Nein.« So knapp müßte ich auch sein. Ist viel besser.

»Ich wüßte nicht, was du für Anforderungen zu stellen hast – bis auf die Kosten der Passage. Und die bekommst du überwiesen.«

»Will kein Geld. Aber mein Eigentum!«

Typisch, diese Südländer. Frauen zählen nicht. Nur Eigentum. Und Frauen sind wohl Eigentum! Also nicht bei mir.

»Du weißt genau, daß sie nicht will. Dabei bleibt es. Außerdem war ich der Annahme, wir hätten uns geeinigt?«

Waren wir – das heißt unsere Leute – nicht fair zu ihm? Er hätte aus Versehen ebenfalls Insulin bekommen können. Schließlich sitzt der Chefspritzer persönlich vor mir. Ich kann ihn dir ja rüberschicken, wenn du willst. Nein, das kann ich ihm nicht sagen. Das wäre zu auffällig. Und nun? Ein schneller Blick auf Mogambo. Aber der weiß natürlich nicht, worum es sich handelt. Ob er noch in der Leitung hängt? ... Dieser feindliche Rinaldo!

»Bist du noch da?« Das dauert ja eine Ewigkeit! Vielleicht hat er wirklich eingehängt? Und somit wäre der ganze Ärger vergessen?

»Ja.« Ein Glück. Vielleicht schaffe ich es doch noch?

»Und?« Man kann ja mal fragen. Der ist bestimmt schon weg.

»Nichts ›und‹. Gibst du sie her – oder nicht?« Keine Zeit zum Denken jetzt ... hat der seinen Kanal immer noch nicht voll?

»Rinaldo, sei doch vernünftig. Ich habe dir doch gesagt: sie will nicht! Und kochen kann sie auch nicht.«

Italiener essen doch so gern. Oder ob er es mit Humor trägt? Bitte, sei so nett.

»Kann selbst kochen. Eure Bande hat bei dem Massenmord einen Fehler gemacht.«

»Und der wäre?«

Klick ... Amen! Und nun? Ich bin aufgeregt – und wieder die Ruhe selbst. Wenn der Typ so weitermacht, werd' ich ihn nie los. Am besten ist, wenn ich diese Angelegenheit mal in Ruhe überschlafe. Oder soll ich schnell an etwas anderes denken? An was? Wann in meinem Leben war ich mal in einer Situation wie der jetzigen? Zigarette.

Ich muß wirklich einen Augenblick nachdenken. Wann war denn das? Ach ja – aber es ist schon lange, sehr lange her. Damals, als die Mutter meiner ersten Sandkastengespielin wutentbrannt zu uns nach Hause kam, sich bitterlich beschwerte und verlangte, ich solle zumindest in ein Tierheim gebracht werden. Dabei war alles so vollkommen harmlos. Weder sie noch ich wußten etwas von der Verschiedenheit dessen, was man heutzutage Sex nennt ... dessen Apparate und Kontaktstecker. Wir hatten nur eins herausgefunden: Bei ihr fehlte das, was bei mir vorhanden war und bescheiden nach unten hing. Vielleicht hatte sie es irgendwo beim Spielen verloren? Sie sagte: »Da war noch nie etwas.«

Ich sagte: »Aber das kann nicht sein. Irgend etwas *muß* da sein.« Und ich rannte zum Kaufmann an der Ecke und fragte nach einer Schachtel Streichhölzer für meine Mutter.

»Und bitte auf die Rechnung. Danke.«

Zurück zu unserem Versteck. Ich packte die Streichhölzer aus und begann meine Sucharbeit. Dabei benutzte ich natürlich die gerade erstandenen Schwefelhölzer. Nicht, um Land abzustekken, sondern nur als Markierungspunkte – oder – sagen wir, als gewisse Stützen. Irgendwo mußte ihr ›Ding‹ doch sein. Aber zu meinem Erstaunen verschwanden die Hölzchen. Eines nach dem anderen. Ich war sprachlos. Sie auch. Bald fanden wir die Suchaktion ziemlich langweilig und widmeten uns den Indianern. Für den Arztberuf hatte ich jegliches Interesse verloren. Wenn man da immer so lange suchen muß!

Und abends kam dann ihre Mutter. Und niemand hatte gelacht. Und mein Hintern behielt die Striemen für lange Zeit als Andenken. So ein Blödsinn. Das hätten sie mir auch gleich sagen können.

»Mogambo, weißt du, wo ich Mr. Meyer erreichen kann?«
»Nein, Baas. Erledigungen in der Stadt. Mehr weiß ich nicht.«
»Aber es ist verdammt wichtig.«
»In einer Stunde wird er hier sein. Zum Tee.«
»Und Jane – wo ist sie?«
»Die wird er mitbringen.«
»Also fährt er noch in der Fabrik vorbei?«
»Nein Baas.«
»Wird er sie etwa irgendwo treffen?«
»Miß Helen und Miß Jane treffen Mr. Meyer in der Stadt. Und dann kommen sie zusammen zurück.«
»Warum fährst du sie nicht?«
»Ich soll doch bei Ihnen bleiben, Baas.«
»Und warum wurde ich von nichts unterrichtet?« Eigentlich klar. Schließlich bin ich immer noch Gast. Denen wird selten etwas gesagt ... Das muß anders werden. Ich will ein Recht auf Information haben.

»He, Mogambo, worum wurde ich nicht unterrichtet?«
»Mr. Meyer hat das angeordnet.«

Aha – angeordnet ... Unsagbares Mißtrauen durchflutet mich. Ist Meyer etwa scharf auf Jane? Oder welch teuflisches Spiel hat er im Sinn? Wird wohl nicht so schlimm sein. Schließlich kann er ja nur zu dritt. *Zu dritt?* Die Mutter der Streichhölzer bin jetzt ich. In diesem Fall wäre ja mein Meer die Dritte. Ich muß raus hier! Das gibt kein gutes Ende! Jane und ich müssen verschwinden! Erst der verrückte Italiener – und jetzt der geile Meyer. Das kann gar nicht gutgehen. Schließlich verfüge ich über einige Erfahrung – als Dritter!

»Baas, Sie regen sich wegen nichts auf.«
»Ha! Wenn du wüßtest.«
»Nichts ist so wichtig, daß man sich darüber aufregen kann. Baas – es geht mich nichts an, aber hat es mit dem Telefonanruf zu tun?«
»Meine Jane hat mit allem zu tun. Unter anderem war der Anruf damit verbunden. Du kennst doch den Italiener – den du verschont hast. Er will sie immer noch haben. Er hat gedroht.«
»Jeder kann drohen, Baas. Italiener, Schwarze, Weiße ... Soll ich weitererzählen?«
»Gerne, Mogambo. Wenn du mir vorher nur meine Sorgen nehmen könntest ... Mr. Meyers Figur erscheint mir ein wenig rätselhaft ...«
»Baas, das ging uns allen so. Aber das liegt nur an seinem Äußeren ... und das ist nicht seine Schuld. In seinem Inneren ist er ein herzensguter Mensch, der sogar unfähig ist, einer Fliege einen Flügel abzureißen. Haben Sie etwa Angst vor ihm? Aber warum? Hat er Ihnen etwas getan oder Anlaß zu diesen zweifelnden Gefühlen gegeben? Glaube ich nicht. Ich weiß, daß Sie und Jane seine besten Freunde sind. Er braucht Leute wie Sie beide ... Leute mit großem Herz. Soll ich jetzt weitererzählen?«
... Nun gut. Hinein in meine schwarze Haut ...
Eine ohnmächtige Wut hat mich ergriffen. In diesem brutalen Haus der Weißen, in dem sogar meine schwarzen Brüder ihre althergebrachten Lehren unbedacht auf die Seite werfen und nicht mehr das sein wollen, was sie mal waren. Nämlich echte Afrikaner, die stolz auf die Vergangenheit sind! Ob unsere Geister das alles hinnehmen werden, ohne mit bösen Flüchen zu antworten? Ich bin froh, daß ich nur der Gefangene bin, der aber die Möglichkeit hat, sich aus eigenen Mitteln zu befreien. Das weiß ich. Denn der Wille zur Freiheit heißt Leben. Und wo ein Wille ist, findet jeder seinen Weg. Aber eben diese sichere Hoffnung auf Befreiung, der ich hoffnungslos gegenüberstehe, stachelt meine ohnmächtige Wut um so mehr an. Ich bin zum Nichtstun und zum Geschlagenwerden verurteilt. Nichtstun, weil ich brutal gefesselt bin. Das Eisen an meinen Handgelenken schneidet sich bei der kleinsten Bewegung immer tiefer und unbarmherziger in mein Fleisch. Wie kann ich sie brechen, diese eisernen Klammern?

Da ist noch das Geschlagenwerden. So ein Blödsinn! Und nur, weil ich ohne Papier bin und ständig vergesse, das Wort Baas oder Boss hinter oder vor jeden Satz zu hängen. Außerdem habe ich Hunger und Durst ...

Und kalt ist mir auch. Kein Wunder. Mein Kartoffelsackanzug ist immer noch nass. Tropfnass! Was ist nur mit mir los? Ich kann kaum klar denken. Meine Gedanken überschlagen sich. Wie kann sich ein Tier, das an sämtlichen Beinen gefesselt ist, selbst befreien? Natürlich hat es den Wunsch. Aber meistens bleibt es dabei. Bis zum bitteren Ende. Was ich meinte, war eigentlich, daß der Gedanke allein an Flucht und Freiheit die Qualen der Gefangenschaft und der daraus resultierenden psychologischen Panik erneut Kraft und Ausdauer verleiht.

Bin ich etwa zur Hilflosigkeit verurteilt? Ich – der Sohn eines Häuptlings – der Freund eines Medizinmannes?

»Steh auf, du Schwein!« Aha, jetzt wird der Weiße wütend. Das macht also zwei. Nur, daß meine Wut ohnmächtig ist.

»Hörst wohl schlecht, wie?« Und sein Fußtritt galt meinem rechten Schienbein. Zum Glück traf er vorbei, da ich instinktiv meine Beine auseinanderriß. Und schon kracht eine schwere Faust auf meinen ungeschützten Nacken. Und das tut weh. Das ist immer so, wenn ...

»Laß ihn, Enugu. Ich werde allein mit ihm fertig. Geh und hol einen Aufnehmer. Der soll seinen Dreck selbst aufwischen.«

»Ja, Baas. Einen Aufnehmer.«

»Aber schnell, verstanden? Ich habe Hunger.«

»Ja, Baas. Sehr schnell.«

»Und ihr anderen, ihr könnt ruhig verduften. Heute brauche ich euch nicht mehr. Und denkt daran, morgen habe ich frei. Einigt euch selbst, wer Dienst hat. Und vergeßt nicht, Junggesellen gehören in die erste Reihe. Familienväter müssen an Sonntagen erst mit ihrer Familie in die Kirche und dann mit ihren Frauen etwas für den Nachwuchs tun. Haha, nehmt euch ein Beispiel an mir. Los ab!«

»Jawohl, Baas. Und ein schönes Wochenende.«

Eigenartig, dieser Chor von gezüchteten Affen. Und das wollen meine Brüder sein? Nie. Aber schwarz sind sie trotzdem. Warum schauen sie mich alle so eigenartig an, als sie wie Gänse aus dem Raum gehen? Gänsemarsch, einer nach dem andern ...

Warum nehmen sie Befehle an, wie ein Schaf, das aus der Hand frißt? Das würde ich nie tun! Erst recht nicht aus der Hand eines Weißen. Bei uns im Dorf hat immer der Ältestenrat abgestimmt, was zu tun ist und was nicht. Nie ein einzelner. Denn der konnte sich ja irren. Es sei denn, der Medizinmann oder der Häuptling. Und die waren immer vorsichtig mit ihren Entscheidungen.

Ich muß mich jetzt ebenfalls entscheiden. Zwischen Aufstehen – um nicht mehr geschlagen zu werden – und dem Gedanken, den weißen Mann den Geistern zu opfern. Aber bis dahin ist noch ein weiter Weg. Also muß ich mich erst entscheiden, ob ich mich bis zu diesem Zeitpunkt von ihm besiegen lassen soll! Ein Schwarzer ist in seinem eigenen Land der Sklave der Weißen! So sagte schon immer unser weiser alter Mann. Oder soll ich mich aufbäumen wie ein Tier, das sich nicht einfangen lassen will? Aber ich bin Mensch. Kein Tier. Und Gefangenschaft ist der Vorbote des Todes. Gefangenschaft ist wie die große Dürre, die jedes Leben erstickt.

Aber ich bin bereits gefangen. Die Fesseln an meinen Händen sind nicht der einzige Beweis. Ich muß mich befreien! Aber wie? Meine Hände haben noch nie Eisen gebrochen. Dann bin ich eben ein listiger Schakal, der nie seine gute Laune verliert und immer weiß, wie und wann er an sein Fressen kommt. Schakal sein heißt Ausdauer haben und auf eine Schwäche des Stärkeren warten, um ihn zu überraschen, wenn er sich in Sicherheit denkt.

Ja, das ist gut. Ich bin jetzt ein Schakal. Ein lustiger Bursche, der nie schlechte Laune hat. Der nie zeigt, daß es ihm schlecht geht. Aber Schakale sind grausam ...

Grausamkeit ist natürlich. Wie sonst soll man sich ernähren und überleben? Bei uns im Dorf hassen wir die Schakale. Eben wegen ihrer Grausamkeit, den Kühen die Euter zu zerfetzen – bis sie vor Schmerzen brüllen und fallen. Der eine lebt, der andere stirbt. Und die Schakale lachen trotzdem. Ab jetzt werde ich auch lachen ... und endlich werde ich frei sein!

»Denk nur weiter, du räudiger Hund. Ich beobachte dich.«

Schakale lachen trotzdem ... selbst, wenn sie eines Tages die Rolle der Kuh spielen müssen, damit sich der Kreis des Lebens wieder schließt. Jeder wird sterben. Auch du mit deiner gläsernen Maske! Ich glaube nicht, daß sie einen Zauber von sich gibt. Und du wirst vor mir sterben. Komm, Weißer, iß schnell noch etwas Gras. Iß so schnell und so viel du kannst. Bald ist deine Zeit vorbei. Und du wirst vor Angst schreien.

»Baas, hier ist der Aufnehmer.«

»Hat ja verdammt lange gedauert. Los, wirf ihn deinem Freund vor die Füße. Und dann verschwinde.«

Und da liegt er vor mir. Ein stinkender Lappen. Das also ist ein Aufnehmer.

»Auf Wiedersehen, Baas.«

»Hau ab.«

Ich wage nicht aufzusehen, ob der Schwarze wirklich den Raum verläßt oder still hinter mir stehenbleibt um mich erneut zu schlagen, wenn ich es am wenigsten erwarte. Ob er bleibt? Nein. Eine Tür schließt sich geräuschvoll. Und von draußen höre ich Lachen. So lachen nur Afrikaner.

Ich bin also mit dem Weißen allein. Jetzt betrachtet er mich mit seinen gläsernen Augen voller Hohn. Und siegesgewiß. ›Macht nichts, du wirst trotzdem die Kuh sein. Und dann vor Angst schreien. Ich warte nur auf den passenden Augenblick. Und dann wirst du sehen. Du wirst überrascht sein‹. Schön ... aber ich muß ihn in Sicherheit wiegen.

»Baas, ich werde alles tun, was Sie wollen.« Jetzt habe ich endlich das verhaßte Wort ausgesprochen. Und es hat nicht so weh getan wie die Schläge vorher. Baas. Baas. Baas ... Warum antwortet er nicht?

»Baas, ich werde alles tun, was Sie wollen.«

Und endlich – jetzt flackert ein Lächeln über sein Gesicht.

»Habe ich doch gewußt, daß ich dich kleinkriege.«

Jetzt bloß alles richtig machen. Er muß sich sicher fühlen. Wenn nicht, wird er mich töten. Das sehe ich an seinen Augen.

»Ja, Baas.« Baas klingt, als ob es meine verlorenen Brüder sagen. Und er grinst wie eine satte Kuh, die das gefressene Gras noch einmal durchkaut ... ›Boss‹ klingt feindseliger ...

»Boss?« Ich muß ihn versöhnlich stimmen. Wenn Menschen nämlich versöhnlich sind, werden sie leichtsinnig und machen Fehler.

»Was ist?«

»Darf ich anstatt Baas wirklich Boss sagen? Unser weiser al-

ter Mann hat gesagt, das sei dasselbe Wort. Nur englisch.«
»Aber ja, mein Junge. Wenn's weiter nichts ist.«
» ... Boss?« Ich zögere noch zu viel ...
»Gefällt dir wohl, der Ausdruck. Wie?«
»Ja, Boss. Er gefällt mir. Aber sagt man nie einen Namen?«
»Boss oder Baas genügt für euch. Unsere Namen gehen euch nichts an.«

Ob er mir jetzt etwas Wasser zu trinken gibt? Ich brauche Kraft.

»Ich habe Durst, Boss.«
»Na gut, mein Lieber. Nimm den Lappen vor dir und wisch den Boden auf. Das ist das Wasser, mit dem wir dich wieder in die Gegenwart geholt haben. Aber sorgfältig, verstehst du? Und dann darfst du das Wasser aus dem Lappen trinken. Siehst du, wie gut wir zu euch sind?«

So ein Schwein. Leute, wenn wir je welche in unserem Dorf gefangen hielten, weil sie unser Vieh stehlen wollten, haben immer einen Krug Wasser und sogar Hirsebrei bekommen. So lange, bis unser Ältestenrat beschlossen hatte, was mit ihnen geschehen soll. Und jetzt soll ich Wasser trinken, auf dem weiße Füße herumgelaufen sind? ›Nein, dieses Wasser trinke ich nicht. Nie!‹

»Und du wirst dieses Wasser trinken. Verstehst du? Ich weiß genau, was in deinem Hirn vorgeht. Du willst doch in Ruhe deinen Durst stillen – oder?«

Gut, ich werde also tun, was er will. Aber nur, um ihn sich sicher fühlen zu lassen. Vielleicht verliert er dann auch den drohenden Ton in seiner Stimme? Ich weiß genau, an dem Ton der Stimme erkennt man die Gefühle, die sich dahinter verbergen. Ich muß ihm meinen Gehorsam beweisen! Denn noch fühlt er sich nicht sicher. Ich glaube, er will nichts anderes, als seine Macht über mich beweisen. Soll er. Aber dann muß ich ihn soweit kriegen, daß er Mitleid für mich empfindet. Und dann habe ich ihn ... Dann werde ich ihn reißen!

Ein übelriechender Lappen, den er mir geben ließ. Er stinkt nach Ausscheidungen von Hund und Katze. Und das, vermischt mit dem Wasser auf dem Boden, soll ich trinken? Werde ich trinken? Ja, ich werde. Vielleicht gibt er mir hinterher einen Becher klares Wasser? Dann werde ich mich übergeben. Und alles ist in Ordnung. Dann noch einen Becher. Und der wird mir

Kraft geben. Kraft, mit der ich diesen verhaßten Feind besiegen werde. Kraft, mit der ich das Eisen an meinen Handgelenken brechen kann ... brechen muß!

»Was denkst du?«

Jetzt fragt er, was ich denke. Dabei hat er eben noch gesagt, er wisse genau, was in meinem Hirn vorgeht. Ob er wirklich meine Gedanken lesen kann? Wenn ja, will er mich unsicher – noch unsicherer machen. Soll ich in dem Fall weiterdenken? Die Weißen sollen sehr klug sein, hat unser weiser alter Mann immer gesagt. Trotzdem glaube ich nicht, daß sie klüger sind als er, der mit der verborgenen Welt sprechen kann. Oder sogar klüger als unsere Geister sind! Wie sollen sie auch? Unsere Tradition hat bewiesen, daß die ersten Menschen auf dieser Welt Schwarze waren. Schwarze, so wie ich. Und der gläserne Weiße vor mir? Er ist nur weiß! Wie kann er also klüger sein? Vielleicht meint er es, weil er und sie alle brutaler sind? Trotzdem sind sie von uns abhängig. Schwarz ist stärker als weiß! Wir waren zuerst da! Also können die ›Europäer‹, wie sie sich nennen, nur das wissen, was wir schon immer wußten.

»Sehr klug, was du denkst. Aber willst du jetzt endlich den Lappen nehmen und das Wasser aufwischen? Ich dachte, du hättest Durst?«

»Ja, Boss. Sofort, Boss.« Aha, jetzt weiß ich, daß er lügt. Sonst hätte er anders geredet. Er weiß nicht, was ich gedacht habe.

»Ja, Boss. Sofort, Boss.«

»Wenn du einmal Boss oder Baas sagst, reicht es. Sonst könnte es den Anschein erwecken, du meintest es nicht ernst. Verstanden?«

»Ja.«

»Das heißt ›Ja, Boss!‹ Kapiert? Sonst gebe ich dir Nachhilfeunterricht. Und wenn ich Nachhilfeunterricht gebe, wird es dir nicht schmecken. Klar?«

»Ja, Boss.«

»Dann los. Hoch von diesem verdammten Stuhl, runter auf die Erde und ran an die Arbeit! Ich will sehen, was du kannst.«

»Ja ..., ich meine ›Ja, Boss‹.« Fast hätte ich das verfluchte Wort wieder vergessen. Und dann wird nichts aus meinem Schakalsein.

Die Welt der Weißen ist wirklich schwer zu verstehen. Müßte

ich nicht meine Kühe verdienen, würde ich keinen Atemzug länger hierbleiben. Aber ich muß hierbleiben! Denn noch bin ich ein gefesselter Gefangener. Ein gefesselter Schakal.

»Nun los, worauf wartest du noch? Und keine Tricks!«

Tricks? Das Wort kenne ich nicht. Aber befreien werde ich mich auf jeden Fall. Ich stehe auf. Verlasse diesen hölzernen Sitz, der bei jeder Gelegenheit knarrt und bücke mich langsam, immer weiter, bis meine Knie den Boden berühren. Mit beiden Händen greife ich nach dem stinkenden Lappen. Und das Eisen brennt wie Feuer auf meinen aufgeschabten Handgelenken. Mir wird von dem Gestank übel. Trotzdem saugt der Lappen dankbar das Wasser auf, in dem ich ihn hin und her reibe. Und das soll ich trinken? Nein, ich habe keinen Durst. Ich will zurück. Zurück in unser Dorf! Nein! Ich muß mich fügen. Erst muß ich das Wasser trinken und dann mein Opfer bringen. Ich weiß, daß die Geister mich beobachten. Langsam kreisen meine Hände über den Boden. Es sind gute Hände. Sie wissen von allein, was sie tun müssen.

Doch plötzlich schreit ein gellender Schmerz von meinen wischenden Fingern auf. Da steht doch dieser miese Typ von Weißem mit seinen lederumwickelten Füßen auf meinen Händen und malmt hin und her, als wäre ich unter seinen Füßen ein elender Wurm, der von seinen Panzerketten zerdrückt werden soll. Und es tut weh!

»Haha … du hast doch Durst? Dann trink doch endlich!«

Für einen Augenblick vergesse ich den Schmerz und zwinge mich, hochzublicken. Was mich wohl in seinem Gesicht erwartet? Nichts als höhnisches Grinsen …

»Boss, ich kann nicht weitermachen. Sie stehen auf meinen Händen.«

»Großartig, mein Junge. Du lernst schnell. Du bist der erste Afrikaner, der schneller als die anderen begreift, worum es geht. Soll ich von deinen Handrücken steigen? Eigentlich sollte ich. Du hast ja Durst. Oder?«

»Ja, Boss.«

»Dann mach weiter.«

»Boss, ich kann nicht. Sie sind zu schwer.«

»Ach.« Er grinst schon wieder. »Hindere ich dich an deiner Arbeit? Stört den Herrn etwa meine Anwesenheit?«

»Nein, Boss.«
»Du lügst. Ihr blutigen Nigger seid alle gleich. Faul, dumm und verschlagen. Ich warne dich – mach weiter.«
»Ich kann nicht ... Boss. Ich kann wirklich nicht.«
»Ach so, du kannst nicht. Sag das doch gleich. Wo – du liebe Zeit – wo bin ich nur mit meinen Gedanken? Kannst du mir noch einmal verzeihen?«
»Was soll ich ... Boss?« Denk daran, Mogambo, ein Schakal verliert nie seinen Humor.
»Was du sollst? Ob der Herr mir noch einmal verzeihen kann, will ich wissen?«
»Verzeihen, Boss?«
»Na ja, was denn sonst? Und dann will ich dich klein sehen. Wie eine tuberkulöse Ratte. Kurz vor dem Abkratzen.«
»Tuber-was, Boss?« Wenn ich ihn nur verstehen könnte.
»Tuberkulös, Mann. Ach, ihr seid einfach zu blöd.« Und diese Worte unterstreicht er mit seinem Gewicht auf meinen Händen. Oh Geister und Vorfahren, steht mir bei. Ich halte es nicht mehr aus. Bitte, helft mir! Und ich verspreche euch diesen Mann als Opfer.
»Ich weiß, du denkst an Rache. Aber diese Gelegenheit bekommst du nie.«
Plötzlich weicht der Schmerz. Ob mich die Geister gehört haben? Oder unser weiser alter Mann? Er hat mich doch immun gemacht gegen alles, was die Weißen mir antun könnten? Zaghaft versuche ich meine eingeklemmten Finger zu bewegen. Nicht viel, aber es geht. Weißer Boss, ich weiß nicht deinen Namen ... Aber ich werde mir für dich eine schöne, eine seltene Art der Opferung ausdenken. Du wirst Spaß haben. Und gleichzeitig winseln wie ein Hund, der nicht an die heiße Hündin des Nachbarn kann ...
»Ich warte auf die Fortführung deiner Arbeit.« Sein Gewicht auf meinen Händen ist so schwer wie das eines Nashorns.
»Es tut mir leid, daß ich auf deinen Händen stehe. Aber weißt du, ich hatte so furchtbar kalte Füße. Aber jetzt geht es wieder. Ich danke dir, daß du mir geholfen hast. Gleich wirst du deine Hände heben können – und dann trinkst du. Einverstanden?«
Seine Rederei verstehe ich nicht. Wenigstens steigt er jetzt

von meinen Händen. Aber er bleibt sehr dicht vor mir stehen. So dicht, daß ich nur seine Waden sehen kann.

»Worauf wartest du? Du sollst trinken!«

»Ja, Boss.« Diese stinkende Brühe kann ich nicht trinken. Lieber verdurste ich ... Ein Faustschlag an meiner linken Gesichtshälfte. Ich spüre, wie meine Lippen steif wie altes Leder werden. Es tut nicht weh. Dank dir – weiser alter Mann ...

»Trink.« Warum kommt seine drohende Stimme von so weit her? Und wie unter einem Zwang hebe ich meine Hände mit dem Lappen hoch. Immer höher. Und mein Gesicht folgt. Jetzt drücke ich. Aber mein Mund bleibt geschlossen. Vielleicht merkt er es nicht. Da! Die ersten Tropfen! Sie werden immer mehr. Fast wie ein Wasserfall. Und ich spüre, wie das stinkende Naß über mein Kinn läuft.

»Du Auswuchs von Hurenscheiße. Willst mich wohl verarschen, wie? Mach's Maul auf. Damit der Saft reinläuft.«

Nein. Und ich tue so, als würde ich mich verschlucken. Wenn ein durstiges Wesen trinkt, verschluckt es sich meistens. Für mich ist das logisch.

Noch ein Faustschlag. Diesmal von rechts. Aber er ist nicht so stark wie sein Vorgänger. Ein leichtes Schütteln mit dem Kopf befreit mich von der Benommenheit. Wenigstens habe ich nichts von dem Zeug getrunken. Ich erwarte weitere Faustschläge. Denn wenn er mich schlagen kann, wird er sich eben auf diese Weise sicher fühlen. Vielleicht braucht es noch eine gewisse Zeit. Und dann habe ich ihn. Nichts geschieht. Meine Augen sind halb geschlossen. Nichts. Diese Weißen sind wirklich unberechenbar. Und nun? Wie gerne lasse ich mich von ihm besiegen. Statt dessen tritt eine Ruhe ein, die mich äußerst unruhig macht. Was hat er jetzt vor?

Schakal, verlier deine Ruhe nicht! Und deinen Humor auch nicht. Kurzentschlossen öffne ich meine Augen und versuche, ihn zu beobachten. Aber ich finde ihn nicht. Bestimmt steht er hinter mir und will mich von dort aus überfallen. Ruckartig drehe ich mich um. Ich mag keine Schläge ins Genick.

Da! Da steht er. In einer Ecke des Raumes. Und was macht er? Hinein mit seinen gelben, verkrüppelten Zähnen in ein doppelt belegtes Sandwich.

Es ist ein ›Sandwich‹. Denn unser weiser alter Mann hat mir

erzählt, daß die Weißen oft und gerne so etwas essen. Meistens mit gebratenem Hähnchenfleisch und grünem Salat dazwischen. Ich möchte aufspringen und ihm das Essen entreißen. Aber – bestimmt erwartet er das von mir. Wenn ich es unterlasse, ihn nicht störe, vielleicht fühlt er sich dann sicher? Und dann kann ich ihn reißen und opfern. Ich muß Geduld haben. Mit seinen unruhigen gläsernen Augen betrachtet er mich und schlingt die Sache hinunter, als hätte er Angst vor mir. Soll ich ihm guten Appetit wünschen? So, als wären wir Freunde – und ich nicht sein Gefangener? Nein. Dann kommt er wieder und schlägt mich. Essende Menschen und Tiere soll man nicht stören. Jetzt würgt er an einem riesigen Happen, der ihm halb aus dem Mund hängt. Zu schnell essen ist nicht gesund, hat mir mein Freund, der Medizinmann, immer gesagt. Ist der Weiße etwa krank? Und er schlingt und schlingt. Wenn alle Menschen so essen würden wie er, wäre bald nichts Eßbares mehr vorhanden. Dann fressen sie sich selbst auf.

Mein Magen gibt eigenartige Laute von sich. ›Warte, mein Freund, bald bekommst du etwas!‹

Ich habe genug gesehen. Voller Ekel senke ich meinen Kopf in die alte hängende Lage, ergreife den Aufnehmer und wische in dem Wasser herum. Wohin damit? Der Lappen nimmt keinen Tropfen mehr auf. Macht nichts. Ich wische weiter. Und Durst habe ich keinen mehr.

Aus der Ecke des Weißen, Rülpsen und ein absterbendes Schlucken. Und nun? Was würde ich an seiner Stelle machen? Ich weiß es nicht. Schließlich bin ich kein Weißer. Aber er, er will mich fertigmachen. Das weiß ich. Ich ihn auch. Aber das weiß er noch nicht. Und das Wie ist mir noch nicht eingefallen ...

Ein Lufthauch streicht über meinen Körper. Und ich weiß, eine andere Person hat den Raum betreten. Ein Afrikaner, der hilft mich zu zertrümmern?

»Liebling, du arbeitest noch? Ach, ich sehe, du hast Besuch. Oh, was für ein schöner Schwarzer! Schenkst du ihn mir zum Geburtstag?«

»Das kann ich nicht.« Das war der Weiße.

»Aber Liebling, wenn du mich liebst, mußt du ihn mir schenken!«

»Wieso, du hast genug Boys zuhause.«

»Aber keinen so schönen wie den da.«

Ich wische weiter. Immer auf derselben Stelle.

»Dafür hast du mich.«

»Dafür bist du impotent!«

»Das weiß ich. Aber die anderen Boys sind Zeugen, daß er hier ist. Ich kann ihn dir nicht geben.«

»Habt ihr den etwa auch auf der Landstraße aufgegriffen, wie all die anderen ohne Papiere?«

»Ja, genau.«

»Hast du ihn schon gefragt, wo er herkommt? Bestimmt ist er aus Mosambik und will hier seinen Brautpreis verdienen.«

»Vielleicht.«

»Ja, hast du ihn noch nicht gefragt?«

»Nein. Keine Zeit.«

»Ist das nicht herrlich, daß wir in seiner Sprache reden? Er kann alles verstehen.«

»Zufall. Aber du hast damit angefangen.«

»Macht nichts. Ich mag die Eingeborenensprachen. Und warum soll er nicht verstehen, was wir über ihn sprechen?«

»Aber wir dürfen nie Zeugen haben!«

»Weiß ich, Liebling. Die Boys sind alle weg. Nur wir drei sind da.«

»Ja.«

»Darf ich ihn haben? Schenk ihn mir. Bitte.«

»Nein. Das ist mir zu gefährlich.«

»Du willst mich doch behalten, oder? Oder vielleicht sagen wir es meinen Eltern, was mit dir los ist? Liebling, dann können wir uns endlich scheiden lassen. Bekomme ich ihn?«

Scheiden lassen, impotent ... Wenn ich nur wüßte, worüber die reden. Bestimmt ist es ein neuer Kriegsplan gegen mich.

»Ich war gestern beim Arzt. Er sagte mir, meine Impotenz sei nur eine Frage der Zeit. Glaub mir, ich bin vollkommen gesund!«

»Joep, das erzählst du mir seit Jahren! Und du weißt, daß ich bei dir bleibe, wenn du mir hilfst. Ich kann doch nichts dafür, daß ich so viele Männer brauche. Mir hat der Arzt gesagt, das sei unheilbar.«

»Pamela, ich weiß. Du brauchst mir nichts zu sagen. Aber wenn wir eines Tages erwischt werden, ist es aus. Wie oft soll ich dir sagen – weiß und schwarz geht gegen die Moral!«

»Liebling – Joep, das weiß ich. Gib ihn mir nur einen Tag ... und dann nehme ich wieder meine Beruhigungspillen. Nur das eine Mal!«

»Na gut. Auf deine Verantwortung. Aber er ist nicht gewaschen!«

»Und Handschellen trägt er auch? Ich hatte noch nie einen Mann mit Handschellen. An der Wand hingen sie ... Ja, das warst du! Aber das ist schon lange her. Beruhigt es dich, wenn ich erst mal nachschaue, ob er mir überhaupt paßt?«

»Ja, Liebling, das ist ein guter Gedanke. Aber sei vorsichtig, er ist ziemlich wild und verschlagen. Und die Handschellen bleiben an.«

Die Dinger an meinen Handgelenken heißen also ...

»Daß du immer so vorsichtig sein mußt. Na gut, einem geschenkten Gaul ... und so weiter.«

Jetzt steht sie vor mir. Eine weiße Frau! Bestimmt die Frau des Weißen – mit einer eigenartigen Haarfarbe und einem gierigen Mund. Fast ist sie so stark gebaut wie unsere Frauen. Überall üppig ...

Aber von einer Frau lasse ich mich nicht schlagen. Das würden mir die Geister nie verzeihen!

»Pamela, warte einen Augenblick. Ich glaube, es ist besser, wenn ich die Pistole nehme. Sicher ist sicher.«

Pistole? Wir Afrikaner wissen doch nicht alles, was die Weißen wissen. Jetzt hat er plötzlich ein schwarzes Ding in der Hand, es klickt und er richtet das obenliegende Rohr auf mich ... Bestimmt eine Waffe! Nach unseren Gesetzen könnte ich dich jetzt verfluchen, Weißer! Nein ... ich habe besseres mit dir vor. Ein Fluch bringt dir nur Unheil. Aber ein Opfer ... du als mein Opfer, das ist viel ...

»Liebling – Joep, schau dir den Burschen an! Der ist gar nicht so wild ... und nach seiner Unterhose zu urteilen, war er bestimmt schon in Paris. Hach, richtig sexy!«

Paris? Sexy? ... Ich gebe ja zu, daß die Weißen in manchen Dingen etwas wissen, von dem wir ... aber was meinte die weiße Frau mit ihrer freudigen Bemerkung? Ich gebe auch zu, daß ich oft sehr langsam in meiner Reaktion bin. Doch, was jetzt mit mir geschieht ... ist zu viel!

»Liebling, hol mir schnell einen Waschlappen. Der arme Junge riecht. Der Ärmste hat sich wohl lange nicht waschen können. Nun beeile dich doch.«

»Ja – Pamela. Aber auf deine Verantwortung. Und paß auf dich auf!«

»Nun geh schon! Daß Ihr Polizisten immer so mißtrauisch sein müßt!«

»Wir haben schließlich unsere Erfahrung mit denen da ...«

Eine Tür schließt sich. Und ich bin mit der Frau allein. Das heißt, sie ist allein mit mir. Mann, die Weißen werde ich nie verstehen. Bei uns im Dorf ...

»Wie heißt du, Kleiner?«

»Mogambo.« Warum habe ich bloß sofort geantwortet? Und klein bin ich auch nicht!

»Du bist sehr schön. Wirklich sehr schön. Hast du eine Braut?«

»Ja.«

Blöde Frage. Jeder Mann in meinem Alter hat eine Braut ... Und ihre Finger wühlen in oder unter meiner Unterhose, als ob sie nach Gold suchten ... wäre ich nicht in Yakain verliebt und hätte ihr Treue geschworen, würde ich sagen, ich hätte jetzt ein herrliches Gefühl. Und das darf nicht sein! Wenn die Geister sehen, was ich mit mir machen lasse, werden sie mir nie verzeihen. Eine weiße Frau berührt mich dort, was für uns heilig ist ... was soll ich machen? Aber wenn ich sie jetzt angreife ... und als Schakal reiße, kommt bestimmt der andere Weiße und tötet mich ... also tue es nicht, Mogambo! Warte ab! Sei ruhig und warte. Bestimmt hast du bald eine bessere Gelegenheit! Nimm beide ... du wirst es schaffen ...! Bestimmt ist sie eine seiner Frauen ... Ob sie überall weiß ist? Eine Tür öffnet sich ... ein kühler Luftzug ... das wird er sein! Sie müssen sich sehr sicher fühlen! Wenn ich nur ihre Mentalität verstehen würde ... ihre Gedanken. Auch unsere erwachsenen Männer bieten ihre Frauen an ... aber nur Freunden – wenn sie zu Besuch kommen. Wie kann ich je der Freund dieser Weißen sein? Ich hasse sie!

»Liebling – Pamela, hier ist der Schwamm. Aber beeile dich mit deiner Probe. Ich habe ein ungutes Gefühl.«

»Stell dich nicht so an! Gib mir den Schwamm und sei ruhig.«

Die weiße Frau nimmt den nassen Gegenstand aus den Händen des Mannes ... wie gierig ihre Augen sind ... sucht sich einen Weg in meine Unterhose ... und reibt ... und wischt ... ein schönes Gefühl ...

Jetzt weiß ich, die beiden wollen mich in Sicherheit wiegen. Aber ich werde auf diese Falle nicht reinfallen ... oder soll ich doch – nur zum Schein?

»Wie schön er ist. Er gefällt mir. Das ist ein schöner Geburtstag für mich. Wie dankbar ich dir bin, Liebling.«

Jetzt legt sie das nasse Ding achtlos zur Seite. Ihre Hände ergreifen Yakains Besitz ... und reiben an ihm auf und ab. Schön ... Nein! Das darf nicht sein! Laß mich! Oh, Geister und Dämonen ... steht mir bei ...

Mit aller Kraft schließe ich meine Schenkel ...zucke zurück... packe die Frau! Und stoße sie weg ... auf ihren Mann zu ...

»Behalte sie. Ich will sie nicht.« Ein fürchterlicher Knall. Noch nie habe ich solch ein Geräusch gehört ... Warum fällt das weiße Weib zu Boden ... schreit heiser und ... röchelt? Ich verstehe nichts mehr. Ich habe ihr doch nichts getan ... das bißchen Wegstoßen? Die gläsernen Augen des Weißen sind vor Schreck weit aufgerissen. Und aus dem seltsamen Rohr in seiner Hand steigt ein eigenartiger Rauch auf. Bläulich. Manchmal kommt aus unserem Feuer im Dorf ebenfalls bläulicher Rauch. Aber anders. Und viel mehr. Und ohne Knall ... Blitzschnell wittere ich Gefahr ... Gazellensprung auf den Weißen. Statt Flucht ... schlage ich das Ding aus seiner Hand und drücke ihm die Kehle zu ... leblos sinkt er auf den Boden. Zum ersten Mal in meinem Leben liegen zwei Weiße vor mir ... So einfach ist das? Ja, so einfach ... Tot? Ja – tot. Sein Herz schlägt nicht mehr. Dasselbe bei seiner Frau. Was jetzt? Das wollte ich nicht ... Die Geister und Dämonen nehmen diese Art von Opfer nicht an. Ohne Ritual kein Opfer ... dabei wollte ich in aller Ruhe ... Vielleicht werden sie doch die Umstände verstehen? Abwarten. Wenn ich bloß mit unserem weisen alten Mann sprechen könnte. Der kennt alle Notlösungen ... aber der ist weit weg. Also weg von hier!

Ich fühle, daß ich sofort verschwinden muß. Was geschieht, wenn hier noch mehr Weiße sind? Mit meinen Fesseln bin ich wehrlos ... Sofort weg von hier, Mogambo ... Denk im Busch weiter. Aber weg von hier! Ist das der weise alte Mann etwa ... der mit mir spricht? Ja – sofort. Nur noch einen kleinen Augen-

blick ... Warum wurde ich hierher gebracht? Weil ich kein Papier hatte ... Und weil ich kein Papier hatte, mußten zwei Menschen sterben, ohne daß ich sie in Ruhe opfern konnte. Denn sie haben mich gequält und beleidigt. Ich hätte sie opfern müssen. Um die Geister wieder versöhnlich zustimmen ... Und weil ich kein Papier hatte, werde ich jetzt welches von dem Tisch da drüben nehmen. Ein großer Haufen Papier liegt dort. Das wird für die Zukunft reichen ... bestimmt. Und nun weg! Unterwegs werde ich mir einen neuen Weißen zum Opfern suchen. Auf dem Weg nach Egoli ... Brautpreis für Yakain ...
Aber das kleine Stück Eisen auf dem Tisch befreit mich jetzt von der Kette mit dem bösen Eisen um meine Handgelenke.

X. Kapitel

Ich bin weit gegangen heute. An diesem zehnten Tag seit dem Papierzwischenfall. Und weil ich jetzt viel erfahrener bin als vorher, wurde ich nie wieder von Weißen und deren schwarzen, hilflosen, feigen Helfern gefangen genommen. Ganz einfach: Ich bin nur einen Steinwurf weit weg von dem brutalen, grauen Weg der Weißen gegangen. Erst durch den Busch. Dann über Berge und Felsen, durch Weideland mit vielen Kühen drauf. Sie sahen wirklich gut aus. Und oft dachte ich, es wäre doch viel einfacher, mir einfach zwölf Stück einzufangen und sie dann nach Hause zu treiben. Aber mit Kühen durch den Busch? Gold ist viel leichter zu tragen. Und außerdem wäre unser weiser alter Mann mit dieser Lösung bestimmt nicht einverstanden gewesen. Der sagte immer, ein Brautpreis müsse hart erarbeitet werden. Das erst sei der Beweis der echten Liebe. Und was die Geister gesagt haben würden – darüber habe ich noch gar nicht nachgedacht ... Ich habe nie wieder den bösen Weg betreten. Und wenn ich an einem Dorf vorbeikam, machte ich einen vorsichtigen, großen Bogen. Oft gab es sogar große Häuser. Die größten, die ich je sah. Und wenn Weiße in der Nähe waren, versteckte ich mich. Eigentlich wollte ich ja einen opfern. Aber ehrlich gesagt, ich war nicht in der Stimmung. Später. Es gibt ja genug davon. Und meine Vorfahren werden Geduld haben.

Ob das die Stadt Egoli ist – oder Johannesburg, wie die Weißen sagen? Bestimmt. In der Ferne sehe ich ihre Häuser. Fast sind sie so hoch, daß sie bis an den Himmel reichen. ›Wolkenkratzer‹ hat sie unser weiser alter Mann genannt. Ob sie wirklich die Wolken kratzen? Aber er muß es ja wissen.

Kein Busch mehr. Ob die Weißen ihn getötet haben? Und die Felder werden auch immer weniger. Nur noch spärliches Gras wächst ängstlich zwischen Felsbrocken – großen und kleinen –, die lustlos auf dem hügeligen Boden kleben. Vielleicht sind sie lustlos geworden, weil sie auf die Zukunft warten müssen. Jeder. Auch ich. Aber sie kommt von allein. Und die Zeit bis dahin ist besser auszufüllen als mit schwachem Warten.

Deshalb mache ich auch keine Pause. Ungeduld treibt mich

weiter. Nur meine Gedanken, die sind meine treuen Begleiter. Die armen Steine. Ob sie so tot sind, wie sie aussehen? Und warum, warum, warum ...? Die Fragen hätte ich noch schnell unseren Medizinmann fragen müssen, bevor ich ging. Aber vielleicht wohnt in jedem Stein ein Geist, der selbst wartet, weil er verflucht worden ist? Und ein Stein muß einem Geist gehorchen. Da gibt es nichts. Warten auf die große Zukunft.

Es geht mal wieder bergab. Nicht viel. Und dann wieder hinauf. Und erst wenn der Geist erlöst ist, darf ein Stein an sich denken. Aber was kann einem Stein schon passieren? Er liegt da – und ich laufe. Trotzdem, ich würde gerne mit einem dieser Burschen reden. Wenn schon nicht mit einem Menschen. Reden ist schön. Nein, besser nicht. Unser Zauberer hat gesagt, zu einem toten Gegenstand zu sprechen sei verboten. Wenn nämlich in ihm wirklich ein Geist wohnt, würde ihn das stören und den Störenfried mit einem bösen Omen bestrafen. Dann eben nicht ...

Jetzt schnell den Hügel hinauf, und dann kann ich wieder den Ort meines Zieles sehen. Die Wolkenkratzer und meine Zukunft.

Warum habe ich gestern abend so gelacht, als ich eine Kuh betäubte und aus ihren dicken Eutern Milch trank? Weil das Kalb so blöd dabei stand und nicht verstand? Ist auch egal. Aber heute gibt es bestimmt Regen. Macht nichts. So, noch wenige Schritte, und ich habe die Kuppe des Hügels erreicht.

›Mogambo, du brauchst doch nicht gleich enttäuscht zu sein!‹ Doch, ich bin. Vor mir stehen jetzt viele Häuser. Mit Zäunen um sich herum. Aber keine Wolkenkratzer, die ich vorhin so deutlich sah. Ob sie verschwunden sind? Ach was. Die werden schon irgendwo sein. Wichtiger sind jetzt die Häuser und die Menschen, die aus ihnen herauskommen. Schwarze Menschen! Gar keine Weißen? Es ist aber auch kein afrikanisches Dorf. So große Dörfer haben wir nicht. Und so weit ich sehen kann, flache Häuser, die sich wie Ketten aneinanderschmiegen.

Wenn unter den Menschen keine Weißen sind, warum soll ich dann wieder einen Umweg machen? Schließlich sehe ich nicht anders aus als sie. Und sie hasten an mir vorbei. Viele plappern sehr laut, einige lachen, einige schweigen. Und jetzt überholt mich eine Gruppe Männer mit ernsten Gesichtern. Sie reden auch ernst. Wenn ich sie nur verstehen könnte.

Ob ich jemals wieder zu Menschen sprechen kann? Meine Sprache verstehen sie bestimmt auch nicht. Trotzdem will ich ihnen folgen. Vielleicht, weil sie mich nicht beachten und ich mich deshalb sicher fühle. Und warum gehen sie jetzt schneller und schneller – und sogar auf das verhaßte, brutale, steinerne Band der Weißen zu? Und warum bleiben sie plötzlich alle stehen? Alle?

Bestimmt sind auch sie Sklaven der Weißen. Und bestimmt wird gleich einer von ihnen erscheinen, um zu den schwarzen Männern zu sprechen. Worüber?

Ich möchte hören, was und wie die Weißen zu ihnen reden. Also bleibe ich unauffällig in der Nähe. Nicht zu nahe dran. Nicht zu weit weg. Ich werde mißtrauisch bleiben und sofort fliehen, wenn es zu gefährlich wird. Eigentlich sollte ich einfach weitergehen. Warum das Schicksal herausfordern?

›Nein, bleib, Mogambo. Feigheit ist nicht gut. Und wenn du mit den Menschen hier leben willst, um den Brautpreis zu verdienen, mußt du dich an ihre Nähe gewöhnen. Auch an die Nähe der Weißen ... weil sie die Herren sind!‹

Das war sie, meine innere Stimme. Der ich so oft gehorche. Und schon erschrecke ich. Wie neulich, als der Weiße mit seinem Kasten auf vier Rädern plötzlich neben mir stillstand und ich hineingeworfen wurde.

Aber diesmal ist es ein viel größerer Kasten. Größer als eines unserer Häuser. Und meine Brüder benehmen sich, als würden sie diesen Käfig lieben. Ohne Regel und Ordnung, wie bei der Jagd, stürmen sie auf ihn zu. Eine Tür wird aufgestoßen. Und sie alle klettern hinein. Lachend und palavernd wie die Männer in unserem Dorf, wenn sie sich auf ein Fest freuen. Sogar Fenster hat das Haus auf Rädern.

Und ich sehe, wie sich die Leute alle in eine Richtung setzen. Wahrscheinlich sogar auf Stühle. Und alle schwarzen Blicke gelten der großen Stadt, die zwar unsichtbar ist, aber da hinten muß sie sein. Keiner von ihnen – ob sie wirklich Sklaven sind? – muß auf dem Boden liegen. Wie ich neulich. Und immer mehr hasten herbei und steigen ein. Ob das Haus von innen sogar größer ist als von außen?

»He!« So wenigstens hört es sich an. Einer von ihnen, mit teurem braunen Stoff bekleidet und einer eigenartigen braunen

Kopfbedeckung, steckte seinen Kopf durch ein Fenster und schrie es mir zu. Jetzt winkt er sogar ziemlich ungeduldig.

Ob er der Baas oder Boss ist? Nein, so heißen nur die Europäer. Vielleicht ist er der Häuptling von dem Haus? Medizinmann auf keinen Fall. Dazu ist er zu jung, obwohl ein großer Lederbeutel an seiner Schulter hängt, der neugierig seinen Weg ins Freie sucht.

»He!« Warum ist der Mann so ungeduldig? ›Bloß keinen Fehler machen.‹ Vielleicht will er mich einladen? Ich gehorche und folge den anderen in das Haus auf Rädern. Aber ich bin trotzdem nicht der Letzte. Plötzlich schließt sich die Tür mit einem Krach. Am liebsten möchte ich wieder hinaus. Aber das wäre wohl falsch. Eigenartig: der Mann, der mich einlud, beachtet mich überhaupt nicht und setzt sich vor dem vorderen Fenster auf einen Stuhl. Mit einem großen Rad über seinen Knien und vor seinem Bauch. Jetzt dreht er an einem Eisenstück: Aha, was jetzt passieren wird, kenne ich. Die wütenden Bienen beginnen zu brüllen und dröhnen, daß sogar die Menschen wackeln, und auf einmal beginnt alles zu rollen! Schön, wenn man das sehen kann. Sehen und fühlen zur gleichen Zeit. Immer schneller rollen wir. Fast sieht es so aus, als ob die Häuser und alles andere draußen an uns vorbeihuschen. So, als wollten sie sagen: ›Weg von der Stadt.‹ Was sollen sie auch da? Bestimmt gibt es dort genug andere Häuser und alles.

Wunderbar die Welt der Weißen, in der die Schwarzen leben, als sei es ihre eigene. Wunderbar. Und ich fühle mich schon überhaupt nicht mehr unsicher. Jedesmal, wenn der Weg vor uns oder hinter uns eine Biegung macht, dreht der Mann in dem teuren Stoff mit seinen ziemlich schwach aussehenden Händen an dem Rad, und unser Haus macht ebenfalls eine Biegung. Oder ob alles verzaubert ist? Glaube ich nicht. Soviel Zauber ist unmöglich.

Und warum gibt es jetzt überall nackte Berge aus verhungerter, braungelber Erde? Und wie kommt es, daß die riesenhaften mageren Türme von allein stehen können? Aus Holz sind sie bestimmt nicht. Dann also aus Eisen. Aber sie sehen krank aus, weil die dünnen Eisenstangen nur aneinandergebunden zu sein scheinen. Jeder Wind müßte sie umwehen können. Sicher sind sie brutal – deshalb ihre Stärke. Und an ihren Spitzen oben drehen sich Räder, an denen Stricke auf und ab rasen. Rollen diese Räder etwa durch die Luft, wie wir mit unserem Haus über die Erde? Geheimnisvolle Welt der Weißen.

Aber meine schwarzen Brüder um mich herum scheint das alles nicht zu kümmern. Sie plappern, lachen und palavern ungestört weiter. Und wenn es ihnen nichts ausmacht, macht es mir auch nichts aus ... Wenn ich sie nur verstehen könnte!

Und jetzt diese endlosen Reihen von armseligen, schmutzigen Häusern. Wer wohl in ihnen wohnt? Etwa Weiße, die noch ärmer sind als ich?

Jemand klopft mir von hinten auf den Rücken. Bestimmt wollen sie jetzt mit mir sprechen, und ich drehe mich langsam um. Sehr erwartungsvoll ... Wie schön, daß ich in diesem rollenden Haus bin. Ein grinsendes Gesicht mit vielen Zahnlücken. Jetzt spricht er. Was nur? Seine Hände kommen hervor. Immer höher und näher an mein Gesicht. Aha ... Zeichensprache. Die Daumen und Zeigefinger seiner beiden Hände reiben sich aneinander. Aber auch das verstehe ich nicht. Schade.

Jetzt hört der Mann auf zu grinsen. Seine Stimme wird lauter und lauter. Scheinbar wiederholt er seine Worte und will plötzlich wichtig erscheinen. Also einer von den Wichtigtuern. Noch lauter! Mein Blick streift die anderen. Ob sie mir helfen können? Warum haben sie aufgehört zu reden und zu lachen? Und starren mich an? Jeder macht jetzt dieselben Bewegungen mit seinen Fingern, um danach wie ein Sturzregen mich anzuschreien. Wenn ich nur wüßte, was ich falsch gemacht habe?

Ach, das Papier ... Bestimmt wollen sie es sehen. Erleichtert grinse ich die Leute an und zeige ihnen ein Stück Papier. Aber sie starren es nur ungläubig an und schreien noch lauter. Jetzt sagt der eine Mann wieder etwas. Aber nicht zu mir. Ob sie böse sind, weil das Papier nicht mehr so schön aussieht wie früher, als ich es von dem Tisch des toten Weißen nahm?

Auf einmal geht ein harter Ruck durch unser Haus. Ein brutaler Ruck. Warum nur? Es sind doch bloß Schwarze hier und keine Weißen. Unsicher falle ich gegen einen Nachbarn und schon packen mich grobe Fäuste.

Die Tür öffnet sich und ich fliege hinaus. Wie ein toter Vogel, der durch die Zweige und Äste seines Lieblingsbaums zu Boden stürzt.

»Aber ich habe doch Papier!«
Doch die Tür schließt sich ohne Antwort, und das Haus rollt schimpfend weiter. Fast über mich hinweg. Stinkenden Rauch spuckt es aus. Ob das ein böses Omen ist?
Ich muß husten. Der Rauch von dem bösen Haus auf Rädern mit den seltsamen Schwarzen drin schmeckt bitter und giftig auf meiner Zunge. Nicht nur da. Die Lippen schmecken genauso. Und die Lungen sind so wütend, daß sie mich zwingen, weiter zu husten. Komisch. Bei normalem Rauch aus normalem Feuer muß ich auch husten. Aber nicht so wie jetzt. Jetzt erst wird mir auch bewußt, daß ich in dem goldbraunen Staub am Rande des brutalen Wegs der Weißen liege, meine Hände in dem mehligen Dreck verkrampft. Ich habe ja immer gesagt, dieser Weg ist nicht gut für mich. Aber warum ist er gut für die anderen? Die anderen, die so schwarz sind wie ich? Afrikaner wie ich. Und sie laufen auf ihm herum, als gehöre er ihnen, als hätten sie ihn selbst gestampft und getreten. Niemand von ihnen will mich sehen. Bin ich etwa schon tot und deshalb unsichtbar?
»He!« Aber sie laufen ungestört weiter.
»He!« Endlich. Einige von ihnen werfen mir seltsame Blicke und Worte zu. Worte. Dann bin ich also nicht tot. Denn zu einem Toten spricht man nicht. Und die Blicke kann ich sogar verstehen. Wahrscheinlich sagen die Worte dasselbe.
»Fremder.« Oder: »Was willst du hier?« Vielleicht auch: »Was willst du hier?« Nein, das hatte ich schon. Bestimmt aber: »Wir haben dich nicht gerufen.«
Aufstehen. Sand abklopfen. Weiter. Aber wohin? Egoli! – Gold.
Hier im Staub verdiene ich nie meinen Brautpreis. Weiß Yakain überhaupt, wie sehr ich sie liebe? Ihretwegen werfe ich allen meinen Stolz ab und gehe weiter. Geradeaus, wie immer während meiner Wanderschaft, in Richtung Gold. Weiter, weiter, weiter. Und die Leute um mich herum lachen, als gäben sie mir mitleidige Ratschläge.
»Wartet, ich lache später.« Ach, sie verstehen ja doch nichts.
Allmählich wachsen die Häuser immer mehr in die Höhe. Junge Wolkenkratzer und solche, die es schon sind. Groß, mächtig, alt und grau.
Wenn ich nur schon so wäre wie sie. Nein, nicht gut. Denn dann wäre meine Jugend und meine Kraft längst vorbei. Macht

nichts, wenn ich mich vor ihnen als hilfloser Wicht fühle, der diesen Riesen machtlos ausgeliefert ist.

Ob die Wolkenkratzer eigentlich die Geister der Weißen sind? Irgendwo müssen die ja schließlich sein. Ob ich mal zu ihnen sprechen soll? Oder ob ich doch schnell erst noch ein Opfer bringen soll? Ach was, nachher ist es ein falsches.

Je tiefer ich in das Reich der Weißen eindringe, desto erstaunter werde ich. Unzählige Kästen auf Rädern rollen an mir vorbei. Hin und her. Von vorn und von hinten. Und wenn plötzlich ein anderer Weg von der Seite kommt, halten die meisten Gehäuse wie von einer geheimnisvollen Macht gezwungen an und lassen die anderen vorbei. Oft stoßen sie schrille Laute aus. Vielleicht grüßen sie sich?

Und was ist, wenn zwei oder mehrere dieser Käfige gegeneinander rollen? Vielleicht bedeuten ihre Laute dann Furcht oder Zorn? Zeigt mir doch mal, wie ihr es macht! Nichts. Sie rollen und halten. Stoßen die komischen Laute aus und rollen weiter. Aber stinken tun sie trotzdem. Weiter.

Die Menschen hasten um mich herum wie Ameisen oder als hätten sie etwas vergessen. Beide, schwarz und weiß. Und der alte Weiße, der jetzt genau auf mich zukommt? Ich will ihm Platz machen. Einen Schritt zur Seite. Aber er macht ebenfalls einen Schritt zur Seite, fast als wolle er mich umstoßen. Aber er muß doch sehen, daß ich stärker bin. Ist er blind? Nein. Verdutzt blickt er mich an, als sei er soeben aus einem Traum erwacht. Bestimmt wird er jetzt böse und will ein Papier sehen. Nichts. Er murmelt etwas vor sich hin und läuft weiter. Nun gut. Warum sollte ich auch stehenbleiben? Aber die Welt hier steht kopf – das ist sicher ... Ob ich auch schneller gehen soll?

Ein lauter Krach schreckt mich hoch. Nur die Wand des großen Hauses kann mich schützen. Sie fühlt sich warm an.

Noch aufgeregter als vorher schreien und laufen die Menschen. Aber nicht wie gewohnt hin und her, sondern um die beiden kleinen Häuser auf Rädern herum. Wenige Schritte von mir. Eine furchtbare Sache muß da geschehen sein. Fast zittern jetzt die Menschenleiber, die plötzlich stillstehen wie in die Erde getriebene Holzpflöcke, um als starker Wall den Feind abzuhalten. Feind oder nicht – jedenfalls wollen sie stark sein. Und meine Neugier will, daß ich ebenfalls zu ihnen hingehe und starre. Ich muß genau wissen, was los ist. Warum nicht ... weg von der warmen Hauswand ... und hinein in das Gedränge ... denn wo Menschen sind, ist man oft ziemlich sicher. Hin und her stoßen sie mich. Aber das gilt nicht mir. Sie alle sind nun mal aufgeregt. Bei uns im Dorf wäre das nicht anders.

Zerbrochenes Glas bedeckt wie eine große Matte den Boden. Und aus jedem der beiden Käfige – die jetzt überhaupt nicht mehr schön aussehen, sondern eigenartig verbogen und schief – klettern Weiße und schreien sich an. Zwei feindliche Familien? Einer von ihnen hält eine Hand an seine Stirn. Blut tropft durch seine Finger. Eine Frau in einem zerrissenen weißen Kleid stützt ihn und weint. Im nächsten Moment richtet sie sich auf und schreit auf die andere Familie ein, von der ein älterer Mann aus dem Kasten gezogen wird und wie leblos auf den Boden sinkt.

Immer mehr Menschen kommen herbei und starren auf die schreienden Familien aus den rollenden Kisten, die wohl nicht mehr rollen können, weil ihr Glas zerbrochen ist. Völlig unlogisch.

Und wenn keiner etwas anderes macht als nur schreien oder einfach dazustehen, wird es für mich langweilig. Kein Kampf. Kein nichts. Ist es trotzdem nicht eigenartig, was allein zwei dieser Kästen anstellen können? Hinter ihnen stehen jetzt unzählige andere und geben diese schmerzenden, grellen Laute von sich. Naja, sie werden wissen warum. Sollen sie. Ich muß weiter. Wenn ich nur wüßte, wohin?

Am besten wäre, einen der weißen Männer anzusprechen. Vielleicht habe ich Glück. Aber einen, der teure Stoffe trägt und gleichzeitig gute Augen hat.

Aber mein Gefühl sagt mal wieder ›nein‹. Auch gut. Ich mag sie sowieso nicht. Und mit Brautpreisen haben sie bestimmt nichts zu tun. Und ihr Lärm dröhnt in meinen Ohren. Wo sie wohl all ihr Gold versteckt haben? Ich werde es schon finden.

Wie ein verlorenes Kind irre ich weiter. Hierhin. Dorthin. Voller Niedergeschlagenheit. Leer wegen Hunger und Durst. Die Welt der Weißen ... Ich bleibe auf einmal wie angewurzelt stehen. Auf einem riesigen Steg aus Stein. Aber unter mir fließt nicht das Wasser eines Flusses. Es ist auch kein See. Ein Steg über etwas, das nicht aus Wasser ist? Dafür liegen da unten viele glitzernde Stäbe nebeneinander und so lang – bis sie sich ganz weit hinten zu einem einzigen Stab vereinen. Fast, wie Zweige und Äste in einem Baumstamm enden. Und auf zwei dieser Stäbe stehen wieder diese langen Häuser. Aber sie hängen zusammen und sehen aus wie eine Schlange. Bestimmt haben auch sie Räder unter sich. Was würden die Weißen ohne Räder machen? Warum prustet das erste Haus, stöhnt und stößt Dampf aus, als würde in ihm das Wasser von vielen Regen kochen? Natürlich ist meine Angst mal wieder die erste Reaktion und ich denke an Flucht. ›Zurück über den Steg. Zurück über alles, was ich auf meiner Wanderung unter den Füßen hatte. Zurück zu dem Weideland mit den satten Kühen drauf. Egal, was der Medizinmann sagt.‹

Aber schon öffnen sich in den Häusern unter mir Türen, aus denen viele schwarze Brüder steigen. Mit derselben Kleidung, wie ich sie trage. Ein Weißer kommt auf sie zu und pfeift auf einer winzigen Pfeife, wie ich sie noch nie sah. Erschrocken schauen die Leute auf den Mann. Jetzt brüllt er ihnen etwas zu und bedeutet ihnen, sich in eine Reihe zu stellen. Wenigstens würde ich es so verstehen. Tatsächlich. Ich habe mich nicht geirrt. Und sie gehorchen ihm sogar! Sehr langsam zwar, doch wieder ein Beweis der Macht eines einzelnen der weißen Rasse.

Ob die da unten wohl schon wissen, wie der ›Herr‹ anzureden ist? Von irgendwo tauchen noch zwei Afrikaner auf. Mit einem riesigen Strick in ihren Händen. Sie rollen ihn aus, und jeder der Neuangekommenen ergreift ihn. Mit der rechten Hand. Wieder pfeift der Weiße, gibt noch ein Zeichen, und die lange Reihe setzt sich wie eine Raupe in Bewegung. Immer ihrem Führer folgend.

Wenn ich nur dabei sein könnte. Soll ich hinunter springen? Nein, zu hoch. Aber ich muß sie finden und dann mit ihnen gehen. Denn, wo sie hingehen, gibt es Arbeit. Was sonst sollen sie hier? ... Vielleicht wie ich – ihren Brautpreis verdienen? ›Mogambo, warum zögerst du?‹

Ich renne los. Bilder erscheinen in meinem Kopf, die mir von meiner zukünftigen Arbeit erzählen. Und wie schnell ich die Kühe verdienen werde. Schneller und schneller bewegen sich meine Beine. Es wird die Liebe zu Yakain sein, die ihnen die nötige Kraft gibt. Über den ganzen Steg und um die mächtigen Häuser aus Stein mit ihren großen Eingängen. Wieviel Menschen dort ein- und ausgehen. Immer mehr werden sie. Ameisenhaufen. Aber wo sind die, die ich suche? Dann kommen sie eben aus einem anderen Haus. Weiter! Aber schnell. Ich muß sie finden. Da ist ein neuer Eingang. Mit glänzenden Stufen aus Stein. Ob hier? Nein. Hier laufen nur Weiße mit ernsten Gesichtern. Kein einziger Afrikaner. Weiter.

Aber hier werden sie nie sein. Viel zu weit weg. Zurück über den großen Platz mit den vielen Menschen. Zurück zu dem Steg! Fast platzen meine Lungen vor Anstrengung. Egal. Außerdem werden sie nicht platzen, sie haben genauso viel Spaß an der Liebe wie ich.

Die eisernen Stäbe sind noch da. Und auch die rollenden Häuser mit dem einen, das immer noch dampft und zischt. Aber keine Menschen. Nicht mal Weiße.

Gut. Dann eben zurück. Nein. Dieses Mal zur anderen Seite. Vielleicht sind sie dort? Ich muß sie finden! Nichts. Nur Weiße und Afrikaner. Aber keine, die an einem dicken Seil gehen und sich sicher führen lassen. Warum habe ich kein Glück? Soll ich aufgeben? Unser Medizinmann würde lachen über meine vergeblichen Versuche. Wie ich ihn kenne, hätte er die Leute schon lange gefunden und würde jetzt vergnügt mit ihnen an dem sicheren Seil durch die rollenden Käfige und Häuser gehen. Dann eben nicht. Und ich werde meinen Weg in die Zukunft allein suchen. Braucht ja niemand wissen, daß ich kein Glück habe – oder zu dumm bin …

Da, da sind sie! Ich traue meinen Augen nicht. Vorsichtshalber reibe ich sie gründlich. Die Gesuchten sind immer noch da! Damit beschäftigt, den großen Weg mit den rollenden Kästen zu überqueren. Aber die sind damit nicht einverstanden, wohl weil sie nicht anhalten und dazu noch ihre wütenden, schrillen Töne von sich geben. Die Truppe hält an. Der Weiße an ihrer Spitze. Sie sehen aus wie eine Schlange, die auf dem Weg zu ihrer Beute plötzlich von einem unbekannten Feind gestört wird. Und genau das ist die Gelegenheit für mich. Hin, so schnell ich kann! Schon sind sie mit ihrer Spitze über den halben Weg. Aber das Ende des Seils hinter dem letzten Mann gehört mir. Eigentlich sind sie keine Schlange. Vielmehr eine Herde Elefanten. Jeder einzelne mit einem Rüssel den Schwanz des Vorgängers ergreifend. Gut. Dann bin ich eben jetzt ein Elefant und trotte sicher dem unbekannten Ziel entgegen.

XI. Kapitel

Betten haben kurze Beine. Das weiß jeder. Na schön – wenn er nicht allzu dumm ist. Und schon muß ich eine Einschränkung machen: nicht alle Betten haben kurze Beine! Aber jedenfalls geht hier der Trend nach unten. Bestimmt hat unser französisches Bett unter uns die bewußten kurzen Stützutensilien. Warum sollen sie auch lang sein. Etwa, um darauf zu laufen? Oder gar Hochsprung? Nicht doch. Vielmehr liegt der Sinn darin, den Höhenunterschied von oben nach unten zu verringern. Von wegen Absturzgefahr und so. Jawohl, auch aus französischen Betten kann man stürzen. Gestern um diese Zeit ...

Blöde Gedanken. Mein Sinn steht wirklich nicht nach Sex. Wozu auch? Ich glaube nämlich, ich bin sauer. Das Meer blinzelt mich zwar an, aber so ganz lustig ist sie auch nicht. Dabei ist meine Nase wieder gesund. E-Ypsilon hat sie wirklich dufte repariert.

Und schon steht ER – der große, kleingebaute Hausherr mit seinen chipolatawürstchenähnlichen Kurzfingern wild freundschaftlich gestikulierend vor meinem müden, angesäuerten Augenkino und beschwört, daß er wirklich nichts mit ihr – meiner ihr – in geschlechtlicher – er sagt wirklich geschlechtlich – also in geschlechtlicher Beziehung vorgehabt hätte und auch nie vorhaben würde.

So, und damit fällt wohl mir der schwarze Peter zu! Ich habe schließlich mit seiner ›rechten Hand‹ ...

Aber schließlich war ER in der Endphase dabei und zeigte allergrößtes Lustempfinden. Außerdem hatte sie mit dem Blödsinn angefangen! Ich wollte lediglich mit dem Krokodil um die Wette schwimmen. Das ist ja auch schon lange her. Am Anfang meiner hiesigen Karriere. Wie die Zeit vergeht ...

Wir wohnen immer noch innerhalb dieser vier geliehenen Gastwände, die auf Meyerschen Reichtum hören. Fragt sich nur, wie gut deren Ohren sind. Reichtum gegen mich – und gegen das Meer. Aber schließlich sind wir eins. Wir beide. Trotzdem bin ich allein.

Arm, ohne Arbeit – relativ wenigstens, da mein jetziger Beruf der eines permanenten Gastes zu sein scheint. Kaum, daß ich aus diesem verdammten Bau herauskomme. Von wegen Schutz und so. Rinaldo! Daß ich nicht lache. Wenigstens darf er arbeiten – dafür aber frauenlos. Naja, man kann im Leben nicht alles haben.

Sie blinzelt immer noch. Kannst du nicht woanders hinblinzeln? Ich muß weg von hier. Aber wie? Nein, erst herausfinden, was ER vorhat. Für nichts ist nichts. Stimmt. Da ist wirklich nichts. Gretchenfrage: Warum beharrt ER auf seiner weisen Feststellung, ich sei sein Freund und solle mich in Ruhe einleben? Sein Freund? Wieso? Was habe ich getan?

Ist ›Freundwerden‹ wirklich so leicht? Nein, das wäre das erste Mal in der Geschichte dieser Welt. Also gibt es irgendwo einen Köder mit einem versteckten Haken, der von mir geschluckt werden soll. Steckt der Haken etwa in dem Meer? Nein. Das täte sie nie. Oder? Zweifel steigen auf ...

Warum fliegt Meyer mit billigen Chartermaschinen und quält sich einen ab? Der hat doch genug Geld, um die Bequemlichkeit der menschlichen Linienflüge zu kaufen. Geizig ist er auch nicht. Ob er von Anfang an scharf auf das Meer war und mich deshalb anquatschte? Das hätte ER doch wirklich intelligenter anstellen können. Also sucht ER à la Gangster – wie der liebe tote von Studnitz – hilflose Einwanderer, um sie von sich abhängig zu machen. Nun, das hat er geschafft. Ich bin abhängig! Aber aus welchem Grund? Mit keiner Silbe hat ER je eine Andeutung gemacht. Sicher, es wird gemunkelt, ER sei russischer Spion. Will ER mich etwa zum Spion ausbilden? Wann geruht der Chef damit anzufangen? Oder befinde ich mich etwa schon mitten im Stadium der Eignungsprüfung? Bestimmt nicht. Ich kann es einfach nicht glauben. Dann bleibt also nur noch mein Meer. ER will etwas von ihr. Nachfolgerin von Helen, um seine Potenzschwierigkeiten ... und falls es nicht klappt, wäre ich also der dritte Mann. Ha, Dritter ist gut. Der einzige, mein Lieber. Zuschauen und mitspielen gilt nicht. Vielleicht versucht ER sein Glück zuerst allein? Aha, dann steckt der Haken also doch in meinem Meer. Quatsch, sie liebt mich. Was, wenn doch? Wenndochwenndochwenndoch! Ich werde verrückt. Eifersucht.

»Liebling, gibst du mir eine Zigarette?« Sie denkt also ebenfalls. Dann eben zwei Glimmstengel.

»Danke.«

Wie hastig sie saugt. ›Du solltest nicht so tief inhalieren, mein Schatz!‹ Und wenn sie nicht mehr mein Schatz ist? Mein Glühding schmeckt nicht. Weg damit.

»Was ist denn los mit dir?« Eine ihrer großen Zehen versucht ein neckisches Spiel mit mir zu beginnen. Keine Lust. Vielleicht ist es auch der Klimawechsel. Blödsinn. In meinem Alter. Nein, es sind die inneren Schwierigkeiten.

Ihr Zeh verfolgt mich. Umdrehen. Abrupt verläßt mich ihr Stehlaufundfühlteil. Böse färbt ihre angesaugte Glut das Zimmer in ein gefährliches Rot.

»Willst du mir jetzt endlich sagen, was mit dir los ist?«

Jetzt soll ich auch noch reden.

»Ich habe dich etwas gefragt!«

Und wenn sie mir jetzt aus Wut ein Loch in den Rücken brennt? Wieder leuchtet ihre Glut böse. Vielleicht auch nur ...

»Saugst du böse oder energisch?«

»Ungeduldig.«

»Aha.«

»Was, aha?«

»Nur so.«

»Wie, nur so?«

»Na eben – so.«

Ich bin bestimmt eifersüchtig. Sonst wäre ich nicht so blöd. Pause.

Wenn Mogambo wüßte, wie schwer es ist, neben seinem auch noch mein eigenes Leben durchzuerleben. Umdrehen. Das Meer anblicken. Nicht, daß ich von ihr Tücken erwarte. Sicher ist sicher. Ihrem ungeduldigen Glühstengel schaue ich fest in die Glut.

»Woran denkst du?« fragt mich das Feuer. Keine Antwort. Ich untertreibe mal wieder. Rasend – ja rasant rasend ist der mit seiner lichtspendenden Energie. Dieser Vulkanstab.

»Übrigens, stimmt das?« Glühwürmchen glüh.

»Was?«

»Na, was Sacky mir heute nachmittag angedeutet hat.« Aha. Für eine laute Antwort zu früh.

»Nun?«

»Bitte? – Sacky?«

»Stell dich doch nicht so blöd. Du hättest eine Schwäche für Helen. Seine Helen!«

»Dieses Schwein! Hab ich es doch schon immer gewußt. Kleine Erpressung gefällig?

»Du meinst – er meint seine Helen?«

»Wenn du mir nicht sofort die volle Wahrheit sagst, sind wir geschiedene Leute!«

Ihr bewußter großer Zeh unterstreicht kratzend – Mensch, das tut weh – die Aussage seiner Chefin. Aber ehrlich, dieses Schwein! Ich meine Sacky. Und mein restlicher Humor verfliegt wie billiges Parfum.

»Gib mir sofort eine Antwort und laß dir nicht erst eine Ausrede einfallen. – Geschiedene Leute, sag ich dir!«

»Wir sind doch erst verlobt. Ich meinte es und meine es immer noch ehrlich.«

»Ich bin nicht so sicher.«

Ich kann ihr doch unmöglich die Wahrheit sagen. Vielleicht, wenn wir mal achtzig sind ...

»Hörst du? Ich bin nicht so sicher!«

»Wieso? – Wie es eben Brauch ist, trägst du einen wunderschönen Verlobungsring mit einem wunderschönen Diamanten drauf. Ich habe ihn zwar nicht bezahlt, aber wir haben ihn zusammen ausgesucht.«

»Dafür hast du mit ihr geschlafen.«

»Ich? Aber ich bitte dich!« Nein, unmöglich. Ich kann es ihr nicht sagen. Ist Meyer wirklich so gemein und hat sie bestens informiert? Und ich soll sein Freund sein? Hab ja gleich gewußt, daß es das nicht gibt. Für nichts ist nichts. Trotzdem: Angriff!

»Hat Sacky dir wirklich dieses Märchen erzählt?«

»Nicht direkt. Aber seine Andeutungen waren klar genug.«

»Aha?« Offiziell bin ich überrascht. Pottsau! Dabei hatte er doch alles, was ich wollte.

»Ja – aha!« Nicht nur ihre Glut, auch ihre Augen funkeln.

»Darf ich fragen, wann das war? Ich meine – wann sagte er es?«

»Heute nachmittag im Zoo.«

»Sehr interessant. Ist der Zoo jetzt in seiner Fabrik oder umgekehrt?«

»Weder noch. Aber mir ist klar, welches Spiel du mit mir

treibst. Rinaldo hätte das bestimmt nicht getan. Italiener sind treu.« ... und vergewaltigte Deutsche wohl nicht – wie?
»Glaubst du.« Meine Antwort ist zu lapidar. Ich sollte ...
»Ja, glaube ich.«
»Aber auch nur in Büchern.« ... ob sie viel liest?
»Kannst ›du‹ denn schon lesen?« Wirklich aufreizend und herausfordernd, wie sie jetzt lacht. Und die nächste Zigarette steckt sie sich ohne meine Hilfe an. Anfang vom Ende? Aber so weit darf es nicht kommen. Nicht von mir aus! Sie hat ja recht mit ihrer Vermutung. Das heißt noch lange nicht, daß sie es in aller Ruhe und mit meiner Einwilligung mit dem dicken Meyer treiben darf. Ob sie schon hat? Und wenn sie jetzt auch noch mit dem Italiener anfängt – das ginge zu weit.

Trotzdem: »Wie wäre es, wenn du Rinaldo mal kurz ausprobierst?«

Ich dachte, sie würde jetzt explodieren. Nichts ... Schlagartig kommt mir meine Geschmacklosigkeit zu Bewußtsein. Denn wenn sie nicht reagiert, war es geschmacklos. Und wenn ich so weitermache, kann ich bald in aller Ruhe meinen Koffer packen und zurück nach Europa schleichen. Oder soll ich ihr doch sagen, wie der Film lief? Nein. Dann wenigstens eine Entschuldigung mit Friedensangebot: »Es tut mir leid, was ich eben gesagt habe. Ein kleiner Kuß?«

»Ich denke nicht daran!« Kühler und verachtender Qualm. Heil und Donner! Ich mache nichts als Fehler ... Dann schon lieber ihre Eifersucht. Und schon drehe ich mich wieder im Kreis. Hätte ich mich doch nie zu dieser Après-Krokodilszene hergegeben. So schön war sie nun auch nicht! – Wenn auch aufschlußreich ...

»Ich weiß nicht, ob es dich interessiert ...« Pause und aufleuchtende, ungeduldige, verachtende Glut. Ich komme mir bereits albern vor. Wenigstens scheint sie *das* wütend zu machen. Warum kribbelt ausgerechnet jetzt meine Nase? Empfindlichkeit steht bei ihr immer noch an erster Stelle. Dann laß mich wenigstens mal kräftig niesen. Das lockert die Stimmung. Nichts. Ob es überhaupt etwas gibt, das ich auf Befehl schaffe?

»Ich weiß nicht, ob du dir einbildest, mich bereits genau zu kennen. Jedenfalls gehöre ich nicht zu der Sorte Mädchen, die zur gleichen Zeit mit mehreren Männern schlafen.«

Irgendwie fällt mir ein Stein vom Herzen. Auf jeden Fall klopft es schneller. Wenn sie aber so etwas sagt, hat sie bestimmt. Na warte! Ich muß denken. Zigarette. Auch wenn sie nicht schmeckt. Eben hatte ich doch noch Feuer. Verdammt. Ach hier ... Sie schmeckt wirklich. Ist ja auch kein Wunder.

»Wenn ich dich richtig verstehe, hat er dir also ein Angebot gemacht. Du bist aber nicht darauf eingegangen?«

Hoffnung für mich? Bitte!

»Dann hat ›sie‹ dir ein Angebot gemacht. Und du bist darauf eingegangen.« Nichts – als einfache Retourkutsche ...

»Aber Liebling, was denkst du von mir?« Fast hasse ich mich selbst. Doch die merkwürdige Aufregung in mir breitet sich fast angenehm aus. Aber weiter bringt sie mich nicht.

»Bettfreuden, was sind die schon, wenn der Partner nur ein Objekt ist? Ich war wirklich nicht im Bett mit ihr. Schwöre.« War ich ja auch nicht. Von einem Sessel war nie die Rede ...

»Schwarze Haare machen noch lange kein Meer wie dich. Wenn mir auch die Farbe sehr zusagt.« Und wie!

»Deshalb also hast du mir die schwarze Perücke aufgedrängt!« Wütend und enttäuscht ist sie jetzt.

»Meinst du nicht, daß du dich immer mehr auf dem Holzweg befindest? Wenn du mir diese fast unzumutbare Primitivität zutraust, ist es ...«

»Ich will nicht als deine Schattenliebe gelten!«

»Ist mir klar. Aber laß mich bitte ausreden. Bei einigem Nachdenken, was dir ja offensichtlich nicht zu schwer fällt, wird dir einfallen, daß das ganze Theater nur wegen Rinaldo veranstaltet wurde. Außerdem stehen dir schwarze Haare nun mal sehr gut. Das heißt aber nicht ... und so weiter. Wir reden nur noch im Kreis herum. – Kommen wir also zu dem Punkt, der für dich und für mich am wichtigsten ist: Was war jetzt mit Meyer? Ich bitte um eine klare Antwort. Und ohne Emotionen.« Etwas Geduld habe ich ja noch. Aber wenn jetzt nicht ...

»Natürlich war nichts zwischen ihm und mir!« Fast faucht sie wie eine rothaarige siamesische Langhaarkatze. Aber die haben ja alle lange Haare.

»Kann sein, daß noch nicht! Und ich meine es im Ernst. Was ich wissen will: Wollte er etwas von dir oder nicht?«

»Ja ... ich meine ... er wollte ... eigentlich indirekt ...«

»Entschuldige, wenn ich dich unterbreche. Aber wir müssen langsam auf den Punkt kommen. Ich habe keine Lust, mit dir die ganze Nacht zu quatschen, ohne zu einem Abschluß zu gelangen. Bitte, jetzt klipp und klar: Wollte er etwas von dir – oder? Wenn ja, ziehen wir aus und bauen unser Leben ohne seine verdammte Hilfe auf. Aber draußen und nicht hier! Klar?«

»Fast. Aber darf ich dich vorerst an die Stärke deiner Stimme erinnern. Damit weckst du ganz Johannesburg auf.«

»Wenn alle so schlecht sind wie die, die wir bis jetzt getroffen haben, gehe ich von Haus zu Haus, um auch den letzten Köter zu wecken. Bitte weiter.« Sie hat recht, ich war wohl etwas zu laut. Aber das mit unserem eigenen Leben ist gar kein so schlechter Gedanke. Warum kam er mir nicht früher? Ob sie mich noch wirklich liebt?

»Na gut. Er sagte mir wörtlich: Ihr beiden wäret zwar Freunde, aber auch unter Freunden könne man großzügig sein! So war denn auch sein Angebot, nachdem er mich verrückt mit seinen Anspielungen über dich und Helen machte. Hast du wirklich nicht?«

»Nein, ich war nicht mit ihr im Bett.« – Ob der Dschungelweichsessel noch lebt? Natürlich, diese Dinger überleben manches.

»Und dann?« Eines Tages mache ich Meyer noch fertig!

»Es hat mir mehr als wehgetan, als er dann beiläufig erklärte – aber nicht weniger eindeutig – er würde dir noch eine Runde schulden. Schließlich seien Spielschulden Ehrenschulden. Das war wörtlich. Und du meinst, meine Zweifel an dir seien ungerechtfertigt?«

»In dem Fall gebe ich natürlich zu, daß deine Zweifel an mir in gewissem Sinn gerechtfertigt sind – besser – waren. Das ist mal wieder typisch für diese ganze Schose hier. Erinnerst du dich noch an die Party, unsere angebliche Willkommensparty? Ich für meinen Fall werde sie nie in meinem Leben vergessen. – Es war irgendeine dieser so südafrikanisch-häßlich-geschmacklos gekleideten Weiber, die im Vorübertanzen einen Satz losließ wie: Von wegen junges Pärchen angelacht – und so. Keine Angst, auf mein Gedächtnis kann ich mich verlassen. Und eben dieser Satz verbirgt bis heute unwahrscheinlich viel Wahrheit. Findest du nicht auch?«

»Stimmt. Weißt du noch, als wir uns dann ungläubig anschauten?«

»Genau. Aber ich bin noch nicht fertig. – Jane, ich meine es wirklich ernst, wegen Intrigen – auch wenn sie von unseren Gastgebern kommen – wollen wir uns doch wohl nicht in die Wolle kriegen. Oder? Eines steht fest: Zu diesem Augenblick sind wir genau an der Situation angelangt, die uns vorausgesagt wurde. Und wenn wir jetzt nicht allmählich anfangen, weiter an uns zu glauben, sind wir – du und ich – verloren! – Laß dir Zeit. Antworte nicht sofort.« Und wenn ihre Antwort negativ ausfällt, gehe ich sofort zu dem Krokodil. Ob Amadeus heute sehr fit ist?

»Alles andere ist Lug und Trug.« Dieser Satz fehlte eigentlich noch. So, jetzt kann sie denken. Jane – was denkst du? Keine spontane Reaktion. Nichts. Und nun? Nichts als ungeduldiges Saugen an ihrem gequälten Glühding. Wieder dieses drohende Aufleuchten. Abendstimmung in unserem Liebesnest? Wenn du jetzt nicht weißt, daß ich dich liebe, weiß ich nichts mehr. Und? Na gut. Dann eben noch einen Versuch: »Meyer wollte unser Freund sein. Oft genug hat er es betont! Und ich gebe mir die größte Mühe, nicht zu glauben, daß er dich ins Bett lotsen will. Natürlich hat er es dir gesagt. Aber ob er es wirklich so gemeint hat? Er muß doch wissen, daß wir einiges über ihn wissen?« Nachdruck, mein Lieber. Sein oder Nichtsein! Keine Fragen mehr. Nur noch Nachdruck und naja ...

Warum schweigt das Biest so beharrlich? – Erneuter Nachdruck: »Wollte er als mein ›Freund‹ wirklich etwas von dir?«

Man kann ja nie wissen! Und die Sache mit Helen muß unbedingt aus ihrem Kopf!

»Stimmt. Er sagte, er sei unser beider Freund. Ein guter Freund sogar. Aber je mehr ich darüber nachdenke, scheint er in vieler Hinsicht mehr als zweifelhaft zu sein. Zu gern steckt er seine Nase in anderer Leute Angelegenheit. Nur zu gern manipuliert er Leute. – Wie uns. Manipuliert er seine Schwarzen nicht ebenfalls? Will er, daß wir ebenso hündisch ergeben sind wie sie? – Er hält sich für den großartigen Manager hinter den Kulissen. Er besitzt viele Eigenschaften. Einfach zu viele! Und die sind es, die mich mißtrauisch machen. Ich möchte nicht, daß du ihm restlos vertraust. Denke also auch nicht, ich täte es.« ...

Wie kühl sie sein kann ...

»Darf ich die Sache dann so verstehen, als hättest du sein Spiel nur zum Schein mitgespielt?« Wenn das stimmt, springe ich vor Freude ...

»Vielleicht?« Naja, wenn sie ›vielleicht‹ sagt, wird es schon stimmen. Aber klug ist sie, daß muß ich ihr lassen. Oh, wie ich ihr gedehntes ›vielleicht‹ ersehnt habe. Vielleicht – dieses eine bescheidene Wort läßt ja alle Möglichkeiten offen! Natürlich darf ich meine Freude nicht zu offen zeigen.

»Was meinst du: Ob er wirklich ein Spion ist? Oder ob er gar dich, statt mich, als Agenten ausbilden will?«

Kein Inhalieren. Nur ihre überdimensionalen himmelblauen Augen. Hurra! Ich habe es geschafft. Wenigstens fühle ich es. Weg von Helen – nie wieder! Und hin zu meinem Meer. Erst jetzt weiß ich den Begriff Liebe richtig zu schätzen.

»Ich weiß nicht«, schon wieder ihre Glut, »aber eins ist sicher: Was sie hier machen, Leute töten, wie früher bei euch die Nazis, die die Opfer einfach abspritzten – und so weiter. Mit rechten Dingen hat das wenig zu tun.«

»Die Nazis sind ja nun nicht mehr.«

»Aber *die* hier, die sind noch.«

»Wer?« Fast bin ich verblüfft.

»Die hiesige Art von Spritzkommandos.«

»Ich meine ja auch nur.« So, wie ich sie jetzt beobachte, hat sie bestimmt noch etwas auf Lager. Ob sie wieder etwas ... Ich glaube, ich bin doch noch etwas sauer. Sie bestimmt auch. Spritzkommandos. Was für ein Wort. Na gut, aber war es nicht Mogambo, der vielleicht in Unkenntnis der Dinge einen Befehl seines Herrn und Meisters ausführte? Ach, lassen wir die damalige Säuberungsaktion. Soll ich etwa Richter spielen? Mensch, Liebling, rauch doch nicht so viel. Sie saugt, zischt, pustet, stößt Dampf aus ... bestimmt sind ihre Ohren vor Zorn immer noch heiß. Und ich mit meinem Feige-auf-den-Busch-klopfen.

»Und nun!« Kein Irrtum, sie ist wirklich wütend.

»Nichts. Wir müssen einfach einen Ausweg finden.« Mehr fällt mir nicht ... Sind das nicht Schritte draußen vor unserem Fenster? Jetzt um diese Zeit? Und schon irrt ein Lichtstrahl durch die mageren Schlitze der Jalousie zu uns herein. Neugier oder Angst? Auf und hin. Ich muß wissen, was draußen gespielt wird!

Es wird gespielt. Mehrere Figuren. Nur, was sie vorhaben, geht aus ihrem Spiel nicht hervor. Ein neuer Trick von Meyer? Vielleicht Nervenkrieg? Achselzuckend wende ich mich ab. Zurück.

»Was ist?«

»Weiß nicht. Nur ein paar Figuren. Vielleicht hat der liebe Sacky morgen früh eine plausible Erklärung. Ich kann nur wiederholen: weg von hier! Der Italiener bellt nur, Meyer will aber beißen.«

Ob Mogambo Rat weiß? Ob Frauen Lust auf Sex haben, wenn sie wütend sind?

XII. Kapitel

Und jetzt stürzen wir ab. Hinab in ein grausam gähnendes Loch. In den hungrigen Schlund unter uns. Unsichtbar, weil wir auf einem Boden aus Eisen stehen, der mit uns fällt wie ein Brocken aus Fels. Hinab in die Welt der Geister und Dämonen. Schneller und schneller. Wir schreien vor Angst. Ob mich unser weiser alter Mann hören kann?

Wir schreien lauter! Die anderen Schwarzen und ich. Nackte Angst. Ich kralle mich an meinem Nebenmann fest. Ich weiß, es ist dumm. Aber ich halte mich an ihm fest, als sei nur er allein mein nacktes Leben.

›Und du bist mein Leben‹, schreien seine Fingernägel auf der Haut, die mir gehört.

Nun gut, dann gibt eben jeder sein Leben für das seines Nachbarn. Hauptsache, ich bleibe ich ...

Trotzdem wird mir schlecht. Sehr schlecht. Vielleicht sind es die Geister und Dämonen in meinem Magen, die mit der rasenden Fahrt in den Bauch der Erde nicht einverstanden sind. Ob auch sie Angst haben? – Soviel Angst wie ich und all die anderen hier?

Meine Brüder sind sie nicht mehr. – Ob sie es je waren? Seit gestern weiß ich, daß sie so schlecht sind wie die Weißen. Gestern, der Tag, an dem ich hier ankam. Müde von der endlosen Wanderschaft auf dem brutalen, breiten Weg aus Stein, der den Weißen gehört. Aber unser Medizinmann hat schon immer gesagt, die Weißen taugen nichts. Und ich weiß, die Schwarzen hier sind nicht besser! Vielleicht aber sind sie von den Weißen nur vergiftet, und man muß ihnen helfen? Nein, glaube ich nicht. Ein Schwarzer läßt sich so leicht nicht vergiften. Verzaubern – ja. Und jeder Zauber hat ein Gegenmittel. Also werde ich mein Leben für mich behalten. Weg mit meinen Händen von dem Nachbarn. Und du – kratz einen andern! Den da drüben, der merkt es bestimmt nicht. Muß ich dir denn erst die Finger brechen? Endlich.

Zu dumm, daß ich geschrien habe und meine Angst zeigte. Aber jetzt ist sie vorbei. Schließlich bin ich unverwundbar. Und ihr? Wie habt ihr gestern über mich gelacht. Über mich, den Sohn eines Häuptlings. Und später? Wie räudige Hunde habt ihr mich überfallen. Gestern ...

Der weiße Boss betrog mich um die Hälfte des Geldes, das ich verdienen sollte. Nur weil ich für ihn kein richtiges Papier hatte. Fast wie aus Freude darüber schlug er mich mit seinem Stock auf den Kopf. Erst wütend, dann bedrückt wie ein geschlagener Hund, zeigte ich ihm noch mehr Papier. Jedes einzelne Stück, das ich von dem Tisch des toten Weißen und seiner toten weißen Frau nahm. Natürlich sagte ich nicht, daß sie tot sind. Aber der Boss hier lächelte nur und sagte in meiner eigenen Sprache, das ginge nicht mit rechten Dingen zu – und: »Akzeptierst du jetzt die fünfzig Prozent oder nicht?« Wieder schlug er auf meinen Kopf. Dann zeigte er mir ein anderes Papier.

»Los, hier – unterschreib! Auch mit der Hälfte des Geldes kannst du den Brautpreis erwerben. Wir bezahlen euch sowieso viel zu gut.« Schrilles Lachen, wie das einer Hyäne.

»Nun los. Hier – unterschreib. Dann kannst du gehen oder hau ab! Draußen warten noch andere.«

»Schreiben?«

»Was denn sonst?« Kräftig war seine Stimme. Aber so kräftig wie die eines starken Mannes war sie doch nicht.

»He, du Hundesohn – zum letzten Mal, schreib deinen Namen auf dieses Stück Papier!«

»Ich kann nicht schreiben.«

Wieder ein Schlag auf meinen Kopf. Unser Medizinmann hat gesagt ... er hat viel gesagt. Und der Weiße starrte mich böse an.

»Dann mache ich es eben für dich. Kräftig bist du ja. Aber noch eine Warnung, Freundchen: Vergiß nie das Wörtchen Baas oder Boss! Jedesmal, wenn du mit einem weißen Herrn redest. Verstanden? Die Buren hören auf ›Baas‹. Die Engländer sind mit ›Boss‹ zufrieden. So, hier ist dein Papier. Lauf hinter den anderen her. Dann weißt du, wo du schlafen kannst. Und ab morgen wird hart gearbeitet. Weg jetzt!«

Schlafen ...

»He, du schwarzes Schwein, komm mal zurück! Ist das dein Dank für meine Großzügigkeit? Gib mir das Papier zurück. Leute wie dich können wir nicht gebrauchen.«

»Habe ich was falsch gemacht, Boss?«

»Für mich gilt ›Baas‹. Ja, du hast was falsch gemacht. Noch mehr solcher Fehler und ich übergebe dich der Polizei. Die freut sich nämlich über Burschen wie dich, die ohne Paß und Erlaubnis hier bei uns ›schwarz‹ arbeiten wollen. Du bist nicht nur schwarz, du arbeitest auch schwarz. Und deshalb sei immer hübsch höflich zu mir. Wenn du also aus diesem Zimmer rausgehst, verabschiedest du dich und sagst ›Auf Wiedersehen‹ oder so was. Ach, was wißt ihr Kaffern schon davon. Los geh.«

Ich verstand seine Worte nicht. Was meinte er? Aber er hat mir mein Papier gelassen. Vielleicht hat er es auch vergessen. Die Männer in unserem Dorf stinken auch nach Alkohol. Nach jedem Fest ist das so. Aber dieser Weiße hatte wenigstens zehn Feste hinter sich.

Schlafen ...

Immer den anderen nach. Was meinte er wohl mit Buren und Engländern? Ob das verschiedene Weiße sind? Vorher hatte er mir noch gesagt, ich sollte mich nie mit einer weißen Hure erwischen lassen. Hure? Und Alkohol sei auch nicht drin.

Vielleicht meinte er ›verboten‹ und wußte das Wort nicht. Und dann in dem stinkenden, flachen Haus. Es war weit weg. Aber da sollte ich schlafen. Wie gefangene Ratten hockten sie zusammen. Erst fühlte ich mich sicher unter ihnen. Es war keine Überraschung, daß sie eine andere Sprache redeten und ich sie nicht verstand. Aber dann fühlte ich, wie sie sich über mich lustig machten. Plötzlich hielten mich mehrere von ihnen fest. Einer tastete nach dem Papier, das mir der Weiße gab. Ein anderer riß das Amulett von meinem Hals. – Nein! Das durfte nicht sein. Denn wenn ich das Zeichen der Liebe von Yakain verliere, so verliere ich auch sie. Dann der Kampf. Der erste in meinem Leben mit Menschen. Schwarze Menschen, die ich für meine Brüder hielt. Ich werde Yakain nicht verlieren!

Wir fallen immer noch. Und die anderen schreien und wimmern weiter. Wissen die denn nicht, daß das Gold da unten im Bauch der Erde ausgebreitet wie eine große Matte auf dem Boden liegt?

Diese feigen Aasgeier neben mir krallen sich jetzt vor Angst mit ihren goldgierigen Fingern an dem geflochtenen Eisen unseres Käfigs fest. Sie stinken vor Angst. Und schreien weiter.

Bestimmt ist es auch für sie der erste Tag. Wimmernde Weiber! Haben sie denn in ihren Dörfern keine Mutproben machen müssen? Ohne Mutprobe wird niemand zum Mann. Die Geister töten sie aus Mitleid. Und verzaubern sie, bis sie nach langer Zeit vielleicht noch einmal als Junge geboren werden. Aber dann ...

Warum schreien sie nicht mehr? Sie sind nichts wert. Sogar ihre Stimmen lassen sich von der Angst lähmen. Ja, auch ich hatte Angst. Für kurze Zeit ist sie erlaubt. Und ich ließ sie längst oben bei der Sonne. Ob sie sich vor der Tiefe fürchtet? Warum kommt sie nicht mit mir? Das Gold würde in ihrem Licht strahlen. Macht nichts. Die Sonne wird ihre Gründe haben. Und später werde ich ihr ein goldenes Opfer bringen. Ob das kleine Licht über uns, unter dem Dach unseres Käfigs, ein letzter Gruß von ihr ist? Letzter? Warum? Nein, ich bin ihr Freund. Deshalb zeigt sie mir den Weg zu dem Gold. Egoli – wie schön das klingt ...

Ha! Und der Weiße mit seinem stinkenden Atem da oben kann die Hälfte meines Geldes behalten. Weil ich nie für sie arbeiten werde. Nur für mich. Was wollen die Weißen überhaupt in unserem Land? Nur Gold – oder alles? Unsere Frauen? Unser Vieh? Irgendwann werde ich die Antwort wissen. Zuerst werde ich von dem Gold nehmen. Soviel ich tragen kann. Keiner von ihnen wird mich wiedersehen. Vielleicht später, wenn ich euch mit unseren Kriegern vertreibe. Mal sehen. ›Boss, Mogambo ist klug! Er vergißt auch nicht, daß du mich geschlagen hast, Boss. Ich werde das Gold nehmen. Und dich auch – Boss. Vielleicht bist du das richtige Opfer, Boss? Dafür werden die Geister und Dämonen den Fluch von mir nehmen – falls noch etwas von ihm in mir ist. Und Yakain wird stolz auf mich sein. Nicht nur sie. Alle Leute in unserem Dorf. Häuptling Mogambo! – Boss.‹

Was ist das? Unheimliche Kräfte drücken meinen Körper nach unten. Meine Knie – fast brechen sie durch. Aber wir fallen nicht mehr ...?

Wir fallen wirklich nicht mehr! Aufgeregtes, ängstliches Flüstern um mich herum. Da! Jemand öffnet unseren gefallenen Käfig. Und überall ist Licht. Viele kleine Sonnen hängen da und wollen mir den Weg zu dem Gold zeigen.

Raus und hin! So schnell es geht ... und – wie komme ich wieder nach oben? Egal, erst das Gold. Wo ist es? Hier ist nichts.

Aber da – viele Gänge, viele Richtungen. Welche? Schnell, vorbei an dem Wächter. Er ist schneller als ich. Wenigstens eines seiner Beine, und ich schlage der Länge nach hin – wie ein Vogel, der vergaß, seine Flügel zu benutzen ... Ob ich erst eine Aufgabe erfüllen muß? Ja – für die Geister ... Einverstanden.

Sagen unsere Geschichten nicht ebenfalls: Wenn du Reichtum haben willst, mußt du erst eine Aufgabe erfüllen? Welche ist es? Langsam erhebe ich mich.

Was sagt der Mann zu mir? Wenn ich ihn nur verstehen könnte. Langsam kommt sein Gesicht näher. Ein Weißer! Dann wird es eine sehr schwierige Aufgabe sein.

Warum brüllt er? Habe ich jetzt schon etwas falsch gemacht? Und warum ist sein Gesicht voller Schweiß? Auf jeden Fall ist er wütend und drückt mir etwas Hartes auf den Kopf. Fast muß ich lachen. Eine kleine Sonne ist daran befestigt – an dem Ding auf meinem Kopf. Und wie ich ihn auch drehe, ihm folgt ein Lichtstrahl. Schön ist das. Fast möchte ich tanzen – um dem Licht zu zeigen, wie froh es sein kann, daß es mir gehört. Ein schönes Spiel. Aber schon wieder brüllt der Weiße. Jetzt nimmt er sogar meine Hände und drückt einen großen, schweren Gegenstand hinein. Mit einem langen, hölzernen Stiel. Ein Hammer? Ein Unterweltshammer. Weil er so groß ist. Und schon zeigt der Wächter aufgeregt in eine Richtung. Der erste nette Weiße, der mir sogar zeigt, wo ich das Gold finden kann. Aber er braucht mich wirklich nicht zu stoßen! Ich gehe freiwillig. Noch ein Stoß! Ob er für mich Angst hat, das Gold liefe weg? Keine Angst – soll ich ›Boss‹ denken? Gold wird nie laufen können. Es ist viel zu schwer. Sagte mal unser Medizinmann. Trotzdem beeile ich mich ... Boss! ... Und schon folgen mir mehrere Schwarze. Jeder mit einem großen Hammer bewaffnet. Wo kommen sie her? Bei uns in dem fallenden Käfig waren sie nicht. Ich laufe. Ich will der Erste sein. Hinein in den langen, geheimnisvollen Gang, den der freundliche Weiße mir zeigte. Die kleinen Sonnen an den Wänden werden immer weniger. Aber ich habe ja eine eigene. Wie heiß es auf einmal wird ... muß ich durch ein Feuer laufen? Dann laufe ich eben durch ein Feuer! Früher, bei der Mutprobe in unserem Dorf, habe ich es auch überstanden. Aber es war nicht im Bauch der Erde. Ich werde es trotzdem schaffen. Die anderen nicht. Sie sind zu feige. Bis hierhin verfolgt mich ihr Geruch von Angst. Jetzt wird es wirklich heiß. Aber ich sehe noch kein Feuer. Nur meine eigene Sonne zeigt mir stolz den Weg. Wer spendet die Hitze? Wo ist denn nun das Gold?

Nur dunkle Brocken aus Stein und dicke Pfähle aus Holz. Plötzlich wird der Gang breiter und wieder heller. Und – ein neuer weißer Wächter.

»Wo ist das Gold?«

Keine Antwort. Aber dafür stellt er sich mir in den Weg. Muß ich kämpfen? Ein breites Grinsen. Fast blendet mich die Sonne an seinem Kopf. Er dreht ihn, damit ich wieder sehen kann, zeigt auf meinen Hammer und auf die großen Steine.

Und die Geister, die in ihnen wohnen? In dem Stein? Das ist also die Aufgabe: Ich muß die Geister aus den Steinen vertreiben. Soll ich oder soll ich nicht? Ihre Rache wird furchtbar sein.

Aber ich bin mit dem weißen Wächter nicht mehr allein in dieser großen Höhle. Die anderen Schwarzen haben mich eingeholt und stellen sich hinter mir in einer Reihe auf. Jeder mit einem Hammer in den Händen. Bestimmt waren diese Leute schon einmal hier und wissen, was zu tun ist. Wie oft waren sie hier? Dann müssen sie sehr reich sein ... Aber noch weiß ich nicht, welche Aufgabe ich zu lösen habe ...

Ich traue meinen Ohren nicht. Nein! Das ist zuviel!

Gleich werden die Wände und Decken einstürzen und uns begraben. Denn einer der Männer beginnt laut zu singen. Fast wie bei uns. Und kaum hört er auf, wiederholen die anderen seinen Gesang. Bestimmt als Antwort. Dumpf und monoton. Soll ich auch? Hier unten bei den Geistern und Dämonen – und wo das Gold ist? Ich weiß nicht. Aber kaum haben die Leute ihren kurzen Gesang beendet, halten sie vereint ihre Hämmer über ihre Köpfe und lassen sie wie einen einzigen Schlag auf die Brocken aus Stein sausen.

Wieder der Vorsänger – dann die anderen – dann der Schlag. Es ist, als würde jemand für mich meinen Hammer heben. Es ist, als würde mich jemand zwingen, so zu sein wie die anderen. Moment – schnell noch das Amulett anfassen und fest an Yakain denken.

Es wird bestimmt ein böses Ende nehmen ... denn das, was wir hier unten im Bauch der Erde treiben, kann den Geistern und Dämonen unmöglich gefallen ... singen ist keine Aufgabe. Singen war noch nie eine Aufgabe ... das Ende hier wird schrecklich sein ...

XIII. Kapitel

Ja, ja – so ist das Leben.
Die Menschheit legt zwar nicht jedes Wort auf die Goldwaage, dafür aber jedes einzelne Stück Gold ... und genau das ist es, was ich auch ihm zutraue. Ein Stückchen Gold hier und noch ein Stückchen da – ein wenig an der Waage verstellen, und der Profit ist sicher. ›Na und? Der andere hätte ja aufpassen können!‹ – Ist das nicht Betrug? Und wie! Noch mehr, wenn der ›andere‹ vielleicht unter Gutmütigkeit oder anderen humanen Charakterfehlern leidet. Und gerade diese ›Schwächen‹ auszunutzen, traue ich ihm zu: Euritides Maklos, genannt Monsieur Tidy – oder – wie ich ihn nenne, ›der schwule Möhrenadonis‹.

Mannometer – muß der eine gewiefte Karriere hinter haben, bis er endlich der Finanzberater von Sacky Meyer geworden ist. Entweder ist ER superklug – ich bin sicher, daß es so ist – oder aber ER ist dabei, die größte Dummheit seines Lebens zu begehen, indem ER dem Griechen zu viel Spielraum läßt und das sich entwickelnde Chaos nicht bemerkt. Wenn ich nur diese Ungereimtheiten begreifen könnte ...

Nehmen wir mal an, Sacky sei tatsächlich mein Freund – wie ER ja oft genug betonte –, dann muß ich ihn einfach beschützen! Das ist schließlich meine Pflicht. Aber was ist, wenn ER auf vierter Dimension denkt, hat das alles mit eingeplant wie ein raffinierter Schachspieler und kennt bereits den Ausgang des Spiels? In diesem Fall wäre es für mich natürlich mehr als verfrüht, eine aktive Rolle zu spielen. Also aufpassen und im Hintergrund bleiben!

So sehr ich mich auch bis jetzt angestrengt habe – über das bisher so sehr gehütete Geheimnis der offiziell-inoffiziell bekannten ›Publicity‹ oder Spionagetätigkeit – nichts, aber auch rein gar nichts, konnte ich darüber herausfinden. Ein Teufelskreis, den ich nicht überschreiten kann. Egal, ob von innen nach außen oder umgekehrt. Das Wort steht in der Luft. Mehr nicht. Vielleicht liegt es auch dran, daß Spione nun mal aus beruflichen Gründen sehr undurchsichtige Kreaturen sind. Wie war es denn mit Cicero? Kein Mensch hat es auch je nur vermutet. Und trotzdem machte auch er Fehler. Ach, was geht es mich an ...

Trotz allem mag ich E-Ypsilon mit seinen Wurstfingerchen irgendwie. Nicht nur, weil er uns eine bildhübsche Wohnung am Joubert-Park besorgte und eine wohlgefüllte Bar als Einweihungsgeschenk hinterließ ... für Jane einen Riesenblumenstrauß – üppiger geht es wirklich nicht – aber ... verdammt, den müßte ich zurückschicken. Oder? Wäre wohl als kleinlich zu beurteilen. Und den Scheck? Was sollen wir damit machen? Wir können doch nicht einfach einen Scheck über einhundert Pfund von jemandem annehmen, der immerhin nicht den allerbesten Ruf hat. Das sei eine kleine Überbrückungshilfe, meinte er am Telefon. Und was ist, wenn ER dieses Papier irgendwann auf die Goldwaage legt? Und die Miete, die er für zwei Monate im voraus zahlte?

Ich muß mir unbedingt einen unabhängigen Job suchen. So geht es nicht weiter! Aber wie? Dann müßte er erst für mich bürgen. Sonst bekomme ich nie den bewußten Stempel in meinem Paß und somit auch keinen Job. Trotzdem geht es so nicht weiter!

Und der Junge fährt heute wieder wie der letzte Heuler.

»Mensch, Mogambo, hast du noch nie einen Unfall gehabt?«

»Nein, Baas.«

»Dann weiterhin viel Glück.«

»Ich weiß überhaupt nicht, was Sie wollen, Niko – Mogambo ist ein ausgezeichneter Fahrer. Sacky's Schule.«

»Monsieur Tidy, das mag durchaus stimmen. Aber vielleicht sind meine Nerven im Augenblick ein wenig ramponiert. Außerdem verfolgt uns niemand, oder? Sie kennen die Gangsterbräuche besser als ich.«

»Ach, sagen Sie doch einfach Tidy, Niko. Das mit Ihren Nerven wird sich schon geben. Warten Sie nur ab. Auf jeden Fall ist Mogambo ein sehr sportlicher Junge.«

Mein Kleiner – für dich vielleicht. Den bekommst du nie ins Bett. Wetten?

Von der Seite hat er wahrhaft ein Wolfsgebiß. Ob er weiß, wie damit umzugehen ist? Wenn ja, ist er bestimmt viel zu feige. Vielleicht kaut er seiner von Ischias geplagten alten Dame die von ihr so geliebten Möhren vor? ›Da, meine Liebe, noch ein Stückchen! ...‹

Ja, ich glaube, seine Masche ist die sanfte Tour. Und sein Atem ist auch nicht gerade erfrischend. Ob Wölfe aus dem Hals stinken?

Junge, nimm deine Hand von meinem Oberschenkel! Aha. Danke.

Sein Masturbationsellbogen befiehlt die dazugehörende unkeusche Hand zurück. Masturbieren oder onanieren diese Typen?

Und seine Fingernägel – das darf doch nicht wahr sein. Dieser nymphomanische Lustmolch kommt mir vor wie eine Art Mormone, der Fingernägel kaut und Bibelrückstände scheißt. Ob ich nun aggressiv werde oder nicht, auf jeden Fall wird er mir von Sekunde zu Sekunde unsympathischer. Bei meiner Toleranz heißt das etwas!

Und wenn er mit Meyer ein ehrliches Spiel treibt, bin ich Karl der Große. Ich bin sicher. Aber merkt denn Meyer ...

»Mogambo, sei so lieb und halte doch mal eben schnell an. Ganz schnell.«

»Geht nicht, Boss. Bin mitten auf der Fahrbahn.«

»Macht doch nichts. Oder fahr ein paar Schritte zurück.«

Typische Notbremsung à la Mogambo. Seine Generalchauffeurmütze bleibt auf ihrem Platz. Nur ich gleite fast schwerelos über die Vordersitzlehne.

»Hach, Junge. Siehst du den brandneuen Wagen da? Und Sie, Niko?«

»Ja. Der Mann scheint Startschwierigkeiten zu haben.«

»Eben. Ach, sehen Sie seinen roten Kopf? Ich muß ihm helfen!«

Mogambo rangiert zurück. Ich klettere zurück in meine alte Ecke. Und Adonis lacht wie, wie – ich weiß nicht wie. Aber schon ist er draußen und läuft zu dem ›brandneuen‹ Wagen hin. Laß ihn doch! Ich bin froh, von ihm für einen Moment erlöst zu sein.

»Baas?«

»Was ist, Chef?« ... meine neue Anrede für Mogambo ...

»Nicht böse sein. Das ist einer seiner kleinen Scherze.«

»Schon gut. Aber mach doch mal die Fenster auf. Hier drin ist es unheimlich warm.«

»Sofort, Baas.« Er lacht verstehend. Die Scheiben verschwinden wunschgemäß. Die frische Luft tut gut. Vor allem meinem Zorn.

»Chef?«

»Baas?«

»Gibt es eigentlich unter Eurer Hautfarbe ebenso viele Homos?«

»Weiß nicht, Baas. Glaube nicht.« Seine lachenden Zähne würden jede Zahnpastareklame in den Schatten stellen. Ein Eckzahn ist allerdings aus Gold. Ob er wirklich Gold gefunden hat?

»Entschuldige meine Neugier – hast du damals in dem Bergwerk eigentlich Gold gefunden?«

»Ach was. Ich war zu der Zeit viel zu naiv. Da gab es nur goldhaltiges Erz. Aber das weiß doch jedes Kind.«

»Wie lange hast du gebraucht, um das festzustellen?«

»Zwei Tage.«

»Und dann?«

»Knapp vier Wochen hielt ich es aus. Dann war meine Kraft am Ende. Vor allem die psychische Angst – ich meine Kraft –, als mir bewußt wurde, daß ich auf diese Weise nie meine zwölf Kühe verdienen würde. Abgesehen von der Hälfte des Geldes, die der Weiße von meinem Lohn kassierte. Dann machte ich die Bekanntschaft von Alkohol und Weibern – weiße Frauen – und noch mehr Alkohol. Damals kannte ich die Wirkung von diesem Zeug noch nicht. Aber es half mir, alle Schwierigkeiten zu vergessen. Kaum, daß ich während der Arbeit im Stollen nüchtern wurde. Naja – und dann flog ich raus.«

»Ich war noch nie in einem Bergwerk.«

»Ist nicht schlimm, Baas.«

Tür auf und hysterisches Lachen. »Los, weg. Gib Gas! – Hach, ist das kalt hier drin.« Und die griechische Adonislachserie geht weiter, »der war richtig pikiert.«

Was soll das nun wieder heißen?

»Der war wirklich pikiert.«

»Wieso?«

»Wieso? Für seinen brandneuen Wagen – er hatte ihn gerade erst abgeholt – bot ich ihm eine Schachtel Streichhölzer an. Der Dicke war vielleicht pikiert ... Haha ...«

›Blöder Hund.‹ Und die Reifen quietschen wie eh und je.

Wenn ich nur wüßte, wie das alles weitergehen soll. Wenn meine jetzige Lebenskarre nur nicht so hoffnungslos verfahren wäre. Dann ist es auch die Hoffnungslosigkeit, die mich lethargisch werden läßt? Oder – etwa die unbestimmbare Vorahnung böser, unabwendbarer Geschehnisse, die, ohne mich vorher zu konsultieren, ihren Lauf nehmen?

Wenn ich nur wüßte, was ich wie anstellen könnte. Wie ich mich auch drehe, hinten bleibt hinten. Besteht die Welt denn nur aus Typen, die ich nicht ausstehen kann oder denen ich nicht traue oder die mich krankhaft verfolgen?

Verfolgen. Rinaldo war es natürlich, der neulich nachts um den Meyerschen Edenbau schlich. Mit Freunden sogar. Und wer hat sie wieder laufen lassen – oder wenigstens lauthals dafür plädiert? Der Möhrenadonis neben mir. Wenn der nicht mit den anderen unter einer Decke steckt, bin ich ... nein, ich will ich sein und bleiben.

Aber Meyer sagt zu allem ja und ... heißt es in der Synagoge ebenfalls ›Amen‹? Ist auch egal. ER sagte ja mal, er sei nicht gläubig.

Auf jeden Fall werde ich persönlich Monsieur Tidy unter die Lupe nehmen! Gleich, wenn wir zu Hause sind, werde ich damit beginnen. Naja, und dann wollen wir mal sehen ...

Schon lächelt mich das Wolfsgebiß von der Seite an. Ist schon gut, Süßer. Ich weiß, daß ich aussehe wie ein Mensch, den die unmöglichsten Sorgen plagen und der sich Sorgen macht, mit welchen Sorgen er sich zuerst Sorgen machen soll. Ich kann doch nicht einfach dem Suff verfallen? Natürlich wäre dann alles viel einfacher. Einfach nie wieder nüchtern werden. Lohnt sich ja doch nicht. Aber sogar Mogambo kam zu der Einsicht, daß es sich nicht lohnt. Und auch ich sage nein. Kategorisch nein! Leute, diesen Gefallen tue ich euch nicht! Das wäre ja noch schöner. Wenn ich auch nichts bin. Aber was meint ihr eigentlich, wer ich bin? Nein. Mit mir nicht ...

Warum kommt denn dieser verdammte Lift nicht?

Endlich. Die Tür öffnet sich. Und eine prallbusige Afrikanerin mit Kopftuch schlängelt sich mit einem verschämt-bescheidenen Lächeln an uns vorbei.

»Die verdammten Kaffern sollten besser zu Fuß gehen! Finden Sie nicht auch, Niko? Viel gesünder wäre das für die – und wir hätten vor ihnen unsere Ruhe. Und der Geruch von ihnen ... einfach furchterregend.«

»Nach Ihnen, bitte.«

»Danke, danke. Die Schwarzen werden von uns viel zu nachsichtig behandelt. Finden Sie nicht auch?«

»Für mich sind sie Menschen – genau wie Sie. Sie stufen sich doch in diese Kategorie der Kreaturen ein – oder?«

»Mein Lieber, Sie sind wie alle Fremden hier, die unsere hiesigen Probleme nicht verstehen oder verstehen wollen.«

»Sie irren. Probleme gibt es da, wo Menschen in zweite oder dritte Klassen eingeteilt werden. Mit welchem Recht? Wer sagt denn, Monsieur Tidy, daß ausgerechnet Sie es verdient haben, in die erste Klasse zu gehören? Ihre Hände, Ihr Kopf, Ihre Nase, Mund, Zähne – Ihre weiße Farbe gar? Was haben Sie vollbracht, um weiß geboren zu sein? Glück war es. Mehr nicht. Wenn es verschiedene Klassen geben soll, was wäre, wenn Sie und ich, neben all den sauberen Weißen, in untere Gütegruppen gehörten?«

»Sie sind aggressiv – muß ich wirklich sagen.«

»Ich hasse Schmarotzer, Unwahrheit und Voreingenommenheit.«

»Aber es stimmt trotzdem, was ich sage. Ihre Ansichten in allen Ehren, nur – die Erfahrung wird es Ihnen noch beibringen. Glauben Sie mir eines: Wenn man den Schwarzen nicht dauernd auf die Finger schaut – man sollte einfach draufklopfen –, werden sie von Tag zu Tag frecher. Und dumm sind sie – also das ist nicht zu beschreiben.«

»Finden Sie, daß Mogambo dumm ist?«

»Aber nein, das habe ich nie behauptet. Trotzdem sind Sie viel zu nett zu ihm. Nie hätten Sie ihn zu einem Drink in Ihre Wohnung einladen sollen. Außerdem, wenn die Polizei so etwas merkt, nicht auszudenken wäre der Ärger, den Sie dann hätten. Und die Regierung ist natürlich auch gegen jede soziale Berührung zwischen schwarz und weiß.«

»Nur unseren schmutzigen weißen Dreck dürfen sie wegräumen.«

»Schließlich sind sie dafür da.«

»Und das heißt Rassenpolitik?«

»In etwa. Aber das darf man nicht zu laut sagen. Eigentlich beinhaltet dieser Begriff getrennte Entwicklung. Und das gilt zu gleichen Teilen für beide Farben! Wir Weißen sind es, die mit unseren Steuergeldern deren Entwicklung finanzieren. Die können nicht genug dankbar sein. Was machen sie statt dessen? Nichts!«

»Dürfen sie denn?«

»Also, darüber müssen wir uns mal bei späterer Gelegenheit unterhalten. Nicht in einem Aufzug. Sind wir denn bald da?«

»Siebte Etage.«

»Ach, wie schön. Sieben. Diese Zahl bringt Glück.«

»Für wen?«

»Na, aber für jeden, der damit zu tun hat. Für Sie und Ihre bezaubernde Braut besonders! Hach, eigentlich hätte ich Blumen mitbringen sollen. Mit leeren Händen. Das ist ganz und gar gegen meine Gewohnheit.«

»Machen Sie sich nichts daraus. Blumen sind in Hülle und Fülle vorhanden. Unser Gönner hat dafür gesorgt.«

»Ja, Niko. Er muß unwahrscheinlich viel für Sie übrig haben. So war er noch nie.«

»Wieso? Hatte er vor unserem Erscheinen – ich meine, hatten wir etwa Vorgänger?«

»Wenn Sie es nicht weitersagen – ja. Aber ich darf nicht darüber sprechen. Sein eigenes Betriebsgeheimnis.«

»Ich werde es schon herausfinden.«

»Darf ich mir nebenbei noch erlauben, Ihnen ganz schnell eine kleine Warnung zu geben, Niko? Bitte glauben Sie mir, ich meine es gut. Und außerdem sind Sie mit den hiesigen Umständen einfach nicht vertraut genug! Hierbei komme ich noch einmal auf das Rassenproblem zu sprechen: Selbst für uns Einheimische ist ›sie‹ immer noch ein Buch mit sieben Siegeln – in diesem Fall ist die Sieben auf keinen Fall eine Glückszahl –, es ist die ›Mentalität‹ der Afrikaner! Für uns Weiße wird sie immer unerklärlich bleiben. Fast könnte sie mit einer Art Schizophrenie verglichen werden. Aber eines steht für uns fest: Sind wir nett zu den Schwarzen, werden sie es ewig ausnutzen. Und uns dafür das letzte vom Körper reißen! Zum Glück ist unser Mogambo von Hause aus ein sehr bescheidener Bursche und hält sich zurück. Deshalb nahm er Ihre Einladung nicht an und zog es vor, im Wagen auf mich zu warten. Trotzdem: Seien Sie immer vorsichtig! Eines Tages bricht in jedem von ihnen das innere wilde Tier aus. Und das läßt sich so leicht nicht bändigen.«

»Nach Ihnen, bitte.«

»Danke, danke.«

»Nehmen Sie es mir nicht übel, Tidy, aber ich möchte Ihnen jetzt noch ganz schnell – und ebenfalls ehrlich – meine Meinung oder besser, meinen Eindruck sagen: Meines Erachtens sind Sie den Schwarzen gegenüber mehr als voreingenommen! – Ihre freundliche Warnung werde ich jedoch beherzigen. Hier lang, bitte.«

»Oh, das ist nett von Ihnen. – Ich vertrage jede Art von Kritik, zumal sie ehrlichen Herzens ist. Ehrlichkeit geht keine krummen Wege. Haha. Nicht wahr? Aber glauben Sie mir, die Eingeborenen besitzen nun mal eine eigenartige Mentalität. Ich spreche aus Erfahrung – der Erfahrung aller hier ansässiger Weißen. Gezwungenermaßen wird man unter diesen Voraussetzungen immer mehr zum Rassisten!«

»Rassist? – Wenn ich Sie recht verstehe, sind Sie demnach gegen alles, was nicht hundert Prozent europäisch, sagen wir ›arisch‹ ist?«

»Sie haben es erfaßt, mein Lieber. Genauso ist es! Das Leben ist der Lehrmeister dieser – ja, ich möchte sie fast Philosophie nennen.«

»Dann sind Sie wohl auch antisemitisch?«

»Ja, Niko, mein Lieber. Diese Frage kann ich nur mit einem klaren ›Ja‹ beantworten.«

»Nun, dann verzeihen Sie eine weitere Frage – nebenbei, ich mag diese offene Art von Unterhaltung –, Isaac Meyer, ist der nicht Jude?«

»Aber natürlich! Das sagt er ja selbst nur allzu oft. Jedoch, wissen Sie, was Sacky angeht, ist das alles auf einem mehr als andersartigen Blatt Papier geschrieben.«

»Weil er Ihr Arbeitgeber ist?«

»Ja und nein. Auf der einen Seite sind wir sehr miteinander befreundet. Auf der anderen ... wie soll ich es Ihnen erklären – Sie als Deutscher müßten doch meine Meinung teilen? Doch lassen wir das. Sacky ist in Ordnung.« ...

»Ich meinerseits finde, Mogambo ist in Ordnung. Sie aber – Sie werden meine Offenheit verstehen – sind inkonsequent. Oder aber ... naja, ich wollte sagen, vor Ihnen gab es bereits eine Menge kluger Leute, die von Anfang an ebenfalls gegen jeden stimmten, der nicht absolut arisch war ... schließlich aber doch von Fall zu Fall entschieden, wer nun endlich Jude war und wer nicht.«

»Ach, reden Sie von den Nazis?«

»Es ist bewiesen, daß jene Herren mit ihrer hirnverbrannten Politik – Sie nannten es Philosophie – nicht sehr viel weiter kamen. Vielleicht ändern sogar Sie eines Tages Ihre Auffassung. Doch lassen wir das. Treten wir ein in die gute Stube. Jane wird sich freuen ... was ist denn mit dem verdammten Schlüssel los? Immer habe ich Ärger mit neuen Schlüsseln – es ist doch der richtige?«

»Aber ja, Niko, an Ihrem Schlüsselbund hängt doch nur ein einziger Wohnungsschlüssel. Oder soll ich es mal versuchen?«

»Danke, es wird schon gehen ... sonst muß Jane uns eben aufmachen. Nanu? Die Klingel scheint ebenfalls nicht zu funktionieren.«

»Vielleicht hat sie einen Wackelkontakt? Versuchen Sie es noch einmal!«

»Irgend etwas geht hier nicht mit rechten Dingen zu ... ob etwas passiert ist? Sie muß uns doch hören! Sie wollte auf jeden Fall hier sein, wenn ich komme.«

»Ob wir die Tür einrennen sollen, Niko?«

»Bedenken Sie die Kosten.«

»Ach, Sacky wird schon ...«

»Nichts wird Sacky. Ich werde alleine ... sie muß uns doch hören! Jane! Bist du da? Mach auf. Wir sind es!«

»Sie werden sich verletzen, wenn Sie so mit Ihren Fäusten gegen die Tür ballern.«

»Jane!«

«... Niko! Liebling ... geh nie wieder weg ohne mich. Es war furchtbar ...«

Das ist keine Hysterie – echte Verzweiflung.

Schutzsuchend klammert sie sich an mir fest. Selbstvorwürfe steigen in mir hoch. Was habe ich falsch gemacht? Was hätte ich im voraus wissen müssen? Ich hätte ... ich hätte ... ich hätte! Hinterher weiß man immer alles besser. Ob sie verletzt ist?

»Bist du verletzt, Liebling?«

»Geh nie wieder weg.«

Wehe, wenn sich mein Verdacht bestätigt!

Adonis blickt lammfromm zur Erde. Nein, dazu ist er zu feige. Außerdem war er die ganze Zeit bei mir. Aber was wäre? ... nein! Unmöglich.

»Geh nie wieder weg.«

»Nein, Jane. Nie wieder. Ich bleibe bei dir. Ich bin hier und alles wird gut werden. Komm, wir gehen in die Wohnung. Und wenn es dir besser geht, erzählst du, was geschehen ist. Komm, Liebling.«

»Nein, ich kann nicht.«

Statt daß Adonis mithilft! Nein. – Er schüttelt nur verständnislos den Kopf. Wenigstens ist er dazu nicht zu feige.

»Kannst du stehen?«

»Laß mich nie wieder los!«

Verletzt scheint sie nicht zu sein. Schockwirkung. Und ein Schock kann schlimmer sein als die ärgste Verletzung. Warum sagt sie mir nicht, was geschehen ist? Junge, behalte du wenigstens einen kühlen Kopf! Aber wie schwer ist das, wenn tausend verschiedene Möglichkeiten durch ihn hindurchschwirren? Ja, wie Fledermäuse ... schwirren sie.

»Komm, Liebling. Beruhige dich. Es wird alles gut werden. Laß dich von mir tragen. Komm! Gut so. Ja, so ist gut ... Tidy, würden Sie bitte die Wohnungstür schließen – danke.«

Ob Mogambo? Nein. Erstens wartet er unten, zweitens war für solch ein Unternehmen die Zeit zu kurz – wenn wir auch stundenlang gequatscht haben –, drittens zähle ich ihn fast zu meinen wenigen Freunden. Der nicht. Niemals!

Meine Ruhe verwundert mich. Vielleicht ist meine Reaktion natürlich? Wie leicht sie ist! Wie eine Feder. Hoffentlich löst sich der Schock, wenn sie ... aber er scheint in einen Weinkrampf überzugehen. Arzt müßte man sein ... kräftige Arme genügen nicht.

Das erste Mal, daß ich ihre Tränen schmecke. Wie salzig – und doch so süß.

Wo ist Adonis? Kurz hinter uns. War das nicht ein mitleidiges Grinsen, das er blitzschnell in ein mitleidiges Lächeln zu verwandeln suchte?

»Vorsicht, Niko – die Glasscherben auf dem Boden.« Seine Stimme ist ziemlich unsicher. Kann natürlich andere Gründe haben ...

Und schon trete ich in das, was ... Heil und Donner ... was

muß sich hier abgespielt haben! Ein Fenster eingeschlagen. Porzellan und Gläser zerbrochen auf dem Fußboden. Die Möbel unbrauchbar. Gardinen zerfetzt. Selbst Meyers Riesenvase mit den üppigen Blumen – und! – ausgerechnet dieser vernichtete Haufen Protz läßt mich als Sieger erscheinen. Euphorische Ironie des Schicksals? Vielleicht stört mich deswegen die Anwesenheit des häßlichen Adonis. Ist er nicht immer noch ein Teil von IHM? Ich möchte, daß Monsieur Tidy geht. Jetzt. Auf der Stelle. Oder ich werfe ihn kurzerhand hinaus. Nein – bleib!

Es mag gut sein, dich als Zeugen zu haben. Wer weiß? Wie hilflos – ja fast peinlich berührt wie ein feuchter Bettnässer – er sich auf den Stuhl setzt. Der einzige, der nicht umgeworfen wurde. Der einzige, der sein gepolstertes Eingeweide nicht zeigt. Um so mehr aber die Couch ...

Macht nichts. Vorsichtig lade ich die zitternde Last ab. Langsam, zärtlich, ohne Erschütterungen. Doch sofort krümmt sie sich zur Wand und weint lautlos-verzweifelt in ein Kissen. Herrenlose, entweihte Daunenfedern vereinen sich zu einem aufgeregten Schneetreiben.

Laß sie weinen, Junge. Weinen ist die beste Medizin. Tastend suchen meine Augen das restliche Chaos ab. Wie ein Magnet zieht mich das eingeschlagene Fenster an. Ein sanfter Wind spielt in den Gardinen, die keine mehr sind. So ist das also: Der oder die Einbrecher haben sich der Feuerleiter bedient! Unsympathisch waren sie mir schon immer. Kaum ein Haus in der Nachbarschaft, das nicht über eine dieser Eisenstiegen verfügt. Die laden die Einbrecher ja haufenweise ein. Kein Wunder. Wirklich. Oder gehören die Klettergerüste gar einem Einbrechersyndikat, um besser einbrechen zu können? Langsam erschüttert mich nichts mehr – keine Zeit zum Träumen! Wie sieht der Rest der Wohnung aus? Wertsachen hatten wir keine. Und der Scheck ruht in meiner Brusttasche. Freudiges Knistern.

Schade um die Möbel. Wenn sie auch nicht uns gehörten. Mal sehen, wer dafür aufkommt.

Adonis sitzt immer noch. Wie ein begossener Pudel. Wieso habe ich eigentlich das Gefühl, daß ich seinem Hundeblick nicht trauen kann? Bestimmt hat er mit dieser Angelegenheit nichts zu tun. Ich werde ihm und uns einen Drink anbieten. Trotzdem kann ich meine Verdächtigungen nicht abschütteln ...

Hat er unterwegs nicht jede Möglichkeit wahrgenommen, unsere Fahrt zu verlangsamen? Erst Briefmarken – dann telefonieren – dann einen Brief vergessen – schließlich noch die Oper mit den Streichhölzern. Und Mogambo wartet jetzt treu und brav auf ihn unten im Wagen. War das alles mit eingeplant?

Die Hausbar hat wegen Bruch geschlossen. Ob der Eisschrank in der Küche noch einsatzfähig ist?

Zwei Zahnputzgläser voll Gin und Orangensaft. Viel Gin. Eins für uns. Eins für ihn. Unmöglich könnte ich mit ihm ein Glas teilen. Außerdem wünsche ich, daß er viel trinkt. Warum eigentlich? Mal sehen.

»Danke, Liebling.«

»Geht es dir etwas besser?«

Nicken. Und ein langer Blick ... nun zu ihm mit dem alkoholischen Naß ...

»Danke, danke. Welch ein Glück, daß die Bösen das kostbare Naß unversehrt ließen. Vielleicht hatten sie es eilig?«

Telefon.

Wer außer Sacky, Helen und Adonis kennen unsere Nummer? Widerlich, dieses Klingeln. Schrill und unbarmherzig.

»Soll ich? Vielleicht regt es Sie zu sehr auf?«

»Telefonieren werde ich wohl noch schaffen ... Ja, bitte?«

»Und jetzt bist du dran!«

Klick.

»Wer war es?« Widerlich, seine Neugier.

»Niemand. Falsch verbunden.«

Irgendwo habe ich diese Stimme schon mal gehört. Dieses Näseln ... es wird mir schon einfallen. Wer näselt denn in meinem Bekanntenkreis?

»Geht es dir etwas besser? Jane – geht es dir besser?«

»Ja, etwas.«

»Dann trinken wir auf die Zukunft.«

»Ja, sehr gut. Auf die Zukunft. Ist es nicht furchtbar, was die Wüstlinge hier angestellt haben? Was muß das arme Kind durchgemacht haben! Nein – die Menschen werden immer schlimmer.«

»Sie sagen es. Was mich allerdings wundert, Sie reden dauernd und ziemlich überzeugt in der Mehrzahl! – Könnte es nicht *ein* Mensch gewesen sein?«

»Tidy hat recht. Es waren mehrere.«

»Ach ja?« Hoffentlich versteht sie meinen Wink mit den Augen, noch nichts zu sagen. Ich möchte, daß er redet! Er soll zuerst reden. Ich bin jetzt überzeugt, daß er von uns allen am meisten weiß. Das Meer kennt zwar einen Teil des Erlebnisses. Bestimmt aber nicht die Hintergründe.

»Trinken wir erst noch einmal. Jetzt auf Ihr Wohl, Monsieur Tidy.«

»Danke, danke. Das nehme ich gerne an. Man kann heutzutage ja nicht genug Glück in dieser Welt haben. Jane, Sie hatten doch bestimmt ebenfalls sehr viel Glück? Aber darauf haben wir ja schon getrunken ... Was sind schon die zerschlagenen Möbel und das bißchen Porzellan ... wie tapfer Sie das alles überstanden haben. Einfach großartig.«

Kotzt der mich an ... scheint sich ja mehr als sicher zu fühlen.

»Na denn – Prost!«

»Zum Wohl, meine Lieben.«

Wie durstig er ist. Ob er noch ein zweites Glas verträgt?

»Danke. Nur halbvoll, bitte.«

Gin mit Orangensaft.

»Möchtest du noch etwas?«

»Bitte.«

Orangensaft mit Gin.

Wann redet er denn nun endlich?

»Was meinen Sie – wer war es?« Kleine Nachhilfe.

»Tja, mein Lieber – wenn ich mir das hier so betrachte – wer kann das schon gewesen sein? Sie kennen Ihre Feinde doch selbst.«

»Feinde! – Demnach keine Einbrecher?«

»Ganz bestimmt nicht.«

»Rinaldo –?«

»Und Olaf Mortensen.«

»Aber der ist nicht mein Feind.«

»Aber sein Freund.«

»Zugegeben. Und dann?«

»Vielleicht wäre es jetzt an der Zeit, daß unsere liebe Jane, das arme Kind, von den hier vorgefallenen Geschehnissen erzählt.«

Soll sie oder soll sie nicht? Ach, warum nicht. Mit welcher Sicherheit er die Namen erwähnte ...

»Wenn es dich nicht zu sehr anstrengt ... Liebling, wenn möglich auch mit Einzelheiten ...«

Wenn sie jetzt spricht, wird es ihr bestimmt gut tun.

»Also dann ... ich saß in dem Sessel da drüben und las. Plötzlich klingelte es. Ich war sicher, daß du es bist und wollte öffnen ... bis mir unerklärliche Zweifel kamen. Du hast einen Schlüssel. Warum solltest du klingeln? Falls doch, hättest du bestimmt anders geklingelt. Nicht so lange ... nicht so hart – es hörte sich fast brutal an. Natürlich wurde ich unsicher und entschloß mich, nicht zu öffnen. Dann wiederum zögerte ich – was, wenn du es doch bist? – Schließlich wohnen wir hier erst einen Tag, und du hast noch nie bei mir geklingelt. ›Ach, er wird sich schon irgendwie bemerkbar machen.‹ Anders kann ich mir meine Reaktion nicht erklären. Wieder klingelte es. Genauso fremd wie beim ersten Mal. Trotzdem rief ich deinen Namen ... keine Antwort – ich will sagen – als Antwort hämmerten Fäuste gegen die Wohnungstür ... also legte ich die Sicherheitskette vor. Im selben Augenblick hörte ich, wie in diesem Raum das große Fenster eingeschlagen wurde ... wieder die schrille Klingel und die Fäuste. Ich drehte mich wie im Kreis. Dachte an Flucht. Meine Angst wuchs zur Panik. Fast hatte ich schon das Fenster vergessen, als ich dort einen Mann sah, der seinen Körper bereits halb durchgezwängt hatte. Er schrie mir irgend etwas zu – weiß nicht mehr was – wußte nur, daß ich gefangen war. Als letzten Ausweg entschloß ich mich, die Tür vom Wohnzimmer in den Flur abzuschließen ... alles ging so schnell ... wie unter Zwang öffnete ich die Wohnungstür einen Spalt und schrie wohl das erste Mal um Hilfe. Dann die Hand, die von außen die Kette lösen wollte ... So fest ich konnte, trat ich ... es war eine ziemlich magere Hand ... gegen sie. Der Schmerzensschrei tat mir gut. Vielleicht gab er mir auch neuen Mut. Doch schon versuchte der Eindringling von der anderen Seite, die Wohnzimmertür einzuschlagen. Schon sprang die Tür aus den Fugen ... und ich flüchtete in das Badezimmer. So gut es ging, verbarrikadierte ich mich. Zu spät fiel mir ein, daß im Bad kein Fenster ist. Dann erkannte ich Rinaldos Stimme, die hysterisch ...«

»Vorsicht, Niko! Das Fenster!« Etwa eine neue Taktik? Kreischen kann der Adonis mehr als gut ... oder sieht er Gespenster? ... Nichts. Die gewesene Gardine flattert so wie immer – seit sie keine mehr ist.

»Hast du etwas gesehen, Jane?«

»Um Gottes Willen ... sie, sie sind schon wieder da! Wenn die mich hier erwischen ... Niko! Hilfe! Helfen Sie mir!«

»Tidy, was soll der Blödsinn? Reißen Sie sich doch wenigstens einmal am Riemen!«

»Aber ich habe einen Kopf gesehen.«

»Ein Kopf macht noch keinen Einbrecher. – Das haben wir gleich.«

»Niko – bitte sei vorsichtig.«

»Oh – wenn die mich hier erwischen ... das ist das Ende.«

»Nur für Sie?« Meister, jetzt oder nie werde ich Gewißheit über dein wahres Spiel bekommen. Wetten? Nein, macht traurig.

»Freundchen, wir gehen jetzt hübsch gemeinsam zum Fenster. Nach Ihnen!«

»Au, Sie tun mir ja weh. Bitte, bitte nicht zum Fenster. Ich mache alles, was Sie wollen. Ich sage ...«

»Los jetzt!« Fast trage ich ihn an seinem auf den Rücken gedrehten Arm. Eigenartig – bereits zum zweiten Mal, seit ich ihn kenne. Aber zum Indianerspielen bin ich wohl doch zu alt. Schade. Ich sehe niemanden. Vielleicht klebt der vermutliche Störenfried an der Hauswand? Ausgerechnet bis dahin reicht mein Blickfeld nicht. Und nun?

»Sind Sie sicher?« Leise, leise in sein Ohr.

»Doch, doch. Ich habe ihn gesehen. Ganz deutlich.«

»Wen?«

»Olaf.« Zärtlich und kaum hörbar. Aber zitternd wie Espenlaub. Vorsicht – nicht auf Glasscherben treten!

Verdammt. Der Lauf einer Pistole. Nein – Schalldämpfer, dann der Lauf, der Griff – daran Finger, eine Hand, ein Arm, ein Kopf – Olaf! Aber noch hat er uns nicht gesehen.

Wie einen Gegenpol schiebe ich mein Schutzschild gegen die Waffe. Die verfluchten Feuerleitern ...

»Um-Gottes-Willen-Olaf-schieß-nicht-ich-bin's!«

XIV. Kapitel

Fliegen möchte ich wie ein Vogel. Wie schön wäre das. Und sicher. Denn, wenn er einmal abstürzt – ist er schon lange tot. Und hat er Hunger, fliegt er einfach von Baum zu Baum – oder von einem Feld zum anderen. Hängt natürlich davon ab, was es für ein Vogel ist. Aber zu Fressen finden sie immer! Bloß ich finde nichts. Fast wird mir schlecht vor Hunger und Abscheu vor der großen Stadt der Weißen. Es stimmt, sie sind brutal – genau wie unser weiser alter Mann es sagte. Wenn ich doch nur fliegen könnte. Ich wäre schon lange wieder in unserem Dorf. Ja, ich würde es finden, denn jeder Vogel findet jeden Ort, an dem er schon einmal war. Dann würde ich vor Yakain herfliegen und ihr die schönsten Früchte zeigen. Vielleicht würde ich auch aus Übermut auf ihrer Schulter landen und ihr meine Liebe ins Ohr singen. Aber ... aber ... dann würde ich vielleicht immer ein Vogel bleiben und sie nie richtig lieben können. Vogel und Mensch. Nein, das geht wirklich nicht. Dann lieber so, wie ich jetzt bin. Nur, was soll ich machen? Allein unter den menschlichen Raubtieren, die das Letzte von dem Schwächsten nehmen – gestern, als sie mich niederschlugen und ich mich nicht wehren konnte, weil ich zu schwach war. Heute bin ich noch schwächer – und morgen noch mehr. Was soll ich machen? Durch welche Straße soll ich jetzt gehen? Straße. Ein blödes Wort. Typisch für die Weißen. Laß sie doch. Sie sind nun mal so. Nein, nicht durch diese dunkle Straße. War es nicht hier, wo sie mich überfallen haben? Die helle ist viel besser. Besser, weil sie mehr Sicherheit verspricht, wenn auch ihr Licht kalt ist. Wenn ich doch nur ein Feuer anzünden könnte. Aber nicht mal Holz gibt es hier – womit sonst sollte ich Feuer machen? Keine Feuersteine – nichts. Nur noch mein Amulett. Wenn ich das verliere, ist alles aus. Also werde ich durch die helle Straße gehen. Aber was ist, wenn die weiße Polizei kommt? Dann ist ebenfalls alles aus. Bis jetzt habe ich sie immer zuerst gesehen und konnte mich verstecken. Aber einmal werden sie mich zuerst sehen. Nein, ich gehe durch die dunkle Straße. Ich weiß, sie haben selbst Angst, durch die dunklen Straßen zu gehen. Die Polizisten. Zwölf Kühe wollte ich verdienen. Mit dem Gold, das man in dieser Stadt finden soll. Egoli. Ein schöner Traum. Aber er stimmt nicht. Es soll unter dieser Stadt sein, hat man mir gesagt. Stimmt auch nicht. Schließlich war ich vier lange Wochen da unten in dem Bauch der Erde, und nie habe ich auch nur das kleinste Stück Gold gefunden. Ich habe wirklich aufgepaßt. Nichts als Steine gab es da. Und noch mehr Steine. Und Felsbrocken, die ich in Steine zerschlagen mußte. Später sagte mir jeder, das Gold sei in den Steinen. Aber das mag glauben wer will – ich nicht. Ich glaube überhaupt nichts mehr. Aber dann schafften es die Weißen doch – natürlich mit ihrer Zauberkunst –, Gold aus den Steinen zu machen. Ich habe es selbst gesehen. Und seitdem glaube ich, daß ich Angst habe vor der Kraft der Weißen. Jetzt weiß ich auch, warum alle Afrikaner Boss oder Baas zu ihnen sagen. Sie sind die Herren. Aber sie brauchen unsere Körperkraft. Nie würden sie selbst auf die Steine schlagen. Und weil sie die Herren sind, zahlen sie uns so wenig Geld. Geld sagen sie dazu. Aber Gold ist das auch nicht. Trotzdem verlangt jeder einen Teil davon, wenn man von ihnen etwas haben will. Egal, ob Schwarz oder Weiß – jeder. Wasser kostet Geld. Essen kostet Geld. Aber ich habe keines mehr.

Wie dunkel die Straße ist. Ob sie mich bald überfallen und dann totschlagen, weil ich nichts mehr habe? Denn – wenn andere mich töten, wird mein Geist nicht verflucht. Angst? Nein. Oder soll ich mich wehren? Ich weiß es nicht. Viele Tage und Nächte laufe ich nun durch die Stadt, um Arbeit zu finden. Steineklopfen oder so. Aber keiner will mich haben. Ich sei zu schwach, meinten sie. Und ohne Papiere sowieso nicht, meinten sie auch noch.

Zu schwach! Ich! Mogambo! Der Sohn eines Häuptlings ...

Ihr habt mich schwach gemacht! Eure Kultur, die keine ist. Euer Alkohol, der jeden vergiftet! Eure Neonlichter in der Nacht, die den Tag vortäuschen sollen.

Ja ... zuerst hat mir das alles gefallen. Aber da kannte ich euch noch nicht. Und vielleicht war der Weiße, der immer die Hälfte meines Geldes behielt und so schlecht roch, neidisch auf mich.

›Zu schwach‹, hat er gesagt. ›Raus!‹

Dabei habe ich nur gelebt wie all die anderen, die davon redeten und prahlten, wie sie die Süße von so viel Frauen wie möglich kosteten. Und später wäre die eigene erste Frau zu Hause im Dorf stolz auf ihren Mann.

›Mogambo, mein Mann, kannte viele Frauen vor unserer Hochzeit. Aber dann kam er zurück, weil er mich liebte und weil ich seine erste Frau sein wollte.‹

Yakain, meine erste Frau. Die erste Frau wird aus Liebe geheiratet. Die anderen wohl nur aus wirtschaftlichen Gründen – damit ich später für deren Töchter viele, viele Kühe verdiene. Natürlich wußte ich das alles schon vorher. Aber wenn ich eines Tages in unser Dorf zurückkehre, werde ich noch viel mehr wissen. Häuptling Mogambo!

›Mogambo – du bist fertig. Du wirst nie eine einzige Kuh verdienen. Nicht mal ein Huhn, um es jetzt zu essen. Nicht mal ein Stück Brot kannst du dir kaufen. Nichts. Du schaffst nicht mehr, als dich durch die stinkenden Abfälle der Weißen zu wühlen, um dann deren Gestank gierig zu fressen ... noch vor wenigen Tagen warst du zu stolz zum Stehlen. Das war gut. Aber heute bist du zu schwach. Selbst wenn du wolltest. Wie ein krankes Tier wartest du auf jeden Tropfen Regen, damit du nicht verdurstest. Aber wenn dich unser weiser alter Mann sehen könnte, wie du Regenwasser trinkst, durch das weiße Füße gelaufen sind, in dem der Dreck der Weißen lebt – er würde dich verstoßen und Yakain einem anderen geben. Du bist so dumm, daß du dir nicht einmal mit den Worten der Weißen helfen kannst, die du bis jetzt gelernt hast!‹

›Aber mich will doch keiner!‹

›Du bist fertig. Leg dich irgendwo hin und warte auf den Tod. Vielleicht mußt du lange auf ihn warten, denn wer will deinen Geist aufnehmen und behüten? Niemand.‹

›Aber was soll ich denn machen?‹

›Geh weiter und suche einen neuen Anfang.‹

›Aber ich kann doch nicht!‹

›Doch.‹

›Wer bist du?‹

›Ein Teil von dir.‹

›Glaub ich nicht.‹

›Doch.‹

›Ich will nicht. Ich kann nicht. Ich bin zu schwach.‹

›Du bist zu feige und zu faul. Zu feige und zu faul.‹
›Ich kann nicht. Ich bin zu schw... Du siehst doch, daß ich nicht mehr kann. Also laß mich in Ruhe – auch wenn du mein Geist bist. Hättest mir ja früher mehr helfen können! Jetzt ist es zu spät.‹

Ich will schlafen. An nichts mehr denken. Nur noch einmal das Amulett von Yakain berühren – halten kann ich es nicht mehr. Trotzdem muß es mir helfen. Wo ist es? Vorhin war es ... da – da ist es ... ich habe es berührt. Noch einmal. Es muß mir helfen ... wie schön es sich anfühlt. Weich und voller Hoffnung ... Hoffnung? Gibt es nicht. Wie soll ich Hoffnung haben, wenn ich nicht mehr denken kann? Zu schwach. Alles ist vorbei. Verzeih, Yakain. Vergiß mich. Ich bin es nicht wert. Sei froh. Es mußte so kommen. Ich selbst bin an allem schuld ... oder vielleicht ist es der Fluch, der mich bis hierher verfolgt und gefunden hat. Die Geister in den Steinen, die ich im Bauch der Erde zerschlagen mußte – sie haben mich verraten. Ich hätte es nicht tun sollen. Der Fluch ist da. – Wie er mich mit seinen kalten Klauen umpackt! Ich werde zu Sand, ich fühle es. Die Erde kommt immer näher. Harte Erde. Die Weißen haben sie gemacht. Wird sich mein Geist mit dieser Erde vermischen, um in ihr zu wohnen, damit meine Feinde leichter über mich laufen und fahren können? Ich will nicht. Aber ich muß. Das Ende ist da. Die Erde kommt immer näher. Und die Welt um mich dreht sich, als lache sie mich aus. Lach doch. Meine Beine ... was ist mit meinen Beinen? Die Arme fallen ... und ich drehe mich schneller. Warum ist die harte Erde plötzlich so weich? Und viel Wasser ist auf ihr. Geht mein Geist in das Wasser? Dann werde ich nie erlöst. Wasser ... Wasser ... schön ... klar ... Warum schwimmen so viele gebratene Fische um mich herum? Fisch ... weiße Füße ... Luftblasen ...

XV. Kapitel

»Also ganz im Ernst, Mr. Meyer, so wie bisher geht es auf keinen Fall weiter! Ihr leichtsinniges Benehmen artet immer mehr zur reinsten Unverschämtheit aus. Sicher, nach außen sind wir Ihre Lieblinge, denen Sie alles gönnen, für die Sie alles tun, denen Sie großzügigste finanzielle Unterstützung gewähren – um das sogenannte Einleben in diesem Land zu erleichtern – denen Sie *die* Freundschaft des Lebens anbieten, wie bei uns zu Hause beim Winterschlußverkauf die billigste Ware als der Reißer angepriesen wird. Diese Masche zieht nicht – verehrter Meister! Es wird mehr als Zeit, daß Sie uns davon in Kenntnis setzen, was Sie tatsächlich mit uns vorhaben! Mittlerweile hat sich ja wohl herausgestellt, daß Jane doch nicht in Ihrer Firma als das angestellt ist, wofür sie pünktlich bezahlt wird. Ich weiß, daß Sie hier wieder plausible ›menschliche‹ Erklärungen auf Lager haben. Also lassen wir das. Für später! Zunächst muß ich vor Zeugen allerschwerste Vorwürfe erheben. Gegen Sie! Damit es keinerlei Mißverständnisse gibt. Wie konnten Sie es wagen, uns Ihrem sogenannten Freund und Berater anzuvertrauen? Entweder Sie sind supernaiv und – dumm, was ich nicht annehme – oder Sie sind infam schlecht, indem Sie versuchen, mit uns Neuankömmlingen ein sattes Katz-und-Maus-Spiel zu treiben. Warum bieten Sie uns statt Ihres schnöden Mammons nicht Offenheit und Ehrlichkeit, indem Sie uns endlich sagen, was Sie von uns wollen? Aber nein, dafür fallen Jane und ich von einer extremen Gefahr in die andere. Von unserer ersten Entführung abgesehen, die wir ja glimpflich überstanden haben, weil Sie Ihren rührenden, schützenden Arm über uns hielten. Und so weiter. Aber kaum, daß wir einen Tag in der neuen Wohnung leben, findet dort der erste Überfall statt. Nur Sie, Helen, dieser Tidy und wir kannten sowohl die Adresse als auch die Telefonnummer. Wir beide haben mit niemanden sprechen können – eben weil wir hier niemanden kennen. Also ist das Leck auf Ihrer Seite. Näher betrachtet, bleibt nur Ihr sagenhafter Freund übrig. Doch nicht nur das! Bei dem ersten Überfall heute hat Jane mit einer gehörigen Portion Glück überlebt – oder – was gleichbedeutend ist – daß sie dem tollwütigen Rinaldo nicht in die Hände fiel. Ferner ...«

»Wenn ich einmal unterbrechen dürfte, Niko ...«

»Nein, ich bin noch nicht fertig. – Ferner habe ich Ihren Monsieur Tidy ohne Zweifel als gemeinen, feigen und hinterhältigen Verräter entlarvt. Was aus Ihnen nicht mehr als ein ungläubiges Hände-über-dem-Kopf-Zusammenschlagen herausholte. – Helen und Jane, Ihr habt es gesehen!«

Zustimmendes Nicken. Ausnahmsweise sind sich die beiden Mädchen einmal einig.

»Ich sprach also von Ihrem Tidy als gemein, feige und hinterlistig ... ich wollte sagen: hinterhältig. Darf ich dazu eine kurze Erklärung abgeben: Feige – weil er lauthals um sein Leben wimmerte, als ich kaum die ersten Beweise über sein Verhalten hatte und er einen der Verbrecher vor sich sah ... naja, das mag wohl an seinem eigenartigen Charakter liegen. Gemein – weil er ausgerechnet Sie als seinen Freund und uns als seine Schutzbefohlenen verriet ... das mag wohl an seinen internen Interessen liegen. Hinterhältig – weil er mich sofort nach Olafs Ausschaltung in eine neue Falle lockte, indem er trotz Schußverletzung den Italiener vom Hausflur aus in die Wohnung ließ, um uns fertig zu machen. Wäre Mogambo nicht gewesen, säßen wir jetzt wohl nicht hier. Was aber die Ungereimtheiten anbelangt, daß Tidy Angst – Todesangst! – vor Olaf hatte, gleichzeitig Rinaldo den Zugang ermöglichte, kann ich mir nur so erklären, daß er den zu erwartenden Kampf für seine eigene Flucht ausnutzen wollte. Wie gesagt, Mogambo ...«

»Dürfte ich jetzt etwas sagen?«

»Nein, ich bin noch nicht fertig. Wie gesagt, Mogambo war in seinen Plänen nicht eingeplant. Was aber der Unverschämtheit die Krone aufsetzt und mir den endgültigen Beweis liefert, ist, daß Ihr Herr Vertrauter mich als Mörder anzeigte!«

»Für den Toten muß es doch eine offizielle Erklärung geben!«

»An Ihrer Zwischenbemerkung erkenne ich, daß diese Anzeige in Ihrem Sinne war? Wenn Sie eben auch die Polizei auf Ihre Art ›beschwichtigt‹ haben. Bestochen – wie ich es ausdrücken würde. Nochmals: Ich bin kein Mörder! Ich habe den Jungen nicht vorsätzlich von der Feuerleiter gestoßen! Notwehr. Aber das wissen Sie so gut wie ich. Andere Kleinigkeiten möchte ich jetzt nicht erwähnen. – Da Sie jedoch unverfroren fortfahren,

diese Ausgeburt von kalkulierter Verschlagenheit zu verteidigen, kann ich nur Ihnen allein die moralische Schuld an dem Tod des Jungen geben. Ha! Ich und ein ... Jane! Liebst du einen Mörder?«
»Nein.«
»Liebst du mich?«
»Ja. Aber das weißt du doch.«
»Ich nehme an, Mr. Meyer, daß Sie Jane wenigstens soweit achten, ihre ehrlichen Gefühle zu respektieren. Allerdings, so wie ich Sie jetzt allmählich einschätze, werden Sie die Angelegenheit vielleicht als einen lapidaren Unglücksfall hinstellen. Ich wiederhole: Olafs Tod war nicht nötig. Auch nicht, weil er bewaffnet war. Oder gar Rinaldo als Freund helfen wollte.«
»Darf ich jetzt?«
»Wenn Sie nicht vom Thema ablenken – ja. Jane, bitte merke dir jedes hier gesprochene Wort.«
»Ja.«
Mir zittern die Knie und ich bin gereizt – daher vielleicht auch ein wenig kopflos – was Meyer angelangt. Wäre ich doch bloß in Europa geblieben! Hätte ich mich doch nie von dem Typ ansprechen lassen!

Eigenartig, diese Gleichheit zwischen Mogambo und mir. Weil auf ihm ein Fluch lastet, sterben durch ihn Menschen, die mit ihm in unmittelbare Berührung kommen. Und jetzt scheint der Quatsch bei mir seinen Fortgang zu erleben. Heute war es Nummer eins. Dabei hätte ich alles andere gewollt als ausgerechnet das. Kann ja heiter werden.

Und ER schaut mich an mit seinen runden Augen wie – ja – wie neulich, als wir Tidy aus dem Koma-Keller der sterbenden Gangster hochbrachten und ich ihn das erste Mal als Verräter überführen wollte. Schön und gut, vielleicht mag ich mich damals geirrt haben. Aber warum steigen ausgerechnet jetzt die Bilder der Gangster in mir hoch? Wie sie mich mit ihren aufgerissenen Augen anstarrten! Hochsteigende Bilder ist gut. Nein, sie drängen sich mir auf! Immer stärker. Fast könnte ich jeden einzelnen von ihnen malen. Blaue Augen. Braune Augen. Grüne Augen. Jetzt verschwimmen sie und zeigen ihre jeweiligen Besitzer. Wie sie zusammenfallen. Der dicke Hintern auf mir! Meine Stecknadel, die ihn hochjagt! Die Angst um Jane! Der Kampf

im Traum mit den silbernen Wanzen! Die Flucht mit Jane durch die Kellergänge! Das vermeintliche Indianerspiel! Jetzt überwältige ich den Adonis. Weil er uns verfolgte ...
Und was kam dann? Oben, in der Empfangshalle. Mr. E-Ypsilon erwartete uns drei mit einem satten Lächeln und seiner Mannschaft. Alle bequem verteilt in weichen Sesseln! Und dann?
Mit einer müden Handbewegung wurde alles zur Seite gewischt, begleitet von einem jovialen Lächeln, und schließlich mit Whisky begossen. Heute wird es nicht anders sein ...
»Haben Sie ausgedacht, Niko?«
»Ja. Wenn Sie nichts dagegen haben. Ich schwelgte in Erinnerungen.«
»Ich weiß. Sie waren vollkommen weg. Einen Whisky?«
»Nein, danke. Trinkst du etwa Whisky? Bestimmt nicht. Nicht wahr, Jane?«
»Nein, danke. Für mich keinen Alkohol.«
»Aha – ich sehe schon, Sie wollen unsere, von Ihnen herbeigeführte Unterhaltung in nüchternem Ton verlaufen lassen.«
»Sie sagen es. Nüchternsein ist ›in‹, wissen Sie?«
»Macht nichts. Darf ›ich‹ dann wenigstens etwas trinken?«
»Soviel Sie wollen.« Eigentlich wollte ich ihm eine spitzere Antwort geben als ›Soviel Sie wollen.‹ Warum nicht?
»Fragen Sie Monsieur Tidy, was er davon hält. Ach nein – eigentlich sind ›Sie‹ doch der Hausherr.«
»Mein lieber Niko. Ich weiß, Sie sind ein wenig gereizt – Sie haben natürlich auch alle Veranlassung dazu. Allerdings gibt es Ihnen noch lange nicht das Recht, *mich* reizen zu wollen. Sie wissen genau, daß Sie keinerlei Grund haben, über mich Klage zu führen. Oder? Habe ich ...«
»Wir beklagen uns über Ihren Freund.«
»Dann lassen Sie mich bitte ausreden.«
Billig, billig. Sollte er wirklich versuchen, meine Tour zu übernehmen? Naja, man kann ja mal auf den Busch klopfen.
»Verzeihung, Mr. Meyer, ich lief fehl in der Annahme, daß Ihre Frage nach dem eindeutigen ›oder?‹ beendet gewesen sei. Sie haben natürlich das Wort.«
»Ich hoffe, Sie verstehen die jüngsten Geschehnisse keineswegs falsch. Und die sind es, die ich auf keinen Fall bagatellisie-

ren will. Zu viel steht auf dem Spiel. Trotzdem möchte ich nochmals in aller Form betonen, daß Monsieur Tidy mein vollstes Vertrauen besitzt! Zugegeben, was er da angestellt hat, war vielleicht nicht genau durchdacht – oder – ja, das wird es sein: Er hatte sich etwas dabei gedacht, nur ist es nicht so aufgegangen, wie er sich das vorstellte. Eine andere Möglichkeit kann es überhaupt nicht geben. Aber eines versichere ich Ihnen, der Junge ist kein Feigling. Hat er nicht riskiert, erschossen zu werden? Für wen? – Etwa für mich? – Nein, für Sie beide. Er würde es nicht wagen, meinen Freunden Schlechtes zuzufügen. Helen und ich haben ihn jahrelang – das ist nicht übertrieben – auf die Probe gestellt. Nicht umsonst bekleidet er heute diese verantwortungsvolle Position. Kurz und gut, der Ärmste ist über jeden Zweifel ...«

Wie seine Stimme kriecht. Langsam und pelzartig wie eine Raupe. Wunderbar, seine Schauspielkunst, die Frieden und Vertrauen verbreiten soll. Aber ich bin nun einmal schlechtes Publikum. Und seinen miserablen Text anzuhören, lohnt sich ebenfalls nicht. Eigentlich müßte er wissen, daß seine Schau bei mir nicht zieht. Also hat er bestimmt wieder einen Trick oder sonst etwas vor. Aufpassen! Entweder befolgt er Einschläferungspolitik oder er will, daß ich aus meiner so sorgsam gehüteten Haut fahre. Wozu? Habe ich ihm meine Meinung nicht klar und deutlich gesagt? – Jetzt hat er sich sogar selbst unterbrochen. Findet er sich endlich lächerlich? Nein – dazu ist er zu abgebrüht. Aber irgendwann muß er doch seine Karten aufdecken. Fehlanzeige. Statt dessen schlürft er bedächtig, wie gewohnt laut schmatzend und kauend, seinen Whisky. Der große Meister denkt! Wie typisch zufällig seine Augen zu Helen hinüberkullern. Was erwartet er von seiner ›rechten Hand‹? Wie soll ich das wissen. Alles, was ich weiß, ist, daß ich nichts weiß. Trotzdem, das Bild stimmt einfach nicht. Ein kurzer Blick zum Meer. Sie nickt. Zwar wunderbar unauffällig – doch mehr wird auch sie nicht wissen ...

Und Meyer schlürft weiter.

Natürlich! Ich habe ja gewußt, daß das Bild nicht stimmt. Fast täglich habe ich ihn bei seiner Art des Whiskyverzehrs beobachtet. Mehr als zwei Variationen hat er dabei noch nie gezeigt. Entweder hält er beide Augen fest verschlossen – oder er starrt versunken in die Tiefe des Glases, als wolle er die Zukunft erfahren. Tja, wie die wohl aussehen mag? Aber noch *nie* hat er während dieser Zeremonie seine Augen rollen lassen, geschweige denn sie von seinem Trinkobjekt abgewendet! Helen war schon immer hübsch. Wenn ich ihn jetzt unterbreche, merkt er, daß ich aufpasse. Passe ich und halte meine asthmatischen Asse in der Hand, nimmt er für sich den Triumph in Anspruch, mich eingelullt zu haben. Nicht – daß ich nicht verlieren könnte ... Egal. Ein Versuch kann nicht schaden.

»Darf ich fragen, wie es Monsieur Tidy geht? Er wird doch hoffentlich seine Verletzung überleben?«

»Keine Angst. Er wird. Am meisten zu schaffen macht ihm der von Ihnen ausgekugelte Arm.«

»Besser ihm einen Arm auskugeln, als von mir eine Kugel in seinen Arm.« – Dieses Wortspiel hat mich einfach gereizt.

»Eine Kugel steckt bereits in seinem Arm. Im Oberarm, wie Sie ja wohl wissen. Zum Glück stammt sie nicht von Ihnen, Niko. Und ich hoffe, daß es nie dazu kommen wird!«

Verstehe, Dicker. Eine Drohung. Wenn deine Stimme auch schnurrt wie die eines Katers vor dem Feuer – der genüßlich seinen Whisky schleckt –, der seine Augen wieder wie gewohnt tief im Glas versenkt hat.

»Mr. Meyer, fast ist es mir peinlich, Sie bei Ihrem stillen Whiskygenuß zu unterbrechen. Aber ich befürchte, wir sind noch nicht am Ende unserer sogenannten Aussprache angelangt. Sie winden sich um jede klare Antwort herum. Ich aber lege großen Wert auf ein uns zufriedenstellendes Ergebnis! Wie ich bereits sagte: so geht es nicht weiter. – Sollten Sie beweisen können, daß Ihr Tidy unschuldig ist, werde ich mich in aller Form entschuldigen. Falls nicht, erwarte ich dasselbe von Ihnen. Ferner, um Sie zu beruhigen, möchte ich bemerken, daß Ihrem Tidy von meiner Person keinerlei Gefahr droht, wenn er davon absieht, uns noch einmal zu bewachen, zu verraten und dergleichen mehr. Da wir gerade von ›Bewachen‹ reden: Wie wäre es, wenn ich meine von dem ehemaligen Herrn Studnitz erbeutete Pistole zwecks Selbstverteidigung zurückbekommen würde?«

»Nein.«

»Sie ist mein Eigentum.«

»Damit würden Sie nur Blödsinn anstellen.«

»Ich bestehe darauf.«
»Nein. Später vielleicht.«
»Später ist es vielleicht zu spät. Jetzt!«
»Nein.«
»Dann sagen Sie mir wenigstens, wo sich Ihr Waffenarsenal befindet. Keine Angst, ich werde keinen Unfug anstellen.«
»Mein Arsenal geht Sie nichts an. Dafür habe ich meine Leute.«

Wenigstens weiß ich jetzt offiziell von der Existenz einer Waffenkammer. Was für lustiges Spielzeug er da wohl versteckt hält? Naja, meine Pistole werde ich schon bekommen. Der Kerl macht mich langsam verrückt. Mittlerweile hat er bestimmt schon zweihundert Jahre seiner Zukunft in dem Glas befragt, ohne auch nur einmal seinen Kopf zu wenden. Helen sitzt da, reglos wie eine Marmorstatue. Das Meer raucht mal wieder wie ein Schlot. Kein Wunder, bei dieser whiskyschlürfenden, marmorhaften, für uns vertrackten, ränkeschmiedenden – blödsinnigen Atmosphäre. Wer hat die besseren Nerven? Hoffentlich – wir! Es ist nur eine Frage der Taktik.

»Wird er eigentlich bewacht?«
»Pardon?« ER ist geistesabwesend.
»Ob er bewacht wird.« Stell dich doch nicht so stur.
»Sagen wir, Mogambo ist bei ihm. Warum fragen Sie?«
»Es interessiert mich. Leider muß ich mich ab jetzt für sehr viele Dinge interessieren. Sie verstehen – zu viele Widersprüche. Was auch immer in Ihrer Umgebung geschieht – für uns ist es unerklärlich. Und ausgerechnet Sie, der ach so weise Hausherr, hilft am wenigsten Licht in das Dunkel zu bringen. Ist das Ihre Art von Freundschaft?«
»Niko, Sie folgen leider einer falschen Tendenz. Fassen Sie es nicht falsch auf – ich möchte Sie auch nicht beleidigen – nichts steht mir ferner ... deshalb gebe ich Ihnen einen wohlgemeinten Rat: Kümmern Sie sich um Ihre eigenen Angelegenheiten. Für den Rest und auch, was unter meinem eigenen Dach geschieht, bin ganz allein ich verantwortlich!«

Mist. Wir reden und reden, drehen uns im Kreis, tauschen hin und wieder kleine, versteckte Drohungen aus – aber landen immer wieder bei der berühmten Spiegelfechterei!

Ich muß den Spiegel zerschlagen. So geht es nicht weiter. Ich mache mich ja mehr als lächerlich. Hilflose Kreatur, die ich bin, die auszog, das Emigrieren zu lernen und kläglich versagte ... ich muß aufstehen. Weg von diesem bequemen Sessel. Eine drohende Haltung einnehmen. Bellen.

»Mr. Meyer, jetzt wird es mir wirklich zu bunt ...«

»Ja und?«

Junge, geh um den Sessel herum, bleib hinter ihm stehen, krall deine Finger in das Polster. Laß dich nicht einschüchtern!

»Mr. Meyer, Sie haben es geschafft, uns in jeder Beziehung von Ihnen abhängig zu machen. Sie haben sich als äußerst großzügig erwiesen – aber genauso großzügig gehen Sie mit unserem Leben und unserer Gesundheit um. Ich betone nochmals: Jane hätte um ein Haar ihr Leben verloren!«

»Ist doch Blödsinn, was Sie da erzählen.«

»Dann bin ich doch mehr als gespannt zu erfahren, mit welcher Frechheit Sie die Einschüsse in unserer ehemaligen Badezimmertür erklären? Wäre Jane aus Verzweiflung und Todesangst nicht in die Badewanne gekrochen, hätte ich – jawohl *ich* – Gründe genug, *Sie* bei der Polizei als Mörder anzuzeigen! Und das ohne Bestechung! Fahren Sie doch hin in die Wohnung und schauen sich die Bescherung an! Zählen Sie die Schußlöcher in der Tür und was die Querschläger im Bad selbst angerichtet haben! Schämen sollten Sie sich mit Ihrer Hinterfurzigkeit. Und damit Sie sich nicht zu bücken brauchen, habe ich Ihnen ein bleihaltiges Andenken mitgebracht. Hier! Damit Ihre triefenden Augen wenigstens einmal von Ihrem stinkenden Whisky abgelenkt werden! Sie wollen mit Ihren Machenschaften ein Mensch sein? Daß ich nicht lache. Aber einmal werden auch Sie der Verlierer sein. Kriechen werden Sie! Und heulend um Ihr billiges Leben flehen! Komm, Jane, wir gehen. Sehen Sie sie sich genau an! Glück hat sie gehabt – nicht Ihren Schutz! Komm, Liebling.«

»Gott der Gerächte!« Sprach's und wirft die Arme hoch. Er selbst hinterher. Lachend zerschellt das Whiskyglas auf dem gläsernen Rauchtisch. Helen zeigt echte Bestürzung – die hat bestimmt nichts gewußt.

»Gott der Gerächte! Oh Gott.« ER kommt auf mich zu ... will mich an meinen Armen packen. Soll ich stehenbleiben?

»Niko, sagen Sie das noch einmal. Warum haben Sie mir das

nicht von Anfang an erzählt? Wie war das? Schüsse? Schüsse auf unsere Jane?«

»Niko, ich halte es hier nicht mehr aus! Sag diesem Schwein ... nein, ich sage es ihm selbst!« Sprach's, baut sich vor ihm auf und knallt Meyer eine Ohrfeige, daß es nur so knallt. Und noch eine. Nein, eine Serie.

»Bravo! Klasse! Gib's ihm!« Das war Helen. Ich kann es nicht fassen – kaum glauben oder wie ... und schlagartig kehrt mein Humor zurück. Und wie das knallt. Hurra!

Helen lacht – mehr als belustigt. Das Meer – ich kann ihr Gesicht nicht sehen. Helen lacht wie befreit. Meine eigenen Lachmuskeln verziehen sich verräterisch. Warum nicht gleich so? Helen klatscht begeistert Beifall. Ich auch. Und mein Meer – wie wunderbar sie ist – klatscht weiter wie ein besessener Hagelsturm. Und Meyer steht da, rührt sich nicht, wehrt sich nicht. Und hält hin ...

Moment mal. Geht das nicht ein wenig zu weit? Mein fragender Blick trifft Helen's fragenden Blick. Sie nickt langsam als Zeichen zum Ende von Runde eins.

»Jane? Jane!« Wie in Trance läßt sie ihre Rechte sinken, blickt mich ratlos an und stürzt sich schluchzend an meine Brust. Langsam hinab in meinen alten Sessel. Endlich. Köpfchen halten. Salz schmecken. Feind im Auge behalten.

Meyer schüttelt seinen hochroten Kopf, starrt auf irgendeinen Punkt in diesem dunkelgrünen Tropenwohnzimmer, irgendein dunkelgrüner Papagei krächzt irgend etwas Unverständliches, Meyer öffnet seine Lippen und ... »Ich bin ein geschlagener Mann.«

Und ausgerechnet jetzt fängt er an, mir leid zu tun. Immer wieder murmelt er den Satz von dem geschlagenen Mann. Aber eines habe ich gelernt: Ohne passende Angriffsmethode taugt die beste Aussprache nichts.

»Liebling, was meinst du – sollen wir nicht doch besser bleiben?«

»Ich glaube ja, Liebling. Findest du nicht auch?«

Wie sehr ich sie liebe ...

Wird auch Zeit. Jetzt nimmt sich Helen seiner an. Wirklich liebevoll sogar ...

»Liebling, was meinst du – sollen wir nicht ein wenig

Schwimmen gehen? Das kühlt uns ab, und dann trinken wir irgend etwas, und später könnten wir ...«

Wir könnten so vieles. Wenn nur ... und wenn ... allerdings, wenn ...

Wenn doch dieser verdammte Rinaldo erst aus dem Weg geschafft wäre! Erst dann gehört sie endgültig mir. Wenn Meyer sich erholt hat, muß ich unbedingt mit ihm reden. Ich bin ihm ja auch nicht mehr böse. Auf jeden Fall ist ihm heute ein Licht aufgegangen. Wirklich? Wenn ja, wäre es viel. Und die Unklarheiten wären endlich beseitigt. Oder ob Mogambo einen besseren Rat weiß? Ich sehe schon, meine Unsicherheit kehrt mit aller Macht zurück.

»Niko – Liebling, wo bleibt du denn? Das Wasser ist so herrlich warm.«

Ach. Ich und warmes Wasser. Und ihre Früchte – wie sie mich locken ...

XVI. Kapitel

Schrille Töne! Harte, sanfte, gurgelnde Geräusche ...
Laßt mich! Ich will nichts wissen. Ich bin nicht da! Spricht da jemand zu mir? Wo ist das Wasser? Eben war es noch da? Haben mich die gebratenen Fische gefressen? Oder bin ich wirklich tot?

Ja, ich bin tot. Endlich habe ich es geschafft. Aber – wenn ich endlich tot bin ... wo wohnt dann mein Geist?

Gehören sie den Nachbarn, die ebenfalls tot sind? Ja! ... Ich bin also im Reich der Geister angekommen. Sie sind stolz, daß ich da bin. Ich sitze mitten unter ihnen. Wenn sie doch nur aufhören wollten, mit mir zu sprechen. Hört ihr, ich will keine Antwort geben! Ich muß mich erst an euch gewöhnen.

Ruhe ... Wie schön sie ist. Aber es müssen fremde Geister sein. Weil sie eine fremde Sprache sprechen. Sie sind bestimmt fremde Geister! Und ich will nichts mit ihnen zu tun haben ... oder will ich doch? Nein – erst will ich wissen, wo ich ... nein, ich bin überhaupt nicht mehr. Aber mein Geist ist noch da. Und der muß wissen, wo er ist. Ich habe kein Recht, ihn danach zu fragen. Wenn ich aber nett zu ihm bin, ob er mir dann von sich aus sagt, wo er wohnt? In einem Stein – im Wasser – oder vielleicht sogar in einem Baum? In einem Baum – das wäre gut. Baumgeister sind gute Geister. Hat unser weiser alter Mann gesagt. Ja. Er hat auch gesagt, böse Geister und Dämonen können gute Geister verzaubern ...

Dann ist es wohl besser, wenn ich nicht weiß, wo mein Geist ist. Er wird schon wissen, wo er am besten wohnen kann. Aber diese Stimmen? Warum werden sie immer weniger? Jetzt sind es vielleicht noch drei – jetzt zwei ... und ... nur noch eine! Sie redet und redet. Welche Sprache? Ist es Geistersprache?

»Nein!« Ich will nicht. Ich bin tot. Ich will nichts verstehen. Aber mein Körper schnellt hoch. Ich fühle, wie er sich aufbäumt gegen alles, was ihn im Schlaf des Todes stören will.

»Nein! Laß ihn! Er ist froh!« Ich weiß, daß er froh ist. Auch wenn wir jetzt drei Teile sind. Mein Geist. Mein Körper. Und ich.

Nur ich? Aber dann bin ich ja allein? Was soll ich...?

Hände. Fremde Hände fassen mich an. Mich! Unser weiser alter Mann hat immer gesagt, Tote fühlen nichts mehr. Deswegen sind sie ja tot. Und träumen? Tote träumen nicht. Hat er auch gesagt.

»Wer bist du?« Er hat aber doch auch gesagt, Tote können nicht mehr hören!

»Wach auf, mein Junge.« Aber ich höre! Ich kann hören! Er hat gesagt, nur Geister können hören. Bin ich dann mein eigener Geist?

»Wach auf, und sag mir deinen Namen.« Fremde Hände fassen mich an und schütteln mich hin und her. Sanft schütteln sie. Wenn das so weitergeht ... bin ich gar nicht tot? Nein! Tot ist tot. Es ist schön so. Aber die Hände schütteln weiter. Und sie reden jetzt sogar in meiner eigenen Sprache!

Wenn das so weitergeht, bin ich überhaupt nichts mehr. Deshalb weiß ich auch ... wenn ich wollte, könnte ich die Augen öffnen. Soll ich? Ja – einen kleinen Spalt. Wie hell es überall ist. Schnell zu! Ich will doch nicht mehr leben! Verdammt. Ich bin verdammt! Ich muß weiterleben. So ein Pech. Alles umsonst ...

»Öffne deinen Mund. Es wird dir guttun. Ja – so ist es brav. Und nun mußt du schlucken. Bald wird es dir besser gehen.«

Eine gute Wärme ist es, die durch mich läuft. Meine Augen öffnen sich, ohne von mir aufgefordert zu sein. Und alles ist weiß. Sehr weiß. Aber dieses Weiß tut weh. Schade, jetzt weiß ich genau, daß ich lebe.

War da eben nicht ein weißes Zimmer? Mit einer weißen Wand und dem weißen Unterteil von einem bestimmt weißen Dach? Dann sind auch die Hände weiß, die mich dauernd berühren – die Stimme und die warme Brühe, die in meinen weißen Mund läuft. Nein, mein Mund ist nicht weiß. Er war noch nie weiß. Das ist zuviel.

Ohne daß ich es will, richte ich mich auf. Es ist mein Geist, der wissen will, was noch alles weiß sein kann. Ein grinsendes, weißes Gesicht. Mit kleinen, blauen Augen, die sich fast hinter weißen Fettpolstern verstecken. So ist also die Rache aller Geister. Sie wollen, daß mich ein Weißer gefangen hält. Für wie lange? Für immer?

»Wenn du nicht sprechen willst, dann sage ich dir deinen Namen: Mogambo! Er gefällt dir doch noch – oder? Natürlich. Du bist viel zu stolz, als daß er dir nicht mehr gefallen würde. Hörst du, Mogambo? Ich habe dich seit vielen Tagen beobachtet. Du warst schon immer zu stolz, mit mir zu reden. Erinnerst du dich? Hörst du – erinnerst du dich?«

»Nein.«

»Ich bin dir nicht böse. Vielleicht bist du noch zu schwach. Mein Sohn, du mußt jetzt viel essen. Komm, mach die Augen auf und schau mich an. Du siehst ja aus wie ein Skelett. Wenn du willst, werde ich dir helfen. Bei allen deinen Schwierigkeiten. Willst du, daß ich dir helfe? – Ich sehe, du bist immer noch zu stolz. Haßt du uns Weiße so sehr?«

... Wenn ich nur wüßte, wer er ist? Bestimmt will er etwas von mir.

»Ich weiß, wie es um dich steht. Noch nicht sehr gut. Seit zwei Tagen bist du nun schon bei mir. Und zwei volle Tage hast du wie ein Toter geschlafen. Aber dein Leben war stärker. Es ließ dich in Fieberanfällen schütteln. Phantasiert hast du. Und weißt du, warum ich so viel von dir weiß? Eben weil du Fieber hattest. Du hast im Traum geredet. Wir haben uns sogar unterhalten. Ich habe dich gefragt – und du hast mir geantwortet. Dein Name ist Mogambo. Und du bist von weit her zu Fuß in diese Stadt gekommen – um Egoli zu finden. Egoli. Gold – viel Gold, um deine Braut zu kaufen. Yakain heißt sie. Aber du hast versagt, weil du dich von den Weißen betrogen fühltest. Weil du im Bergwerk kein Gold fandest. Weil für dich das Leben in der Stadt zu neu war, und du von Anfang an alles kosten und alles haben wolltest, was es hier gibt. Und dann bist du verzweifelt. Aber glaube mir, es war nicht deine Schuld. Es war die Versuchung, der du erlegen bist. Jedem einzelnen deiner schwarzen Brüder wäre es nicht anders ergangen. Nur – sie sind nicht so stolz wie du. Und deshalb haben sie eine viel bessere Überlebenschance. Im Augenblick wenigstens. Denn dir hat unser Herrgott eine Gabe verliehen, die die meisten der anderen nicht haben. Klugheit! Nur mußt du erst lernen, sie anzuwenden. Und zu allererst mußt du lernen, deinen Stolz abzulegen. Stolz ist gut. Das Leben aber ist wichtiger. Gott hat es dir gegeben, weil er dich für würdig befand. Und nun darfst du es nicht einfach wegwerfen, nur weil du im Augenblick damit nicht fertig wirst. Leben ist das köstbarste Gut, das du besitzt. Vielleicht war es auch Gott, der mich vor zwei Tagen durch die dunklen, trostlosen Straßen schickte, um dich zu finden. Gott ist allmächtig. Und deshalb fand ich dich an dem tiefsten Punkt deines Lebens. Im Rinnstein. – Aber du warst bereits zu schwach. Dein eigener Stolz hatte dich schon zerbrochen. – Willst du hören, was weiterhin mit dir geschah? Ich werde es dir erzählen.«

»– –«

»Du willst nicht. Gut. Denn ich weiß, du bist schwach und krank, mein Sohn. Ich weiß aber auch, daß kranke Menschen viel denken – damit die Zeit schneller vergeht. Leider denken diese Leute immer etwas falsches. Und weil ich dein Freund und Helfer sein will, werde ich versuchen, dich auf den richtigen Weg zu führen. Ach – was heißt, ich will dein Freund und Helfer sein? Ich bin es! Und weißt du warum? Weil es mir früher einmal so erging wie dir. Aber da war ein Mensch, der mir half – bei allem half er mir. Und deshalb möchte ich dieses Erbe an dich weitergeben. Ich muß, denn Gott will es so. Trink noch etwas von der Suppe – sonst wird sie am Ende noch eiskalt.«

Der erste Weiße, der so viel redet.

»Ja, trink nur. Sie wird dich stärken. Ich habe die Suppe für dich gemacht! Schmeckt sie?«

Ja. Ich nicke. Sie schmeckt wirklich. Ich bin also wirklich nicht tot. Wie die Kraft in meinen Körper zurückkehrt ...

Aber ein Weißer, der für mich arbeitet? Der für mich eine Suppe gemacht hat? Das gibt es nicht. Muß man erst zwei Tage tot sein, damit ein Weißer? Nein, das gibt es nicht!

... Blödsinn. Natürlich gibt es das. Steht er nicht neben mir? Natürlich will er dafür etwas von mir. Kann er. Ich besitze ja nichts. Wo ist mein Amulett? Da ist es. Aber ich lasse es nicht mehr los.

»Ein wunderbares Amulett hast du da.«
»Es gehört mir.«
»Ich weiß. Und du sollst es behalten.«
»Na gut.«

Na gut. – Ich werde meinen guten Willen zeigen und ihm etwas von dem glauben, was er mir die ganze Zeit erzählt hat. Auch, daß ich mein Amulett behalten darf.

Blödsinn. Warum habe ich immer gedacht, ich würde sterben? Warum habe ich vergessen, daß mich unser weiser alter Mann immun gemacht hat? Gegen alles! Hat er selbst gesagt ... Ich war verrückt und dumm wie ein Kind, das vor lauter Angst und Hunger die Mutterbrust nicht findet.

Ob ich den weißen Mann fragen soll, warum er andauernd von einem Gott redet? Was für ein Gott? Bestimmt ist es ein weißer Gott. Und das geht nie gut. Schließlich bin ich schwarz. Die Suppe ist wirklich gut. Wenn nur das Bett nicht so furchtbar weiß wäre. Ob es dem weißen Gott gehört? Ich habe so etwas noch nie gesehen. Und noch nie habe ich einen Menschen getroffen, der andauernd von einem Gott sprach ... aber nie über Geister und Dämonen, die doch so wichtig sind. Macht dein Gott etwa alles alleine?

Was geht es mich an. Soll er doch. Hauptsache, meine Kraft kehrt in mich zurück. Noch etwas mehr – und dann laufe ich weg. Keine Angst, Yakain, die Kühe werde ich schon verdienen! ... Wenn es aber nicht geht? Das mit dem Weglaufen? Der Mann scheint mächtig zu sein. Und wer mächtig ist, kann auch zaubern. Und wenn er merkt, daß ich weglaufen will, wird er mich sofort verzaubern. Also muß ich freundlich zu ihm sein und alles tun, was er will. – Wie weiß der Mann ist!

Schade, die Suppe war gut. Jetzt ist sie alle. Besser kann ein Hund mit seiner Zunge seine Lippen auch nicht ablecken. Ich muß mich rasieren. Ja. Und die Suppe ist alle ...

Schon sind seine Hände da und greifen nach der leeren Schüssel. Wie schön sie ist. Leider sehr klein. Viel zu klein. Er sagte, er will mein Freund sein.

Wie mich seine blauen Augen beobachten. Sie wollen ebenfalls freundlich sein. Ob sie es auch sind?

»Danke, Boss. Oder soll ich Baas sagen?«

»Weder noch, mein Sohn. Nenne mich nur Vater. Alle nennen mich so.«

Vater! Habe ich es nicht gewußt? Er ist mindestens ein Medizinmann. Die Weißen brauchen bestimmt auch solche Leute.

»Hast du gehört? Alle nennen mich so. Ich will mich von diesem ›Boss‹-Getue fernhalten. Es ist meine eigene Entscheidung. Nicht nur, weil unser Gott darauf besteht, daß vor ihm alle Menschen gleich sind. Glaube und Politik sind zwei grundverschiedene Probleme der menschlichen Seele. Aber das werde ich dir später einmal erklären. Erst sollst du dich in aller Ruhe erholen. Dann möchte ich, daß es dir bei mir gefällt – wer weiß, vielleicht lohnst du es mir eines Tages mit deiner Freundschaft? Nach echtem Glauben ist Freundschaft das wichtigste Gut unseres irdischen Lebens. Ich weiß, mein Sohn, im Augenblick verwirrt dich das alles ein wenig. Kurz gesagt, bitte habe nie das Gefühl, daß ich etwas von dir will – oder dich gar ausnutzen möchte.«

Der redet wirklich sehr viel. Na ja. »Ja, Vater Boss.«

»Nein, mein Sohn. Das Wort ›Vater‹ alleine genügt.«

Wie er mit seinen gelben Zähnen lacht.

»Wie geht es dir? Fühlst du dich schon besser?«

»Ja. Muß ich wirklich ›Vater‹ sagen, Boss?«

»Das ist so der Brauch. Und alle nennen mich so. Soll ich dir jetzt ...«

Huck! – Dabei wollte er noch etwas sagen. Bestimmt war es ... Huck! Schon wieder.

»Aber mein Sohn, du hast ja einen echten Schluckauf. Haha, du bist der erste Afrikaner, der Schluckauf hat.«

»Schluck – huck – auf?«

»Ja, wie ein Kind, das zuviel von der guten Muttermilch bekam. Aber das werden wir gleich haben. Warte, ich hole schnell ein Glas Wasser. Ha, das werden wir gleich haben!«

Er muß mich sehr lustig finden. Aber ... was ist das denn? Er trägt ja einen Rock! Lang und schwarz. Der erste weiße Mann mit einem Rock. Habe ich noch nie gesehen. Trotzdem muß er mir trauen. Denn er dreht mir seinen Rücken zu.

Und jetzt höre ich es genau. Fließendes Wasser. So hört sich nur fließendes Wasser an. Jetzt dreht er sich um. Ich kann es sogar sehen. Ein dünner, aber starker Strahl. Er lacht, als sei das nichts. Fließendes Wasser in einem Raum! Und wie das Wasser mit seinem starken Strahl in einem glänzenden, weißen, ausgehöhlten Stein versickert ... Jetzt bin ich noch sicherer. Der Weiße ist ein Zauberer. Hat er nicht auch den Gang eines Zauberers? Große, geheimnisvolle Schritte ... Huck!

»So, mein Sohn. Deinen Schluckauf werden wir gleich besiegen. Nimm das Glas in beide Hände, trinke von dem Wasser, bis keines mehr in dem Glas ist. – Nein, in beide Hände. Langsam. So, und jetzt, während du langsam trinkst, drehst du das Glas langsam – und nicht atmen. Ja – richtig so. Siehst du nun, wie

klug du bist? – Hoppla-hopp ... und der Schluckauf ist weg!«
Tatsächlich. Die Luft steigt nicht mehr hoch in mir. Aber wenn er, ohne mich zu berühren, einen Schluckauf nur mit Wasser besiegen kann – dann kann er noch viel, viel mehr. Mit einfachem Wasser. – Ich habe ja gleich gewußt – er ist ein Zauberer.
»Nun – ist der böse Schluckauf weg?«
»Ja – B..., ich meine – Vater.«
»Wollen wir uns dann weiter unterhalten?«
»Unterhalten – über was?«
»Na, über dich natürlich. Oder strengt es dich zu sehr an?«
»– –«
»Kann nicht sein! Ihr seid doch alle zäh wie Leder ... Aber ich mache dir einen Vorschlag – wir wollen nichts überstürzen: Du kannst bei mir so lange wohnen, bis du wieder gesund und stark bist. Dann suchen wir für dich bei deinen Leuten eine Bleibe – weil keiner von euch bei uns Weißen wohnen darf – Gesetze ... später werde ich dir ein – wie du sagst – ›Papier‹ besorgen, und wenn du willst, kannst du in meinem Haus für mich als Boy arbeiten. Wäre das nichts?«
Ob ich dann von ihm das Zaubern lernen kann?
»– –«
»Du sagst nichts. – Natürlich kannst du dir das alles gründlich überlegen. Mein Angebot bleibt: Ich biete dir Arbeit, und dafür bekommst du einen guten Lohn. Ich weiß, du wirst sehr tüchtig sein. Und wenn du sparsam bist – das heißt – wenn du genügsam lebst, wirst du deine Kühe – ich meine – wirst du bald für deine Kühe eine Menge Geld verdient haben. Das wäre das. Ich habe aber noch mehr mit dir vor. Nämlich, dir Lesen, Schreiben, Rechnen, unsere Sprache und – wenn du dich gut hältst – auch noch das Autofahren beibringen. Natürlich kommt das zum Schluß. Einverstanden?«
»Ja. – Ich meine ›Vater‹.«
Die Weißen sind wirklich komische Leute. Erst will jeder von ihnen mit ›Boss‹ oder Baas‹ angesprochen werden, und jetzt kommt der hier und besteht auf ›Vater‹! Vielleicht weil er mehr weiß als jeder andere von ihnen? Ob das stimmt, werde ich bald wissen. Auf jeden Fall versucht der hier, ein gutes Herz zu haben. Ich glaube, er versucht es, weil ich seine Augen nicht mag. Sie sind zu schnell, zu unruhig – daß sie sich sogar manchmal

verkriechen, liegt wohl an seinem fetten Gesicht. Aber trotzdem – hat er nicht gesagt, er will mein Freund sein? Warum nicht. Vielleicht ist es gut, einen Weißen – und der hier ist besonders klug – zum Freund zu haben? Was das wohl kostet?

»Wunderst du dich nicht, warum du in einem sauberen, weißen Bett liegst?«

»Ja, Vater – sehr.«

»Kannst du dich erinnern, ob du mich früher schon einmal gesehen hast?«

»Nein, Vater.«

»Es ist noch gar nicht so lange her. Dein Stolz war noch sehr stark ... obwohl deine körperliche Kraft dich bereits verlassen hatte ... du irrtest wie ein verlorenes Schaf durch die abgelegensten Straßen ... auf der Suche nach etwas Eßbarem. – So geschah es, daß du an dem Haus unserer Hilfsorganisation vorbeikamst, stehenbliebst und lange überlegtest. Denn von unserer Hilfsorganisation bekommen Leute wie du täglich einmal etwas zu essen ... und du weißt, wie schnell sich so etwas herumspricht. Ob du es wußtest oder nicht ... wir wollten dich einladen ... aber nein, du ranntest weg – wie ein Dieb, der Angst hat. Natürlich bist du kein Dieb ... es war dein Stolz. Stimmt es?«

»Ich bin an vielen Häusern vorbeigekommen. Und in einem Haus wollten Leute mir Essen geben – aber ich hatte sie nicht darum gefragt ... weil ich kein Geld hatte. Weggelaufen bin ich, weil sie alle Weiße waren und dauernd diese eigenartigen Lieder sangen. Ich weiß es genau, weil ich dieses Haus oft beobachtete – aber du, Vater, hast mich nur einmal gesehen – wie du sagst! Das Essen roch gut. Sehr gut. Aber da waren diese Leute und diese Lieder.«

»Diese ›Lieder‹ waren fromme Choräle, mein Sohn. Und ihren Sinn werde ich dir später einmal erklären. Vielleicht wirst du sie eines Tages mögen? Ach, was heißt vielleicht ... ich bin sicher! Ihr Eingeborenen liebt doch Musik.«

»Aber nicht solche.«

»Du irrst. Da kennst du deine eigenen Landsleute schlecht! Doch lassen wir das ... und ich bin sicher, eines Tages wirst auch du sie lieben, ihre Melodien singen und tanzen ... aber gehen wir zurück in die Vergangenheit, die ja noch nicht sehr alt ist – an jenem Tag, als ich dich das erste Mal sah. Ich sprach dich an, weil ich es gut mit dir meinte. Doch deine Antwort hieß Flucht. Flucht wovor? Jeden Tag kamst du wieder. Und jeden Tag dasselbe Spiel. Trotz deiner Schwäche war dein Widerstand ungebrochen. Die Wissenschaft hat dafür einen besonderen Ausdruck, aber den wirst du nicht verstehen – jetzt noch nicht. Auf jeden Fall war mir klar, daß ich warten mußte, bis du vollkommen am Ende bist. Es war die einzige Möglichkeit, dir Hilfe angedeihen zu lassen. Ich habe dich bewundert. Ich hatte Mitleid. Ich machte mir Sorgen, wie es dir geht – wo du bist! Deshalb fuhr ich jeden Abend – später jede Nacht – durch alle möglichen Straßen und Stadtteile, in denen ich dich vermutete. Ich weiß nicht, warum ich wußte, daß ich dich finden würde. Ich mußte einfach. Denn wer sonst hätte dir geholfen? Aber ich war selbst schwach und dachte jeden Tag: ›Heute ist der letzte Abend! Wenn ich ihn heute nicht finde, wird es nie sein ... Gott sei seiner Seele gnädig ...‹ Und Gott war es, der mein Auto schließlich durch jene armselige Gegend lenkte, in der ich dich endlich fand. Da lagst du – ohnmächtig im Rinnstein! Deine Kraft war am Ende! So hob ich dich in den Wagen und brachte dich hierher. Und deshalb liegst du in diesem Bett ... Wie geht es dir jetzt?«

»Etwas besser.«

»Hast du noch Hunger?«

»Ja, Vater.«

»Du mußt noch ein wenig Geduld haben. Dann bekommst du mehr Suppe. Weißt du, wenn man längere Zeit gehungert hat, darf man auf keinen Fall den Magen überlasten.«

»Ja, Vater, ich warte.«

Jetzt weiß ich, was er für einer ist. Irgendwann habe ich von diesen Leuten gehört, die andauernd zu ihrem Gott beten und andauernd von ihm sprechen und Gutes tun wollen. Und so ... Vielleicht ist er kein richtiger Medizinmann. Aber klug ist er auf jeden Fall.

»Dein Gott soll stark sein – habe ich mal gehört.«

»Ja, mein Sohn. Sehr stark und mächtig.«

»Dann frage doch deinen Gott, ob er mir nicht helfen will.«

»Ich habe ihn schon gefragt. Er weiß alles von dir. Außerdem hat er dir schon sehr geholfen: weil ich dich durch ihn finden konnte. – Willst du, daß ich dir auch alles über ihn erzähle?«

»Wenn er nicht böse wird, daß ich dann genauso viel von ihm weiß, wie er von mir – ja.«

»Gut. Aber später. Nicht heute. Denn wir haben sehr viel Zeit. Du solltest jetzt noch ein wenig schlafen. Viel Schlaf ist gut für dich. Und anschließend bekommst du noch mehr Suppe.«

»Ja ... aber ...«

»Was – aber?«

»Ich glaube ... ich muß mal. Ich muß ganz schnell raus!«

»Dazu brauchst du nicht raus. Ich zeige dir die Örtlichkeiten hier in diesem Haus.«

»Hier? Hier – in diesem Haus? Wo alles so sauber ist?«

»Aber natürlich, mein Sohn ... du wirst dich an alles gewöhnen.«

... An alles gewöhnen! Also schnell die Bettdecke weg ... Oh Gott, schau dir das an ... wie komme ich an diese ekelhafte, weiße Unterhose?

Weiß scheint wirklich die Lieblingsfarbe der Weißen zu sein! Was soll's – unsere ist eben schwarz. Scheinbar hängt das mit der jeweiligen Hautfarbe zusammen. Und um zu zeigen, daß wir – die in den Häusern der Weißen als Boys arbeiten – unseren Herren freundlich gesonnen sind, tragen wir alle weiße Anzüge. Wo wohl mein alter aus Kartoffelsack ist? ... Ist ja auch egal – weil es eben schon lange her ist. Und ›sie‹ haben uns diese Anzüge gegeben! Bloß, warum diese Dinger ›Anzug‹ heißen – das will mir nicht in den Kopf ... denn die der Weißen sind vollkommen anders ... mit langen Ärmeln und langen Beinen. Bei unseren Anzügen ist das alles abgeschnitten ... etwa, um uns besser erkennen zu können? Blödsinn! Uns erkennt man immer ... und darunter tragen sie noch Hemden – ich muß unbedingt die Hemden für den Vater bügeln. Heute noch! – Und manchmal tragen sie zu den Hemden sogar Krawatten, die aus allen Farben gemacht sind. Also nicht nur weiß! – Wollen sie ihre Lieblingsfarbe etwa verstecken? Ist ja auch egal. Unsere Anzüge werden von uns eben nur getragen ... Vielleicht, weil darunter kein Hemd paßt – und sie aus grobem Leinen gemacht sind – weil sie abgeschnittene Ärmel und Beine haben. Vielleicht ist es auch nur eine Markierung für uns Boys? Damit jeder sieht, daß wir die Boys von Weißen sind. Vielleicht ist es auch Gesetz. Alle Gesetze verstehe ich noch nicht. Aber der Vater wird sie mir irgendwann erklären. Ich mag ihn. Und ich bin froh, daß er mein Freund ist – und ich seiner. Schade, daß er kein Zauberer ist, statt dessen arbeitet er sehr eng mit dem mächtigen Gott und dessen Sohn zusammen. Kein Wunder bei den vielen Menschen, die es gibt. Und der arme Sohn muß die alle erlösen. Egal, ob weiß, ob schwarz. Hauptsache, sie sind gute Menschen. Um das herauszufinden, müssen der Gott und sein Sohn viele Helfer haben. Der Vater ist einer von ihnen. Deshalb ist er wohl auch so mächtig, daß sogar Weiße ihn um Rat fragen und mit ihm zusammen beten. Sonntags treffen sie sich alle in der Kirche und hören auf seine Worte. Wie klug seine Worte sind! Naja, und ihre frommen Lieder sind auch nicht so schlecht, wie ich früher dachte. Wir singen sie auch, bloß eben mit mehr Rhythmus – allerdings in unserer eigenen Kirche. Das ist das einzige, was ich nicht verstehe. Vor Gott und seinem Sohn sollen alle Menschen gleich sein. Schwarz und weiß. Warum aber müssen wir in einer besonderen Kirche beten und singen? Und jedesmal, wenn ich ihn danach frage, wird er unruhig und meint, ich würde das noch nicht verstehen. Wann? Ich glaube, ich bin zu ungeduldig. Auf jeden Fall mag ich ihn und bin froh, daß er mein Freund ist. Ob sie jetzt schon alle in seiner Kirche versammelt sind? Jeden Sonntag Morgen ist das so. Wir gehen dann natürlich auch in eine Kirche. Aber unser ›schwarzer‹ Vater gefällt mir nicht so gut. Ich weiß auch nicht warum.

Wie der Regen die Erde weich gemacht hat. Vielleicht hätte ich doch besser mit dem Bus fahren sollen. Aber der Vater meinte, Bewegung sei gesund. Und für ein schnelles Lied und für ein Gebet reicht die Zeit bestimmt in unserer eigenen Kirche. Vor Gott sind alle Menschen gleich.

Ja, ich glaube daran. Außerdem hat er es oft genug gesagt. Er ist ein guter Mensch. Und wenn er einmal stirbt – hoffentlich dauert das noch ein bißchen –, kommt er bestimmt in den Himmel. Da will ich auch mal hin. Es soll dort viel besser sein, als hier auf der Erde als Geist herumzuschwirren.

Sogar ein ›Papier‹ hat er mir besorgt. Wie dumm ich war, als ich noch nicht wußte, daß ›Papier‹ eigentlich ›Paß‹ heißt. Und warum es ihn gibt.

Was für schöne Anzüge er besitzt. Den Frauenrock – er nennt ihn Priestergewand – trägt er nur, wenn er im ›Dienst‹ ist. Er ist oft im Dienst. Und trotzdem hat er die vielen schönen Anzüge. Ob ich heute mal einen ausprobieren soll ... wie er mir steht?

Ich habe auch schon Afrikaner gesehen, die ebenfalls solche Anzüge tragen. Aber viele sind es nicht. ›Studierte Leute‹, meinte der Vater – und für mich sei es noch ein langer Weg. Trotzdem werde ich es eines Tages schaffen.

Bis dahin werde ich wohl noch oft meinen weißen Anzug tragen müssen. Aber damit die weißen, abgeschnittenen Ärmel und Beine nicht so monoton aussehen – monoton heißt einfach, wie er mir oft gesagt hat –, also deswegen hat man an den fünf Stellen, wo der Stoff in unsere Haut übergeht – Hals, rechter Arm, linker Arm und die beiden Beine –, Abnäher in roter Farbe gemacht. Weiß auf schwarz sei zu krass, haben da wohl die verantwortlichen Weißen gesagt und rot dazwischen gesetzt. Damit ein ästhetischer Anblick entsteht. Ästhetisch. Ja, der Vater hat mir schon eine ganze Menge beigebracht. Und deswegen ist er wirklich mein Freund.

Schade, daß ich nicht mehr bei ihm wohnen darf. Aber die Regierung hätte das nicht so gerne. Eigentlich, so sagte er mir neulich, hätte die Regierung es generell verboten. Deshalb wohne ich jetzt außerhalb der Stadt. Bei meinen Leuten – wie er sagt.

Was gehen mich meine Leute an. Sie sind nicht besser und nicht schlechter als die Weißen. Vielleicht haben sie die neue Kultur, eigentlich heißt das: den europäischen Kultureinfluß, nicht vertragen. Wie dumm sie alle sind. Warum lernen sie nicht so wie ich? Immerhin kann ich mich jetzt schon mit den Weißen in ihrer eigenen Sprache unterhalten. Und schreiben kann ich auch schon etwas.

Ich finde das Leben der Weißen nicht schlecht. Es ist spannend, interessant, unterhaltsam – wenn auch manchmal nicht sehr logisch –, aber dann kombiniere ich es immer mit meinen eigenen afrikanischen Empfindungen. Es hat immer funktioniert. Bis jetzt. Natürlich wird es auch in meinem späteren Leben so weitergehen. Und ich werde immer mehr lernen. Wenn ich mir weiterhin Mühe gebe. Der Vater sagt immer, wie zufrieden er mit mir ist.

Und die Geschenke, die ich von ihm bekommen habe. Eine Armbanduhr. Ein wunderbares Ding. Egal, ob es verzaubert ist oder nicht. Aber wenn ich will, zeigt es mir zu jeder Zeit die richtige Zeit. Und wenn ich sie überrasche und so tue, als wolle ich überhaupt nicht die Zeit wissen, zeigt sie sie mir trotzdem. Natürlich war es nicht einfach, alles erst über Stunden, Minuten und Sekunden zu lernen. Aber jetzt weiß ich es, und sie ist mit ihrem freundlichen Ticken mein täglicher Begleiter. Bloß Wasser mag sie nicht, sagte mir der Vater. Wenn die Weißen so etwas wie Uhren bauen können, ist es auf keinen Fall ein Wunder, daß sie die Herren sind. Ob ich später auch etwas bauen soll?

Und Christ bin ich auch geworden. Der Vater lobt mich oft und freut sich dann immer, weil ich so fromm bin. Deshalb hat er mir ein zweites Amulett geschenkt. Aus Silber. Silber ist zwar nicht so viel wert wie Gold. Aber immerhin. Ein kleines Kreuz aus Silber. Es soll mir Glück bringen – meinte der Vater. Hat es auch. Er meinte, ich bräuchte es bei einem innigen Wunsch nur ganz fest mit der Hand zu drücken – und wenn es ein frommer Wunsch sei, ginge er in Erfüllung. Sind nicht alle Wünsche fromm? Bei mir wenigstens, denn sonst würde ich ja nicht wünschen. Aber eines weiß ich: wenn bei einem speziellen Wunsch das Kreuz nicht funktioniert – bleibt immer noch das Amulett von Yakain! Es ist wunderbar. Wie stark es ist – neben dem anderen. Auf jeden Fall vertragen sie sich nebeneinander sehr gut! Wenn auch das eine an einem Lederriemen hängt und das andere an einem dünnen Kettchen. Schön sind sie beide, wie sie vereint an meiner Brust baumeln. Soll ich mir schnell etwas wünschen? Ich glaube nicht. Man darf nichts übertreiben. Hat der Vater auch immer gesagt. Na gut, hoffen wir, daß bald alle meine Pläne in Erfüllung gehen. Dann werde ich Yakain heiraten, ihrem Vater die Kühe oder wenigstens das Geld für sie geben – soll er sie doch selbst kaufen – und dann werden wir beide wohl doch in die Gegend der Weißen ziehen. Sicher, sie muß dann ebenfalls viel lernen. Aber das Leben ist hier nun mal viel besser als zu Hause im Dorf. Kein Kino – nichts haben die da. Sicher wird Yakain das verstehen. Außerdem ist sie als Häuptlingstochter zur wirklichen Dame geboren – und eine Dame lebt in der Stadt. Das ist nun mal so. Kinder kann sie auch hier bekommen.

Übrigens – weißt du, mein Liebes – seit ich nicht mehr im Bergwerk arbeitete, habe ich nie wieder mit einer anderen Frau geschlafen. Der Vater hat gesagt, das sei nicht gut. Nur so ließe sich echte Liebe beweisen. Schließlich hat auch er keine Frauen, weil er seinen Gott und dessen Sohn liebt. Natürlich verstehe ich das nicht ganz – denn die beiden Bosse da oben im Himmel sind schließlich Männer. Naja, der Vater wird schon wissen warum. Er ist sehr klug.

Wie froh ich bin, daß er mir schon so viel beigebracht hat. Am liebsten würde ich es der ganzen Welt erzählen. Aber mit etwas angeben – meinte der Vater – sei nicht gut. Weil es die anderen Leute kränken könnte. Vielleicht auch, weil sie viel weniger wissen.

Aber so ein kleines Experiment kann ich doch machen – oder? Es fällt doch bestimmt nicht auf, wenn ich zu einem der mir entgegenkommenden Afrikaner in der Sprache der Weißen rede, nur um zu zeigen, wie gut ich sie schon kann.

Da ist einer! Der hat bestimmt viel Geld – weil er einen Anzug wie die Weißen trägt.

»He – du! Sag mal, was für ein Tag ist heute?«

»Sonntag. Das weiß doch jeder.«

Naja. – Aber wenigstens hat er mich verstanden.

Da vorne – eigentlich ist er ein gutes Stück vor mir – läuft einer in einem weißen Anzug wie ich. Also ist er Boy bei einem Weißen. Soll ich zu ihm rennen, um mit ihm zu reden? Nein, das wäre für mich nicht statthaft, schließlich ist er bestimmt nicht Boy bei einem weißen Vater! Ich pfeife, wie man einem Hund pfeift. Ob er mich hört? Vor Gott sind alle Menschen gleich, hat mir der Vater immer gesagt. Also ist es falsch, wenn ich einen anderen Boy zu mir pfeife. Und ein Hund ist er schon lange nicht. Die Menschen sind Gottes höchste Geschöpfe ...!

Hat er auch immer gesagt, der Vater. Ich werde also zu dem Boy laufen. Dann werde ich immer noch hören, was ich wissen will. Los.

Er kommt näher und näher! Bald habe ich ihn eingeholt! Noch wenige Schritte ...

»He – du, halt mal an!« Wie er erschrickt. Fast liegt ihm das Wort ›Boss‹ auf den Lippen.

»Sag mal, weißt du den Weg nach Northcliff? Da muß ich nämlich hin.«

»Ja ich ... ich gehe auch in diese Richtung. Es ist immer geradeaus – da hinten über den Hügel – an der Kirche der Weißen vorbei – und dann ist es nicht mehr weit.«

»Danke. Kannst du mir auch noch sagen, wie spät es ist? Du hast doch eine Uhr – oder?«

»Nein, ich habe keine, aber es muß jetzt fünf Minuten nach acht sein.«

»Nochmals danke – Ist es wirklich fünf nach acht?«

»Mindestens. Vorhin war es acht.«

Um Gottes Willen, meine Uhr zeigt zehn nach acht. Um acht sollte ich in unserer Kirche sein – um zu dem neuen Gott und seinem Sohn zu beten und zu singen. Das schaffe ich nie ... Laufen! Schnell!

Zu einem Gottesdienst darf man nicht zu spät kommen. Das hat mir der Vater immer wieder gesagt. Aber vielleicht war es meine gute Laune, daß ich bis jetzt so getrödelt habe. Was nun?

›An einem Sonntagmorgen nicht in die Kirche zu gehen – ist Sünde. Und sündigen soll man nicht!‹, sagte er immer wieder. Da hinten ist schon die Kirche – die Kirche der Weißen. Wenn ich mich beeile, wird der Gott da oben nicht zu böse sein. Was er wohl sagen wird, wenn ich in eine ›weiße‹ Kirche gehe? Eigentlich wohl nichts – vor ihm sind doch alle Menschen gleich. Und was Gott sagt, muß die Regierung anerkennen. Die soll doch ebenfalls sehr fromm sein – zwar nicht auf die Art wie wir es sind –, aber sie haben denselben Gott.

Wenn ich aber zu unserer Kirche laufe, werde ich mich sehr verspäten – da kommen bestimmt noch zehn Minuten hinzu – und die werden es sein, um Gott zu erzürnen. Dann würde für ihn der ganze Sonntag verdorben sein ...

Ich werde also in die ›weiße‹ Kirche gehen. Die Leute werden es verstehen. Außerdem kann ich dann selbst einmal hören, wie er – mein Freund – all die klugen Worte zu den Leuten spricht, die er zu Hause so oft und lange probiert.

Wie schön die Tür ist! Aus dickem Holz! Und verzierte Türgriffe hat sie auch! Knarren tut sie auch nicht – so wie unsere ... Mensch – ist das voll hier. Und wie andächtig sie alle sind. Aber keiner braucht zu stehen. Jeder hat einen Stuhl. Ist noch einer für mich da? Wo nur? Da muß doch noch einer sein! Ich werde einen finden. Ob sie schimpfen, wenn sie mich sehen? Blödsinn – die sind Christen wie ich. Also müssen sie mich lieben wie ihren Nächsten. Keine Angst, das werden sie auch. Wie schön es hier ist. Und die kühle Luft. Jetzt sehe ich ihn – meinen Freund

– wie er ein frommes Gebet spricht. Und alle hören andächtig zu. Ich bin stolz auf ihn.

Bitte, lieber Gott, hast du nicht einen Stuhl für mich? Und da das ein frommer Wunsch ist, drücke ich das Kreuz an meiner Brust. Noch fester! – Und – da ist einer. Ich habe ja gleich gesagt, Gott kann sehr gut hören. Danke, Gott.

Wie auf ein unsichtbares Zeichen stehen sie alle auf und knien sich hin. Und murmeln fromme Worte. Also knie auch ich mich hin. So wie es die weißen Brüder und Schwestern machen.

»Sag mal, was willst du denn hier?« Jemand berührt mich.

»Bist du wahnsinnig? Hau ab in deinen eigenen Gebetsschuppen.«

»Wenn du nicht sofort Beine machst, zeige ich dir den Weg.«

Immer mehr Leute blicken mich an. Erst erstaunt, dann immer wütender. Habe ich etwas falsch gemacht?

»Los! Hau ab – siehst du nicht, daß du störst?«

»Aber – er ist doch mein Freund – der Vater!«

Ob ich zu ihm gehen soll? Vielleicht hilft ein kleines Zeichen, dann weiß er, daß ich es bin. Er wird mir bestimmt helfen. Da – jetzt hört er auf zu beten. Ich hebe meinen Arm – um ihn zu grüßen. Dann muß er mich erkennen! Oder? Es ist viel zu dunkel hier ... ob er mich sieht?

Wie wütend er mich anstiert – seine Lippen öffnen sich – es wird alles gut werden! Er ist doch mein Freund.

»Du verdammtes schwarzes Schwein – bist du wahnsinnig geworden? Weißt du nicht, daß du uns störst – durch deine Anwesenheit und deinen Gestank? Wozu habt ihr denn eure eigenen Kirchen? Mach, daß du verschwindest! Ich werde mich über dich beschweren. Ja, wird's bald – oder sollen wir erst die Polizei holen? Dann ist nämlich Feierabend mit dir – Bruder! Er hört nicht! Werft ihn raus! Zeigt ihm, was das Seine ist. Ergreift ihn, wie Jesus unser Herr es uns gezeigt hat, als er die Kaufleute aus seinem Tempel warf. Auf daß unser Ort rein bleibe!«

Wie seine Stimme kreischt. Haß! Und fremde Fäuste ergreifen mich ... was geschieht mit mir? ... die Tür öffnet sich ... und sie werfen mich brutal in den Dreck der Straße ... meinem Körper tut es nicht weh – er ist elastisch. Aber ich selbst bin zu Tode verletzt!

Mir ist, als sei eine ganze Welt in mir zusammengebrochen ...

wie leer es plötzlich in meinem Kopf ist ... ich kann nicht mehr denken ... oder ist es der Haß, der in mir aufsteigt ... soll ich mich rächen für diese Schmach? Was sagt denn Gott dazu? Nichts! Wenn er das erlaubt, ist er kein guter Gott! Aber jeder sagt, er sei ein guter Gott? Und ich sage, es gibt ihn nicht. Nichts ist so gut wie unsere eigenen Geister und Dämonen! Und er, der sogenannte Gott, ist nur eine der brutalen Erfindungen der Weißen, um noch mehr Macht zu erhalten. Und wenn sie alle beten, beten sie um mehr Macht ... und wie sie uns Schwarze fertigmachen können ... ach – ich weiß nicht ... ich weiß überhaupt nichts mehr ... nur der Dreck der Straße ... der mag mich. Und ›Vater‹? Hat er mich erkannt? Oder hat er mich nicht erkannt? Was soll ich machen?

Soll ich ihm von unserem Gottesdienst in unserer eigenen Kirche erzählen? Wie schön es dort war – wie wunderbar ehrlich und fromm die Schwarzen sind? Daß sie vielleicht doch bessere Menschen als die Weißen sind? Nein!

Denn er ist zu klug und wird mir eine gütige Antwort geben, auf die ich wiederum keine Antwort geben kann. Nicht, weil ich wütend bin. Warum bin ich nicht wütend? Warum bin ich äußerlich so ruhig und erhebe mich aus dem Schmutz – als sei ich nur über meine eigenen Füße gefallen? Was soll ich jetzt machen?

Am liebsten würde ich ihn erwürgen. Auf der Stelle. Und seine Brüder und Schwestern würden sehen und wissen, daß es ihnen eines Tages ebenso ergehen wird – wenn sie nicht ... Sie werden nie!

Ja! Das werde ich machen. Ich gehe wie immer in sein Haus ... werde wie immer alles reinigen ... seine Hemden werde ich bügeln ... Tee kochen, damit er ihn trinken kann, wenn er kommt ... ich werde ein freundliches Gesicht machen ... ihm einen guten Tag wünschen ... sein Kreuz auf meiner Brust behalten ... und so tun, als sei nichts gewesen ... und dann – eines Tages wird meine Zeit kommen ... und er wird für seine Falschheit bestraft werden ... er wird um sein Leben winseln ... er wird zu seinem falschen Gott beten ... er wird *mich* um Hilfe anflehen!

Und ich werde ihn opfern. Ich werde ihn den Geiern zum Fraß lassen ... und alles wird gut werden. Die Geister und Dämonen werden stolz auf Prinz Mogambo sein, wie er die Weißen besiegte. Oder wenigstens einen von ihnen ...

Und seine letzten Worte werden sein: »Ich bin doch dein Freund!«

Ja, das ist gut. Jetzt bin ich wieder ich. Er wird mir noch viel von seiner Weisheit zeigen – bis ich alles weiß. Hat er selbst nicht oft genug gesagt: »Wissen, mein lieber Sohn, ist Macht.«

»Ja, Vater, Macht besteht nur aus Wissen.«

Ich weiß nicht, woran es liegt – oder wer Schuld hat – aber irgend jemand muß es doch gewesen sein! Das schönste weiße Hemd des Vaters. – Wie ich Weiß hasse ... aber ist das nicht egal? Nein, nichts darf mir egal sein, solange ich in diesem Haus arbeite. Sonst merkt er, wie ich denke – und das will ich nicht. Aber warum ist auf dem schönsten weißen Hemd des Vaters – so groß wie meine Hand und ihre ausgebreiteten Finger – ein brauner Fleck?

Das ist mir noch nie passiert. Und das Bügeleisen war nicht heißer als sonst. Er hat nämlich gesagt, die Dinger dürften nicht zu heiß gebügelt werden. Meine Schuld ist es bestimmt nicht.

Ach, ich weiß schon, ein guter Geist will mir Mut machen und beweisen, daß braun doch stärker ist. Eigentlich ist er braun-schwarz, der Fleck. Und da er auf der Rückseite des Hemdes ist, wird der Vater ihn nicht sehen. Das ist gut so. Schließlich hat er hinten keine Augen.

Am liebsten möchte ich ihn nur noch Boss nennen. Aber dann wird er mißtrauisch ... und meine Zeit ist noch nicht gekommen. Der Tee ...

Jede Minute muß er kommen, der Vater. Ich muß unbedingt den Tee bereiten. Diese Leute müssen öfter am Tag Tee trinken. Für sie scheint es wichtiger zu sein als Essen oder klares Wasser. Vielleicht gibt ihnen der Tee die Falschheit – und auch Kraft? Tee mit Zucker. Manchmal mit Milch. Es hinge vom Tee ab. Sagte er schon öfter. Als ob Tee nicht immer Tee wäre. So wie Milch und Zucker.

Und ich muß höflich zu ihm sein – wie immer. Aber wenn er jetzt sterben würde – heute morgen noch hätte ich mein Leben für ihn gegeben. Jetzt nicht mehr. Nie mehr!

Schwarz wird weiß besiegen. Genau wie der Fleck auf seinem Hemd.

Manchmal habe ich seinen Tee probiert. Aber noch nie habe ich hinterher gelogen. Er muß mir heute eben alles über Tee erzählen. Schließlich haben unsere Medizinmänner ebenfalls ihren Zaubertrank. Aber eben nur die Medizinmänner. Und nicht wie hier – jeder gewöhnliche Weiße. Der Tee kann nicht die Schuld haben. Schließlich gäbe es dann mehr Medizinmänner als gewöhnliche Menschen. Und das geht nicht, weil es dann keinen Machtvorteil mehr gäbe. Medizinmänner hätten dann nämlich nichts richtiges mehr zu tun.

Der Vater hat mir immer gesagt, wenn ich mit mir selbst rede und denke, mir selbst Fragen stelle, um die selbst zu diskutieren, sei das eine Art von Philosophie – weil man von sich aus bestimmte Thesen aufstellt, um sie später zu verwirklichen. – Aber das muß er mir noch einmal erklären. Ich glaube, genau habe ich das noch nicht verstanden.

Aber warum hat er mir all diese Lügen erzählt? – Thesen ... Das mit seinem Gott stimmt also auf keinen Fall. Sonst hätte ich in der Kirche bleiben können – und er hätte mich als einzigen Schwarzen willkommen geheißen. Sollten die nicht froh sein, wenn wir uns an sie gewöhnen, um mit ihnen gemeinsam leben zu wollen? Schließlich sind sie nun mal da. Auf jeden Fall sind sie nach uns in dieses Land gekommen. Unser weiser alter Mann hat das oft genug gesagt. Und er muß es wissen.

Welche Macht hat der Vater wirklich? Jetzt denke ich schon zweimal dasselbe: Die Sache mit seinem Gott und dessen Sohn und allen, die damit zu tun haben – Engel und so –, stimmt ja nun wohl nicht. Sonst hätte mir zumindest einer von ihnen geholfen. Und zu sagen – vor Gott sind alle Menschen gleich – ist gemein. Das stimmt wirklich nicht. Deshalb haben wir Schwarzen auch unsere eigenen Kirchen – und viel billiger sind sie auch.

Billiger? Was kostet eine Kirche? Wer zahlt für sie? Ist ja auch egal. Unsere Kirchen sind auf jeden Fall nicht so schön wie die der Weißen.

Eigentlich müßte er jetzt kommen. Das war schon immer so. Ob er merkt, daß ich von seinem Alkohol getrunken habe? Auch das ist für uns Schwarze verboten. Naja. Ob Gott von diesem Zeug trinkt? Wie soll er. Ihn gibt es bestimmt nicht. Aber mich gibt es! Und ich habe nicht viel getrunken – eben weil mir danach immer so komisch wird. Nur ein kleines Glas voll. Eigentlich war es kein richtiges Glas – gleich aus der Flasche. Ist doch viel bequemer und geht schneller.

Und da sind sie! – Seine schweren Schritte auf der Veranda. Klingen sie heute nicht anders? Ängstlich, voller Sehnsucht, gemischt mit Abscheu, Haß und Verachtung. Verdrängt durch die Hoffnung – daß du doch der ›Vater‹ bist, der du immer sein wolltest?

Nein, ich muß nett zu ihm sein! Er darf nichts merken. Und jetzt bin ich sicher, daß er mich in der Kirche nicht erkannt hat. Wem verdanke ich dieses Gefühl?

Ich muß noch viel von dir lernen – erst dann ... Vater. Aber du hast es getan. Du hast mich verraten und beschimpft. Nicht eigentlich mich – aber meine Farbe, meine Herkunft. Ihr wollt uns nur ausnutzen als Boys – oder Hände – wie ihr immer sagt. Ich habe es genau gehört. Und deswegen werde ich dich ab jetzt ausnutzen. Mit dir fange ich an. Dein Geld für die Kühe nehme ich trotzdem. Bald habe ich es zusammen. Zwei Stück fehlen mir noch.

Wissen ist Macht – hast du das nicht oft genug gesagt? Du hast auch gesagt, die Europäer seien verbraucht – sie bräuchten neue Impulse – und wir, wir seien die Zukunft. Eben weil wir unverbraucht sind. Das mag stimmen. Aber wir müssen erst euer Wissen übernehmen. Ihr wehrt euch mit letzter Kraft – so wie ich – als ich noch im Rinnstein lag. Aber eine lange Zeit ist vergangen. Ich will jetzt wissen, warum du mir geholfen hast. Damals!

Und warum hast du deine Leute aufgefordert, mich in den Dreck zu werfen? Deine Augen waren ehrlich, als sie mir in deiner Kirche deinen Ekel vor uns Schwarzen offenbarten. Und mein – oder – unser Gestank, der euch weh tut? Wißt ihr denn nicht, daß ihr für uns genauso abscheulich stinkt?

»Der Herr sei mit dir, mein Sohn.«

»Und mit deinem Geist. Amen.« Wie leicht mir diese falschen Worte aus dem Mund fallen. Aber er sagte ja selbst: gelernt ist gelernt.

»Der Tee ist bereit, Vater.«

»Das ist nett von dir. Wie gut ich mich auf dich verlassen kann. Ich danke dir. Möchtest du eine Tasse mit mir trinken?«

»Ich mag immer noch keinen Tee, Vater.«

»Ach ja, verzeih, ich habe es vergessen. Dann trink, was du möchtest.«

Auf keinen Fall Alkohol! Sonst merkt er ...

»Ich habe keinen Durst, Vater.«

»Du hast Recht, mein Sohn. Man soll nur trinken, wenn man Durst hat. Ich habe welchen – und wie.«

Wie sein massiger Kopf auf dem untersetzten, fetten aufgeschwemmten Körper fast hinter der riesigen Teetasse versinkt ...

»Das tut gut. Teekochen kannst du wirklich ausgezeichnet. Ist es nicht wunderbar, was du alles bei mir lernst? Aber nun erzähle mir, was du heute alles gemacht und erlebt hast.«

Eigenartig, wie er mit mir redet. So, als sei nichts geschehen. So, als hätte er heute nie ein böses Wort über ein schwarzes Schwein gesagt. So, als sei er immer noch der Retter für arme Schwarze, die im Rinnstein verhungern. So, als sei er persönlich der Vertreter der Liebe seines Gottes. So, als ... ob er mich wirklich nicht erkannt hat?

»Du sagst nichts. Hast du Ärger gehabt?«

»Nein ... Vater. Aber ich glaube, ich habe starke Kopfschmerzen.«

»Glaubst du – oder hast du?«

»Ich habe.«

»Kopfschmerzen? Hast du dich etwas erkältet? Das werden wir gleich haben. Warte, ich hole dir sofort eine Tablette.«

»Eine Tablette? Nein, Vater. Ich glaube, die Kopfschmerzen gehen gerade weg. Ja. Ich fühle, wie schnell sie gehen. Es ist wunderbar.«

»Ich weiß schon. Du meinst Kopfschmerzen zu haben, dabei ist dir irgend etwas passiert, das dir Unbehagen bereitet. Stimmt's? Aber sag es mir ruhig. Du weißt doch, vor mir brauchst du keine Angst zu haben. Hast du Geschirr zerbrochen?«

»Nein.«

»Aber es muß etwas passiert sein. Du bist so anders. Sei ein Mann und sage es mir. Oder bin ich nicht mehr dein Beichtvater?«

»Doch – Vater. Aber es ist ... es ist ...« Es ist besser, ich sage ihm das mit dem Hemd. Dann wird er lachen und mir großzügig vergeben.

»Es ist ein weißes Hemd. Ich habe es mit dem Bügeleisen versengt. Ich glaube wenigstens. Aber von vorne sieht man es nicht.«

Jetzt lacht er. Und wie. Das habe ich ja gleich gewußt. Aber er lacht, als sei er von einer bösen Last befreit ... Er weiß also von nichts! Und er meint, ich weiß ebenfalls von nichts.

«Mein Junge ... das ist doch halb so schlimm. Wenn es auf dem Rücken ist, sieht man es bestimmt nicht von vorne ... möchtest du wirklich nichts trinken?«

»Nein, danke – Vater.«

»Und sonst geht es dir gut?«

»Ich ... ich glaube ja – Vater. Der verbrannte Rücken fällt wirklich nicht auf.«

»Ist schon gut ... aber sag mal, warum fragst du nicht, wie es mir geht?«

»Habe ich das noch nicht? Dann habe ich es vergessen. Vielleicht hat mich die Sache mit dem Hemd zu sehr aufgeregt. Es tut mir leid – Vater. Wie geht es?«

»Schön, daß du mich jetzt – wenn auch spät – fragst. Bist du noch mein Freund? Sicher bist du es. Wie könnte ich daran zweifeln. Nun, mein Tag war bis jetzt nicht sehr erquickend. Ich glaube, eine sehr große, nicht wieder gutzumachende Dummheit begangen zu haben. Wirst du mir helfen?«

»Vielleicht – Vater – wenn es in meiner Macht steht. Was sagt denn Gott dazu?«

»Er wird nichts sagen. Ich muß selbst damit fertig werden. Aber – was Sünde ist, weißt du ja – und ... ich glaube, ich habe gesündigt.«

»Ein Vater, der sündigt?«

»Aber ja, mein Sohn. Ich bin auch nur ein Mensch. Das heißt, wenn man es genau nimmt – ich bin nicht so sicher, da ich auf jeden Fall im Gedanken der Regierung gehandelt habe ... und auch, wie mir mein leibhaftiger Vater es von Kindheit an eintrichterte. Fest steht, ich habe schwer gesündigt. Möchtest du die Geschichte hören?«

»Ich weiß nicht. Vielleicht.«

»Dann bitte ich dich, meine Geschichte anzuhören! Weißt du, du mußt mir helfen. Wie soll ich sonst Frieden finden?«

»– –«

»Ich weiß, du bist selbst unsicher. Alles, was du weißt, hast du von mir gelernt – und vieles davon wird jetzt falsch sein. Aber ich bitte dich, nur dieses eine Mal – du muß mir helfen. Gott, der Herr, wird es dir vergelten.«

Ich kann jetzt unmöglich meine eigenen Gedanken denken ... sonst wird er unsicher – dann vielleicht wütend, und ich kann sehen, wo ich bleibe. Es scheint ihn schwer gepackt zu haben. Ist es wirklich nur der Kaffer, den er aus dem Gotteshaus werfen ließ – ›so wie Jesus unser Herr es uns gezeigt hat, als er die Kaufleute aus seinem Tempel warf. Auf daß unser Ort rein bleibe!‹

»Wirst du mir helfen und mich anhören?«

»– –«

»Du mußt. Ich bin doch nur ein Mensch, der weiß, daß er fehlbar ist: der zwar meint, eine gute Seele zu besitzen – aber versagt, wenn der Beweis der guten Seele gefordert wird. Ich bin vergiftet, mein Sohn. Alles hat mich vergiftet. Die Welt, die Menschen, ihre Auffassungen, unsere strikte Rassenpolitik – alles ... ich bin schwach, mein Junge ... ich bitte dich nur um eines, höre mich an ... sei du dieses Mal mein Beichtvater ... denn wenn ich zu einem meiner Brüder gehe, wird er mich auslachen ... nur Verständnis wird er mir nicht geben können. Willst du?«

»Ich werde es versuchen ... aber nur aus Dankbarkeit!«

»Ich weiß nicht, was du damit meinst. Solange du mich nur anhörst ... hörst du, ich erzähle dir jetzt meine Lebensgeschichte.«

»Ja.«

»Es begann damit, daß ich heute morgen einen deiner Leute aus unserem Gottesdienst werfen ließ. Er hatte sich zu uns verlaufen ...«

XVII. Kapitel

Im tiefen Keller sitz' ich hier und ... Mist.
   Ich verstehe die Welt nicht mehr. Und wenn das so weiter geht, wird die Welt auch mich nicht mehr verstehen. Hier sitze ich nun und kann nicht anders. Amen – hätte der alte Luther gesagt. Aber wie ich hier sitze, und was Leute vor mir gesagt haben, wird der Welt ziemlich egal sein. Wer bin ich schon? Ein armer, mitteloser, verliebter, unglücklicher Einwanderer, der sehnsüchtig auf irgendein anständiges Betätigungsfeld wartet. Sitzen ist natürlich ebenfalls eine Betätigung, bei der die Gesäßmuskulatur mehr als strapaziert wird. Und mein bißchen Geist? Der rottet ungehört dahin! Auch Meyer's Briefmarkensammlung löste in mir keinesfalls den so sehnsüchtig erwarteten geistigen Betätigungsdrang aus. Und mein Hintern? Der hat nie eine reele Chance – wohl weil er keine Zacken, Ränder, Aufdruck, fehlenden Aufdruck, seltene Ausgabe – besitzt und hat. Außerdem ist er weder gestempelt noch ungestempelt ... wie das bei Marken ja so sein soll. Warum sind sie herausgekommen und wo? Dasselbe gilt für die Wasserzeichen – warum sie da sind und warum nicht? Tiere, Pflanzen, Menschen, Kunst, Sport, Raumflug, kluge Menschen und Politiker. Wo sie sich warum trafen, dann Wunschträume und echte Ideale. Wunderbar, wie das alles serienmäßig und international dargestellt wird ... tja – mein liebes Sitzteil, wenn du alle diese Besonderheiten besitzen würdest – ja, dann wärst du bestimmt eine Menge wert. Und ich brauchte mir über mich keine Sorgen mehr zu machen. Aber du stellst nicht einmal einen politischen Machtblock. Aber die Marken, die haben das. Sogar in Blöcken.
   Also weitersitzen, nicht neidisch werden und warten. Auf jeden Fall werden diese Postsachenbekleber es nie schaffen, einen tatendurstigen jungen Mann wie mich von den Stühlen zu reißen. Vielleicht ist es eine Frage des Alters. Und auch der Mentalität. Kurz und gut: die Berufung zum Amateurpostbeamten verhallt in mir ungehört. Natürlich wären diese Dinger als Notgroschen nicht schlecht – wären sie mein eigener Besitz. Wie ungerecht das alles ist ... E-Ypsilon Meyer wird sie nie nötig ha-

ben. Der hat doch genug. Geld. Und selbst gesammelt hat er sie bestimmt ebenfalls nicht. Er ist einfach nicht der Typ dafür ... Geldanlagen durch Auktionen? Vielleicht. Geltungsbedürfnis? Vielleicht. Ist ja auch egal.

Noch eine Möglichkeit: er wollte mich mit den Dingern psychologisch testen ... und hat sie sich deshalb von irgendwoher geliehen. Wenn ich nun aber damit durchbrenne? Versichert sind sie – die riechen fast nach hoher Versicherung. Und das Meer? Psychologischer Test gleich negativ, mein Herr. Vielleicht verstehe ich deshalb die Welt nicht mehr. Wieso deshalb? Viel mehr Grund gibt es, wenn ich mir den Verlauf der letzten Tage betrachte. Schließlich habe ich Zeit, weil ich Sitzdienst habe. Was hat sich da nicht alles getan – in der letzten Zeit. Sehr viel. – Wann wird man schon mal befördert. Mündlich versteht sich: Ich bin jetzt sein Vertrauensmann! Worum sich der gesamte Blödsinn allerdings dreht, weiß ich immer noch nicht. Mogambo zuckte lachend mit den Schultern und sprach einige passende Worte über Geduld. Ausgerechnet er! Weiß er denn überhaupt, was gespielt wird? Sein neuer, brauner Dienstanzug mit Chauffeurmütze, weißem Hemd und dezenter Krawatte scheinen ihm viel wichtiger. Ob damit die bösen Geister verdrängt werden? Die werden sich bestimmt bald einmal fürchterlich rächen. Kein Wunder, wenn ihnen für alles die Schuld übertragen wird. Ich hätte große Lust, selbst einmal ›böser Geist‹ zu spielen. Bloß wie? Ich bin doch viel zu naiv. Trotzdem – und mal ganz ehrlich, Niko: Ist doch kein Wunder, wenn man bei diesem schizophrenen Leben auf krumme Gedanken kommt. Wenn mein Meer wenigstens hier wäre! Dann könnte ich mit ihr reden. Aber nein, Helen hat sie zu irgendeinem Schlußverkauf in die Stadt entführt. Mit Wachhund Mogambo. Brav so. Aber das eine sage ich dir, wenn etwas ist – erst schießen und dann fragen, was er will. Und vergiß das Knurren nicht!

Wie die beiden ihre Geigen quälen ... Meyer und der Adonis – dieser ausgestopfte Zierfisch mit Hängeflossen. Trainingstag.

Wann hören die bloß auf? Ist ja grausam.

Ich weiß schon ... Grausamkeit gehört nun mal zum Dienst. Stinklangweilig. Und jede weitere Sekunde erhöht die Grausamkeit. Aber als neugebackener Vertrauter des großen Meisters habe ich nun mal Dienst – und den Befehl – die Kopfhörer aufzubehalten und sofort das Tonbandgerät einzuschalten, wenn mein Freund und Chef, der Hausherr, die oder ›eine‹ Unterhaltung beginnt. Warten auf Worte.

Wenn man die Geigen bloß leiser stellen könnte. Kopfhörer mit je einem kleinen Mann und großer Geige im Ohr. Schrecklich. Aber Meyer hat gesagt, ich müsse unbedingt mithören. Und ich solle ja den Stereoeffekt nicht verstellen! Später – wenn sie anfangen zu reden. Das sei nämlich wichtig, und für interne Archivzwecke gedacht. Stereo, Raumklang und noch so ein Wort – damit man später rekonstruieren könne, wer was wann wo gesprochen hätte. Es sei sehr wichtig. Außerdem würde ich persönlich durch das geplante Gespräch bestens informiert werden. Ohne große Erklärungen wüßte ich dann, um welche Vorhaben es ginge. Genaueres wußte er wohl auch nicht. Denn, als er mir das sagte, wurde er plötzlich mehr als wortkarg. Selbst seinen geliebten Whisky verschmähte er.

Auf jeden Fall bin ich jetzt sein Vertrauter.

Hat da eben nicht jemand etwas gesagt? Klang wie Tee. War bestimmt einer der Boys. Keine Antwort, und sie fiedeln unbeirrt weiter. Und ich sitze hier in meinem raffinierten Verlies unter der Erde, sprungbereit, im Sitzen bei dem ersten klargesprochenen Wort auf die verdammte Aufnahmetaste zu drücken. Damit auch ja nichts verloren geht!

Hoffentlich mache ich keinen Fehler. Ist doch schließlich das erste Mal, daß ich auf diese Art von Knopf drücke. Wo wohl das Meer jetzt ist? Aber die Knöpfe von Helen waren auch nicht schlecht. Aber einmal reicht. Ist sonst zu gefährlich. Ich weiß ja jetzt, wie sie reagiert, wenn man bei ihr drückt. Ein dufter Kumpel ist sie trotzdem. Und Meyer liebt sie wirklich. Dafür habe ich einen Blick ... Ob die Klimaanlage noch läuft?

Mir ist so heiß ... schnell die Kopfhörer ab und auf das Klima lauschen. Ja, sie funktioniert. Kopfhörer zurück in Ausgangsposition. Die Männchen da oben in meinen Ohren spielen fleißig weiter. Alles klar.

Wenn ich bloß wüßte, was die da oben spielen. Vivaldi? Muß wohl so sein. Mozart hat heute bestimmt seinen freien Tag. Außerdem ist er ganz anders im Klang. Das Amadeus-Krokodil wird an solchen Tagen ganz schön sauer sein. Als Mozart-Fan.

Vivaldi? Ich weiß nicht. Dann wohl schon eher Schubert mit

seiner Forelle. Aber ein Quintett als Duett. Ist bestimmt sehr schwer. Ich kann mich heute überhaupt nicht konzentrieren. Vielleicht, weil ich bisher noch nie eine solch irre Verantwortung zu tragen hatte.

Vertrauter eines Mannes, über den ich kaum mehr weiß, als daß er mein-unser Freund sein will.

Ha! Kein Wunder von wegen der Hitze in mir. Wie konnte ich so blöd sein und die Dynamitstange in meiner Hosentasche vergessen! Ob die bei meiner Körpertemperatur losgehen kann? Ach, so warm ist es bei mir bestimmt nicht ...

Eigentlich weiß ich viel zu wenig über Dynamit. Bei wieviel Grad geht so ein Ding nun wirklich los? Das müßte ich testen. Aber wo und wie? Jetzt? Nein, das stört bestimmt die Aufnahme. Später? Etwa hier im Keller? Das Zeug soll doch sehr kräftig sein? Und um mich für verrückt erklären zu lassen, ist später immer noch Zeit genug.

Am besten also im Auspuff von Adonis Automobil. Und wenn es soweit ist, kann er dann irgendwo in aller Ruhe explodieren. So ein Auspuff soll ja ziemlich heiß werden. Wenn ich eines Tages mehr Erfahrung auf diesem Gebiet habe, kann ich mich selbst zum Pyrotechniker ausbilden. Dann hätte ich einen neuen Beruf und könnte endlich einmal kreativ tätig werden. Ob hierzulande schöpferische Feuerwerksspezialisten eine gute Berufsaussicht haben? Klar. So etwas gibt es überall. Und der Möhrenadonis ist als Versuchskaninchen gerade gut genug. Hoffentlich wird sein Auspuff auch heiß genug! Ich meine, der an seinem Wagen. Und wenn er höchstpersönlich mitexplodiert? Man müßte die Sterbequote in solchen Fällen wissen ... am besten kennen. Eigentlich weiß und kenne ich überhaupt nichts.

Und geigen kann ich auch nicht. Aber das ist die Schuld meiner Finger. Viel zu langsam sind sie.

Aber wenigstens habe ich Ideen! Und der Adonis bekommt den Dynamitstengel in seinen Auspuff verpaßt. Meyer hat ihn sowieso schon abgeschrieben. Sagte er neulich nicht, er würde Monsieur Tidy auf seine Art für sein Verhalten uns gegenüber bestrafen? Dann kann auch ich mit ihm herumprobieren, bis ich wenigstens etwas über Dynamit weiß ...

Eigentlich phantastisch, was Meyer alles in seinem Waffenarsenal hat. Da drüben – die Tür – die ist es. Als Vertrauter erfährt man doch so einiges.

Aber wenn ich mir vorstelle, daß Helen hier nackt herumläuft, sich eine Maschinenpistole ergattert, um mich gegen das Krokodil zu verteidigen ... großartig.

Dabei haben wir doch bloß gespielt. Das Krokodil und ich. Ob sie das noch einmal tun ...

Da! Sie hören auf mit ihrer Fiedelei da oben – oder? Vielleicht war es doch irgend etwas von Mozart. Wie lange so ein Geigenton braucht, bis er endgültig verklingt! Muß wohl an der Akkustik liegen. Ja – bestimmt.

Auf den Knopf drücken!

»Sacky, mein Lieber, du warst wieder einmal hinreißend. Wenn du nur wüßtest, wieviel du mir damit gibst. Du solltest richtige Konzerte geben. Himmlisch wäre das. Dann würde ich nämlich jedes Mal alle Karten kaufen, damit ich dich ganz allein genießen kann. Du bist zu schade für die anderen. Ich allein verehre dich. Die anderen haben gar kein Recht – gar keinen Anspruch auf dich. Trotzdem solltest du Konzerte geben. Ich allein würde die Kritiken über dich schreiben. Ich verehre dich. Ich bete dich an. Ich bin verliebt in deine Art der Interpretation alter Meister. In dein Spiel! In deine Aussage. Alles. Du bist der Größte. Und der Charmanteste, den ich ...«

Ob dieser Lobeshymnenorgasmus ebenfalls auf das Band soll? ›Ja, jedes einzelne Wort!‹ Hat ER mir ausdrücklich gesagt.

»Nein, Sacky, dein Können verschlägt mir einfach die Sprache.«

»Bist du endlich fertig, Tidy?«

»Aber ja doch. Warum bist du nur so gereizt? Einem begnadeten Künstler wie dir kann man nicht oft genug Hochachtung aussprechen. Du bist göttlich. Deshalb verzeihe ich ja auch deine Gereiztheit.«

»Ich bin nicht gereizt. Du solltest mich endlich gut genug kennen. Vielleicht geht mir deine ewige Lobhudelei auf die Nerven. Wir haben zusammen musiziert, um uns von den alltäglichen Strapazen zu erholen. Die Musik löst den Geist – sie bereitet uns auf die schweren Aufgaben vor, die vor uns liegen. Ferner denke ich nicht daran, Konzerte zu geben. Schließlich hört ein Hobby auf ein Hobby zu sein, wenn es ein Bestandteil des täglichen Existenzkampfes wird. Möchtest du Tee?«

»Nein, danke vielmals, Sacky. Für Tee bin ich viel zu aufgeregt.«

»Whisky?«

»Ja, gerne. Aber sag dem Boy – ohne Eis und mit viel Soda. Ich möchte mich nicht betrinken.«

»Die Boys habe ich alle weggeschickt. Wenn es dir also recht ist, werde ich dich bedienen. Ach, hier steht ja der Getränkewagen. Wunderbar, nicht? Auf die Boys ist Verlaß.«

»Aber eben war doch noch einer da?«

»Stimmt genau. Aber meine Anweisung hieß, daß sie nach unseren Etüden zu verschwinden hätten. – Ich möchte bei dem jetzt stattfindenden Gespräch keine Zeugen haben. Klar?«

»Natürlich, Sacky. Wie umsichtig du bist – wie recht du hast. Man kann heutzutage ja nicht vorsichtig und mißtrauisch genug sein. Wo sind denn Helen und – deine beiden Schützlinge?«

»Was soll der Blödsinn mit den ›Schützlingen‹? Jane und Niko sind meine Freunde. Nicht nur das ...«

»Verzeih, Sacky, wenn ich dich unterbreche, aber findest du nicht, daß Helen bei uns sein müßte? Bisher war sie es immer. Oder hast du Grund, ihr nicht mehr blindlings zu vertrauen? Ich habe ja immer gesagt, bei Frauen soll man vorsichtig sein. Sie sind nie das, was unsereins ist.«

»Eben weil sie mein Vertrauen genießt, ist sie mit meinen Freunden in der Stadt. Sie trägt im Augenblick die Verantwortung für die beiden. Und um dir deine Flausen zu nehmen: sie genießt mein vollstes Vertrauen – und zwar so, wie ich es von jedem Mitarbeiter erwarte und auch verlange! Ferner möchte ich von vornherein klarstellen, daß Niko und Jane nicht nur aus persönlichen Gründen meine Freunde sind, sondern besonders auch, weil sie – den Umständen entsprechend – durch mich in die für sie nicht ganz leichte Situation geraten sind. Bei einer gewöhnlichen Kreatur mit vier Ohren würde man sagen: es war eine Laune der Natur. Bei mir jedoch war es Gefühl der Menschlichkeit. Sie lieben sich. Deshalb wollte ich ihnen helfen. Ohne mich wäre Jane mit Sicherheit bei dem Italiener gelandet. Zwar nicht glücklich – dafür aber ohne Todfeind. Niko hätte irgendeinen Job. Ich bin sicher, auch ohne meine Hilfe wäre er im ›Langham‹ gelandet. Irgendwann wäre er dann Hoteldirektor geworden. Nun war es ihr Schicksal, daß ausgerechnet ich als ihr Schutzpatron auftauchte und sie in ihr gewissermaßen sicheres Unglück stürzte. Deshalb fühle ich mich für sie verantwortlich!«

»Sacky ... ich muß doch sehr bitten, bis jetzt hast du mir immer die Wahrheit erzählt. Es wäre besser, wenn du mit diesem System fortfahren würdest. Die beiden sind nicht das erste Liebespaar, das du aufgelesen hast. Wie steht es damit, Herr Schutzpatron?«

»Reiner Blödsinn, mein Lieber. Die Leute quatschen zuviel. Und das ist mein Nachteil. Du bist homosexuell – jeder hat sich daran gewöhnt – und niemand regt sich darüber auf. Aber wenn ein normaler Mensch wie ich irgendwo junge Menschen aufgabelt, wird ihm gleich ein Strick daraus gedreht ...«

»Aber dein Ruf als Gruppensexler steht doch eindeutig fest?«

»Aber auch nur der Ruf ... den ich als blinden Alarm betrachten möchte. Sobald ich die Scheidung von meiner Frau über die Runden gebracht habe, werde ich Helen heiraten. Du siehst – kein Platz für extravagante Liebeleien für oder mit jungen Pärchen. Natürlich scheint es für jemanden wie dich schwer, die Denkweise anderer zu verstehen und auch zu tolerieren. Dein Hauptlebensinhalt besteht eben leider nur aus Gedanken und Wunschträumen, was du mit hübschen, jungen Männern – eigenartigerweise mich eingeschlossen, obwohl ich weder hübsch noch jung bin, dafür aber maskulin und, ich weiß nicht warum ... vielversprechend. Wie oft habe ich dich gebeten, Berufsleben und Bett zu trennen. Aber nein, dein Trachten gilt weiterhin dem, was ich bereits erwähnte ... Schließ mich bitte davon aus, und schaff diesen Irrtum baldmöglichst ab. Versteh meinen Standpunkt nicht falsch: so, wie ich deine Veranlagung weder verurteile noch verdamme – erwarte ich von dir, daß du mich wie jeden anderen Mann als normal betrachtest. Mit ein wenig Mühe sollte dir das gelingen. Wozu hast du schließlich deine Intelligenz? Mißbrauchst du sie aber, wird dir dein Geist eines Tages böse Streiche spielen ... und dich womöglich in ein unerwartetes Unglück stürzen. Ich hoffe, du hast mich verstanden. – Genug von diesem Thema.«

Den Adonis scheint die Standpauke erschüttert zu haben.

Stereoaufnahme. Im rechten Kanal sind die charakteristischen Trinkgeräusche des großen Meisters. Und links? Schwaches – oder unterdrücktes – hastiges Atmen.

»Du hast mich verletzt, Sacky. So viel Grausamkeit hätte ich dir nie zugetraut. Wie kannst du mich nur so verkennen? Ich will nicht sagen, daß du undankbar mir gegenüber bist. Aber was habe ich dir getan? Hab ich nicht von Anfang an treu an deiner Seite gegen jede Schwierigkeit angekämpft? – Ich will kein Lob von dir. Nur deine Freundschaft! Es ist doch nicht mein Fehler, wenn ich so bin. Ich kann doch nichts dafür, wenn ich dich liebe. Ich weiß, es ekelt dich an. Dabei habe ich mich immer beherrscht. Und allein mit deiner Nähe war ich zufrieden. Bitte – ich bitte dich – laß uns weiterhin die besten Freunde sein. Und wenn ich etwas getan habe, was dich erzürnt hat – dann verzeih. Es war nicht so gemeint.«

Keine Antwort. Im linken Kanal ist Sendepause. Fehlt bloß noch ein echtes Pausenzeichen à la Monsieur Tidy. Komponiert und gespielt von ihm persönlich. Ich weiß nicht, denen fällt da oben überhaupt nichts ein. Kein Witz, kein Gag, keine Aufregung, rein gar nichts. Aber ich habe Sitzdienst und muß auf weitere Worte warten, die vielleicht ebenso nichtssagend verlogen sein werden wie die von eben. Wenn ich bloß raus an die frische Luft könnte. Draußen scheint die Sonne! Spazierengehen ... Minigolf ...

»Tidy, wir müssen weitermachen. Die Zeit vergeht, und unser Gespräch ist noch lange nicht beendet. Ein für alle Mal: ich bin dir nicht böse. Ich werde weiterhin deine eigene Persönlichkeit achten und dich als meinen besten Freund betrachten, der du mir bis zum heutigen Tag gewesen bist. Vorausgesetzt natürlich, daß du meine eigene Anschauung respektierst. Einverstanden?«

»Ja, natürlich, Sacky, das weißt du doch. Gehen wir also weiter – was hältst du von deinem Freund, diesem Niko?«

»Ich finde, daß er ein sehr tüchtiger Junge ist. Sehr tüchtig.«

»Wäre er dann nichts für uns? Tüchtig scheint er zu sein. Also – wie er neulich das Problem mit den beiden Einbrechern in die Hand genommen hat, sage ich dir ...«

»Darüber wollen wir heute nicht reden. Mag er so gut sein, wie er will. Aber: das, was wir machen – dazu ist er nicht geboren.«

»Wieso, Sacky, wie ich es an meinem eigenen Leib erfahren habe, kann er aber ganz schön brutal sein.«

»Das sind Männer meist, wenn sie wütend sind. Doch lassen wir das. Jeder Zorn verraucht, wie auch einmal das stärkste Feuer zu Ende geht. – Ach, beinahe hätte ich es vergessen. Warum trinkst du nicht? Da steht dein Glas?«

»Auf unser Wohl, Sacky. Auf die Erfüllung unseres Auftrags.«

»Auf dein Wohl, Tidy.«

Kurzes Scheppern aus beiden Kanälen. Rechts und links in meinen Ohren. Volle Whiskygläser klingen eben nicht, wenn man mit ihnen anstößt. Trotzdem: Prost da oben! Ich sitze ja gerne trocken hier unten. Aber wenn ich mir das alles überlege, Sacky Meyer scheint wirklich kein schlechter Mensch zu sein. Auf jeden Fall weiß ich jetzt, warum er jedes einzelne dieser gesprochenen Worte auf Band aufgenommen haben wollte. Ich sollte in etwa wissen, was gelaufen ist und was noch laufen soll. Das weitere lassen wir frei für unvorhergesehene Umstände und reservieren es für die gewünschte Anreicherung des Archivmaterials. – Hat er selbst gewünscht. Der große Meister. Von rechts ertönt ein e-ypsilonisches Räuspern. Lang und genußvoll. ›Schon gut, Chef – ich passe auf. Mir entgeht kein Wort.‹ Dabei weiß ich genau, wie er jetzt da oben in seinem mit Proteaornamenten bestickten Sessel liegt und in sein geliebtes Glas stiert. Aber sagen tut er nichts. Typisch. Dieses altgewohnte Schlürfen ...

»Ich schlage vor, Tidy, wir kommen langsam zu Potte. Was sagt der Chemiker? Hat er eine sichere Möglichkeit gefunden? Und vor allem eine, die äußerst schnell wirkt und trotzdem nicht leicht nachweisbar ist? – Ich sehe es an deinem Gesicht – du willst mich auf die Folter spannen. Schieß los, alter Junge. Aber vergiß keine Einzelheiten. Ich will alles genau wissen.«

Komisch. Nichts! Mich laust bestimmt gleich der Affe. Sollte ich mich entschließen, selbst einmal – und das nur zur Abwechslung – zu denken? Adonis ist nichts weiter als link! Links ist er ja von Hause aus. Aber link sein, ist wohl noch schlimmer. Ich bin sicher, er verschaukelt Meyer genauso, wie er uns in der neuen Wohnung in die sauber gelegte Falle schickte. Ach, was soll's, Meyer wird schon wissen, was er zu tun hat. Deshalb hat er mich ja schließlich als Zeugen eingeladen. Ob ich der Nachfolger von Adonis werden soll? Wenn die das zu Hause in Europa wüßten. Kaum auszudenken ... aber dann müßte der Möhrenkönig liquidiert werden. Liegt ja klar auf der Hand ... Ist was da oben? Nein. Bestimmt denken sie über einander nach. Verständlich. – Trotzdem. Man kann während einer Konferenz nicht einfach aufhören zu sprechen – bloß um nachzudenken! Wird Zeit, daß ich ein neues System einführe ...

»Tidy, dein Schweigen überrascht mich. Was ist los? Also was sagt er, der Chemiker?«

»Sacky, du hast viel zu viel Whisky in mein Glas getan! Du weißt doch – ich werde immer gleich beschwipst.«

»Stell dich nicht so an. Whisky ist gesund. Schau mich an. Also, was hat er gesagt?«

»Oh – er hat viel gesagt ... um also zunächst die Stadt von den weißen Tyrannen zu befreien – ach, ich empfinde heute richtig poetisch ... verzeih, ich will nicht ablenken ... um also erst einmal Johannesburg mit all seinen Vororten – als vorläufiges Versuchsobjekt wohlverstanden – von den Weißen zu befreien, wäre die Realisation des Botulismus die sicherste Methode, den gewünschten Erfolg zu erzielen ... meinte der Chemiker.«

»Wenn du mir freundlicherweise den Begriff Botulismus näher erklären würdest. Du weißt, ich erwarte ...«

»Botulismus ist eine ...«

»Moment. Das hat noch eine Sekunde Zeit. Du weißt, ich erwarte einen durchschlagenden Erfolg. Zumal unsere Auftraggeber mit der Dezimierung der weißen Einwohner Südafrikas mehr als einverstanden sind. Und das ist unsere letzte Möglichkeit, den endgültigen Erfolg zu erzielen. Natürlich schmeckt mir der Gedanke keinesfalls, aus politischen Gründen über das Leben unschuldiger Menschen – nur weil sie zufällig Weiße sind – zu bestimmen. Leider ist es nun mal so! – der Lauf der Dinge. Aber wir sind nicht die Ersten im Verlauf unserer Weltgeschichte, die sich mit derartigen Plänen und über deren Ausführung Gedanken machen. Auftrag bleibt Auftrag. Unsere bisher legalen Versuche lassen sich nur mit einem schwachen Schlag aufs Wasser vergleichen. Und wenn wir jetzt keinen entscheidenden Erfolg bieten können, sind wir für alle Zeiten geliefert. Hörst du? Wir selbst! Ich schätze, chemische Mittel sind unser letzter Ausweg, weil unsere ideellen Möglichkeiten erschöpft sind. Sei dem, wie es sei, trotzdem ist es schade. Warum sind die Leute nur so dumm, zu materialistisch – oder was auch immer ... kurz, wer will schon seine vermeintliche Freiheit ohne weiteres aufgeben? Zu dumm. Aber wir müssen weiterkommen. Und wir müssen dem Prinzip folgen, daß das Land den Schwarzen gehört. Doch was sind Gedanken ... Beweise und Erfolge gelten! Schließlich hat die Mau-Mau-Bewegung in Kenia bewiesen, wem das Land gehört. Wenn wir hier nur einen solch unsterblichen Jomo Kenyatta hätten ... für später.«

»Für mich bist du der ›weiße‹ Jomo Kenyatta. Wenn ich bedenke, was du für die Schwarzen bereits alles getan hast ...«

»Keine Schmeicheleien. Wir müssen weiter. Höchste Zeit. Die Russen wollen Erfolge sehen – und nichts als das. Egal wie.«

»Die Russen haben später in Kenia aber das Nachsehen gehabt.«

»Das, mein Lieber, ist nicht unser Auftrag. Wenigstens jetzt noch nicht. Weiter. Was ist also mit dem Botulismus?«

»Ist ja schon gut, Sacky. Sofort. Nur noch schnell ein kleines Wort, um dir zu sagen, daß ich mir der Tragweite unseres Auftrages vollkommen bewußt bin. Wirklich bedauerlich, daß wir zu den radikalen Mitteln greifen müssen.«

»Besser so, als die Weißen langsam aber sicher abschlachten zu lassen. Die übrige Welt würde das nie verzeihen. Hat nicht auch das die Geschichte bewiesen?«

»Ja, es ist wirklich bedauerlich. Aber meinst du nicht auch, daß wir Mogambo wie alle seine Vorgänger doch noch einmal nach Moskau zu einer abschließenden Ausbildung schicken sollten? Wer soll das Land später führen? Uns fehlt immer noch der ›schwarze Messias‹, der sein Land aus den Klauen der Weißen befreit hat. Wir Weiße können doch schlecht als schwarze Vorbilder gelten. Ich meine, du und ich.«

»Ich bin absolut dagegen. Der Junge bleibt hier. Nicht nur, daß er gebraucht wird – aber es gibt wohl nichts, was er dort noch lernen könnte. Außerdem dürfte es dir klar sein, wie schwer es ist, überhaupt noch Leute unbemerkt aus dem Land zu bekommen. Und denselben Weg zurück – ist nicht viel leichter. Ich sage dir: kein unnötiges Risiko! Ist es nicht eine Frage der Zeit, bis die Regierung endgültig erwacht, und unser Trick mit den russischen – oder wem sie auch immer gehören mögen – Unterseebooten an der Küste von Natal sein baldiges Ende erlebt? Ich bin darüber informiert, daß sie demnächst ihre gesamte Grenzüberwachung – egal ob Land oder Küste – unwahrscheinlich verstärken werden. Man ist bereits mißtrauisch geworden. Vergiß das nicht. Wenn ich mir überlege, daß sie bald keinen Zentimeter der Grenzen aus ihren Augen lassen, bloß weil irgend so ein dämlicher Tourist ein ›feindliches‹ U-Boot gesehen haben will, das Schwarze ein- und auslädt ... Da bleibt nichts mehr, mein Lieber. Unsere Zeit ist da. Und wenn wir nicht bald unseren Traum ausgeträumt haben wollen ... Mogambo bleibt also hier. Davon abgesehen, so sehr begeistert von Moskau war er damals nun auch wieder nicht. Vielleicht lag es aber auch an dem dortigen Klima.«

»Verzeih, Sacky, wenn ich dich in deinen Gedankengängen unterbreche – aber, warum erzählst du mir das alles? Das ist doch altbekannt! Lenkst *du* jetzt nicht ab? Warum wohl? Oder sind dir gar Zweifel gekommen?«

»Durchaus nicht. Aber manchmal ist es von Nutzen, zu gegebener Zeit auch bekannte Tatsachen kurz aufzuwärmen. Du siehst, auf diese Weise hatte ich die Möglichkeit, meine Meinung über die Verschickung von Mogambo zu äußern ... Was ist also mit dem Chemiker? Verdammt, daß ich auch immer seinen Namen vergesse.«

»Dr. Boleslav Gruschkin. Ein toller Mann, sage ich dir!«

»Das weiß ich. Aber ich möchte es nicht unbedingt von ›dir‹ hören. Du weißt, was ich meine. Also?«

»Nein, du verstehst mich vollkommen falsch: auf seinem Gebiet ist er ein toller Mann.«

»Ich kenne ihn gut genug. Nur, daß ich diese Schwierigkeiten mit seinem Namen habe. Und jetzt möchte ich unbedingt alles wissen, bevor ich persönlich zu ihm Kontakt aufnehme.«

»Also dieser Dr. Boleslav Gruschkin schwört auf Botulismus. Und du weißt wirklich nicht, was das ist?«

»Erraten. Ich bin nur ein Mensch. Weiter. Außerdem sagte ich es bereits.«

»Na gut. – Es ist eine der gefährlichsten Vergiftungen, die unter normalen Umständen natürlich höchst selten auftritt – aber

– und das ist das Wunderbare an dieser Sache ... es wird ebenfalls höchst selten erkannt. Soweit der alte Gruschi mir sagte, diagnostizieren die behandelnden Ärzte fast immer völlig andere Krankheiten. In unserem Fall ist es eigentlich völlig egal. Schließlich werden die Ärzte wie jeder andere davon betroffen. Also, wenn ich Arzt wäre, ich ...«

»Du lenkst schon wieder ab, Freund.«

»Kein Wunder, ich bin von dieser Möglichkeit einfach hingerissen! Die Leute sterben und wissen nicht einmal warum. Ist das nicht schrecklich komisch? Und wenn einer übrig bleibt, ist er bestimmt kein Arzt. Wetten? Haha. Einfach herrlich. Hihi ... (Ekelhaft. Wie Gift tropft es durch meine Kopfhörer. So leicht, so schnell und süß. Und doch so verdammt schwer.) ... Aber jetzt im Ernst, Sacky. Dieses Gift wird durch Nahrungsmittel hervorgerufen ... durch einfache, wohlschmeckende Nahrungsmittel ... die natürlich mit dem Toxin von Clostridium botulinum infiziert sind. Ich kann es kaum glauben: so einfach kann man die Macht an sich nehmen ... wirklich unglaublich, was ein wenig idealistische Skrupellosigkeit ausrichten kann. Alles, was dazu benötigt wird, ist eine gute Idee – und ein oder zwei verläßliche Mitarbeiter. Ich werde also den Herrn Chemiker jetzt wörtlich zitieren: Die Sporen dieser Erreger sind in der Natur weit verbreitet und keimen äußerst schnell, wenn sie in luftabgeschlossene Nahrungsmittel gelangen ... wie zum Beispiel Konserven und Flaschen. Durch einfaches Kochen kann das Gift zerstört werden. Da hierbei die Sporen aber nicht abgetötet werden, kann sich in den abgekochten Speisen bald erneut Gift bilden. Beispiel – ordinärer Bohnensalat. – Durch Fäulnisbildung infizierte Büchsen sind äußerlich an Aufbeulung erkennbar. Allerdings nicht immer – ja, das hat er ausdrücklich erwähnt! Auf jeden Fall sei diese Vergiftung die gefährlichste, die es gibt. Allein zwei Wassergläser mit Botulingift könnten die gesamte Erdbevölkerung ausrotten ...«

»Ach! – Entschuldige, wenn ich unterbreche, aber das hätte ich nicht erwartet.«

Und ich hier unten im Keller ebenfalls nicht ... Stereofone Todesnachrichten ... wenn das so weiter geht, gibt es herrliche Zeiten. Weiter bitte, meine Herren!

»Da staunst du, Sacky, wie? Ja, so ist das Leben. Aber wie ich dich kenne, möchtest du auch gleich die Krankheitssymptome wissen?«

»Weiter.«

»Aber ja doch. Ich eile ... doch stell dir schnell noch die fetten Überschriften der internationalen Presse vor: Machtübernahme durch Tod aus Suppendosen und Bohnensalat! – Verzeih, wieder einer meiner Ausrutscher, denn noch sind wir ja nicht so weit. Außerdem wird wohl niemand die wahren Gründe ... Zuerst also das Krankheitsbild. Ich zitiere: Zwischen einem halben und zwei Tagen nach Aufnahme der toxinhaltigen Nahrung treten Kopf-, Gliederschmerzen und Erbrechen auf. Als nächstes schließen sich Lähmungen an – und zwar zuerst an den Augen ... der Doktor beschrieb das mit ›Akkommodationsschwäche‹, dann folgen Pupillenerweiterung, Augenmuskellähmungen mit Lidhängen. Stell dir vor, die Leute sehen dann meist alles doppelt! Ist dir das jemals in deinem Leben passiert? Auf jeden Fall zeigen sich die nächsten Störungen an der Schlundmuskulatur und äußern sich in Schluck- und Sprechunfähigkeit. Später breitet sich das alles über Blase und Mastdarm aus ... also wenn man dann nicht mehr so richtig kann ...? – Stell dir vor, du oder ich – schrecklich, sage ich dir. Wir müssen sehr aufpassen ... Und dann, fuhr Gruschi fort, würde der Tod normalerweise schon früh, hauptsächlich durch Atemlähmung, dann anderer Komplikationen und Entkräftung eintreten. Das hinge von der körperlichen Konstitution des Betroffenen ab. Rechtzeitig erkannt, gäbe es natürlich Rettungsmöglichkeiten – aber das trifft in unserem Fall ja wohl nicht zu, meine ich. Jetzt wird mir richtig unheimlich – dir auch?«

»Sei mal ruhig – ich glaube, da ist jemand ... nein, wohl doch nicht. Jedenfalls waren deine Ausführungen sehr zufriedenstellend. Morgen werde ich den Herrn persönlich sprechen ... da ist doch jemand! ... Tja, lieber Tidy, ich kann mir nicht helfen, aber ich finde, die Forscher unseres gesamten Erdballs sollten unbedingt ein Abschreckungs- oder Wasfüreinmittel gegen die Haifischgefahr entdecken. Die Biester werden immer frecher und – so scheint es – auch hungriger. Neulich soll so ein Untier in der Gegend von Durban einen bekannten Johannesburger Kaufmann einfach von der Yacht ins Meer gezerrt haben. Weißt du, wer das gewesen sein soll?«

»Nein, Sacky, keine Ahnung. Wann war denn neulich?«
»Na, so vor zwei Tagen.«
»Dann steht es morgen bestimmt in der Zeitung.«
Kopfhörer ab. Mein Kanal ist endgültig voll. Auf jeden Fall sind Jane und Helen wohlbehalten zurückgekehrt. Brauche ich mir wenigstens darüber keine Sorgen zu machen. Auch ein Trost. Ob Meyer wirklich zu solch einer Schweinerei fähig ist? Wie schnell er das Thema wechselte ... Und das nennt man Politik. Oder etwa nicht? Aber Politik war ja schon immer schmutzig. Ich muß unbedingt meine Gedanken ordnen.

Aber eines weiß ich jetzt schon: Als Zeuge dieses Gesprächs bin ich unwiderruflich Meyers fettreichen Wurstfingern ausgeliefert. Der Möhrenadonis ist halb so schlimm. Den schaffe ich schon.

Aber vielleicht ist das alles nur eine irre Spinnerei ... und ich sollte nichts tragisch nehmen? Glaube ich nicht. Da war einfach zu viel Ernst dabei. Wie hieß der Chemiker doch gleich? Dr. Boles oder so. Ich haben den Namen ja auf Band. Und dann steht er wohl auch im Telefonbuch. Bei solchen Plänen allerdings zweifelhaft. Ich würde zum Beispiel nicht im Telefonbuch stehen. Wäre mir viel zu gefährlich. Trotzdem ... ob ich ihm mal besuchen soll? ... oder ob ich ... Soll ich ... oder soll ich ihn nicht? Was?

Na – endgültig irgendeine Initiative ergreifen. Was denn sonst ... bevor es zu spät ist. Ich glaube, mein Hintern zittert wie Espenlaub. Der Möhrenadonis, dieser Korinthenkacker ... Die Dynamitstange in meiner Hosentasche.

Nein ... also das ist wirklich zuviel ... nicht, was in meiner Hosentasche ist ... das, was die da oben geplant haben! Was würde wohl ein ›weißer‹ Messias an meiner Stelle als nächstes – als unbedingt nächstes – unternehmen? Ich habe ja immer gesagt, ich müßte mehr über Psychologie wissen ... vielleicht gibt es in einer der e-ypsilonischen Enzyklopädien genügend Aufschluß über den psychologischen Anwendungsbereich eines Messias generell? Und welche Existenzberechtigung hat so ein Typ? Das müßte ernsthaft untersucht werden. Wozu? Ist auch zu zeitraubend. Wenn die da oben sich beeilen wollen – dann muß ich fliegen. Und das unauffällig. Zum Glück sind jetzt die beiden Frauen bei ihnen.

Und der Chemiker? Der hat Zeit. Man soll nichts überstürzen. Jedenfalls wird ab morgen nur noch frische Nahrung zu sich genommen. Und was ist mit Wasser, Bier, Saft und so? Entweder stundenlang kochen oder ... Fasten, würde ein Gläubiger vorschlagen! Fasten hilft, das Äußere von dem Inneren abzuhalten! – Das Tonbandgerät muß ja auch noch angehalten werden.

XVIII. Kapitel

Wie schön die Reifen unter uns singen. Aber, wessen Lied singen sie? Meines oder seines? Konzentriert blicken seine Augen auf die endlose Straße vor uns. Unser Auto frißt sie gierig wie ... nein, eigentlich wird sie nicht gefressen – verschlungen wird sie! Ja, das paßt eher.

Wie gut ich es kenne, dieses grau-weiße Band unter uns. Meine Füße kennen es noch besser. Waren sie es nicht, die vor langer Zeit darüber liefen, beseelt von dem großen Wunsch, viel Gold zu verdienen?

Die Straße ist wirklich hart. Ihre Härte, die zur gewohnten Brutalität wird. Die Schuld der weißen Hände, die sie bauen ließen. Selbst die starken Autoreifen müssen immer wieder erneuert werden. Und das will was heißen. Dabei war ich damals über meine wunden Füße erstaunt. Aber das konnte ich nicht wissen. Und noch vieles mehr ...

Eigentlich braucht er für nichts gerade zu stehen – nicht einmal für seine Existenz. Existenz heißt so viel wie ›Dasein‹. Warum die Weißen für solch einfache Begriffe immer solch schwierige Worte gebrauchen müssen! Wollen sie damit etwa ihre Überlegenheit uns gegenüber beweisen? Vielleicht. Ich bin noch nicht so sicher ...

Ob sich Yakain sehr verändert hat? Ob sie mich noch so liebt wie früher? Bestimmt hat sie sich nicht verändert. Bestimmt liebt sich mich noch so wie früher. Ihr Amulett an meiner Brust beweist es jeden Tag – wenn auch das Kreuz von dem Vater immer noch daneben hängt. Aber die haben sich aneinander gewöhnt wie zwei verspielte Hunde.

Nicht mehr lange, vielleicht ein oder zwei Tage, dann kann ich sie sehen. Sie, meine Liebe. – Wir führen nicht direkt zu ihr, aber in die Nähe, weil er dort einen seiner vielen Brüder besuchen wolle. Und als Belohnung für meine Treue und meinen Fleiß dürfte ich sie dann besuchen. Und den Brautpreis habe ich fast schon verdient ... wie gut ...

Er stiert mit seinen hervorquellenden Augen auf das zitternde Band vor uns. So, als wolle er es hypnotisieren – wir würden einfach ›verzaubern‹ dazu sagen. Ob er sich Kraft einsaugen will? Kraft von der harten Straße, weil ihm sein Gott nicht genug gibt?

Sie alle haben keine oder nur wenig Kraft, daher ihre Brutalität. Ganz einfach ... arme Geschöpfe – die Weißen ...

Billig finde ich sein Gehabe. Warum plustert er sich auch so auf? Hat er das wirklich nötig – mit oder ohne Gott? Vielleicht. Vielleicht auch, weil er weiß, daß ich weiß – daß er eben für nichts geradezustehen hat. Nicht einmal für seine Existenz. Dabei soll jeder Mensch offen und ehrlich sein – wie die meisten von uns. Aber jedes Mal, wenn ich ihm von unseren Geistern und allem erzählen wollte, machte er eine wegwerfende Handbewegung und meinte, das wären nichts als sündige Gedanken.

Vielleicht hat er mir deshalb seine Lebensgeschichte erzählt. Eben, um sich zu entschuldigen, daß er einem falschen Gott dient. Einem Gott, der nur Gutes verspricht, aber nichts einhält, wenn es darauf ankommt. Eben weil er kein richtiger Gott ist. Bei uns ist das alles anders. Da weiß man, was kommt oder nicht. Auf jeden Fall habe ich bei unserem Gott noch nie eine Lüge entdeckt. Selbst unser weiser alter Mann nicht. Und der ist wirklich klug. Ob er sich freut, wenn ich endlich komme?

Bestimmt. Ist er nicht mein Freund? Außerdem nennt er alle Dinge mit einfachen Namen. Existenz – solche Worte gebrauchte er nie. Entweder ist da etwas – oder es ist nichts. Und im Grunde genommen hängt es von einem selbst ab, was da ist. Wie bei mir zum Beispiel ... ich bin da. Und auch die Sache mit dem Fluch, der auf mir lastet – die ist ebenfalls da. Zu blöd, daß Leute, die mit mir in irgendeiner Beziehung stehen, selbst, wenn ich sie nur flüchtig kennengelernt hatte – oder sie nur in meiner Nähe wohnten ... wie meine Eltern früher und die Leute in unserem Dorf, sterben mußten. Bei denen kam es durch das große Feuer ...

Aber warum leben sie noch alle – in dem neuen Dorf? ...

Und der weiße Polizist mit seiner Frau, damals, als ich auf dem Weg nach Johannesburg war und naiv an mein Glück glaubte? Tot. Bei denen könnte man allerdings sagen, daß sie selbst schuld waren. Aber immerhin. Sie sind nicht mehr. Und ich finde, sie haben diese Strafe verdient. Unser Gott ist eben gerecht. Und unsere Geister und Dämonen lassen mit sich reden. Deshalb unsere Opfer. Trotzdem – ich weiß nicht – ob wirklich alles so ist, wie es gesagt wird? Ich finde, böse Menschen haben auf dieser Welt nichts zu suchen. Und doch sind sie da. In diesem Punkt verstehe ich unseren Gott nicht so ganz. Denn wieviel böse Menschen habe ich bisher getroffen – und sie leben immer noch? Das ist für mich eine ernsthafte Frage. – Da war der nach Alkohol stinkende Weiße in dem Goldbergwerk, der mich um die Hälfte meines Lohnes betrogen hatte. Und der lebt bestimmt noch – oder? Da waren noch viele andere ... nicht nur Weiße. Mensch bleibt Mensch. Aber auch sie leben weiter.

Aber dann hat mir der Vater aus dem weisen Buch vorgelesen. Bibel nannte er es. Und ich fand die Geschichten sehr interessant. Nicht nur, weil auch dort die Bösen immer bald bestraft wurden. Wirklich ein sehr gutes Buch! Schade, daß es von den Weißen ist. Es müßte unser Buch sein. Auf der anderen Seite weiß ich, daß unser Gott so klug ist, daß er eben kein Buch braucht. Der hat alles im Kopf.

Wenn nur die Sache mit dem Fluch nicht wäre. Wann finde ich die Erklärung? Vielleicht eines Tages – denn so geht es nicht weiter. Ich müßte ein gutes Opfer bringen ...

Ach, ich renne mich in meinen Gedanken fest. Und auf nichts finde ich eine gute Antwort. Ob ich eine finde, wenn ich den Vater irgendwo in Ruhe opfere? Verdient hat er es. Seinen Verrat an mir habe ich noch nicht vergessen. Auch wenn er noch so sehr versucht, mein bester Freund zu sein. Aber das versucht er bei anderen ebenso. Und wie behandelt er seine Gemeinde? Falsch. Einfach falsch! Ich finde, er nutzt sie aus. Und sie glauben alles, was er ihnen erzählt, eben weil sie blindlings glauben und nie Fragen stellen. Er spielt mit ihnen. Was nutzen seine Geschichten und Gesetze, die dieser komische Glauben vorschreibt? Und weil er es vielleicht selbst weiß, spielt er mit den Leuten, um dadurch Vorteile zu bekommen, die ihm bestimmt sein undurchsichtiger Gott versprochen hat.

Eigentlich müßte ich mich dagegen auflehnen. Aber wie? Wer glaubt einem Schwarzen? Unser weiser alter Mann hat immer gesagt, ein Schwarzer dürfe sich nie gegen einen Weißen auflehnen. Das würde nichts als Unglück über unser Volk bringen.

›Kommt Zeit – kommt Rat‹. Hat er hinterher gesagt. Ein kluges Wort! Auch wenn dieses ›Wort‹ von den Weißen stammt. Und ich werde weiterhin gehorchen.

Vielleicht kommt eines Tages mein Tag, an dem ich weiß ...
»Benzin, mein Sohn, wir brauchen Benzin.«

Plötzlich löst er seinen starren Blick von dem weiß-grauen Band vor uns und verrät eine unerklärliche Unruhe. Bestimmt ist es sein schlechtes Gewissen. Wenn man Benzin braucht, ist das nämlich noch lange kein Grund, unruhig zu werden. Ich weiß es. Schließlich fahre ich heute nicht zum ersten Mal in einem Auto.

»Benzin ist der Lebenssaft unseres Vehikels. Es braucht das Zeug so dringend wie wir unser Blut. Ohne Saft kein Leben.«

Er muß es ja wissen. Denn von dem Saft des Lebens hat er mir schon ziemlich viel erzählt. Nicht, daß bei uns diese Flüssigkeit weniger wichtig wäre. Aber eigentlich geht das nur den weisen alten Mann etwas an.

Und die Reifen unseres Wagens geben ein gequält schreiendes Geräusch von sich. Wir halten.

Tankstelle nennen sie das Gebäude, vor dem wir jetzt stehen. Eigentlich müßte ich jetzt aussteigen und aller Welt zeigen, daß ich der Diener meines weißen Herrn bin: Autoschlüssel aus dem Lenkrad ziehen! Wichtige Miene aufsetzen! Den richtigen Schlüssel für den Tank dem herbeieilenden Boy geben – und im richtigen Augenblick das Wort ›Benzin‹ von so weit oben wie möglich fallen lassen! – Der Benzinboy hätte dann furchtbar viel Achtung vor mir und würde sie jedem zeigen. Aber, habe ich das nötig?

Doch der Vater selbst ist dermaßen von dem Begriff Benzin – dem Saft für das Autoleben – ergriffen, daß er alles das macht, was ich hätte tun sollen. Soll er. Vor Gott sollen ja alle Menschen gleich sein ...

Ich werde sehr, sehr vorsichtig sein. Denn Unschuldige dürfen nicht sterben. Das wäre nicht richtig ... finde ich! Aber er ist schuldig! Auch wenn er mir seine Geschichte erzählt hat. – Eine weiße Geschichte. – Hat er sie mir erzählt, weil er sich bereits schuldig fühlte?

»Mogambo, mein Sohn, was ist denn mit dir? Träumst du oder fühlst du dich nicht wohl? Brauchst du etwas?«

»Nein. Es ist alles in Ordnung, Vater.«

»Gut, mein Sohn. Bis der Wagen in Ordnung ist, werde ich schnell für einen Tee verschwinden. Soll ich dir etwas mitbrin-

gen – oder dir Tee und Gebäck an die Straße bringen lassen?«
»Nein, danke. Ich warte.«
Was soll ich sonst sagen? Nämlich da, wo der Vater hineingehen will, um seinen Tee zu trinken, steht wieder eines dieser verhaßten Schilder: ›Zutritt nur für Weiße!‹
In zwei Sprachen. Englisch und Afrikaans. Diese kleinen leblosen Schilder sagen nur zu deutlich, daß hier in diesem Land nie alle Menschen gleich sein werden. Wäre es nicht wenigstens höflich, den Zutritt-nur-für-Weiße-Satz in einer unserer Sprachen zu schreiben? Was heißt Höflichkeit? Für die Weißen sind wir nichts als Arbeitstiere: Friß oder stirb!

Einem englischen Hund bringt man vielleicht den Tee an die Straße. Aber nicht mir. Und keinem von uns.

Aber noch brauchen wir sie – die Weißen. Sie sollen uns ihr Wissen übermitteln, so wie er es mit mir gemacht hat. Dafür bin ich ihm dankbar. Ich könnte auch sagen, es ist seine Pflicht! Ihre Pflicht als Preis für das, weil sie in unserem Land leben – ohne sonst dafür zu bezahlen. Sie nehmen uns unsere alten Lebensgewohnheiten immer mehr weg – nur damit sie daraus Vorteile ziehen können. Dafür müssen sie uns wenigstens helfen, mit den neuen Lebensgewohnheiten fertig zu werden! Wie sonst sollen wir überleben? Tausende von Jahren können nicht von heute auf morgen umgekrempelt werden. Und daraus müssen wir lernen ...

Wir müssen sehr viel lernen. Soll nicht der Rest der Welt so leben, wie die Weißen es vorleben? Deshalb hat er mir so eindringlich gesagt: »Mein Sohn, jeder, auch ihr, muß mit der Zeit gehen. Sonst gibt es eines Tages kein Überleben mehr. Denn dann kommen andere, die stärker sind und noch mehr wissen.«

Ich weiß, daß der Vater in diesem Punkt recht hat. Und täglich lerne ich mehr und mehr, um immer sicherer entscheiden zu können, was richtig und was falsch ist.

Aber dürfen sie deshalb trotzdem unseren eigenen Glauben töten? Haben wir kein Anrecht auf unsere eigene Geschichte?

Ryklof van Reef heißt der Vater mit bürgerlichem Namen. Er hat selbst ›bürgerlich‹ gesagt. Geboren und aufgewachsen hier in Südafrika – unserem Land. Aber er meinte, dieses Land gehöre ihnen mindestens so viel wie uns. Dabei sind wir schwarz – und es heißt deshalb nicht umsonst: der schwarze Erdteil. Das weiß ich auch von ihm. Aber ein Weißer in einem schwarzen Erdteil? Geht nicht. Also haben sie das Land irgendwann von uns gestohlen. Gekauft haben sie es nicht ... denn sonst hätten wir ja Geld. Sind meine Vorfahren nicht im Kampf gegen die Weißen gefallen? ›Gefallen‹ ist nicht gut. Weil es ein typisch weißes Wort ist. Sie wurden brutal ermordet. Nur weil sie das Land verteidigen wollten – auch wenn unsere Stämme zur gleichen Zeit wie die Weißen von Süden nach Norden zogen, wir uns vom Norden zum Süden bewegten. Afrika den Afrikanern.

Aber unsere Leute haben verloren. Auch, weil sich ihre Führer nicht immer einig waren. Der eine wollte nach rechts – der andere nach links. Und überall tauchten die Weißen auf. Sogar die Medizinmänner waren machtlos. Vielleicht waren sie damals noch nicht fortschrittlich genug? ...

Aber Geschichtsschreiber – oder Geschichteerzähler – die eigentlich alles wissen und der nachfolgenden Generation weitererzählen, wußten zu jener Zeit nicht viel über die richtige Wahrheit. Und deshalb streiten alle, die heute noch damit zu tun haben. So also soll der Mythos der schwarzen Rasse in diesem Land entstanden sein. Mythos – Entschuldigung! ... jetzt denke ich schon mit den Ausdrücken der Weißen. Aber das hat ja niemand gehört. Mythos – haben wir überhaupt solch ein Wort? – Und dann die Widersprüche ... Was stimmt nun an unserer Geschichte? Das oder das? Hätten wir eigene Bücher, wäre alles leicht nachzulesen. Wir müssen eigene Bücher haben. Und die müssen stimmen! Ich will, daß sie von klugen Männern geschrieben werden. Ich? Aber dazu brauche ich Macht. Viel Macht! Afrika den Afrikanern ...

Übrigens, waren die ersten Menschen auf der Welt nicht auch Schwarze? Na bitte. Vor langer Zeit hat es mir unser weiser alter Mann persönlich gesagt. Der Vater hat es mir natürlich anders erzählt. Bei ihm waren es Weiße. Typisch für sie! Und mit welchem Recht? Dem der Brutalität?

Natürlich könnten auch wir brutal sein – wenn wir wollten. Beste Lehrmeister haben wir ja. Deshalb könnten wir – wenn wir wollten. Aber ist es nicht schöner, in einem gerechten Frieden zu leben? Wir alle wären glücklich und zufrieden, hätten wir in unserem Leben genug Kühe, um damit Frauen zu kaufen. Eine Lieblingsfrau mit vielen Nebenfrauen, um Kinder zu machen. Später, wenn die Kinder erwachsen sind, werden die Töchter dann wiederum gegen Kühe an die Schwiegersöhne eingetauscht – und unser Lebensabend wäre gesichert. Die Weißen nennen das komischerweise Rente. Wir nennen es Lebensweisheit. Ja, genügend Kühe, Frauen, Kinder, viel Essen und natürlich auch Bier. Denn Bier gibt zufriedene Gedanken und macht lustig. Natürlich ist unser Bier anders als das der Weißen. Schon die alten Ägypter hätten Bier gebraut, sagte der Vater – aber die waren weit weg im Norden und daher wohl auch weiß. Ich muß ihn nochmal danach fragen. Ob es nicht doch Afrikaner waren, die das erste Bier erfanden?

Der Vater ... Ein eigenartiger Mensch. Ein armer Mensch, der nicht weiß, was er sein soll und was er will. Auf jeden Fall ein Mensch mit eingetrichterten Vorurteilen gegen uns. Hat er selbst gesagt. Und als Nachfahre seiner burischen Vorfahren auf einer Farm irgendwo in Transvaal geboren. Wenn ich mir überlege, daß die Buren schon seit dem 17. Jahrhundert hier sind – kaum auszudenken. Und das nur, weil sie angeblich zu Hause in Europa irgendwelche Schwierigkeiten mit Platznot, Vererbung und Religionsfragen hatten. Nein, stimmt wohl nicht. Religionsfragen – -schwierigkeiten hatten die Hugenotten. Und die sind aus Frankreich. Ist aber auch in Europa. Und soll in der Nähe des Burenlandes sein – oder gewesen sein. Ist ja auch egal. Jetzt sind sie hier ... und wir haben den Ärger mit ihnen!

Aber ist es nicht brutal, was der Vater des Vaters zu ihm sagte, als er noch ein kleiner Junge war? ›Lehre diesem schwarzen Pack, was ein van Reef unter Arbeit und Gehorsam versteht. Sie wollen nichts als fressen, saufen und mit den Weibern huren, mein Junge. Nimm die Peitsche, und du wirst Herr über sie sein. Außerdem stinken sie. Sie sind nicht mehr wert, als deinen Reichtum zu vermehren. – Vergiß das an keinem Tag deines Lebens. Verstehst du?‹

Zu der Zeit – wie er mir sagte – war der Vater sechs Jahre alt und schon die Geißel der Schwarzen seines Vaters. Wehe, wenn sich einer von ihnen wehrte. Der Tod war die Antwort. Und je älter der ›kleine‹ Vater van Reef wurde, desto unnachgiebiger und empfindungsloser benahm er sich den Nöten der ihm anvertrauten Arbeiter gegenüber. Unsere Leute! Obwohl auch sie nicht gerade meine Freunde sind – die wenigstens, die hier leben. Aber schwarz bleibt schließlich schwarz. Wie kann ein Sechsjähriger gegen erwachsene Männer und Frauen die Peitsche gebrauchen? Unerhört.

Deshalb sind wohl alle Weißen hier wie Nachtwandler ... die wegen der in sie eingetrichterten Gesetze der Vorherrschaft einfach meinen, alles richtig zu machen. Und wenn sie meinen – unfehlbar zu sein, muß ich jedes Mal lächeln ... mitleidig – versteht sich. Aber nicht nur deswegen kommen mir ernsthafte Zweifel, ob sie auch wirklich selbständig denken können ... frei von allen Vorurteilen, die ihnen als Kind eingetrichtert wurden. Schau dir bloß deren Sekretärinnen an. Sind sie nicht – jetzt werde ich in der Sprache der Weißen denken – sind sie nicht wie künstliche Marionetten, die automatisch den Ablauf des Lebens durchleben? Nicht durch ihre eigene Wahl. Nein, sie haben nie darüber nachgedacht ... von nichts kommt eben nichts. Schaut mich an. Ich kann jetzt schon mehr als sie alle. Zwei Sprachen. Meine eigene – und die der Weißen. Und wenn ich mir wieder diese Sekretärinnen anschaue ... was sind sie mehr als ausgestopfte Puppen, in die man ein Loch bohren kann! Und was würde schließlich herauskommen? Sand und Sägespäne. Nicht einmal rotes Blut. Der Vater hat mir viele von ihnen vorgestellt. War ja eigentlich verboten – aber er hat es trotzdem getan. War sogar nett von ihm. Dafür habe ich ihm einige von unseren Leuten vorgestellt. Wie du mir – so ich dir. Natürlich hat er sie mir nicht nur vorgestellt, weil sie gläubig waren. Ich glaube, er macht irgendwelche Geschäfte mit ihnen. Ist ja auch egal. Aber wenn man diese weiblichen Puppen betrachtet, wie sie sich mit künstlichen Farben ihre Gesichter zu verschönern suchen ... sie sind gefühllos. Nichts haben sie an sich, das sie ein wenig sympathisch erscheinen läßt. Sympathisch – was für ein Wort. Und gib diesen gefärbten Lebewesen irgend etwas in die Hand ... ja was? Vielleicht Liebe oder gar einen Säugling! Was für Töne würden dann entstehen? Wohl nichts anderes als diese ekelhaften falschen Empfindungen, die ihnen – wie dem Vater – von Geburt an eingetrichtert wurden ... um sie vor dem echten Gefühl, wie wir es haben, zu beschützen. Kein Wunder, so wie sie aussehen. Deshalb also sind sie nichts weiter als massenproduzierte Fehlempfindungsträger. Sie sind arm dran. Alle Möglichkeiten haben sie verloren, etwas in sich zu entdecken, das wie wahre Wahrheit klingt, das sie endlich erwachen läßt. Ob sie eigentlich Schmerz empfinden können? Statt Liebe kennen sie die Peitsche. Statt Zärtlichkeit den Haß gegen die Mitmenschen. Und gegen uns Andersfarbige! Arme Kreaturen sind sie.

Fast hätte der Vater es genauso gesagt, hätte er es nicht indirekt, auf weiße Art, erwähnt. Aber er hat ja die gleiche Erfahrung. Und deshalb sollen wir alle wie Aussätzige behandelt werden – oder weil wir möglicherweise von einem anderen Stern kommen und als Belohnung gequält werden müssen. Und ihr Gott verspricht weiterhin Liebe! Liebe unter den Mitmenschen. Auch Tiere müßten geliebt werden! Aber wir sind wohl weder das eine noch das andere. Was sind wir eigentlich?

Natürlich sind wir Menschen! Oder fühlen wir uns nur so? Als was würden in diesem Fall die Weißen gelten?

Fragen über Fragen. Und ich dachte immer, der Vater hätte mir bereits ein großes Wissen geschenkt. Jetzt weiß ich, daß ich nichts weiß. Aber den Vorfall in der Kirche hat er nie wieder erwähnt. Dabei habe ich ihn öfter indirekt danach gefragt: Ob er den Schwarzen nicht erkannt hätte ... und so. Nichts.

Und dann plötzlich eines Tages erzählte er mir von seinem Universitätsleben. In diesem Leben sollte er Theologie studieren. Das sei nämlich ein alter Brauch in seiner Familie. Der Älteste würde als Priester der Kirche gehören. Er war sogar in England ... sagte er nicht Oxford? Egal.

Erst, so meinte er, sei er gar nicht so gläubig gewesen, wie sein Vater es von ihm verlangte. So also lernte er die geheimen, verbotenen Vergnügen kennen. Geheim, weil niemand etwas merken sollte. Und auf einmal sei dann der echte, wahre Glaube über ihn gekommen. Grund genug, von dem bürgerlichen Gemeinsinn seiner weißen Kumpane als verboten und unsittlich angesehenen Lebenswandel abzusehen, um ein archaisches Leben zu führen. Archaisch. Worte haben die Leute – einfach unmöglich.

»Doch, glaube mir, mein Sohn, mit der gerade gewonnenen Liebe Gottes hatte ich stark zu kämpfen. Konnte ich denn etwas dafür ... meine anerzogene Abneigung gegen Farbige? Natürlich hatte ich vorher sogar mit vielen Mädchen geschlafen – ich fand das wunderbar –, aber dann kamen eines Tages die Haßgefühle gegen alles Weibliche auf. Ich kann es mir nicht erklären.

Haß, Haß, Haß. Dann wollte ich mit Männern ... Nur intensives Gebet half mir auf meinem dornigen Weg. Und diese Gebete waren es, durch die ich stark genug wurde, mit meinen abwegigen Gefühlen und Vorurteilen fertig zu werden. Aber – es dauerte nicht lange und ein neuer Zwiespalt erschien in mir. Ein grausamer Zwiespalt: Wie sollte ich je in meinem Leben mit all diesen Gegenpolen fertig werden? Eigentlich hat sich seit dieser Zeit nicht sehr viel geändert – nur – daß ich eine endgültige Entscheidung herbeisehne ... obwohl ich sie zur gleichen Zeit ängstlich zu vermeiden suche. Und plötzlich, nach vielen Jahren, war sie da! Neulich, in meiner Kirche. Jedenfalls war es der Anfang jener Entscheidung. Und ich habe kläglich versagt. Möge Gott mir verzeihen! Versagen allein ist nicht so schlimm ... das ist vielleicht menschlich. Doch was habe *ich* getan? Gesündigt – sage ich dir. Aber ich habe einen Trost, Mogambo. Mit deiner Hilfe werde ich irgendwann von meiner inneren Last befreit werden. Ich weiß es genau. Und dafür bin ich dir jetzt schon dankbar. Es ist, als wärest du mein irdischer Befreier ... Obwohl ich dir unwürdig geholfen habe, wirst du mir den endgültigen Weg zeigen. Durch ihn werde ich meine Abneigung gegen euch los! Denn du bist ein guter Mensch. Möge Gott dir ein langes Leben bescheren. Eine Gnade, daß ich deinen Weg kreuzen durfte ...«

Wenn er sprach, sprach er immer sehr geistvolle Worte. Worte, die so schwer waren, daß es oft ohne Hilfe unmöglich war, sie zu tragen. Aber ich war allein. So trug ich sie dann. Allein. Stück für Stück ... Sogar mit Männern wollte er ... ob das sein Gott erraten konnte? Aber, Vater!

Und eines Tages sagte er mir sein eigenes Omen voraus. Wenn jemand diesen Schritt geht, heißt es meistens, daß er von der kommenden Wahrheit überzeugt ist – und weiß, daß es einmal so sein wird! Fast hatte ich Mitleid mit ihm. Aber ist das Leben als solches nicht hart? Besonders, wenn man allein ist und mit dieser kommenden Wahrheit fertig werden muß? Aber es gibt nun mal kein Entrinnen vor der grausamen Zukunft. Und meine? Wie wird die sein? Ich weiß es nicht. Vielleicht ist es gut so. Wenigstens habe ich die Möglichkeit, an jedem neuen Tag frohgemut die Sonne anzulachen und ihr zu sagen: Was immer auch passieren mag, ich vertraue dir und dem, was du mir heute zu bieten hast. Natürlich ist da noch der Fluch, der auf mir lasten soll. Aber bin ich bis heute nicht wunderbar mit ihm fertig geworden? Ehrlich gesagt, ein Fluch hat auch seine guten Seiten. Aber das gilt wohl nur für Kenner – so wie mich. Dann die Worte des Vaters. Sie klangen richtig schicksalsschwer. Noch jetzt läuten sie in meinen Ohren wie fromme Glocken, die beweisen wollen, daß ein X genauso gut ein U sein könnte.

»Ich weiß, es wird etwas mit mir passieren. Ich weiß nicht genau, was es sein wird. Es wird mich trotz des warnenden Gefühls völlig unvorbereitet treffen. Aber ist es nicht Gott, der mich letztendlich auf die große Probe stellen will? Ich habe großes Vertrauen in ihn. Und wenn diese Stunde noch so unerwartet sein wird, glaube mir, ich werde den mir gebotenen Becher bis zur Neige austrinken! Auch wenn die Neige so bitter sein wird wie Galle.«

Wie weiß die Knöchel seiner fleischigen Fäuste sind. Ob es die Angst des Ungewohnten sein wird oder ist? Vielleicht hat er Angst vor einem Autounfall. Denn sehr viel fährt er ja nicht. Alles hängt von seinen Händen ab, die unser Automobil führen. Ob dieses Ding eine Seele hat? Glaube ich nicht. Alles, was von Menschenhand gebaut ist – kann keine Seele haben. Wo kämen wir dann mit der Unmenge von künstlichen Seelen hin?

Und daß ich ihn, den Vater, vielleicht an einem ruhigen Ort opfern würde ... das wird er bestimmt nicht wissen ... und noch weniger ahnen. Wie sollte er? Ich weiß es ja selbst nicht. Vielleicht wird es zu einer Kraftprobe zwischen seinem Gott und dessen Engeln und unserem – sowie seinen Geistern und Dämonen kommen?

Mensch – von welchen Problemen mein Hirn zermartert wird ... dabei sollte ich mich freuen – auf das, was vor mir liegt: Yakain, die alten Freunde – wir werden wild tanzen – dann die Unterhaltungen mit dem weisen alten Mann – sicher will er alle meine Erfahrungen hören. Was er wohl über den Vater sagen wird? Bestimmt wird er ihn nicht mögen ... trotzdem wird er ihn höflich behandeln. Gast bleibt Gast ...

Wie die Natur draußen an uns vorbeirauscht – ohne etwas zu sagen. Dabei steht sie fest, und *wir* rauschen an *ihr* vorbei. Ob sie das sehr verärgert? Ich an ihrer Stelle würde mir das nicht bieten lassen – und an Rache denken. Schließlich ist die Natur mächtig und Gottes Helfer. Sie allein hat die Kraft, Leben zu erwecken, zu beschützen – und zu zerstören. Das hängt natürlich von ihren Launen ab. Ob sie mich noch mag? Eigentlich müßte sie, da ich ihr noch nie etwas Schlechtes zugefügt habe. Ich liebe und verehre sie ... wie mächtig sie ist. Ich glaube, jetzt lächelt sie mir sogar zu. Und das gibt mir Mut. Eigenartig, ich dachte immer, bereits genug Mut zu besitzen?

Hat der Vater früher nicht versprochen, mir das Autofahren zu zeigen ... als Belohnung für meinen Fleiß? – Jawohl – hat er gesagt! Und ich habe sehr fleißig gelernt. Nicht wahr? Dann zeige mir jetzt, wie man dieses Auto fährt! – Warum sagt er nichts? Gut – dann werde ich ihn fragen! Oder soll ich noch etwas warten? Ja. Vielleicht fünf Minuten ... Wie wir über die Straße fliegen ... über dieses verhaßte, silberhell glimmende Band ... verhaßt ... trotzdem bringt es mich meiner Heimat immer näher ... da, wo ich meine neuen Eltern fand. Und Yakain ... und ... und ... was sie wohl sagen werden, wenn ich mit einem Weißen komme? Der weise alte Mann wird es mir erzählen. Er ist mein Freund ... und noch kurze Zeit, dann habe ich das Geld für den Brautpreis zusammen ... dieses Mal wird es nur ein kurzer Besuch sein – eben weil der Vater dort in der Gegend zu tun hat. Aber später kehre ich zurück. Alleine! Und für immer! Mit meinem Wissen werde ich bestimmt Häuptling. An der Seite von Yakain ... und noch später werde ich vielleicht sogar der Nachfolger des weisen alten Mannes ... Wie schön das Leben ist!

Erst der Traum ... dann wird alles zur Wahrheit ... bald ist es soweit ... denn wie schnell verrinnt die Zeit ... so schnell, wie wir das Band der Straße vor uns verschlingen. Habe ich Hunger? Das Gesicht des Vaters ist satt. Er hat gut gegessen ... Ich bin hungrig ... aber am Straßenrand esse ich nicht ... Stolz. Also habe ich keinen Hunger ...

Bestimmt bin ich jetzt sehr nervös. Denn meine eigenen Hände sind es jetzt, die die Fahrt unseres Automobils bestimmen. Der Motor vor mir schnurrt zufrieden wie eine Katze vor dem Kaminfeuer. Aber der Vater sagt nichts. Er denkt bestimmt über seinen Gott nach – so wie ich über mein Leben.

Ist das wirklich alles, um ein Fahrzeug zu steuern? Dabei wollte er mir eben noch das Fahren nach und nach beibringen. Und jetzt? Meine Handknöchel sind zwar weiß vor Angst oder Anstrengung, weil sie das Steuerrad umklammern. Aber schwer ist es wirklich nicht. Hauptsache, man weiß, wo die Gänge liegen und wann in welchem bei welcher Geschwindigkeit gefahren werden muß. Halb so wild. Finde ich. Dabei hat er sich mal wieder so richtig aufgeplustert – als er mir da unten die Stelle zeigte, gegen die oder auf die man treten müßte, um zu bremsen.

›Aber nur im Notfall, hörst du? Und je stärker der Notfall, desto stärker mußt du treten.‹

Notfälle haben wir noch keine gehabt. Und getreten habe ich deshalb auch noch nicht. Soll ich mal? Aber dann meint er bestimmt, wir hätten einen Notfall und wird nervös. Dabei blinzelt er jetzt so schön schläfrig vor sich hin.

Soll ich nicht doch? Ihn ärgern würde mir vielleicht sehr viel Spaß machen. Warum nicht. ›Vor Gott sind alle Menschen gleich ...‹ Unglaublich, wie sich sein sattes Gesicht zu einer haßerfüllten Grimasse verziehen kann. ›Lehre diesem schwarzen Pack ... nimm die Peitsche ... außerdem stinken sie!‹

Ihr Weißen seid ungerecht. Wißt Ihr nicht, daß Ihr in unseren Nasen genauso stinkt – wie wir vielleicht in euren? Da! Die Affenfamilie! Vor uns. Auf dem silberhellen Band. Warum laufen sie nicht weiter? Wollen sie von mir und dem Wagen gefressen werden? Soll ich? Nein. Sie sind Geschöpfe der Natur. Und die Natur ist gut.

Bremsen. Mit meiner ganzen Kraft! Aber der Wagen hat etwas dagegen. Typisch, ein weißer Wagen will sich nicht von einem Schwarzen befehlen lassen. Wie er schlingert. Wie er schleudert. Verdammt. Die Tiere können doch nichts dafür. Halt. Bitte halte an!

»Du blöder Hund, was machst du denn?« Seine Stimme überschlägt sich vor Wut. Nein ... es ist der alte Haß. Ich fühle es genau. Zur Strafe stößt er mit seinem Kopf an das Seitenfenster. Und jetzt dreht er wie wild an meinem Steuerrad. Dabei hat er gesagt, ich soll steuern.

»Habe ich dir nicht gesagt, du sollst stur geradeaus fahren? Los, nimm den zweiten Gang. Hast wohl wieder geträumt und an deine Geister gedacht, wie?«

»Die Affen.«

»Davon gibt es genug. Kein Grund, sich so dumm anzustellen. Los, Gas jetzt ... dann den Dritten ... aber anständig.«

Ich könnte ihn erwürgen. Was können die Affen dazu, daß ich hier Auto fahre? Typisch, diese weiße Brutalität ...

»Entschuldige meinen rauhen Ton von eben. Aber wir hätten jetzt beide tot sein können. Du mußt noch viel umsichtiger werden. Vor allem, wenn du ein Auto steuerst. Schließlich haben wir nur ein Leben.«

»Ja ... Vater. Nur ein Leben.«

Ab jetzt werde ich nicht mehr bremsen und nur mit Hilfe des Steuerrades um alle Notfälle herumfahren. Bitte, wenn er es so will ...

Tod. Hat er eben nicht schon wieder vom Tod gesprochen? Er weiß, daß er sterben wird ... und hat Angst davor. Wie dumm er im Grunde ist.

Weiß er nicht, wie schön das Leben ist? Wenn man selber die Geschwindigkeit bestimmen kann? Und ich werde es ausnutzen. Dieses Gefühl. Vierter Gang. Das Gaspedal unter meinem rechten Fuß ist der Schlüssel zu dem großen Gefühl der schnellen Fahrt. Schneller als Antilopen. Und das heißt etwas. Auf jeden Fall bin ich jetzt der Herrscher über uns und unser Fahrzeug ... und er denkt an Tod. Ob er mein Grinsen merkt?

»Trotzdem hast du großes Talent zum Autofahren. Bald kannst du die offizielle Prüfung ablegen. Dann bekommst du ein besonderes Papier. Weißt du noch, als du immer von ›Papier‹ gesprochen hast? Du bist ein sehr guter und tüchtiger Junge. Du wirst es weit bringen. Weiter noch als ich. Auf jeden Fall heißt dieses Papier Führerschein. Und wie ich dich kenne, wirst du dir dann bald ein eigenes Auto kaufen. Natürlich darfst du das erst, wenn du das nötige Geld dafür hast ... macht es Spaß?«

»Ja, Vater. Sehr.«

Ob ich als Brautpreis ein Auto kaufen soll – statt der zwölf Kühe? Mal sehen, was der weise alte Mann dazu meint. Vorsicht, Mogambo, ich glaube, Autofahren kann wie ein Gift wirken. Ein weißes Gift für meine schwarze Seele. Und die Dankbarkeit dafür – das meiste Gift erzeugt Dankbarkeit – darf mich nicht über alle Probleme hinwegtäuschen. Seine und meine Probleme. Abwarten und nachdenken.

Trotzdem. Es ist ein wunderbares Gift.

»Wie geht es dir jetzt, mein Sohn?«

»Wunderbar, Vater. Es macht sehr viel Spaß. Bin ich vielleicht jetzt schon ein guter Fahrer?«

»Ein sehr guter sogar. Hätte ich dir nie zugetraut. Ich habe ja immer gesagt: In euch Afrikanern schlummern eben viele Talente. Unsereins kann davon nur träumen. Wenn ich denke, wie viele Stunden ich brauchte, um das zu lernen. Und du? Du setzt dich hinter das Steuer und fährst einfach los. Wirklich unglaublich ... trotzdem – wenn wir eine passende Stelle finden, machen wir eine kleine Pause. Man soll nie übertreiben ...«

Das ist es: die Weißen trauen sich selber nicht!

»Siehst du die Akazien dort hinten? Die laden uns förmlich ein. Dort machen wir Rast. Und bis zur Grenze ist es dann nicht mehr weit ... jetzt langsam die Kupplung treten und hinein in den dritten Gang. Dasselbe noch einmal – und den zweiten. Langsam bremsen. Nein ... nicht so hastig. Mit Gefühl. Aber das bekommst du noch. Nimm jetzt besser den ersten Gang ... und dann hinein ... ja langsam ... hinein in diesen Weg. Dort können wir ungestört halten. Stop. Nicht so schnell. Noch etwas. Ja, richtig. Und jetzt halt. Motor aus. Handbremse anziehen, damit sich der Wagen nicht selbständig macht, zur Vorsicht noch den ersten Gang einlegen ... man kann ja nie wissen. Der ruhende Motor ist immer noch die beste Bremse. Eine großartige Technik. Verläßlich wie der beste Mensch der Welt. Wunderbar. Du wirst bestimmt ein sehr guter Fahrer werden. Das prophezeie ich dir ... ob du dann einmal an den müden Vater van Reef denkst? ... Bläst du mir die Luftmatratze auf? Eine Stunde Schlaf wäre sehr nützlich. Dann noch ungefähr zwei Stunden Fahrt – und wir sind am Ziel. Willst du auch schlafen? Da ist noch eine Decke.«

»Nein. Ich bin nicht müde. Ich werde ein wenig durch den Busch laufen. Ich war lange nicht in der Natur. Ich möchte mir jeden einzelnen Baum und Strauch ansehen. Ob sich etwas verändert hat?«

»Die Natur ändert sich selten, mein Sohn. Aber was viel wichtiger ist – ob du noch ein guter Jäger bist? Ein Stück Wild am offenen Feuer gebraten wäre die Krönung unserer Reise. Schaffst du das?«

»Warum nicht? Früher in unserem Dorf war ich der beste Jäger.«

»Ich weiß. Du hast es mir erzählt. Also – dann Waidmannsheil. Und vergiß nie: gut essen hält Leib und Seel zusammen!«
So sieht er auch aus. Fett hier. Fett da. Fett überall. Und kurzatmig ist er, daß es aus ihm nur so pfeift. Armer Mann. Wenn ich die Luftmatratze aufgepumpt habe, wirst du auf sie sinken wie ein nasser Sack. Dann kannst du schlafen ... oder sonst etwas. Aber ein Gebet gegen deine Fettsucht hilft bestimmt nicht. Du solltest besser mit mir gehen. Nein. Besser nicht. Ich will alleine sein. Und unser weiser alter Mann weiß bestimmt ein Mittel gegen dein Fett. Vielleicht wird er mir auch nur zuflüstern: ›Sage deinem weißen Freund, er soll weniger fressen...‹ Aber dann steigt in mir bestimmt Widerspruch auf. ›Nein, der Weiße ist nicht mein Freund. Er wird es nie werden. Auch wenn er mir viel von seinem Wissen gegeben hat. Und er soll mir noch viel mehr geben.‹
›Mogambo, was ist mir dir los? Seit du von uns gegangen bist, hast du dich sehr verändert. Du bist hart geworden. Sehr hart ...‹
Also wird der weise alte Mann der erste sein, der mein Innenleben durchschaut und verurteilt. Habe ich mich wirklich so verändert?
Das Leben in der großen Stadt. Und ihre Leute ... Ja, die sind schuld. Sie allein sind für alle schlechten Dinge verantwortlich. Jeden Tag haben sie es erneut bewiesen. Und so weiß ich auch jetzt, warum mir dort die Schwarzen nicht gefallen haben. Die armen Schweine. Der weiße Einfluß hat sie vergiftet.
Alles das muß ich dem weisen alten Mann sagen. Denn wenn er weiß, warum ich mich so verändert habe, wird er mir helfen können. Und den anderen auch ... wenn die Geister und Dämonen einverstanden sind.
Ich spüre ihre Nähe ... und wie sie mich beobachten. Ich habe Angst ... aber ... aber ... ich, der starke Mogambo hat Angst?
Ja. Sei ehrlich und gib zu, wie deine Hände zittern ... wie dein Herz auf und ab springt. Wie ein Irrlicht.
Weg. Ich muß weg. Ich muß allein sein. Allein im Busch. Dabei bin ich in Gedanken schon viele Schritte gegangen ... und bin mitten drin. Hier wollte ich mich sicher fühlen. Und nun? Der Busch war in meinen Gedanken immer der beste Ort für die einsame Zuflucht, um mit Gedanken, Sorgen und Wünschen al-

lein zu sein. So sagen es auch die Weißen – die dafür ihre Kirche benutzen. Aber der Busch ist besser ... weil hier niemand spricht und so die Stille verscheucht.

Wie schön es hier ist ... dabei blase ich immer noch an der Luftmatratze ... doch bald bin ich frei.

Wie ein Stein fällt die Angst von mir ab. Soll ich mich auf einen Stein setzen? Nein. Wozu auch? Ich bin nicht müde. Laufen ist besser. Bewegung macht Luft. Bald ...

Etwas wird geschehen. Wenn ich nur wüßte – was? ...

Ich war der beste Jäger ... und ich soll ein Tier zum Essen fangen. Mit meinen bloßen Händen? Weißt du nicht, wie schnell die Tiere sind, weißer Vater?

Trotzdem, du bekommst dein Wild. Denn wenn ich will, kann ich klug und gerissen sein – wie der Schakal — und der hat nichts als seinen Kopf zum Denken und seine Zähne zum Reißen. Also wird mir mein Kopf helfen, die Hände zu benutzen. Und ich müßte mich sehr irren, wenn die Eingeborenen hier keine Fallen aufgestellt haben. Siehst du nun, weißer Vater, welch ein guter Jäger ich bin?

Endlich. Die Luftmatratze ist fertig. Wie er mich beobachtet! Ob er meine Gedanken erraten kann? Ich habe Glück gehabt. – Ich habe auch über mein Leben nachgedacht ... und endgültig die Angst besiegt. Angst ist nämlich der Anfang vom Ende. Wie oft hat mich der weise alte Mann davor gewarnt. Aber jetzt beginnt die Zukunft!

»Boss, hier ist die Luftmatratze. Ich gehe jetzt.«

»Mein Sohn ... du sagst Boss zu mir? Womit habe ich das verdient?«

»Verdient? Ich meine ... ich weiß es nicht. Es tut mir leid. Darf ich jetzt gehen?«

»Natürlich, mein Sohn. Aber verlaufe dich nicht!«

»Wenn sich ein Afrikaner in seinem eigenen Busch verläuft, ist er nicht lebensfähig. Ich werde sicher zurückkommen.«

»Trotzdem. Willst du zum Schutz nicht meine Pistole nehmen? Ich habe dir doch gezeigt, wie man damit umgeht. Hier! Hier, nimm sie. Mein Junge, ich will dich nicht verlieren.«

»Ein Messer genügt. Für mich gibt es im Busch keine Feinde. Bis bald.«

»Bis bald. Geh mit Gott.«

Nein. Lieber alleine. Das ist sicherer. Und ich werde ohne Schuhe gehen. So wie früher ... Los.

Die ersten Schritte. Warum so vorsichtig? Schneller jetzt ... immer weiter ... bis ich ein Tier erspähe ...

Du wirst dich wundern, Vater. Und wenn du glauben möchtest, ich sei ein guter Jäger – bitte. Ich habe nämlich eine Falle gefunden. Aber das werde ich dir nicht erzählen. Sieh nur, wie lustig das Warzenschwein um meinen Nacken baumelt. Du weißt doch, wie gut sie schmecken? ... Es ist tot. Aber es macht ihm nichts aus, an einem Feuer gebraten zu werden. Schließlich hat es bis zu seinem Tod in der Falle gut gelebt. Vater – hast du eigentlich gelebt? Wirst du nach deinem Tod ebenso lustig sein? Warum denkst du nur an Schlaf? Weil dein Körper erschlafft ist ... und du nichts unternimmst, diese Schlaffheit zu besiegen! Willst du mich deshalb nicht verlieren? Ich weiß genau, wie du bist. Wenn ich jetzt zu dir zurückkomme, wirst du immer noch schlafen. Du meinst, ich würde dich erst dann wecken, wenn ich das Tier für dich gebraten habe? Warum bist du so sicher? Ja, ich kehre zurück. Mit frischem Fleisch auf meinen Schultern. Aber ich weiß, daß du geopfert werden mußt. Freue dich auf deine Zukunft! Freue dich auf das Fressen. Damit du noch dicker werden kannst ... aber dann ... hörst du meine Schritte? Sie sind so sicher und leise wie früher. Nein, du kannst sie nicht hören. Niemand ... auch ein Tier nicht ...

Da vorne ist er. Wie er auf faul auf seiner Luftunterlage liegt ... nein ... er liegt nicht. Sein Oberkörper ... sein Rücken lehnt an der Akazie ... vielleicht kann er so noch besser schlafen. Ob er mich sehen kann? Nein. Sonst hätte er schon längst gewunken. Sein Bild wird immer größer. Noch ... aber ... was ist los mit ihm? Wie weit seine Augen aufgerissen sind ... Angst! – Vor was?

Vorsichtig einen Fuß vor den anderen ... ein klapperndes Geräusch der beiden Amulette an meiner Brust ... das eine mit dem Kreuz ... das andere von Yakain. Will sie mich warnen? Nein. Die beiden Welten an mir, die mir vereint Glück bringen wollten, vertragen sich nicht mehr. Die spielenden Hunde werden zu erbitterten Feinden. Wunsch der Geister? Die sich immer stärker gegen das Kreuz an der Kette aufbäumen?

Ich müßte es abreißen und wegwerfen. Nein, Mogambo, laß

es, wo es ist. Sieh den Vater da hinten am Baum. Ob ich ihm helfen soll? Hat er mir nicht auch geholfen? Ja – aber er hat mich auch verraten! Wie sein Bild immer größer wird ... Ob er überhaupt Hilfe braucht? Bestimmt ...

Aber nein – er hat doch seinen Gott ... der wird schon. Langsam weiter.

Was jetzt? ... ich und meine Vorahnungen ... Noch weiter ... näher. Immer näher ...

Voller Todesangst starrt er – der allwissende Vater – auf seine Beine hinab. Und ... da ist das Schicksal! Von dem er sprach – ohne es zu kennen ...

Eine schwarze Mamba. Böse Geister sind in ihr. Denn ihr Biß ist das Ende. Ob sein Gott stark genug ist?

Regungslos verharrt sie. Ich weiß, wie ihre Augen stechend auf das Opfer gerichtet sind. Und warten auf ein Zeichen ... von ihm oder von seinem Gott. Entweder tötet sie – oder sie wird getötet. Recht des Stärkeren. Und der Sinn ihres Lebens. Jetzt hat er mich bemerkt ... Eine Bewegung von ihm – das wäre das schnelle Ende. Wird er? Unendlich langsam hebt er seine Augen zu mir hoch. Die Bitte um Leben klebt auf ihnen ... ›Hilf mir, mein Freund! Habe ich dir nicht auch geholfen?‹

Ja. Du hast mir geholfen – begleitet von deinem Haß. Und von deinem Gott, der besser und wichtiger ist als alles andere auf dieser Erde ...

Sekunden der Entscheidung. Die Zeit ist reif. Eine Mamba wartet nicht ewig. Meistens warten sie überhaupt nicht! Sein Gott wird mit ihr reden ... aber sie will den Tod. Seinen Tod. Sonst hätte sie sich längst verkrochen. Noch wartet sie ... Ich könnte vorschnellen! Ihren Hals packen und ... Nein. Ich wäre damit nicht einverstanden. Jetzt ist die Zeit der Entscheidung! Sie wird töten oder selbst sterben – was in den seltensten Fällen geschieht. Wo ist diese Stärke seines Gottes ... warum sagt er ihr nicht ... warum befiehlt er ihr nicht – zu gehen? Er könnte doch sagen: ›Der Vater ist ein guter Mensch! Ich brauche ihn. Er hat sich bewiesen – auf daß alle Menschen gut werden. Ich ... ich bin sein Erlöser!‹

Doch nichts geschieht. Und sie starrt weiter ... regungslos auf ein Zeichen wartend. Beeil dich, Vater, bald ist deine Zeit um! ...

Bin ich noch ich? Warum will ich eingreifen? Warum warte

ich nicht auf die Entscheidung der großen Götter? Einer so ... der andere so?

Warum verharre ich reglos? Warum tue ich nichts? So oder so? Habe ich es nicht eilig ... eine Antwort zu bekommen? Ist es Yakain, die mich zurückhält? Oder der weise alte Mann mit seinen Weisheiten? Oder nur ich ... der wissen will, wer nun endlich stärker ist?

Ich bin hilflos. Wie gelähmt. Ohne Willen.

... Alle Menschen gleich ... Hautfarbe ist kein Unterschied ... was willst du hier? Hau ab! Zeige diesem schwarzen Pack ...

Was für Nebensächlichkeiten. Aber warum steigt meine rechte Hand – ohne meinen Befehl – langsam hoch, tastet nach dem Amulett mit dem Kreuz, reißt es mit einem kurzen Ruck ab ... Warum das alles, anstatt dem Vater zu helfen?

Ich bin nicht mehr ich. Wer bin ich denn?

Noch immer ist die Schlange geduldig ...

Ich müßte ... jetzt! Oder ist es der Fluch auf mir? Ja. Er ist stärker als ich. Und seine Worte sind nicht meine Worte. Tonlos ...

›Van Reef, du hast behauptet, mein Freund zu sein. Du hast behauptet, ein Freund der schwarzen Rasse zu sein. Dennoch hast du dich nicht gescheut, einen von ihnen aus deiner Kirche zu jagen. Und dieser eine – van Reef – war ich! Dein Leben war von Anfang an vergiftet. Du warst so klug! Warum hast du auch unsere Freundschaft vergiftet? Ich war für dich nichts weiter als ein Versuchsobjekt. Du hast mich zu deinem Gott gezogen, um mir meinen eigenen Glauben zu nehmen. Du hast aber vergessen ... unsere Geister und Dämonen sind stärker. Jetzt gehöre ich wieder zu ihnen. Ich könnte, aber ich darf dir nicht helfen ... hörst du? Es ist besser, wenn du deinen eigenen Gott um Hilfe anrufst. Er wird doch wohl mit einer kleinen Schlange fertig werden? Ich werde ihn dabei sogar unterstützen.‹

Und meine Rechte wirft ihm das Amulett mit dem Kreuz zu ... hilfloses Gurgeln ... eine seiner Hände greift nach dem Amulett ... die andere nach dem Kopf der Schlange. Wie schnell sie ist ...

XIX. Kapitel

»Und dann?«

»Dann war er tot.«

»Und die Schlange?«

»Ich wollte sie fangen und dann als Siegerin über einen weißen Priester opfern. Genauer gesagt, ich wollte sie essen, damit ihre Kraft in meinen Körper zieht. Aber sie hat mich ebenfalls gebissen – zum Glück war kein Gift mehr in ihren Zähnen. Mein Leben in der weißen Zivilisation hat bewiesen, daß ich für solche Dinge nicht mehr schnell genug bin.«

»Und was sagten Yakain und der weise alte Mann, als du endlich bei ihnen ankamst?«

»Nichts haben sie gesagt. Weil ich nicht hingefahren bin. Alles, was ich zu diesem Zeitpunkt wußte, war, daß die Zeit für mich immer noch nicht reif war. Schließlich lag vor mir der tote Priester, der mich trotz allem noch in seinem Bann hatte. Ich dachte ernsthaft nach ... ohne mich von Gefühl und Tradition hinreißen zu lassen. Was blieb mir anderes übrig, als ihn und die Sachen auf den Wagen zu laden und zurück zu fahren? Zurück zu der Polizeistation. Und nur dorthin konnte ich den leblosen Körper bringen ... es war, als hätte er mir diesen Weg befohlen. Du weißt, Baas, die Polizeistation, die ich bereits von meinem Marsch nach Johannesburg bestens kannte. Du erinnerst dich an die beiden Toten, die ich dort hinterließ ... wie das Schicksal so spielt ... natürlich waren neue Leute dort. Schwarze und Weiße ... und ich blieb unerkannt. Als sie mich dann stundenlang verhörten – ohne, daß ich Wasser aus einem Putzlappen trinken mußte – hatte ich nichts als mein Ende vor Augen. Es sah am Anfang auch wirklich nicht gut aus. Als ich aber schließlich das Warzenschwein als letztes Beweisstück anbrachte ... und ihnen später die leere Falle zeigte, in der ich es fand, ließen sie mich gehen. Ich weiß nicht, warum sie mir geglaubt haben. Aber ich war frei. Natürlich hatte ich damals ein ›echtes‹ Papier. Eigentlich hätte mir nichts passieren können ... fiel mir später ein. Und ich war wütend über meine anfängliche Angst ... Trotzdem, ich war eben immer noch ein ziemlicher Anfänger im Umgang mit Weißen.«

»Und warum steckst du so viel Vertrauen in mich? Schau mich an, bin ich nicht im wahrsten Sinne des Wortes weißer als weiß?«

»Das macht nichts, Baas. Heute kenne ich die Weißen besser als meine eigenen Leute. Dir kann man vertrauen. Mr. Meyer sagt das auch.«

»Leider kenne ich euch Afrikaner immer noch nicht genau. Trotzdem, vielen Dank für die Blumen ... von wegen Vertrauen und so.«

»Baas, heute weiß ich zum Beispiel, daß ich selbst kein Weißer sein wollte, um jemals die Mentalität der Schwarzen verstehen zu müssen. Uns trennen zwei grundverschiedene Welten. Deshalb möchte ich einen kleinen Rat geben: Wenn ihr Weißen bei einer Sache der Meinung seid, sie sei einhundert Prozent logisch – ist es bei uns noch lange nicht der Fall. Wir sind mit unserer Mentalität ein Buch mit sieben Siegeln ... und das wird sich so bald nicht ändern ... selbst, sollten wir irgendwann einmal eure Nachfolger werden.«

»Glaubst du daran?«

»Natürlich. Es ist nicht, weil ich euch Weiße hasse oder dergleichen – ich habe mich im Gegenteil fast zu sehr an euch gewöhnt ... auf der anderen Seite jedoch ... so, wie es im Augenblick steht – so kann es auf keinen Fall weitergehen. Schließlich sind wir Menschen wie ihr. Und darum werden wir kämpfen!«

»Sollte ich nicht besser für Jane und mich den Rückflug nach Europa buchen?«

»Aber nein, Baas. Ihr seid doch unsere Freunde. Warum sollten wir nicht in friedlicher Koexistenz leben können? Ich an eurer Stelle würde keinerlei Angst haben.«

»Aber du weißt so gut wie ich, daß alle Weißen hier auf eine ziemlich bestialische Art getötet werden sollen. Sicherlich hat dir Mr. Meyer von dem Botulismus-Plan erzählt?«

»Natürlich. Das wußte ich schon, als ich in Moskau war. Aber das gilt doch nur für unsere Feinde ... die, die uns für alle Ewigkeit unterdrücken wollen. Unsere Freunde sind bereits gewarnt ... und das sind einige!«

»Wenn du meinst?«

»Ich weiß, was ich sage.«

»Entschuldige, Mogambo, wenn ich dir eine ziemlich naive

Frage stelle ... habt ihr denn wirklich vor, ein kommunistisches Regime aufzubauen?«

»Aber nein. Nie und nimmer. Auch wenn wir in Moskau ausgebildet wurden ... dazu sind wir nicht geschaffen ... für soziale Gerechtigkeit – ja. Aber, daß meine Kühe gleich deine sein sollen? Nein! Das läßt sich nie mit unserer Mentalität vereinbaren ... das ist es unter anderem, was uns von euch unterscheidet. Wir nehmen zwar deren Hilfe in Anspruch ... aber entscheiden und regieren, das werden wir selber. Viel anders war es in Kenia auch nicht. Nur wollen wir das Blutvergießen vermeiden.«

»Erstechen oder Aufhängen oder Erschießen – ist das letztendlich nicht dasselbe wie Vergiften?«

»Bei uns nicht. Schließlich hat jeder einzelne die Gelegenheit, entweder mitzuspielen oder eben das Land zu verlassen.«

»Warten wir es ab. Auf jeden Fall finde ich den geplanten Tod für die Widersacher eine schlechte Lösung. Aber das wißt ihr wohl besser. – Was sagt denn Mr. Meyer zu allem?«

»Der handelt natürlich im Auftrag der Russen. Aber ich bin überzeugt, daß er später mit sich reden lassen wird. Er ist mein bester Freund.«

»Hoffen wir, daß es so bleibt. Ich mag ihn. Wenngleich ich auch mit seinen Plänen nicht so sehr einverstanden bin. Weißt du, auch Europa ist mit diesen Dingen zu sehr belastet!«

»Deshalb versuchen wir, aus euren Fehlern zu lernen.«

»Mogambo, was mich nicht nur nebenbei interessiert – schließlich habe ich deine Geschichte – so gut es ging – selbst nacherlebt ... wie ging sie aus?«

»Die mit dem Priester?«

»Ja.«

»Ganz einfach. Sie behielten den Leichnam, und ich durfte nach Johannesburg zurückfahren. Nicht einmal nach dem Führerschein haben sie mich gefragt – den ich nicht hatte. Im Gegenteil, sie sagten, es täte ihnen leid, daß ich nun alleine ... und so weiter.«

»Demnach bist du gut hier gelandet. Wie und wann hast du nun Mr. Meyer getroffen?«

»Wie man die Leute eben so trifft.«

War eigentlich klar, daß er das so beantworten würde. Trotzdem scheint bei ihm, was diesen Punkt anbelangt, eine verstärkte Sendepause einzutreten. Würde ich an seiner Stelle anders handeln? Gehandelt haben? Nein.

Schließlich kennt er mich noch lange nicht gut genug.

Habe ich dem – als fast degenerierter Europäer – etwas entgegen zu setzen? Nichts.

Und ab hier werden sich unsere Wege wahrscheinlich für immer trennen. Kein Sackanzug für mich ... kein schlafanzugähnlicher Arbeitsanzug ... nur noch mein billiges, gegenstandsloses Europäerumhängsel, das nach Schweiß riecht. Weißem Schweiß.

Vielleicht wäre ich wirklich gerne ein Afrikaner geworden. Leider kann man sich seine Eltern aber nicht aussuchen ... und weiß bleibt nun einmal weiß ... hat er das nicht oft genug gesagt?

»Gestatte mir nur noch eine Frage, Mogambo ... was ist mit Yakain? Du hast sie doch geheiratet?«

»Aber ja. Das ist in wenigen Worten zu erzählen. Nämlich, alles hat sich in Wohlgefallen aufgelöst. Außerdem habe ich mein eigenes Auto. Mr. Meyer hat es mir geschenkt ... und meine Frau wohnt in einem von uns nett zurecht gemachten Haus in Soweto, der großen Vorstadt Johannesburgs für uns Afrikaner. Ohne Mr. Meyer hätte ich das natürlich nie geschafft ... deshalb gehört ihm mein Leben. Das habe ich mir geschworen – was nicht als Antwort auf meine frühere Frage gilt, warum die Weißen diese unsagbare Macht über die Schwarzen haben. Wenn ich nicht arbeite und zu Hause bin, sind wir sehr glücklich miteinander. Sie ist die beste Frau, die es gibt. Kinder haben wir keine. Das hat noch Zeit. Erst die Ziele ... wenn wir vielleicht eines Tages den offiziellen Sprung aus dem Getto schaffen ... nämlich, wenn wir Afrikaner selber in der Stadt leben dürfen. Eine Stadtwohnung in einem der vielen Hochhäuser wäre traumhaft.«

»Und dein weiser alter Mann?«

»Der ist natürlich auch älter geworden. Er hat uns sogar einmal besucht. Sein innigster Wunsch war natürlich, daß wir beide in unser Dorf zurückkehren – und daß ich bald sein Erbe antrete. Aber er weiß, daß mein Platz hier ist. Nicht nur, weil unser Mythos über kurz oder lang zum Sterben verurteilt ist. Medizinmann sein ist eine große Ehre ... aber ein großes Volk anzuführen ... die Zeiten ändern sich eben. Mr. Meyer hat mich davon überzeugt. Ihm verdanke ich alles. Mein Wissen, die Erfahrung ... und auch einen Teil der abendländischen Philosophie. Sie ist sehr klug, Baas.«

»Laß doch endlich das ›Baas‹ fallen, Mogambo.«

»Nein, noch ist es nicht soweit, Baas. Eingeschlagen bleibt eingeschlagen. Noch habe ich dazu kein Recht. Selbst jetzt würde es immer noch großen Ärger geben ... eben weil alle Wände Ohren haben ... und man nie weiß, wer zu wem gehört.«

»Mit ›eingeschlagen‹ meinst du wohl immer noch den Begriff ›Baas‹?«

»Ja – Baas.«

Eingefleischt und eingeschlagen. Ich kann es nur zu gut verstehen. Hoffentlich gehen alle seine Träume in Erfüllung. Man soll nicht viel – nicht allzu viel – auf sein inneres Empfinden geben, da es zu sehr von Emotionen abhängig ist ... aber ich habe nun einmal das Gefühl, daß ich Mogambo nicht mehr oft sehen werde. Warum müssen sich unsere Wege ... Ist es etwa die Ruhe vor dem Sturm? ... die irgendwann die Trennung beinhaltet?

»Mr. Meyer ... ich sehe wohl nicht recht ... Sie und eine schwarze Krawatte ... auf einem roten Hemd – unter einem weiß-grünkarierten Anzug?«

»Trauer, mein Lieber. Der Rest ist mir egal.«

»– –«

»Und für ›schwarz‹ ist überall Platz. Ob es paßt oder nicht. Für mich ist seit einigen Minuten alles egal geworden ... seit Helen nicht mehr ist.«

»Helen?«

»Ja. Vor ungefähr fünf Minuten erhielt ich die telefonische Nachricht, sie sei einem feigen, hinterhältigen Anschlag erlegen. Tot. Tidy auch ... aber das war vorauszusehen. Aber ausgerechnet Helen? Was hat sie getan? Womit hat sie das verdient? Diese Verbrecher! Entsetzlich soll sie aussehen. Ich bin fertig. Womit habe ich das verdient? Ein Leben ohne Helen? Das halte ich nicht aus. Das ist das Ende. Wenn ich nur wüßte, wer das war. Furchtbar soll sie aussehen ... man sagte, verstümmelt wie ein Stück Fleisch nach Verlassen des Fleischwolfs ... und um ganz sicher zu sein, soll ich sie im Leichenschauhaus identifizieren. Ich und Leichenschauhaus ... aber sie ist wirklich da. Gestern abend kam sie nicht nach Hause. Heute morgen haben sie sie gefunden. Beide. Nein! Ihr habt euch geirrt. Sie lebt. Laßt sie meinetwegen einen anderen Freund haben. Alles verzeihe ich ihr. Nehmt mein Geld ... alles ... aber laßt meine Helen leben! Bitte, bitte, bitte! Dabei habe ich gestern abend noch gesagt, sie soll lieber ein Taxi nehmen ... weil Tidy ein miserabler Fahrer ist – war. Aber nein, sie war scharf auf diese dämlichen Gewürze aus Griechenland ... und warum? Weil sie mir ein echt griechisches Essen machen wollte ... Niko, hilf mir doch ... was kann ich machen, damit das alles nicht wahr sein kann? Alles umsonst. Sie ist tot. Warum hat es mich nicht erwischt! Warum ausgerechnet sie? Hilf mir doch, Niko! Warum sagst du nichts?«

Wie sollte ich etwas sagen? Nichts von dem, was er mir sagte, kann ich glauben ... es kann einfach nicht wahr sein! Ach, du Scheiße ... typisch deutsch ... wenn einem nichts anderes einfällt.

Mehr fällt mir beim besten Willen nicht ein.

Sie fuhr also in Tidy's Wagen ... und kurz vorher ... nach der Unterhaltung zwischen Meyer und ihm ... habe ich ... die Dynamitstange ... in seinen Auspuff.

Weil ich ihn haßte. Weil er ein mieser, stinkender Typ war ... der Jane und mich über die Klinge springen lassen wollte. Dieses feige, hinterhältige Luder ... ›Weißt du noch, Niko, damals in unserer frisch eingerichteten Wohnung?‹ ... und all das?

... Wenn Meyer wüßte, daß Helen's Tod auf mein Konto geht!

Hätte ich das verdammte Dynamit doch nie gefunden! Hätte ich es doch nie angefaßt! Hätte ich doch nie ...

Wie leicht jedoch läßt sich hinterher alles besser überdenken ... wie dachte ich gestern abend? ›Hinein in seinen Auspuff ... dann kann er irgendwo in aller Ruhe explodieren ...‹ Aber die nackte Wirklichkeit?

Warum sieht sie immer anders aus, als man sie sich erträumt? Wie er jetzt dasitzt. In sich zusammengesunken. Seine tränenschweren Augen in dem leeren Whiskyglas – von irgendwann vorher, als er noch guten Mutes war – versunken. Verloren ... Wenn er wüßte, daß ich ...

Nein! Das darf er niemals erfahren.

Ob es Zeugen gibt? Nein. Das Meer weiß auch nichts. Ehrlich, sie war gestern abend so sehr in Form, daß ich vergaß ... Und jetzt meine kindischen Gedanken, er hätte es auf meine Jane abgesehen ... wie billig ich sein kann.

Aber sie schläft. Sie braucht nicht Zeuge dieser Unterhaltung zu sein ... zum Glück. Trotzdem, seine ›rechte Hand‹, wie oft hat er scherzhaft diesen Ausdruck gebraucht ... sie gibt es nicht mehr ... nie wieder.

Was, wenn mir das alles persönlich widerfahren würde? Nicht auszudenken ... Warum sage ich nichts? Warum tue ich nichts? War Meyer nicht ein wirklicher Freund? Was hat er mir getan? Warum schütte ich ihm hohnvoll Whisky in sein Glas?

Nein. Es ist nicht hohnvoll. Nur so. Was sonst?

Er weiß nicht, daß ich etwas sagen müßte. Außerdem würde er nichts verstehen. Wo ist Mogambo? Ob er Rat weiß? Der ist doch treu wie ein Hund. Aber Vorsicht, Niko, mein Lieber ... paß auf, daß er nicht erraten kann, was in Wirklichkeit ...

Absurd ... die Sache mit dem Fluch. Mir ist, als hätte ich sein Erbe angetreten ... jeder, der mit mir in Berührung kommt, würde demnach irgendwie ... auf irgendeine Weise ... aber mit Sicherheit sterben. Warum bin ich dessen so sicher? Makabres Spiel ... gibt es das wirklich? Kann der Fluch eines Schwarzen auf einen Weißen überspringen? Allmählich wird mir alles – in Verbindung mit den Medizinmännern – bewußt. Sicher hat sein weiser alter Mann alles getan, gemacht und geopfert ... um seinen Schützling von dem Übel zu befreien. Und ich habe den schwarzen Peter in der Hand. Wer hilft mir jetzt? Niemand!

Oder habe ich mich hoffentlich geirrt?

So, wie die Dinge liegen, kann ich mich auf keinen Fall geirrt haben ...

Hat Mogambo nicht selber gesagt, wir Weißen würden nie die Mentalität – noch weniger das ganze Drumherum – der Schwarzen verstehen – und deshalb auch nie begreifen? Die Kunst der Medizinmänner sei die beste der Welt – und nichts sei stärker ... den Weltraum erobern sei dagegen ein Kinderspiel.

Der schwarze Peter ... wenn ich richtig verstehe, müßte also jeder, den ich treffe ... und sein Tod ginge auf mein Konto. Aber, das darf doch nicht sein! Was habe ich, ausgerechnet ich, mit dem afrikanischen Mythos zu tun? Wenn ich wenigstens etwas gegen

diese Leute hätte. Im Gegenteil, sie sind doch alle meine Freunde.
Und die sollen wirklich alle sterben, bloß weil ich unfreiwillig irgend so einen komischen Fluch übernommen haben soll? Die Schweine von der Botschaft hätten mir zumindest von der Möglichkeit berichten sollen. Dann wäre ich gewarnt gewesen – und hätte keine Sekunde weiter einen Gedanken an Auswanderung verfolgt. Was nun?

Reklamieren? Mir glaubt sowieso niemand. Soll ich die Tatsache einfach ignorieren? Und wenn der Nächste an der Reihe ist, so tun, als sei nichts gewesen?

Lächerlich. Und doch scheint es der einzige Ausweg zu sein. Dabei habe ich nur einen einzigen Feind – Rinaldo. Und weiß der Teufel, wo der sich herumtreibt. Was soll's. Vielleicht ist er auf Urlaub und gabelt seine geliebten Spaghetti. Soll er. Aber mich in Ruhe lassen.

Tod ... Ich will nicht – versteht ihr, Geister und Dämonen? Nichts da! Sucht euch einen anderen. Ich bin Weißer! – Europäer! Und ich habe mit eurem afrikanischen Blödsinn nichts am Hut. Bitte, laßt durch mich keine Menschen mehr sterben ...

Verzeih, Olaf, weil ich dich von der Feuertreppe stieß ... aber da warst du selbst schuld. Trotzdem ...

Nun zu dir, Helen ... verzeih. Das wollte ich wirklich nicht. Du weißt doch, wie sehr ich dich mochte. Weißt du noch damals? ... der Abend mit dem Krokodil ... als alle anderen im Hause schliefen? War es nicht schön?

Helen! – Noch lauter, wenn ich sie so wieder zurück haben könnte. – Ich könnte deinen Namen in alle Welt hinausschreien.

Helen ... aber dein Name erstirbt auf meinen Lippen. Ich bin ein Nichts.

Adieu, Möhrenadonis ... an deinem Tod bist du selbst schuld. Das war geplant ... und wenn ich später mal deiner Seele begegnen werde – man weiß ja nie ... sage ich es dir noch einmal. Aber bei dem Gedanken, daß noch mehr Opfer folgen könnten, wird mir schlecht ... ich müßte Bestandsaufnahme machen ... vielleicht könnte ich alle vor mir warnen? Quatsch, die glauben mir ja doch nicht. Bei meinem naiven Aussehen ... Ich sollte also fliehen. Fliehen, damit durch mich nicht noch mehr Unheil geschieht! Doch wohin? Fluch bleibt schließlich Fluch. Hat Mogambo selbst oft genug gesagt ...

Wie unsicher ich plötzlich bin. Kenne ich mich selber noch? Hätte ich doch nur einen weisen alten Mann – wie den von Mogambo –, den ich um Rat fragen könnte ...

Verdammt noch mal ... das Klingeln des Telefons macht mich verrückt ... und wie!

»Soll ich, Mr. Meyer?«

»Nein, danke. Ich gehe schon.« Wie müde er ist. So müde und weiß im Gesicht wie damals, als ich ihn zum erstenmal in dem verdammten Flugzeug sah. Warum habe ich mich nicht auf den Platz gesetzt, den mir die Stewardess als ersten anbot? Idiot – blöder.

Luftlöcher ... Und noch mehr. ›Fasten seat-belts!‹

Warum steht jetzt vor mir ein Becher mit grün-gelbem Grapefruitsaft, der, ohne gefragt zu sein, von allein in die Luft steigt? Er steigt und steigt.

Und als Geräuschkulisse das unaufhaltsame Kotzen der über achtzig Passagiere – für die es nur zwei Kotztüten gab? – Seine weißen, zittrigen Finger tasten unsicher nach dem Hörer und führen ihn spitz an seine Ohren.

Ob der Anrufer den nächsten Toten anmeldet? Hoffentlich kann ich alles verstehen! Hoffentlich. Vielleicht weiß ich dann mehr?

»Sacky, nenne nicht meinen Namen. Du weißt, wer ich bin, denn du kennst meine Stimme. Gib auch keine Antwort. Laß mich reden, bis ich aufhänge. Die Leitungen werden alle abgehört. Alle! Verstehst du? Auch wenn ich von einer öffentlichen Telefonkabine spreche. Aber ich weiß, daß auch dein Apparat kontrolliert wird. Also werden wir bestimmt bald unterbrochen. Ich weiß, du würdest jetzt sagen – ›rede nicht so viel ohne Inhalt‹ – doch selbst diese Kleinigkeit mußt du erfahren, damit du nicht unvorbereitet getroffen wirst. Und bitte – glaube mir jedes Wort. Irrtum ausgeschlossen! Aus zuverlässiger Quelle habe ich erfahren, daß unser lieber Monsieur Tidy Agent der südafrikanischen Geheimpolizei war. Hüte dich ...«

Klick. – Wer mag das gewesen sein? Eigentlich nicht wichtig – ›Wer‹ – Hauptsache, daß! Wir werden also bereits beschattet und abgehört. Informationsstop für Sacky und Co. Daher Klick! Ungläubig starrt er den Telefonhörer an, schüttelt ihn hin und her, als würde dadurch das Geschehene rückgängig gemacht.

Natürlich nicht. Aber hätte nicht trotzdem ein Wunder …?
Nein, die soll es ja nicht geben. Statt dessen ist in meinem Lehrmeister eine weitere Welt zusammengebrochen. Kalkweißes Gesicht. Schweißperlen wie Diamanten auf dem Gesicht. Seine Augen schwer wie stählerne Kugeln. Eigentlich mehr wie zerdrücktes Blei.

Langsam, unendlich langsam, legen seine stumpfen Finger den Telefonhörer – dann plötzlich schnell, um den Ekel vor der aussätzigen Krankheit loszuwerden – auf die Gabel. Totenstille. Tot? Nicht doch! Schließlich gibt es Beweise, daß dem nicht so ist … ich zum Beispiel. Warum weicht er meinem Blick aus? Schweigen. Ein zusammengesunkenes Häufchen Elend mit einem leeren Whiskyglas in der Hand. Aber nicht doch! Ich bin noch da, alter Junge! Ich werde dir helfen! Ich weiß, ich bin nicht gut … wer glaubt schon einem frischen Einwanderer, der sogar – egal in welcher Sprache – gewisse Ausdrucksschwierigkeiten hat …

Wo ist Mogambo? Der kann helfen … wenn er will. Sicher will er … ob er erreichbar ist? Bestimmt hängt er nichtsahnend bei seiner hübschen Frau und ist glücklich. Oder etwa nicht? Doch! Hat er nicht genug gekämpft, um sich das traute Familienleben verdient zu haben? … Wer könnte außerdem helfen? Adresse unbekannt. Also ich. Aber … ich bin der Tod. Für alle etwa? Weg, sage ich dir, Niko! Weg! Weg! Weg! – Nur, womit? Und wie? Wohin eigentlich?

Jane schläft … aber die kann ich wecken. Das steht in meiner Kraft. Ein liebevoller Kuß auf eine ihrer lieblichen Stellen – und sie ist da. Bereit, mit ihrem lustvoll auf- und abwippenden Meerbusen jeden Ort der Welt zu erobern. Tod also wem?

Tod Mr. Meyer?

Nein. Dagegen werde ich mich auflehnen. Ich muß ihm helfen. Ich *kann* ihm helfen. Nur *wie*?

Schweigen. Totenstille. Sogar mein eigener Schweiß perlt. Nein, er tropft.

»Das Gespräch war laut genug. Hast du alles verstanden?«
»Ja.«
»Dann brauche ich wohl nichts weiter zu erklären … gib mir schnell noch einen Whisky … ich bin wie gelähmt … schnell … beeil dich … danke, das reicht. Ich muß einen klaren Kopf be-

halten. Auch wenn dieses Zeug noch so stimuliert. Sicher sind sie bald hier, um unser Spiel so schnell wie möglich zu beenden. Aber noch ist nicht aller Tage Abend. Wir werden schneller sein ... und die Falle der Herren Verfolger schnappt ins Leere. Wir werden uns nämlich absetzen. Verstehst du? Sehr elegant sogar. Aber als erstes mußt du weg von hier ... und Jane. Sei gut zu ihr. Sie ist es wert. Und macht euch um mich keine Sorgen. Ich komme schon durch ...«

»Aber ...«

»Nichts ›aber‹. Warte, hier sind ... verdammt, ich habe sie immer hier ... ja ... hier sind sie, Helen's Wagenpapiere – natürlich auf einen anderen Namen ausgestellt – und hier die Schlüssel. Nun los, packt eure Sachen und nichts wie ab. Und denk daran: ab jetzt ist jede Sekunde entscheidend zwischen Freiheit oder Zwangsarbeit. Halt! Ihr braucht noch Geld. Ohne Geld funktioniert nichts auf dieser Welt. Komm mit.«

Bewundernswert, diese kullernde Behendigkeit, mit der ER durch den Raum stürmt, vorbei an den saftigen, giftgrünen, Unheil prophezeienden Dschungelpflanzen ... mit welchem Elan ER die wuchtige Glaswand zur Seite schiebt, und in der mit übermenschlichen Phallussymbolen geschmückten Schwimmhalle verschwindet. Überall diese Zeugen afrikanischer Schnitzkunst. Aber ich will von dem ganzen Mist nichts mehr wissen ... Und jetzt weiß ich, dieser Mann gibt sich nicht geschlagen ...

»Nun komm endlich. Hast wohl nicht Laufen gelernt?«

Laufen gelernt ... Laufen gelernt ... Wie stark sein Echo nachhallt. Nein, ER wird nicht verlieren. Und das ist gut so ... Ich an seiner Stelle hätte mich wohl schon längst whiskyschlürfender Weise in mein Schicksal ergeben. Die Falle ist doch mehr als zu ...

Schon öffnet sich geräuschlos ein Teil der Wandverzierung ... schieben – drücken – verstellen ... und eine Safetür springt auf. Fast echt e-ypsylonische Art ...

»Für Notfälle, weißt du. Stopf dir die Taschen voll. Und keine Angst ... hier sind größere Scheine ... und keine Angst, es ist echtes Geld.«

»Ja, aber ...«

»Nichts ›aber‹. Nimm, soviel du kannst. Wenn ich etwas brauche, werde ich mich schon melden. Nun bediene dich doch endlich selbst.«

Nun gut. ER wird schon wissen, was ER will. Also hinein in die Taschen ... wenn es meine Art von Hilfe für ihn sein kann ... Auch seine eigenen Taschen werden praller und praller.

»Versteckt diese Geldbündel in eurem Wagen. Komm, schnell. Und wenn ihr eure Sachen packt, hinterlaßt nichts, was auf eure Gegenwart hindeuten könnte ... ab jetzt habt ihr noch vier Minuten Zeit! Ich muß das Haus sprengen! Bis dahin müßt ihr über alle Berge sein ...«

»Kann ich nicht?«

»Blödsinn. Weg mit euch...«

»Und das Hauspersonal?«

»Kennst mich schlecht. Die sind schon lange gewarnt und auf und davon. Helen's Wagen ist in der Garage. Junge, macht keine Fehler. Glaub mir, es geht um euch. Am besten weg von Johannesburg. Ja – fahrt nach Durban! Dort an der Marine-Parade findet ihr das Edward Hotel. Geht dort sofort mit einem ›wunderschönen Gruß‹ – das ist eines meiner besonderen Zeichen für Freunde in der Not – Tidy kannte es nicht, also seid ihr sicher ... zu dem Direktor. Markus David Heftie, ein Schweizer Jude. Er wird euch helfen. Markus David Heftie. Vergiß nicht: ›Wunderschöner Gruß‹ – in deutsch! Dann ist alles klar. Also mach's gut, Junge. Und vielen Dank. Ich werde von mir hören lassen. Aber erst müssen wir Gras über alles wachsen lassen. Mogambo und ich werden uns gesondert absetzen. Und noch einen kleinen Trost auf euren Weg: Wir sind mittlerweile zu stark geworden. Tiefschläge kommen immer mal ... aber nichts kann schiefgehen. Los – ab jetzt!«

»Ja, Sacky. Und vielen Dank.«

»Nichts da. Haltet die Ohren steif.«

›Nichts da. Haltet die Ohren steif‹ ... Ich bin wie benommen von seinen letzten Worten. Und sie klingen immer noch in meinen Ohren. Für wie lange?

Was ER wohl jetzt macht? Jetzt – in dieser Sekunde?

Jane ist die Ruhe selber. Obwohl wir wirklich noch nicht sehr weit geflüchtet sind. Genau genommen halten wir uns in der Einfahrt der benachbarten ›Traumvilla‹ versteckt. In Helen's weißem Triumph. Mit Schnellgang ...

»Und was hat er noch gesagt, Liebling?«

»Daß jeden Augenblick sein Haus in die Luft fliegt. Den Rest erzähle ich dir später. Und wir sollen nach Durban.«

»Durban? Das soll eine herrliche Stadt sein. Oh mein Herz, wie sehr ich mich freue. Endlich weg von hier. Durban ist ein Paradies. Ich kenne es aus den Prospekten. Dort werden wir ...«

»Dort werden wir ... hast du nichts anderes im Kopf als nur ›Dort werden wir ... und wie schön es dort ist ... und ... und ...und‹? Verzeih, aber im Augenblick haben wir bestimmt andere Sorgen.«

»Sorgen? Aber Liebling, meinst du etwa, Sacky würde etwas passieren? Nie und nimmer. Der ist viel zu klug.«

»Und wenn er mit dem Haus in die Luft fliegt?«

»In dem Fall könnten wir wohl nichts daran ändern. Nein, glaub mir, der ist schon weiter weg als wir ... Komm, laß uns fahren.«

»Aber Jane, wenn jetzt zum Beispiel sein Motor nicht anspringt. Oder sonst irgend etwas ...«

»Noch nie zuvor bist du so kindisch gewesen, Niko.«

»Noch nie zuvor war ich in einer solchen Situation, Jane!«

»Ich weiß, du hast Sorge um einen Freund. Aber hier können wir ihm wirklich nicht helfen. Bitte fahr los.«

»Wenn du meinst ... sieh mal ... das ist jetzt schon der vierte Wagen mit einer ›unauffälligen‹ Johannesburger Privatnummer. Mit unauffälligen Polizistengesichtern innen drin ...«

Langsam den ersten Gang. Läuft er noch? Wie leise der Motor ist ...

»Liebling, vergiß den Blinker nicht.«

»Verdammt nochmal, ich habe noch nie einen Blinker vergessen!«

Muß das Biest denn immer ... Mit einem Ruck steht der Wagen. Mensch, das ist gerade noch einmal gut gegangen. Diese Hornochsen ... mit diesen unauffälligen Gesichtern. Die sind überall gleich ... Aber ... aber sie stehen ja genau vor uns? ... Und die unhöflichen Handbewegungen, die sie machen. Bei uns würde das Strafe kosten ... Sie stehen noch immer vor uns. Jetzt steigt einer von ihnen aus ... kommt auf uns zu ...

»Liebling, sei höflich. Vielleicht lassen sie uns durch.«

Ja doch ...

»Junger Mann, haben Sie schon mal was von Vorfahrt gehört?«

Und eine ohrenbetäubende Detonation ...

»Los, Mann. Fahren Sie!« schreit der Mann mit dem unauffälligen Polizistengesicht.

Man kann doch mal den Blinker vergessen ...

Steine prasseln auf die Straße. Einer landet auf unserem Dach. Sacky ...

Ich bin noch wie benommen ...

Ich, ein fluchbeladener Mörder, der die Welt nicht mehr versteht. Und was macht ER – das Opfer? Wie gut ER zu uns war ... mit Unterkunft, Späßen, Geld, Ratschlägen und einem neuen Job in Durban.

Markus David Heftie. Schweizer Jude – nicht vergessen. Wunderschöner Gruß – in deutsch. ER hat zum Schluß so viel gesagt.

»Liebling, kannst du noch fahren?«

»Ja.«

»Bist du böse auf mich?«

»Aber nein. Ich habe eben sehr viele Probleme.«

»Warum darf ich nicht teilhaben?«

»Jane, du kannst mir jeden Vorwurf machen, nur nicht den, daß du an nichts teilhaben darfst ... ich bin eben sehr nervös.«

»Ich weiß, Liebling. Aber glaub mir, Sacky geht es gut. Ich bin sicher.«

Ob sie etwa mehr weiß als ich?

»Zu deiner Beruhigung, es ist mein Instinkt, der mir das sagt.«

Na, dann ist ja alles gut. Ich dachte schon ... ach Quatsch.

»Jane, du kennst dich mit diesen englischen Wagen besser aus. Was meinst du, wie lange reicht unser Benzin?«

»Ich schätze ... ungefähr fünfzig Meilen ...«

Fünfzig Meilen – das sind ... ungefähr achtzig Kilometer ... das hieße, wir haben noch etwas Zeit. Jetzt erst einmal Abstand gewinnen. Räumlichen Abstand.

»Was meinst du, Jane, ob unser Geld echt ist?«

»Aber ja, Liebling. So etwas würde er nie tun.«

»...«

»Und was hat er noch gesagt?«

»Aber ich habe dir doch schon alles gesagt.«

»Schrecklich. Weißt du, ich kann es einfach nicht glauben.

Gestern noch diese vergnügte Runde mit Helen und Tidy ... heute sind sie beide tot ... ich kann es wirklich nicht glauben. Bitte, erzähle mir alles noch einmal von Anfang an.«

Na gut. Du kannst ja nichts dafür ... aber ohne die Dynamitstange. Und mit dem Fluch muß ich alleine fertig werden ... Wenn ich jetzt schnell genug fahre ... bin ich dann schneller als der Fluch ... und ich kann ihn eventuell abschütteln? So ein Scheißding kann einem doch nicht ewig anhaften. Hinein mit dem Overdrive und Gas. Blinker nicht vergessen. Da! Das Schild. ›Durban – 430 Meilen‹. Das sind ... über sechshundert Kilometer. Ewig diese Umrechnerei!

»Du weißt doch, daß Mogambo sein früheres Leben wie einen Teppich vor mir ausgebreitet hat. Komisch, daß ausgerechnet heute morgen die letzte Episode dran war ... und dann die Schreckensbotschaft von Sacky ...«

»Fahr doch nicht so schnell, Liebling.«

XX. Kapitel

Das Meer hat also recht gehabt – eigentlich geirrt hat sie sich noch nie: Durban *ist* wunderschön ... auch wenn sie ihre Weisheiten über unsere neue Heimatstadt nur aus Prospekten hat. Jedenfalls ist sie eine Reise wert – selbst mit den damit verbundenen Schwierigkeiten. Was soll's? Wir sind glücklich! Ist es daher ein Wunder, daß ich in dieser Hochform bin? Trotz der Hitze. Aber an sie kann man sich mit einigem guten Willen gewöhnen ... zwar ist das Meer da draußen – von hier aus hinter der Uferpromenade – pinkelwarm und verspricht für den Badenden wenig Kühlung ... aber welcher Prospekt hält schon, was er verspricht? Hergekommen wären wir aufgrund der e-ypsilonischen Empfehlung auf jeden Fall ...

War gestern nicht der Tag unserer glorreichen Ankunft? Gestern schon – nur liegen bereits vier wonnige Monate dazwischen. Wie die Zeit vergeht ... doch Durban ist immer noch eine Wucht. Und das will bei mir – bei uns – etwas heißen. Jane ist nicht weniger anspruchsvoll als ich ... man stellt sich aufeinander ein. Allerdings hat die Angelegenheit einen Haken: wenn nämlich die Zeit weiterhin mit diesem ungedrosselten Tempo rast, sind wir im Handumdrehen achtzig Jahre alt – und alles findet sein natürliches Ende ... bevor das eigentliche Leben richtig begann ...

Quatsch: Richtig leben – das ist hier der Trick. Nun, wir tun unser Bestes ... das Wetter. Die Leute. Die Stadt – ich möchte sie ›Villenstadt mit Hochhäusern‹ taufen. Und alles ist so sauber, als hätten Tausende von Eingeborenen ihrer Putzwut mit Hilfe von abgenutzten Zahnbürsten Luft gemacht ... und die geschwungenen Peitschen hinter den ohnmächtig Wütenden werden wohl nie auffallen. Dafür sorgt die Regierung. Also keine Angst, was – und so – anbelangt. Denn die staatliche Obrigkeit ist dein Freund und Helfer – bist du weißer Hautfarbe und mit allem ohne Gegenfragen einverstanden. Ich werde mich hüten! Wie sonst soll ich hier meine neue Heimat aufbauen? Glauben und nicht fragen – schließlich ein uraltes Sprichwort. Tradition seit zweitausend Jahren. International. Und ich bin noch zu jung.

Noch eine Frage? ... Bei uns in Europa lebt man immer noch mit dem Sprichwort: Wes' Brot ich eß' ... und so. Ob ich mich soweit herablassen soll? Schließlich war das einer der Gründe, warum ich ... Ach, warum eigentlich nicht ...?

Schließlich war das Geld vom lieben alten Meyer auch nicht schlecht – Gott hab ihn selig ... sollte ihn das E-ypsilonische gesegnet haben.

›Gott, der Gerächte‹ ... hat er selber öfter gesagt. Ich will also nichts anderes, als daß seine Sprichwörter – in jahrtausendealter Erfahrung – weiterhin gepflegt werden. Ob seine oder meine Vorfahren – sie werden klug genug gewesen sein. Amen.

Gott, bin ich heute fromm. Ich weiß auch nicht, warum! Aber mir ist nun mal so ums Herz.

Und abends die Lichterflut. Zu dieser Zeit kann man sogar ungestört Hand in Hand durch die Straßen gehen. Sogar am Ufer des Indischen Ozeans entlang flanieren, ohne daß eine der altgewohnten Banden – schwarz unter weißer Führung à la Modell Johannesburg – störend auftritt, um irgendwelche Hände von Geldtaschen abzuschneiden – oder gar mit gemahlenem schwarzen Pfeffer die Augenwelt unsicher zu machen. Nein, nein, ich bleibe dabei: diese Stadt ist eine Wucht! Auch, wenn es hier verdammt heiß ist. Feucht-heiß!

Der ›Botanische Garten‹ – wieviel Freude gab er uns, als wir küssender Weise von Baum zu Baum und Strauch zu Strauch sprangen ... allerdings ließen wir uns genug Zeit, die erklärenden Schilder unter dem betreffenden Baum oder Strauch zu studieren. Dann noch ein Kuß – quasi als gegenseitige Belohnung – um das soeben erlebte Erlebnis gebührend zu feiern. Wer will uns das verbieten? Schließlich sind wir jung – und ich in meinen besten Mannesjahren. So wenigstens heißt es immer. Mein Vater ist mittlerweile siebzig und behauptet dasselbe. Naja, alles ist relativ. Sogar ein stolzer Hahn sieht seinen Irrtum ein, wenn er sich auf einer verlassenen Klobürste wiederfindet. Wir jedenfalls besiegelten bisher jedes erlebte Erlebnis mit einem gewaltigen Kuß – eben um das Erlebte zu besiegeln. Wer weiß, ob es noch einmal geschieht. Heutzutage kann man ja nicht dankbar genug sein. Und jeder innige Kuß bedeutet nun mal Tiefe für die Zukunft, die zu dem betreffenden Augenblick sogar als echt empfunden wird.

Habe ich also keinen Anspruch darauf, von der zukünftigen Tiefe nicht auch satte Sicherheit zu verlangen? So geht es jeden Tag! Denn ohne Leben gibt es nun mal kein Lieben. Ich weiß, man kann das auch gebildeter ausdrücken ... aber mir ist nun mal so ...

Und außerdem, ganz ehrlich gesagt ... ich glaube, ich bin gemein. In meinen Gedanken wenigstens ... und die sind weiterhin zollfrei!

Auf jeden Fall gefällt es meinen Gedanken hier am Meer ausgezeichnet – nach der nervenaufreibenden Zeit in Johannesburg. Johannes, wie der Täufer – bloß ohne diese blöden Schutzgebäude drum herum. Allerdings, vielleicht gibt es sie dort, und ich habe sie nie zu Gesicht bekommen? Meyersche Schutzwälle sind auch nichts. Gab es andere? Aber das ist noch lange kein Grund zur Rückkehr!

Vorsicht, alter Junge, wenn du jetzt nicht aufpaßt, wirst du von deinen skurrilen Gedanken erdrückt ... also ein wenig mehr Klarheit, mein Lieber. Auch in solchen Fragen ist die Hitze keine Entschuldigung. Merke dir das. Und wenn die Pagen dösen, ist das noch lange kein Grund, eben solch blöden Gedanken nachzuhängen. Ob sie überhaupt denken, wenn sie dösen – die Pagen? Ist es unhöflich, wenn ich sie danach frage? Mal sehen ...

Trotzdem bin ich überzeugt, gemein zu sein. In meinen Gedanken wenigstens ... wie ich bereits dachte. Ist ja eigentlich kein Wunder, nach der nervenaufreibenden Zeit da oben in Johannesburg. Und jetzt die Ruhe hier am Strand. Fast kann ich ihn greifen ... was trennt uns denn schon? Etwa die riesige Drehtür aus Glas, die Uferpromenade – oder gar die Kinderplanschbecken mit den trägen, jungen Müttern drum herum? Naja, ist nicht mein Bier, wenn sie träge sind.

Ich bin sicher, daß es eben diese Ruhe ist, die mich gemein, egoistisch, unaufrichtig, undankbar oder gar sadistisch werden läßt. Wer hätte das von mir gedacht? Nicht einmal ich selbst ... geschweige denn meine Mutter. War sie es nicht, die ewig meine ausgezeichneten Charaktereigenschaften bei jeder sich bietenden Gelegenheit pries? – und mich in höchsten Euphorietönen lobte? Egal, ob bei ihren Freundinnen, meinen Freundinnen oder anderen Leuten.

›Mein Sohn tut so etwas nicht.‹
›Wissen Sie, mein Sohn denkt da ganz anders. Und ich weiß, er hat recht.‹
›Mein Sohn ist der zuverlässigste Mensch.‹
›Meinem Sohn geht Treue über alles.‹
›Wie stolz ich auf ihn bin!‹
Und so weiter ...

Arme Mutter! Dem ist nämlich nicht so. Du wirst es nicht glauben, auch wenn ich es dir selbst sage: ich bin ein ausgemachtes Schwein!

Du fragst warum? Gut, ich werde es dir sagen. Aber verzeih, wenn ich dabei wieder ein wenig abstrakt werde ... was soll's, du bist es ja gewohnt. Und als Anerkennung für deine ewige Güte und Geduld bekommst du zum Muttertag herrliche Blumen (hoffentlich vergesse ich das bis dahin nicht).

Also: Ich bin ein ausgemachtes Schwein! – Innerlich. Bei echten Schweinen ist es nämlich umgekehrt. Auch wenn sie manchmal ihre Jungen fressen. Aha! ... ich habe mich geirrt, denn naiv wie ich immer war, glaubte ich bei dem Gedanken ›Schwein‹ immer an äußeren Schmutz und Gestank. Aber das stimmt nicht. Denn wenn sie ihre Jungen fressen und ihr Schweineherz deshalb vielleicht höher schlägt – vielleicht auch nicht –, dann bezieht sich diese Schweinerei also gleichwohl auf das Äußere *und* auf das Innere. Und das ist Schweinegleichmut. Wohl nicht nur im übertragenen Sinn. Könnte ich etwa meine Jungen fressen – hätte ich welche? Bestimmt, hätte ich dabei irgendeinen Vorteil. Fragt sich nur, welchen Vorteil Schweine bei dieser Art von Verzehr verspüren. Vielleicht den des Genusses. Und dieser Genuß ist gleichbedeutend mit Ruhe und Sicherheit, Erfolg und Karriere. Und viel, viel Liebe ...

Natürlich möchtest du jetzt wissen, wie es bei mir weitergeht? Hör schön zu: Hoffentlich hat es Meyer bei seiner Hausexplosion erwischt! Was habe ich schließlich mit Botulismus und Kommunismus zu tun? Die Welt ist nun mal so wie sie ist. Ideologie und Zwang werden sie nie ändern. Das war schon immer so. Geliebte Mutter – was sagst du nun?

Also Meyer! – Was willst du? – Weg mit dir!

Selbst, wenn du wirklich mein Freund gewesen sein solltest ... ich muß dich von mir abschütteln. Hab Dank für alles, aber nun ist es gut. Im Grunde genommen warst du nichts anderes als ein verblendeter Phantast, der hinter sich den dicksten Ast absägt und nicht an den unabänderlichen Absturz glaubt. – Und mir stinkt dieser Markus David Heftie! Nicht, weil er mein neuer Boss ist. Nicht, weil er mir und dem Meer sofort einen guten – wirklich guten – Job gab. Nicht, weil ich weiß, daß ich in meinem Beruf besser bin als er ... und er Angst haben könnte, ich würde ihn eines Tages von seinem Mahagonischreibtisch verdrängen. Aber ... weil er die letzte Brücke zwischen mir und Meyer ist.

Und diese Tatsache stört mich ungemein. Egal, was für einen Charakter er hat. Ich muß ihn loswerden! Ob mir mein Fluch helfen wird? Mogambo, lebst du noch? Notfalls muß ich mir die Adresse von deinem Medizinmann besorgen.

Und du, liebe Mutter, mußt jetzt endlich einsehen, warum ich so denke. ›Was weg ist, ist weg – und bedeutet Sicherheit.‹ Vielleicht denkt ein richtiges Schwein beim Verzehr seiner Jungen an das eigentliche Fressen; daß es seine Nachkömmlinge nun nicht mehr fressen kann und daher dem Urschwein zufällt ... Naja.

Schwein oder Nichtschwein. Das Leben geht weiter.

Und die indischen Pagen stehen weiterhin mit ihren kess sitzenden Käppis – deshalb nicht minder gelangweilt dösend – an je einem strategisch wichtigen Punkt unserer bespiegelten, römisch-griechisch stilisierten Empfangshalle herum.

Strategisch wichtige Punkte? Deshalb stehen die Halbwüchsigen nicht herum. Eher gleichen sie phantasiebeladenen militärischen Wachtposten, die während des Stillstehens schlafen. Offene dunkelrotbraune Augen, die nichts sehen, aber blitzschnell wie ein Hund erwachen, wenn man sie ruft. Soll ich mal? Nein, ein solches Schwein bin ich nun auch wieder nicht ... dunkelbraune Gesichter mit europäischen Zügen. Nur eben dunkelbraun. Und deshalb stecken ihre Hände in weißen Wollhandschuhen. Trotz der Hitze.

Hitze ist relativ. Hauptsache, man sieht so wenig dunkle Haut wie möglich.

›Überlegen Sie mal – wir sind schließlich ein Luxushotel!‹

Egal, wer das gesagt hat. Aber es hat bestimmt jemand gesagt. Und wenn es jemand gesagt hat, dann wohl nur, weil die

Regierung es so will. In dem Fall wäre es natürlich auch nicht unmöglich, wenn die Herren Minister – oder was sie sind – in ihrem Parlament beschlossen haben, daß in unserem Luxuspuff so wenig wie möglich dunkle Haut zu sehen ist. Und deshalb ist die verbotene Luxushurerei legal ... wo kämen sonst die armen reichen Herren und Damen hin? Nein, Damen lasse ich besser aus ... Strichjungen habe ich hier noch keine gesehen ...

Lieber Herr Brecht-Meyer, können Sie mir also die Frage beantworten ... betreffs der legalen Luxus-Fremd-Beschlaferei? Leider nein ... auch er döst selig lächelnd. Unter den ihm anvertrauten Taubenlöchern, in die eigentlich die Post der betreffenden Gäste gehört. Und die betreffenden Zimmerschlüssel hängen ebenfalls dösend vor den betreffenden Nachrichtenhinterlassungsöffnungen. Sind Briefe etwa keine Nachrichtenhinterlassungen? Natürlich. Nur, daß sie eben geschickt wurden. Manche sogar per Nachnahme. Das heißt wohl Individualismus? Soll er. Ist mir auch vollkommen gleich ...

Wie komme ich eigentlich auf ›Brecht-Meyer‹? Meyer stimmt ja – sogar mit ›E-Ypsilon‹ – aber Brecht? Mit Vornamen heißt er auch nicht Isaac oder Sacky, sondern ... verdammt. Vergessen. Jedenfalls anders. Auch nicht Bertolt – Und ein riesengroßer, kreisrunder Teppich mit griechisch-römischen Ornamenten trennt sein und mein Reich, um die spartanisch grünweiß gestrichene Empfangsarena zu vervollkommnen. Er ist unser Chefportier. Wirklich nicht *der* Meyer. Aus Wien stammt der Schlüsselschwinger. Und klein ist er wie ein Zwerg. Giftzwerg – wäre er nicht so überaus freundlich und hilfsbereit ... wahrscheinlich sitzt er. Und sein Kopf steht förmlich auf der Schlüssel- und Nachrichtenausgabeplatte, umringt von Prospekten, als sei die neumeyersche Denk-, Blick- und Sprechkugel selber zum Verkauf feil ... statt der stattlichen Varianten der Luxusübernachtung mit Frühstück oder Vollpension ... Eigentlich paßt dieser Kopf auch in eine Jahrmarktbude, um mit Lumpenbällen beworfen zu werden. Graue, wie von Ratten angeknabberte Haarbüschel sprießen kümmerlich auf der oberen Rundung. Die kurzsichtigen Augen hinter einer Brille mit randlosen, runden Gläsern versteckt. Welch frappierende Ähnlichkeit ...

Nichts gegen Brecht selber. Aber ich weiß auch nicht, warum ich ausgerechnet auf diesen Vergleich komme. Instinktiv wohl.

Außerdem wird es dadurch zu keinerlei Mißverständnissen mit dem E-Ypsilonmeyer kommen ...

Und der Brecht döst auf Teufelkommraus! Trotzdem soll er einen Callgirlring für die besseren Gäste unseres Hauses unterhalten. Inoffiziell – versteht sich ... jedenfalls ist er schlauer als ich. Ob das hoffentlich der Altersunterschied ist? Inoffiziell ... und die Herren Minister hätten größte Freude an seinem Unternehmensgeist. Hat er mir selbst erzählt ... Schließlich sind wir ein Luxushotel ... mit den hiesigen Ministern als Stammgäste. Aber Menschen kommen ebenfalls zu uns ... Menschen ... wie nett die sein können.

Und der riesengroße Propeller über mir dreht sich lautlos rasend. Wohl um der stickigheißen Luft den Anschein zu geben, daß sie durch diesen Quirl kühler würde. Kein weiterer Erfolg, als daß meine Haare, feuchtklebrig wie sie sind, trotzdem protestierend zu Berge stehen.

Am liebsten würde ich jetzt etwas in den Arbeitskreis des Windspenders stecken. Vielleicht einen meiner Zeigefinger? Idiot! Die werden beide noch gebraucht. Und Selbstzerstückelung in einem Hotel wie diesem gehört sich nicht. Jedenfalls hätten die hier eine anständige Klimaanlage einbauen können. Aber die gibt es nur oben für die Gäste ... natürlich nur in den besonders teuren Unterkunftsräumen! Die mit eigener Bar und so. Trotzdem ist gestern abend eine wohlhabende Persönlichkeit dieses Landes in einer dieser Räumlichkeiten während der Anstrengung auf einem von ›Brechts‹ Callgirls – einem Herzschlag erlegen ...

Wirklich billige Klimaanlagen – trotz ihrer US-Erfahrung ... Oder ›Brechts‹ Weiber sind wirklich Klasse. Auf jeden Fall sprach ihr Gesicht später Bände. Scheint's, daß sich der Gute in ihr verhakt hat. Ob die Ärmste je wieder lieben kann? Und für die Befreiung war Brecht-Meyer zuständig. Diskret, versteht sich. Der Arzt und ich als Zeugen. Unfair. Der Arzt bekam sein Honorar. Brecht-Meyer hatte bereits seine Tantiemen. Nur ich ging leer aus. Das sei zumutbar, hieß es ...

Später. Krach mit dem Meer, weil sie nicht einsehen wollte, warum ich allein in stockdunkler Nacht ans Meer gehen wollte, um dort in aller Ruhe über das zumutbare Leben der Empfangschefs dieser Erde zu meditieren. Ich weiß nur eines, die Portiers dieser Erde sind wirklich überall gleich.

Es ist bei mir nun mal so, wenn einer unserer Gäste gestorben ist, brauche ich hinterher immer etwas Ruhe. Dabei hatte der Typ von gestern abend wirklich nichts mit meinem Fluch zu tun. Schließlich war er schon tot, als ich ihn zum erstenmal sah.

Die Leute sterben also auch ohne mich!

Sollen sie. Immerhin ist es sehr beruhigend, so etwas zu wissen.

Verdammt heiß hier. Und meine Haare stehen immer noch. Kämmen? Wozu. Zeit zwischen Ebbe und Flut. Die Abreisenden sind bereits weg – auch der Tote von 612 –, und die Ankommenden sind noch nicht da. Ich weiß nur, daß ich heute bereits das dritte frische Hemd gewechselt habe. Und dieses ist auch schon pitschnaß. Etwa noch eins? Lohnt sich nicht. Nur eine halbe Stunde, und wir werden abgelöst. Die dösend-schlafenden Kollegen hinter mir im Gästekarteiraum, das Meer im Einkaufszentrum – und ich. Dann nichts wie ab zum Strand! Mal richtig schwimmen. In echtem Wasser. Nicht, wie bis jetzt in Wolle, Seide und Nylon. Aber wenn ich mir so das Meer da draußen betrachte – und die trägen Wellen –, ich weiß nicht. Duschen hat auch wenig Zweck. Aus dem Kaltwasserhahn kommt sowieso nur warmes Wasser. Dann schon lieber träge Wellen und Tee am Strand. Früher sollen hier sogar Bikinis verboten gewesen sein. Ich habe ja immer gesagt – die spinnen. Und eine Frau darf nicht in die Bar, damit das weibliche Wesen nicht sieht, wie Alkohol ausgeschenkt wird. Aber draußen im Vorraum – das heißt hier Cocktailstube – dürfen Frauen so viel trinken wie reinpaßt. Ist doch wahrer Hohn, sage ich immer. Erklärendes Achselzukken. Egal, wen ich nach dem Wieso fragte.

Die Spiegelwände unserer Arena machen mich verrückt. Verrückt, aber nicht nervös.

Wie diese dösenden, weißbehandschuhten Pagenaugen mich anstarren! Wie Markus David Heftie, Sohn Schweizer Rosenzüchter, sich hinter seiner offenen, mit ›privat‹ beschrifteten Bürotür verschanzt und so tut, als würde er die wichtigste Hotelgeneraldirektorarbeit des Jahrhunderts verrichten – und in Wirklichkeit nicht weniger döst als wir anderen, die das vordere Schlachtfeld in Schach halten müssen ... falls so ein Hirsch von Gast jetzt schon ankommen sollte.

Außerdem ist heute Sonntag. Das ist doch der Tag, an dem man nicht – und so ...

Trotzdem, dieser Sonntag ist ein wenig ungewohnt für einen unschuldigen Emigranten, der monatelang an keinerlei Dienstzeit oder heroische Pflichten gewöhnt war ... bis auf – nun, aber das ist vorbei. Die Johannesburger Meyerei – gleich Kuh-, Land- und Gangsterwirtschaft, die mit Recht die Sechstagewoche oder irgendein solches Äquivalent ins Spiel bringen sollte.

Ist eigentlich mehr als egal ... die ganze Sache. Schließlich sind wir jetzt in Durban, und alleine diese Tatsache ist wert, in allen Belangen weniger zu investieren. Gleich gewerkschaftliches Denken für mittellose, verliebte, aber irregeleitete Einwanderer – wie das Meer und ich sie nur zu hautnah verkörpern.

Und das echte Meer, das feuchte, wenig Erfrischung versprechende da draußen hinter der riesengroßen Drehtür aus Glas, durch die Leute wie Verwoerd, Vorster, Charly Oppenheim – der Superdiamantenhengst – und andere vielsagende Opportunisten ein- und ausgehen, als würde ihnen der Laden hier gehören, und ewig bei ihrer zwingenden Abreise den lapidaren Satz fallen lassen, daß die Rechnung an Sowieso in Sowieso zu schicken sei – und das bei unseren Preisen! Hat denn niemand an die Zinsen gedacht? Außer über den Daumen zu peilen, hat hier scheinbar niemand je etwas von kaufmännischer Kalkulation gehört. Und das – wie gesagt – bei unseren stolzen Preisen. Aber das Meer da draußen verspricht trotzdem irgend etwas. Vielleicht so etwas, das einer keuschen Jungfrau einfallen würde, die aber schon rein routinemäßig mit hörbaren Tönen von sich gibt, daß jede Erfahrung gleichbedeutend mit dem als international bekannten Sesamöffnedich, die allerneuesten Lebenserfahrungen zu erheischen seien.

So ein Quatsch. Und das mir. Aber ich bin anders. Zum Glück. Mit mir nicht! ...

Verdammt heiß heute. Und alles klebt an mir. Die schwarzgrau gestreifte Hose, das frische weiße Hemd, sogar die Krawatte, die schwarze Jacke – auf Taille geschnitten. Also dieser verdammte Schlips scheint ein sexuelles Innenleben zu haben. So feucht er ist, sucht er sich doch tatsächlich eine Stelle, an der er bei mir kleben kann. Dabei ist es nur der Ventilator, der ihn auf- und abspringen läßt. – Tote, künstlich aufgeblasene Materie. Man müßte hier in Badehosen stehen können. Nackt wäre natürlich noch besser. Schließlich sind wir ein Luxushotel.

Spieglein, Spieglein an der Wand ... an der römisch-griechischen Spiegelwand: Wer ist die Schönste in unserem ... Und schon verraten sie es mir. Drei Spiegelreflektoren auf einmal: Das Meer! – Mein Meer natürlich. Das da draußen hinter dem Ufer wäre mir auf die Dauer zu träge. Und der Markus David Heftie hat ihr – meinem leibeignen Meer – einstimmig die Luxushotelboutique überlassen. Bis dahin war seine Frau für die Intimkosmetikundsosachen zuständig. Aber die will wohl nicht mehr. Ist auch gut so. Mein Meer braucht schließlich irgendeine Beschäftigung. Ist ja nicht des Geldes wegen. Das haben wir! Und Frau Luxushoteldirektor sei eine überzeugte Musicalinterpretin – hat sie mir selbst gesagt. Soll sie. Und ›South Pacific‹ läge ihr im Augenblick besonders auf dem Gemüt. War daraus nicht die Arie über den ›wonderful Guy‹? Dabei soll die Chef-Bettgenossin irgendeinen Klüngel mit irgendeinem reichen Typ aus Johannesburg haben. Also, mein Meyer war es bestimmt nicht! Das würde ich wissen. Außerdem hatte er ja seine Helen. *Hatte!* (Ob ich jetzt noch weiterdenken soll? Vielleicht werde ich sonst sauer – und das am Sonntag. Nein, mein Meer hätte an *dem* Krach wirklich keine Schuld.) Trotz allem stufe ich ›Gnädige Frau‹ – die von dem Heftie – in eine höhere Gehaltsstufe ein. Man kann nie wissen. Mensch, ich klebe wie ein Fliegenfänger ...

Ob Meyer wirklich noch lebt?

Und die Pagen träumen immer noch mit ihren weißbehandschuhten Händen, die wie Gipsstücke aus den Uniformärmeln hängen. Aber die römisch-griechischen Spiegelwände träumen nicht ... Verdammt, wer ist denn bloß der Typ da hinten, der andauernd mit dem Meer quatscht? Typisch, da sieht man mal wieder – einer unserer Oberkellner! – auch die sind auf der gesamten Erde gleich: Was weiblich ist, wird beflirtet ... egal, wer der Besitzer ist – sagen wir besser ›Partner‹. Und dann der ewige Ärger mit den zahlenden Ehemännern, wenn die herausfinden, daß ihre weibliche, bessere Hälfte dem betörenden Unterhaltungsflüstern eines der Oberkellner dieser Erde unterlag. Und ich als Empfangschef dieser Erde muß ewig und immer pflichtgemäß die sexuellen Reklamationen schlichten und als unwahr oder irrtümlich – natürlich zum psychologischen Sieg des unterlegenen Gastes – darlegen. Eigentlich ein Scheißberuf, den ich da mühsam erlernt habe. Seelsorger hier, Tröster da – um dem jeweiligen Luxusarbeitgeber die zahlenden Gäste zu erhalten. Und was ist, wenn ich jetzt selbst plötzlich eines der zahlreichen Opfer werde?

Junge, du wirst oder bist ja eifersüchtig! ... Quatsch, das Meer ist und bleibt dir treu! Wir sind aus einem Guß! Und sie reden immer noch. Ziemlich herzlich sogar. Jane, ich muß doch sehr bitten. Das kannst du mir nicht antun! Weißt du denn nicht, was das für Menschen sind? Wer ist es denn überhaupt? Komm, Junge, dreh dich wenigstens mal um, damit ich dein Gesicht sehe!

Da – wird auch Zeit. Danke. Nein, kein Danke, das ist nämlich Luigi, einer unserer italienischen Oberkellner. Also, das hat mir gerade noch gefehlt. Es würde mich nicht wundern, wenn der irgend so ein Verwandter von diesem verdammten Rinaldo wäre, ihn sofort – wo er auch sein mag – anruft, und ihm die Neuigkeit seiner ehemaligen Brautexistenz mitteilt. Kein Italiener im Ausland, der nicht das Vorleben seines Landsmannes kennt – seien es noch so viele ...

Und ich war so naiv anzunehmen, daß hier in Durban die Endstation unserer gehabten Schwierigkeiten sei. – Dabei, wenn das so weitergeht, werden sie sehr bald mit äußerster Wucht auf uns niederprasseln.

›Niko, vergiß diese letzten Gedanken nie‹, sage ich mir.

›Niko, du wirst noch an meine Worte denken, wenn es erst einmal soweit ist. Aber dann ist es zu spät‹.

›Niko, Junge, paß auf! Bevor es zu spät ist. Laß dir etwas einfallen. Denk an dein Paradies, das du hier gefunden zu haben glaubst. Reiß dich am Riemen. Und tue etwas!‹

Aber was? Oder leide ich in der Hitze an Halluzinationen? Vielleicht. Aber Luigi ist und bleibt Italiener ...

Ruf sie an! Schließlich ist sie dein emanzipiertes – und so! Und verlier sie nicht aus den Augen!

Zwei – zwei ist ihre Nummer. Nun mach schon! Niko! – Zweizwei!

»Boutique Edward Hotel.«

»Jane, ich bitte dich, sofort die Unterhaltung mit dem Typ

von Oberkellner zu beenden. Er heißt Luigi. Italiener! Du weißt doch, die stecken alle unter einer Decke. Bitte.«

»Sehr wohl, Mister ... wie war Ihr Name?«

»Mensch, Jane, wo soll ich so schnell einen Namen herbekommen?«

»Geht in Ordnung, Mr. Denker. Ihr Wunsch wird so bald wie möglich erfüllt. Darf ich noch Ihre Zimmernummer wissen?«

»Nimm doch irgendeine, aber schick den Kerl weg.«

Klack. Das war ich mit dem Hörer! Zurück auf die dazugehörende Gabel. Hat mich jemand beobachtet? Nein. Alles döst. Einsam wacht.

Endlich. Er geht. Wurde auch verdammt Zeit. Er geht zwar von ihr weg – kommt aber auf mich zu! Was drückt sein Gesicht aus? Kann ich aus ihm lesen? Er scheint sinnlich zu sein. Wenn ich doch bloß mehr über Psychologie wüßte ...

»Hallo, Niko.«

»Hallo, Luigi.«

»Gehst du nachher an den Strand?«

»Glaube nicht. Ist viel zu heiß.«

Und nun? ...

Er sprach in der Einzahl. Vielleicht weiß er tatsächlich nichts von dem Meer und mir? Vielleicht spielt er auch nur den Nichtwissenden! Hoffentlich ist *er* einer!

Auf jeden Fall geht er zurück in sein Restaurant. Der Ort, an den er eigentlich hingehört. Aber ... warum kommt er denn zurück?

»Sei kein Frosch, alter Junge, der Strand ist der einzige Ort, wo man die Hitze aushalten kann. – Na, du wirst dich noch an das Leben hier gewöhnen. Also bis später.«

»Si, ciao bello.« ... Ging natürlich auf Kosten des Betriebsklimas. Denn jetzt ist er bestimmt beleidigt. Besser das, als ... Vielleicht bin ich auch nur überspannt.

Ich weiß was. Ich werde mit dem Meer zu den Umhlanga Rocks fahren. Hoch – die Nordküste entlang. Dort soll es wunderbar sein. Nicht nur wegen der Langusten, die man dort fangen kann. Ja, das ist gut. Endlich eine Lösung ...

»Hallo, Niko.«

»Hallo, Brian.« Endlich, meine Ablösung ... Kumpel ...

»Laß dir von Costa die Kasse übergeben. Ich muß schnell

weg. Aber sonst ist alles klar. Das heißt bis auf 612 – die Kripo will die Räumlichkeiten noch untersuchen. Du weißt doch, der Vorfall von gestern abend.«

»Die suchen auch ewig nach Geistern. Schätze, die haben nichts anderes zu tun.«

»Laß sie doch, Brian. Wir haben damit nichts am Hut. Aber Heftie meinte ...«

»Kann ich mir schon denken, Niko. Wenn was sein sollte – kann ich dich irgendwo erreichen?«

»Nein. Ich muß schnell weg. Muß noch Fragen wegen meiner Einreise erledigen.«

»Na denn – viel Glück.«

»Danke, kann ich gebrauchen. Bis dann, Brian.«

Das wäre das – und ab wie die Post. Duschen, umziehen und weg von hier. Selbstgefangene Langusten im Mondschein gebraten sind bestimmt eine Wucht. Das heißt, ich müßte noch schnell etwas Trinkbares besorgen ... alles – bloß keine frustrierte Verlobte ... Telefon.

Laß mal. Ich habe ja jetzt Feierabend. Wozu sind die anderen da? Wie laut ein einzelnes Telefon klingeln kann. Dabei haben wir sechs Stück von der Sorte. Auf drei Schreibtischen verteilt ...

Wie wunderbar die selbstgefangenen Langusten schmecken werden ... natürlich nicht roh ...

»Niko!«

»Ja?«

»Telefon. Für dich!«

»O.k.« ... muß wohl zurück ... könnte ja dienstlich sein ... und fünf Minuten Dösedienst hätte ich eigentlich auch noch abzu... verdammt, nicht einmal die billigen fünf Minuten gönnen die einem ... wie weich der griechisch-römische Teppich ist. So etwas müßte man privat besitzen. Im eigenen Haus natürlich. Und ausgebreitet vor einem knisternden Kaminfeuer. Wie weich und romantisch dann alles wäre. Eigenhändig würde ich das Brennholz hacken – oder zumindest besorgen. Vor dem Feuer würden automatisch sämtliche Feigenblätter wie welkes Herbstlaub fallen und ... schnell den verführerischen Teppich überqueren. Weg mit diesen hochtrabenden Gedanken. Kaminfeuer in dieser tropischen Hitze! Außerdem will mich jemand von dem anderen Ende einer Telefonleitung sprechen ...

»Hallo, Baas.«

»Hallo – wie geht's?« Und eine riesengroße, schwarze Pranke öffnet mir bereitwillig – dabei wollte ich sie wirklich selber – die römisch-griechisch stilisierte Tür zu unserer Luxushotelempfangsstation. Wer ist denn der Besitzer dieses sagenhaften Handmonstrums? Ach so, der da. Ein schwarzer Hüne, der in seinem kurzgeschnittenen, rotberänderten Schlaf-Arbeitsanzug zusammenknickt, um mir seine Ehrerbietung zu demonstrieren. Jeder weiß, daß dieser Junge auf alles stolz ist, was mit Weißen zu tun hat. Schließlich besteht seine Hauptaufgabe darin, für einen indischen Hintergrundbarkeeper an der Getränkeausgabe Geld bei uns ›Weißen-im-guten-Anzug‹ – und vorne am Empfang außerdem noch – wechseln zu dürfen.

»Willst du Geld wechseln?«

»Ja, Baas. Aber ich warte. Der Baas muß mehr arbeiten als ich. Ich werde warten. Danke, Baas.«

Wenigstens einer, der meine Schufterei anerkennt.

»Hm...« Was soll ich sonst sagen. Also – wenn ich etwas zu sagen hätte ... *das* würde ich ändern! He – Markus David Heftie! – siehst du nicht, wie die Leute gequält werden? Na warte, ich werde dich von deinem großkotzigen Mahagonischreibtisch vertreiben. Wart's nur ab!

Und da liegt der Hörer neben dem Apparat ... Ob es wichtig ist?

»Hier ist Jemand! – Niko Jemand.«

»Niko Jemand?«

»Ja.«

»Sind Sie alleine?«

»Ja, mehr oder weniger. Aber Sie können ruhig sprechen.«

»Stimmt es, daß Sie in drei Minuten Feierabend haben?«

»Wenn nichts dazwischen kommt – ja. Womit kann ich dienen?«

»Mein Name ist Naidoo. Unser gemeinsamer Freund – seinen Namen kann ich leider nicht nennen – Sie verstehen – bat mich, Sie anzurufen und Ihnen auszurichten, sobald wie möglich zu uns zu kommen. Er sagte auch noch, Sie möchten bitte Geld mitbringen ...«

»Ist unser gemeinsamer Freund etwa ...«

»Entschuldigen Sie vielmals, aber ich sagte bereits: keine Namen. Sie wissen bestimmt, von wem diese Botschaft ist! ... Können wir bald mit Ihrem Besuch rechnen?«

»Ja, natürlich. Das heißt ...«

»Gut. Wir erwarten Sie in einer halben Stunde.«

»Wenn Sie schon die Güte haben mich zu unterbrechen – ich sehe ein, Sie haben vielleicht Gründe dafür –, aber dann sagen Sie mir wenigstens, wo ich hinkommen soll.«

»Kommen Sie zu uns in das ›Good-Will-Restaurant‹. Und schnell – es eilt.«

»Und wieviel ...«

Klick. Good-Will-Restaurant ... Geld ... etwa Sacky? – Mich laust der Affe.

Wie kalt der tote Hörer mich anblickt. Nun gut, zurück damit auf seinen Stammplatz. Und mit Langusten wird es wohl auch nichts. Good-Will-Restaurant?

»Sag mal, Brian, hast du schon mal etwas von einem Good-Will-Restaurant gehört? Ich nicht.«

»Willst du da etwa hin? Na, geht mich nichts an. Aber sei vorsichtig. Das eine kann ich dir sagen. Den Burschen kann man nicht über den Weg trauen ... wirklich, such dir eine weiße Freundin zum ›Fremdgehen‹ ... laufen doch genug rum ... na, ich sehe schon, du bist auf ein besonderes Erlebnis erpicht. Also, was Good-Will heißt, weißt du. Und das ist eben der Ort, der einzig legale überhaupt, wo sich alle Farben treffen können. Genauer gesagt – schwarz, braun, weiß ... ohne daß ihnen sofort offizieller Ärger droht. Und die Definition ›offiziell‹ wirst du wohl kennen?«

»Im europäischen Sinn ja. Wie ist es mit dem hiesigen?«

»Der ›hiesige‹ heißt trotz allem und auf jeden Fall ›Vorsicht‹! Dort ist nämlich jeder Gast der Spitzel des anderen. Solche Gerüchte gibt es zumindest. Natürlich kann man dort mit einiger Intelligenz die nettesten Mädchen kennenlernen. Und das ist doch dein Ziel – oder?«

»Etwa Farbige? – Farbige Mädchen?«

»Entschuldige, Niko. Du bist zwar unser Chef hier – und wir akzeptieren dich ohne Frage – doch was deine Lebenserfahrung anbelangt, läßt dein Wissen einiges zu wünschen übrig. Merk dir eines: Du bist hier nicht in Europa! – Naja, auf jeden Fall kann man dort in dem Laden wirklich dufte Bienen kennenlernen. Sogar du mit deiner Naivität wirst es schaffen. Aber nochmals: Sei vorsichtig!«

»Ist ja gut, Brian. Und die sind dort wirklich alle farbig?«

»Was meinst du, warum der Laden ›Good-Will‹ heißt ... manchmal kosten die Mädchen etwas Geld. Aber bei deiner Figur springt für dich bestimmt noch ein Stereo-Gerät ab. Wird also billig für dich. Und für mich war es immer der Reiz der Sache. Jeder Weiße sollte einmal im Leben mit einer Farbigen geschlafen haben. Nur – laß dich nicht reinlegen! Schlitzohren gibt es auch bei denen.«

»Ich verstehe deine Sorgen nicht, Brian.« Eine dumme Frage kann weitere Informationen einbringen ...

»Niko! Junge, sei doch vernünftig. ›Good-Will‹ bedeutet, von der Regierung aus gesehen, daß sich dort jeder treffen kann. Aber auch nur treffen. Hat du mich jetzt verstanden?«

»Und wo liegt der Laden?«

»Du wirst lachen – den Namen der Straße habe ich mir nie gemerkt. Du weißt, wo der indische Markt liegt? Von da an geradeaus auf der Hauptstraße weiter. Ja, die Hauptstraße ... dann ist es die erste, zweite – dritte Straße rechts. An der Ecke. Kaum zu verfehlen. Ein flaches, alleinstehendes Haus. Der Name steht dick drüber. Noch etwas? Naja – viel Glück. Und solltest du später einen Arzt benötigen – ich kenne einen, der nicht viel fragt, wer der Spender deines Trippers ist. Hahaha!«

»Ich hatte noch nie einen. Trotzdem vielen Dank für deine Auskunft, Brian. Bis später dann.« ... Eigentlich ein sympathischer Junge. Und wie stolz er auf seine Cockneyvorfahren ist ... old London – how do you do? – I like you.

»He! Moment mal, Niko! So kann ich dich nicht gehen lassen! Dieses Etablissement gehört zwei Indern, die auf den Namen ›Naidoo‹ hören. Solltest du dort eine Frage haben, geh zu dem mit dem großen Schnäuzer. Der andere taugt nicht viel – so heißt es wenigstens. Warum, weiß ich auch nicht. Auf jeden Fall hast du nun meinen kollegialen Rat. Viel Glück.«

Mir schwirrt der Kopf. Was sonst sollte er tun? Einwanderer haben es eben in jeder Situation schwer. Und wie oft sie mißverstanden werden. Einfach unglaublich.

Und schon wieder einer dieser typischen Regengüsse. Kaum, daß die Scheibenwischer die Wasserflut bewältigen. Wie ausgestorben der sonst so farbenprächtige indische Markt ist. Das Leben sprudelt normalerweise hier nur so. Und heute – oder jetzt? Tot. Mehr nicht. Ruhetag. Gesetzlicher. Schließlich ist immer noch Sonntag ... und zwischen einem dieser Verkaufsstände soll – nein sollen – gestern zwei weiße Farmer erstochen worden sein? Aber nicht von Indern, sondern von Bantu ... Soll ich sie fragen, ob sie davon gehört hat?

»Jane?«

»Ja, Liebling.«

»Ach – ist schon gut. Wir sind gleich da. Würdest du bitte etwas langsamer fahren! Ich habe nämlich das Gefühl, daß wir auf dem richtigen Weg sind. Gleich müssen wir am Ziel sein ... und wie! Siehst du das flache Holzhaus da drüben? Vielleicht ist es auch Fachwerk. Bei dem dämmerigen Licht kann man kaum noch etwas sehen. Und das um diese Tageszeit. Nachmittags um halb vier ... in Europa ... aber hier sind wir nun mal in Afrika. Alles ist verkehrt. Sogar der Mond, wenn er auf Sichel steht. Einfach verkehrt, sag ich dir. Good-Will-Restaurant – fast so schön wie eine Kneipe bei uns im Schwarzwald. Fehlt noch ein wenig Schnee darum herum – und der Fall hat sich ... Ich schlage vor, du parkst den Schlitten ein wenig abseits. Man kann nie wissen. Am besten, du nimmst diese Parklücke hier. Sie bietet sich förmlich an ... dann ist der Wagen schnell startbereit und trotzdem außerhalb irgendeiner Gefahrenzone. Wenn ich nur wüßte, was ich dort soll ... Kompliment, du bist wirklich eine ausgezeichnete Fahrerin ... willst du vielleicht mitkommen? Zu zweit, weißt du ...«

Wie bestimmt sie die Handbremse anzieht. Nicht auszudenken, wie das Leben ohne sie wäre ...

»Was schlägst du denn vor, Niko?«

»Um ehrlich zu sein, mein Liebes, mir fällt nicht viel ein. Ich weiß nur, daß ein gewisser Naidoo – ein Inder mit einem auffallenden Moustache – mich so bald wie möglich zu sehen wünscht. Ich habe Brian über den Laden ausgefragt. Viel konnte der Junge mir nicht sagen, zumal er der Meinung war, ich sei scharf auf farbige Mädchen. Soll er. Für mich bist du farbig genug.«

»Brian ist so blöd wie alle anderen.«

»Aber hör mal ...«

»Ist doch wahr. Ihr Männer habt manchmal Ansichten, daß man sich ekeln könnte. Wir Frauen sind nicht nur Objekte! Ich weiß, mein Liebling, du weißt es, sonst wären wir auch nicht zusammen. Also kein Grund, sich aufzuregen. Wichtiger ist: warum hat man dich dort hinbestellt? Das läßt mir keine Ruhe. Und du weißt wirklich nicht, was dieser Naidoo mit dem großen Schnurrbart von dir will?«

»Nur soviel, Jane, wie ich dir bereits sagte, und daß Brian von den hübschen farbigen Mädchen sprach, die sich dort ein ›weißes‹ Abenteuer erhoffen. Illegal natürlich ... während ich persönlich und offiziell der Mann bin, der kolorierten Sex sucht.«

»Muß ich nun eifersüchtig werden?«

»Nicht doch, Liebling. Du kennst mich doch. Wie könnte ich? Außerdem glaube ich einfach nicht an die Möglichkeit einer gemischten Liebesromanze. Selbst unter dem Zeichen ›Good-Will‹ – ein Ding der Unmöglichkeit. Schließlich weiß jeder, was für drakonische Strafen dem ertappten Sünder drohen. Und da soll ich, wo ich dich? Nein, Scherz beiseite. Erst neulich hörte ich, daß es sogar für nichtwissende Ausländer bis zu zehn Jahre Zwangsarbeit gibt. Im Überlebensfall sofortige Deportation ... Und das alles für einmal flirten! Nein. Also wirklich nein! Und überhaupt ... ich kann mir nicht helfen – mir schmeckt das alles nicht. Ich schlage vor, wir vergessen diesen ominösen Telefonanruf und fahren einfach weiter. Vielleicht hört der Regen bald auf – dann geradeaus bis zur Nordküste – und weiter bis zu den Langusten. Die kann man auch im Dunkeln fangen. Ganz einfach: eine Stabtaschenlampe haben wir. Ein Präservativ habe ich mir besorgt. Das ziehen wir über die Lampe. Machen einen Knoten und das Ding ist wasserdicht. Dann hinab in die Dunkelheit. Licht an – und die Tierchen schwimmen direkt ins Licht.«

»Präservative? ...«

»Nicht doch, Liebling. Für solche Zwecke gibt es nichts besseres als eben solche Gummiüberzüge. Wer hat von mehr gesprochen? – Den Rest haben wir im Wagen. Soll *ich* fahren?«

»Nein, Niko. Wir bleiben hier. Das können wir Sacky nicht antun.«

»Sacky! Sacky! Wer sagt denn überhaupt, daß er hinter diesem Anruf steckt?«

»Wer denn sonst? Nein, ich bin sicher, daß er unsere Hilfe braucht, doch vorsichtig ist und deshalb nicht selbst anruft. Wir können ihm unsere Hilfe nicht einfach abschlagen. Das weißt du so gut wie ich. Und vergiß nicht, was er alles für uns getan hat, Niko!«

»Eben. Und aus diesem Grund möchte ich mit der ganzen Angelegenheit nichts mehr zu tun haben. Glaub mir doch, Liebling. Für das, was jetzt vor uns steht, habe ich ein mehr als schlechtes Gefühl. Dabei bin nur ich allein aufgefordert worden zu kommen! Wenn es uns aber nicht gelingt, aus dieser Sache frühzeitig auszusteigen, nämlich sofort, schaffen wir es nie. Bedenke doch, seit wir hier sind, haben wir Frieden und Ruhe. Wir sind absolut frei, können leben wie wir wollen und haben jeder einen annehmbaren Job. Nie zuvor in unserem Leben ist es uns besser gegangen. Ich möchte, daß es so bleibt! Und den Wagen werden wir ebenfalls abstoßen. Der ist nämlich ...«

»... aber Niko, sei doch vernünftig.«

»Jane, laß mich bitte ausreden. Dieser Wagen ist ein erdrückendes, wenn auch fast das letzte! ... Verbindungsglied zu unserer Vergangenheit in Johannesburg. Lachhaft. Wenn man bedenkt, daß wir dort überhaupt nichts getan haben und trotzdem von dem Strudel ergriffen worden sind. Und Strudel sind nun mal unberechenbar. Jetzt haben wir von dem gesamten Blödsinn endlich Abstand gewonnen. – Und ich möchte, daß es so bleibt! Denn wenn jetzt noch etwas passiert, könnte unter Umständen unser beider Verhältnis leiden. Nein, nicht, daß wir uns eines Tages nicht mehr verstehen oder so, etwas viel Schlimmeres könnte passieren. Und davor habe ich regelrecht Angst. Du hast natürlich Anspruch darauf, mich einen Spinner zu nennen ... aber mein Gefühl hat mich selten getrogen. Davon abgesehen, bedenke bitte nochmals: nie zuvor ging es uns so gut wie gerade jetzt! Und Meyer wird uns Unglück bringen!«

»Eine kleine Zwischenfrage, mein undankbarer Schützling – wem haben wir unser jetziges Leben zu verdanken?«

»Das weiß ich so gut wie du: Sacky! Aber diese und seine Zeiten sind vorbei. Wir haben nichts mehr damit zu tun. Und ich will, daß es so bleibt!«

»Wenn du meinst? In dem Fall werde *ich* hineingehen, und *du* wartest hier. *Ich* lasse Freunde nie im Stich!«

»Kommt nicht in Frage! Jane, sei doch vernünftig.«

»Gut, dann werde ich hier auf dich warten. Oder wir gehen zusammen. Aber einer wird gehen!«

»Selbst dann, wenn wir alles mit einem einzigen Schlag verlieren?«

»Wir werden nichts verlieren – weil wir ein reines Gewissen haben und uns nichts nachgewiesen werden kann. Schließlich waren wir nur – und ich betone ›nur‹ – seine Freunde.«

»Wenn der Staat aber so will, waren wir Freunde eines Verbrechers! Und der Staat ist stärker.«

»Du bist mir ein feiner Idealist! – Sacky war aber kein Verbrecher, als er dir das Geld und seine Hilfe gab? Nichts, als emotionale Behauptungen deinerseits. Weißt du überhaupt, was du bist? Ein schamloser Opportunist, der im Leben jede billige Gelegenheit nutzt, billige Karriere zu machen. Und diese Art Männer ekelt mich an. Männliche Prostituierte sind sie. Mehr nicht. Zwingst du mich etwa, meine Liebe zu dir zu bereuen?«

Mein Blut kocht. Kein Wunder bei den Anschuldigungen. Aber eines habe ich bei ihr gelernt: man darf nicht weich werden ... schwach schon mal gar nicht. Sie ist nun mal kein dummes Gör. Ihr eigenes Leben hat sie so geformt und verlangt daher Anerkennung. Trotzdem ... verdammt noch mal, auch ich habe aus meinem Leben gelernt!

»Auch ich habe aus meinem Leben gelernt! Und glaube mir: ich meine es nur gut mit dir. Sollte die jetzige Situation aber der Grund unserer Trennung sein, werde ich dir beweisen, daß ich kein Feigling bin. Ich werde also gehen. Bleibt mir trotz allem nur eine Hoffnung, daß du es nicht bereuen wirst ... Zum letzten Mal: bestehst du darauf?«

»Ja.«

»Nun gut! Hoffentlich ist es von dir nicht zuviel verlangt, wenn du bis zu meiner Rückkehr den Motor laufen läßt. Dann ist die notwendige Flucht nämlich leichter – verstehst du? Sollte dir jedoch dieser Vorschlag wider Erwarten nicht schmecken, wäre es nicht schlecht, wenn du mich im Hotel mit einem riesigen Lorbeerkranz erwarten würdest. Mach's gut. Einer von uns beiden wird überleben. – Bis dann also ...«

Mist, verdammter. Das ist nun überhaupt nicht, was ich erreichen wollte. Aber irgendwie ... naja, ich weiß auch nicht. Aber der Hafer ist nun mal da, um einen zu stechen. Mich natürlich, denn sie fing an. Jedenfalls ist die Wagentür zu. Und wie! Blamabel, wie weit einen die Weiber treiben können. Mein Gang in diesen Good-Will-Laden wird bestimmt nicht gut enden. Schließlich habe ich mein Gefühl dafür. – Die Weiber können einen wirklich bis an den Abgrund treiben. Und dann hinunter mit uns Männern. Das nennt man nun Emanzipation. Ich habe ja schon immer gesagt, die Waffen einer Frau sind die unfairsten, die es gibt. Und ich, ausgerechnet ich, falle darauf herein. Wie ein Säugling in seinen viel zu großen Kackstuhl!

Werde ich eigentlich beobachtet? Nicht von ihr. Das tut sie sowieso. Nein, von eventuellen Gegnern!

Nun? Wie stehen die Chancen? Keiner da? Anfänger! Keiner da, der sich für mich interessiert. Die parkenden Wagen – bis auf unseren – sind einwandfrei verlassen ... wenn ich nur wüßte, warum ich dieses blöde Gefühl habe ...

Niko! Noch ist es Zeit – geh zurück. Geh zurück! Nein – unmöglich. Ich muß den einmal begonnenen Gang zu Ende gehen ... Heinrich der Vierte, im Jahre 1077 ... wer war schlimmer dran – du oder ich? Du natürlich. Und ich werde gehen. Vielleicht auch nur, um zu wissen, daß ich mit meinen Vorahnungen recht hatte.

Selbstbestätigung. Also weiter.

Immer größer wird die Eingangstür. Ein stumpfes, magisches Auge. Und wie das gießt. Schneller! – Dabei hatten sie nur einzelne Schauer vorausgesagt. Aber auch die sind auf der ganzen Welt gleich ...

Bloß an nichts denken, Junge. Denken macht nervös. Laß dich einfach überraschen. Tu so, als wäre nichts. Und einen einfachen Kaffee kann einem niemand verwehren.

Wie leicht die Tür sich öffnen läßt. Und lautlos fällt sie hinter mir ins Schloß. Bin ich jetzt schon gefangen? Oder soll ich gleich zu Naidoo gehen?

Wie leer der Laden ist – bis auf ein paar nichtssagende Typen. Primitiv eingerichtet ist er – und wie! Stühle und Tische mit Wachstüchern drauf. Mehr nicht. Und niemand, den ich kenne ... Halt! Ist das nicht Mogambo – an seiner Seite eine schwarze Schönheit hinter einem Orangensaft? Aber seine Augen blicken ausdruckslos durch mich hindurch. Gefahr! Also nicht zu ihm.

Der nächste freie Tisch scheint passend. Und die Nähe meines geheimen Freundes wird mich beruhigen. Zigarette. Keine da. Sind im Wagen. Idiot. Hinsetzen ...

»Sie wünschen, Mister?« Ein blutjunger Inder, ohne Turban, aber mit kleinem Tablett in den zarten Fäusten.

»Ein Bier.«

»Tut mir leid, Sir. Nur alkoholfreie Getränke.«

»Dann eben alkoholfrei.«

»Sehr gut, Sir.«

Redewendungen haben die Leute ... Jetzt werde ich komplett verrückt ... drei, vier Tische weiter – Sacky, wie er leibt und lebt. Leicht abgemagert allerdings ... soll ich? Besser nicht. Weiß auch nicht, warum. Außerdem schüttelt er kaum merklich seinen Kopf. Aber erkannt hat er mich. Wetten? Nein, das bringt Unglück. Bin nun mal abergläubisch.

»Ihr Orangensaft, Sir. Darf ich gleich kassieren, Sir?«

Komischer Laden ... wie schnell mein Geldstück einen neuen Besitzer findet. Bescheidene Preise. Denn er sagt nichts weiter. Oh doch, jetzt:

»Vielen Dank, Sir.«

Sacky sieht wirklich schlecht aus. Wärest wohl besser mit deinem Haus in die Luft geflogen. Und überhaupt. Nein, sei gerecht, Niko ... vielleicht hat er wirklich um etwas gekämpft, an das er glaubte. Hat er je Nutzen daraus gezogen? So, wie er jetzt aussieht, nicht. Und hat er dir je Schaden zugefügt? Nein! Na also, dann hilf ihm! Und das Meer hatte mit ihrer Vermutung doch recht ... ich mit meiner ebenfalls? Aber noch sind wir nicht soweit ... Außerdem, wie soll ich ihm helfen, wenn er dauernd an mir vorbeisieht?

Wenn ich nur wüßte, was ich tun soll. Außerdem ist die Situation hier zum Zerreißen gespannt. Hab ja gleich gesagt, daß hier etwas nicht stimmt.

»Mr. Jemand, Sir?« Der neue Besitzer meiner alten Münze ...

»Ja?«

»Telefon für Sie, Sir.« Kann doch wohl nicht wahr sein. Immer, wenn etwas geschehen soll, heißt es: Telefon!

»Na gut. Ich komme.«

»Hier lang, bitte.«

Vorbei an Mogambo. Vorbei an Sacky. Aber ihre Blicke sind

fremd. Warum eigentlich an getrennten Tischen? Soll ich die gewünschten Geldscheine für sie einfach fallen lassen? Es hieß doch, ich soll Geld mitbringen ...

Besser nicht. Bevor ich nicht weiß, was endgültig gespielt wird. Mein Telefonausrufanführerundorangensaftservierer verschwindet durch eine Pendeltür. Wahrscheinlich wartet dort das Gespräch auf mich. Weiter ...

Ruhig Blut, Junge! Nervös bin ich wie ein Primaner vor ... Eine braune Hand bedeutet ›Halt‹. Mein Führer ist vorsichtshalber verschwunden ... Und ein überirdisch großer Moustache öffnet seine Lippen ...

»Haben Sie das Geld mitgebracht?«

»Wofür, wenn ich fragen darf?«

»Für unsere beiden Freunde da draußen.« Und der Moustache wächst ins Überdimensionale. Dahinter wird also der echte, der gute Naidoo, einer der Besitzer dieses Ladens, stecken.

»Darf ich wenigstens noch fragen, was hier gespielt wird?«

»Pst.« Rätselhafte Finger – aus tausendundeiner Nacht – legen sich quer über sein Sprechgerät. Aber die Augen da drüber machen einen gutmütigen Eindruck.

Sie nicken stumm in Richtung Eingangstür. Genauer gesagt, durch den Spalt eines gammeligen Vorhangs.

Drei Männer. Mit unauffälligen Gesichtern. Aha – Polizei! Wie damals – kurz vor der Explosion ... Und nun?

Nichts ›nun‹ ... unauffällige Polizisten haben nun mal immer finstere – deshalb unauffällige – Gesichter ... und Naidoo beginnt prompt zu zittern. Wohl wegen der Kräfteverschiebung da vorne auf der Bühne. Gute Akkustik. Trotzdem, billige Agatha Christie. Oder wenigstens wird das Stück schlecht aufgeführt. Vielleicht gibt es doch noch ein ›Happy End‹? Hoffentlich! Sacky ... Mogambo ... Ich möchte nicht in eurer Haut stecken ... wenn ihr nichts unternehmt. Seht ihr denn nicht, wer da kommt? Laßt euch doch etwas einfallen! Geht wenigstens pinkeln – oder so etwas ... aber reglos sitzenbleiben kommt dem Selbstmord ziemlich nahe.

Soll *ich* etwa? Wie könnte ich – mit dem zitternden Moustache neben mir ... Also, wenn ich hier Regie führen würde, ich hätte das alles vollkommen anders inszeniert. Nie würde ich den drei Unauffälligen erlauben, sich lautlos, strategisch verteilt, an Mogambo und seiner Gefährtin vorbei – vielleicht ist es sogar seine Frau, die Orchidee unter dem Buschgras – auf Sacky zuzubewegen. Und der tut so, als würde er nichts bemerken. Das ist zuviel! Ich verstehe die Welt nicht mehr! Man kann sich doch nicht so einfach mir nichts dir nichts fangen lassen ...

Meine beiden Hände zupfen irgendwo an Naidoo. Soll der doch wenigstens wach werden ...

Ein ›Pst‹ – die Ernte meiner Anstrengung.

Und automatisch fühle ich mit den Schwächeren. Ob sie wirklich die Schwächeren sind? Egal, ob Freund oder sonstwas ... Sacky! Tu doch etwas!

Mogambo wendet sich von dem Geschehen ab und verbreitet den Anschein, als würde ihn das alles nicht interessieren. Wenigstens hält er die Hand seiner Frau ... Ob er jetzt wenigstens an seinen weisen alten Mann denkt? Und um Rat fragt? Nichts.

Also bin ich an der Reihe ... aber einer der drei Unauffälligen würde mich sofort bemerken. So blöd sind sie keinesfalls. Soll ich etwa hingehen und sie öffentlich bestechen? Aber Sacky hätte mir das bestimmt vorher mitteilen lassen.

»He, Naidoo? Können wir nichts unternehmen?«

Zittern. Mehr nicht. Und er starrt weiterhin auf die Arena vor uns. »Geheimpolizei.« Gefühllose Resonanz eines Zitternden.

Jetzt greift jeder der Drei in eine seiner Anzugtaschen und holt etwas hervor, das wie eine Polizeimarke aussieht. Briefmarken sind es bestimmt nicht. Ruhig Blut, Junge!

Soll ich nicht doch?

»Dürfen wir bei Ihnen Platz nehmen – danke.« Der erste Vorbeter setzt sich zu Sacky. Die beiden anderen Unauffälligen folgen ohne Umstände. Schweigen.

Der Inder neben mir zuckt nur noch, als hätte es ihn automatisch erwischt. Dabei habe ich ihn nur unversehens berührt.

Mann, hat der eine Knoblauchfahne ... mit Currygemisch ... Fast wird mir übel. Pfundweise muß der Kerl das Zeug verschlingen.

»War da nicht ein Telefongespräch für mich?«

»– –« – War wohl zu leise geflüstert ...

»He, Naidoo, sag doch etwas. Wir können hier nicht einfach auf das Ende warten. Die beiden da vorne brauchen unsere Hilfe. Nun los, was ist?«

»Kein Telefon für Sie, Sir. Ich wollte mit Ihnen sprechen. Aber jetzt ist es zu spät. Alles ist zu spät. Hoffentlich macht Sacky keinen Fehler. Mogambo haben sie noch nicht erkannt. Das weiß ich genau. Aber Sacky ... wir müssen warten.«

Tonlose Worte. Und zitternde Lippen.

Und was ist eigentlich, wenn die Polizei mich hier erwischt? Wäre ich doch lieber zu den Langusten gefahren ... Achtung!

»Sie sind also Isaac Meyer aus Johannesburg! Dürfen wir Ihre Papiere sehen?« Wieder der Geheimpolizeivorbeter.

Sacky nickt müde. Und mit hoffnungsloser Bewegung zieht er ein Stück Papier aus seiner Brieftasche. Also, wenn er sich jetzt nicht zusammenreißt, schafft er die drei Unauffälligen nie.

Der Vorbeter studiert aufmerksam den Lappen aus Papier.

»Sie sind also tatsächlich der Gesuchte! Ich möchte Sie darauf aufmerksam machen, daß wir alles über Sie wissen. Alles! Also keine Ausflüchte. Das Belastungsmaterial gegen Sie ist erdrückend. Ihr Pech, mein Lieber! Sie haben zu viele Verräter in Ihren Reihen. ›Freunde‹, genauer gesagt, die in diesem Augenblick wie Ratten das sinkende Schiff verlassen.«

Natürlich weiß Sacky, daß das nur Routinegerede ist. Ihm wird schon etwas einfallen. Oder? Er schweigt. Wie müde er ist. Was soll's. Bestimmt einer seiner Tricks. Ich kenne ihn doch.

»Haben Sie uns etwas mitzuteilen?«

»— —«

»Mann, seien Sie doch nicht so stur. Also, wir hören!«

Nichts. Der zweite der drei Unauffälligen öffnet seinen Mund. Will er gähnen oder gar etwas sagen? Eine Ewigkeit.

Sacky! Wach endlich auf, Mensch!

»Sie wundern sich – warum wir Sie ausgerechnet hier gestellt haben? Obwohl Sie in der gesamten Republik wie eine Stecknadel gesucht werden?« ... Der zweite.

»Denn daß Sie mit Ihrem Haus in die Luft geflogen sind, war wohl kaum anzunehmen.« ... Der dritte Unauffällige.

»Trotzdem ein Kompliment, Mr. Meyer. Sie sind sehr clever! Nur, wie gesagt, wären in Ihren Reihen nicht gewisse Leute, die gut singen ... wir hätten Sie wohl nie gefunden. Und – was wir jetzt sagen, kann jeder der hier im Lokal Anwesenden hören ... vielleicht sogar als ... sagen wir, weitere Animiermethode: einige Ihrer Leute fehlen uns noch! Wir rechnen mit Ihrer Hilfe ...«

»Wollen Sie uns nicht helfen? Vielleicht bewahrt Sie Ihre Hilfe vor der Todesstrafe?«

»Eigentlich dürften wir keinesfalls diese Art von Zugeständnissen machen.«

»Aber Sie wissen doch, wir lassen mit uns reden.«

»Nicht nur wir! Also, was ist?«

»Geben Sie uns die Namen all Ihrer Mitarbeiter bekannt – oder nicht?«

»Adressen sind nicht nötig. Die finden wir selber ... was ist zum Beispiel mit Ihren Freunden aus Europa? Und was ist mit Ihrem afrikanischen Vertrauten?«

»Wir hören aufmerksam zu, Mr. Meyer.« ... Wie sich die Unauffälligen ergänzen ... *Sein* leerer Blick ... mehr nicht ... entweder ist er so ›clever‹, wie die Unauffälligen behaupten ... wie wir alle eigentlich ... oder.

Ein Anblick, als säße er bereits auf dem elektrischen Stuhl ... vielleicht auch unter dem Galgen. Nur der Henker zögert noch, seine Hand fallen zu lassen – weil er sich noch mehr Auskünfte über die Hintergründe seines weiß-schwarzen Landes erhofft. Am liebsten würde ich dem armen E-Ypsilon einen riesengroßen Whisky schicken ... besser: schicken lassen!

»Naidoo. Schicken Sie ihm einen Whisky. Seine Geheimwaffe. Auf meine Kosten. Nun los doch!«

»N...n...nein. Zu spät. Außerdem sind wir alkoholfrei.«

Scheißkerl. Und der soll auch ein Freund von IHM gewesen sein? Da bin sogar ich noch besser! Ich kann nämlich wirklich ein Freund sein. Was das Meer wohl jetzt denkt?

»Mr. Meyer. Ihr Schweigen ist nicht gerade gut für Sie. Wir hoffen, Sie sind sich dessen bewußt. Sagen Sie uns wenigstens, wo wir Ihren schwarzen Freund finden. Oder seinen Namen ...«

»Oder?«

»Nun?« ... Ein dreiseitiges Geschwätz.

Nichts ... soll ich etwa jetzt in die Arena springen und Hurra brüllen? Aber das würde wohl auch nichts helfen. Oder vielleicht einen oder zwei laute Lacher? Nein. Als Hilfe für einen verlorenen Weltverbesserer wäre das so wenig wie ...

Und Mogambo? Seine Gesichtsfarbe ist eher weißgrau – als fast schwarz. Aschgrau ...

»Ihr Chemiker ist voll geständig, mein Lieber.«

»Mr. Boleslav Gruschkin!«

»Wer hat denn Ihren lieben Monsieur Tidy über die Klinge springen lassen? Der war nämlich einer von uns! Und das kommt Sie teuer zu stehen.«

»Sehr teuer. Er war Spezialagent ...«

Also, das schlägt ja wohl dem Faß den Boden aus ... da beugt sich doch der Wortführer der drei Typen von Geheimpolizei hinüber und flüstert Sacky ganz einfach etwas ins Ohr! Was wohl?

Verstehe kein Wort. Verdammt. Jetzt weiß ich noch weniger, was gespielt wird ... wahrscheinlich fängt jetzt der große e-ypsilonische Trick an? Sacky! Nun mach doch endlich! Nichts ...

»Hier ist übrigens Ihr Haftbefehl. Ein schönes Stück Papier.«

»Wie schön weiß es ist.«

Drei gegen einen ist wirklich feige. Wie der Möhrenadonis damals!

»Mann, nehmen Sie doch endlich Vernunft an! Wo ist zum Beispiel Ihr befreundetes Pärchen aus Europa?«

»Die haben mit der Angelegenheit nichts zu tun!« Sagt ER und schnellt von seinem Stuhl hoch. Geübt sind die drei Republikbewacher bei ihm und drücken ihn dahin, wo er herkam. Keine Zeit für Emotionen.

Sacky zeigt Verachtung auf seinem Gesicht. Also – wenn jetzt nicht bald etwas passiert, kommt SEIN großer Trick nie.

»Wo ist – das ist unsere letzte Frage – Ihr schwarzer Freund?«

Wieder springt Sacky auf. Sein Stuhl kippt polternd um ...

»Ich werde nie einen Freund verraten. Auch wenn er schwarz ist und nicht in die Kategorie Ihrer Menschenrechte paßt.«

Das war ziemlich laut. Als Erfolg ein verblüffter Ausdruck auf den drei feindlichen Gesichtern ...

Aber was ist? ... und warum fährt seine Rechte so überhastig in seine äußere Jackentasche? Er wird doch wohl nicht? Ein Schuß.

Kurz und trocken. Zu trocken, um wahr zu sein.

Die drei erwidern teilnahmslos seinen ungläubigen Blick. In Zeitlupe ... und doch wie ein vom Blitz getroffener Baum, so fällt ER um. Seine Augen immer noch weit aufgerissen. Da liegt er nun. Eine Packung seiner Lieblingszigaretten in seiner Rechten ... Sacky, DU läßt dich einfach erschießen?

XXI. Kapitel

Soll ich lachen oder weinen?
Lachen! – befiehlt mein Selbsterhaltungstrieb – denn es gibt keinen Schmerz, solange man lacht ...
Und als letzter Passagier – der allerletzte, weil das so der Brauch sei – muß ich die Maschine betreten.
»Keine Bange, Mann. Ihr Flug ist reserviert. Bis Europa können Sie bequem sitzen.« ... das war der bullige Captain der Soundsopolizei, die für die Ausführung der jeweiligen Deportationsfälle zu sorgen hat. Spezialisten sozusagen.
Er läßt mich sogar vorangehen. Nicht etwa aus Höflichkeit. Nein! ... durchaus nicht. Er ist nur der letzte Wachtposten, mit der wichtigen Lebensaufgabe – das Wörtchen ›wichtig‹ ist wirklich wichtig, weil ... er ist also der letzte Wachtposten, mit der wichtigen ... daß ich nicht doch noch im letzten Augenblick fliehe, um nicht doch noch den letzten Rest meines Lebens in diesem wunderschönen Land zu verbringen. Keine Angst. Und vielen Dank für die Aufmerksamkeit.
Kalbsaugen, die die Fähigkeit von Luchsaugen vortäuschen. Dabei ist er nur ein stummer Sklave seiner vorgesetzten Auftraggeber. Mehr nicht ...
Langsam beginne ich, Sacky zu verstehen. Aber der ist ja nun nicht mehr. Und die anderen?
Naja. Aber dazu muß ich erst meine Gedanken ordnen ... und lachen, um alles ohne inneren Schaden zu verdauen.
Unrasiert und ungewaschen ... kaum Zeit, mich reisefertig anzuziehen ... von der Badehose in Strümpfe, Schuhe, Hose, Hemd und Jacke. Vor Aufregung fand ich keinen Schlips. Eigentlich fand ich überhaupt nichts mehr. Wahllos reichten sie mir die einzelnen Stücke. Geschmacklose Zusammenstellung. Trotzdem war ich für einen längeren Augenblick dankbar für die stummen Handreichungen der fremden Flossen ... Man würde mir meine restlichen Habseligkeiten nachsenden lassen.
»Und bei Reklamationen?«
»Für Leute wie Sie gibt es keine Reklamationen.«
»Ja aber ...«

»Nichts aber.«

»Und wer soll das alles zahlen?«

... ist ja auch egal. Jetzt, wo alles aus ist. Nur mein steter Bartwuchs unterscheidet mich von den Toten. Denn bei Toten hört jeder Bart auf zu wachsen.

Eine Urkraft von Faust schiebt mich auf den letzten leeren Sitz. Der letzte Sitz vor den Toiletten am Ende des Ganges .... von der Kanzel aus gesehen ...

Und die vereinten Blicke der Passagiere ... sie scheinen zu wissen, daß mit mir etwas nicht stimmt. Jedenfalls werde ich bei diesem Flug ohne Kotztüten auskommen. Der Ort der Erlösung ist ja nicht weit.

»Dieser Mensch wird deportiert«, ... sagt der flossige Mensch zu einer hetärenähnlichen Stewardess. »Das Gesetz sagt, daß diesen Leuten jede Art von Verpflegung zu versagen ist. Weder Essen noch Trinken.«

»Ich werde sofort unseren Captain davon unterrichten.«

»Nicht nötig. Das mache ich selber.«

Ein letzter Blick von ihm, dem Hüter der Deportanten. Weg ist er ... Tennisspielen kann er bestimmt auch nicht. Ist ja auch völlig egal.

Erneute Qualen eines Charterflugs? Ebenfalls egal. Ob ich jemals wieder zu den Lebenden gehören werde?

Wer gibt mir die Kraft dazu? Mein Meer ...

Mogambo ist tot. Weil er angeblich seine Frau erstochen haben soll. Stimmt aber nicht! Er soll sie vorher auf die Straße geschickt haben. Stimmt. War nämlich kein Geld mehr da. Und Arbeit bekam er nicht, weil auch er verraten wurde und mal wieder kein ›Papier‹ hatte.

Jedenfalls wurde er letzte Woche in Pretoria hingerichtet ... wie die Zeitungen bestätigen. Glorreich sogar. Hingerichtet! Als überführter Mörder seiner eigenen Frau. Durch den Strang. Meinen eigenen Beteuerungen hat man nicht geglaubt, weil ich selbst einer von ›denen‹ gewesen sein soll. Irgendwie stimmt das auch nicht.

Aber die Reise des Häuptlingssohnes nach Pretoria wird wohl die hiesige Regierung gezahlt haben. Steuergelder? Klar. Vorläufig kommt meine eigene Regierung für alle Kosten auf ... die ich dann später an sie zurückzahlen muß. Eben weil ich zum

Leben verurteilt bin ... Tote sind meistens dazu nicht mehr in der Lage.

So also ist der Unterschied zwischen Lebenden und Toten ...

›Fasten Seat-Belts! No Smoking!‹ ... die altbekannte Leuchtschrift ...

»Ladies and Gentlemen.« Der Bordlautsprecher. Genau wie früher. Damals – vor mehr als einem Jahr ...

»Wir begrüßen Sie an Bord unserer Chartermaschine nach Europa. Würden Sie bitte das Rauchen einstellen und sich anschnallen. Während des Fluges wird es ein wenig windig sein ...«

Ich weiß schon. Das bedeutet Luftlöcher. Im übrigen weigere ich mich, dem Routinegequatsche weiterhin zuzuhören. Lohnt sich ja doch nicht.

Vor einem Jahr, ja – da war alles anders ... links von mir saß Meyer. Rechts von mir der Gang für die Kotztüten ... und dann kam das Meer ... mein rettendes Ufer.

Das Meer! Nie werde ich sie vergessen.

Der Fluch auf mir war wohl doch stärker ...

Eigentlich war es doch nicht mein Fluch ... Rinaldo war es! Er – der sie auf einem Surf-Board ins offene Meer schob ... brutal stieß! An Durbans Nordstrand ... und Tausende sahen zu. Die Zeit, während der ich in meinem Liegestuhl verhaftet wurde, und sie sich nur mal kurz in ihrem eigenen Element erfrischen wollte. Wäre ich doch bloß mit ihr gegangen! ... Zu spät. Niemand wollte mir glauben, daß das Meer in höchster Lebensgefahr schwebte ... nein, nicht schwebte: sie war mitten drin!

»Das ist doch nur eine Finte von ihm, Mann.«

... noch fünfzig Meter bis zu den Hainetzen ... die die Badenden schützen sollen ... aber ein Surf-Board kommt ungehindert über diese Haibremsen hinweg. Ich weiß es genau! – Und dahinter lauern sie – die Mülltonnen und Fleischwölfe des Meeres ...

»So helft ihr doch! Oder laßt mich zu ihr!«

»Ach Mann, die kommt schon zurück.«

Sie schrie. Lustgeschrei für die Zuschauer. Hinterher. Wie schnell Handschellen klicken. Aus ...

Verdammt. Das erste Luftloch.

Jane?

Nichts. Auf ihrem früheren Platz ein von Gram zerfurchtes Gesicht. So würde sie nie aussehen. Weil sie mit mir glücklich war ... wie sehr wir uns liebten ...

Auch im Alter läßt die Liebe ein Gesicht schön aussehen. Im Tod bestimmt ebenfalls. Wenn ich sie doch nur noch ein einziges Mal sehen könnte! Besser nicht. Haifischzähne hinterlassen häßliche Spuren ...

Wir fallen. Und mein Magen steigt unaufhaltsam in die Höhe. Luftloch.

Was jetzt geschehen wird, ist mir bekannt. Vielleicht wird mir schlecht. Vielleicht auch nicht. Wird nicht alles zur Routine?

Ihr Gesicht ... ob ihre Verwandten noch leben? Ich sollte sie ...

›Bitte, Niko, hör auf zu denken. Es führt zu nichts.‹

»O.k., Baas.«

ENDE

Druck:
Customized Business Services GmbH
im Auftrag der
KNV Zeitfracht GmbH
Ein Unternehmen der Zeitfracht - Gruppe
Ferdinand-Jühlke-Str. 7
99095 Erfurt